A OutrA

MAURÍCIO DE CASTRO

Romance ditado pelos espíritos Hermes e Saulo

© 2022 por Maurício de Castro
© iStock.com/D-Keine

Coordenadora editorial: Tânia Lins
Coordenador de comunicação: Marcio Lipari
Capa e projeto gráfico: Equipe Vida & Consciência
Preparação: Janaina Calaça
Revisão: Equipe Vida & Consciência

1ª edição — 1ª impressão
3.000 exemplares — janeiro 2022
Tiragem total: 3.000 exemplares

CIP-BRASIL — CATALOGAÇÃO NA PUBLICAÇÃO
(SINDICATO NACIONAL DOS EDITORES DE LIVROS, RJ)

H474o

    Hermes (Espírito)
      A outra / pelos espíritos Hermes e Saulo ; [psicografado por]
Maurício de Castro. - 1. ed. - São Paulo : Vida & Consciência, 2022.
      448 p. ; 23 cm.

      ISBN 978-65-88599-29-7

      1. Romance espírita. 2. Obras psicografadas. I. Saulo (Espíri-
to). II. Castro, Maurício de. III. Título.

21-75099   CDD: 133.93
                                   CDU: 133.9

Todos os direitos reservados. Nenhuma parte desta edição pode ser
utilizada ou reproduzida, por qualquer forma ou meio, seja ele mecânico ou eletrônico, fotocópia, gravação etc., tampouco apropriada ou
estocada em sistema de banco de dados, sem a expressa autorização
da editora (Lei nº 5.988, de 14/12/1973).

Este livro adota as regras do novo acordo ortográfico (2009).

Vida & Consciência Editora e Distribuidora Ltda.
Rua das Oiticicas, 75 – Parque Jabaquara – São Paulo – SP – Brasil
CEP 04346-090
editora@vidaeconsciencia.com.br
www.vidaeconsciencia.com.br

Para Dalva Adelina, minha mãe, que foi meu início, e para Denner Evair, meu filho, que será minha continuação.

PALAVRAS DO AUTOR
UM ROMANCE EM DUPLA

Como sempre acontece nos romances do espírito Saulo, ele vem, me passa o resumo da história, e eu a escrevo sob sua inspiração. Com este livro não foi diferente, contudo, ao terminar de escrevê-lo, senti falta de ensinamentos espirituais e doutrinários, que, como costuma ser de seu estilo, é uma parte sempre bastante reduzida em seus romances. Para ele, o que mais importa é que a história em si seja o próprio ensinamento, porém, diante da beleza desta obra, decidi pedir permissão a ele para que o espírito Hermes reescrevesse o livro acrescentando a parte espiritual e os ensinamentos doutrinários que senti serem muito necessários à obra.

Com a permissão de Saulo, pedi a Hermes que retrabalhasse o livro, introduzindo tudo o que fosse necessário para que a obra ficasse completa. Ele aceitou, e a reescrevemos quatro vezes até o resultado final ficar ao gosto dos dois espíritos.

Foi uma experiência fantástica, e sinto que este é apenas o primeiro dos vários romances em dupla que esses dois amigos espirituais escreverão.

Para quem estranhar essa forma de trabalho, desejo informar que, embora não seja comum, não é tão raro acontecer, sendo o caso mais famoso o do livro *Memórias de um suicida*, em que a médium Yvonne Pereira, após tê-lo psicografado do espírito Camilo Castelo Branco e sentindo falta da parte doutrinária, convidou o espírito de Léon Denis para reescrevê-lo introduzindo-a.

Foi a primeira vez que trabalhei assim e confesso-lhes que foi muito bom. O resultado está aí à apreciação de vocês. Espero que, assim como eu, gostem, se emocionem, aprendam e coloquem em prática o que os espíritos ensinaram por meio desta história. Eu já comecei a praticar o que aprendi e a colher os resultados. Desejo o mesmo a cada um de vocês.

Com carinho,
Maurício de Castro
4 de novembro de 2021

HERMES é um amigo espiritual que tem ditado a maioria dos romances que Maurício de Castro escreve. Da sua vida, quando esteve encarnado pela última vez, o autor somente sabe que Hermes nasceu na capital paulista e desencarnou aos 25 anos de idade, no fim da década de 1930, vítima de um aneurisma. O espírito conta que sua vida foi curta porque ele reencarnou apenas para concluir uma tarefa que deixara pendente em outra encarnação e que, ao concluí-la, voltou ao mundo espiritual com a consciência do dever cumprido.

No astral, filiou-se a um grupo de escritores que se dedica a divulgar o Espiritismo por meio de romances com ensinamentos, e todas as histórias que escreve são reais. Hermes, contudo, faz apenas algumas alterações necessárias nos textos a fim de preservar a identidade dos personagens. Ele gosta de contar histórias de pessoas que viveram intensamente e as conta com muito realismo, sem floreios, apresentando os fatos como eles se deram realmente, sem receio de ser julgado pela intensidade de sua narrativa. Para Hermes, o que conta verdadeiramente é o aprendizado que cada leitor pode tirar de suas obras.

Certa vez, ele revelou a Maurício que, se um dia tivesse de escrever um livro com outro médium, usaria outro nome para que não fosse vítima de questionamentos desnecessários nem tivesse sua idoneidade posta em dúvida.

Para Maurício, ele é um grande mestre, mas, acima de tudo, um grande amigo, que o ajuda em todos os momentos e está cotidianamente presente em sua vida.

SAULO apresentou-se ao Maurício em 2010 e veio acompanhado de Hermes, que informou que ele era um espírito amigo e também desejava escrever romances por intermédio do escritor. Segundo Maurício, foi um convite muito carinhoso, que ele aceitou com muito prazer.

Uma surpresa, contudo, veio em seguida. Quando o autor se posicionou para escrever, aguardando que Saulo lhe ditasse as frases como Hermes o fazia, o espírito permaneceu calado, começou a transmitir-lhe imagens por meio da tela mental do escritor, aproximou-se mais e contou-lhe uma história resumida. Ao final, disse: "Agora, escreva essa história!". Em pensamento, Maurício respondeu que não sabia como fazer aquilo, e Saulo apenas o olhou com firmeza, como se dissesse: "Você consegue".

Maurício, então, entendeu que Saulo apenas lhe inspiraria as histórias, mas que ele seria o responsável por escrevê-las. E assim aconteceu. O autor foi escrevendo — inseguro a princípio, mas ganhando confiança ao longo do processo — e, quatro meses depois, deparou-se com a obra concluída. Foi o primeiro romance em parceria com Saulo, cujo título é *Ninguém domina o coração*.

Apesar de Maurício ser o responsável por escrever suas obras, ele sente os pensamentos de Saulo inspirando-o o tempo todo, e, se foge do que o espírito quer, o amigo espiritual sempre o corrige.

Da vida de Saulo o autor sabe pouco. Sabe apenas que ele foi um cigano turco na última encarnação e que sempre se apresenta vestido com uma camisa vermelha de mangas longas, lenço preto na cabeça e botas igualmente pretas de cano longo. Seu rosto é bonito, sua tez é morena, e seus olhos escuros são muito profundos e observadores. Fala pouco, porém, quando diz alguma coisa que não esteja relacionada aos romances, sempre traz um grande alerta sobre a vida espiritual de Maurício, que agradece a Deus pela presença de Saulo em sua vida.

SUMÁRIO

Capítulo 1	11
Capítulo 2	15
Capítulo 3	23
Capítulo 4	33
Capítulo 5	40
Capítulo 6	48
Capítulo 7	55
Capítulo 8	62
Capítulo 9	70
Capítulo 10	78
Capítulo 11	87
Capítulo 12	97
Capítulo 13	105
Capítulo 14	116
Capítulo 15	124
Capítulo 16	138
Capítulo 17	147
Capítulo 18	157
Capítulo 19	168

Capítulo 20 176

Capítulo 21 182

Capítulo 22 187

Capítulo 23 195

Capítulo 24 204

Capítulo 25 213

Capítulo 26 219

Capítulo 27 227

Capítulo 28 236

Capítulo 29 243

Capítulo 30 253

Capítulo 31 271

Capítulo 32 280

Capítulo 33 289

Capítulo 34 297

Capítulo 35 308

Capítulo 36 321

Capítulo 37 331

Capítulo 38 341

Capítulo 39 353

Capítulo 40 364

Capítulo 41 376

Capítulo 42 385

Capítulo 43 396

Capítulo 44 406

Capítulo 45 413

Capítulo 46 423

Capítulo 47 431

Capítulo 48 438

CAPÍTULO 1

— Não aguento mais que me trate desse jeito, enquanto é só amores para aquela vadia. Qualquer hora, desapareço no mundo com nossa filha, e você nunca mais a verá. Um homem como você só merece desprezo, nojo e traição. É isso! Por que não pensei nisso antes? Vou me entregar ao primeiro que aparecer, e aí saberá o que é a dor de uma traição.

Ploft! Ploft! Ploft!

Foram os únicos sons que Lara escutou depois de a mãe ter dito aquelas palavras furiosas. Sons muito bem conhecidos. De bofetadas, tapas. No rosto, nos braços, na cabeça e onde mais ele pudesse e quisesse bater. Depois, o costumeiro som da porta batendo com estrondo, no claro sinal de que o pai havia saído espumando de raiva, e em seguida outro som também conhecido: o dos soluços do pranto doloroso de Marisa, a que, atirada na cama, braços cruzados sobre o peito, se entregava por quase uma hora.

Lara habituara-se àquela situação havia quatro anos, desde que Marisa, sua mãe, descobrira que Sérgio, seu pai, estava tendo um romance, ou um "caso", como ela costumava dizer, com uma mulher da periferia.

Agora, aos quatorze anos, Lara não sabia se sentia pena ou raiva da mãe. Pena, porque não achava justo um homem bater numa mulher, e raiva, porque a mãe não reagia; só ia até o nível das ameaças.

Sempre que aquela já tão conhecida discussão começava, Lara pegava sua boneca Teresa e recolhia-se em seu quarto, contíguo ao da mãe. Outras vezes, ia para a sombra de um belo abacateiro que havia no quintal. Preferia, no entanto, ficar ali, encolhida a um canto da parede, abraçando

Teresa com força, temendo que um dia o pai fosse além das bofetadas e matasse Marisa. Em seu raciocínio, ficar no quarto ao lado era uma forma de inibir Sérgio de fazer o que ela tanto temia: assassinar sua mãe, e ela ter de ir morar com a amante do pai ou com sua tia Odete. Tremia de medo ao pensar nas três hipóteses: ver Marisa assassinada, morar com Rosa ou ser forçada a morar com a tia.

Sacudiu duas vezes a cabeça, como se tentasse espantar os pensamentos negativos, jogou Teresa sobre a cama e foi para o quarto da mãe. Era outra rotina: assim que o pai saía, sua mãe começava a chorar, e ela ia consolá-la.

Entrou no quarto e deitou-se ao lado da mãe sem nada dizer. Sempre era Marisa quem começava.

— Está vendo o monstro que é seu pai? Viu o que ele me fez mais uma vez?

Lara assentiu com a cabeça, e Marisa prosseguiu:

— Qualquer dia desses, cumpro minha promessa: sumo com você daqui, e nunca mais ele nos verá.

Lara também ficava assustada e angustiada com aquela possibilidade.

— Mamãe, não há outro jeito de resolver isso?

— Que jeito? E por acaso há jeito? — perguntou Marisa quase gritando. — O único jeito possível é seu pai deixar a vagabunda com quem se meteu e voltar a ser quem era antes de ela aparecer. Lembra como seu pai era carinhoso, meigo e gentil conosco, antes dessa mulher entrar em nossas vidas?

Lara calou-se. Sentia vontade de dizer que Sérgio nunca fora um homem gentil, carinhoso e meigo, não da forma como sua mãe dizia. Com ela, Sérgio sempre fora um ótimo pai, amava-o, mas ele sempre fazia questão de tratar Marisa com certa rispidez e até frieza. Lara, muito inteligente desde pequena, percebeu isso cedo. Resolveu não dizer nada, pois podia piorar o estado emocional da mãe.

Marisa, como se a filha tivesse respondido afirmativamente, prosseguiu:

— Sérgio transformou-se em outro homem desde que foi enfeitiçado por aquela vadia, mas, no dia que eu e você desaparecermos, ele com certeza se arrependerá e virá correndo nos procurar, humilhando-se para que eu o perdoe.

Marisa calou-se. Não tinha tanta certeza do que dizia, por isso nunca realizava suas ameaças. Sérgio parecia estar cada vez mais apaixonado por

Rosa, e isso a destruía por dentro. Parecia que sua alma estava partida em vários pedaços, e a cada dia um deles morria.

A voz de Lara interrompeu os pensamentos de Marisa.

— Não quero ir embora. Eu amo o papai.

Sempre que a filha dizia aquilo, Marisa sentia outro tipo de dor envolvê-la: a do remorso. Por causa de sua raiva por Sérgio, estava sempre jogando a filha contra o pai, na tentativa de a menina também odiá-lo. Não sabia separar as coisas, e isso a atormentava.

Enxugou as lágrimas que ainda escorriam pelo rosto, levantou-se da cama e convidou a filha:

— Vamos para a cozinha. Vou fazer aquela sopa de que você tanto gosta. Não vamos mais falar sobre isso.

Lara levantou-se junto com a mãe e não conteve a pergunta:

— A senhora vai ficar assim desse jeito?

— Que jeito?

— Assim, como se nada tivesse acontecido. A senhora não vai reagir?

Marisa empalideceu.

— Que ousadia é essa, menina? Como se atreve a falar assim comigo?

— Não estou fazendo por mal, mamãe, mas não acho certo ele lhe bater, e as coisas ficarem por isso mesmo todas as vezes.

— E o que você quer que eu faça? Que parta para a agressão também? Quer ver seu pai e sua mãe travando uma luta corporal, em que apenas um sairá vivo?

Lara queria dizer outra coisa, mas preferiu calar-se. Tinha ideias maduras para sua idade e, sempre que se atrevia a expô-las, acabava sendo mal interpretada.

Percebendo que a filha ficara calada e retraída, Marisa foi até o banheiro. Lara dirigiu-se à sala e ligou a televisão, mas não estava prestando muita atenção ao programa. Olhava de soslaio a mãe no banheiro, lavando o rosto e arrumando os cabelos, na tentativa de parecer que nada havia acontecido. Seu pensamento vagava por alguns instantes e depois parava numa frase que Marisa sempre dizia no meio das discussões: "Você me trata mal desse jeito, mas com ela é só amores". Como sua mãe sabia disso? Como poderia dizer com tanta firmeza que o pai era amoroso com a amante? Teria visto alguma cena? Alguém a informava? Mas o que a deixava mais intrigada era o fato de Sérgio ser ríspido, grosseiro e violento com

Marisa, que era sua esposa, e amoroso com Rosa, que era "a outra", como sua mãe costumava se referir a ela.

O que levava um homem a agir assim? Era o que ela, a partir daquele dia, tentaria descobrir. Via o sacrifício da mãe para manter a casa em ordem, lavando, passando, cozinhando, economizando e até vendendo produtos naturais de porta em porta para melhorar o orçamento, enquanto o pai só vivia arrumado, perfumado e certamente gastando o dinheiro que ganhava como mecânico com Rosa, que era a amante. Havia algo errado ali, e ela tinha de descobrir.

Marisa foi para a cozinha preparar a sopa, e Lara acabou entretendo-se com o filme que estava sendo exibido na TV. Passava das seis da tarde, quando sua mãe lhe pediu que fosse tomar banho e se preparasse para o jantar.

Todas as noites após o jantar, Lara sentava-se à mesa da copa para fazer a lição de casa. Embora tivesse concluído o Ensino Médio, Marisa não aprendera o suficiente, e Lara só conseguia fazer muitas atividades com a ajuda de Murilo, filho da vizinha. Quando não conseguia resolver algum cálculo ou problema matemático, interpretar um texto ou decifrar os enigmas dos textos de História, ela ia até a casa dele e chamava-o para ajudá-la. Murilo tinha doze anos e já cursava o 7º ano, enquanto ela, com quatorze, ainda cursava o 5º ano. Por alguma razão, nunca lhe explicaram por que ela começara a estudar um pouco mais tarde do que as outras crianças. Murilo e Lara estudavam na mesma escola, e, mesmo em classes diferentes, mantinham grande amizade, o que levava alguns colegas a suspeitar que namoravam, o que a irritava profundamente.

Naquela noite, a lição era de Ciências Naturais, disciplina que Lara dominava, por isso não teria dificuldades. Ainda assim, chamaria Murilo a pretexto de ajudá-la e, mais tarde, quando fosse levá-lo até o portãozinho de ferro, teria uma conversa séria com ele. Tinha certeza de que o amigo a ajudaria muito.

CAPÍTULO 2

Todas as noites, Marisa era tomada de um grande tédio. Assim que terminava de lavar a louça do jantar, nada mais tinha a fazer além de se jogar no sofá da sala e assistir à televisão. Assim que a novela das nove terminava, ela desligava o aparelho e, depois de fazer um lanche leve junto com a filha, recolhia-se para dormir. O sono, contudo, não chegava fácil. Enquanto Lara ressonava no quarto ao lado, Marisa ficava insone, olhos fixos no teto, tomada de intensa solidão.

Naquela noite, não foi diferente, e ela começou a relembrar.

Antes de Sérgio iniciar o romance com Rosa, ambos assistiam à TV juntos. Ele adorava filmes e era com prazer que trazia os mais recentes para verem na companhia um do outro. Nos dias em que as emissoras transmitiam jogos, a noite virava uma festa. Sérgio convidava alguns amigos para assistirem às partidas com ele, e, com satisfação, Marisa preparava petiscos e servia a cerveja sempre geladinha para que eles tomassem. Algumas amigas suas odiavam aquele comportamento dos maridos e não gostavam do barulho que os homens faziam a cada lance mais dramático ou quando o time preferido fazia um gol, mas para ela tudo era divertido. Até Lara participava vibrando alegre e abraçando o pai quando seu time predileto ganhava a partida. Agora tudo mudara. Era só solidão.

Naquelas noites insones, Marisa sempre se recordava da mudança rápida pela qual Sérgio passara. O marido simplesmente começou a chegar mais tarde em casa, e ela percebeu que algo estava errado. Ele passou a chegar cheiroso, como se tivesse acabado de tomar banho, e obviamente não vinha da oficina mecânica. Sérgio normalmente chegava sujo de graxa e bastante suado. Quando Marisa questionou o marido, ele desculpou-se dizendo que estava tomando banho num banheiro improvisado na oficina e por isso estava levando uma muda de roupa quando saía para trabalhar.

Como ele não mudara em casa nem na cama, Marisa acabou relaxando e não se importou mais com o fato. Uma noite, contudo, Sérgio não voltou do trabalho, e ela, preocupada, acreditando que algo tivesse acontecido, ficou a noite toda acordada, temendo o pior. Perto das oito da manhã, ele chegou limpo, cheiroso e com roupas diferentes. Afirmou que fora assistir a um jogo na casa de um amigo que possuía TV a cabo e acabara ficando por lá. Por mais que Marisa tivesse insistido, a resposta foi a mesma. Queria averiguar com o tal amigo, mas Sérgio recusava-se a dizer o nome, alegando que a esposa estava insegura à toa.

Na semana seguinte, no sábado, o fato aconteceu mais uma vez, tornando, assim, rotina. Sérgio começou a passar mais noites fora de casa do que no lar e, a cada amanhecer, dava uma desculpa pior que a outra. Com a certeza de que ele estava com uma amante, Marisa começou a esbravejar, xingar, ameaçar, mas nada adiantou.

Numa manhã, ao chegar em casa, Sérgio esperou Lara tomar o café e ir para a escola e simplesmente disse:

— Você está certa. Tenho outra mulher. Aconteceu sem que eu pudesse prever. Conheci Rosa por acaso, fomos fazendo amizade até que tudo ocorreu. Como esta cidade é pequena, e logo você iria saber de um jeito ou de outro, resolvi lhe contar. Estou gostando da Rosa, pois ela me dá o que você não me proporciona. Gosto de você, Marisa, e não quero me separar por causa da Lara... Desejo, no entanto, que compreenda e não vá até a casa dela fazer escândalos. Isso de mulher casada ir até a casa da amante do marido para agredi-la verbalmente e até fisicamente está fora de moda. Peço que se dê valor, se respeite e deixe Rosa em paz. Ao contrário do que possa pensar, não foi ela quem me seduziu. Eu que o fiz. Desejo e vou continuar meu casamento com você por causa da Lara, mas não pretendo deixar Rosa e não responderei por mim caso faça algo contra ela.

À medida que ouvia aquelas palavras, Marisa sentia-se desfalecer aos poucos e teria caído se Sérgio não a amparasse e a fizesse sentar-se no sofá.

Lágrimas copiosas de sofrimento rolaram em profusão pelo rosto de Marisa, que, tomada pela surpresa, ficou muda. Não sabia o que dizer.

16

Sérgio foi à cozinha, pegou um copo com água e deu-lhe para beber. Ela, com o copo seguro pelas mãos trêmulas, pensou em atirar seu conteúdo no rosto do marido, porém, se conteve. Bebeu o líquido aos poucos e foi se acalmando.

Quando Marisa terminou de beber a água, percebendo que ela estava mais calma, Sérgio finalizou:

— É tudo que tenho a lhe dizer. Espero que entenda e procure tornar nossa vida mais fácil possível. Lembre-se de que temos uma filha ainda criança, e o que menos desejo é que ela sofra com isso.

Sérgio virou as costas e ia se dirigindo à porta da frente, quando ouviu um grito estridente e o barulho de cacos de vidro se estilhaçando. Olhou para trás e viu Marisa completamente transtornada gritando:

— Pensa que é fácil assim?! Como me diz isso com esse cinismo canalha, típico de homens vagabundos como você? Como joga na minha cara que tem uma amante e ainda quer que eu compreenda, não faça nada, a não ser fingir que está tudo bem e como sempre? Quem você pensa que eu sou?

Dizendo isso, Marisa avançou sobre Sérgio com força multiplicada, enchendo-o de pequenos socos e tapas, mas foi contida pela força do marido, que, segurando-a pelos punhos, retrucou com raiva:

— Se não fizer exatamente isso, irei embora desta casa e não voltarei mais. Não me faça perder a consideração e o respeito que ainda lhe tenho. Não quero que Lara sofra! Só por isso não quero me separar. Mas, se for para conviver com uma mulher histérica e neurótica como você, sempre gritando desse jeito, fazendo cobranças a todo instante e provocando discussões como esta, tenha certeza de que sairei por aquela porta para morar com Rosa e ainda encontrarei uma maneira de tirar a Lara de você. Afinal, nenhuma criança merece viver ao lado de uma mulher num estado lamentável como o seu.

Enquanto ouvia tudo aquilo, Marisa não teve outra reação a não ser deixar-se cair no chão, segurando as pernas de Sérgio, como a suplicar que ele voltasse a ser como antes ou dissesse que tudo aquilo era mentira.

— Levante-se, Marisa! — disse Sérgio enérgico. — Você não precisa se humilhar tanto. Tenha dignidade! Não adianta fazer escândalo nem me agredir. Nada vai mudar em minhas decisões.

Marisa fez o que Sérgio pediu e voltou a sentar-se no sofá.

— Você é minha felicidade, Sérgio. Nossa família é a razão do meu viver. Como quer que eu aceite isso? Como vou encontrar a felicidade sem você?

— Se quiser, pode arrumar um amante, desde que ninguém desconfie. Faça bem-feito.

Marisa não acreditava no que estava ouvindo.

— Por quem me toma? Por uma ordinária como sua amante? Você me conheceu numa casa de família honesta! Fui criada dentro de princípios de moral e honra, que certamente faltaram a você. Jamais eu teria um amante!

— Então, procure ser feliz criando nossa filha, dedicando-se a ela.

— Uma mulher não vive só disso.

— É sexo que você quer? Mas eu nunca lhe neguei sexo. Faz tempo que estou me relacionando com Rosa, porém, nunca a deixei insatisfeita na cama. Se está se referindo a isso, posso lhe dar quantas relações sexuais quiser, sempre que eu dormir aqui.

Aquela conversa estava machucando muito Marisa, mas ela não conseguia parar.

— Sexo qualquer um pode me dar! O que desejo é seu amor, seu companheirismo. Queria aquele jovem que conheci, amoroso e sensível. Dispenso seu sexo. Guarde-o para Rosa. Só espero que, com o tempo, não deixe de vir aqui completamente. Como você disse, Lara é criança, precisa de sua presença e o ama muito. Não conhece o canalha que você é.

Um breve silêncio se fez, e Sérgio finalmente bateu a porta e saiu.

Marisa não soube calcular quanto tempo ficou ali sentada, chorando desconsolada. Quanto mais olhava para sua casa arrumada com capricho, tudo limpo e organizado com dedicação, roupas lavadas e passadas, jardim bem-cuidado, cujas plantas ela mesma tratava com esmero... quanto mais se lembrava de toda a dedicação e de todo o amor que dera para aquele homem ao longo de todos aqueles anos, que ele agora retribuía com traição e ingratidão, mais sentia vontade de chorar e morrer.

Morrer... Era aquilo que ela queria, mas não tinha coragem. Não tinha coragem de acabar com tudo.

Então, Marisa foi vivendo como podia desde aquela descoberta. Havia mais de dois anos que estava naquela situação. Vez por outra, entregava-se a Sérgio, e faziam amor. Depois, chorava arrependida, sentindo-se humilhada, tratada como objeto. Com o passar do tempo, Sérgio foi tornando-se cada vez mais ríspido, grosseiro, mal-educado, e a tratava como uma verdadeira empregada. Até o dia em que, durante mais uma das inúmeras discussões provocadas por ela, veio o primeiro tapa, depois outro, outro e outro.

Desde cedo, Lara percebia tudo o que acontecia, para espanto de Marisa e de Sérgio. Ela reagiu à situação com maturidade e muitas vezes até se atrevia a mandar a mãe reagir e não ser tão passiva. Marisa não sabia de onde a filha tirava aquelas ideias, mas às vezes concordava com ela.

Como poderia mudar tudo aquilo? O que ela mais queria no mundo era ter seu Sérgio de volta, mas não havia jeito. Rosa o conquistara verdadeiramente. Algumas vezes, a vira à distância. Era uma morena bonita, jovem, bem-feita de corpo, cabelos pretos, longos e lisos, bem-vestida. Sempre aparecia na sociedade acompanhada por uma senhora já idosa, que descobriu ser a avó da moça. Perguntava-se por que uma jovem como Rosa se sujeitava a uma vida como aquela. Afinal, apesar de tudo, Sérgio nunca a assumira publicamente, não saía com ela nem passava as festas de fim de ano, aniversário ou feriados prolongados em sua companhia, preferindo ficar com ela e Lara. Ele, contudo, dava a entender que era somente por causa da filha.

Às vezes, Marisa duvidava e chegava a pensar que, de alguma forma, o marido ainda gostava dela. No entanto, tirava logo aquele pensamento da cabeça. Não sentia Sérgio envolvido emocionalmente quando a amava. Era um ato mecânico e até grosseiro, que ela muitas vezes desejava recusar.

Depois de tanto pensar e assim que viu Lara sair para procurar Murilo, desligou a TV e foi para o quarto tomar um calmante e relaxar. Ainda assim, os pensamentos continuaram a fervilhar em sua mente.

❧

Sérgio saiu de casa agoniado. Não gostava de bater em Marisa. Quando ela o provocava demais, perdia o controle, o que, infelizmente, vinha acontecendo com mais frequência. Acabava ficando com remorso, com vergonha de si mesmo e principalmente de Lara, que ouvia tudo. A filha deveria pensar que, além de adúltero e mulherengo, o pai era um marginal que batia na mãe, uma mulher traída e indefesa que não podia se defender.

Já na rua, não sentiu vontade de ir para a casa de Rosa. Queria andar, movimentar o corpo para ver se aquietava os pensamentos. Andou a esmo por mais de meia hora, quando sentiu vontade de beber. Foi até o bar que ficava na esquina de sua casa, sentou-se e pediu a Manoel:

— Me dê três doses de uísque, sem gelo.

— Já vi que quer afogar mágoas — tornou Manoel, brincando. — Rosa ou Marisa? Qual delas foi a culpada dessa vez?

Sérgio riu. Manoel sempre conseguia fazê-lo bem. Era um amigo em quem confiava muito.

Assim que a bebida foi servida, Sérgio pediu:

— Sente-se comigo aqui. — Puxou uma cadeira ao seu lado. — Aproveite que o movimento está fraco para me dar um pouco de seu tempo.

Manoel sorriu. Era um negro alto e robusto. A brancura de seus dentes contrastava com sua tez escura, sempre brilhosa. Sérgio gostava de Manoel porque ele tinha um papo interessante, parecia ser inteligente e até sábio.

Manoel puxou a cadeira, jogou o pano branco de algodão no ombro e perguntou:

— O que o está atormentando hoje? Faz tempo que não o vejo assim, amigo.

— Bati em Marisa de novo.

Manoel não mudou a expressão. Continuou fixando-o atentamente.

— Mas dessa vez foi diferente... quer dizer, eu me senti diferente. Senti mais arrependimento do que o habitual. Na verdade, nunca senti tanto remorso como hoje. Quero parar com isso.

— Já lhe disse que essa atitude não é boa, mas nunca quis julgá-lo. Muitas vezes, as emoções nos dominam, porém, é preciso aprender a vencê-las. Talvez você tenha chegado a um momento de sua evolução em que esse comportamento não tenha mais razão de ser. Quando o arrependimento nos bate forte, machucando o peito, nos provocando remorso, é realmente hora de mudar.

— Você nunca falou assim comigo...

— Porque você nunca havia chegado assim aqui. Sinto que é hora de perceber que sua forma de agir só está lhe trazendo ainda mais sofrimento.

Sérgio pousou o copo sobre a mesa e ia falando, quando Manoel o interrompeu:

— Por que você deixou de gostar de Marisa? Entendo que Rosa é uma bela mulher, mas Marisa não fica atrás.

— Sabe que nunca fui a fundo nessa questão? A verdade é que, após dois anos de casamento, Marisa mudou muito. Aliás, ela mudou já nos primeiros meses de casada. Aquela mulher jovem, bonita, cheia de ideias, criativa, cheirosa e arrumada, transformou-se. Tornou-se uma dona de casa sem graça, sem viço, sem vontade de aprender algo novo, ir pra frente. Acho que foi por isso. A Marisa de agora não é a mesma mulher com a qual me casei quinze anos atrás. Você se lembra disso, pois estava em nosso casamento e sabe como tudo começou.

Manoel coçou o queixo e deixou que Sérgio prosseguisse em seu desabafo.

— Você sabe como sou. Sou um borracheiro, um mecânico, mas nunca descuidei de mim. Sempre fui vaidoso, gostei de estar arrumado, de cabelos cortados à moda, de sair, passear, trocar de perfume, comprar sapatos novos. Até limpeza de pele eu faço. — Riu. — Você já viu algum mecânico de automóveis fazer limpeza de pele?

Manoel respondeu rindo:

— Até agora, só você!

Sérgio continuou:

— Eu esperava que Marisa continuasse a ser quem era depois que se casasse. Esse foi meu erro. As mulheres sempre mudam depois do casamento.

— Nem todas. Veja minha Joana. Vaidosa como ela só. Tenho que pagar empregada cara, dou um duro danado para manter suas vaidades, mas a amo muito.

— Será que, se sua esposa tivesse se desleixado, você teria o mesmo interesse por ela até hoje?

— É possível que não. Mas a Marisa não mudou tanto. Pode não ser tão vaidosa, tão arrumada, mas continua muito bonita.

— Mas não é só isso, Manoel. No dia a dia, ela ficou diferente, muito formal. Não conversava mais como no início, estava sempre ocupada com nossa filha e com a casa. Não sei... Talvez eu esteja querendo dar uma desculpa para minha infidelidade. No fundo, não sei o que aconteceu. Só sei que, quando Rosa começou a passar na frente da oficina se insinuando, jovem, cheia de vida, cheirosa, corpinho violão, não resisti. Hoje, posso dizer que não viveria sem ela.

— Já pensou que se separar da Marisa possa ser a melhor saída? Ela poderia encontrar um homem que a amasse e a aceitasse do jeito que ela é.

— Mas há a Lara. Ela sofreria muito com a separação.

— Amigo, você e Marisa já estão separados desde que você iniciou seu novo romance. Lara me parece uma menina diferente, madura. Acredito que ela ficaria muito melhor sem as brigas no lar, sem as queixas da mãe, que espera que um dia você deixe Rosa e volte pra ela.

O bar começou a ficar movimentado. Vários jovens chegaram ligando o som dos carros em volume alto, o que incomodou Sérgio. Ele decidiu:

— Ponha na conta aí, amigo. Obrigado pela prosa. Vou voltar para casa, tentar me desculpar com Marisa. Pela primeira vez, estou sentindo vontade de lhe pedir perdão por tudo o que fiz.

— Vá com Deus.

Sérgio levantou-se, e Manoel, ao vê-lo ganhar a rua e partir, sentiu um forte aperto no peito. Resolveu rezar.

CAPÍTULO 3

Lara abriu o pequeno portão de madeira da casa vizinha, percorreu uma pequena distância que ia do portão até a varanda e bateu na porta repetidas vezes.

Olga abriu a porta com cara de sono e perguntou com má vontade:
— O que você quer?
— Falar com Murilo. Preciso de ajuda numa atividade.
— Murilo já está dormindo. Não vou acordá-lo.

Olga já ia fechando a porta com impaciência, quando a voz do menino se fez ouvir lá de dentro.
— Não estou dormindo; estou apenas deitado.

Vendo que o filho iria sair para ajudar Lara, Olga retorquiu:
— Vê se não demora. Você tem dormido tarde e vem passando da hora de acordar para ir à escola. Não quero ouvir reclamações de dona Matilde.

Murilo concordou com a cabeça e seguiu com Lara.

Quando iam entrar na casa de Lara, ela disse:
— Na verdade, não preciso de ajuda com meus deveres. Queria conversar com você sobre uma situação que está me deixando muito triste. Vamos para a pracinha?
— Vamos.

Era sempre com muita alegria que Murilo acompanhava Lara, fosse para ajudá-la com as tarefas da escola, fosse para passeios ou para qualquer outra coisa. Ele nunca tivera coragem de revelar, mas era apaixonado pela amiga e queria namorá-la. Murilo, contudo, tinha muito medo de contar. Temia, além de receber um não, perder-lhe a amizade, por isso contentava-se em ser seu amigo e estar sempre ao seu lado.

Murilo era um adolescente de doze anos muito bonito. Moreno claro, tinha olhos castanhos, cabelos levemente aloirados e lisos e, apesar da pouca idade, possuía um corpo bastante desenvolvido, o que o fazia parecer mais velho do que era. Também era perspicaz, inteligente e autoconfiante, o que fazia praticamente todas as meninas da escola o paquerarem, muitas vezes com insistência. Ele, no entanto, não tinha olhos para ninguém que não fosse Lara, justamente a única que jamais o vira de outra forma, a não ser como amigo.

Chegaram a uma pequena praça iluminada, onde um chafariz derramava água em uma pequena piscina. Algumas pessoas estavam sentadas conversando nos bancos de cimento, dispostos em semicírculo, em torno do chafariz.

Sentaram-se num dos bancos, e Lara começou a falar:

— Hoje aconteceu de novo. Meu pai e minha mãe discutiram, e ele bateu nela outra vez. Não aguento mais. Preciso fazer alguma coisa.

Murilo sentiu que ela estava triste como nunca a vira antes e tornou:

— Acho que você não deve se meter nisso. A vida é deles, Lara. Eles devem decidir o que fazer.

— Diz isso porque seu pai era bom, honesto, fiel e carinhoso com sua mãe. Se você tivesse visto dona Olga apanhar quase todos os dias, e o agressor fosse seu próprio pai, pensaria diferente.

— Não se ofenda. Não disse isso por mal. Sei que é difícil para você, mas é sua mãe quem precisa reagir. Nós somos praticamente crianças. Não sabemos como interferir nesses assuntos.

Lara pensou um pouco e respondeu:

— Você tem razão. É minha mãe quem precisa reagir, porém, ela não faz nada. Há horas em que sinto muita raiva dela por ser assim tão boba, mas também tenho pena. Um homem jamais deveria bater numa mulher. O homem é maior, tem mais força. Isso é um ato de covardia.

Vendo Lara falar daquele jeito, o coração de Murilo disparou. Admirava a maturidade da amiga, que, apesar de ter apenas quatorze anos, pensava como uma adulta.

— O que eu acho é que você deve pedir a seu pai para não fazer mais isso. Converse com ele, diga tudo o que pensa. Diga o que expôs aqui. Que acha covardia um homem bater numa mulher e que não vai mais permitir que ele aja com violência outra vez.

— Tenho medo de papai — confessou com olhos marejados. — Antes de a amante aparecer, ele era amoroso comigo, me cobria de presentes, me dava atenção, conversava, era um verdadeiro pai. Mas, depois que ela surgiu em nossas vidas, ele mudou tanto que nem parece ser a mesma pessoa. Aquela mulher destruiu nossa família.

Murilo sabia que era de Rosa que Lara falava. A amiga prosseguiu:

— Nunca vou entender por que um homem deixa a mulher em casa para procurar uma amante. A mulher faz tudo para ele, enquanto a amante é uma pessoa perdida, que não faz nada e ainda recebe carinho, atenção e até presentes.

— Eu também não entendo isso. Sua mãe é uma mulher muito bonita, igual a você... Se eu fosse casado com uma mulher bonita assim, nunca a trairia nem trocaria por outra.

Lara não percebeu a declaração velada do amigo e replicou:

— Você diz isso agora, pois é quase uma criança e nunca namorou. Quando casar, fará o mesmo que os outros homens. Mamãe está certa! Nenhum homem presta.

— Assim você me ofende. Sou homem e sou seu amigo. Eu também não presto?

Lara corou.

— Não quis dizer isso. Você é um ótimo amigo; é como se fosse um irmão. Sei que há homens bons. Estou me referindo a namoro e casamento. Parece que todos têm essa tendência à traição. E essas mulheres que se tornam amantes? Será que não pensam no sofrimento que levam aos lares e às famílias dos homens com quem se relacionam? Veja em que minha casa se transformou depois que Rosa se envolveu com meu pai: uma casa triste, cheia de discussões. Minha mãe está deprimida, sem vontade de viver, fazendo as coisas sem vontade. Essas mulheres têm de pagar pelo que fazem.

Murilo pensou em não dizer, mas acabou falando:

— Será que as amantes são as únicas culpadas?

— Como assim?

— Lara, acho que as mulheres casadas contribuem com isso de alguma forma.

— Como assim? — Ela repetiu a pergunta, sem entender.

— Não sei dizer. Minha mãe costuma falar que os homens só buscam mulheres fora de casa quando as esposas não lhes oferecem o melhor que podem.

— Sua mãe deve estar enganada. Não concordo com isso. Minha mãe sempre fez de tudo para meu pai. Não, não é por isso.

Lara parou por alguns segundos e, como se tivesse tido uma grande ideia, tornou:

— Murilo! Você precisa me ajudar com uma ideia que tive. Quero que vá à casa de Rosa comigo. Agora.

Murilo estremeceu.

— Que loucura é essa?

— Não é loucura. Quero conhecer essa mulher de perto, saber como ela é e o que pensa.

— Isso não tem sentido, Lara. Você poderá se prejudicar. Uma mulher, que é capaz de destruir um lar sem remorso, pode destruir você também.

— Pois quero pagar pra ver! Sempre tive curiosidade de conhecer Rosa e farei isso agora!

— Mas já passa das nove!

— Não tem importância. Está cedo, e esta cidade é pequena. Nada acontece aqui. Não há perigo. E eu sei onde Rosa mora.

— Sabe? Como descobriu?

— Numa das discussões que teve com minha mãe, meu pai comentou. Ela mora a quatro quadras daqui, na rua do fundo da Escola Sagrada Família. Vamos lá?

— Realmente, não é tão longe. Mas, se souber que você foi até lá, seu pai não vai gostar. Ele pode até lhe bater.

— Aconteça o que acontecer, irei até lá. Se não quiser ir comigo, irei só. — Lara levantou-se do banco e já ia partindo, quando Murilo disse:

— Espere. Eu irei com você.

— Obrigada mais uma vez. Agora, vamos.

Foram caminhando por ruas desertas e solitárias, algumas mal-iluminadas, até que chegaram em frente à referida escola e dobraram a esquina, indo para a rua do fundo.

Entraram em uma rua comprida, onde havia muitas casas, umas coladas às outras, sem separação. Como saber onde Rosa morava?

Parecendo adivinhar-lhe os pensamentos, Murilo disse:

— O único jeito é batermos na porta de qualquer casa e perguntar onde mora Rosa.

— Ótima ideia.

Aproximaram-se de uma casinha verde com apenas uma porta e uma janela brancas e bateram. Em poucos minutos, uma senhora bastante idosa abriu.

— O que desejam?

— Queremos saber onde mora Rosa. Sabemos que a casa fica nesta rua, mas não sabemos qual é.

A senhora franziu o cenho, observou melhor as duas crianças e, concluindo que não haveria perigo em informar, disse:

— É naquela casa cor-de-rosa ali, quase no meio do outro lado da rua. A fachada é rosa e as janelas são brancas. Mas o que vocês querem com ela? Rosa é rude, mal-humorada e não gosta de receber ninguém na casa dela. Se não fosse a dona Emília, que é uma flor de pessoa, ninguém aqui olharia para a cara dela.

Lara ficou curiosa.

— Quem é dona Emília?

— É a avó de Rosa. Rosa vive com ela. Não sabiam disso?

Lara meneou a cabeça negativamente.

— E então? Não vão me dizer o que querem com ela?

Num ímpeto, Lara soltou:

— Rosa é a amante de meu pai, e eu vou falar com ela sobre o assunto.

A idosa empalideceu.

— Você é filha de Sérgio?

— Sim.

— Minha filha, não vá até lá. Rosa é perigosa. Pode agredi-la.

— Não tenho medo. Além disso, Murilo pode me defender.

A mulher olhou para o rapaz e disse:

— Não sei, não. Seria melhor que não se metesse nessas coisas. Não seria mais correto sua mãe vir aqui?

— Me desculpe, senhora, mas preciso ir. Muito obrigada por tudo.

Dona Felícia ficou extremamente curiosa e resolveu observar tudo pela janela de sua casa. Não perderia aquilo por nada.

Andaram alguns metros e aproximaram-se da casa, que era como todas as outras da rua: geminada. Em todas elas havia um arbusto enfeitando a calçada e portas e janelas que davam direto para a rua. Não tinham varanda, jardim ou *hall* de entrada.

Aproximando-se mais, Lara e Murilo viram que uma das janelas estava aberta. Fazia calor, e, como a cidade era pacata, muitos não se importavam em deixar as janelas abertas até mais tarde. Observaram melhor e viram duas mulheres na sala. Uma era morena e jovem, muito bem arrumada e parecia entretida com um programa de televisão. Certamente, era Rosa. A outra era uma senhora de meia-idade, que estava igualmente entretida, mas com uma revista de palavras cruzadas. Lara concluiu que era a avó de Rosa.

As duas tomaram um leve susto ao ouvirem a vozinha feminina e quase infantil de Lara dizer:

— Boa noite!

Rosa levantou-se do sofá imediatamente e foi até a janela.

— O que querem? Isso são horas de pedir esmola?

— Não estamos pedindo esmola. Vim aqui para conhecê-la e conversar com você. Quero lhe pedir que abra a porta e me deixe entrar.

Rosa enraiveceu-se.

— Mas que petulância! Por que quer me conhecer?

— Se abrir a porta e nos deixar entrar, eu responderei. — O coração de Lara batia acelerado. Já não estava tão certa de que ir até ali fora uma boa ideia. A vontade que tinha era de deixar Rosa falando sozinha, puxar Murilo pelo braço e sair correndo, mas, já que estava ali, precisaria criar coragem para ir até o fim.

A senhora deixou a pequena revista em cima do sofá e, intrigada com a criança que falava com sua neta, aproximou-se da janela.

Com raiva, Rosa continuou a falar:

— E por que acha que eu abriria a porta de minha casa e a faria entrar?

Lara respondeu direta:

— Porque sou a filha do seu amante.

Rosa empalideceu rapidamente, mas logo recobrou o domínio sobre si.

— Muito bem! Então, você é Lara. Não sabia que estava tão crescida.

— Crescida a ponto de vir até aqui falar com você. Abra a porta, por favor.

Rosa trocou olhares com a avó, que a encorajou a abrir a porta.

— Entrem. Sentem-se aqui — disse indicando a poltrona maior. Depois, sentou-se com elegância e desenvoltura e perguntou com olhos inquisidores e maliciosos: — Muito bem. O que quer comigo? É algum recado de sua mamãezinha?

Lara sentiu indignação ao ouvir Rosa referir-se a Marisa com ironia e cinismo. Conteve-se e respondeu:

— Não lhe trago nenhum recado. Vim saber por que uma mulher como você invade a vida de uma família feliz e a destrói. Não sente nenhum arrependimento? Por que, em vez de se casar ou namorar um homem solteiro, fica feliz em ser apenas amante?

Rosa trocou outro olhar significativo com a avó e exclamou:

— Bravo! Você é muito inteligente. Seu pai me disse que você era uma menina de quatorze anos, mas vejo que já deve ter nascido velha, pois pensa como uma.

Lara não revidou a provocação e insistiu:

— Por quê? Não vai me responder?

— Eu podia meter a mão em sua cara, lhe dar várias bofetadas e expulsá-la daqui, mas, em consideração a seu pai, homem a quem muito amo, vou lhe responder. — Rosa olhou para todos os lados de sua sala, como se a estivesse observando, e depois perguntou para Lara: — Está vendo como esta sala é bonita e arrumada? Olhe para os quadros na parede, esta belíssima mesinha de centro, o moderno aparelho de som, a poltrona caríssima na qual está sentada, a pintura caprichada na parede, esse lindo espelho oval, caríssimo por sinal, em que admiro minha beleza diariamente e essa televisão. Olhe só para essa televisão... Enorme, a cores. A cores, tá? Você é uma menina inteligente e sabe que só pessoas com bom dinheiro têm uma dessas em casa. Olhe para lá! — Apontou para uma mesinha onde havia um telefone: — Como deve saber, aquilo é um telefone. A linha está paga. Não devo nenhuma prestação. Sabe de onde veio tudo isso? Do seu pai. Tudo aqui é presente dele.

Mesmo sabendo que o pai dava presentes a Rosa, Lara jamais poderia imaginar que ela vivesse com tanto luxo. Para uma pessoa pobre como seu pai, que lutava o dia inteiro na oficina para se manter, aquilo era luxo.

Notando o constrangimento da menina, dona Emília expressou-se pela primeira vez:

— Pare, Rosa! Já chega! Pare de humilhar a menina.

— Mas, vovó, foi ela quem me procurou! Ela veio saber a verdade, então, vai saber. Venha aqui, Lara. Siga-me.

29

A menina levantou-se, e Murilo acompanhou-a. Passaram por um pequeno corredor atapetado, Rosa abriu a primeira porta.

— Veja! É meu quarto! Entre. Veja só como é lindo. Cama de madeira de lei. Aliás, todo o quarto foi encomendado por seu pai na melhor fábrica de móveis da região. Note a qualidade do guarda-roupa, da penteadeira e do roupeiro. Agora, veja a melhor parte deste quarto! — Rosa abriu as portas do móvel e começou a tirar todas as roupas que estavam nos cabides, nas gavetas e nos demais compartimentos, jogando-as na cama. Quando terminou, disse: — Vestidos, saias, blusas, camisetas, calças, sobretudo, saídas de banho etc., tudo de muita qualidade e beleza. Não acha que tenho bom gosto?

A menina olhava para tudo estupefata. Percebendo que sua atuação estava causando o efeito esperado, Rosa continuou sem piedade:

— Agora, me siga até a copa e a cozinha.

Lá chegando, Rosa prosseguiu:

— Duvido que em sua casa haja um fogão de seis bocas como este. E essa geladeira? Último lançamento da Consul! Pode tocar. Saiu da loja há menos de um mês. E ali — apontou para um pequeno recinto — é a área de serviço. Como pode ver, há uma lavadora de roupas. Eu disse lavadora de roupas! Não é tanquinho. É ali onde as minhas roupas e as de minha avó são lavadas. E agora chega. Voltemos para a sala.

Quando os três retornaram à sala e se sentaram novamente ao lado da senhora Emília, que se mantinha calada, Rosa perguntou:

— Entendeu agora por que estou com seu pai?

Lara, mesmo entristecida e magoada por dentro, respondeu:

— Entendi que você é uma mulher interesseira e preguiçosa, que está destruindo minha família por causa de móveis, roupas, televisão, aparelho de som, telefone e lavadora de roupa. É isso?

Rosa, sem se abalar, prosseguiu cínica:

— Também, também por isso. Mas o principal não são as coisas materiais, minha querida. O principal é o amor do seu pai. Nossa... que homem carinhoso, delicado, meigo, amoroso. Ele me cobre de mimos todos os dias em que vem me ver. Se seu pai não me amasse tanto, eu certamente não estaria com ele. Por mais coisas materiais que me desse, não estaria.

— Então, por que você não se casou e construiu uma família normal como todas as outras? Você é nova e muito bonita, Rosa. Por que escolheu logo um homem casado, sendo que outro, solteiro, poderia lhe dar tudo isso aqui, além de uma vida digna?

— Você é mesmo muito inteligente! Eu diria que você tem trinta anos, não quatorze. Quer mesmo saber? Está preparada para a verdade?

Dona Emília interrompeu-a, pegando levemente nos braços da neta:

— Por favor, poupe a menina disso. Ela não merece. Por mais madura que seja, ela é só uma criança.

— Calma, vovó. Não é a senhora quem vive dizendo que a verdade liberta? Então, vou libertar a Lara com a verdade.

E continuou olhando fixamente para a menina.

— Não escolhi um homem solteiro porque nunca quis me casar. Do amor eu só quero o melhor, que é o namoro, o sexo, o companheirismo nos bons momentos vividos, os presentes, os passeios, as viagens. O casamento é uma prisão horrorosa que não desejo para minha vida. Não nasci para ser escrava ou empregada de homem. Não nasci para fazer comidinha pra homem nem para lavar suas cuecas. Também não nasci para aturar suas manias, suas doenças e suas reclamações. Do relacionamento só quero a melhor parte. Sua mãe, coitada, está com a pior. É casada e tem que se acabar pra fazer tudo para Sérgio: comidinha, merendinha, limpar a casa, lavar suas roupas, lavar suas cuecas, suportar seu mau humor, suas manias, a televisão alta nos jogos horripilantes de futebol, suportar uma vida insípida, rotineira e sem graça. Entendeu agora?

Lara pareceu levar um choque. A força daquelas palavras teve uma ação sobre ela como a de amortecimento, ao mesmo tempo em que tudo aquilo se alojara em seu subconsciente como se fosse a maior verdade da vida. Agora entendia por que seu pai fora procurar uma mulher como Rosa: jovem, bonita, sempre arrumada e cheirosa, de unhas pintadas, vivendo só para os bons momentos. Coitada de sua mãe. Ficara com o pior, com o casamento e com a chatice da rotina. Naquele momento, mesmo sem mexer um músculo da face que demonstrasse o que estava sentindo, Lara decidiu que nunca iria se casar. Que seria como Rosa. Ela, sim, era feliz.

— Entendeu, querida?

Lara foi tirada de seu quase torpor, quando respondeu:

— Entendi, sim.

— E, só para finalizar... está vendo que a casa está toda arrumada, limpa, e que tudo está em ordem? Você pensa que sou eu quem move um músculo para que isso fique assim? Não nasci para o cabo da vassoura nem para o pé do fogão. Para isso há as empregadas. Seu pai paga uma empregada para mim. Ela só não está aqui porque não dorme no serviço. Quer saber de mais alguma coisa? Ainda tem medo de que seu pai se separe de sua mãe por minha causa? Não tenha esse medo, querida. Quero seu pai assim mesmo, casado. Aliás, é só porque ele é casado que o quero. Se Sérgio se separar e quiser vir morar aqui, acabo com ele no mesmo momento, por mais que o ame. Odeio roncos, e seu pai ronca a noite inteira. Dispenso! Por mim, ele fica com sua mãe até que a morte os separe. Agora, fora daqui. Você já tomou demais meu tempo.

Rosa levantou-se, abriu a porta e ficou de pé, parada com a mão esquerda na maçaneta. Lara, então, caiu de vez em si, levantou-se e saiu com Murilo.

O caminho de volta para casa pareceu mais longo. Lara só chorava, e Murilo, preocupado, fazia a jovem sentar-se algumas vezes para descansar do pranto, que recomeçava assim que voltavam a andar. Para transmitir-lhe força e confiança, Murilo a abraçava. Nunca estivera tão próximo de Lara como naquele momento e a vontade que tinha era de beijar-lhe os lábios muitas vezes e dizer que a amava, que eles iriam se casar e que nunca teria uma amante.

Lara, por sua vez, não sabia por que exatamente chorava. Se por pena da mãe, que, iludida com o casamento, perdera os melhores anos da vida, ou por raiva da audácia e petulância de Rosa. Não sabia se agia assim por ter visto tanto luxo, enquanto as coisas eram tão simples e cheias de dificuldades em sua casa, ou se chorava pela decepção que tivera com o pai.

CAPÍTULO 4

O retorno de Lara foi penoso. A menina sentia o peito oprimido e experimentava diferentes sentimentos. Tentava, em vão, culpar as três pessoas que haviam violado sua infância com o sofrimento. Ora sentia brotar e crescer a raiva pelo pai e por Rosa, ora pela mãe, que não dispunha de coragem e vigor suficientes para enfrentar toda aquela situação de cabeça erguida.

Murilo seguia-lhe os passos ágeis, tentando descobrir uma forma de aliviar a dor de Lara. Abraçado a ela, sentia o coração pulsar descompassado. Apesar de serem amigos desde a infância, Lara despertava nele extremo interesse. Admirava-a pela disposição em apresentar ideias tão pouco compatíveis com sua idade. Ele a enxergava enamorado por tudo o que ela apresentava: os olhos marcados pelo amadurecimento precoce, o corpo que se entregava abruptamente à adolescência, a maneira decidida de encarar a vida. Viu quando a amiga buscou apoio numa parede com a mão direita e abraçou-a carinhosamente.

— Ei, Lara, sei que essa história toda é bem difícil, mas você já parou pra pensar que é apenas uma menina? Você não é sua mãe! Não pode nem vai conseguir mudar as atitudes de seu pai e também não vai conseguir enfrentar a tal de Rosa.

Ela olhou para o amigo e enxugou as lágrimas com as costas das mãos.
— Você tem razão. Não posso mesmo modificar nenhuma dessas pessoas. A única certeza que tenho é que, no futuro, não quero ser uma mulher como Rosa ou como minha mãe!

Murilo secou uma lágrima insistente no rosto de Lara com o dedo indicador e, de imediato, colocou-o na direção do coração.

— Suas lágrimas também são minhas, Lara. Sofro quando você sofre. Deixe seu coração sossegar um pouco, menina.

— Isso é bem difícil, Murilo. Não sei se, um dia, isso vai passar.

— Tudo passa na vida. É isso que aprendemos nos livros de História e nas novelas: tudo passa e tudo muda — ele afirmou, aproximando-se de Lara.

Quando os dois se deram conta, já haviam trocado um beijo juvenil. Murilo olhou para ela em êxtase. Não sabia se ria de tanto contentamento ou se mantinha a postura de consolar a amiga. Para os dois, era o primeiro beijo e o passaporte para o primeiro amor. Lara ficou em silêncio, olhando-o fixamente. Eram contraditórias todas as emoções daquela noite. Sentia-se adulta. Sofria e enfrentava a vida como adulta, mas, ao mesmo tempo, estava aprisionada à própria idade. Arrependida por ter cedido ao impulso de se deixar beijar por Murilo, correu em disparada, sendo acompanhada por ele. A única coisa que desejava naquele momento era se trancar no quarto, abraçar Teresa e contar à boneca todas as suas dores e agonias.

Os dois passaram pela praça às carreiras. Na esquina onde ficava o bar de Manoel, tiveram que desviar de vários jovens que bebiam e conversavam ao som da música alta. Murilo tropeçou nos próprios pés e viu Lara afastar-se rapidamente. Um dos rapazes foi ao socorro dele e levantou-o.

— O que há, Murilo? Está atacando menininhas agora? Tá maluco?

De pé, ele limpou as mãos na camiseta.

— Me deixe em paz! Não estava atacando ninguém! — retrucou, seguindo a passos largos para casa.

Murilo viu quando Lara fechou o portão com força e subiu os dois degraus que davam para a porta da sala. Pensou em ficar parado ali, esperando por ela, mas ouviu o grito da mãe chamando-o. Olga era uma mulher de poucas palavras e extrema rigidez na criação do filho e na condução da própria vida. Não admitia, sob nenhuma hipótese, que suas ordens fossem descumpridas. Ante a falta de reação do rapaz, tornou a chamá-lo.

— Murilo, acho melhor você entrar agora!

Ele caminhou resignado para casa. Sabia, no fundo, que a mãe agia daquela forma para protegê-lo.

34

— Por onde você andou? Procurei pelos arredores e sei que saiu por aí com a Lara. O que você tem na cabeça, menino? Acha que já é dono da própria vida? Que pode sair assim, sem me avisar?

Ele buscou esquivar-se.

— Fui dar uma volta, mãe. Desculpe se não avisei. Vou tomar um banho e me deitar. Não quero mais me atrasar para as aulas.

Olga suspirou e olhou para a casa de Lara. Nutria pela menina certa aversão por conta dos escândalos e das brigas frequentes entre Sérgio e Marisa. Não era de seu desejo que a amizade entre o filho e Lara se tornasse mais sólida. Julgava que um lar em desarmonia afetava diretamente o comportamento dos jovens e não queria esse tipo de experiência para Murilo. Trancou a porta de casa e permaneceu na sala assistindo à TV.

Lara entrou em casa e surpreendeu-se com as luzes apagadas. Resolveu ir direto para o quarto, ligou a tomada de um pequeno abajur e apanhou a velha boneca, abraçando-a com carinho.

— Teresa, só você consegue me compreender. Como me sinto só, minha amiguinha. Como me sinto só! — repetia, enquanto era tomada novamente pela vontade de chorar.

Olhou para o quarto e sentiu a raiva corroer-lhe o coração. As paredes estavam descascadas em algumas partes e, em outras, o tom de rosa tornara-se opaco, com marcas do tempo. O pequeno armário branco não tinha uma das portas, deixando à mostra as poucas roupas. Embora o chão e os móveis estivessem sempre extremamente limpos, nada se comparava ao que vira na casa da amante do pai. Lara colocou Teresa sobre o travesseiro e abriu uma das gavetas da cômoda antiga para trocar de roupa. Precisava descansar e colocar as ideias em ordem. No dia seguinte, decidiria o que fazer. Ao fechar a gaveta, ouviu o choro de Marisa e exclamou:

— Não! Desta vez, não vou consolar ninguém! Quem precisa de consolo sou eu!

Vestiu o pijama e, ao se sentar na cama, percebeu que a mãe trocara o choro compulsivo por pedidos de ajuda. Num salto, saiu da cama e acendeu a luz do corredor com rapidez. Uma gambiarra pendia do forro de madeira sustentando a lâmpada de luz fraca. As pernas trêmulas impediam-na de entrar no quarto de Marisa. Seu coração pressentia o pior. Lara empurrou a porta do quarto e viu, horrorizada, a mãe rogando por socorro, com o corpo semiflexionado.

— Me ajude, filha... Me ajude! — Marisa repetia com a voz rouca.

35

Lara segurou a cabeça da mãe, colocando-a sobre seu colo.

— Calma, mãezinha! Vou buscar ajuda, mas, por favor, fique calma!

Um jato de vômito com veios de sangue sujou a roupa da menina. Marisa começou a tossir, buscando ar para manter-se viva, e Lara pensou em buscar a ajuda de Murilo. Sem querer deixar a mãe sozinha, gritou o nome do amigo em desespero.

— Murilo! Me socorra, Murilo! Minha mãe está passando mal! Dona Olga, por favor, venha me ajudar!

Sérgio chegou ao portão de casa e abriu-o com penúria. Um imenso sentimento de culpa tomara conta de sua cabeça. Estava disposto a pedir perdão à esposa e prometer que não iria mais agredi-la. Ao girar a chave na fechadura, ouviu os gritos de desespero da filha. Fez duas tentativas com a chave, terminando por quebrá-la. Sem outra opção, quebrou o vidro da velha janela e pulou para dentro da sala. A visão do corpo da mulher convulsionando fê-lo experimentar uma tontura forte.

— O que houve, Lara?! O que aconteceu com sua mãe?

A menina respondeu entre soluços:

— Não sei, pai. Ouvi mamãe chorando e depois pedindo socorro. Quando entrei aqui, ela já estava desse jeito. Ela está morrendo! Eu sei que mamãe está morrendo!

Sérgio começou a gritar pedindo socorro. Alguns vizinhos abriram janelas e portas, julgando ser mais uma das muitas brigas do casal. Ele foi até a janela e insistiu:

— Por favor, chamem uma ambulância! Minha mulher está morrendo!

Murilo acordou com a gritaria e chamou pela mãe. Olga era viúva. Orlando, seu marido e pai de Murilo, morrera havia dois anos, e, desde então, ela passara a usar remédios para dormir. De tanto Murilo chamá-la, Olga despertou contrariada e sonolenta.

— O que há, Murilo? O que aconteceu? Que desespero é esse?

Murilo explicou rapidamente a situação, e Olga, já bem acordada, disse impaciente:

— Eles sempre fazem esse tipo de escândalo! Volte para cama.

— Desta vez é diferente, mãe! Seu Sérgio está pedindo uma ambulância. Disse que dona Marisa está morrendo.

Olga assustou-se. Marisa morrendo?

— Será que esse monstro exagerou desta vez? Vou chamar o Manoel. Ele tem carro e muitos conhecidos no hospital. Será mais fácil. Ligue para o bar. Vou ver o que está acontecendo.

Dentro de casa, Sérgio, emocionado, segurava a mão de Marisa.

— Aguente firme, Marisa. Logo você vai ficar boa.

Ela dirigiu ao marido um olhar opaco e, com dificuldade, apontou para a filha. Sérgio sentiu que a vida começava a esvair-se do corpo da esposa e desesperou-se.

— Chegue mais perto, Lara. Sua mãe a quer mais perto dela.

A menina pressentiu seu primeiro contato com a morte. Viu os lábios arroxeados e a face sem vida da mãe e chorou. Marisa reuniu as forças que lhe restavam e retesou todas as fibras de seu corpo para puxar o rosto da filha ao encontro do dela. Com todo o esforço que conseguiu fazer, disse algumas palavras com voz muito baixa, bem próxima ao ouvido da filha. Lara abriu os olhos num gesto de surpresa e espanto, enquanto viu as mãos e o rosto da mãe perderem definitivamente a vida. Ela afastou-se assustada e foi acolhida pelo abraço de Murilo. Manoel, que acabara de entrar com Olga, tomou o corpo inerte de Marisa no colo, colocando-o no carro com a ajuda de Sérgio. O dono do bar posicionou-se ao volante e voltou-se para o amigo.

— Não foi você, foi?

— Claro que não, Manoel! Acha que sou um monstro, um assassino?! Vamos rápido com esse carro! Ainda podemos salvá-la!

— Dona Marisa está morta, Sérgio. Não há mais o que fazer. Tirei o corpo dela de casa para que a morte seja declarada no hospital. Será mais fácil e menos doloroso para sua filha se agirmos dessa forma.

Ao chegarem ao hospital da cidade, Manoel chamou o policial que fazia a segurança do local. O homem era frequentador do bar e, de vez em quando, deixava contas penduradas que nunca eram pagas. — A esposa de meu amigo está muito mal. Apanhe uma maca rápido. O policial tirou o quepe e olhou pela janela do carro.

— Mas ela está morta, seu Manoel!

Manoel foi taxativo:

— Ela vai morrer na maca do hospital, entendeu?

O policial recolocou o quepe e ajeitou o revólver no coldre.

— O senhor é quem manda! — respondeu, apanhando uma maca na recepção e arrastando-a com agilidade até o carro.

Sérgio estava pálido. O corpo franzino de Marisa parecia ter o triplo do peso. Com dificuldade e auxiliado pelo policial e por Manoel, colocou-a na maca, deixando um dos braços da mulher pender para baixo. Filetes de sangue escorriam-lhe pelo nariz e pela boca, intensificando sua aparência funesta. O médico aproximou-se da maca com lentidão e, após um breve exame, declarou o óbito de Marisa.

Sérgio, transtornado, foi chamado no departamento de Assistência Social para dar início aos preparativos para o velório e sepultamento. Acompanhado por Manoel, evidenciava em gestos e palavras o peso de seu remorso.

— Eu não a amava mais, meu amigo, mas hoje eu iria pedir perdão por todas as minhas atitudes violentas. Não deu tempo. A vida me deu o pior castigo para um homem: carregar o peso da culpa.

Manoel mantinha-se no equilíbrio de sempre.

— O médico falou em acidente vascular hemorrágico. As pessoas têm mania de procurar culpados para a morte, porém, esses culpados não existem.

— Mas eu a maltratei tanto...

— Ela poderia ter reagido, denunciado você, buscado outro tipo de vida. Nesse aspecto, creio que ela se entregou à morte. Cada um vive as situações que escolhe viver. Sua esposa escolheu se entregar às experiências dolorosas que você dispensava a ela. A culpa não é apenas sua, meu caro amigo.

A assistente social chegou com o atestado de óbito e entregou-o a Sérgio.

— De que ela morreu? Pode me dizer?

— Está escrito aí, senhor. O doutor Charles atestou uma hemorragia intracraniana provocada por um AVC. Na idade dela, é sempre fatal. O corpo de sua esposa será preparado no necrotério. Enquanto isso, tome as providências necessárias para o sepultamento e velório. Tenho aqui o nome de um amigo que poderá ajudá-lo a encontrar uma vaga no cemitério da cidade. Há gente demais morrendo, e é muito difícil sem o auxílio de um profissional.

Sérgio colocou o cartão no bolso da camisa e pensou em Rosa.

— Não sei como Rosa vai encarar a morte de Marisa, Manoel.

— Ora, Sérgio! A única ligação entre as duas é você! Vamos providenciar um sepultamento digno para a mãe de sua filha.

Sérgio encostou-se no carro e colocou as mãos na cabeça.

— Não tenho dinheiro para arcar com essa despesa. Rosa precisou de um tratamento para a pele, e foi muito caro. Não sei o que fazer.

Manoel olhou para ele seriamente.

— Tenho algum dinheiro no banco. Depois, você acerta as contas comigo. Agora, vamos voltar para sua casa. Sua filha precisará de seu apoio. Ela é apenas uma menina e está sofrendo mais do que você, eu lhe garanto.

❦

Sérgio chegou à porta de casa e foi abordado por alguns vizinhos, que o olharam apreensivos.

— Minha mulher teve uma hemorragia no cérebro e está morta. Preciso conversar com Lara.

Olga apontou para a praça.

— Lara já pressentia essa notícia tão triste. Ela está na praça conversando com Murilo. É melhor deixar os dois. Os jovens conseguem se entender melhor e falar de suas próprias dores com mais naturalidade quando estão longe dos adultos. Vou para casa. Depois, nos avise o dia e a hora do sepultamento de Marisa.

Lara e Murilo estavam em silêncio, sentados num banco sob uma amendoeira. Ele viu quando Sérgio entrou em casa.

— Seu pai chegou. Melhor saber notícias de sua mãe. Vamos.

— Que notícias, Murilo? Minha mãe está morta!

— Como você pode afirmar isso? Ela foi levada ao hospital e deve estar sendo bem cuidada. Logo vai se recuperar e...

Lara interrompeu-o bruscamente.

— Minha mãe morreu, Murilo, e me fez uma revelação terrível, que precisarei guardar para mim. Apenas para mim. A dor é tão grande, tão gigantesca, que chego a me sentir anestesiada. É como se essa dor toda não coubesse dentro do meu coração. Vamos ficar aqui. Não quero pensar em nada. Absolutamente em nada ou ninguém. Você ficará aqui comigo?

— O tempo que você quiser e precisar. Sempre que quiser e precisar, estarei ao seu lado — ele respondeu.

Lara encostou a cabeça no ombro dele e fechou os olhos. A mãe partira para sempre, deixando como herança a dor e o peso de um segredo confessado à última hora.

CAPÍTULO 5

Emília olhava para a neta decepcionada. Por diversas vezes, tentara educá-la nos princípios mais cristãos, mas Rosa era avessa a qualquer tipo de conselho. Após a saída de Lara, a amante de Sérgio comemorou.

— Mas veja só! Uma pirralha achou que iria dar conta de um embate comigo! No mínimo, julgou que eu fosse me compadecer da penúria em que vive com a tonta da mãe! Eu, hein?! Só me faltava essa! Deixe o Sérgio aparecer por aqui! Vou ensinar a ele como se educa uma filha direitinho!

Emília tentou intervir:

— Rosa, tenha mais compaixão pelas pessoas.

— O que é compaixão, vó? A gente se alimenta com compaixão? Dorme em colchões macios de compaixão? Se perfuma com isso?

— Você sabe muito bem do que estou falando, minha neta. Sérgio é um homem casado e tem uma filha linda.

— E eu com isso, vó? Por acaso, sou essa família horrorosa dele? Uma mulher sem brilho, que carrega pela mão um projeto de anã falante? Deus me livre de um fardo desse tamanho! Não nasci para heroína pobre de novela mexicana!

— Você pode se arrepender no futuro de destruir uma família, minha neta!

— Homens com famílias sólidas não procuram amantes, vó! Quando isso acontece, a família não é mais tão importante assim. Tenho a consciência bem tranquila. Durmo em paz.

Emília, em seu íntimo, culpava-se bastante pela vida fora dos padrões da neta. Frequentemente, recordava-se do dia em que flagrara o padrasto de Rosa prestes a violentá-la. Se não tivesse chegado de surpresa à casa da menina, o ato teria sido consumado. Rosa estava com o corpo nu, acuada num canto da cama, enquanto o homem se despia, mantendo um sorriso trêmulo e cínico no canto da boca.

— Calma, florzinha. Você vai gostar. Quem mandou ficar desfilando na minha frente com essas roupas curtinhas.

— Vou contar tudo para minha mãe! — ela gritava, buscando cobrir-se com um lençol. Me deixe em paz, seu porco!

— Não vai contar nada, não. E, se contar, sua mãezinha não acreditará em você. Ela sabe que sou um homem decente, trabalhador e temente a Deus.

Emília agarrou uma vassoura que estava encostada no batente da porta e golpeou-o na cabeça várias vezes até deixá-lo desacordado. Abraçou a neta com todas as suas forças e jurou protegê-la pelo resto da vida.

— Calma, meu bem! Vou cuidar de você a partir de agora. Onde está sua mãe?

Rosa gaguejou para responder.

— Saiu cedo. Muito cedo, vó. Esse porco vem tentando mexer no meu corpo já faz muito tempo.

— E você não contou nada à sua mãe? Por que não falou comigo?

— Falei com mamãe uma vez, mas ela não acreditou, vó. Disse que eu parasse de inventar histórias, porque o Jairo era um homem de bem. Disse também que nada iria separar os dois e que eu só servia para arrumar confusão.

— Vamos até a polícia denunciar esse crápula, minha filha!

Rosa correu para seu quarto e vestiu-se com rapidez. Esvaziou a mochila da escola e colocou algumas roupas no espaço antes ocupado por livros e cadernos. Emília acompanhou os passos da neta e parou à porta.

— Nada de polícia, vó! Um dia, vou me vingar dele. Posso garantir. O que quero mesmo é que a senhora me leve para sua casa e nunca mais deixe minha mãe me trazer de volta pra cá. Quero morar com a senhora!

As duas passaram pelo quarto onde Jairo estava desacordado, e Rosa soltou a mão de Emília para aproximar-se do padrasto. Com a ponta do tênis, virou o rosto do homem para cima, o que o fez entreabrir os olhos. Sem titubear e demonstrando uma coragem incomum, Rosa juntou saliva na boca e cuspiu nele.

— Desgraçado! Vou me vingar de você! Pode esperar!

Emília gritou pela neta.

— Vamos, Rosa! Não há mais o que fazer aqui! Quando eu me acalmar, falarei com sua mãe!

À época, a neta contava apenas onze anos de idade, e Emília passou a assumir todas as responsabilidades da criação da menina. Via com tristeza o gênio forte de Rosa transformar-se em rebeldia. Buscava desculpar todos os deslizes da jovem em função da convivência doentia com a mãe e o padrasto.

Emília sacudiu a cabeça, tentando desvencilhar-se das imagens cruéis do passado. Para ela, todo o sofrimento experimentado por Rosa justificava suas ações no presente. Guardava a esperança de que, um dia, ela modificaria o comportamento e as atitudes. Sabia, melhor do que qualquer pessoa, que Rosa não amava Sérgio. A jovem mantinha um caso com ele apenas por interesse, como já tivera com outros homens, mas não aprovava o descaso com que ela tratara a pequena Lara.

— Você poderia ter poupado a menina, Rosa! Seu deboche ultrapassou todos os limites. Esqueça essa família, por favor! Esqueça Sérgio! Deixe-o seguir em paz!

A jovem apanhou um pequeno espelho dentro da bolsa e retocou o batom.

— Nossa! Ainda bem que Sérgio não falha com minha mesada! Minha pele está horrível. Vou aproveitar para me cuidar, vovó!

Emília reagiu.

— Estou tratando de um assunto sério e você me vem com essas futilidades! Quer dizer que sua aparência sempre será mais importante do que o sofrimento que está causando?

— O sofrimento de ninguém me diz respeito. E sei bem que a senhora também adora todo o conforto que o tonto do Sérgio nos oferece. Esta poltrona de couro, onde a senhora adora passar as tardes lendo, vem do dinheiro que ele me dá. Aliás, sua vida se modificou bastante depois que me tornei adulta. Lembra-se daquela casinha tosca, com as paredes pintadas de amarelo e do dinheiro contadinho que tínhamos para passar o mês? Então, tudo isso só ficou no passado porque conheci Sérgio e o fiz se apaixonar por mim.

Emília colocou ambas as mãos no rosto.

— Você fala como uma prostituta, Rosa!

— Que visão mais antiquada, dona Emília! Não vendo meu corpo e nunca o vendi! Apenas sou recompensada pelo encanto e pela felicidade que ofereço a Sérgio.

— Se eu tivesse condições, você sairia de sua vida, minha neta. Não quero presenciar sua derrocada, porque isso, mais cedo ou mais tarde, vai acabar acontecendo! Outra coisa que me intriga é de onde Sérgio tira tanto dinheiro,

Rosa beijou a testa de Emília com ternura, desconversando.

— Escute uma coisa, vó: amo demais a senhora, mas, neste mundo, ou engolimos as pessoas ou elas nos engolem. Fique em paz. Tenho hora marcada com a esteticista amanhã cedo. Vou dormir. Sérgio não deve aparecer hoje. — Deu um leve beijo em Emília, que, preocupada, não conseguiu mais ficar na sala, fechou tudo e foi recolher-se para orar.

Sérgio estava sentado na poltrona da sala quando Manoel entrou.

— Meu amigo, o corpo de Marisa já foi liberado para ser velado em casa, como você pediu. Daqui a pouco, o carro da funerária chegará. Vou dar um jeito naquela mesa que está no quintal para colocá-la aqui na sala. Já que as pessoas farão uma ronda por sua casa para se despedir de dona Marisa, é melhor providenciar, pelo menos, café. Por falar nisso, onde está sua filha? Não é bom deixá-la entregue ao próprio sofrimento. A menina precisa de sua força e firmeza neste momento tão delicado. Reaja!

— Lara jamais vai me perdoar, Manoel. Ela tinha conhecimento de tudo e, apesar de tão jovem, é bastante esperta.

— Nada disso interessa agora, Sérgio. As pessoas espertas também têm sentimentos. Ela acabou de perder uma referência na vida. As mães são nossas referências eternas. Lara está sofrendo. Vá chamá-la, enquanto dou conta de tudo aqui.

Sérgio saiu em direção à praça e avistou, de longe, a filha com a cabeça no ombro de Murilo. Viu o orelhão na esquina da rua e lembrou-se de Rosa. "Preciso dar essa notícia a ela. Tenho certeza de que me dará o conforto de que preciso", pensou, dirigindo-se ao telefone público e evitando que a filha o visse. Com agilidade, fez uma ligação a cobrar e identificou a voz de dona Emília, que, sem conseguir dormir, tentava concentrar-se em suas preces. Ela levantou-se e foi atender à ligação.

— Dona Emília, aconteceu uma tragédia. Preciso falar com Rosa.

— Que tragédia, Sérgio? O que aconteceu? Você cometeu algum desatino?

— Não, dona Emília. Não fiz nada de errado a não ser me apaixonar perdidamente por sua neta. Quero falar com ela.

— Rosa já está dormindo. Como você não disse que iria aparecer hoje, ela se recolheu cedo. Me diga o que aconteceu.

Com a voz entrecortada por soluços, Sérgio anunciou.

— Marisa teve uma hemorragia no cérebro e não resistiu, dona Emília.

Após um breve silêncio, a avó de Rosa reagiu:

— Você está dizendo que sua esposa faleceu? É isso?

— É isso mesmo. Marisa está morta. Precisarei muito do apoio do amor de minha vida.

— Calma, Sérgio. Meus sentimentos. Vou avisar Rosa. Procure ficar calmo e dar apoio à pequena Lara. Ela é uma menina muito bonita e firme, mas certamente está sofrendo bastante com a passagem da mãe.

Sérgio surpreendeu-se com a descrição exata da filha feita por Emília, mas resolveu desconsiderar. Estava com o coração em pedaços. Não sabia que rumo daria à própria vida nem à vida da filha. Na dor da perda, descobrira tardiamente que não saberia viver sem Marisa.

❦

Lara tomou banho e prendeu o cabelo num rabo de cavalo. Murilo, Olga e Vanda, a vizinha da esquina, chegaram para velar o corpo de Marisa. A menina, embora abatida, não evidenciava fraqueza. Aproximou-se do caixão, levantou o véu funesto e beijou a testa fria da mãe. Em seguida, olhou para o pai e apontou para a porta.

— Levante-se e receba os amigos de mamãe. A obrigação é sua!

Ele secou as lágrimas e abraçou a filha, sussurrando:

— Amo tanto você, minha Lara.

Ela buscou desvencilhar-se delicadamente do abraço.

— Receba essas pessoas, por favor. Não quero que fiquem me olhando com cara de pena. Não gosto desse sentimento. De todos é o pior que alguém possa experimentar — respondeu, sinalizando com os olhos para Murilo e saindo com ele para o quintal.

Manoel ajudou Sérgio a levantar-se e a receber a vizinhança para o velório de Marisa. Providenciou uma garrafa térmica com café e uma jarra de água. Reconhecia os erros do amigo, mas não seria um juiz leviano da vida de ninguém, muito menos de Sérgio.

— Vamos, meu amigo. É preciso manter o equilíbrio nesses momentos de transição. A morte é um véu muito fino. Mais fino que este que cobre o corpo inerte de sua esposa. Ela precisa de seu equilíbrio e discernimento.

Sérgio recebeu os vizinhos e amigos e notou que as pessoas o olhavam com ares de reprovação. Não era segredo na cidade que ele mantinha um relacionamento com a jovem Rosa e, naquele momento, esta era a verdade que mais lhe doía. Uma mistura de sentimentos oprimia seu peito: a perda da mulher de maneira tão inesperada e trágica, o futuro e, principalmente, o remorso. No fundo, ele sentia-se culpado pela morte de Marisa e por todas as humilhações e privações que a fizera passar.

Manoel se deu conta do quanto Sérgio estava atordoado e pegou-lhe pelo braço.

— Vamos até lá fora acender um cigarro. Você precisa colocar sua cabeça no lugar.

Sérgio deixou-se conduzir até a varanda, tirou do bolso da camisa um maço de cigarros e entregou um a Manoel.

— Preciso conseguir falar com Rosa, meu amigo. Ela deve estar sem saber o que fazer e não quero que ela, num rompante para me consolar, apareça por aqui.

Manoel retrucou.

— Você acha mesmo que ela faria isso?

— Tenho certeza de que sim. Rosa deve estar agoniada. Dei a notícia para a avó dela. Espere um pouco aqui. Vou até o orelhão ligar para ela. Quero evitar aborrecimentos e mais julgamentos, Manoel.

Sérgio ligou novamente a cobrar. Rosa atendeu, buscando disfarçar o tédio.

— Sérgio! Até que enfim você ligou. Vovó me deu a notícia do falecimento de sua esposa. Imagino como esteja se sentindo. Já estou arrumada para ir lhe fazer companhia. Sei que precisa de mim neste momento.

Emília olhou com reprovação para a neta, que vestia uma camisola vermelha, e cochichou, mexendo a agulha de crochê: "Como pode ser tão dissimulada?".

Sérgio foi veemente.

— Nada disso, meu amor. Não a quero à mercê dos olhares de julgamento que estão me lançando. Além disso, tem a Lara. Não posso impor, neste momento, sua presença à minha filha. Fique em casa e reze por mim. Assim que puder, irei até aí.

— Se é assim que você quer, é assim que vou agir — Rosa respondeu, sentando-se no sofá e apanhando o controle da TV. — Mas saiba que minha vontade é estar ao seu lado.

Sérgio desligou o telefone e retornou à casa. Os primeiros raios de sol anunciavam o início de um novo dia. Odete, irmã de Marisa, acabara de chegar e dirigia a Sérgio olhares de reprovação. Ele, entretanto, mantinha-se calado, na tentativa de conter as lágrimas. Olga observava o comportamento dele e, com indignação, dirigiu-se a Vanda, outra vizinha que lá estava também chocada com a morte repentina de Marisa.

— Cada lágrima dessa tem um nome determinado, Vanda.

— Não entendi. O que está querendo dizer com isso? Desde quando lágrimas têm nome? Sérgio está realmente sofrendo. Será que não vê?

— Você é que nada vê. As lágrimas de Sérgio se chamam arrependimento e remorso, que o acompanharão pelo resto da vida. É um dos piores sentimentos que alguém pode ter. Um verdadeiro castigo. Aonde quer que ele vá, esses serão seus companheiros constantes.

Vanda abaixou a cabeça. Intimamente, concordava com Olga. Sabia que o fantasma de todas as palavras e privações a que Sérgio submetera Marisa o assombrariam por muito tempo.

Um padre chegou para fazer as orações derradeiras, e Sérgio chamou a filha.

— Lara, venha! Vamos orar por sua mãe para que a alma dela encontre a paz.

— Reze o senhor, papai. Minha oração será feita aqui mesmo, embaixo desse abacateiro que ela cuidava com tanto carinho. Minha conversa é com Deus. Apenas com Ele — respondeu, dando uma das mãos a Murilo. Com a outra, tocou no tronco do velho pé de abacate.

Com os olhos fechados, respirou fundo antes de começar a falar.

46

— Não sei quem é você, Deus. Não sei mesmo. Dizem que você criou todos os seres e deu a cada um de nós uma coisa chamada destino. Minha mãe sofreu por conta dele, e eu estou sozinha pelo mesmo motivo. Sinceramente, não consigo entender como um ser tão divino, que criou estrelas, planetas, flores, animais e o ser humano, tenha criado também essa coisa injusta chamada destino. Se eu posso Lhe pedir alguma coisa, desejo apenas que minha mãezinha consiga um destino melhor, com um roteiro mais bem escrito.

Murilo olhou para ela surpreso e perguntou:

— Posso fazer uma oração por dona Marisa, Lara?

— Você pode, Murilo — ela respondeu com os olhos marejados.

O rapazinho juntou as mãos e aproximou-as à testa franzida. Com a respiração compassada, iniciou sua prece.

— Deus, Pai de todas as criaturas e criações, rogo a intervenção dos seres que habitam Sua luz durante a passagem de dona Marisa. Sou muito jovem ainda, mas aprendi que tudo na vida material é passageiro. Que a viagem de retorno de dona Marisa seja acompanhada pelo amor que o Senhor dispensa a todos os seus filhos. Que ela seja amparada, tratada e retome a consciência espiritual assim que for possível...

Lara olhou-o admirada. O sol se fez presente entre as folhas do abacateiro, e uma luz incomum clareou a sala onde Marisa era velada.

CAPÍTULO 6

Sérgio aproximou-se do caixão e nele se debruçou. Seus soluços só foram interrompidos quando sentiu que lhe cutucavam grosseiramente as costas. Ele levantou o tronco com dificuldade, secou as lágrimas que tornavam seus olhos nublados e olhou para Odete. Sem entremeios ou emoção, a tia de Lara perguntou:

— O que houve com minha irmã, Sérgio? Ela era jovem e, embora vivesse em aflição, aparentava boa saúde. Que história é essa de hemorragia cerebral? Onde está o atestado de óbito e o laudo do médico? Como ela foi atendida?

— Dona Odete, ela foi atendida como tinha de ser. Como a senhora quer que eu responda a tantas perguntas ao mesmo tempo? Não sou médico e estou sofrendo demais para pensar nessas coisas! — ele respondeu exasperado.

Odete procurou desculpar-se, mantendo, entretanto, a mesma firmeza.

— Sou médica, e você sabe que essas perguntas fazem parte da profissão que abracei. Me perdoe se fui grosseira. Não foi essa a minha intenção. Só estou chocada com a morte de minha única irmã. Apenas isso. Deixe-me vê-la.

Lara ouviu a voz da tia, agitou-se e chamou por Murilo para entrar.

— Vamos, Murilo! Quero acabar logo com isso. Vou pedir para fecharem o caixão.

Os dois entraram na sala, e Lara solicitou que o velório fosse encerrado, ignorando a presença investigativa da tia ante o corpo de Marisa.

— Pai, vamos acabar com esse velório. Não há mais sentido nisso! Temos aqui apenas o corpo de minha mãe. Mais nada!

Odete voltou os olhos para a jovem.

— Lara, lamento muito. Gostaria de saber a causa da morte de minha irmã. Apenas isso.

— A causa da morte de minha mãe está no atestado de óbito, tia Odete. Leia depois. Aqui, temos apenas um corpo a ser enterrado.

Olga olhou para Lara com admiração e resolveu ajudá-la.

— Lara tem razão. É melhor deixar minha amiga Marisa descansar em paz! Fechem o caixão!

Vanda olhou para a vizinha com espanto. Sabia que ela e Marisa se falavam uma vez ou outra, porém, nunca havia se dado conta de que as duas poderiam ter desfrutado de uma amizade mais profunda ou algo parecido. Discretamente, puxou-a pelo braço, percebendo um leve tremor em suas mãos.

— Essa é uma decisão da família, Olga! Não se meta!

Olga ia retrucar, mas o alerta de Vanda serviu para que ela percebesse que estava se excedendo.

Manoel chamou Sérgio, e os dois, seguidos pelo olhar doído dos presentes, cerraram a urna escura, colocando-a no carro funerário que já os aguardava na rua. O cortejo foi seguido por alguns vizinhos até o cemitério local. Lara olhou para o pequeno canteiro onde a mãe cultivava tímidas rosas, abaixou-se e escolheu as mais viçosas. Em seguida, mostrou-as para Murilo.

— Minha mãe gostava de flores. Essas seguirão com o corpo dela — disse antes de entrar no carro de Manoel com o pai e a tia.

O rapazinho acenou para ela:

— Já estarei lá com você...

O caixão foi colocado numa das carneiras do cemitério. Lara secou uma lágrima e olhou ao redor. Uma mistura de sentimentos contraditórios tomou conta de seu coração. Sentia-se abandonada, entregue à própria sorte, fragilizada pela vida que vinha enfrentando, saudosa e, ao mesmo tempo, demonstrava grande raiva, apertando ambas as mãos com força descomunal. Mostrava-se, entretanto, com o rosto sereno, enquanto Sérgio soluçava sem parar. Quando todos se afastaram da quadra fria e pintada de cal, ela acariciou as três rosas chá e colocou-as cuidadosamente no chão.

— Essas rosas são para você, mãe. Não sei o que acontece depois da morte, nunca aprendi nada sobre isso, mas, se for verdade que a vida continua, quero apenas que a senhora tenha certeza de que vou me cuidar muito bem.

Sozinha, sem o olhar de piedade das outras pessoas e do descontrole do pai, Lara permitiu-se chorar de dor e de saudade. Ficou ali por mais de meia hora e, depois, retornou para casa.

Desconsolado, Sérgio andava de um lado para o outro, quando se deu conta da presença da filha.

— O que será de nós dois agora, Lara?

A menina levantou a cabeça e olhou para ele de cima a baixo.

— Preciso tomar um banho antes de qualquer coisa. Neste momento, nada mais é urgente.

Sérgio acomodou-se numa poltrona ao lado de Odete.

— Sinceramente, Sérgio! Não me conformo com mortes repentinas. Minha vontade é de pedir um laudo cadavérico para apurar as verdadeiras causas da morte de Marisa.

— Pra quê, Odete? Isso não faz sentido algum e só aumentaria meu sofrimento e o de minha filha.

— Já lhe disse que não me conformo com mortes súbitas! O corpo sempre dá um sinal de que as coisas estão desorganizadas em nosso organismo. Ela nunca havia se queixado de nada? Nenhum incômodo como dor de cabeça, tonturas?

— Não, senhora! Minha esposa era uma mulher saudável.

Lara chegou à sala com uma toalha envolvendo os cabelos molhados.

— Tia Odete, minha mãe morreu porque tinha de morrer e pronto! Pare com essa mania de querer saber de tudo!

— Sou médica e gostaria de...

Lara interrompeu-a bruscamente:

— A senhora é médica, mas não tem controle sobre a vida ou a morte. Chega, por favor! Minha mãe já foi enterrada e, junto com ela, todas as histórias ou todos os sintomas que ela poderia relatar!

Odete teve ímpetos de fulminar a sobrinha. Não conseguia lidar com tamanha falta de respeito, mas optou por ficar calada. Havia muita coisa em jogo, e ela precisaria ter bastante cautela.

Sérgio chamou pela menina, compadecido.

— Venha, Lara. Sente-se um pouco ao meu lado. Precisamos conversar. Você não é de ferro. Acabou de perder sua mãe, minha filha...

— Nunca vou perdê-la, pai. Quem a perdeu foi o senhor, mas há muito tempo.

Sérgio sentiu o rosto pegar fogo. Sempre tentara evitar a revolta da filha, mas agora, diante da resposta de Lara, abaixava a cabeça para se entregar novamente ao choro.

— Confesso que não sei o que fazer, Lara! Como a criarei sozinho? Trabalho o dia inteiro e me sinto incapaz de conduzir tudo isso sem a presença de Marisa.

Lara esfregou os cabelos com a toalha e ajeitou-os com os dedos.

— Nem pense em me fazer engolir sua amante como madrasta! O senhor ouviu e entendeu bem o que estou falando? Não pense que aceitarei conviver com Rosa pacificamente. Se me obrigar, darei um jeito de sumir de vez! — gritou, antes de ir para o quarto.

Odete esperou a menina sair e, falando baixo, dirigiu-se a Sérgio.

— Deixe Lara ir comigo para minha casa no Jardim Europa. Ela é jovem e terá mais oportunidades ao meu lado. Sou mulher, e meu único compromisso é com o consultório.

— Não quero ficar longe de minha filha. Ela é a única pessoa que tenho agora.

— Parece que não é bem essa a verdade, Sérgio. Se ouvi bem, você mantém um relacionamento com outra mulher, e isso minha irmã nunca me contou. Marisa sabia da tal de Rosa a quem Lara se referiu? Será que esse foi o motivo desse mal súbito?

Sérgio franziu a testa.

— Por favor, Odete! Tenha um mínimo de compaixão por meu sofrimento. Lara está revoltada com a morte de Marisa. É natural. Ela ainda é uma menina para compreender algumas coisas, mas você é uma mulher vivida. É dez anos mais velha que sua irmã, já foi casada duas vezes, e, pelo que sei, a causa da separação de seu primeiro casamento foi um romance com seu segundo marido, já falecido.

Odete corou. Detestava ter sua vida esmiuçada por qualquer pessoa.

— Vou à cozinha fazer algo para nos alimentarmos. Enquanto isso, pense na proposta de deixar sua filha sob meus cuidados.

No quarto, com a luz apagada, Lara apanhou a boneca e apertou-a contra o peito. Em posição fetal, tentava relembrar em que momento havia deixado de ser criança. Só tinha certeza de uma coisa: não iria se submeter à Rosa nem aos delírios do pai. Chorou até ser abatida pelo cansaço e adormecer.

❧

Manoel bateu levemente na porta de entrada da casa de Sérgio e entrou.

— Como está, meu amigo?

— Arrasado, Manoel. Não consigo me conformar de jeito nenhum. Só de pensar em toda dor que causei a Marisa, tenho vontade de dar cabo de minha vida. Só não faço isso, porque tenho Rosa e minha filha para cuidar.

Manoel colocou as mãos no ombro do amigo e olhou-o fixamente.

— Sérgio, é natural que se sinta assim. Sei que, no fundo, você gostava de sua esposa.

— Não a amei o suficiente, meu amigo. Não consegui isso. Marisa era uma mulher adorável, fazia todas as minhas vontades, cuidava de mim com muito carinho. Deixava minhas roupas impecáveis e, mesmo com o pouco dinheiro que eu destinava às compras, sempre tinha capricho com a comida...

— Meu amigo Sérgio, tudo o que Marisa fez por você, na verdade, ela também fazia por si para tentar manter um casamento destinado a dar errado de qualquer jeito. Se não for um missionário, ninguém faz nada sem esperar receber algo em troca. Marisa não era uma missionária, amigo. Era uma mulher que o amava. Nada além disso. O que ela fez pode parecer grandioso diante da morte, mas Marisa era uma mulher comum, disposta a usar as armas das quais dispunha para manter o próprio casamento.

— Eu fui o responsável pela morte dela, Manoel. Se eu tivesse prestado mais atenção no sofrimento de Marisa, se tivesse olhado para ela com mais carinho, poderia ter evitado essa tragédia.

O dono do bar respirou fundo. Sabia que Sérgio tentava exorcizar a própria culpa naquele ato de contrição.

— O que está sentindo é remorso, Sérgio. Neste momento, você está sendo movido pela manifestação da culpa. Diga-me uma coisa: está arrependido de ter mantido uma vida dupla desde que conheceu Rosa?

— Arrependido? Não! Isso não! Sou apaixonado por Rosa! Não saberia viver sem ela. Aliás, nem posso imaginar minha vida sem o frescor e o encanto de Rosa. Mas por que me fez essa pergunta?

Manoel esboçou um leve sorriso de compreensão.

— Então, é melhor tentar se livrar logo desse sentimento terrível chamado remorso. Ele só é útil quando tentamos reparar erros, ou melhor, desacertos. Vivemos aqui para tentar acertar ou errar o menos possível. Se erramos, precisamos reparar rápido nossos erros. Se você continuar nessa frequência, adoecerá seriamente, atraindo um peso maior do que poderá suportar. Você tem sua filha para criar. Pense nisso.

Sérgio baixou os olhos.

— Não vou abandonar Rosa.

— Então, você precisará equilibrar a convivência entre as duas. Penso que, neste momento, obrigar uma à presença da outra será cruel demais para ambas.

— O problema não é Rosa, Manoel. Tenho certeza de que ela receberia Lara de braços abertos e com todo o carinho do mundo. O problema é minha filha. Ela já bateu o pé e disse que não aceitará Rosa como madrasta. Ela nem a conhece e já tomou essa decisão.

— Lara é uma jovem muito esperta, meu caro. Ela deve saber muito mais do que você supõe. Pense no que lhe falei. Neste momento de sua vida, é melhor usar a razão do que a emoção.

∽ ♥ ∾

Odete aproximou-se e pediu licença.

— Sérgio, fiz um pequeno lanche para você e Lara. Já bati na porta do quarto, mas ela deve ter adormecido.

Manoel decidiu despedir-se.

— Vá, Sérgio. Procure se alimentar e descansar. Amanhã será outro dia, e todos vocês estarão mais lúcidos para resolver qualquer tipo de questão.

Sérgio trancou a porta depois de se despedir do amigo. Não concordaria em viver sem Rosa. Foi até o banheiro e, ao acender a luz, ouviu o som da lâmpada queimando. Abriu a torneira da pequena pia de louça branca, encardida pela ação da ferrugem, e lavou as mãos e o rosto. Sentia a cabeça pesada e o coração oprimido. O estômago vazio causava-lhe grande desconforto. Entrou na cozinha e sentou-se numa das duas cadeiras que ainda ofereciam segurança. Abriu a garrafa térmica e apanhou um pedaço da omelete feita por Odete, colocando entre duas fatias de pão de forma.

— Obrigado, Odete. Eu estava mesmo com fome. Estou sem comer desde ontem.

— Fiz o que pude com o que havia na despensa. Volto a repetir: a melhor saída para Lara é seguir comigo. Em São Paulo, ela terá melhores condições de vida.

— Não gostaria de me afastar de minha filha... Preciso dela.

Odete apanhou um copo de vidro e examinou-o cuidadosamente.

— Lavei o mais que pude, mas esse tipo de copo fica manchado mesmo. O jeito é tomar meu café nele.

Sérgio envergonhou-se com a observação dela.

— Não temos muitos recursos, Odete. Nunca deu para comprar coisas melhores.

Ela bebeu um gole do café e riu.

— Manter financeiramente duas casas não é fácil mesmo, Sérgio. Eu o entendo. Não se preocupe comigo. Use sua preocupação para resolver a vida de Lara. Ela foi veemente quando disse que não iria conviver com a tal de Rosa. Pelo jeito dela, não lhe dará paz nesse sentido. Sem contar que, nesta cidade, tudo a fará se lembrar da mãe. Isso não é bom para uma adolescente. Será um luto eterno.

— Não quero pensar nisso agora. Queria tentar dormir um pouco, mas não tenho coragem de entrar no quarto onde Marisa passou mal.

— Não há problema nenhum para mim. Dormirei lá. Já troquei a roupa de cama e limpei os vestígios de sangue no chão. Ela deve ter regurgitado antes do colapso. Colocarei um lençol e travesseiro na sala. Se isso o fará dormir melhor e conseguir descansar, não vejo problema. Vá se acomodar, porque é o que farei também.

CAPÍTULO 7

Emília observava a neta andar de um lado para o outro. Desde a notícia do falecimento de Marisa, Rosa mantinha-se mal-humorada e não eram poucas as vezes nas quais manifestava sua grosseria. Emília tentava fazê-la entender que o afastamento inicial de Sérgio era bastante natural em face ao acontecimento trágico.

— Tenha calma, Rosa. Sérgio está passando por um momento delicado. Ele tem uma filha, que agora está privada da companhia e das orientações da mãe. Você sabe que não é fácil, minha querida.

— Eu me tornei órfã de mãe viva, vó! Considere, porque são casos bem diferentes. Não me obrigue a me lembrar do passado, por favor!

— Então mantenha a calma! Seu nervosismo não fará Sérgio aparecer aqui de uma hora para oura.

— Será que a senhora ainda não conseguiu entender por que estou assim? As contas estão chegando, e preciso que Sérgio honre essas dívidas! Nossa despensa já está quase vazia.

— Minha pensão sairá amanhã, Rosa. Irei cedo ao banco e...

A neta interrompeu-a bruscamente.

— O dinheiro que a senhora recebe não dá nem para pagar a casa dos centavos de nossas dívidas. É melhor que gaste seu dinheiro como tem feito nos últimos anos: com doações de cestas básicas ao centro espírita. Deixe que eu me resolvo com Sérgio. Ou ele me atenderá hoje ou irei até a casa dele!

Emília abaixou os olhos. Sentia-se extremamente cansada devido à energia pesada emanada pela neta. Fez uma breve oração em silêncio, levantou-se da cadeira e depositou as agulhas e linhas de crochê numa maleta de madeira com flores minúsculas entalhadas. Suspirou profundamente e olhou para Rosa.

— Farei o que você me aconselhou. Vou dar um pulinho no Lar Fraterno e organizar a compra de gêneros alimentícios para amanhã.

Assim que a avó saiu, Rosa apanhou o telefone e ligou para o bar de Manoel.

— Seu Manoel, sou eu, Rosa. Diga a Sérgio que minha paciência terminou! Avise que irei até a casa dele hoje à noite! Obrigada!

Manoel não pensou duas vezes. Deixou o bar sob os cuidados de um atendente e dirigiu-se até a casa do amigo. Alguns dias já haviam se passado da morte de Marisa, e Sérgio não reagia. Apareceu na porta com a barba por fazer e olheiras profundas. — Venha até aqui, Sérgio! Preciso falar com você!

— Não quer entrar, amigo?

— Não. Preciso ser rápido. O trabalho me espera!

Sérgio chegou ao portão quase se arrastando. Parecia carregar um peso de cem quilos nas costas.

— Diga, Manoel. O que quer?

— O que eu quero? Nada quero, meu amigo, a não ser sua amizade leal e sincera. Vim até aqui somente para transmitir um recado de Rosa.

— Por enquanto, não tenho ânimo para vê-la.

— A questão não é sobre ter ânimo ou não, Sérgio. Ela ligou e estava com voz e jeito de poucos amigos. Pediu para avisar que, caso você não apareça lá hoje, ela virá até aqui. Eu, pessoalmente, não creio que isso seja conveniente nem para você nem para Lara. Vá até lá.

— Meu Deus, Manoel! Amo Rosa loucamente, mas ainda ontem estive na missa de sétimo dia de Marisa. A morte de minha esposa ainda dói bastante aqui dentro.

— Já lhe disse que remoer a dor e dar vazão ao remorso de nada adiantará. Você apenas atrairá energias pesadas. Vá tomar um banho, fazer essa barba e encontrar Rosa. Resolva os problemas antes que eles ganhem proporções monstruosas.

— Vou seguir seu conselho, meu amigo. Não quero um encontro forçado entre Lara e Rosa. Para completar, ainda preciso de pulso: o destino de Lara está em minhas mãos.

Manoel franziu o cenho.

— Por que diz isso? Ninguém tem nas mãos o destino de outra pessoa. Nem dos filhos, meu caro.

— Odete quer levar minha filha para sua casa no Jardim Europa. Diz que, lá, Lara terá mais condições de estudar e ser alguém na vida.

— E Lara? O que sua filha acha disso?

— Minha menina anda calada demais. Ela conversa muito com o Murilo, mas apenas com ele. Tem se negado a ir à escola.

— Eu perguntei qual é a opinião de Lara sobre ir morar com a tia.

Sérgio olhou para o chão envergonhado. Tirou do bolso da camisa surrada um maço de cigarros e acendeu o último. Amassou a embalagem forrada com plástico e papel-alumínio entre os dedos.

— Creio que seja melhor para ela, amigo. Lara nunca aceitará Rosa.

— Tome as decisões que julgar mais acertadas, meu amigo. Só não se esqueça de que entre acertar e errar há uma linha muito tênue, quase invisível. Pense nisso.

Sérgio tomou um banho demorado, barbeou-se, escolheu um bom perfume e saiu. Lara abriu a porta do quarto ao sentir o perfume do pai.

— É o perfume que ele sempre usa para encontrar a amante! — exclamou, torcendo os dedos das mãos e trincando o maxilar.

⸎

Emília chegou à porta da pequena casa pintada de branco e abriu o portão. Aquele era um dos poucos lugares onde se sentia em paz. Buscou com o olhar o que já experimentava na alma: a paz. Entrou no salão iluminado e foi recebida por Selma.

— Dona Emília! Já estávamos apreensivos com sua ausência. Nunca ficou tanto tempo assim afastada do Lar Fraterno!

— Foi preciso, querida Selma, mas estou aqui! Amanhã é dia das cestas básicas, não é mesmo?

Selma segurou as mãos de Emília com extremo carinho.

— Seus olhos parecem tristes, minha querida irmã em Cristo. O que aconteceu? Quer falar sobre o assunto?

Emília hesitou. Estava realmente em busca de palavras de orientação, contudo, não tinha o desejo de expor a vida amorosa da neta.

— Sinto-me muito sozinha, Selma. É isso. Coisas da idade avançada.

Selma notou que a amiga se esquivava da conversa.

— Ouça, minha querida, meu desejo mais sincero é encontrar todos os irmãos do Lar Fraterno plenos e felizes. Sei que isso é quase um sonho, pois a necessidade de aprendizagem quase sempre é individual, e as lutas travadas por cada um também o são.

— É, Selma... Que cada um carregue sua própria cruz... — ela respondeu num tom entristecido.

A orientadora do grupo apontou para a sala da administração.

— Vamos tomar um café? Trouxe um pão doce delicioso. Sei que preciso perder peso, mas a padaria da esquina não deixa!

As duas riram e acomodaram-se nas cadeiras da sala. Ao canto, algumas caixas com mantimentos já estavam arrumadas e, ao lado delas, havia um saco com cobertores.

— Veja, Emília. Conseguimos poucos cobertores até agora. O frio não demora a chegar e mata tanto quanto a fome.

— Precisamos intensificar a campanha dos cobertores, Selma.

Selma serviu uma xícara de café a Emília e partiu um pedaço do pão doce, colocando-o num guardanapo.

— Você disse há poucos minutos que "cada um carregue sua própria cruz", não foi?

Emília confirmou com a cabeça, e Selma bebeu um gole de café antes de falar.

— Minha querida, de que maneira nossos espíritos podem alcançar o progresso e a evolução se não exercitarmos a solidariedade? Temos o exemplo do próprio Cristo, que guardava em si todas as faculdades mediúnicas existentes e mesmo assim aceitou o auxílio de Simão Cirineu. Se o exemplo do Mestre não nos serve como modelo, de que forma, então, devemos agir uns com os outros?

Emília ficou em silêncio por alguns segundos e depois começou a falar de maneira tímida.

— É Rosa. Temo pela saúde espiritual de minha neta, Selma.

— Por quê? O que está havendo com Rosa?

— Você sabe que ela tem um namorado, não sabe?

— Claro que sim. É Sérgio o nome dele, não é?

— É isso mesmo. Estão juntos há bastante tempo e levam uma vida de casados.

— Você não acha que isso seja bem natural hoje em dia? Casais mais jovens mantêm este tipo de relação no mundo inteiro. Por que motivo deveria ser diferente com ela? A noção de pecado vem mudando faz tempo, Emília.

— Sérgio é casado. Ou melhor, foi casado. A esposa dele faleceu há uma semana. Ele é um bom homem. É sério e nunca escondeu nada de mim nem de Rosa. Não é exatamente sobre pecado que estou falando. É sobre o comportamento de minha neta diante disso tudo. Inicialmente, exigi dele que se separasse da esposa e fosse digno com a família construída. Infelizmente, Rosa não quis esse caminho. Preferiu manter a relação dos dois da forma que estava, pois diz que não nasceu para se casar. Nunca concordei com isso, Selma...

— Veja bem, Emília... embora você tenha criado sua neta e tentado lhe passar os seus valores morais e éticos, ela mantém a individualidade do espírito, com características peculiares e diferentes das suas. O que para você é um erro, para Rosa é o mais correto a ser feito.

Emília enxugou o rosto com um lenço que retirara da bolsa.

— Sérgio tem uma filha linda. O nome da menina é Lara. Ela foi lá em casa acompanhada de um amigo. É uma menina especialmente corajosa e destemida. Foi maltratada por Rosa, que debochou e ironizou a situação o quanto pôde.

— De que forma Rosa maltratou a menina?

— Parece que Sérgio não cuida da própria família com o mesmo zelo com que cuida de minha neta. Você conhece minha casa, Selma. Temos uma vida confortável justamente por causa dele. É Sérgio quem paga todas as nossas despesas e realiza todos os caprichos de Rosa e lhe dá todos os mimos possíveis. Nada falta a ela. Vive em salões de beleza, veste roupas caras, usa perfumes importados. E, pelo que vi, a filha de Sérgio não desfruta de um terço do que minha neta tem. E nem dona Marisa, a falecida esposa dele, teve essa sorte. Rosa deixou isso bem claro para Lara: que ela, como amante, vivia no luxo e com tranquilidade, ao contrário dela e da mãe, que serviam apenas para aguentar o lado ruim de Sérgio.

Emília tomou mais um pouco de café e continuou:

— Depois que dona Marisa faleceu, o comportamento de Rosa piorou. Está louca atrás dele porque as contas não param de chegar.

— Ela o ama, Emília?

— Não! Não há sentimento algum da parte dela, a não ser o interesse. Ela já afirmou que não quer saber da menina e muito menos deseja encarar o dia a dia de uma relação estável! Isso me apavora, porque também usufruo do conforto proporcionado por ele.

— E você gostaria de sair de lá? Morar em outro lugar?

— Como gostaria, minha amiga. Rosa se tornou um espírito muito endurecido. Nada a convence de que toda ação gera uma reação, intensamente dolorosa muitas vezes. Ela é cruel com as palavras e com os sentimentos. Fez Lara, que é praticamente uma criança ainda, experimentar a amargura. Minha neta não liga para o sofrimento do próprio companheiro neste momento difícil. Só lhe importa que suas vontades sejam atendidas no seu tempo.

Selma apresentou uma leve modificação no semblante e no timbre da voz.

— Emília, sabemos o quanto é difícil lidar com o que julgamos serem defeitos em uma pessoa. Mais difícil ainda é quando encontramos esses desvios do espírito naqueles a quem mais dedicamos nosso amor. Sua neta está vivendo sob o véu do equívoco material, e a origem de tal comportamento está em acontecimentos que a marcaram no passado. Ela poderia ter aproveitado essa cicatriz gigantesca para não marcar outras pessoas com sofrimento, mas escolheu justamente o oposto. Por ter a autoestima em frangalhos, tenta se manter de pé pisando em outras pessoas. A escolha é dela, entretanto. Mais dia menos dia, será chamada ao discernimento. Quanto a você, cabe optar por um castelo de areia luxuoso e carente de amor ou por um recanto humilde, mas enfeitado pela paz e no abrigo da Luz. Você já fez o que era possível em relação à sua neta. Deixe-a caminhar com as próprias pernas. Não finja que concorda com o que vê, apenas para desfrutar da companhia dela e do conforto ofertado. Tome uma atitude a seu favor. Tenho certeza de que isso implicará numa mudança para todos.

Emília não parava de chorar, pois sabia que aquela era a atitude mais correta a se tomar, porém, temia pelo futuro da neta.

— Tenho medo que ela se perca de vez. Que perca a oportunidade desta encarnação. Mais medo ainda sinto quando penso em Sérgio e em Lara. Essas pessoas não podem ser transformadas em marionetes nas mãos de minha neta! E tem mais: não sei até quando Sérgio conseguirá manter os luxos de Rosa. Ele tem uma oficina mecânica, mas gasta muito além do que arrecada, tanto que deixava a própria família à mingua.

Selma piscou os olhos levemente. Orava em silêncio pela orientação transmitida por seu mentor e ouviu com nitidez as últimas frases da amiga.

— Por que você não vem morar aqui, no Lar Fraterno? Temos a creche em pleno funcionamento. Toda ajuda é bem-vinda. As crianças gostam de ouvir histórias e gostam ainda mais de seus bolinhos de chuva. É uma festa quando você chega aqui com uma bolsa lotada dessas delícias. Há uma suíte vazia ao lado de meu quarto. Faremos companhia uma à outra. O que acha da ideia?

Emília abraçou Selma com extremo carinho.

— Será difícil viver longe de Rosa, minha amiga, mas realmente preciso permitir que ela cresça sem minha interferência.

— Vamos fazer uma oração juntas? Por você, por mim e por Rosa...

Emília completou:

— Por Sérgio, Lara e, principalmente, por dona Marisa, que desencarnou há poucos dias. Que ela encontre a paz e o sossego do espírito.

CAPÍTULO 8

Marisa abriu os olhos lentamente. Sentia ainda fortes dores de cabeça e custou a identificar o ambiente no qual se encontrava. Olhou ao redor e procurou por Lara e Sérgio, contudo, avistou apenas alguns leitos em que pessoas pareciam dormir profundamente. Remexeu-se na cama e observou que havia uma jarra com água na cabeceira. Um feixe de luz incidia sobre o líquido, alterando-lhe a coloração por segundos em nuances variadas. Uma leve tontura fê-la pender a cabeça sobre o travesseiro. Marisa sentiu um toque delicado em sua mão direita e esforçou-se para abrir os olhos novamente.

— Como está se sentindo, Marisa?

— Que alívio encontrar alguém para me examinar. Você é médico, rapaz? Tão jovem...

— Desculpe-me. Esqueci de me apresentar. Meu nome é Robson. Sou enfermeiro. Aliás, creio que sempre fui e serei. É o que gosto de fazer.

Marisa olhou para ele de cima a baixo. Era bastante jovem, alto, tinha cabelos muito lisos e negros na altura dos ombros. Mantinha um ar de extrema serenidade.

— O que aconteceu comigo e onde estou? Conheço bem o único hospital da cidade e confesso que em nada se parece com este aqui.

Robson sorriu.

— Quais diferenças você notou?

Ela virou a cabeça levemente para ambos os lados.

— A extrema limpeza do ambiente... Muita diferença só nesse detalhe.

— Mas só isso? — Robson estimulou.

Marisa suspirou profundamente.

— A paz... Parece que estou imersa numa bolha de paz e proteção.

— E está, Marisa! Tenha certeza disso.

Ela pediu auxílio para sentar-se, e o jovem servidor procurou acomodá-la de forma confortável.

— Obrigada. Você é muito gentil. Agora, por favor, me diga o que aconteceu comigo. Passei mal e caí? De que maneira meu marido conseguiu vaga neste hospital?

Robson apanhou a jarra d'água e despejou o líquido num copo.

— Beba. Você se sentirá melhor com o passar dos dias.

Marisa apanhou o copo com certa desconfiança.

— E os remédios? Minha cabeça dói, e não me recordo de nada!

Robson buscou ser mais firme. Sabia que não tinha autorização para revelar nada para ela. Seu papel, naquele momento, era o de zelar pelo equilíbrio dos pacientes e de Marisa em especial.

— Os medicamentos estão na água. Logo, a senhora irá se recuperar plenamente.

Marisa bebeu a água com sofreguidão. Guardava a lembrança de uma sede insaciável. Tornou a deitar-se com a ajuda de Robson e, antes de voltar a dormir, pediu num lamento:

— Preciso ver minha filha e meu marido. Só eles poderão me explicar tudo isso... Ainda estou muito confusa!

Ao perceber que ela dormira, Robson saiu do quarto e percorreu os dois pavilhões onde funcionavam enfermarias diferenciadas por cores. Todas elas acolhiam os recém-chegados à Colônia que necessitavam de tratamentos específicos. Parou em frente a uma porta, colocou a mão direita na fronte e sentiu a vibração pesada que pairava no local. Flávio tocou o ombro do jovem.

— O que faz aqui, Robson?

— Gostaria de ajudar um pouco mais. Sei que este é o local mais problemático do hospital.

Flávio balançou a cabeça negativamente.

— Não é o local mais problemático, Robson. É, na verdade, a enfermaria na qual apenas os tarefeiros mais experientes e mais bem preparados podem adentrar, sem levarem nenhum prejuízo às almas enfermas em tratamento. Você sabe tão bem quanto eu que nem todos os espíritos resgatados das zonas umbralinas têm consciência dos graves delitos que cometeram na vida terrena. Os que já conquistaram tal consciência ainda

63

permanecem vibrando energias de culpa e amargura. Até que tais energias se depurem totalmente, é necessário que fiquem aqui para evitar transtornos aos afetos e desafetos que ainda estão vivendo a experiência da carne.

Robson abaixou a cabeça.

— Seria tão mais fácil se essa consciência nos chegasse ainda quando encarnados.

— Seria, é verdade. Chegará o dia em que nosso trabalho se resumirá apenas à reorganização perispiritual. Quando essa hora chegar no relógio do universo, enfermarias como esta não serão mais necessárias. Agora vamos! Precisamos dar continuidade ao nosso trabalho.

Flávio encaminhou-se com Robson até a porta do hospital, que dava para uma imensa área livre. Sentaram-se num banco abrigado sob uma tamarineira.

— Robson, você passou pelo leito de Marisa como estava planejado?

— Sim. Cheguei no instante de seu primeiro despertar.

— Como ela está?

— Confusa. Aliás, bastante confusa. Não sabe ainda do próprio desencarne, sente muitas dores na cabeça e quer ver o marido e a filha. Estranhou o fato de estar num hospital diferente. Depois de beber a água fluidificada, tornou a adormecer.

Flávio apanhou uma fava da árvore caída no chão.

— Tudo é tão simples na vida. Deus é tão providente em sua Divina Sabedoria. Se optássemos, quando encarnados, por compreender e aceitar esses sinais, tudo seria muito mais fácil. Veja o caso de Marisa. Uma encarnação inteira buscando o amor verdadeiro em outras pessoas: na infância, buscava incessantemente a aprovação dos pais, competindo com os demais parentes da mesma idade; na adolescência, conheceu Sérgio e se apaixonou, depositando nele todas as expectativas de felicidade; após o nascimento de Lara, tentava identificar, nos gestos e nas atitudes da filha, se a maior parcela de amor da menina era dirigida a ela ou ao marido. Esse comportamento a conduziu a um desencarne precoce e doloroso.

Robson olhou para ele com um ar enigmático.

— Mas ela não desencarnou através...

Flávio interrompeu-o:

— Não se esqueça de que as palavras transitam energeticamente pelo espaço. Nada deve ser dito. Marisa precisa ter um despertar verdadeiramente consciente. Não nos foi dada autorização para irmos além de nosso trabalho.

— Mas não poderemos mantê-la presa neste estado de consciência por muito tempo — Robson replicou.

— Ela deverá encontrar isso sozinha. Terá nossa companhia para os esclarecimentos necessários, mas vamos poupá-la dos detalhes que podem fazer brotar nela a revolta e a ira. Cautela, compromisso com o bem e com o livre-arbítrio de todos. Mesmo desencarnados, somos espíritos livres.

— E se as perguntas sobre o marido e a filha se repetirem, Flávio?

— Você responderá a verdade que lhe cabe responder. Ela já está em condições para um despertar sereno. Prepare-se, meu caro amigo. Você irá acompanhá-la nessa transição tão importante.

❦

Robson colocou-se ao lado do leito de Marisa. Com serenidade, aplicou-lhe passes cadenciados e aguardou, com um sorriso, que ela abrisse os olhos.

— Como está se sentindo, Marisa?

— Parece que dormi demais. Meu marido e minha filha estiveram aqui? Por que não me acordaram? Queria tanto vê-los. Meu peito está apertado de tanta saudade.

Robson estendeu-lhe a mão.

— Que tal se levantar um pouco?

— Mas já posso me levantar? Não me lembro de ter sido examinada por um médico!

— Claro que pode se levantar! Doutor Flávio já me autorizou a levá-la aos jardins do hospital. Vamos?

Com certa dificuldade, Marisa saiu da cama amparada por Robson. Aos poucos, percebeu maior leveza nos passos.

— Nossa! Como estou me sentindo bem! Pareço outra pessoa, Robson. Que hospital bom é esse! Não sei como o Sérgio conseguiu minha internação aqui, mas o tratamento é de primeira!

Robson chegou à porta que ligava a ala das enfermarias ao bosque.

— Olhe, Marisa, quanta beleza temos aqui!

Ela respirou fundo e largou o braço do enfermeiro, ganhando forças para caminhar sozinha. Como criança, rodopiou sobre os próprios pés, fazendo Robson gargalhar.

— Nunca conheci um lugar assim! — ela exclamou extasiada.

— Creio que já tenha conhecido. Apenas não se recorda.

65

Marisa escolheu um banco de madeira caprichosamente pintado de branco. A luz do sol incidia diretamente sobre ela, que foi tomada por um conforto extremo. Procurou manter-se em silêncio, observando a beleza natural do lugar. Como criança, fotografava e registrava com as retinas tudo o que via.

O bosque era o espaço que separava a Colônia do portal de transição para os espíritos ali conduzidos pelos socorristas. Flores de espécies raras refletiam cores espelhadas no céu infinitamente azul. Áreas extensas de grama verde e cuidadosamente aparada contrastavam com corredores enfeitados por lírios e girassóis. As árvores ofereciam sombra generosa a um conjunto de bancos estrategicamente dispostos sob suas copas e delas pendiam frutas de formas e cores perfeitas. Marisa percebeu o próprio olfato mais apurado, distinguindo de maneira ímpar o aroma de toda flora do bosque. Surpresa, ouviu o canto de um bem-te-vi a seu lado direito. O pássaro pousara em uma roseira e parecia examiná-la, enquanto repetia sua melodia característica. Colibris, jandaias, sabiás faziam malabarismos no ar. Muitas pessoas transitavam sem pressa pelos jardins do bosque. Algumas estavam reunidas em pequenos grupos; outras andavam solitariamente. Todas, entretanto, pareciam ser observadas amorosamente por enfermeiros como Robson.

Num determinado instante, todo o movimento do bosque cessou. Pacientes e cuidadores acomodaram-se em silêncio, e as aves interromperam o canto e o voo. Uma bela melodia, vinda de distintas direções, invadiu o parque, e o céu ganhou matizes de feixes prateados, azuis, verdes e violeta. Marisa, compreendendo intuitivamente a importância do momento, pôs a cabeça entre as mãos e, com os cotovelos apoiados nas pernas semiflexionadas pelas pontas dos pés, orou. Neste instante, ela começou a receber flashes de memória: as brigas com Sérgio, a falta de zelo por Lara, a traição do marido e as condições de penúria material e emocional vivida por muitos anos. Ao mesmo tempo que aquelas recordações faziam doer seu coração, pareciam estar muito distantes da realidade que agora experimentava. Seu rosto, até então apático, começava a ganhar novas expressões com cada lágrima sentida. Quando a música cessou, ela levantou a cabeça suavemente, secou as lágrimas e chamou Robson.

— Por favor, meu amigo, sente-se ao meu lado — pediu com a voz ainda embargada pela emoção.

O enfermeiro acomodou-se em silêncio ao lado de Marisa.

— Me diga, Robson... que lugar é este? Parece que vivi um sonho. Este não é um hospital qualquer. Nunca experimentei tanta beleza traduzida em sons, cores e formas como hoje. Sou extremamente grata por esses momentos.

— A gratidão é o único sentimento que reflete nossa confiança em Deus, Marisa. Se você conseguir entender isso, tudo será mais fácil de agora em diante.

— Onde estou e o que ou quem me trouxe até aqui? Tenho a sensação de que meu corpo está modificado. Veja minhas mãos: sempre foram marcadas pela luta diária com os poucos produtos de limpeza dos quais dispunha e calejadas pelo manuseio de vassouras e rodos. Agora estão lisas, limpas e macias.

— Você só notou essa mudança?

— Não. Internamente também. Durante os minutos nos quais aquela linda música invadiu todos os recantos deste lugar, procurei orar. Primeiro, tentei as orações tradicionais e mecânicas que aprendi no catecismo quando menina. Não consegui balbuciar nada além da primeira frase. Aos poucos, comecei a conversar com Deus quase de forma íntima. Foi a partir desse diálogo que minhas ideias clarearam. Recordei-me de muitos acontecimentos, Robson.

— Do que exatamente você se recordou?

— Da relação com Sérgio e com minha pequena Lara — ela respondeu com a voz marcada por certa angústia.

— E como se sentiu diante dessas recordações?

— Foi uma avalanche de sentimentos. Primeiro, a raiva por me saber traída pelo homem que amo. Essa raiva se misturou com ressentimento e com culpa. Me senti culpada, muito culpada. Ao final, senti um distanciamento grande de tudo isso e fiquei apenas com essa saudade grande que não me cabe no peito.

— Você não teve nenhuma outra lembrança?

— Não. Eu deveria me recordar de mais alguma coisa?

Robson ficou calado, observando o bem-te-vi que novamente pousara ao lado de Marisa, e ela insistiu.

— Diga, Robson, o que falta vir à minha memória? Lembrei de minha casa, meu marido, minha filha.

— Marisa, vamos caminhar um pouco. Quero que conheça o corredor de gerânios e orquídeas do bosque. Garanto-lhe que ficará fascinada.

Ela relutou.

— Não quero passear! Preciso saber o que me aconteceu de verdade!

— Aqui só a verdade prevalece, minha querida. E essa verdade nunca é distorcida. Vamos caminhar, e conversarei com você. Explicarei tudo.

Os dois levantaram-se e dirigiram-se ao imenso caminho cercado de flores. Flávio observava-os à porta do hospital, emanando energias de força e discernimento para Marisa.

— Já estamos caminhando como você queria. Realmente, nunca conheci um jardim tão bem cuidado. Agora, por favor, me presenteie com a verdade, conforme prometeu.

Robson apontou para o céu e perguntou.

— Você já tinha visto tanta beleza num só lugar?

— Não. Só pela TV, mas, mesmo assim, nada se compara ao que estou vendo. Parece que existe a mão de Deus atuando diretamente aqui.

— As mãos e a força de Deus estão em todos os recantos do mundo. Pena que o ser humano ainda tenha o hábito de interferir negativamente nessa obra. Mas Ele capricha mesmo nos lugares em que os seres encarnados não podem mais macular.

— Não estou entendendo nada, Robson. Estamos numa área de proteção ambiental? É isso?

— Proteção divina e espiritual, eu diria...

Marisa interrompeu os passos de maneira brusca, segurou-o pelos braços com ambas as mãos e olhou-o fixamente.

— Fale!

— Marisa, você não pertence mais ao mundo material. Fez sua viagem de retorno e foi acolhida desacordada pela equipe de socorristas da colônia.

— Você está querendo me dizer que estou morta? É isso?

— A que morte está se referindo?

— Não posso estar morta, Robson! Isso não passa de um sonho ruim!

— Marisa, tente se recordar do dia em que você começou a sentir enjoos e fortes dores de cabeça...

Ela sobressaltou-se, fechou os olhos e viu-se deitada no quarto, chorando pela demora do marido e pela violência sofrida no dia anterior. A luz bruxuleante não lhe permitia enxergar o corredor. Rezava para que Lara retornasse logo até que foi acometida por uma dor mais aguda e uma forte tonteira. Reuniu todas as suas forças para chamar pela filha, quando ouviu a porta do quarto da menina bater com força. Em minutos que pareceram horas, relembrou o desespero do marido, os olhos espantados da menina e de suas últimas palavras, antes que um jato de sangue encerrasse sua capacidade de respirar e raciocinar. Quando ouviu por meio da voz de Manoel a própria sentença de morte, ficou atordoada. Ouvia e sentia fortes dores. Acompanhou o próprio velório julgando estar vivendo um pesadelo sem igual. Antes de fecharem o caixão, ouviu as orações sentidas de Lara e Murilo. Um grande torpor, então, a invadiu fazendo seus sentidos adormecerem até ela despertar pela primeira vez no hospital.

Marisa ajoelhou-se no chão, sentindo a umidade da grama. Deixou-se ficar assim até Robson resolver interferir.

— Conseguiu se recordar?

— Sim. Não entendo como isso pôde acontecer. Aprendi que as almas adormecem para esperar o juízo final... e depois são encaminhadas ao céu ou ao inferno...

— E quem seria o grande juiz, Marisa?

— Deus!

— Você não acha que Deus seria extremamente injusto se assim o fizesse? A vida é uma grande viagem. Vivemos as experiências na matéria, aprendemos e erramos na proporção de nossa vontade e de nosso discernimento. Quando esgotamos as possibilidades de aprendizagem, desencarnamos e deixamos o vaso corpóreo para trás. No entanto, voltamos para casa com a bagagem que acumulamos. Toda a nossa história retorna ao nosso verdadeiro lar conosco. Você não morreu, minha querida: apenas retornou para sua morada original.

— E meu marido, minha filha? Ela é tão jovem... Nunca mais poderei vê-los?

— Marisa, a morte do corpo material não nos separa de nossos afetos. Sérgio e Lara continuarão a própria caminhada, vivendo as experiências que criarem e que forem necessárias à evolução dos dois.

— Não quero que sofram...

— O sofrimento é um estado do espírito, portanto, opcional.

— Mas o que ficarei fazendo aqui? Não quero passear o tempo todo como essas pessoas que estou vendo. Não estou acostumada a uma vida sem luta, Robson.

Ele riu.

— Não se preocupe. Há muito o que fazer. Aqui, o trabalho é incessante, mas é preciso que você se recupere totalmente primeiro. Agora vamos retornar à enfermaria. Doutor Flávio quer vê-la.

Resignada, Marisa acompanhou-o.

CAPÍTULO 9

Sérgio andava de um lado para o outro diante da porta da casa de Rosa. Já havia telefonado várias vezes sem que ela o atendesse. Estranhou o fato de Emília também não atendê-lo. Uma vizinha colocou a cabeça na janela e chamou por ele.
— Ei! Venha aqui!
Sérgio aproximou-se.
— Boa noite, senhora. Se a estou atrapalhando com o barulho, me perdoe. Não tive a intenção — desculpou-se.
A mulher passou as mãos pelos cabelos brancos e sorriu.
— Não precisa se desculpar. Você não me atrapalhou com o barulho. A agonia que estou sentindo é por outro motivo.
— E qual seria o motivo, senhora?
— Você sabia que Emília se mudou para o centro espírita? Parece que não aguentou as loucuras da neta.
Sérgio ficou pálido e preferiu encerrar o assunto.
— O motivo não deve ter sido esse, senhora. Muitas vezes, supomos algo que não é verdadeiro — disfarçou.
— Não é verdadeiro para quem não escuta as discussões, rapaz. Agora, para quem escuta...
Ele sentiu o perfume de Rosa inundar o ambiente. Ela tocou-lhe o ombro com um ar interrogativo. Sérgio virou-se e suspirou.
— Que bom, Rosa. Já estava quase desistindo! Essa senhora estava conversando comigo e disse...

Rosa não permitiu que ele concluísse. Olhando para a vizinha com raiva, exclamou.

— Vizinhos nem sempre conseguem ser convenientes, Sérgio. Vamos entrar.

Rosa entregou a Sérgio algumas sacolas para que ele as carregasse e girou a chave na fechadura.

— Coloque as sacolas sobre o sofá, por favor. Preciso de um banho. Espere aqui na sala.

Sérgio estranhou a maneira como a amada falara com ele.

— Ela deve estar cansada — sussurrou, acomodando-se no sofá.

Rosa retornou à sala vestindo uma camisola preta sensual, e Sérgio sentiu o corpo estremecer de desejo.

— Estou com saudades, Rosa.

— E eu estou extremamente cansada. Preciso comer alguma coisa e dormir. Meu dia foi exaustivo.

Buscando controlar-se, ele seguiu-a até a cozinha. Estranhou quando a viu colocar no micro-ondas uma embalagem de comida congelada.

— O que está havendo, Rosa? Nunca soube que você gostava dessas coisas. Onde está dona Emília? Ela sempre foi tão zelosa com sua alimentação!

Rosa disfarçou. Não podia ainda pôr fim no relacionamento com Sérgio. Precisava conseguir mais dinheiro antes de se afastar definitivamente e ainda teria de fazer as pazes com a avó. Ela havia sido a melhor e mais cuidadosa amiga de sua vida. Não a deixaria por motivo algum.

— Vovó está passando uns dias no Lar Fraterno. Trabalho voluntário. Você sabe bem como ela é.

Ele sentiu-se aliviado.

— Que bom, meu amor. Por alguns instantes, pensei que dona Emília e você tinham brigado.

— Amo minha avó, Sérgio. Pode ter certeza de que esse amor vive e sobrevive dentro de mim.

O micro-ondas apitou, indicando que a refeição estava pronta. Rosa colocou uma luva e retirou a bandeja fumegante, arrumando-a sobre um prato. Sentou-se e apontou outra cadeira para que Sérgio fizesse o mesmo.

— Vejo que seu abatimento é grande. Não conseguiu superar a morte de Marisa, não é mesmo? — falou num tom mais doce.

Ele entendeu a pergunta de Rosa como uma demonstração de amor e preocupação. Estava decidido a viver intensamente a própria felicidade e não perderia tempo discorrendo sobre a verdadeira causa de seu ar abatido: o remorso. Temia tocar no assunto que poderia ofender terrivelmente a mulher amada.

— Sim. Tudo foi muito repentino, e eu não esperava me tornar responsável por criar uma filha adolescente sozinho. Tenho sofrido bastante, Rosa, mas o motivo é a saudade que sinto de você. Passada a dor inicial pelo falecimento inesperado de Marisa, confesso que apenas isso ocupa meus pensamentos.

Rosa forçou um gesto carinhoso e segurou a mão de Sérgio.

— Nada tema a esse respeito. Estou apenas cansada. Só isso. Necessito de umas boas horas de sono. Amanhã estarei nova em folha.

Ele sorriu, completamente apaixonado pela bela e jovem mulher com quem desfrutaria os melhores anos de sua vida. Orgulhoso, estufou o peito, procurando parecer mais másculo.

— Você está precisando de alguma coisa?

Ela respondeu sem titubear.

— Claro que sim, meu amor. Depois desse tempo em que esteve ausente, gastei minhas últimas economias. Estava precisando de algumas coisas. Sabe o quanto detesto andar com roupas velhas e esfarrapadas. Além disso, tive gastos extras com as despesas da casa. Infelizmente, preciso de sua ajuda. Nesta cidade, não há trabalho para alguém com minha formação e porte — dissimulou.

Sérgio levantou-se decidido e beijou-a na testa.

— Minha vontade é de ficar e passar a noite com você, mas vou respeitar seu cansaço. Ainda preciso decidir algumas coisas sobre a vida de Lara, mas amanhã voltarei com dinheiro suficiente. Nada faltará para a casa nem para você. Acredite!

Rosa acariciou-o no rosto languidamente.

— Confio em você, Sérgio. Mas, por favor, volte amanhã como está prometendo e trate de se cuidar. Corte este cabelo e se anime!

— Pode deixar, Rosa! Voltarei a ser o que sempre fui em sua vida!

Sérgio desceu a rua pensativo. Já havia decidido não aceitar uma proposta feita por algumas pessoas, mas não poderia deixar Rosa passar nenhum tipo de necessidade. Estava endividado com agiotas, e a única forma de continuar mantendo o padrão de vida que ela merecia seria aceitar o trabalho que haviam lhe oferecido. Também iria investir em melhorias na oficina mecânica e, assim que decidisse o destino de Lara, venderia a casa para morar com seu verdadeiro amor.

Sérgio parou em frente a uma casa luxuosa e tocou a campainha. Ouviu os cachorros pularem no portão de madeira e, em seguida, um assobio. Os latidos cessaram de imediato e a porta se abriu. Um homem de meia-idade, calvo e com o rosto talhado por uma cicatriz profunda no lado direito abriu a porta para recebê-lo.

— E então? Veio me pagar o que deve?

— De certa forma, sim — respondeu Sérgio.

— Entre. Vi no circuito interno de TV que era você. Por essa razão, decidi atender à porta pessoalmente.

Sérgio entrou e, mais uma vez, deslumbrou-se com o luxo da casa. Havia tomado um empréstimo com Celso no início de seu relacionamento com Rosa para impressioná-la. A dívida, entretanto, avolumara-se com o tempo, tornando-se impagável. Chegou a ter a integridade física ameaçada várias vezes pelos seguranças e cobradores do agiota, até que recebeu uma proposta para quitar seu débito. Deveria transformar a oficina num ponto de recebimento e repasse de drogas. Negou-se veementemente, então, Celso estipulou um prazo específico e improrrogável para o pagamento da dívida.

— Vamos até meu escritório. Não tenho credores, apenas devedores, por isso nada temo. E não gosto de conversar em lugares abertos. Os ouvidos desta cidade são muito sensíveis e apurados.

Sérgio seguiu o homem, sendo observado pelos cinco cães da raça dobermann, paralisados e de olhos atentos. Assim que Sérgio entrou na antessala, Celso tornou a assobiar, e os animais passaram a circular novamente.

— Esses cachorros têm força e agilidade para matar alguém! — exclamou Sérgio.

Celso fechou a pesada porta de madeira.

— Esse é o objetivo. Eu os crio tão bem para isso, meu caro! São excelentes seguranças e têm uma característica inexistente nos seres humanos: são incorruptíveis! Deixemos Thor, Nero, Zeus, Oromásis e Hera para outra hora. Vamos ao escritório. É lá e apenas lá que trato de meus assuntos profissionais.

Sérgio percorreu o grande salão decorado com mármore, pedras e madeira rústica. Estava extasiado. Sempre sonhou em morar naquele tipo de casa e julgava a vida injusta com ele. Ladeando a porta do escritório, havia seis adagas e seis sabres embainhados em couro costurado. Ele arriscou uma pergunta, buscando maior intimidade.

— O senhor gosta de espadas, não é mesmo?

O homem abriu a porta e indicou uma poltrona a Sérgio.

— Aquilo que você viu não são espadas... Assim como os cães, falaremos sobre isso em outro momento. Antes que eu me sente e perca meu tempo precioso, me diga: você veio quitar sua dívida?

Sérgio tomou coragem.

— O senhor pode se sentar, por favor. Nossa conversa será longa.

— Responda-me, primeiramente, a pergunta que lhe fiz!

— Estou aqui não apenas para pagar minha dívida. Vim também aceitar sua proposta de trabalho. Minha dívida é muito alta, mas creio que, com meu trabalho, ela logo será quitada.

Celso serviu-se de uma dose de uísque e, sorrindo, examinou Sérgio.

— Você tomou a decisão mais acertada, rapaz. Se aceitar minhas condições, rasgarei as promissórias e os cheques após verificar a eficiência de sua atuação.

— O senhor não se arrependerá. Tenha certeza disso!

Ele bebeu um grande gole do uísque antes de responder sarcasticamente:

— Nunca me arrependo de absolutamente nada! Lido com muito dinheiro, e uma única falha é suficiente para eu tomar atitudes muito drásticas. Conheço seus hábitos, sua casa, seus amigos, sua filha e sua amante. Pelo que soube, sua esposa faleceu. Aliás, receba meus mais sinceros sentimentos, mas creio que a morte, para algumas pessoas, é um prêmio.

Sérgio buscou reagir e parecer forte.

— Não falharei em nada, senhor Celso. Por isso me mantenho tranquilo e sem temer nenhum tipo de ameaça! Meu desejo é prosperar e acabar com a bola de neve que se tornou minha dívida, mantendo a integridade de meus amigos e de minha família.

— Se é assim, vamos estabelecer o que você deverá fazer. A cidade é pequena demais para a distribuição de drogas. Não costumo arriscar meu negócio por conta de viciados de bosta. Isso só iria me acarretar prejuízos e me envolver com traficantes de meia-tigela. Meu negócio vai além disso tudo.

— Se não é a venda de drogas na cidade, o que é, então? Perto da praça há um reduto onde os estudantes vivem fumando maconha. E o crack? Já chegou por aqui também!

Celso irritou-se.

— Você acha mesmo que vou me prestar a um papel desses só para faturar migalhas e ainda me tornar alvo fácil para a polícia e a vizinhança?

— Não sei, então, o que o senhor faz ou deseja de mim.

— Será mais simples e seguro do que vender drogas para esses tolos, Sérgio. Eu não farei rodeios. A cidade é pequena, mas serve de rota de distribuição para outras grandes cidades. É uma parada estratégica para despistar possíveis intromissões de concorrentes e policiais.

— E onde entro nessa história?

— Você entra exatamente nessa parada estratégica. Sua oficina receberá as drogas devidamente camufladas entre a lataria e o forro dos carros. Esses veículos estarão aparentemente avariados e serão deixados para os devidos reparos por cerca de uma ou duas semanas em seu estabelecimento. Vou mandar instalar um circuito de monitoramento adequado e bem discreto, portanto, suas atividades serão vigiadas dia e noite. Você apenas terá de receber os carros, trabalhar neles durante o período em que lá estiverem e depois devolvê-los a quem for buscá-los. Durante esse período, quero que aceite, no máximo, mais um carro de seus clientes. O movimento deve parecer normal.

Sérgio interessou-se rapidamente.

— Será bem mais fácil do que eu pensava.

— Não será nada fácil, Sérgio. Neste ramo, não existem facilidades. Muito pelo contrário. Sua oficina é uma espécie de ponto de encontro para seus amigos. Não quero ninguém lá a não ser você. Use a desculpa de que está deprimido pela morte de sua esposa e afaste as pessoas que o rodeiam. Não ouse fuxicar para saber o tipo de mercadoria guardada nos carros. Trabalhe no motor, nas rodas, nos eixos, se vire, mas não mexa em mais nada, entendeu?

— Quando chegará o primeiro carro?

— Espere um pouco. Você está com as chaves da oficina?

— Sim. Estão comigo.

— Me dê essas chaves.

Sérgio tirou do bolso da calça um molho de chaves e entregou-o a Celso.

— Você irá com um dos meus funcionários até a oficina. Tenho aqui o equipamento para instalar o circuito de TV. Ele fará uma vistoria na oficina e, se tudo der certo, logo você receberá o primeiro carro. Amanhã, trate de acordar cedo e cuidar muito bem de tudo.

Sérgio tomou coragem e tentou ser direto:

— Quanto vou ganhar transformando minha oficina numa espécie de sede para seus negócios?

Celso deu uma gargalhada.

— Você leva jeito para isso, rapaz — respondeu, abrindo uma das gavetas da escrivaninha e apanhando um envelope onde guardava os cheques e as promissórias, rasgando-as de imediato. — Veja, estou quitando sua dívida.

— Graças a Deus! — Sérgio exclamou.

— Tire Deus dessa história — disse o homem beijando um crucifixo de ouro que pendia de um grosso cordão.

— Mais uma coisa, Celso... Preciso de um adiantamento. Estou com os bolsos vazios.

— Sua coragem e esperteza não combinam com seus bolsos e sua carteira vazios — respondeu, tirando um maço com notas de cem reais de uma pasta. — Tome. Isto é apenas um agrado para estimular seu trabalho. Sérgio sorriu ao contar o dinheiro.— Muito obrigada por sua confiança e generosidade.

— Não sou generoso, rapaz. Sou interesseiro e extremamente profissional. Sei o quanto vou ganhar com seu auxílio. Procure não ostentar nada de novo. Para todos os efeitos, você continuará a ser um mecânico pobre, entendeu?

— Esse dinheiro é para Rosa, não é para mim.

— Pois, então, tenha cuidado redobrado. Dê a entender a ela que é parte de um seguro de vida deixado por sua esposa. Esses títulos de capitalização que pagam esmolas quando alguém morre. Agora vá e se lembre de uma coisa: nunca traia minha confiança!

❧

Sérgio fechou a oficina após as câmeras serem instaladas. Olhou para o relógio de pulso e viu que já passava da meia-noite. Apressou os passos e tentou evitar um encontro com Manoel, que também fechava o bar naquele instante. O amigo, contudo, colocou-se à frente dele.

— Sérgio! Já estava fechando o bar, mas podemos conversar um pouco. O que acha?

— Obrigado, meu amigo. Prefiro ir para casa. Estou um pouco cansado.

— Vi que você fechou a oficina há pouco. Algum cliente de última hora? Algo urgente? Me alegro em saber que retomou sua rotina.

Sérgio resolveu seguir as ordens de Celso.

— Meu amigo, voltei a trabalhar por uma questão de sobrevivência, mas ainda não me recuperei da perda de minha esposa. A única coisa que desejo no momento é chegar em casa, tomar um banho e dormir. Conversaremos em outra hora.

Manoel estranhou a frieza de Sérgio, mas resolveu acatar aquela desculpa. Em outro momento, iria até a oficina para os dois conversarem melhor.

Sérgio abriu a porta da sala e encontrou Odete sentada na sala.

— Boa noite, Odete. Onde está Lara?

— Dormindo. Sua filha parece um bicho do mato. Por falar nisso, será preciso fazer algumas compras para a casa. Não tenho o hábito de me alimentar tão mal assim.

Ele tratou de encerrar o assunto.

— Amanhã, deixarei dinheiro com você para pequenas compras. Precisaremos também decidir o futuro de Lara, mas somente amanhã. Tive um dia cheio hoje e preciso descansar.

Odete respondeu com um resmungo, fechou o livro que estava lendo e dirigiu-se para o quarto.

Lara ouviu o pai falar com Odete. Apertou a boneca contra o peito e chorou.

CAPÍTULO 10

Lara chegou à cozinha vestida com o uniforme da escola, enquanto Odete terminava de preparar o café.

— Sente-se aí, menina. Coma alguma coisa. Parece que seu pai tomou juízo e, logo cedo, saiu para comprar pão, leite, manteiga e queijo. Trouxe até uma garrafa de iogurte para você. Faça seu desjejum antes de sair.

A jovem colocou um pouco de leite na xícara e pingou café.

— A senhora por acaso já sabe o que meu pai pretende fazer comigo?

Odete respirou fundo, demonstrando impaciência.

— Lara, o que for resolvido será para o seu bem.

— Não quero morar com a amante dele!

— Sua mãe está morta, menina! O único que pode decidir sobre sua vida é seu pai. Cabe a ele resolver o que fará com você. Já ofereci meus préstimos e minha casa. Tenho certeza de que vamos nos dar muito bem!

— A única certeza que tenho é de que não vou morar com a tal de Rosa. Sei muito bem que minha mãe está morta. Eu estive no enterro dela, lembra-se? Não precisa ficar me lembrando a toda hora que minha sorte e meu azar estão nas mãos de meu pai! — Lara respondeu e saiu.

Murilo já estava sentado no banco da praça esperando pela jovem. Ele logo identificou os olhos avermelhados pelo choro.

— Pensei que não viria mais, Lara. Estava chorando, não é?

Lara sentou-se ao lado dele.

— Não quero ir à aula hoje. Preciso conversar, andar, fazer qualquer coisa. Na escola, vão ficar me olhando com cara de pena, e eu não preciso da pena nem da curiosidade das pessoas.

— Então, vamos sair daqui agora. Minha mãe está lá na porta me vigiando.

— Sinceramente! Não sei como você aguenta essa marcação cerrada, Murilo.

— Minha mãe teme pela minha segurança. Só isso.

— Dona Olga deveria temer pela segurança dela, isso sim! Vamos pelo caminho da escola. Lá na frente, desviaremos.

— E para onde iremos, Lara?

— Para a Fazendinha, onde funciona a escola de veterinária. Lá, há espaço e não encontraremos ninguém conhecido a essa hora.

— E se minha mãe ligar para a escola?

— Deixe de ser inseguro, Murilo! Sua mãe não ligará para a escola! Ela por acaso já fez isso antes?

— Não. Ela confia muito em mim.

— Se ela nunca fez isso, não será hoje que vai fazer. Haverá interclasse na escola. Nenhum professor dará falta da gente. Vamos!

Os dois seguiram o caminho de sempre para a escola. No fim da praça, Murilo virou e acenou para a mãe como fazia todos os dias e respirou aliviado ao vê-la fechar a porta da varanda. Lara segurou a mão do rapaz e tomou o caminho que desejava. Ao chegarem à Fazendinha, os portões estavam sendo abertos pelos guardas florestais. Lara aproximou-se dos homens e cumprimentou-os.

— Bom dia! Vim fazer uma pesquisa sobre a fauna e a flora da Mata Atlântica. A biblioteca já abriu?

O mais jovem deles respondeu.

— Ainda não. A biblioteca só abre depois das dez horas, mas, se aceitam uma dica, vocês podem seguir esta trilha para anotar o nome e as características de muitas espécies nativas que temos aqui.

Lara dissimulou.

— E não há perigo em percorrer essa trilha? Estamos sozinhos e somos bem medrosos.

O guarda mais velho riu e respondeu.

— Não há perigo algum. Há mais gente espalhada por aí para tomar conta do lugar e garantir a segurança das espécies botânicas.

— Só das plantas, moço? E da gente? — ela perguntou.

— Vá tranquila, menina. Vocês estão sob nossa responsabilidade — garantiu o homem.

Murilo estava boquiaberto com a esperteza de Lara. Estava certo de sua verdadeira paixão e tudo faria para vê-la bem e feliz.

Os dois caminharam por alguns minutos até avistarem uma clareira ao lado da mata fechada e alguns bancos.

Ele apontou para o lugar.

— Veja! Acho que podemos nos sentar ali.

Lara correu e esticou-se num dos bancos de madeira, sacudindo as pernas no ar.

— Como me sinto livre neste lugar! — disse rindo.

Murilo apanhou a mochila que ela havia jogado no chão, sacudindo-a.

— Tá maluca, menina? Vai chegar em casa com a mochila cheia de areia? O que seu pai e dona Odete vão pensar?

Lara sentou e amarrou a cara.

— Você acha mesmo que meu pai e tia Odete irão perceber restos de areia nesta mochilinha quase infantil? Meu pai nunca se deu conta de que uso esta porcaria de mochila rasgada, costurada e recosturada por quase cinco anos seguidos. Vai se tocar com a areia? Eles não estão nem aí pra mim!

Murilo sentou-se ao lado dela. Sabia o quanto a amiga estava certa em relação às coisas que afirmava.

— Calma. Tudo pode mudar, Lara. Seu pai vai passar a cuidar melhor de você. E quem sabe dona Odete não se transforma numa boa amiga em sua vida?

— Você ainda acredita em Papai Noel, fadas e duendes, Murilo? É isso? Afinal, só uma pessoa que acredita nessas coisas pode também acreditar nessas possibilidades em minha vida — ela falou ressentida.

— Você precisa ter mais fé! Sei que passou por momentos difíceis, mas, por favor, leve em consideração que estou falando de pessoas que a amam.

A menina olhou para o céu pensativa. Precisava tomar as próprias decisões antes de voltar para casa. Sabia que qualquer resolução da parte dela seria acatada pelo pai.

— Eu o trouxe até aqui para conversarmos. Ontem, ouvi meu pai chegar em casa e conversar com tia Odete. Ela quer que eu me mude para São Paulo, Murilo.

Ele arregalou os olhos assustado.

— São Paulo? Mas por que você precisaria mudar para lá, Lara?

— Por que não vou me submeter a Rosa nem aos caprichos de meu pai. Não serei como minha mãe, que sobreviveu com os restos descartados pela amante dele. Se eu ficar aqui, é isso que vai acabar acontecendo. A mim será reservado o que não serve para ela: a comida que ela não gosta, as bolsas velhas, as roupas e os sapatos usados e, o pior, os restos de carinho. Não quero isso para minha vida!

Murilo sentiu os olhos encherem-se de lágrimas e fez um esforço enorme para não chorar. A voz embargada custou a sair da garganta. Ele olhou para Lara com extrema ternura.

— Lara, você sabe o que sinto por você?

Ela demonstrou inquietação.

— Não quero falar sobre isso agora, Murilo. Por favor, não confunda ainda mais minha cabeça.

— Não quero que vá embora. Não conseguirei viver sem você! — ele disse, secando uma lágrima que escorria pelo rosto.

— Murilo, somos bons amigos e sei que você quer meu bem. Hoje à noite, conversarei com meu pai. Prometo que vou tomar a decisão que for melhor para minha vida.

— Pense bem. Por favor, pense muito bem no que irá fazer. Seu futuro pode parecer nublado se ficar aqui na cidade, mas poderá se tornar eternamente escuro se você se for para um lugar onde não conhece ninguém. Promete que vai pensar no que estou falando?

Lara abaixou a cabeça e começou a chorar.

— Não tenho saída, Murilo. Nem saída nem ninguém por mim de verdade.

Ele passou a ponta dos dedos no rosto dela carinhosamente. Segurou-a pelo queixo e puxou-a para perto de seu rosto.

— Tem sim. Você tem e sempre terá a mim, Lara. Vou protegê-la de qualquer perigo e de qualquer pessoa. Juro que vou. Por favor, não vá embora.

Lara, carente e sofrida, deixou-se encantar por aquela promessa tão sincera e pura. Aproximou-se o mais que pôde de Murilo e entregou-se a um beijo apaixonado e juvenil.

Sérgio olhou para a esquina e viu um velho fusca piscar os faróis — este fora o sinal combinado com ele. Apanhou uma flanela no bolso do macacão e sinalizou para o motorista, apontando o local onde o carro deveria ser estacionado na oficina. Dois homens com cara de poucos amigos saltaram do veículo e abriram a tampa do motor, simulando que mostravam um defeito qualquer. Um deles sussurrou entre dentes.

— Tire uma peça qualquer dessa joça e guarde muito bem guardada. Se algum curioso aparecer aqui, mostre serviço no carro. Doutor Celso quer que tenha muito cuidado com isso. Entendeu?

Sérgio respondeu.

— Entendi tão bem que farei uma nota fiscal do meu trabalho. Esperem um pouco.

Após apanhar o bloco de notas e fazer algumas anotações, Sérgio retornou e entregou uma via ao motorista, procurando falar bem alto.

— O serviço vai demorar. Acho que preciso de, no mínimo, uma semana. O carro está com alguns problemas no motor e na suspensão. Vocês podem esperar esse tempo?

O motorista respondeu algo ininteligível e saiu. Sérgio voltou o rosto para uma das câmeras devidamente camufladas e sorriu para mostrar que estava cumprindo as ordens de Celso. Com o capô do carro suspenso, começou a retirar peças e a furar propositadamente algumas pequenas mangueiras. Ali ficou até escutar a voz de Manoel.

— E aí, meu amigo? Vejo que está bem-disposto e entretido com o trabalho.

Sem levantar o rosto do motor, ele respondeu:

— Estou ocupado, amigo! Converso com você outra hora!

Manoel estranhou.

— Mas não posso ficar aqui e conversar com você, enquanto faz seu trabalho? Sempre fizemos isso!

Sérgio prendeu o capô com o ferro de sustentação, apanhou um pedaço de estopa e limpou as mãos sujas de graxa.

— Manoel, meu amigo, o trabalho é importante demais para mim neste momento. Mais importante do que qualquer conversa. O motor deste carro está arruinado. O dono é bem velhinho e pediu que os filhos deixassem a responsabilidade dos reparos comigo. É uma relíquia de família. Devo isso às pessoas que confiam em meu trabalho. Conversaremos em outra oportunidade.

Manoel, sem graça, saudou o amigo brevemente e saiu. Estranhava a mudança repentina no comportamento de Sérgio, mas atribuiu aquela atitude aos acontecimentos dolorosos das últimas semanas.

O dia passou rapidamente. Conforme havia combinado com Celso, Sérgio só aceitou mais um carro na oficina para um conserto rápido. Assim que o relógio marcou dezoito horas, ele cerrou as portas da oficina, agora cuidadosamente reforçadas por dentro com trancas especiais. Em casa, tomou um banho demorado e vestiu a roupa nova que havia comprado para impressionar Rosa. Barbeou-se, penteou os cabelos recém-cortados e contou as notas que estavam na carteira. Separou uma pequena quantia para as despesas de casa e saiu.

Rosa abriu a janela assim que ouviu a campainha tocar. Estava decidida a tirar de Sérgio todo o dinheiro que pudesse. Vestindo apenas uma camisola transparente, atendeu a porta, puxando-o pelo colarinho da camisa. Sem falar nada, conduziu Sérgio sensualmente até o quarto. Trêmulo de prazer e surpreso com a reação da mulher que amava, ele deixou-se seduzir pelos movimentos cadenciados e provocantes daquele corpo, buscando retribuir o prazer que estava recebendo. Ao final do enlace, deixou-se ficar na cama em silêncio por alguns segundos, para depois voltar-se a ela:

— Você me enlouquece, sabia?

Rosa mordiscou os lábios de Sérgio, rindo das reações dele.

— Parece que, finalmente, tenho meu homem de volta!

Ele envolveu-a nos braços numa atitude de proteção.

— Terá sempre, meu amor! Aquela fase ruim já passou. Viveremos felizes, Rosa! Seremos muito felizes, e a transformarei na mulher mais realizada de nossa cidade. Preciso apenas decidir o destino de minha filha.

— Você sabe que não será bom para nossa relação se Lara vier morar aqui. Acabaremos com esses momentos especiais, e eu me transformarei numa dona de casa cansada e entediada. Não quero isso nem para mim e muito menos para você!

— O que acha que devo fazer? Ela é uma menina. Perdeu a mãe e só tem a mim.

— Deixe que a menina decida. É a vida dela, não é? É ela quem deve decidir sobre o rumo que tomará. Sua filha tem pouca idade, mas não é nenhuma tola. Saberá escolher o que é melhor para a vida dela.

— E se ela quiser vir morar aqui? Você a aceitará?

Rosa vestiu um roupão que estava no cabideiro e levantou-se. Tinha certeza de que Lara jamais optaria por conviver com ela. Decidiu arriscar, confiando na própria intuição.

— Se for essa a decisão dela, precisaremos nos adaptar para não perdermos nossos momentos íntimos, mas acatarei de bom grado.

Sérgio sorriu e também se vestiu. Pegou a carteira no bolso da calça, abriu e apanhou um amontoado de notas.

— Tome. Pague as despesas da casa e compre o que estiver precisando. Sou um homem honrado e a manterei até o último dia de minha vida.

Ela apanhou o dinheiro e contou.

— A oficina está rendendo bem, amor?

— Está rendendo o suficiente e, se Deus me ajudar, renderá muito mais — ele respondeu olhando a hora.

— O que foi, Sérgio? Algum compromisso?

— Preciso ir embora mais cedo hoje. Quero conversar com Lara e decidir logo essa situação.

Rosa estimulou-o:

— Isso! Faça isso mesmo! Converse com sua filha de forma honesta. Só não se esqueça de uma coisa: amo você e estou disposta a fazer qualquer sacrifício por esse amor.

Assim que Sérgio saiu, ela correu para o quarto e tornou a contar o dinheiro. Guardou-o cuidadosamente numa caixa no alto do armário e riu. Iria conseguir o seu objetivo.

∾

Lara assistia à TV na sala, quando notou a maçaneta da porta girar. Estava abraçada a uma almofada e arregalou os olhos quando viu o pai entrar com a aparência renovada. Sérgio aproximou-se da filha para beijá-la, mas ela o rejeitou.

— O senhor acha mesmo que vou receber esse beijo, pai? Não sou como minha mãe! Não aceito as migalhas ou o seu amor cheio de arrependimento.

— Do que está falando, Lara? Não estou entendendo!

— Estou falando desse beijo falso que o senhor veio me dar. Não quero restos, pai! Já lhe disse que não sou minha mãe!

— Amo você, minha filha. Cheguei mais cedo para conversarmos. Já tenho uma solução concreta para nossas vidas. A melhor solução para mim e para você.

— De que solução o senhor está falando? Não estou entendendo!

— Rosa aceitou que você fosse morar com ela. Teremos uma vida nova, minha filha. Uma vida cercada por muito amor, respeito e muita compreensão.

Lara jogou a almofada longe.

— O senhor está pensando o quê? Não vou morar na casa de sua amante! Não vou conviver com a mulher que o separou de minha mãe e que nos fez viver neste lugar miserável! Já lhe disse e vou repetir: não nasci para migalhas!

Odete estava no quarto e ouviu a discussão. Julgou ser o momento adequado para interferir e dirigiu-se à sala.

— O que está acontecendo aqui, Sérgio? O que fez para Lara? Por que a menina está furiosa dessa forma?

— Por favor, não se meta, Odete! Esse é um problema de família.

— E por acaso não pertenço à família de Lara? Posso não ser sua parente, Sérgio, mas sou a única família que sua filha tem além de você! Tenho o direito e o dever de interferir, sim! — Odete respondeu, aproximando-se de Lara e abraçando-a.

Sérgio deixou-se cair numa poltrona desanimado. Não queria perder a filha, mas não aceitaria nenhum tipo de interferência na vida dele com Rosa. Estava certo de que poderia viver de forma plena e próspera e não iria abrir mão disso.

— O que sugere, então, Lara? O que quer para sua vida?

Lara olhou para Odete com seriedade.

— A senhora poderia me levar para São Paulo?

Odete acariciou os cabelos da menina.

— Se é isso o que você deseja, minha pequena, é isso que será feito. Eu a receberei em minha casa como uma filha de meu coração. Darei a você condições de crescer e se tornar uma pessoa de sucesso. Seu pai poderá visitá-la quando quiser.

— Então, o problema está resolvido, pai! Vou arrumar minhas coisas. Não tenho mesmo muito o que levar, porque sempre tive pouco. Algumas sacolas para minhas roupas, e o resto irá naquela mochilinha infantil, que uso há anos para ir à escola. Meus documentos sempre estiveram comigo

85

desde que me entendo por gente. O senhor só precisará ir à escola trancar minha matrícula e pegar minha transferência.

Lara bateu a porta do quarto com raiva, e a lâmpada do corredor caiu, espatifando-se no chão. Jogou-se na cama e abraçou Teresa. Chorando muito, ali se deixou ficar por algum tempo até se acalmar. Quando as lágrimas cessaram, puxou o ar com vigor e levantou-se resoluta. Apanhou as poucas peças de roupa das gavetas e do armário e abriu uma caixa com algumas fotografias amareladas. Na mochila, colocou a boneca de maneira cuidadosa. Naquele momento, teve a noção exata de que pouco significava para o pai. Tornou à sala e avisou:

— Minhas coisas já estão arrumadas. Podemos ir quando a senhora quiser.

CAPÍTULO 11

Lara olhou com um pouco de tristeza para a casa onde vivera desde seu nascimento. Não teria se importado de viver em condições precárias se Marisa e Sérgio tivessem desempenhado de forma plena o papel de pais. Cresceu acreditando que tudo poderia mudar caso a mãe adotasse uma postura mais firme, carregada de maior amor-próprio, e o pai se livrasse da aventura com Rosa. Muito cedo, deixou de ser apenas uma criança e passou a agir como adulta, resolvendo sozinha todos os impasses de sua vida. Marisa tornara-se uma pessoa apagada e sem brilho, e Sérgio tornara-se um algoz dentro do lar. Além das paredes sujas e manchadas pelo tempo, a menina convivera durante anos com o descaso. Ajeitou a mochila nas costas e avisou a tia:

— Tudo já está arrumado.

Odete sorriu ao constatar a determinação da menina.

— Precisamos esperar seu pai chegar. Você precisa se despedir dele.

Lara olhou para um porta-retratos quebrado sobre o rack enferrujado da TV. A foto amarelada de Marisa e Sérgio abraçados mostrava que um dia haviam sido felizes. Decidida, retirou a fotografia da pequena e empoeirada moldura de vidro, guardando-a na mochila.

— Não preciso me despedir de meu pai. Essa despedida já aconteceu faz tempo. Quero falar apenas com o único amigo verdadeiro que tive aqui. A senhora poderia esperar um pouco?

— Acho que você deveria reconsiderar o julgamento sobre seus pais, minha querida.

— Não estou julgando ninguém, mas não vou transformar nenhum dos dois em super-heróis. Só um instante. Já volto.

Odete viu a menina sair e sussurrou:

— Como alguém tão jovem pode ser autoritário dessa forma? Se essa menina pensa que me dará trabalho, está enganada. Muito enganada...

⁓⊱✦⊰⁓

Murilo estava sentado no banco da praça cabisbaixo. Não conseguia aceitar que Lara tivesse tomado uma decisão tão drástica. Tentaria fazê-la desistir daquela aventura absurda a qualquer custo. Viu quando ela atravessou a rua a passos rápidos e seguiu na direção dele. Ao ficarem frente a frente, Lara sorriu, e o rapaz sentiu o coração disparar.

— Obrigada por tudo, Murilo. Nunca vou me esquecer de você!

— Tire essa ideia da cabeça, Lara. Fique aqui. Não vá embora, por favor!

— Não posso me sujeitar à vida que meu pai quer que eu leve. É melhor ir embora e tentar ao menos me manter longe dessas recordações terríveis. Vou me tornar uma mulher forte e bem-sucedida. Quando isso acontecer, voltarei para esfregar meu sucesso nesta cidadezinha sem graça.

— Não fale assim, Lara! Você nasceu e cresceu aqui. A cidade é boa, e temos bons amigos.

— Você pode ter bons amigos, Murilo, mas eu não tenho. Meu único amigo sempre foi você. Apenas você. Acho que sou uma espécie de patinho feio, a quem a atenção e o carinho são quase impossíveis — ela respondeu com lágrimas nos olhos.

O rapaz acariciou o rosto da jovem.

— Você é linda, e eu te amo...

A menina esboçou um sorriso amargo.

— Não fui feita para ser amada, e somos muito novos para experimentar esse tipo de sentimento que nem sei se existe.

— O amor existe, sim. Sinto isso dentro do meu coração. Quando penso no futuro, é você que vem à minha cabeça. Isso é amor. Querer passar a vida toda ao lado de uma pessoa é amor. Querer estar junto é amor. Amo você!

— O futuro está longe demais, Murilo. Preciso ir. Minha tia está esperando.

Murilo segurou as mãos de Lara com força.

— Estou lhe pedindo que não vá! Por favor, fique comigo! — exclamou chorando.

Lara enxugou as lágrimas do rapaz e abraçou-o.

— Prometo que voltarei. Prometo... — ela repetia.

— Você me esquecerá com facilidade, Lara. Fará amizades, viverá de outra forma, me esquecerá. Tenho certeza disso.

A jovem colocou o dedo indicador nos lábios.

— Não diga bobagens, Murilo. Nunca me esquecerei de você. Quero apenas me livrar das recordações tristes que este lugar me traz. Só isso.

Os lábios de Murilo aproximaram-se dos de Lara, que se deixou tomar por grande emoção. Misturado ao choro dos dois, um beijo carregado de paixão juvenil selou a separação prestes a acontecer. O vento do inverno sacudiu a copa das árvores, deixando cair folhas amareladas e sem vida.

Da varanda, Olga olhou a cena enraivecida e gritou pelo filho. Não admitiria aquela aproximação.

— Murilo! Venha para casa agora!

O rapaz afastou-se abruptamente de Lara, que percebeu o tremor de medo no corpo dele.

— Vá, Murilo. Atenda à dona Olga. Não é hora de arrumar problemas com sua mãe. É tudo que não quero para minha vida.

— Você promete fazer contato comigo? Me ligar sempre? — ele perguntou, secando as lágrimas.

— Prometo... Vou ligar sempre...

— Eu vou esperar por você, Lara. Se for preciso, esperarei a vida toda.

— Um dia, eu volto, Murilo. Tenho muita coisa para acertar aqui na cidade — ela afirmou, olhando para Olga com raiva sem que ele se desse conta.

Murilo caminhou a passos lentos e atravessou a rua. Quando olhou para trás, não viu mais Lara. Entrou em casa cabisbaixo, segurando o choro. Sem dar ouvidos às reclamações da mãe, foi direto para o quarto e chorou até adormecer.

ᔕᓬ

Sérgio fechou a oficina depois de entregar mais dois carros aos homens de Celso. Olhou para o relógio e hesitou entre correr para os braços de Rosa e retornar para casa, em mais uma tentativa de acertar as coisas com a filha. Julgava que a adolescência era uma fase difícil e que a morte de Marisa contribuía para que Lara ficasse confusa e se tornasse rebelde. Escolheu resolver definitivamente os problemas com a jovem filha.

Passou rapidamente pelo bar de Manoel e, mais uma vez, acenou para ele demonstrando pressa. Ao chegar à porta de casa, encontrou apenas a luz da sala acesa. Chamou por Lara e por Odete e ficou nervoso ao perceber que nenhuma das duas respondia. Sobre o velho rack da TV, avistou um envelope onde estava escrito o nome dele. Abriu-o e identificou a letra de Lara. Sem emoção, leu a carta deixada como despedida.

Pai, tomei a melhor decisão para minha vida e acredito que seja a melhor para a sua também. Passarei a morar com tia Odete. Não posso acusá-lo de absolutamente nada. A escolha foi minha, e sei que foi para o meu melhor. Não suportaria subordinar minha vida a uma pessoa que me roubou a esperança, a dignidade e a paz. Cresci. Fui obrigada a crescer rapidamente. O sofrimento faz isso conosco. Cresci e envelheci completamente no dia em que me dei conta de que minha mãe já vivia como uma morta, mesmo antes de deixar esta vida. Não quero viver como ela. Não quero ser como ela ou como qualquer outra mulher que se escraviza por um casamento. Minha mãe amava mais ao senhor do que a ela mesma, e isso nunca irá acontecer comigo. Não reclamo das privações ou dificuldades. Não lamento pela casa velha e pela falta de comida decente. Reclamo de sua covardia, de sua falta de coragem de tomar uma atitude coerente, sem prejudicar a própria família. Vou procurar ser feliz e me tornar uma pessoa bem diferente do que vocês me ensinaram. Se aceita um conselho, aí vai: ao terminar de ler esta carta, arrume suas coisas e vá morar com sua amante. Transforme-a em sua esposa. Quero ver se ela aguentará o peso desse papel por muito tempo.

Adeus,
Lara.

Sérgio dobrou a carta e suspirou aliviado: "Será melhor para todos nós assim, Lara".

Vasculhou o armário e separou apenas as melhores roupas. Sabia o quanto Rosa detestava roupas velhas. Saiu, trancou a porta e desligou a chave geral da luz. Assim que tivesse tempo, colocaria a casa à venda. Fez sinal para um táxi e seguiu sorridente para o endereço da amada. Estava certo de que a felicidade começava a se desenhar na vida dele.

O táxi parou diante de um casarão antigo, mas com a fachada bem conservada. O muro alto, pintado de amarelo, contrastava com o portão de ferro, fechado por uma corrente pesada e um cadeado enorme. Odete sorriu para a menina.

— Chegamos, querida. Não repare na desordem. O casarão passará em breve por uma boa reforma.

— Perto da casa onde morei a vida toda, isso aqui é um palacete.

Odete riu. Precisaria ter muita paciência com a menina nos primeiros dias, contudo, autocontrole não era seu forte. Naquele momento, Lara representava a solução para os problemas financeiros pelos quais passava. Mentira a respeito de sua atuação no consultório. Fazia tempo que não exercia a profissão. Marisa deixara sob a responsabilidade dela um seguro de vida em nome da filha. O valor a receber não era grande, mas resolveria suas pendências imediatas. Assim que ganhasse a confiança da sobrinha, exigiria de Sérgio a tutela da menina.

— Vamos entrar, querida. Quero apresentá-la a uma pessoa muito especial.

Lara ajeitou a mochila nas costas, apanhou suas sacolas e acompanhou a tia. Estranhou os jardins malcuidados e a piscina cheia de limo, mas levou em consideração a reforma mencionada por Odete.

— Venha, Lara! Vamos entrar! O tempo está esfriando, e você está com roupas muito leves para essa temperatura.

A menina entrou na sala. O cheiro de mofo fê-la ter uma crise de espirros.

— Quem está aí? É você, Odete?

— Sou eu sim, minha querida sogra. Trouxe minha sobrinha comigo. Ela ficará conosco. Cuidarei dela como cuido da senhora: com carinho e desvelo.

A luz de um abajur foi acesa e iluminou parte da sala. Manchas de infiltração marcavam todas as paredes do ambiente. Um velho piano, coberto por uma toalha de renda amarelada, ajudava a compor a decoração sombria junto com castiçais de prata envelhecidos, poltronas com assentos corroídos pelo tempo e cortinas esfarrapadas.

Lara permaneceu em silêncio. O lugar provocava-lhe certo medo, e ver aquela senhora com aparência tão maltratada numa cadeira de rodas fê-la experimentar uma breve tontura. Odete percebeu e tentou camuflar a situação.

— Minha querida, não se impressione com a aparência da casa. Já lhe disse que reformaremos o casarão em breve.

A menina tomou fôlego e reagiu curiosa.

— Como a senhora passou tantos dias em nossa casa, sabe muito bem em que condições eu vivia lá. Só quero saber de uma coisa... posso perguntar?

— Pergunte o que quiser, meu anjo.

— Quem tomou conta dela esse tempo todo?

Odete olhou para a sogra de forma ameaçadora. Esmeralda, temerosa por mais uma reação violenta da nora, respondeu com tranquilidade:

— Que menina bem-educada e amorosa! Se preocupando com uma velha como eu! Tive a companhia de uma cuidadora durante todos esses dias. Odete nunca me deixaria à mercê de minha própria sorte. E uma coisa que velhos inválidos não têm é, definitivamente, essa tal de sorte.

Lara aproximou-se de Esmeralda para cumprimentá-la e teve o impulso de se afastar. Ela exalava um forte odor de urina e fezes, contradizendo o que tentara provar.

— A senhora quer tomar um banho, dona Esmeralda? Posso fazer isso. O que acha? Me leve até o seu quarto, e eu separarei suas roupas.

Odete interferiu:

— Nada disso, Lara. Primeiro, você precisa se acomodar, guardar seus pertences.

— Então, a senhora poderia me mostrar onde vou ficar? Deixarei minhas coisas lá e voltarei para fazer a higiene de dona Esmeralda.

— Se é isso que você deseja fazer, fico feliz por seu bom coração. Preciso mesmo de ajuda com minha sogra. Essas cuidadoras de idosos sempre deixam a desejar.

Lara não controlou a resposta:

— Pelo jeito, essa deixou mesmo a desejar, tia. Onde vou ficar?

Odete apontou para a escada:

— No segundo quarto do corredor. Será preciso dar um jeitinho lá. Não tive tempo nem cabeça de mandar arrumar nada.

Lara olhou para Esmeralda e piscou o olho.

— Já volto para lhe dar um bom banho. Me espere aqui.

O lábio inferior de Esmeralda tremeu, e ela sorriu. Em pensamento, agradecia pela chegada daquela menina com jeito de anjo.

Lara ajeitou as sacolas num braço e pegou a mochila com o outro. Tentando não se desequilibrar, subiu uma a um os degraus de mármore marcados pela sujeira. O corrimão de madeira, que parecia ter sido imponente no passado, estava descascado e engordurado. Ela sentiu o coração oprimido, enquanto caminhava pelo corredor dos quartos. Colocou as sacolas no chão e parou diante da porta temerosa.

— Céus! Se os cômodos da casa utilizados diariamente estão horríveis, imagino como esteja esse quarto... Espero não ter apenas trocado de inferno! — exclamou, sussurrando.

Abriu a porta e ficou boquiaberta: a sujeira e a desordem deixaram o ambiente impregnado com o cheiro de mofo. Cortinas e lençóis amarelados exibiam uma nata de poeira. Lara afastou as cortinas e abriu as janelas pesadas, deixando o ar puro entrar. Lembrou-se da carta que deixara para o pai e imaginou tudo o que poderia passar se fosse conviver com Rosa. Resignada, colocou as sacolas num canto e acomodou cuidadosamente a mochila sobre elas. Puxou o fecho e, de cócoras, acariciou os cabelos artificiais da boneca.

— Vou dar um jeito nisso aqui, Teresa. Vamos tentar ser felizes, não é mesmo? Agora, fique aí. Preciso ajudar dona Esmeralda — disse, tornando a fechar a mochila.

Lara desceu as escadas e retornou ao salão. Esmeralda sorriu ao perceber que a menina se dirigia até ela.

— Então, dona Esmeralda, vamos até seu quarto para escolher uma roupa bem bonita?

Ela meneou a cabeça afirmativamente. Desde a viagem de Odete, não tomava banho. No máximo, conseguira passar um pano molhado pelo corpo para se sentir um pouco mais limpa. Lara empurrou a cadeira de rodas, guiada pela mão trêmula e enrugada que apontava para uma porta. Ela parou e travou as rodas da cadeira.

— É aqui seu quarto?

— Não repare na desordem, minha menina. Não posso fazer muita coisa.

— Prometo não reparar. Quero deixá-la mais confortável, e um bom banho fará isso. O banheiro é aqui no seu quarto?

— É sim. Logo ali ao lado da cama. Minha nora mandou tirar a porta por conta da cadeira de rodas. Fica mais fácil.

A jovem entrou no banheiro e teve ânsia de vômito. Havia um amontoado de roupas sujas e malcheirosas ao lado do box, fraldas fétidas ultrapassando a borda de um balde feito de lixeira e limo nos azulejos.

— A senhora se importa de esperar um pouco aqui? Vou dar um jeitinho no banheiro e no quarto. Será melhor assim.

Esmeralda corou. Tinha receio de que a nora a punisse. Não falaria absolutamente nada. Não contaria a Lara o que sofria. Ficaria em silêncio para não sofrer mais agressões verbais e ameaças físicas.

Lara saiu do quarto e voltou com uma vassoura, uma caixa de sabão em pó, uma garrafa de álcool e algumas sacolas plásticas.

— Achei essas coisas lá na despensa. Acho que tia Odete não irá se incomodar, não é mesmo?

Esmeralda abaixou a cabeça e fingiu não ter ouvido a pergunta. Lara percebeu e não insistiu. Arregaçou as mangas da blusa e dobrou a bainha da calça jeans surrada. Recolheu as roupas sujas e o lixo, colocando-os nos sacos plásticos. Com agilidade e firmeza, esfregou o chão e os azulejos das paredes. Em menos de meia hora, o banheiro ganhava um novo ar, tornando-se mais claro e cheiroso.

— Pronto! Já terminei aqui. Agora, se a senhora não se incomodar, darei um jeitinho em seu quarto também. Posso?

— Pode, minha menina. Pode sim. Só não quero que minha nora se aborreça.

— E por que ela iria se aborrecer? Estou apenas tentando ser útil. Vou morar aqui, e a organização da casa será também de minha responsabilidade.

Lara retirou o lençol e a colcha que forravam a cama. O cheiro de urina espalhou-se pelo quarto, e ela recordou-se das tentativas da mãe de manter limpa a velha casa na qual moravam. Foi até a cozinha e vasculhou os armários até encontrar um vidro de vinagre.

— Acho que, se eu misturar o vinagre com um pouco de álcool, conseguirei tirar aquele cheiro do quarto. Minha mãe fazia isso e dava certo — falou para si mesma.

Voltou decidida para o quarto e passou a mistura sobre o colchão, armários e paredes. Com as janelas abertas, tudo secou rapidamente. Esmeralda sentia agora apenas o mau cheiro do próprio corpo.

— Agora sim, dona Esmeralda! Apanhei esse vestido na gaveta. Está bem cheiroso. Como faz para manter esse cheirinho bom nas roupas?

A velha senhora alargou um sorriso, deixando um brilho de felicidade destacar-se nos olhos.

— Quando meu filho era vivo, me presenteava com muitas caixas de sabonete. Ele viajava e sempre trazia sabonetes artesanais de presente para mim. Eram tantos que resolvi espalhar pelas gavetas da cômoda e pelo armário. Gosto de cheiros bons. Eu sempre fui uma pessoa muito limpa, minha filha. Quando percebo que um ou outro está perdendo o cheiro, apanho uns cravos-da-índia na cozinha e espeto neles. O cheiro volta e ainda fica melhor.

Lara acariciou os cabelos grisalhos de dona Esmeralda.

— Então, agora, já para o banho! Quero que a senhora se sinta bem! Tia Odete precisava ter mais atenção com as pessoas que tomam conta da senhora...

— Não diga isso, por favor! Minha nora tem atenção, sim!

Lara notou um tom de pavor nas palavras de Esmeralda e resolveu não questionar mais nada. Apenas observaria a tudo com atenção.

— Como as pessoas fazem para dar banho na senhora?

Esmeralda fingiu novamente não ouvir a pergunta. Lara foi até a cozinha e retornou com uma banqueta de ferro.

— Acho que isso aqui nos ajudará bastante! — exclamou, colocando a banqueta no box e abrindo o chuveiro para deixar a água aquecer.

Com firmeza, suspendeu o corpo frágil de Esmeralda para retirar-lhe as roupas e a fralda. Colocou-a sentada no banquinho e sorriu ao constatar a alegria dela no contato com a água.

— Deixe, minha menina, que o sabonete eu mesma passo! Pegue um bem cheiroso lá no armário, por favor.

Lara entregou o sabonete a Esmeralda e apanhou a mistura de álcool e vinagre para passar na cadeira de rodas. Enquanto esfregava o assento da cadeira, lembrou-se de ter visto um vidro de lavanda no armário.

— Dona Esmeralda, posso pegar aquele perfume lá no seu armário?

— Pode sim, minha filha! Pegue o que quiser!

A água que escorria do corpo de Esmeralda estava turva e indicava o pouco ou nenhum asseio dos últimos tempos.

— Vamos, pode ir tratando de usar bastante esse sabonete! Já vi que a senhora tem um estoque! — Brincou, enquanto passava um chumaço de algodão embebido na lavanda na cadeira de rodas.

Esmeralda soltou um longo suspiro.

— Que cheiro bom, menina! Que cheiro bom!

Lara soltou uma gargalhada de prazer e cumplicidade.

— Pode ficar tranquila! Prometo dois banhos como este à senhora por dia. Agora, já podemos terminar! Não quero que se resfrie. Fechei as janelas do quarto. Vou secar a senhora aqui e, depois, direto para a cama!

Ao vesti-la, Lara notou algumas feridas nas nádegas e na base da coluna.

— Tia Odete já viu essas feridas?

Mais uma vez, Esmeralda ficou em silêncio, e a menina notou.

— Não se preocupe. Esses machucados devem ter aparecido durante o período em que ela ficou fora, não é mesmo? Pode deixar que também cuidarei disso.

Esmeralda adormeceu rapidamente, e Lara cerrou as cortinas encardidas. Estava cansada, mas também precisaria limpar e pôr em ordem o quarto que iria ocupar. A noite já dava sinais de que iria chegar, quando ela terminou a faxina. Delicadamente, pôs Teresa encostada na cabeceira da cama.

— Fique aí, minha amiga. Preciso de um banho urgente.

Lara deixou-se ficar sob a água do chuveiro e chorou pela vida que não tivera e, muito provavelmente, não teria tão cedo. Retomou a consciência ao ouvir a voz de Odete.

— Lara! Dona Esmeralda! Onde vocês estão?

Lara procurou vestir-se rapidamente. Desceu a escada com agilidade e saudou Odete.

— A senhora demorou! Já arrumei meu quarto e as coisas de sua sogra. Ela devia estar bem cansada mesmo. Depois do banho, coloquei-a na cama, e ela logo pegou no sono.

— Eu estava reorganizando minha vida profissional. Estive muito tempo fora. Veja, trouxe algumas coisas para lancharmos. Você deve estar com fome!

— Confesso que estou sim! Pode deixar que preparo tudo! Vou acordar dona Esmeralda. Ela também deve estar faminta e precisa se alimentar de forma adequada.

Odete trincou o maxilar. Na verdade, desejava que Esmeralda morresse o mais rápido possível. Apenas dessa forma, poderia herdar o dinheiro deixado pelo sogro. Julgou que isso aconteceria quando ficou viúva, mas o testamento era bem claro: nada pertenceria a ela enquanto a sogra estivesse viva.

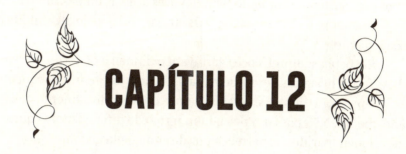

CAPÍTULO 12

Odete tinha na memória os tempos de grande pompa no casarão, vividos com o marido até o dia trágico em que ele, falido e desacreditado no meio empresarial, bebeu mais do que deveria, saiu ziguezagueando com o carro pelas ruas e chocou-se de forma fatal contra um poste. Passados o impacto e o sofrimento inicial, ela tomou conhecimento da falência de Oscar e recorreu à sogra. Sabia da existência do testamento deixado pelo sogro e esperava receber metade de tudo o que Esmeralda possuía. Sentada confortavelmente em uma poltrona, procurou ser objetiva:

— Dona Esmeralda, a senhora estava ciente da falência de seu filho?
— Infelizmente, sim, Odete. Tentei ajudá-lo de todas as formas, mas Oscar sempre foi irresponsável. A empresa foi desmembrada com a morte de meu marido, e ele ficou com a parte que lhe cabia. Em muito pouco tempo, fui informada por nosso contador de que as finanças de meu filho tinham os dias contados.
— E por que a senhora não o ajudou a se reerguer?
— Porque ele iria cair de novo tantas vezes eu o ajudasse.

Odete irritou-se:

— Não vê que foi por isso que ele morreu? Por desespero? A senhora cavou o túmulo de seu filho! Não se arrepende disso?

Esmeralda secou as lágrimas que escorriam por seu rosto.

— Odete, estou sofrendo muito... Mas meu sofrimento caminha junto com a razão. Não posso me culpar de nada. Meu filho era alcoólatra. Você sabe muito bem disso. Eu e meu marido fizemos de tudo para afastá-lo desse vício. Além da bebida, ele era desregrado, impulsivo e desorganizado. Se não fosse pelos cuidados do pai e por minhas intervenções frequentes, não teria como se sustentar por tanto tempo. Vocês acabariam passando fome.

— A senhora é uma insensível! Oscar não tinha vício algum! Ele bebia socialmente!

— Ele bebia sempre! Vocês gastavam o dinheiro de forma irresponsável. As festas nesta casa eram semanais. Os dois foram inconsequentes!

— Pois agora, dona Esmeralda, vamos dividir o testamento que está em andamento. Não passarei por nenhum tipo de dificuldade! O que pertenceria a meu marido me pertence por direito! — ela gritou.

— Não há nenhum testamento em andamento, Odete! O testamento foi encerrado há algum tempo! Meu marido cuidou para que o restante de nosso patrimônio ficasse apenas em meu nome. Não a deixarei desamparada, mas o que existe em meu nome, em meu nome ficará.

— A senhora é muito cruel, dona Esmeralda!

— Não, Odete! Não sou cruel. Preciso pensar em minha velhice. Eu e meu marido lutamos muito, demos duro na vida. Saímos do zero, da fome, e conseguimos construir um bom patrimônio. Meu filho acabou com quase tudo em muito pouco tempo. Não abrirei mão de meus recursos.

— Vamos ver! Vamos ver se essa situação não mudará rapidamente!

— Retome sua profissão! Você é uma mulher inteligente e capaz. Compramos aquele consultório que vive entregue às moscas. Trabalhe e continue a morar aqui. Podemos nos tornar amigas e ter uma convivência tranquila.

Odete dirigiu um olhar de ódio à sogra.

— Certamente. É isso que farei. Vou até o consultório ver o que posso fazer para chamar de volta meus antigos pacientes.

❧

Odete passou a introduzir na alimentação de Esmeralda tranquilizantes e remédios de todo tipo. Gradativamente, a mulher, já com a idade avançada, começou a apresentar os sintomas desejados: tremores por todo o corpo, falta de coordenação motora e apatia. Em poucos meses, tornara-se completamente dependente da nora para qualquer ação, embora preservasse lucidez incomum. Levada a um médico, o diagnóstico foi certeiro: ela já estava acometida pelo Mal de Parkinson. Odete exultou interiormente:

98

a doença produzida pelo uso abusivo de medicamentos já havia se instalado no corpo da sogra e, em pouco tempo, ela já não teria condições de gerir a própria fortuna, o que possibilitaria um pedido de intervenção judicial.

Aproveitando as ausências demoradas da nora, que perdia grande parte do dia em mesas de jogo, fez contato com o advogado. Tinha receio de uma possível invalidez e de perder o controle das próprias finanças. Entre os documentos assinados com dificuldade, estava a transferência de valores monetários para o exterior, que seriam destinados a quem ela determinasse no futuro ou a uma instituição de caridade, no caso de sua morte. Quando o advogado saiu, Esmeralda, apoiada em uma bengala, dirigiu-se ao quarto, abriu o armário e, por trás dos cabides, retirou um discreto quadrado de madeira. Um pequeno cofre embutido foi aberto após vários giros do segredo. Joias, dólares e títulos de compra de obras de arte foram cuidadosamente examinados.

— Isso ficará bem guardado. Posso precisar para minha sobrevivência. Se Odete descobrir, transformará tudo em água, como tem feito com o dinheiro de minha conta bancária — sussurrou, fechando o cofre e recolocando o quadrado de madeira no lugar.

O casarão, antes uma mansão bem cuidada por vários empregados, foi se transformando com a ação do tempo. Esmeralda, mais debilitada a cada dia, passou a levar tombos constantes até deixar de andar por completo.

❧

Lara apanhou as sacolas das mãos da tia e dirigiu-se à cozinha. Como o restante da mansão, a sujeira causou-lhe enjoo. Odete tentou impedir que ela arrumasse o lanche da sogra.

— Deixe que eu cuido de dona Esmeralda. Ela é metódica e pode estranhar.

— Nada disso! Faço questão! A senhora deve estar cansada. Vou preparar tudo e levar para ela. Depois, gostaria que a senhora desse uma olhada em meu quarto e no quarto de dona Esmeralda. Fiz o possível para deixar tudo em ordem.

Odete olhou para a sobrinha contrariada. Não permitiria que ela atrapalhasse a intoxicação gradativa a que submetia a sogra. Ao mesmo tempo, precisava conquistar a menina até conseguir sua tutela e resgatar o dinheiro do seguro de vida deixado por Marisa.

— Prometo que, em breve, teremos empregados por aqui. Minha sogra é muito doente e toma todo o meu tempo. Com você por aqui, conseguirei organizar as coisas da melhor forma possível.

Lara terminou de preparar uma vitamina de frutas e dois sanduíches e se voltou para a tia.

— Venha comigo, tia Odete. Quero que a senhora veja como ficou o quarto depois que ajeitei tudo!

Lara abriu a porta e tocou levemente o braço de Esmeralda. Ela abriu os olhos e sorriu.

— É você, meu anjo! Que bom... Dormi tanto e tão bem...

Odete acendeu a luz e lançou faíscas de ódio em direção à sobrinha e à sogra. Disfarçando a raiva, procurou sorrir.

— Nossa, minha sobrinha! Você fez um milagre neste quarto. Minha sogra é muito teimosa e não admitia que ninguém tocasse nas coisas dela. Comportamento de gente idosa, sabe como é!

Lara percebeu o ar de contrariedade no rosto de Odete e rapidamente decidiu fazer o mesmo jogo.

— A senhora não viu nada ainda! Enquanto não voltar à escola, deixarei esta casa brilhando. Só precisarei de material de limpeza. Posso fazer uma lista para a senhora comprar. Não é nada muito caro.

— Dinheiro aqui não é problema, Lara, mas não quero que se canse tanto. Sua vida já foi muito sacrificada. É hora de viver sua juventude e ser protegida como os jovens e idosos devem ser. Confesso, no entanto, que você fez um milagre! Que cheirinho de limpeza maravilhoso!

Lara sorriu satisfeita. Conquistaria a plena confiança da tia e resguardaria a integridade de Esmeralda. Ela guardava a sensação de que Odete era descuidada com a sogra.

A menina pôs a bandeja sobre o colo de Esmeralda.

— Veja quanta coisa gostosa temos aqui. Titia fez questão de trazer tudo isso para a senhora.

— Imagino quanto carinho e esforço minha nora empreendeu nisso. Ela leva uma vida tão atribulada.

Odete respirou profundamente. Com a presença da sobrinha, não poderia ser desatenta nas atitudes com a sogra nem deixar o casarão ser arruinado pelo tempo, conforme pretendia. Precisaria repensar as próprias ações para não ver todos os planos traçados desde o embate sobre o testamento se transformarem em fumaça.

— A senhora sabe o quanto desejo sua recuperação. Tudo o que faço é para atingir esse objetivo.

Esmeralda esboçou um leve sorriso. Após os cuidados de Lara, ganhara forças para suportar a convivência belicosa com a nora.

— Sei disso, Odete! E como sei! Mas agora suas preocupações diminuirão. Lara é um anjo! Deus fez com que você trouxesse um anjo para conviver conosco!

— É! Deus deve ser muito meu amigo mesmo, minha sogra! Mas não podemos nos esquecer de que Lara está aqui para estudar. Ela perdeu a mãe e também precisará de cuidados especiais.

Lara encerrou a conversa. Percebera as farpas trocadas entre as duas.

— Vamos, dona Esmeralda! O lanche espera pela senhora! — disse, ajudando-a a segurar o copo e entregando-lhe um sanduíche de queijo e presunto embrulhado num guardanapo.

A jovem esperou que a idosa terminasse a refeição.

— Vou ligar a TV para a senhora se distrair um pouco, enquanto lancho com titia. Estou faminta também. Depois, eu volto para cuidar da senhora.

Lara ajeitou a antena enferrujada da televisão, sintonizou um canal de novelas e saiu, deixando a porta do quarto semiaberta. Esmeralda suspirou. Sentia-se protegida e feliz.

Odete aguardava a sobrinha sentada à mesa. Contrariada, pensava em como conciliar o que havia planejado com a presença da menina. Não poderia mais se ausentar tanto da casa, enquanto a documentação escolar de Lara não chegasse. Ligaria para Sérgio e pediria pressa no envio dos documentos. Quanto mais a jovem ficasse longe da sogra, melhor seria.

Lara entrou sorrindo e sentou-se de frente para a tia.

— Depois de muito tempo agoniada, estou me sentindo em paz. Muito obrigada por ter me aceitado em sua casa. Prometo não lhe dar trabalho.

— Quero que você se sinta à vontade. Esta é a sua casa a partir de agora. Amanhã, comprarei o material que me pediu. Sei que isso pode distraí-la, enquanto não faço sua matrícula na escola.

— Não se preocupe comigo, tia Odete. Só desejo mesmo voltar a estudar. Tenho planos para meu futuro.

— E o que pretende fazer neste tal de futuro? Futuro é um tempo muito longe para alguém de sua idade, não acha?

— Não, senhora. Esse tempo está todo desenhado aqui na minha cabeça, e sei que conseguirei realizar tudo o que desejo. Quero ser feliz.

Feliz como minha mãe não conseguiu ser. Quero que as pessoas me reconheçam como uma mulher forte e determinada e, para isso, precisarei estudar e muito.

— Amanhã, poderemos visitar algumas escolas, mas dependo de seus documentos para fazer a matrícula. O ideal mesmo, Lara, é que Sérgio me passe sua tutela. Se ele fizer isso, serei sua responsável de fato e de direito. Sem essa ação, você será apenas uma hóspede nesta casa e não terei legalmente a oportunidade de fazer algo por você. O que acha?

— Faça o que achar melhor. Não voltarei mesmo a morar com meu pai.

— Nem no caso de ele se separar de Rosa?

— Não. Nem nesse caso. Meu pai fez uma escolha e terá de conviver com ela, aconteça o que acontecer!

— Farei contato com ele. Você tem algum telefone em que eu possa encontrá-lo?

— Tenho sim. O do seu Manoel, dono do bar. Eles são muito amigos.

— Depois, me passe este número, por favor. Posso mesmo informar Sérgio de sua decisão sobre a tutela?

Lara levantou-se para recolher os pratos, colocando-os na pia. Com um ar decidido, respondeu.

— Faça isso o quanto antes, por favor. Vou anotar o número para a senhora. Sei de cabeça.

Odete simulou a intenção de ajudar a menina com a louça.

— Deixe isso por minha conta. Você deve estar cansada. Cuidou do quarto de dona Esmeralda, deu banho nela e ainda limpou e arrumou o cômodo que irá ocupar.

— Não, senhora! Eu farei isso. Cuidarei dessa louça e, depois, verei um pouco de TV com dona Esmeralda.

— A televisão dela está funcionando? — Odete espantou-se.

— Está, sim. Alguns fios e a antena estavam soltos. Coloquei tudo no lugar e, apesar dos chuviscos na imagem, dá pra acompanhar a novela. Amanhã, ajeitarei melhor a TV.

— Você é um prodígio, menina! Limpa, cuida de uma pessoa idosa e doente e ainda conserta aparelhos eletrônicos!

Lara riu.

— Não consertei nada, não. Só coloquei os fios onde eles devem ficar. Só isso — afirmou, voltando o corpo para a pia e abrindo a torneira.

Odete levantou-se da mesa. Estava entediada e apreensiva. A sobrinha, inicialmente uma órfã inofensiva, começava a causar-lhe pequenos transtornos. Subiu as escadas e abriu a porta do quarto da menina. O ambiente, antes inabitável, transformara-se em poucas horas num lugar arejado e limpo. Sobre a cama, a velha boneca recostada na cabeceira dava ao cômodo um ar infantil.

— Quer dizer, então, que a determinada Lara não passa mesmo é de uma criança sofrida? — perguntou-se em voz baixa.

Fechou a porta com cuidado e dirigiu-se ao próprio quarto. Tirou os sapatos e empurrou um emaranhado de colchas e lençóis, esticando-se na cama. Diferente dos demais cômodos, as cortinas, as roupas de cama e os móveis estavam limpos e em perfeito estado. Apenas a desorganização era coerente com o estado do restante da casa. Pela manhã, trataria de desconectar os fios da própria TV e daria à sobrinha a incumbência de arrumá-los.

— Essa garota não pode desconfiar de que minha relação com aquela inválida prepotente é ruim. Terei uma conversa especial com Esmeralda amanhã e aumentarei a dose dos remédios — resmungou.

Odete experimentou uma imediata sonolência. Puxou as cobertas e, poucos instantes depois, dormiu. Seu corpo começou a apresentar contrações musculares, e suas órbitas oculares, apresentando movimentos contínuos, indicavam o estágio profundo de sono. Em desdobramento parcial, olhava horrorizada para o rosto desfigurado do marido, as roupas manchadas de sangue e os olhos arregalados de ódio e raiva. Ele gritava com ela, acusando-a de ser a responsável pelo estado em que ele estava. Odete, em vão, tentava defender-se. Buscava falar, mas a voz não saía. Procurava fugir, mas seu corpo não se movia. O espírito de Oscar mantinha-se ao lado da cama dela, com o dedo em riste, ameaçando-a de vingança, caso ela continuasse a perseguir a mãe.

Lara já estava deitada, quando ouviu os gritos da tia. Sentiu o coração saltar dentro do peito, recordando-se dos gritos da mãe no dia em que ela morreu. Levantou-se num salto e abriu abruptamente a porta do quarto de Odete. Horrorizada, viu a tia gritando e com o corpo semiconvulsionado.

— Meu Deus! Tia! Acorde, por favor! — suplicava, sacudindo-a pelo braço.

Odete arregalou os olhos e segurou com força a mão da sobrinha.

— O que houve com a senhora? Está passando mal? Ouvi seus gritos e corri pra cá!

A mulher sentou-se na cama e pôs as mãos na cabeça.

— Foi só um pesadelo. Um pesadelo que se repete sempre.

— Que pesadelo, tia? Dizem que contar os sonhos ruins faz com que eles não se realizem.

— Quem disse uma coisa dessas a você, menina? Não acredito nessas crendices. Foi só um sonho ruim.

Lara abaixou a cabeça.

— Minha mãe me ensinou isso...

— Marisa era crédula demais! Não tome essas coisas como verdade. Pode voltar para seu quarto. Estou bem! — exclamou, sem esconder a fúria.

Lara trancou a porta do quarto de Odete e desceu as escadas para ver dona Esmeralda. Ela ainda estava acordada vendo TV e rindo muito.

— A senhora ainda está acordada? Está precisando de alguma coisa?

— Sente-se aqui ao meu lado, Lara.

A menina acomodou-se delicadamente na cama, e Esmeralda fixou os olhos nela.

— A senhora quer alguma coisa, dona Esmeralda? — Lara insistiu.

— Não, meu anjo. Quero apenas que se cuide muito bem.

— Pode deixar. Aprendi a me cuidar muito cedo — ela respondeu com tristeza.

Esmeralda puxou a cabeça da menina na direção de seu peito e acariciou-lhe os cabelos.

— Nem sempre temos essa certeza, meu anjo. Você é muito jovem e inexperiente.

— Não sou inexperiente. Já perdi minha mãe, meu pai...

Esmeralda interrompeu-a com carinho e voz mansa.

— Isso não é experiência; é sofrimento, querida. Repito: procure se cuidar muito bem.

— Parece que a senhora está querendo me dizer algo a mais. O que é?

A mulher contraiu o rosto, tornando as rugas mais fincadas e marcantes. Ajeitou os cabelos brancos em desalinho, e Lara notou que ela não estava tremendo com tanta intensidade.

— O que há de verdade, dona Esmeralda? Pode confiar em mim.

— Por que está insistindo nisso? Não tenho nada de mais para falar. Sou uma velha e me emociono com a ingenuidade dos jovens. Só isso. Não se preocupe. Estou bem. Agora vá se deitar, pois já é tarde. Se Odete nos pega numa conversa a essa hora, vai brigar.

Lara beijou-a na testa e subiu. No quarto, abraçou Teresa até adormecer.

104

CAPÍTULO 13

    Sérgio deixou Rosa adormecer e saiu. Precisava passar na casa de Celso para receber o dinheiro da semana. Tocou a campainha e, enraivecido, ouviu os cães avançarem contra a porta. "Qualquer dia desses, jogo veneno para essas pestes sossegarem. Ainda vão machucar alguém seriamente!", pensou. Como sempre acontecia, ouviu um assobio e, em seguida, a porta se abriu. Celso saudou-o cinicamente.

— Estava com saudades dos meus guardas de pelos?

— O senhor confia demais nesses cachorros. Poderia muito bem contratar seguranças armados para protegê-lo.

— Vou repetir para que entenda melhor: o ser humano mente, trai, trapaceia. Os cães nunca fazem isso! Confio nos meus amigos, rapaz! Entre. Está frio aqui fora.

Sérgio entrou e notou, sobre a bancada do bar, duas taças de bebida pela metade. Esboçou um leve sorriso no canto do lábio.

— Parece que o senhor tem companhia hoje. Prometo não demorar.

Celso tinha estatura baixa, tronco largo, marcado por uma barriga volumosa e pernas finas. Vestia um roupão atoalhado e estava de meias. Sérgio examinou-o detalhadamente e sentiu vontade de rir. "Só pode estar acompanhado por uma prostituta. Que mulher vai encarar um tipo desses?", indagou-se intimamente. O homem percebeu o ar crítico de Sérgio e apoiou-se no alizar da porta.

— Não pago a você uma fortuna por semana para que se meta em minha vida! Vamos ao que interessa. O que o trouxe aqui?

— Meu pagamento. Só isso. Tenho feito um trabalho exemplar.

— Pois não faz mais que sua obrigação, Sérgio. Vou lhe pagar hoje, porque não quero ninguém enfiado em minha casa a uma hora dessas! Da próxima vez, venha buscar seu dinheiro antes de se deitar com sua amante!

— Rosa não é mais minha amante, doutor! Rosa agora é minha mulher!

— Isso é o que você quer, mas não o que é de verdade, rapaz!

— Não entendi! Por que razão diz isso?

— Não vem ao caso. Tome seu pagamento. Mais carros chegarão. Precisaremos ampliar a oficina. Já pesquisei e vi que o terreno ao lado está em inventário. Vamos ocupá-lo.

— O senhor vai comprar o terreno para aumentar a oficina? É isso?

— Não disse que vou comprá-lo. Disse que vamos ocupá-lo. Deixe isso por minha conta. Agora vá! Tenho mais o que fazer!

Sérgio guardou o dinheiro na bolsa de couro que usava atravessada no tronco. Ao chegar à porta da grande sala, ouviu passos e, instintivamente, olhou para trás. Um homem de aparência jovem apanhou uma das taças de bebida e, também trajando um roupão, dirigiu-se a Celso.

— Não demore. Tenho outro compromisso depois.

Um silêncio constrangedor tomou conta do ambiente, e Sérgio tratou de disfarçar e se despedir.

— Amanhã, estarei na oficina bem cedo, doutor. Aceitei um carro para consertar. Preciso continuar atendendo aos clientes da cidade, pois não quero levantar suspeitas.

O homem, ruborizado, concordou.

— Faça isso. Não quero problemas, e, se aparecerem, eles serão de sua inteira responsabilidade. Pode ir agora.

— Só posso sair quando os cães permitirem. Eles têm olhos sanguinários.

Celso assobiou, e os dobermanns assumiram a postura de guarda. Sérgio saiu, apertou a bolsa de couro de contra o peito e caminhou a passos largos para casa. Não queria que Rosa questionasse sua saída.

Entrou em casa sorrateiramente, trocou de roupa e deitou-se, custando a conciliar o sono. Num dado momento, teve a sensação de ver a silhueta de Marisa observando-o à beira da cama. Encolheu-se, confuso entre o ceticismo e o medo.

Manoel já estava à porta da oficina quando Sérgio chegou, cumprimentando-o com alegria.

— Salve, meu amigo! Bom dia!

— Bom dia, Manoel. O que faz aqui tão cedo? O comércio ainda está fechado.

— Se Maomé não vai à montanha, a montanha vai a Maomé! Pois bem, já que você se tornou uma figura difícil, vim até aqui para reafirmar minha amizade. Vamos até o bar tomar um café como nos velhos tempos?

Sérgio procurou se esquivar o mais que pôde.

— Gostaria muito, mas tenho muito serviço hoje, meu amigo.

— Isso não é desculpa, Sérgio. Sempre tenho muito trabalho, mas procuro dividir bem meu dia. Vamos comigo. Prometo não o prender por muito tempo.

Sérgio guardou as chaves da oficina na bolsa e seguiu com Manoel. Gostava especialmente dele, mas não podia ficar muito tempo afastado. Temia que algum carro enviado por Celso chegasse repentinamente. No bar, acomodou-se numa banqueta próxima ao balcão. Manoel chamou-o para a mesa, carregando uma bandeja com pão na chapa e café com leite.

— Há quanto tempo, meu amigo! Estava mesmo sentindo falta desse café pela manhã! — Sérgio exclamou.

— A doutora Odete ligou ontem aqui para o bar.

— Aconteceu alguma coisa com Lara?

— Não. Sua filha, pelo que ela me disse, está muito bem.

— Por que razão ela ligou, então? Lara quer voltar?

Manoel tomou um gole de café e olhou profundamente para Sérgio.

— Você ficaria contrariado se essa fosse a vontade de sua filha?

Sérgio pôs as mãos na cabeça em sinal de contrariedade.

— Você nunca me entenderá, Manoel. Lara não quer conviver com Rosa. Foi uma escolha dela. Tentei convencê-la de que as duas poderiam ser amigas e ter uma boa relação, mas ela foi embora sem se despedir de mim. Ou melhor, deixou apenas uma carta de despedida, repleta de acusações.

— Não preciso entender absolutamente nada! Só lhe fiz uma pergunta. Acho que essa situação mal resolvida poderá trazer prejuízos sérios para você e para a jovem Lara.

Sérgio impacientou-se.

— Mas o que Odete queria, então? Lara está doente? Algum outro problema?

— Calma, Sérgio. Não há problema algum. Doutora Odete está precisando dos documentos da escola de Lara. Sua filha necessita retomar a vida normal. Por favor, ligue agora. Ela me avisou que acordaria cedo.

A conversa com Odete ao telefone fora rápida. Sérgio comprometeu-se a enviar os documentos o mais rápido possível e concordou em transferir a guarda de Lara para ela. Despediu-se e desligou.

— Pronto, Manoel. Já fiz o que tinha para fazer. Odete ficará com a guarda legal de minha filha.

Manoel ficou em silêncio. Intimamente, não concordava com as decisões do amigo, mas negava-se a julgá-lo. Havia tempos, tentava pôr em prática os ensinamentos absorvidos no Lar Fraterno, onde tivera o primeiro contato com a doutrina espírita. Sempre que se via tentado a ultrapassar os limites impostos pela alma de alguém, calava-se, recordando-se das próprias imperfeições. Buscava orientar, mas nunca impor suas ideias ou opiniões. Assim agia com Sérgio. Embora nutrisse grande estima pelo amigo, sabia que não era adequada uma interferência naquele momento.

— Então, vamos terminar nosso café! O dia ensolarado nos chama ao trabalho.

Sérgio despediu-se do amigo, pedindo-lhe providências para auxiliá-lo a vender a casa.

— Quero me estabelecer com Rosa num lugar mais adequado e com mais espaço. Pretendo formar uma família grande, Manoel!

— Rosa participa desse sonho, meu amigo?

— Qual mulher não sonha com isso: uma boa casa e filhos para alegrar? Até breve. Vamos nos falando.

Sérgio retornou à oficina. Espantado, viu que uma escavadeira habilmente manipulada estava limpando e demolindo a pequena construção do terreno ao lado de seu comércio. Alguns homens carregavam tijolos, atraindo a curiosidade dos que passavam. Uma senhora protegida por uma sombrinha vermelha aproximou-se, enquanto ele levantava as portas e abria os cadeados.

— Bom dia, seu Sérgio. Sabe quem está fazendo a obra aí do lado? De um dia para o outro, começar uma obra assim... Estranho. Não soube de nada. Ninguém comentou nada na cidade...

Ele estancou. Celso era ousado demais. Não poderia ter iniciado a obra sem, ao menos, traçar um plano para responder aos curiosos que aparecessem. Pigarreou, tentando ganhar tempo, mas a mulher repetiu a pergunta:

— Sabe de alguma coisa, seu Sérgio? Ninguém falou nada para o senhor?

— Tenho um novo sócio. Um tio de São Paulo resolveu investir em minha oficina. Comprou o terreno e vai ampliar, para que eu possa receber mais carros.

A mulher não se deu por vencida.

— Mesmo assim, é estranho...

— Não há nada de estranho, senhora. Estranho é alguém se meter na vida dos outros a esta hora da manhã. Tenha um bom dia, porque o meu começa mesmo com o trabalho.

A mulher afastou-se, e ele suspirou aliviado.

— Celso é louco! Por vezes, acho que ele realmente não teme nada ou ninguém. Como pode começar uma obra assim do nada?! — exclamou sussurrando entredentes.

Um cliente chegou para fazer alguns reparos na lataria do carro, e Sérgio olhou para uma das câmeras. Sabia que estava sendo monitorado em tempo real por Celso e isso lhe causava certo incômodo. Pediu ao cliente para estacionar o carro na calçada, examinou as avarias a serem reparadas e estabeleceu o preço numa conversa rápida.

— Amanhã seu carro estará pronto — afirmou, apanhando o bloco de orçamento e entregando uma via ao homem.

— Está muito caro seu serviço, mas, na cidade, os outros mecânicos são apenas curiosos. Prefiro pagar mais caro mesmo.

— Agradeço a confiança. Sou um profissional, por isso cobro o valor exato de meu trabalho. Até amanhã, seu carro estará novo.

O homem saiu, e Sérgio pôs-se a polir as arranhaduras da lataria. Examinou o estoque de tintas e escolheu a cor certa. Gostava do que fazia e começava a achar mais vantajoso viver honestamente, do próprio trabalho. À noite, conversaria seriamente com Rosa. Falaria a verdade. Tinha certeza de que ela ficaria ao lado dele e repudiaria o envolvimento dele com o tráfico.

Rosa exultou quando viu Emília chegar de surpresa. Abraçou-a com carinho e, por alguns minutos, recuperou a certeza de um amor verdadeiro.

— Que saudades, vó! Estava mesmo pensando em visitá-la e tirar de sua cabeça dura a ideia de viver enclausurada naquele centro espírita.

— Também estava com muitas saudades, minha linda Rosa. Vivemos quase a vida inteira juntas. Em minha cabeça, achei que poderia passar com você os anos que me restam nesta trajetória terrena.

— Pare com isso, vó! A senhora ainda tem muita vida pela frente, e eu gostaria muito que voltasse a viver comigo.

— Não, minha neta querida. Não posso abandonar a liberdade que conquistei. Isso, na minha idade, vale ouro.

— Como assim liberdade, vó? A senhora vive no centro num quartinho pequeno e, pelo que já vi, é quase uma empregada lá.

— Não sou empregada de ninguém. Faço o que é necessário para manter o ambiente limpo e saudável. Lá, tenho amigos, que também fazem as mesmas tarefas que eu. Somos tarefeiros da espiritualidade, Rosa.

— Não acredito nisso, e a senhora sabe muito bem.

— Sei. Claro que sei. Mas, mesmo assim, conhecendo o grau de sua descrença, vim até aqui.

— Por que a senhora não prepara aqueles bolinhos de chuva maravilhosos enquanto conversamos?

As duas foram para a cozinha, e, em poucos minutos, Rosa deliciava-se à mesa com o quitute preparado por Emília.

— Estão bons?

— Vó, estão divinos! Volte para cá! Veja quantas mudanças na casa. Sérgio está ganhando muito bem. A senhora levará uma vida melhor! Estou juntando um dinheiro...

Emília interrompeu-a:

— Rosa, você sabe a procedência desse dinheiro? Um mecânico não ganha tão bem para sustentar todos esses luxos.

— Não me interessa de onde vem o dinheiro. Eu quero é que ele chegue em minhas mãos.

— Você ama Sérgio? — Emília perguntou seriamente.

— Amo o que ele me proporciona. A senhora bem sabe que não acredito em amor.

— É uma pena, minha neta. Sinto muito por você. Tentei apagar as marcas de sua alma me dedicando à sua educação, contudo, creio que

110

eu tenha falhado. Mas, especialmente hoje, não vim para falar sobre isso. O assunto é bem sério.

Rosa apanhou uma jarra de suco e, sorrindo, serviu a avó.

— E o que pode ser tão sério? Não existe nada sério de verdade.

— Existe, sim. A espiritualidade é séria.

— Não queira me converter, por favor. A senhora sabe que não acredito em nada.

Emília abriu a bolsa e apanhou um papel dobrado ao meio.

— Embora você duvide, ou melhor, não acredite, recebi ontem, através de um respeitável médium psicógrafo, esta mensagem dirigida a você e Sérgio.

Rosa soltou uma gargalhada.

— Por favor, vovó! Respeito suas manias, mas não acredito nessas cartas enviadas por fantasmas.

— Pelo menos, leia. Depois, tire suas conclusões! — Emília respondeu, beijando a testa da neta e saindo.

Rosa acompanhou a avó até a porta. Amava-a mais que tudo e, assim que juntasse dinheiro suficiente, iria embora da cidade com ela. Apanhou o envelope deixado sobre a poltrona e abriu. Um texto escrito a lápis e com letra de traçado simples e feminino em uma folha de papel ofício despertou-lhe o interesse. Em voz alta, apertando os olhos algumas vezes para decifrar uma ou outra letra, iniciou a leitura do texto:

— "Sérgio e Rosa, irmãos de minha caminhada tão equivocada, se hoje consigo enviar esta mensagem é porque assim me foi permitido. Conto, para isso, com o auxílio e amparo de companheiros de minha nova jornada fora da prisão da matéria. Durante minha existência, me perdi em lamentações e rancores. A raiva e a lamúria eram minhas companhias de alma. Libertei-me da vida na carne com esses sentimentos pulsando em meu espírito. Necessito ainda da intervenção amorosa daqueles que buscam me orientar no plano espiritual, mas o real motivo desta comunicação não é falar de minhas experiências. Isso ocorrerá em momento oportuno ditado pelo tempo e pela Providência Divina. Também não quero e não posso julgá-los, já que vivencio a dor do autojulgamento. Rogo, entretanto, que reflitam sobre os propósitos que abraçam neste momento. Os dois transitam, por ora, em caminhos tortuosos, que podem conduzi-los a perder a grande oportunidade ofertada pelo universo. Uma encarnação pode ser o bálsamo para uma alma, contudo, quando desperdiçada,

111

pode se transformar em veneno, que quase sempre fica tão impregnado no espírito que se torna difícil encontrar o antídoto. Sérgio, pense em Lara, a filha com a qual nos comprometemos diante da espiritualidade. Fui por demais displicente com ela. Rosa, reveja suas intenções em relação à vida. Esqueça o passado: nada mais ele tem a lhe ofertar. Reerga-se moralmente e aceite o amor sincero de Sérgio. Amorosamente, Marisa".

Rosa terminou a leitura e jogou o papel no chão.

— Sinceramente! Não sei como minha avó acredita nessas tolices! Vou juntar dinheiro suficiente e sair com ela dessa cidade. Acho que assim ela desistirá dessa mania de samaritana!

A noite caiu sobre a cidade. Rosa acabou dormindo a tarde inteira e olhou desanimada para a cozinha.

— Detesto qualquer tarefa doméstica. Sérgio que compre comida para o jantar! Vou tomar um banho e me arrumar. Estou toda amassada!

Ao passar pela sala, viu o papel da carta no chão. Sentiu um arrepio percorrer-lhe a espinha e um medo estranho apertar-lhe o peito. Sacudiu a cabeça para livrar-se daquela sensação e dirigiu-se para o banheiro. Ouviu quando Sérgio girou a chave na porta.

— Rosa! Onde você está, meu amor?

Com a expressão enfadada, ela buscou dar à própria voz um tom meloso:

— Meu amor! Que bom ter chegado mais cedo! Não vou demorar a me arrumar. Por favor, prepare um café para tomarmos juntos — pediu, torcendo para que ele não encontrasse o papel jogado na sala.

Rosa saiu do banho e colocou um vestido indiano que ganhara de Sérgio naquela semana. Penteou os cabelos molhados, passou um batom de cor clara e seguiu em direção à cozinha, apanhando e amassando a carta entregue por Emília. Sérgio esperava por ela sentado à mesa diante de duas xícaras de café fumegante. Rosa beijou-o e apontou para o pote cheio de bolinhos de chuva.

— Minha avó esteve aqui hoje.

— Que bom! Sei o quanto você sente falta dela, meu amor. Não entendo por que dona Emília não vem morar conosco.

— Também não, Sérgio, mas é ela quem sabe. Vive metida no meio de fanáticos religiosos. Acho que é coisa de gente velha mesmo. Não posso fazer muita coisa para mudar isso.

Sérgio franziu a testa. Estava decidido a conversar com a companheira e contar de onde vinha o dinheiro que pagava os luxos da casa. Rosa percebeu o jeito preocupado dele.

— O que há, Sérgio? Você parece preocupado. Problemas na oficina?

Ele respirou profundamente para tomar coragem e disse:

— Não exatamente na oficina, Rosa, mas estou com um problema sério e preciso dividir com você minhas angústias e a decisão que tomei.

— Que angústias? Que decisão? Vivemos uma vida boa, meu amor! Você vai me deixar? É isso?

— Nada disso, Rosa! Jamais deixarei você!

— O que está havendo, então? Desembuche logo! Não gosto de suspense!

Ele tomou um gole de café para tentar ganhar coragem e começou a falar:

— Quero que saiba que tenho feito tudo para conseguir dar uma vida digna para nós dois. Não me julgue irresponsável, por favor!

— Você pegou dinheiro com agiotas novamente? É isso?

— Não.

— É dívida antiga, então? Não conseguiu pagar e estão te pressionando?

Ele pediu calma a Rosa:

— Por favor, preciso que pare de tentar adivinhar o que está acontecendo! O assunto é muito mais sério do que imagina!

Rosa irritou-se.

— Fale de uma vez! Não precisa fazer rodeio!

— Tudo começou com uma dívida antiga. Você conhece o casarão que fica a duas ruas daqui?

— Conheço e tenho olho naquela casa. É linda demais. Meu sonho de consumo!

— Pois bem, Rosa, aquela casa pertence a Celso, a pessoa que me emprestou dinheiro tempos atrás. Ele começou a me pressionar e, como eu não tinha como pagar o valor alto dos juros, recebi uma proposta irrecusável. Comecei a trabalhar para Celso em troca da quitação de minha dívida. Fui obrigado a fazer isso, meu amor.

— E o que tem isso de mais? — ela perguntou.

— O que tem de mais é o tipo de trabalho que faço. Celso é um narcotraficante poderoso, que transformou a cidade em rota de distribuição de drogas. Rosa, minha oficina vem sendo usada para encobrir esse tipo de operação. Ele não distribui as drogas na cidade. Os carros recheados de cocaína, heroína, maconha e outras porcarias ficam abrigados na oficina para despistar a polícia e depois seguem para um destino que não sei qual é. Celso me paga muito bem, mas algo me diz que devo largar de imediato essa atividade. Se a polícia descobrir, ficarei atrás das grades sem a possibilidade de sair. Serei responsabilizado por todo o crime.

Rosa lembrou-se da carta assinada por Marisa e sentiu os pelos do braço eriçados.

— Ele lhe paga bem, certo?

— Sim. Paga muito bem.

— Então, a solução é simples: continue a trabalhar para ele até conseguirmos juntar uma boa quantia para fugirmos daqui. Simples e fácil de se resolver.

Sérgio sorriu aliviado. Rosa era diferente de qualquer outra mulher. Não o julgava nem condenava. Apresentava sempre soluções práticas.

— Você acha que precisaremos de muito dinheiro para sair daqui e recomeçarmos nossa vida em outro lugar?

— Quanto mais, melhor! Trate de vender aquela casa velha e guarde sempre o dinheiro em casa. Se colocar o que ganha num banco, deixará rastros para que nos encontrem rapidamente. Pessoas como Celso conseguem informações facilmente. A partir de agora, todo o dinheiro que você receber ficará guardado num lugar seguro.

— Ontem, estive na casa dele para receber o pagamento. Celso é tão louco que tem cães sanguinários para guardá-lo. Aqueles bichos atendem a qualquer ordem dele. São treinados para matar. E acabei descobrindo uma peculiaridade da vida dele. Chega a ser piegas.

— O que descobriu? Poderemos precisar disso no futuro. Chantagens nascem sempre de segredos bizarros.

Sérgio riu com a astúcia de Rosa.

— Depois de enfrentar o pavor que aqueles cachorros me provocam, entrei na casa de Celso e o encontrei de meias e vestindo um roupão ridículo. Notei depois duas taças de champanhe ainda borbulhando. Me desculpei pela inconveniência e, quando estava prestes a sair, vi um rapaz musculoso pedindo para que Celso entrasse logo, pois tinha outros compromissos.

Rosa deu uma gargalhada.

— Quer dizer, então, que o poderoso chefão recebe garotos de programa?

— Sim. É isso! Descobri que Celso é homossexual e se diverte com jovens, certamente pagando para isso.

— Já temos a solução, Sérgio! E ela é melhor do que eu imaginava.

— O que tem em mente, Rosa? Celso é muito perigoso! Existe por trás dele uma organização criminosa. Não é tão simples assim.

— Esse Celso nunca sai de casa? Ele vive enclausurado?

— Sai muito pouco pelo que sei. De vez em quando, vai à missa de domingo. Sei que ele doa quantias bem gordas à Igreja.

— Ele só não deve se confessar, não é mesmo? — Rosa brincou.

— Não brinque! O assunto envolve muita coisa. Quero preservar minha vida e a sua!

— Isso é fácil, meu amor. Você dará um jeito de filmar a presença de um desses garotos de programa na casa dele. Compre uma pequena filmadora e faça isso. Havia algum carro diferente estacionado perto da casa?

— Havia sim. Cheguei a achar que era uma nova aquisição dele.

— Então, é simples, querido. Fique de tocaia esta semana. Quando o tal carro ou outro qualquer estiver lá, trate de entrar para receber seu dinheiro e se demore até conseguir filmar o que precisamos.

— Celso me mataria se descobrisse isso.

— Se você for esperto, Celso não descobrirá absolutamente nada. Ou melhor, apenas saberá quando você lhe enviar anonimamente uma cópia da filmagem junto com uma carta, dizendo que ele será envergonhado publicamente.

— Não farei isso, Rosa. Tenho medo!

Ela levantou-se da cadeira decidida.

— Ou faz o que estou dizendo ou abandono você, Sérgio. Escolha!

CAPÍTULO 14

Odete estava exultante. Conseguira a guarda de Lara e recebera o dinheiro do seguro feito por Marisa em nome da menina. Com os documentos enviados por Sérgio, tratou de fazer a matrícula da sobrinha em uma escola distante. Dessa forma, poderia mantê-la longe de Esmeralda para dar continuidade ao processo de intoxicação medicamentosa da sogra. Lara tentou questioná-la:

— Não há nenhuma escola mais próxima, tia? Levo quase uma hora para chegar lá e um tempo enorme para voltar. Chego aqui quando já está escuro.

— Querida, entenda bem: a situação mudou bastante desde sua chegada. Agora você está legalmente sob minha responsabilidade. Eu decido sua vida agora e não gosto de ser questionada.

— A senhora pode decidir minha vida, mas, se estou sob sua responsabilidade, é sua obrigação me proteger.

Odete riu ironicamente.

— Mas eu a protejo, minha querida. Isso faz parte de minha natureza.

— Será que protege mesmo? Eu atendi uma ligação semana passada. Era para a senhora. Um homem perguntou meu nome todo e disse que o dinheiro do seguro deixado por minha mãe já estava disponível para meu responsável legal. A senhora sabia disso?

Odete trincou o maxilar com raiva.

— Você está insinuando que ficarei com seu dinheiro, menina? Não preciso disso! Tenho minha profissão e meu próprio sustento!

Lara não se intimidou.

— Não me parece que esse sustento seja muito grande! Tenho que fazer milagre para multiplicar as migalhas de comida que a senhora compra! Dona Esmeralda precisa se alimentar bem. Está cada vez mais fraca!

Odete avançou na direção da sobrinha. Com os olhos brilhando de ódio, ameaçou-a, sacudindo-a pelo braço.

— Olha aqui, menina! Fui bondosa demais! Trouxe-a para minha casa para lhe dar uma vida digna, coisa que não teria junto ao desmiolado do seu pai. E o que eu recebo? Ingratidão e acusações!

A jovem conseguiu desvencilhar-se da tia e sentiu o toque carinhoso de Esmeralda em seus braços doídos e avermelhados. Com receio de a fúria voltar-se contra a fragilidade da doce e idosa amiga, Lara abaixou a cabeça.

— A senhora me desculpe. Não quis ofendê-la. Só estou nervosa. Por favor, me desculpe. Vou para meu quarto. Deixei a janta pronta.

Odete modificou-se de imediato.

— Quanto ao dinheiro deixado por sua mãe, será devidamente guardado numa caderneta de poupança. Não tocarei em um centavo desse dinheiro.

Quando a menina subiu, ela voltou-se para a sogra:

— Vamos! Está na hora de seus remédios. Não podemos nos esquecer de nenhuma dose.

Com a voz trêmula e a mão esquerda largada sem vida sobre o braço da cadeira de rodas, Esmeralda balbuciou:

— Acho que esses remédios não me fazem bem...

— Isso quem decide sou eu. Ademais, quem disse que quero seu bem, minha sogra?

Do alto da escada, Lara ouviu tudo e teve certeza do que já desconfiava: a tia tinha a real intenção de maltratar a sogra. Foi para o quarto e abraçou Teresa, perguntando à boneca: "O que eu faço, Teresa? Preciso de um plano urgente para salvar dona Esmeralda!".

A jovem ficou acordada até ter certeza de que a tia caíra num sono pesado. Como de costume, observou que a fisionomia de Odete apresentava evidências de terror. Com cuidado, procurou os remédios ministrados a Esmeralda e, cuidadosamente, retirou as bulas. Voltou ao próprio quarto e leu tudo com atenção. Esmeralda apresentava todos os efeitos colaterais do uso contínuo dos medicamentos. Nenhum deles, de fato, agia para melhorar os sintomas apresentados pela idosa. Horrorizada, chegou à conclusão de que, na verdade, eram os causadores de tais sintomas. Retornou ao quarto de Odete, recolocou as bulas nas caixas e fechou a porta do quarto. Preocupada, desceu para olhar Esmeralda, que ainda estava acordada.

— A senhora perdeu o sono? — ela perguntou carinhosamente.

— Acho que meu sono desistiu de mim faz tempo, minha menina. Deixe-me ver seu braço. Odete tem esses ataques de fúria. Procure não a contrariar, por favor.

— A senhora tem medo dela?

Esmeralda mexeu timidamente a cabeça, respondendo à pergunta de Lara.

— Pois agora não precisará mais ter medo de nada. Vou proteger a senhora, mas preciso saber de toda a verdade.

— Se ela acordar e a encontrar aqui, não vai gostar. E isso não é bom nem para mim nem para você, menina.

— Não se preocupe. Acabei de sair do quarto daquela bruxa. Ela deve ter a consciência tão pesada que precisa tomar pílulas para dormir. Vi uma cartela desses comprimidos no criado-mudo e um copo d'água pela metade. Ela só acordará amanhã. Temos tempo de sobra para conversar.

Esmeralda sorriu. Com lágrimas nos olhos, narrou todos os acontecimentos desde a morte do filho e do marido. Afirmou que começara a se sentir enfraquecida após Odete obrigá-la a tomar mais remédios que o normal. Lara acariciava-lhe os cabelos brancos, enquanto ouvia, horrorizada, a narrativa.

— Não se preocupe. Vou dar um jeito nisso tudo, dona Esmeralda.

— Lara, você é um anjo enviado por Deus para me dar alento nos meus últimos dias nesta terra. Abra meu guarda-roupa e faça o que vou mandar.

Lara seguiu as instruções de Esmeralda e abriu a boca ao se deparar com uma grande quantidade de dinheiro, joias e pastas com documentos.

— Por que a senhora guarda isso aqui?

Esmeralda deu uma risadinha.

— Já previa o que poderia me acontecer por conta da ganância de minha nora. Tenho também muito dinheiro no exterior. Dentro dessa pasta há uma caderneta com o telefone de meu advogado. Amanhã, quando Odete sair, ligue para esse número e peça que ele venha aqui. Tenho alguns assuntos para resolver e não posso demorar para tomar algumas decisões. Agora, coloque tudo no lugar e feche direitinho. Pegue dinheiro para nossas despesas de comida e para sua ida para a escola.

118

— Não vou mais à escola, dona Esmeralda. Não posso deixar a senhora sozinha com minha tia.

— Mas ela vai descobrir!

— Não vai, não. Ela conseguiu retirar o dinheiro que minha mãe me deixou. Isso a deixará afastada de casa durante várias horas. Ficarei atenta. Quando ouvir o ranger daquele velho portão de entrada, corro e me escondo no quarto. Ela nunca vai lá mesmo!

Lara colocou o dinheiro preso ao elástico da bermuda e despediu-se:

— Procure dormir. Amanhã, se conseguir, não engula os remédios que ela der para a senhora. Dê um jeito, por favor.

∽୭

Odete acordou com olheiras profundas. Lara e Esmeralda já estavam na cozinha tomando café. Descabelada e com a voz embargada de sono, perguntou:

— O que há para comer?

Lara sorriu delicadamente.

— Fiz um suco de melão para dona Esmeralda. Ainda tem um pouco. A senhora quer? Ah! E tem café também. Está meio fraquinho, porque tinha pouco pó, mas dá para tomar.

— Me dê o suco.

Lara apanhou um copo e serviu a tia. Mal conseguiu disfarçar o riso, quando viu Odete fazer cara feia após tomar um gole generoso da bebida.

— Cruzes! Que suco é esse, Lara?! Que coisa horrível!

— É o que temos, tia. Usei o melão para o suco de dona Esmeralda e aproveitei a casca para fazer o nosso. Aprendi com minha mãe a ser criativa na cozinha. Não está tão ruim assim. Até achei bem gostoso. Se colocar bastante açúcar, fica bom.

— Não, obrigada. Agradeço tanta boa vontade. Vou tomar meu café na rua.

— A senhora já vai sair?

— Vou sim. Hoje, chegarei bem mais tarde. Vou deixar os remédios de minha sogra para você dar. Não esqueça nenhum deles, por favor. Ela depende desses medicamentos. São ordens médicas, entendeu?

— Claro. Pode deixar que farei o que a senhora está me pedindo.

— Outra coisa, Lara. Preciso que deixe a comida pronta antes de ir para a escola.

— Mas como dona Esmeralda vai se servir, tia? Ela anda muito debilitada.

— Minha sogra já está acostumada. Coloque a comida num prato e deixe sobre a mesa.

A jovem teve ímpetos de xingar a tia, mas procurou se conter.

— Farei tudo direitinho. Pode deixar. A que horas a senhora volta?

— Tarde, menina. Bem tarde. Tenho muita coisa para fazer hoje na rua. Vou me arrumar e sair — respondeu.

Lara acompanhou Odete entrar num táxi e se afastar. Rapidamente, juntou-se a Esmeralda.

— Poderemos pôr nossos planos em prática com sossego. Vou ligar para seu advogado e, enquanto a senhora fala com ele, vou dar um jeito na casa e preparar o almoço.

— Não tinha mais melão para fazer suco, minha filha? — Esmeralda perguntou penalizada.

— Tinha e tem ainda. Escondi no fundo da geladeira.

— E você tomou o suco da casca ou do melão?

Lara soltou uma gargalhada.

— Do melão! Deixei a casca para tia Odete. Dizem que tem muitas vitaminas.

✍

Odete esperou a agência bancária abrir e entrou, procurando o gerente.

— Bom dia. Estou com esta apólice de seguro em nome de minha sobrinha. Sou a tutora legal dela — disse, entregando vários documentos ao homem.

— E a senhora abrirá uma conta em nome de sua sobrinha? É isso?

— Não, vou sacar o dinheiro todo para usar em benefício dela. A menina viveu em estado de extrema miséria imposta pelo irresponsável do pai. Minha irmã fez este seguro com o dinheiro que eu enviava em segredo para ela. Teve extrema má sorte ao se casar com aquele déspota.

Em poucos minutos, o gerente voltou com a quantia exata do seguro.

— Cuidado, senhora. Há bandidos que ficam nas redondezas esperando as pessoas saírem do banco.

— Não se preocupe. Há um carro me esperando do outro lado da rua. Estarei em segurança.

Ela saiu do banco e entrou no táxi. Deu o endereço ao motorista com a bolsa colada ao corpo. "Vou duplicar essa quantia hoje mesmo! Sinto que a sorte está voltando a me sorrir!", pensou, esboçando um leve sorriso no canto da boca.

Ao chegar ao endereço, Odete olhou para o velho prédio, pagou a corrida, apresentou-se a um homem que fazia a segurança do local e entrou no elevador. Sorridente, entrou na sala onde funcionava um cassino clandestino e dirigiu-se ao bar.

— Quero uma dose de uísque do bom e fichas para as máquinas.

Apanhou o copo e as fichas e acomodou-se numa cadeira diante de uma máquina de jogos. Ali, passou todo o dia: perdendo mais do que ganhando.

❧

Esmeralda conversou com o advogado e, ao terminar, chamou Lara:

— Qual é sua idade, Lara?

— Farei quinze anos no mês que vem.

O advogado e Esmeralda entreolharam-se.

— É possível fazer o que quero, doutor?

— Sim, dona Esmeralda. Desde que a senhora tenha plena confiança em mim.

— O senhor acompanha minha vida e toma conta dos meus bens desde os tempos de meu marido. Preservou minha fortuna da depredação a que seria submetida pela ganância de minha nora. Confio cegamente em sua atuação, doutor Fausto.

— Então, basta assinar os documentos que eu trouxe. Precisarei da cópia dos documentos da menina.

— Lara, vá pegar todos os seus documentos e dê um jeito de achar uma cópia da certidão de tutela.

A jovem hesitou.

— Por quê?

— Já explicaremos a você, Lara. Agora pegue seus documentos conforme dona Esmeralda solicitou.

Lara voltou com uma pequena pasta e com a cópia xerografada do documento assinado por Sérgio, em que ele passava a guarda da filha para a responsabilidade de Odete. Entregou tudo a Fausto e sentou-se no sofá.

121

— Agora quero saber o que está acontecendo, dona Esmeralda.

— Estou passando para seu nome todos os bens que me restaram, assim como o dinheiro que tenho em contas no exterior. Fausto será seu curador. Será dele a responsabilidade de preservar essa fortuna e usá-la apenas em seu benefício.

— E se tia Odete descobrir?

— Ela não descobrirá, minha menina. O tempo passa rapidamente para todos. Os documentos e as joias do cofre serão também entregues a Fausto. O dinheiro que há lá servirá para nossas despesas e para seus estudos.

Lara foi taxativa:

— Já lhe disse que não irei mais à escola, enquanto não houver alguém aqui para cuidar da senhora. Por que não pede ajuda ao doutor Fausto para isso?

— Já conversei com ele, Lara. Fausto tomará as providências. Tudo a seu tempo. Só quero lhe mostrar minha gratidão. Se algo me acontecer até Fausto resolver minha situação, você estará livre do jugo, da escravidão e do descaso de minha nora. Será uma mulher independente e livre dos sofrimentos da pobreza.

Lara voltou o olhar para Fausto e pediu:

— Por favor, dê um jeito de livrar dona Esmeralda das mãos de minha tia. Ela é cruel demais.

— Não se preocupe, Lara. Tomarei todas as providências possíveis, mas, a não ser que ocorra uma agressão direta à dona Esmeralda, pouco poderei fazer de imediato. Creio que, agora, ela esteja salvaguardada por você, menina.

Esmeralda sorriu satisfeita.

— Quero comemorar. A cobra da minha nora não chegará tão cedo. Pegue dinheiro e peça um belo almoço pra gente, Lara!

Lara ouviu o portão de entrada ranger, olhou para Esmeralda e avisou:

— Vou subir para meu quarto. Finja que está dormindo. Tomara que ela chegue bem calma.

— Se ela ganhou algo no jogo, chegará bem. Caso contrário, já sabe.

— E diga que lhe dei os remédios. Não fique tão esperta assim, por favor. Finja que não está bem...

Esmeralda sinalizou positivamente com o polegar e observou Lara sair correndo do quarto. Recostou-se no travesseiro e fingiu dormir. Ouviu quando Odete abriu a porta, pondo-se a observá-la.

— Pelo visto, a demente da Lara seguiu minhas ordens à risca. A velha está pregada no sono. Não deve nem ter comido.

Foi até a cozinha e viu o prato de comida cheio de feijão, arroz e uma coxa de frango. Riu ao constatar sua intuição. Subiu ao quarto, trancou a porta e abriu a bolsa.

— Lamentáveis essas máquinas. Perdi quase um terço do que levei, mas amanhã tentarei de novo. O dinheiro não é meu mesmo. A sorte acabará me sorrindo.

Separou duas notas de vinte reais.

— Deixarei esse prêmio de consolação com minha sobrinha. Pelo menos, ela comprará um melão decente para o suco, porque aquele do café da manhã nem a Santíssima Trindade aguentaria tomar como desjejum.

Tomou um banho demorado e escovou os dentes para disfarçar o cheiro de uísque. Em seguida, desceu. Ouviu a porta da sala abrir-se e saudou a sobrinha.

— Chegou tarde, Lara!

— A escola é longe! A senhora esqueceu?

— É sempre bom se exercitar, querida. Há o quê para o jantar?

— O que sobrou do almoço: arroz, feijão e frango.

— Só isso? Estou faminta!

— Mas isso acaba com a fome, tia. Vou lá esquentar para a senhora. Quer que eu faça uma farofa? Serve para dar mais saciedade.

Odete respondeu com raiva:

— Vai ver foi por isso que minha sogra nem tocou na comida...

— Era o que tinha na geladeira, e dona Esmeralda deve se alimentar de sono de tanto que dorme. Quando saí daqui, ela já estava dormindo. Será que já acordou?

— Não sei. Vá ver você!

Lara pôs as panelas no fogo e foi até o quarto de Esmeralda. Cutucou-lhe levemente os pés, e ela abriu os olhos.

— Melhor a senhora fingir que está dormindo. Nosso plano deu certo. Mais tarde, depois que ela dormir, trago seu lanche — disse rindo.

Esmeralda cochichou:

— Tudo vai dar certo, minha menina. Você é meu anjo.

CAPÍTULO 15

Sérgio viu um carro diferente estacionado em frente à casa de Celso. Com a microcâmera embutida em uma caneta e comprada em uma loja de produtos supostamente importados, tocou o interfone. A fúria dos cães tornou a assustá-lo. Ouviu Celso gritar da janela:

— O que quer, Sérgio? Estou ocupado!

— Preciso do senhor, doutor Celso! Minha esposa está doente. Não sei se conseguirei abrir a oficina amanhã!

— Já vou atendê-lo!

O assobio costumeiro foi ouvido, e os cães sossegaram. Sérgio fez o sinal da cruz e disse baixinho:

— Que Deus me proteja.

Ao entrar, saudou Celso com nervosismo.

— Desculpe incomodá-lo assim, doutor, mas é urgente.

Celso estava trajando o mesmo tipo de roupão de antes e usava meias coloridas. Sem se importar com os olhares curiosos de Sérgio, resmungou:

— Você está se tornando especialista em chegar aqui nos momentos mais inconvenientes possíveis! Não quero que isso volte a acontecer, Sérgio!

— Não tenho como fazer contato com o senhor e não posso adivinhar quando tem companhia durante a noite.

— Você está se tornando abusado demais! Não é da sua conta se tenho ou deixo de ter visitas em minha casa. Da próxima vez, me avise pelo circuito de segurança da oficina. Basta balbuciar. Sei muito bem ler lábios.

— Não pensei nisso, doutor. Mais uma vez, me perdoe.

— Da próxima vez, pense! Pago a você para isso! Agora, fale de uma vez o que quer!

— Minha esposa, doutor. Ela não está bem. Preciso de meu pagamento adiantado para levá-la ao médico e de um carro também. Não quero que ela seja atendida no hospital da cidade. O senhor sabe que Marisa morreu lá. Tenho péssimas recordações daquele lugar.

— Só me faltava essa, Sérgio. Mas, enfim, deixarei um de meus carros com você. Espere um instante.

Celso foi até o escritório, e o mesmo rapaz apareceu na sala chamando por ele:

— Onde está Celso? É você quem anda assediando meu amante?

— Me respeite! Sou homem, rapaz, e tenho uma esposa linda! Desde quando iria assediar o doutor Celso ou qualquer outro homem?

O rapaz examinou-o da cabeça aos pés.

— Desde que o mundo é mundo, o interesse entre pessoas do mesmo sexo existe. E, desde que me conheço por gente também, se esse interesse tiver uma moeda de troca valiosa envolvida, ele aumenta.

Celso ficou pálido quando viu os dois conversando.

— João, por que saiu do quarto? Não lhe disse para me esperar lá?

— Vim defender o que é meu, Celso! Já é a segunda vez que esse cara interrompe nossos encontros. Quis saber qual é a dele. Só isso.

Sérgio lamentou o ocorrido.

— Mais uma vez, me desculpe, doutor. Pode confiar em minha discrição. Não falarei nada do que presenciei aqui.

— Se você falar, morre, rapaz! Tenho um nome para zelar. Tome as chaves do carro e os documentos. Quero que ele volte inteiro e sem um arranhão.

Celso entregou o envelope com o dinheiro a Sérgio e abriu o portão da garagem.

— Os cachorros, doutor. Olhe o jeito deles comigo.

Celso emitiu um assobio diferente, e os cães recuaram. Sérgio entrou no carro e saiu. Pelo retrovisor, viu quando a porta da garagem se fechou. Dirigiu até a casa com agilidade e buzinou assim que chegou. Rosa já estava arrumada e entrou no carro rapidamente.

— E a caneta? Conseguiu gravar?

— Acho que sim. Segui todas as instruções. Você trouxe o aparelho que comprei para reproduzir a gravação?

125

— Trouxe. Está em minha bolsa.

— Vamos sair da cidade. Disse a Celso que a levaria a um hospital fora daqui, e ele certamente vai conferir a quilometragem rodada, quando eu entregar o carro amanhã. Procuraremos um hotel e assistiremos à filmagem com calma para traçarmos nosso plano. Nosso futuro depende disso.

Sérgio dirigiu por mais de uma hora e parou em frente a um hotel de certo luxo. Entrou, estacionou o carro e dirigiu-se à recepção. Apanhou as chaves do quarto e entrou no elevador com Rosa. Da varanda do quarto se via toda a cidade. Sérgio, entusiasmado, chamou pela companheira.

— Rosa, veja que vista linda! Vamos aproveitar a noite.

— Nada disso, meu querido! Vamos assistir a essa filmagem agora! Precisamos agir! Depois, teremos tempo de sobra para aproveitar a vida!

Sérgio acoplou a caneta ao aparelho e orgulhou-se do trabalho feito. O casal ria sem parar dos trajes de Celso e do momento em que João interpelou Sérgio para tomar-lhe satisfações.

Rosa exultou:

— Perfeito, meu amor. Vamos entregar o material a alguém que faça a edição do áudio dessa gravação. Seu nome precisa ser cortado nas cópias. Apenas a que entregaremos a Celso poderá ir na íntegra.

— Vamos comemorar, meu amor! Vou pedir champanhe e o que há de melhor para comer neste hotel.

— Peça apenas a comida, Sérgio. Nada de beber hoje. Amanhã, precisaremos acordar cedo para providenciar as cópias. A carta de chantagem também será escrita aqui.

∽

Sérgio parou o carro à porta de casa, e Rosa saltou.

— Vou guardar tudo muito bem guardado. Faça sua parte, Sérgio. Entregue o carro e vá para a oficina. Tudo precisará parecer normal até pormos nosso plano em prática.

Sérgio dirigiu até a casa de Celso e buzinou. O assobio foi ouvido de imediato, e a porta da garagem se abriu. Ele entregou as chaves ao patrão e saiu, dessa vez, sem medo dos dobermanns. Sem medo de nada. Seguiu para a oficina, levantou as portas e acenou para o circuito de segurança, balbuciando um agradecimento a Celso. Na esquina, dois carros já estavam à espera da sinalização de Sérgio para estacionarem. Ele facilitou a manobra

126

dos carros e saudou os motoristas. Um deles, negro e forte, avisou que iria apanhá-los no dia seguinte.

— Cuide desse carregamento. É a encomenda mais preciosa do doutor. Há dois seguranças no entorno de sua oficina. Não receba outros veículos nem visitas. Entendeu?

— Entendi. Doutor Celso sabe que pode confiar em mim.

— Aprenda uma coisa: ele não confia em ninguém! Faça a sua parte e muito bem-feita.

Sérgio fez sinal de continência aos homens e levantou o capô de um dos carros. Observou no fundo do motor uma caixa de ferro cuidadosamente posicionada para não atrapalhar o funcionamento do veículo. Por alguns instantes, teve o ímpeto de saber o que havia na caixa, mas desistiu por se sentir observado pelas câmeras. Abaixou o capô e começou a lustrar a lataria. Às dezoito horas em ponto, abaixou as portas da oficina. Do lado de fora, Manoel esperava por ele.

— E aí, meu amigo?! Como estão as coisas? Vamos tomar uma cerveja. Está muito calor. Aproveitaremos para falar sobre a venda da casa. Já tenho um comprador certo.

— Vamos, mas não posso demorar. Rosa está adoentada.

— Tudo com você agora é na base da correria, amigo. Mas, enfim, vamos acertar tudo isso logo.

Sérgio escreveu a próprio punho uma procuração dando poderes a Manoel para a venda da casa, pagou a cerveja e despediu-se do amigo.

— Assim que resolver tudo, me avise, amigo. Preciso desse dinheiro com urgência.

— Alguma pendência grave? Posso ajudar?

— Me ajude vendendo a casa. Quero uma casa melhor para minha mulher. Até breve.

Rosa esperava pelo marido na janela. Quando o viu, chegou à pequena varanda e acenou.

— E então? Como foi seu dia?

— Peculiar. Conversei com Manoel. Há um comprador para a casa. Em breve, teremos mais um problema resolvido.

— Chegaram mais carros de Celso hoje?

— Mais dois. Dessa vez, parece que o carregamento é mais valioso. Há uma caixa de ferro ou aço, não sei ao certo, no fundo do motor. Celso deixou seguranças no entorno da oficina.

127

— E você não descobriu o que era?

— Nem tentei. Você sabe que Celso me monitora o tempo todo. Amanhã, os carros irão embora, e acho que chegarão mais dois. As obras no terreno ao lado não cessam. Só falta colocar a laje.

— Antes disso, sairemos daqui, meu querido.

— Tenho receio de uma vingança, Rosa.

— Quando ele pensar em se vingar, estaremos longe. A carta seguirá amanhã. Mandei para o Rio. Um amigo enviará pelo correio.

— Que amigo é esse, Rosa? De onde você o conhece?

— Isso não vem ao caso. A carta está bem embalada e a pessoa que vai enviá-la recebeu uma quantia em dinheiro para fazer o serviço.

— Você pensa em tudo. Não vejo a hora de concluir tudo isso. Precisamos pensar para onde vamos fugir.

— Não se preocupe. Tudo já está devidamente planejado. Na hora, você saberá. Só não se esqueça de que deverá trazer todo o dinheiro para casa.

— Pode deixar, meu amor. Já temos uma boa quantia e logo teremos mais. Vou tomar um banho e me deitar. Amanhã abrirei a oficina mais cedo.

❧

Celso recebeu a correspondência desconfiado. Entrou e foi para o escritório. A embalagem era grande. Parecia um presente. Levou a caixa até os cães e colocou-a no chão para que a farejassem. Eram treinados para identificar dispositivos eletrônicos e bombas. Quando eles se puseram em posição de guarda novamente, Celso apanhou a caixa e abriu todas as camadas de papel. Um envelope de papel pardo lacrado estava no fundo da caixa. Ele o abriu e leu o conteúdo da carta. Ficou pálido e transtornado. Aos berros, ligou para João:

— Você está tentando me chantagear?

— Nunca faria isso! O que você me dá é mais do que suficiente.

Celso desligou o telefone irado. Não admitiria ser chantageado por ninguém! Apanhou um calmante na gaveta do escritório e o ingeriu sem água.

Sérgio tocou a campainha da casa de Celso, e ele respondeu gritando:

— Não me incomode hoje, Sérgio!

— Não vou incomodar, doutor. Só vim avisar que seus carros já foram liberados em segurança. Vim apenas apanhar meu pagamento.

Celso abriu a portinhola da caixa de correio e entregou a Sérgio o envelope com o pagamento.

— Procure ter mais calma para receber, rapaz. Vi a quilometragem do carro que lhe emprestei. Sua mulher foi bem atendida?

— Foi sim, doutor. Foi medicada. Estava com uma bronquite severa. Comprei os medicamentos, e ela está se cuidando.

— Pelo menos isso deu certo. Continue fazendo seu trabalho e não se arrependerá.

— Tá certo, doutor. Conte sempre com minha lealdade.

❧

Rosa preparou as embalagens com uma das fitas e despachou-as para o Rio de Janeiro. Roía as unhas de nervosismo. Nada poderia falhar. Apanhou a bolsa e dirigiu-se ao centro espírita para encontrar Emília. Abraçou-a com carinho.

— Vó, quero que a senhora deixe as malas arrumadas. Vamos viajar em breve.

— Não sairei daqui, Rosa. Não quero ir para lugar nenhum. O Lar Fraterno é a casa que escolhi para viver meus dias.

— Não deixarei a senhora aqui de jeito nenhum. A senhora irá comigo e pronto! Deixe suas malas mais ou menos arrumadas. Na hora certa, passarei para apanhá-la.

❧

A fita enviada pelo amigo de Rosa chegou, e Celso sentiu uma leve tonteira quando viu o carimbo do correio do Rio de Janeiro.

— O que será desta vez?

Não se deu ao trabalho de chamar os cães para farejarem a caixa. Abriu-a com um estilete. Ansioso, olhou para a fita cassete horrorizado. Apanhou-a e colocou-a no aparelho de videocassete. As cenas dele vestido de roupão de seda e meias e de João vestindo uma sunga fizeram tremer as fibras mais íntimas de seu corpo. Com o coração disparado, notou um pequeno bilhete: "Dois milhões pagam meu silêncio. Em breve, você receberá as orientações para a entrega do dinheiro. Ou prefere que essas fitas cheguem à Igreja e ao resto da cidade?".

129

Celso tornou a ligar para João:

— Já disse que não tenho nada com isso! Estou indo para sua casa agora. Sabe que tenho um casamento para preservar. Perderei tanto quanto você, Celso.

O rapaz chegou, e Celso pôs os cães para o farejarem. Em seguida, ordenou que procurassem a caixa da fita. Os dobermanns cheiraram João e sentaram-se em posição de guarda.

— Eis a prova de que não fui eu, Celso. Está satisfeito agora? Acredita em mim?

— Não sei o que fazer, João. A gravação mostra claramente que temos uma relação íntima. Estão me pedindo dois milhões para que cessem as ameaças.

— Pague, Celso. Pague logo!

— Preciso saber quem é!

— Certamente, foi alguém que veio até sua casa quando eu estava aqui e já na intenção de gravar para chantageá-lo.

— Várias pessoas já nos encontraram juntos, João. Você e essa mania de aparecer na sala em momentos impróprios.

— Inadequados são seus subordinados, que vêm aqui sem avisar.

— Só os cães poderão descobrir quem está por trás disso. As falas foram devidamente cortadas. Apenas os momentos em que você repete seu discurso de sempre foi mantido, João. Não sei por quem começar.

— Comece por alguém. Essa é a minha sugestão.

Quando João terminou de falar, Celso ouviu o interfone tocar. Pelo circuito de TV, viu Sérgio.

— Vamos começar por ele, João. Se Sérgio tocou nessas fitas, meus amiguinhos irão identificar. Vou deixá-lo entrar.

Sérgio entrou, e Celso chamou os cães para cheirarem a caixa. Em seguida, ordenou com a voz firme:

— Procurar!

Os cães correram na direção de Sérgio e farejaram todas as partes de seu corpo. Em seguida, posicionaram-se ao lado de Celso.

— Por que fez isso, doutor? Pensei que eles fossem me comer vivo!

— Se fosse você o traidor, mereceria mesmo isso!

— O que está havendo? Por que eu iria trair sua confiança?

— Nada, rapaz! Meus dobermanns o absolveram! Sinta-se aliviado por isso! Veio buscar o pagamento, não é mesmo? Sabe que você tem sido muito elogiado pelo grupo? Afirmam que seu trabalho é perfeito. Desde que entrou no circuito, nunca mais perdemos uma carga.

— Fico feliz, doutor Celso. Faço meu melhor — Sérgio respondeu, pedindo licença para se retirar.

Na rua, deu graças a Deus por Rosa ter pensado na possibilidade de os cães conseguirem identificar o cheiro dele nas cartas, então, ela mesma se encarregou de manipulá-las. Em casa, ele entregou o pacote com o pagamento a Rosa e sentou-se na sala exausto.

— Preciso de um banho e cama. Para evitar problemas com seu cheiro e os cães, é melhor eu dormir na sala. Fiquei apavorado.

— Não se apavore. A correspondência indicando o local onde o dinheiro deve ser entregue chegará amanhã na casa de Celso.

— Então, é melhor arrumarmos as malas. Em que lugar apanharemos o dinheiro?

— Não se preocupe. Será fora da cidade. Vá à casa de Celso logo pela manhã para não ter que voltar à tarde.

— Mas ele vai estranhar... Já recebi meu pagamento hoje.

— Vá até lá e leve um problema qualquer para ele resolver. Antes de abrir a oficina, vá até lá. Invente uma desculpa qualquer sobre o andamento da obra.

Sérgio adormeceu no sofá, e Rosa cobriu-o com uma manta que ela havia usado durante o manuseio das fitas e das cartas. Estava cansada dele e da vida monótona que levavam. Iria desfrutar dos milhões com a avó e fora do Brasil. Já estava com as passagens compradas para Portugal.

❧

Quando Celso pensou que teria momentos de descanso e prazer com João, ouviu o interfone tocar novamente.

— Não é possível! Quem será dessa vez?

Horrorizado, Celso viu que era o carteiro.

— Desculpe, senhor, mas é uma entrega de emergência. O senhor precisa assinar.

Celso abriu o portão e apanhou uma embalagem bem mais discreta que a anterior. Olhou para o carimbo na correspondência e, para sua surpresa, viu que havia sido postada em Porto Alegre. Assinou o documento de recebimento e entrou chamando João:

131

— Veja! Essa carta veio de Porto Alegre.

— Dê aos cães para farejar antes de abrir. Melhor que seus bichos memorizem o cheiro de quem está chantageando você.

Assim Celso procedeu. Depois, abriu a embalagem e leu as orientações para a entrega do dinheiro, que deveria ser feita naquela mesma noite.

— Você tem esse valor em casa, Celso?

— Tenho no cofre muito mais que isso.

— Então, será fácil pegar o chantagista. Levaremos o dinheiro e pegaremos a pessoa.

— Não será tão fácil assim, João. A exigência é a de que saiamos do lugar assim que o dinheiro for entregue. Aqui está escrito que há uma pessoa com outras cópias da fita e que, se tentarmos quebrar as regras, essas fitas serão enviadas para a paróquia e para a loja maçônica da qual faço parte. Vamos seguir as regras. Quando jogo, também não aceito que as quebrem.

∽

Rosa reuniu os documentos numa bolsa e apanhou uma mochila no armário. Não levaria nada da casa. Certificou-se de que o calmante misturado ao suco de Sérgio havia surtido efeito, colocou uma echarpe cobrindo parte do rosto e saiu. Deixou um bilhete sobre a mesa da sala avisando que tinha saído cedo para visitar a avó. Dessa forma, Sérgio sairia de casa sem procurá-la. Entrou num carro alugado e parou a poucos metros da casa abandonada onde o dinheiro seria deixado. Entrou e escondeu-se no que era um antigo galinheiro em ruínas. Ouviu quando um carro parou e permaneceu com o motor ligado. Esperou o dia começar a clarear, saiu do esconderijo improvisado, apanhou a mala com o dinheiro, transferindo a vultuosa quantia para a mochila. Arrancou a echarpe e pôs os óculos de sol. Olhou ao redor e constatou que a rua estava vazia. Saiu sem ser vista em direção ao Lar Fraterno.

∽

Sérgio acordou atordoado e viu, de imediato, o bilhete deixado por Rosa.

— Bem. Vou tomar café e seguir para a casa de Celso.

132

Assim ele fez. Passava das nove horas, quando Sérgio tocou a campainha e ouviu os cães latirem. Celso estava tomando café na companhia de João e mais uma vez reclamou:

— Será possível que você não aprende? Tive uma noite péssima. Preciso descansar!

— É sobre a obra, doutor. Quero saber se as paredes da oficina serão derrubadas para ampliar o local. A laje já começou a ser colocada.

— Entre, rapaz. Você é mesmo insistente!

Sérgio esperou Celso assobiar e entrou com tranquilidade. Reparou, entretanto, que os cães estavam agitados demais.

— Doutor, parece que seus animais estão bem nervosos hoje. O que está havendo com eles?

Um dos cachorros correu para dentro de casa e começou a arranhar a porta do escritório. João alertou Celso:

— Acho que há algo lá dentro que eles querem conferir. Posso abrir a porta?

Celso olhou incrédulo para Sérgio.

— Abra a porta para Zeus! Ele sabe o que faz. É o meu melhor farejador.

Os outros cães permaneceram em posição de guarda ao lado de Celso. Zeus retornou com uma das caixas enviadas, soltou-a nos pés do dono e rosnou na direção de Sérgio.

Celso ordenou que os outros cães cheirassem a embalagem, e todos agiram da mesma forma.

— O que está havendo, doutor? Por que está fazendo isso?

— Tem certeza de que não sabe? Você traiu minha confiança, seu cretino! E eu não suporto traição!

— Não sei do que o senhor está falando, doutor. Por favor, não cometa nenhuma injustiça!

— Estou falando da chantagem e do dinheiro que deixei naquela casa abandonada. Você deveria ter sido mais esperto. Daria tempo de fugir, idiota, mas veio aqui mais uma vez me afrontar e subestimar. Qual era a sua intenção? Me arrancar mais dinheiro?

— Doutor, não apanhei dinheiro algum! Juro, doutor! Passei a noite em casa com minha esposa.

— Não me venha com desculpas esfarrapadas, rapaz! Zeus, ataque!

Os dobermanns rodearam Sérgio como se estivessem fazendo um reconhecimento do corpo dele. O primeiro a avançar foi Zeus, cravando-lhe

133

as presas no pescoço. O sangue escorreu de imediato, formando uma grande poça de sangue no chão. Sérgio debatia-se, numa tentativa de desvencilhar-se dos cães. Os outros pareciam seguir o massacre liderado por Zeus, e Sérgio caiu no chão. Num fio de voz, tentava pedir clemência:

— Piedade, doutor. Piedade.

— Piedade, infeliz? Por que eu teria piedade de um traidor chantagista? Zeus, ataque!

Os cães só pararam quando perceberam que aquele corpo não tinha mais vida. Celso acariciou cada um deles e voltou-se para João.

— Vamos até a casa desse infeliz! O dinheiro deve estar lá!

Celso colocou os cães em um dos carros e sentou-se ao volante.

— Você não vem comigo? — perguntou a João.

O rapaz estava trêmulo e pálido.

— Não. Não vou!

— Entre logo, João, ou...

— Ou o quê? Vai ordenar que os cães também me matem, Celso? Não! Não vou me tornar cúmplice dessa atrocidade. Você foi longe demais. Vá sozinho!

Enfurecido, Celso arrancou com o carro. João entrou esbaforido na casa, apanhou a mochila e fez uma rápida busca para ver se havia algum pertence pessoal dele na residência. Abriu a porta e, decidido, encaminhou-se para a pousada onde residira nos últimos seis meses. Guardou as roupas numa mala e escondeu o dinheiro que ganhara de Celso num fundo falso. Na rodoviária, comprou uma passagem para o primeiro ônibus que o tiraria da cidade e das vistas do traficante. Pularia de cidade em cidade até se sentir seguro.

❧

Rosa tentou em vão convencer Emília de fugir com ela e terminou desistindo.

— Vó, amo demais a senhora, mas não posso mais ficar na cidade.

— O que houve? Desistiu de Sérgio?

— Não quero falar sobre isso. Adeus, vó! Mandarei notícias em breve.

Rosa voltou para casa com o coração aos saltos. Se seu plano tivesse dado certo, pela hora, Sérgio já estaria nas garras do patrão. Não passaria nem mais um dia na cidade. Sentiria saudades de Emília, mas não

134

arriscaria a própria vida por nada. Já havia deixado a pequena mala arrumada em casa, e um carro alugado esperava por ela na rua ao lado para não chamar a atenção dos vizinhos.

Tinha pressa e alargou os passos. Estranhou ao ver uma picape preta estacionada a uns vinte metros de sua casa. "Deve ser de um parente rico desses vizinhos", pensou. Apanhou a chave na bolsa para abrir a porta, mas estava tão ofegante e ansiosa que não se deu conta de que já estava aberta. Ao entrar na sala, soltou um grito de horror. Cercado por seus cães, Celso estava sentado no sofá de frente para a TV ligada, com uma xícara de café na mão. Com um sorriso de tranquilidade nos lábios, saudou-a cinicamente:

— Bom dia! Espero que não se importe com minha presença. Acordei muito cedo e resolvi fazer meu desjejum em sua casa, Rosa.

— Onde está meu marido? Ele veio com o senhor?

— Não. Infelizmente, Sérgio teve um compromisso urgente para cumprir no inferno. Vim sozinho. Ou melhor, vim acompanhado de meus fiéis escudeiros. A senhora gosta de cachorros?

Apavorada, mas procurando transparecer normalidade, Rosa respondeu:

— Gosto de animais, doutor, mas não em minha casa. E também não estou entendendo sua presença aqui a esta hora da manhã. Sérgio é seu empregado, mas eu, não.

Celso levantou-se enfurecido. Os cães permaneceram estáticos, com os olhos voltados para Rosa.

— Onde está o dinheiro que seu marido me extorquiu? Diga onde está, e sairei daqui imediatamente!

— Não sei de dinheiro nenhum, doutor!

— Vadia! Você quer mesmo que eu acredite que o canalha do Sérgio me chantageou sem dizer nada em casa?

— Juro, doutor! Não sei de nada! Juro por tudo que há de mais sagrado neste mundo!

— Não mexa com o sagrado! Diga onde está o dinheiro, e sairei daqui imediatamente.

Rosa pensou rapidamente. Inventaria uma mentira qualquer para Celso para que ele achasse a mala com o dinheiro e ficaria com tudo o que havia conseguido guardar do dinheiro de Sérgio. Conseguiria viver bem até encontrar outro homem para sustentá-la.

— Doutor Celso, meu marido é um homem cheio de segredos. Pelo seu nervosismo, acho que ele fez algo muito sério, e eu prezo muito minha tranquilidade. Vou me separar dele hoje mesmo.

— Você já está separada dele pela eternidade! Diga onde está o dinheiro ou terá o mesmo fim que ele!

— O senhor...

Celso interrompeu-a bruscamente:

— Não tenho mais tempo a perder. Fale logo.

Rosa se deu conta da gravidade da situação. De uma forma ou de outra, não sairia viva. Quando os cães farejassem a mala, reconheceriam o mesmo cheiro que haviam identificado em Sérgio.

— Levarei o senhor até a despensa. Sérgio guardou uma mala lá. Mas, por favor, deixe os cães aqui na sala. Não conseguirei achar nada, se eles continuarem me olhando desse jeito.

Celso concordou:

— Eles ficarão aqui até que eu lhes dê uma segunda ordem. Quero apenas meu dinheiro! Não me parece que a senhora tenha alguma participação nisso — dissimulou.

— Não tenho mesmo, doutor. Não sei da vida profissional de meu marido. Nunca soube. Meu papel aqui é de dona do lar. Apenas isso. Venha comigo, mas deixe os animais aqui na sala.

Celso sinalizou com um assobio, e os dobermanns deitaram-se com a cabeça sobre as patas dianteiras esticadas. Rosa esboçou um sorriso imperceptível. Num plano mental traçado pela urgência da situação, conduziu o traficante até a cozinha. Propositadamente, bateu a porta. Sérgio não havia consertado a maçaneta, e a porta só abriria com a chave. Sentiu-se mais segura.

— Por que bateu a porta, moça? Medo dos meus amigos?

— Foi o vento, doutor.

— Onde está o dinheiro?

— Sérgio guardou uma mala no fundo desse armário aí. Pode procurar. Acho que está na primeira porta de baixo.

Celso riu prazerosamente.

— Sabe que estou começando a ter estima pela senhora. É bem mais esperta do que seu marido. Se passar pela prova de reconhecimento de Zeus, a deixarei livre.

— E se eu não passar nessa prova?

— Será transformada em ração.

Celso abriu o armário e abaixou-se para olhar o primeiro compartimento. Rosa puxou uma grande faca do porta-talheres e, sorrateiramente, golpeou várias vezes o homem nas costas. Celso tombou de imediato, e um grosso filete de sangue escorreu pelo canto de sua boca. Ele riu e, num esforço final, emitiu um assovio fraco. Os cães imediatamente começaram a jogar o corpo de encontro à porta. Rosa puxou a mesa da cozinha, arrancou o casaco que usava e colocou-o sobre a mesa. Buscando fazer o mínimo de barulho possível, alcançou a área externa da casa. O muro que dava para a casa da vizinha era baixo. De lá, escaparia com facilidade. Quando estava se apoiando na murada, ouviu os cachorros rosnarem em sua direção. Atravessou a perna direita, e, quando iria pular, Zeus trincou as presas afiadas em sua perna esquerda, puxando-a para baixo. Os demais cães estraçalharam Rosa em poucos minutos, enquanto Zeus se deitava ao lado do corpo sem vida de seu dono.

CAPÍTULO 16

Lara esperou Odete sair e correu para o quarto de Esmeralda. Percebeu o tom azulado nos lábios da protetora e amiga.

— Dona Esmeralda, acorde. Vamos tomar café. A megera já saiu.

Esmeralda abriu os olhos com dificuldade.

— O que há com a senhora? Está tudo bem?

— Não, minha menina. Odete passou aqui antes de sair e me obrigou a tomar umas pílulas. Disse que não confiava em você — ela respondeu com a voz embargada.

— Ânimo, dona Esmeralda! Não sei por que a senhora insiste em morar aqui! Vamos denunciar esta mulher de uma vez!

— Me ajude a me sentar, meu anjo.

Lara acomodou-a e disse:

— Vou trazer suco e água para a senhora. É preciso eliminar esses comprimidos que ela a obrigou a tomar.

Lara saiu e logo retornou com um suco de laranja, alguns biscoitos e uma garrafa de água.

— Se alimente primeiro. Depois, conversaremos sobre isso. Tem que haver um jeito de expulsá-la daqui. Dê a ela algum dinheiro. Dê a ela esta casa, e vamos embora comigo, por favor. Viveremos melhor!

Esmeralda terminou de se alimentar e sentiu uma melhora imediata. Repousou o copo sobre a bandeja e limpou os lábios com um guardanapo. Suspirando de forma intensa, voltou o olhar para a jovem.

— Você não entende, menina. Não é tão simples assim. Odete quer tudo. Não se contentará com tão pouco. Ela acha que, com minha morte, poderá pôr as mãos sujas na herança.

— Seja honesta com ela. Chame doutor Fausto para participar dessa conversa.

— Digo que você não entende e não entende mesmo. Odete me ameaçou hoje cedo. Disse que me interditará na justiça e me colocará num asilo.

— Não deixarei que ela faça isso! Prometo!

— Ela não conseguirá a interdição. Fausto é meu procurador com plenos poderes.

— Mas, então, o que impede a senhora de mandá-la embora?

— Porque faço questão de que seja você a fazer isso no futuro, Lara! Já estou velha e qualquer dia receberei a visita da morte. Deixei-a amparada. Você será a legítima dona de tudo o que me pertence e pertenceu a meu marido. Quando minha hora chegar, irei em paz!

— Mas não quero perder a senhora! Já perdi gente demais na vida. Minha mãe, meu pai, Murilo. A senhora não, por favor!

— Seu pai ainda está vivo, Lara! E seu amigo Murilo também continua no mesmo lugar!

— Perdi meu pai, sim, dona Esmeralda. Perdi meu pai quando ele escolheu a amante. E, certamente, Murilo acabará se esquecendo de mim. Já estou aqui há tanto tempo.

A conversa entre elas foi interrompida pelo toque do telefone.

— Espere aqui um instante. Vou atender à ligação e já volto para continuar esta conversa.

Lara atendeu o telefone e reconheceu a voz do outro lado da linha.

— Seu Manoel? É o senhor?

— Sim. Sou eu, Lara.

— Seu Manoel, se meu pai mandou o senhor ligar para saber notícias minhas, esqueça. Diga a ele apenas que estou bem.

— Não é esse o motivo de minha ligação, Lara.

— E qual seria, então? Se ele quiser pedir alguma coisa, mande esquecer também. Não tenho nada a oferecer a ele.

Manoel segurava a mão de Emília com firmeza. A tragédia ocorrida havia abalado a todos da cidade, em especial a ele e à avó de Rosa. O crime bárbaro ocupara a página principal dos principais jornais da cidade e do Estado de São Paulo. Lágrimas sentidas marcavam o rosto dele e de Emília.

139

— Lara, procure me ouvir com calma. Não julgue mais seu pai. Ele errou, mas este não é o momento mais adequado para dar sentenças a quem não pode mais se defender! — ele falou com firmeza.

— Não estou entendendo, seu Manoel! Meu pai não precisa se defender de nada. Falei a verdade, e ele tem ou terá a consciência disso um dia.

— Quanto a essa consciência futura, não tenho dúvidas de que ele terminará por conquistá-la. Mas preciso lhe dar uma notícia.

Lara respondeu secamente:

— Pode falar, seu Manoel. Estou esperando.

— Aconteceu uma tragédia aqui, menina. Seu pai, meu melhor amigo, faleceu, Lara.

O silêncio apertou a garganta da jovem, fazendo-a ficar sem ar. Uma leve tontura a obrigou a se apoiar no braço da poltrona.

— Quando foi isso? Como foi isso? De quê meu pai morreu?

— Seu pai teve uma morte horrível.

— Foi acidente, seu Manoel? Meu pai sofreu um acidente? — a menina perguntou tentando conter o choro.

— Não. Não foi acidente, minha querida menina. Seu pai foi devorado por cães assassinos, e outras coisas igualmente tristes aconteceram. Estou providenciando o enterro, mas preciso esperar a polícia concluir a perícia. Seria bom que você falasse com sua tia para a última despedida.

Lara liberou a emoção que apertava seu peito e chorou, segurando o aparelho telefônico. Odete adentrou a casa carregando vários jornais e gritou por ela:

— Lara, Lara! Veja só que tragédia!

A menina pôs o telefone no gancho e olhou para a tia.

— Já sei o que houve. Seu Manoel me ligou.

Num comportamento histérico, Odete apontava para as páginas sensacionalistas dos jornais.

— Sérgio se meteu com traficantes! Olhe essa foto, Lara! Aparece o corpo dele despedaçado, estraçalhado por cães sanguinários. Ele tentou chantagear um traficante para o qual trabalhava e deu nisso: foi assassinado!

— Por favor, tia Odete! Respeite meu sofrimento. Não quero ver essas fotos! É demais pra minha cabeça! — Lara gritou.

Odete continuava a falar, sem se apiedar da jovem:

140

— Você tem que ver sim! Precisa ter contato com a realidade, garota! A amante de seu pai, a tal de Rosa, também foi morta pelos cães, mas antes matou o traficante!

Lara começou a sentir a cabeça rodando. O estômago embrulhado resultou em ânsia de vômito.

— Me deixe em paz! — ela respondeu, correndo para o quarto. Lá, jogou-se na cama e agarrou Teresa.

— Que Deus é esse que me colocou em meio a tanto sofrimento? Como posso amar e acreditar num Deus assim? Como?

Marisa, amparada por Robson, fez-se presente ao lado da filha. Em oração, tentava amenizar o sofrimento da menina, emanando energias amorosas que saíam de seu plexo cardíaco. Assim que Lara adormeceu, ela voltou o olhar terno ao enfermeiro.

— Obrigada, meu amigo.

— Através do médium do Lar Fraterno e de Emília, fizemos o possível para evitar tamanha tragédia — disse Robson.

— Gostaria muito de ficar aqui com minha filha, Robson. Ela precisa de mim.

— Você aprendeu o suficiente para ter a consciência de que tudo nos é permitido, mas nem toda ação é conveniente para o progresso de nossos irmãos encarnados. Pouco a pouco, o amor extremo de mãe por Lara será substituído pelo mais puro amor fraterno.

— Não consigo ainda, Robson. Lara é minha filha.

— Foi o que disse, Marisa, mas já fizemos o que nos cabia. Lara acordará mais calma. Ela tem laços afetivos e espirituais muito fortes com Esmeralda. Está e estará devidamente protegida. Permitiram que você chegasse até aqui com meu auxílio, mas é preciso que saiba que a crosta é energeticamente carregada de energias densas. Sozinha, sem o amparo energético da Colônia, você acabará se prejudicando. Lembra-se da aula em que Flávio falou sobre a necessidade de se manter fortalecida para depois conseguir auxiliar?

— Lembro. Confesso que achei bastante egoísta a atitude de somente ajudar o outro quando temos condições para isso. Lembro também que é preciso ter prudência nessa ajuda. Quando encarnada, aprendi o contrário: que precisamos ajudar indiscriminadamente qualquer pessoa e que olhar e cuidar de nosso estado de espírito era um ato de ofensa a Deus.

— Agora que aprendeu o contrário, a que conclusão chegou?

— O que aprendi na Colônia é o mais adequado.

141

Robson sorriu.

— Veja! A jovem Lara experimenta um sono profundo e restaurador. Ela acordará fortalecida. Retornemos à nossa verdadeira casa.

— E quanto a Sérgio e Rosa? O que acontecerá com eles. Serão socorridos como eu fui? Irão para um hospital?

— Cada um desenha seu próprio caminho após o desencarne. Não nos é devida essa preocupação no momento. Voltaremos à Colônia. Há uma equipe de socorristas sempre em oração e ação pelos irmãos desencarnados de forma violenta. Tenho certeza de que, na hora certa, os dois serão atendidos.

∽❧

Sérgio assistiu com horror ao próprio cortejo. Olhava para si e tentava estancar o sangue que escorria já apodrecido por todas as partes de seu corpo. Do pescoço minava uma substância viscosa, espalhando o cheiro fétido da matéria já em decomposição avançada, que se refletia em seu perispírito. Viu a urna fúnebre ser coberta pela terra e entrou em desespero. Imediatamente, sentiu que estava sendo arrastado por uma força incomum e perdeu as últimas reservas de energia. Despertou num lugar escuro, onde gritos de socorro e urros de lamentação e dor se misturavam. Encolheu-se em posição fetal, experimentando dores lancinantes que pareciam repetir o ataque dos dobermanns. Às gargalhadas, vultos rodeavam-no.

— Não pense que sairá daqui, miserável! Você foi o responsável pelo meu suicídio! — Ouviu de um dos espectros.

Reunindo forças, Sérgio tentou se defender:

— Nunca levei ninguém ao suicídio! Fui atacado covardemente e preciso de um hospital!

— Você está morto, infeliz! Morto como eu e como todos que aqui estão!

— Se estou morto, como sinto tantas dores? Não vê que estou ferido gravemente?

O homem, coberto por uma manta esfarrapada e com marcas arroxeadas no pescoço, gargalhou:

— Por acaso não acompanhou seu próprio enterro?

— Aquilo deve ter sido astúcia de minha esposa para me livrar das garras de Celso. Estou vivo! Tão vivo quanto você, seu louco! Procure socorro para mim ou suma daqui! Não sei que lugar é esse!

O homem sentou-se de frente para Sérgio, retirando a manta que cobria parte de seu rosto.

— Você era empregado de Celso, não era?

— Como você sabe?

O homem riu.

— Há tempos esperávamos por sua chegada. É hora de assistirmos ao seu sofrimento por tudo que ajudou a nos causar.

Outros espíritos formaram um paredão ao redor de Sérgio. Ele novamente suplicou:

— Me ajudem! Nunca prejudiquei ninguém! Chamem uma ambulância! Preciso ser socorrido!

— Não há socorro para você! Ficará aqui, vivendo neste inferno como eu e tantos outros que você empurrou com força para o fundo do poço! Você está morto e, como morto-vivo, vai vagar neste inferno e experimentar a morte infinitas vezes!

— Não sei do que me acusam! Repito que nunca prejudiquei ninguém!

O homem levantou-se e ajeitou a manta para cobrir novamente a cabeça.

— Você era o intermediário das drogas distribuídas pelo infeliz do Celso. Por sua causa, meu filho de apenas dezessete anos se entregou ao vício e acabou perdendo a vida numa overdose. Ele se rendeu a um grupo que aparece aqui de vez em quando. Era um menino excelente e com um futuro promissor. Não suportei a morte dele e me enforquei. Achei que seria o fim de meu sofrimento, mas foi só o início. Fui trazido para cá e fiquei vagando no Vale dos Suicidas até me juntar a um grupo que me apoiou. Me fortaleci e jurei me vingar pela tragédia que se abateu sobre minha família. Começarei por você e só sossegarei quando encontrar Celso. Vocês serão subordinados a mim. Sofrerão o que eu quiser. Enquanto sua consciência estiver suja com a lama que espalhou na vida das pessoas, será escravo dela. Agora fique aí encolhido. Vou procurar sua amada Rosa. Ela também serviu de alimento para os cães de Celso, mas facilitou a minha vingança, acabando com a vida dele.

Sérgio viu o grupo afastar-se e experimentou um alívio temporário. Com a cabeça doendo e muito medo, lembrou-se do momento em que chegou à casa do patrão. Tudo estava certo para que ele e Rosa fugissem e vivessem a felicidade, até que os dobermanns descobriram nele o cheiro que estava nas correspondências enviadas. Depois, com a cabeça confusa,

143

reviveu o ataque dos cães e sentiu a dor lancinante de cada fibra de seu corpo sendo dilacerada.

— Vou me vingar daquele desgraçado! Vou me vingar daquele desgraçado!

Seus gritos ecoavam pelo lugar. O cheiro de podridão e a sede começaram a causar-lhe um incômodo incomum. Sérgio rasgou parte da camisa ensopada de sangue e tentou utilizá-la como compressa a fim de estancar o sangramento. Tomou coragem para se levantar, quando avistou a poucos metros um toco de madeira que poderia lhe servir como apoio para andar. Caminhou por várias horas na esperança de que amanhecesse. Exausto, parou.

— Isso só pode ser um pesadelo ou alucinação. Preciso de água.

De imediato, o mesmo homem coberto pela manta reapareceu à sua frente.

— Sente sede, não é mesmo?

Sérgio balançou a cabeça afirmativamente.

O homem apontou para um filete de água que corria entre as raízes retorcidas de uma árvore seca.

— Ali tem água.

— Por que vai me ajudar, se afirmou que só quer vingança?

— Porque já vivi essa experiência e sei que não é das melhores. Minha vingança acontecerá na hora certa. Nunca me esquecerei dessa missão.

Sérgio caminhou com dificuldade até a fonte e teve ânsia de vomitar.

— Água podre! Essa água fede mais que as feridas de meu corpo!

— Pois é a única que você merece beber por enquanto. Ou bebe ou continuará a secar a garganta até se render à toda sujeira deste lugar.

Sérgio formou uma concha com as mãos. A água era ácida, e ele sentiu a garganta queimar.

— Você diz que estou morto, mas como posso ter morrido se as sensações de meu corpo continuam a existir?

— Porque a morte não existe! Também achei que minha dor cessaria ao me enforcar. Acreditava em sono eterno, mas despertei diante dos horrores deste lugar que alguns chamam de umbral e que eu afirmo que é o inferno. Seu corpo foi para sete palmos abaixo da terra, mas sua alma está bem viva, para que você pague seus pecados e erros pela eternidade.

Sérgio apoiou a cabeça nas mãos e chorou.

— Nunca mais vou ver Rosa?

O homem tornou a emitir uma gargalhada metálica.

144

— Claro que vai! O destino dela foi bem parecido com o seu!

Nuvens cor de chumbo anunciaram uma terrível tempestade. Raios e trovões explodiam no céu. Sérgio olhou em volta e viu que o homem se abrigara numa espécie de caverna. Mesmo temendo, decidiu segui-lo. Com dificuldade, adentrou na cavidade rochosa para abrigar-se, mantendo a cabeça entre os joelhos. Chorava de medo, e uma forte angústia oprimia seu coração. Quando percebeu que a chuva cessara, apoiou-se no toco de madeira para levantar-se. Seu perseguidor interrompeu-o de imediato.

— Aonde pensa que vai?

— Vou procurar sair deste lugar. Certamente há uma saída.

— Não há saída para você, Sérgio. Examine bem sua consciência. Vamos! Pense em toda a sua vida, seu tonto! Verá que merece estar aqui.

— Qual é o seu nome? Você afirma que eu o prejudiquei, mas nem sequer sei seu nome.

— Me chamo Orestes.

— Volto a repetir: eu não o conheço!

— Nem conheceu meu filho e tantos outros a quem você apresentava drogas malditas!

— Nunca fiz isso, senhor Orestes. Me deixe ir, por favor!

— Não! Serei sua consciência a partir de agora, já que você insiste em afirmar que é santo. Conheço todos as suas ações. Todas elas.

Sérgio tornou a sentar-se desolado.

— Quero encontrar Rosa e voltar para minha casa. Os cães miseráveis me feriram muito.

— Os cães o feriram até a morte. Celso não lidava bem com traidores.

— Nunca tive nenhum tipo de fé. Minha esposa faleceu e...

— E você passou a viver para manter os luxos de Rosa. Aceitou trabalhar para Celso em troca do perdão de uma dívida, esqueceu sua filha, e acho que isso foi um bem para ela.

— Não esqueci minha filha! Foi melhor para ela morar com Odete! Um futuro melhor!

— Não me interrompa! Aqui sou seu Promotor e sua sentença! — bradou Orestes.

Sérgio encolheu-se temeroso, pois parecia estar diante de um louco. Orestes continuou:

— Em troca do perdão de uma dívida, você passou a guardar a droga distribuída por Celso. Sua oficina se transformou numa parada estratégica para despistar a polícia. Meu filho, minha esposa e eu morávamos na cidade vizinha. Já havíamos internado nosso menino, que estava quase recuperado, quando a droga de Celso invadiu as portas das escolas, entradas de cinemas e festas de minha cidade. Eram drogas novas e de efeito devastador. Meu menino, ainda frágil, cedeu à tentação de experimentar aquelas cápsulas malditas. Em pouquíssimo tempo, tornou-se um maltrapilho, que nos roubava para comprar mais e mais entorpecentes. E esses produtos chegavam nos carros que saíam de sua oficina imunda! Será que você entende agora?

Sérgio tentou em vão se defender.

— Eu apenas guardava os carros para Celso. Não distribuía nada!

— Guardava pelo apego extremo ao dinheiro. Não bastava ganhá-lo honestamente. Você sempre queria mais! Deixou sua família experimentar a miséria, enquanto presenteava sua amante com todo luxo possível.

— Não deixei minha família na miséria. Meus recursos eram poucos na época.

— Vou deixá-lo aqui para que tenha contato com seus próprios pensamentos. Não pense em fugir, porque isto é um labirinto: por onde andar, só encontrará sofrimento e dor.

Orestes saiu, e Sérgio tornou a sentar-se. A tontura inicial voltara com mais força. Sem saber como, viu, em segundos, sua vida desenrolar-se na própria mente. O desencanto pelo casamento, a frieza e o descaso com a família, a morte de Marisa e a liberdade no relacionamento carregado de paixão por Rosa. Recostado numa parede de pedra de onde escorria uma substância leitosa, pôs as mãos na cabeça.

— Rosa! Foi aquela vagabunda quem tramou tudo! Orestes está certo: estou morto, e foi Rosa quem tramou tudo! Não havia nenhuma possibilidade de os cães me descobrirem pelo olfato, pois apenas aquela maldita havia manipulado as correspondências. Naquele dia, acordei coberto com a manta que ela usava. Foi isso! Foi isso! Maldita! Maldita!

Sérgio sentiu o corpo convulsionar. Debatendo-se contra as pedras, experimentou o terror dos erros cometidos e o ódio substituir a paixão pela companheira das aventuras equivocadas. Do lado de fora da caverna, Orestes ria nervosamente:

— Minha vingança só está começando...

CAPÍTULO 17

Três anos passaram-se com lentidão.
Naquela manhã, Lara acordou com o coração aos saltos. Sonhara com a mãe abraçando-a carinhosamente e com o pai vestido com farrapos, pedindo socorro. Olhou para o calendário de uma agenda usada como diário e se deu conta de que era seu aniversário. Levantou-se e lavou o rosto para se livrar das imagens deixadas pelo sonho que tivera com Sérgio. Gostaria apenas de guardar na memória o abraço de Marisa. Arrumou-se e desceu. Odete esperava por ela no sofá da sala.

— O tal do Murilo não para de ligar pra cá. Diz que quer falar com você. Que rapazinho inconveniente!

— Ele não é inconveniente. É meu amigo, e tenho todo o direito de falar com ele!

— Você está ficando insolente demais, Lara!

— Isso não é insolência! É a resposta à maneira como sou tratada pela senhora!

— É dessa forma que me paga pela caridade? Tudo o que fiz por você?

Lara soltou uma gargalhada:

— Caridade? A senhora chama isso de caridade? Sou uma empregada nesta casa. Lavo, passo, cozinho.

— E o que há de errado nisso? Você não mora aqui?

— Não haveria nada de errado se seu comportamento fosse colaborativo e gentil. Vou ligar para Murilo.

Odete apanhou o aparelho e ficou agarrada a ele.

— Não vai mesmo! Quem paga a conta sou eu.

— É verdade! A senhora paga a conta, mas não se esqueça de que se aproveitou de minha tutela para resgatar o dinheiro do seguro que minha mãe havia feito em meu nome!

Odete empalideceu, porém, logo se recuperou.

— Marisa deixou uma miséria para você, porque era apenas isso que ela tinha: centavos miseráveis como a vida que vocês levavam!

— Centavos miseráveis que a senhora tratou de receber e gastar! Agora, me dê o telefone, pois vou ligar para Murilo! — Lara ordenou, arrancando violentamente o aparelho das mãos da tia.

Odete saiu em direção ao quarto da sogra. Estava enfurecida e abriu a porta com violência.

— Ainda está viva, sua velha inútil?

Esmeralda abriu os olhos lentamente.

— Estou, Odete! Infelizmente, ainda vivo para experimentar este suplício.

— Pois tudo poderia ser bem diferente se a senhora me entregasse logo a parte que me cabe da herança. Eu iria embora de vez e a deixaria em paz junto com essa garota abusada.

— Não há herança nenhuma para você! Nada! Absolutamente nada!

— Quando a senhora largar esse corpo inutilizado, tomarei posse do que é meu!

Lara encerrou a ligação com Murilo, quando ouviu os gritos da tia. Rapidamente, correu para o quarto de Esmeralda.

— Covarde! Deixe-a em paz!

— Vou deixar mesmo! Vocês merecem a companhia uma da outra. Ingratas! Vou viajar por alguns dias e espero encontrá-las mortas quando eu retornar. Passem fome, pois não deixarei um tostão para ninguém!

Lara abraçou Esmeralda com ternura.

— Dona Esmeralda, fique calma, por favor. Me desculpe por ter dado tempo a essa megera de atormentar a senhora.

— Não se desculpe, minha filha. Odete é uma pessoa ruim, e pessoas ruins sempre arranjam tempo para atormentar os outros.

A jovem respirou profundamente.

— Vamos embora daqui, dona Esmeralda. Vamos viver em paz em qualquer canto do mundo — apelou.

148

— Não podemos ainda, meu anjo. Odete é sua responsável legal e não hesitará em colocar a polícia em nosso encalço.

— Não, ela não é mais minha responsável.

— Claro que sim. O documento de tutela foi examinado por Fausto. Você só ficará livre de Odete quando completar dezoito anos. É isto que está no documento.

Lara enfeitou o rosto com um sorriso.

— Pois então... Hoje completo dezoito anos! Sou dona de meu nariz e posso fazer o que quiser. Podemos ir embora hoje mesmo se a senhora quiser.

Esmeralda abraçou-a com imenso carinho.

— Parabéns, minha menina! Parabéns! Precisamos comemorar seu aniversário!

— Vamos fazer isso mesmo, mas não quero que tia Odete saiba de nada.

— Você sabe se ela saiu? — Esmeralda perguntou.

— Sim, ela já saiu. E, do jeito que a deixei enfurecida, deverá passar dias em busca de empréstimos para jogar.

— Então, ligue para Fausto. Não precisaremos esperar mais. Você já pode tomar conta de tudo que é meu e que, a partir de hoje, lhe pertencerá por direito. É assim que vamos comemorar!

— Dona Esmeralda, quero livrar a senhora das garras de minha tia. Por favor, vamos embora daqui! Não estou interessada em fortuna alguma. Quero que a senhora tenha uma vida digna.

— Faça o que estou lhe pedindo, meu anjo. Minha vida está por um fio... Será minha vitória sobre a ganância de Odete.

— A senhora ainda viverá muitos anos...

— Dizem que, quando chega a hora de voltarmos para casa, alguém muito querido vem nos visitar. Sonhei essa noite com meu amado esposo. Ele me acalentava, dizendo que, em breve, estaríamos juntos. Por favor, ligue para Fausto.

&

Fausto fechou a pasta com os documentos.

— Pronto! A partir de hoje, todos os seus bens pertencem a Lara. Como a senhora mesma me pediu, serei o responsável pelas orientações financeiras da jovem.

— Quer dizer, então, que, a partir de hoje, posso ficar sossegada em relação a Odete?

— Pode sim. Ela não terá nenhuma chance de recorrer judicialmente.

Esmeralda pôs as mãos em oração e, em seguida, fez o sinal da cruz. Fausto voltou-se para Lara:

— Minha jovem, você vem dispensando cuidados à minha amiga e cliente desde que aqui chegou. Numa atitude benevolente, ela está colocando em suas mãos todos os bens que possui. Preciso abrir uma conta bancária em seu nome e reconhecer a firma de alguns desses documentos assinados hoje, portanto, terá de ir comigo.

— Não posso deixar dona Esmeralda sozinha, doutor.

— É necessário tomar essas providências hoje. Prometo que não vamos demorar. Logo estará de volta e poderá comemorar seu aniversário.

Lara acomodou Esmeralda na cama e ligou a TV.

— A senhora quer alguma coisa? Está confortável?

— Vá sossegada, meu anjo. Estou feliz e em paz.

∽♈

Fausto apertou a mão do gerente do banco.

— Esta é Lara. Hoje, ela completa dezoito anos, e minha cliente tomou as providências necessárias para que ela passe a conduzir os bens que lhe foram dados em vida.

A jovem assinou alguns papéis e, assustada, olhou para Fausto.

— Não saberei o que fazer com tanto dinheiro, doutor. Não sei se isso é justo.

— É justo e pertinente às leis. A vontade de dona Esmeralda foi feita. E quem viveu tantos problemas até agora saberá, certamente, se render às boas coisas da vida, Lara.

A jovem abaixou a cabeça.

— Não tenho certeza de que o dinheiro me devolverá a paz, doutor Fausto.

O gerente do banco retornava à mesa com um envelope personalizado com o nome de Lara.

— Aqui neste envelope estão seus cartões, talonários de cheques e senhas pessoais. Serei o gerente de suas contas agora. Qualquer dúvida quanto a investimentos, pode me ligar.

150

Fausto reagiu:

— Agradeço sua solicitude. Agora, precisamos ir.

Em meia hora, Fausto deixava Lara à porta do casarão. Ela abriu o velho portão e, pela primeira vez desde que chegara ali, experimentou a liberdade. Correu como criança para dentro de casa, carregando o envelope agarrado ao peito. Dirigiu-se ao quarto de Esmeralda e sentou-se na cama.

— Olhe, dona Esmeralda! Tenho até cartão de crédito agora! — disse rindo.

— Você não precisará deles, meu anjo. Há dinheiro suficiente para você e para todas as gerações que vierem de você! Vamos comemorar seu aniversário agora?

— O que a senhora pensa em fazer? De verdade, acho que só comemorei meu aniversário quando era bem menina. Depois da reviravolta na vida de meus pais, só um bolo de fubá ou laranja e uma velinha tímida mesmo. Era o que minha mãe conseguia me oferecer.

Esmeralda acariciou os cabelos negros de Lara.

— Pois hoje será diferente. Vamos agora mesmo contratar um bufê! Salgadinhos, canapés, um belo almoço e garçons para nos servir. E, é lógico, um magnífico bolo de aniversário!

— O que tia Odete pensará disso? Creio que ela não gostará dessa ideia!

— Lara, você agora é a dona da situação. Encha esta casa de empregados, contrate uma empresa para reformá-la. Faça isso agora. A presença de empregados inibirá qualquer ação violenta por parte de Odete.

— Mas não sei como fazer isso, dona Esmeralda.

— Mas eu sei. Abra o cofre. Lá você encontrará todos os telefones dos quais precisamos. Odete sempre viaja em busca de sorte no jogo. Como essa sorte nunca chega, ela certamente ficará fora por mais tempo. Quando a megera voltar, encontrará outra casa, outra Lara e uma Esmeralda realizada, ciente de que fez o que era certo fazer.

Lara não sabia se ria ou chorava de emoção. O casarão, antes apático e sem vida, começou a ganhar ares de renovação no mesmo dia. Uma equipe de empregados cortava a grama e cuidava dos jardins e da piscina, enquanto outros funcionários contratados limpavam e organizavam a casa.

— Nunca tive um aniversário tão animado, dona Esmeralda! Não tenho palavras para agradecer o que a senhora fez e faz por mim.

Sentada em uma cadeira de rodas mais confortável comprada por Lara, ela sorriu antes de responder:

— Meu anjo chamado Lara, o universo retribui as pessoas generosas e ousadas. Você reúne essas duas qualidades. Acho que somos amigas há muito tempo, desde o início das Eras. Agora, vá se arrumar. Os garçons já chegaram e precisamos nos sentar à mesa e comemorar.

— E quando tia Odete retornar de viagem? O que diremos?

— Você saberá conduzir esta situação com sabedoria. Não se vingue nem cultive sentimentos de raiva contra sua tia. Lembre-se de que foi por intermédio dela que nos conhecemos e estamos conseguindo viver momentos muito especiais. Ademais, você já começou a apresentar a lição que ela deverá aprender, quando decidiu não permitir que o quarto dela fosse reformado. "A cada um segundo as suas obras": esta é a Lei.

Lara olhou-se no espelho e pensou em Murilo. Pela primeira vez na vida, sentia-se bonita. Chegou a estranhar o rosto levemente maquiado e os cabelos negros brilhantes. Apanhou uma calça jeans e procurou por uma camiseta. Escolheu uma amarela, com o desenho de um pequeno golfinho na manga. Colocou no pescoço um dos cordões com que Esmeralda a presenteara e apanhou os brincos de onde pendiam pedras verde-água. Borrifou um perfume no ar e pôs-se a rodar como criança sob as gotículas que caíam em seu corpo. Olhou para Teresa e abraçou-a.

— Acho que precisarei de roupas novas e você também, Teresa — balbuciou, sorrindo, para, em seguida, descer as escadas.

Esmeralda já a esperava sentada à mesa.

— Como você é linda, Lara! Por dentro e por fora! Venha! Vamos comer.

Os garçons contratados começaram a trazer as bandejas polidas e servir as duas mulheres. Ao final da refeição, junto aos empregados contratados, as luzes foram apagadas, e, abraçada à Esmeralda, Lara ouviu a cantiga de parabéns mais bonita de sua vida.

A semana transcorreu agitada. A reforma do casarão teve início, e várias equipes dedicavam-se a áreas específicas da residência. Decoradores orientavam a colocação de papel de parede em todos os cômodos e substituíam móveis quebrados e velhos por outros mais modernos. No meio da semana, o casarão já ganhara ares de requinte: fachada pintada, janelas recuperadas, jardim bem cuidado e piscina refletindo a luz do sol. No espaço interno, apenas o quarto de Odete fora mantido intacto. Quatro empregados passaram a fazer parte da rotina diária da casa, além de dois seguranças e uma enfermeira contratada para cuidar especificamente de Esmeralda. Lara não cabia em si de tanta felicidade. Magali, uma das empregadas contratadas, logo criou afinidade com Lara. Percebendo a ligação afetiva que a jovem mantinha com a velha boneca, costurou caprichosamente roupinhas novas para Teresa.

— Veja, dona Lara! Fiz umas roupinhas novas para sua boneca.

— Por favor, não me chame de dona.

— A senhora é minha patroa. É uma questão de respeito. Não sou empregada doméstica por falta de opção. Gosto do que faço e procuro sempre me aperfeiçoar.

Lara olhou-a com estranheza. Magali parecia muito realmente feliz com o que fazia, mas nunca pensara na possibilidade de alguém trabalhar em serviços domésticos por gosto. Sacudiu a cabeça e sorriu ao apanhar as roupas novas de Teresa.

— Obrigada, Magali! Vou agora mesmo ajudar minha velha amiga a experimentar as roupas.

∽✀

Odete seguiu a pé até a mansão. Conseguira dinheiro emprestado para jogar, mas acabara ficando com a carteira quase vazia. Retornara à cidade pela rodoviária e apertara-se num coletivo para chegar à casa. Estava exausta e com o rosto marcado por olheiras profundas. Uma bolha no pé direito fê-la optar por ficar descalça. Ao parar em frente ao casarão, levou um susto.

— Que diabos aconteceu aqui? O que esses dois demônios fizeram enquanto estive fora? Vou acabar com isso agora mesmo! Ou Esmeralda pensa que vai gastar meu dinheiro impunemente?

153

Espantada, Odete percorreu a alameda até a entrada principal: tudo estava diferente e renovado.

— Acho que isso é uma visão. Só pode ser efeito do uísque de quinta categoria que bebi nesses últimos dias.

Tentou abrir a porta da sala e se deu conta de que a fechadura fora trocada. Histérica, começou a esmurrar a porta e a questionar:

— O que houve aqui? Quem fez esse serviço todo? Abram esta porcaria de porta!

Lara sinalizou para o mordomo, que se encarregou de abrir a porta e cumprimentar Odete formalmente.

— Boa noite, senhora. Entre, por gentileza. A senhorita Lara e dona Esmeralda estão na sala de jantar.

— E quem é você? Isso só pode ser uma piada de extremo mau gosto!

Luiz, o mordomo, tornou a interrompê-la:

— Por gentileza, acompanharei a senhora até a sala de jantar.

— Não preciso que ninguém me acompanhe. Sei bem onde fica aquele mausoléu!

Boquiaberta, Odete percorreu os olhos pelo casarão transformado. Tudo estava impecavelmente limpo e novo. Ao chegar à sala de jantar, sentiu uma tontura.

— O que aconteceu aqui nos dias em que me ausentei? Que palhaçada é essa? Vocês duas ganharam algum prêmio desses programas de TV? Ou estão encenando uma peça circense?

Lara levantou-se para saudá-la.

— Seja muito bem-vinda à minha casa, tia Odete. Será um prazer enorme retribuir todo o carinho que a senhora vem nos dispensando nos últimos anos.

— Como assim "a sua casa", pirralha? Esta casa é minha! Quando minha sogra morrer, tudo será meu!

— Engano seu, titia. A casa é minha. Está em meu nome. As pessoas que aqui estão foram contratadas por mim. A reforma da casa também é de minha responsabilidade.

— E com que dinheiro fez isso?

— Com o dinheiro que agora me pertence por direito. Dona Esmeralda passou para meu nome todos os bens que possuía. Nada aqui lhe pertence, a não ser seu quarto e seus objetos pessoais. Se quiser, sua refeição poderá ser servida na cozinha. Mas, por favor, não se esqueça de lavar a louça que sujar.

154

Odete direcionou a fúria para a sogra:

— O que você fez, sua velha nojenta?! O que você fez?!

Esmeralda bebeu um pouco de água e olhou seriamente para ela.

— Sempre disse que nada disso lhe pertencia e que a herança deixada por meu marido já havia sido devidamente partilhada com você e meu filho. Não tenho culpa se os dois acabaram com o patrimônio herdado. Minha parte foi guardada e muito bem. Faz tempo que meu testamento está direcionado à sua sobrinha, que me deu um pouco da dignidade que você me roubou. Ela completou dezoito anos. Providenciei com meu advogado que tudo fosse imediatamente transferido para o nome dela. É de Lara a minha herança, Odete. Minha querida Lara, agora, é a única e legal dona de tudo que tenho.

Odete fez um gesto brusco em direção à sogra, e Lara levantou-se de imediato.

— Pare ou a colocarei na rua imediatamente! Não estamos mais sozinhas na casa. Além dos empregados, há dois seguranças lá fora para nos garantir a vida e o patrimônio. E outra coisa: dona Esmeralda está sendo assistida por novos médicos e por esta enfermeira, que fará companhia a ela dia e noite. Márcia é quem administrará qualquer medicamento que dona Esmeralda precise tomar. Se não quiser dormir com fome, tia, vá para a cozinha fazer sua refeição.

Odete sentiu o rosto queimar de raiva. Decidida a consultar advogados, subiu as escadas correndo. Ao abrir a porta do quarto, atirou a bolsa longe, quebrando o vidro da janela. Tudo estava absolutamente igual e destoante do resto da casa. Com a cabeça explodindo, abriu a gaveta do criado-mudo e apanhou uma cartela de calmantes. Colocou dois na boca e mastigou-os com raiva. Deitou-se e esperou o torpor do remédio fazer efeito até conseguir dormir.

Oscar, como sempre, ocupou-se da cabeceira da esposa e companheira dos desatinos passados. Sentia certo alívio com as mudanças realizadas por Lara por meio das decisões de Esmeralda. Neste momento, uma leve emoção tocou sua alma adoecida. Amou muito a esposa e amava demais a mãe. Não queria prejudicar Odete, mas prendeu-se a ela quando se deu conta de seus planos de transformar Esmeralda num vegetal. Naquele dia, com todas as mudanças ocorridas e a mãe em segurança, não via mais sentido em permanecer preso ao passado e à esposa. Recordou-se da Primeira Comunhão e da alegria dos pais diante da imagem de Nossa

155

Senhora da Glória. Conseguiu, com muito custo, fazer uma breve oração, e, imediatamente, o espírito de Robson se fez presente. Oscar colocou o antebraço na frente dos olhos. Como passara um longo período na escuridão, a Luz verdadeira causou-lhe certo incômodo. Robson estendeu a mão na direção dele.

— Venha, irmão! Não há mais motivo para manter sua alma estacionada. Deixe que nossos fraternos encarnados resolvam os acontecimentos terrenos. Venha. Há vida a ser vivida na intensidade perfeita do amor. Vamos embora.

Oscar ajoelhou-se e chorou. Não apresentou resistência nem quis saber para onde seria levado. Seu real desejo era apenas sair dali.

CAPÍTULO 18

Dois anos se passaram, e vamos encontrar Lara inconsolável.

Apesar do esforço empreendido pela equipe médica, Esmeralda não reagia aos medicamentos. Lara transformara o quarto da querida amiga e benfeitora em um CTI. Médicos e enfermeiras transitavam pela casa dia e noite, na tentativa de reverter o quadro coronariano instalado. Esmeralda estava em coma, e a jovem negava-se a sair de seu lado. Magali tocou a porta com leveza, e Lara mandou-a entrar.

— Dona Lara, a senhora precisa descansar.

— Não me conformo, Magali! Dona Esmeralda precisa sair desse quadro! Já mandei chamar outros médicos.

— A senhora já se perguntou se ela quer continuar?

— Continuar o quê, Magali?

— A viver nesta dimensão, presa à matéria adoecida?

Lara ficou em silêncio. Não compreendia determinados fatos. Quando perdeu a mãe, perguntou-se sobre a existência de Deus. Acreditar nEle era sua única saída naquele momento. Deus representava para ela a esperança juvenil que não podia ser perdida. Após chegar à casa de Odete, experimentar humilhações de toda ordem e enfrentar a morte violenta do pai, desacreditou por completo em qualquer outra coisa que não estivesse ligada apenas à vida material.

— Não acredito nessas coisas, Magali. Sinto muito. Quero mesmo é que dona Esmeralda reaja e saia do coma.

Magali aproximou-se do leito onde Esmeralda estava ligada a aparelhos que a mantinham viva.

— Venha até aqui, dona Lara. Converse com ela. Diga que ficará bem. Dona Esmeralda assumiu grande responsabilidade sobre sua vida. Agradeça tudo o que ela fez. Esta é a hora.

— Ela não me escutará, Magali. Está em coma. Será que é difícil entender isso?

— Venha e faça o que lhe disse. Tenho certeza de que será ouvida.

Lara aproximou-se do corpo inerte de Esmeralda e acariciou-lhe os cabelos brancos. Com lágrimas escorrendo pelo rosto, começou a sussurrar. A enfermeira que estava de plantão no quarto levantou-se: sabia, por experiências anteriores, o que iria acontecer.

— Dona Esmeralda, a senhora é muito importante em minha vida. Foi a única pessoa capaz de me amar e demonstrar esse amor com toda intensidade. Não quero que a senhora sofra mais.

Uma leve alteração nos aparelhos foi notada por Magali e pela enfermeira.

— Veja, Lara, ela a está ouvindo e compreendendo o que diz.

A jovem continuou, tentando conter o choro.

— Hoje, só posso lhe dizer que sou grata. A senhora substituiu meu sofrimento por esperança. Volte, por favor. Abra seus olhos, e vamos passear juntas nos jardins desta casa. Eles estão floridos como a senhora queria.

Uma nova alteração nos monitores foi notada. Esmeralda abriu os olhos lentamente, deixando escapar uma lágrima. Lara segurou a mão dela delicadamente.

— Olhem! Ela está acordando.

A enfermeira acionou o aparelho para aferir a pressão de Esmeralda e acompanhou os batimentos cardíacos e o índice de saturação do oxigênio. O que Lara julgava ser um bom sinal era, na verdade, a hora derradeira da paciente.

Tentando balbuciar algumas palavras, Esmeralda chamou Lara com os olhos:

— Meu anjo — disse com a voz entrecortada pela respiração difícil —, é chegada a hora de nos separarmos temporariamente. Meu corpo está cansado. Você alegrou minha alma nesses últimos anos. Siga firme. Seja feliz. Eu seguirei ao encontro dos meus. Amo você...

158

Lara sentiu a mão de Esmeralda pender na cama. Os aparelhos mostraram, inicialmente, gráficos e números confusos. Em seguida, apresentaram a linha reta de quem encerra uma história no mundo material para iniciar uma nova vida no mundo espiritual. O lamento da jovem emocionou Magali.

— Dona Esmeralda, não quero ficar sozinha. Por favor...

Magali fez uma breve oração solicitando aos seus mentores o atendimento necessário naquele momento de transição. Em seguida, abraçou Lara, buscando confortá-la.

— É hora de manter o equilíbrio para que ela faça uma viagem de retorno tranquila.

— Que viagem? — Lara interrogou com indignação. Ela morreu, Magali! Não há viagem alguma! Essas ideias servem para vender livros espíritas. Só isso! Não há nada além do corpo sem vida de minha melhor amiga! Novamente, estou diante da morte! Novamente...

Odete ouviu o barulho de uma ambulância estacionar na entrada principal da mansão. Saiu da cama num salto e desceu as escadas correndo. Parada à porta do quarto da sogra, dirigiu-se a Lara.

— Que dia feliz, minha sobrinha! Finalmente, o traste da minha sogra morreu! Agora seremos eu e você! Vou ligar para meu advogado agora e reivindicar a anulação de tudo o que foi feito! Esta mansão é minha! O dinheiro dessa velha imprestável também me pertence por direito!

Lara respirou fundo e ganhou forças:

— Respeite este momento, por favor!

— Não tenho que respeitar mais nada! Para mim é um momento de grande alegria. Vou abrir uma garrafa de champanhe para comemorar! Sempre esperei por isso!

Enfurecida, Lara empurrou-a para fora do quarto.

— Saia daqui, víbora! Você vai me conhecer de verdade! Não toque em nada que existe nesta casa ou vai morar na rua!

Odete desferiu uma bofetada no rosto da sobrinha.

— Vamos ver quem ganhará esta guerra, pirralha!

Lara quase caiu pela força do tapa inesperado da tia, contudo, recuperou-se rapidamente:

— Pois bem, a senhora vai tentar vencer uma guerra que nem sequer pode ser iniciada lá no último quartinho dos fundos, perto da bomba d'água. Magali, peça aos outros trabalhadores da casa que providenciem a mudança de minha tia agora! Ela iria demorar muito para carregar as próprias tralhas.

Dizendo isso, saiu dali e correu para o quarto. Não queria mais ver o rosto de Odete naquele dia.

⚬⚭⚬

Lara acompanhou o cortejo de Esmeralda pelos corredores frios do cemitério. Amparada por Magali e outros colaboradores da casa, levava nos braços algumas flores colhidas no jardim da mansão. Repetia, inconscientemente, o mesmo gesto realizado no enterro de Marisa. Esperou o caixão ser colocado no jazigo da família e saiu, experimentando um grande vazio. No caminho para casa, perguntou a Magali:

— Não sei que rumo darei à minha vida agora. Tenho nas mãos uma grande fortuna, uma casa luxuosa e uma tia louca. Sinceramente, não sei o que farei de agora em diante.

Magali foi sucinta:

— A senhora vai viver. Dona Esmeralda foi generosa e lhe presenteou com uma vida material cheia de riquezas.

— Por fora, sou realmente privilegiada.

— Por dentro, também, dona Lara.

— Todas as pessoas a quem amei se foram. Acabei de sepultar a última dessas pessoas.

— A senhora diz apenas que amou, e isso não é verdade. A senhora amou e foi generosamente amada. O amor de dona Esmeralda a tornou privilegiada por dentro também. Pense nisso.

Lara manteve-se em silêncio durante o trajeto até a mansão. Ao saltar do carro, tirou os óculos de sol e olhou ao redor. Não sabia de que forma iria recomeçar a própria vida. Até então, dedicara-se aos cuidados com Esmeralda. Lembrou-se da cidade onde nascera, da mãe e do pai, que perdera precocemente, e de Murilo. Entrou e jogou a bolsa sobre uma poltrona de couro.

— A senhora deseja algo? — Magali perguntou.

— Um café. Apenas um café bem forte — respondeu, apanhando o telefone sem fio.

Digitou rapidamente o número da casa de Murilo. Há muito tempo, não falava com o amigo. Torceu para que não fosse a mãe dele a atender à ligação, mas foi a voz grave de Olga que ela ouviu.

— Boa tarde, dona Olga. Quem está falando é...

A mulher a interrompeu:

— Já sei quem é. Nunca esqueço sua voz, menina. Murilo não está.

— A senhora sabe me dizer a que horas ele retornará?

— Não. Não sei. Ele passa o dia inteiro longe de casa, ou você esqueceu que meu filho está cursando a faculdade de medicina fora da cidade?

Lara suspirou profundamente, buscando ser educada:

— Por favor, diga a Murilo que liguei.

Odete apareceu na sala sorridente.

— Sua benfeitora morreu, e eu vou lutar pelos meus direitos.

— Lute pelo que quiser, mas lute no espaço que delimitei à senhora nesta casa, por favor.

$$\backsim$$

Murilo chegou e, como de costume, foi recebido pela mãe.

— Está cansado, meu filho? Vá tomar banho e venha jantar. Estava esperando por você.

— Mãe, quantas vezes terei de lhe dizer que não precisa me esperar até esta hora para se alimentar? Desde que papai morreu, a senhora passa o dia esperando a chegada da noite. Não é certo e também não faz bem à sua saúde.

Murilo havia se transformado num belo homem. Mantinha, entretanto, os traços juvenis e ingênuos do passado. Optara pela medicina e passava os dias na faculdade, obrigando-se a enfrentar a estrada tarde da noite para não deixar a mãe sozinha. Não se queixava ou lamentava, mas ressentia-se de uma vida com mais liberdade.

Ao passar pela mesinha onde ficava o telefone, apertou o botão de memória do aparelho para saber se havia alguma ligação para ele, que aguardava uma oportunidade no hospital da cidade. Sorriu satisfeito ao identificar o número de Lara. Esperaria Olga dormir para retornar a ligação. Tomou banho e sentou-se à mesa.

— Alguém me ligou, mãe? — sondou.

— Não, meu filho. Ninguém ligou para você.

— A senhora sabe que estou esperando a resposta do hospital, não sabe?

— Claro. Acho muito sacrifício, mas se você quer...

— Quero e preciso. Vou terminar de jantar. Preciso descansar um pouco.

— Você estuda demais, Murilo.

— O que me cansa não é exatamente o estudo; é a ida e a volta diárias. A estrada é esburacada. Chego exausto. Se a senhora aceitasse a república, seria mais ameno, e eu teria mais tempo para estudar.

— Não quero tocar nesse assunto. Não ficarei sozinha nesta casa esperando os dias passarem, Murilo. Não o criei para viver na solidão.

Murilo calou-se. Não gostava de discutir com a mãe. Reconhecia o gênio difícil dela, mas procurava compreendê-la. Terminou de jantar e lavou o próprio prato.

— Vou me deitar, mãe. Preciso descansar.

— Também vou, meu filho. Amanhã, darei conta do resto da louça no café da manhã.

Murilo foi para o quarto e aguardou Olga apagar as luzes da casa e a TV que ela mantinha ligada o dia todo. Puxou a extensão do telefone de sua mesinha de cabeceira e apertou cada um dos números que compunham o telefone de Lara. Foi o mordomo da casa quem atendeu. Luiz era sempre o último a se recolher.

— Pronto.

— Boa noite, senhor. Eu poderia falar com Lara?

— Vou verificar se a senhorita Lara ainda está acordada. Por favor, aguarde um instante.

Luiz encaminhou-se para a copa e ligou para Lara pelo interfone. A moça atendeu.

— Boa noite, Luiz. Não foi descansar ainda?

— Há uma ligação para a senhora.

— Diminuí o volume do aparelho aqui do quarto. Não quero mais mensagens de condolências de uma gente que nunca se importou com dona Esmeralda.

— Parece que não é o caso, senhorita. A ligação é de sua cidade. Verifiquei na bina antes de importuná-la.

— Obrigada, Luiz. Vou atender.

Lara acomodou-se na cabeceira da cama e puxou o telefone.

— Murilo?

— Como vai, Lara? Que saudades!

— Pensei que dona Olga não tivesse dado meu recado.

Ele mentiu:

— Deu sim. Claro que deu. Mas cheguei tarde da faculdade hoje. Como você está?

Lara foi direta:

— Gostaria de vê-lo. Por que não vem me visitar? Ando com saudades de nossas conversas.

— E eu com saudades de você. Não sei como chegar até sua casa. Posso ir de carro, mas tenho receio de me perder.

Lara riu:

— Você continua o mesmo: cauteloso e sempre temeroso de que algo possa dar errado.

Ele respondeu sem jeito.

— É, acho que não mudei muito mesmo. Tirando a faculdade, nada em mim mudou, Lara. Nem o sentimento que tenho por você.

Ela desconversou:

— Quando virá?

— Darei um jeito de ir no próximo fim de semana. Direi à minha mãe que precisarei de aulas extras de Anatomia.

— Vamos deixar marcado, então. Meu motorista o apanhará no sábado pela manhã.

Murilo espantou-se:

— Não precisa. Posso ir de ônibus.

Lara encerrou a conversa:

— Às nove da manhã, meu motorista estará no terminal rodoviário esperando por você.

&

Murilo saltou extasiado do carro luxuoso. A mansão era grandiosa ao seu olhar. Sabia que Lara enriquecera, mas nunca desconfiara daquela proporção. À porta da sala, ela sorria em sua direção.

— Venha, Murilo! Vamos entrar.

O rapaz colocou a mochila no chão e sentiu-se desconcertado diante de tanto luxo. Lara estendeu a mão para ele.

— Vai ficar parado aí depois de tanto tempo?

Murilo deu dois passos à frente e abraçou-a com carinho.

— Que saudade... — disse, tocando os lábios levemente no rosto da jovem.

Lara desalinhou os cabelos negros de Murilo.

— Vamos, doutor. Tenho muita coisa para lhe contar.

Os dois entraram de mãos dadas como faziam na adolescência. Magali estava na sala, esperando as ordens da patroa.

— O que deseja que eu faça, dona Lara?

— Vou tomar o café da manhã com Murilo. A mesa está posta?

— Sim, está.

Lara sentou-se à mesa de frente para o rapaz e examinou-o atentamente. O rosto marcado por olheiras era o mesmo da adolescência.

— Você continua se alimentando só de livros, Murilo?

Ele riu.

— Os livros são minha paixão. Você sabe disso. E o curso de medicina não é nada fácil. Preciso mesmo dormir e acordar com eles.

— Mas, nesses dois dias que passará comigo, deixará seus compêndios de lado!

— Fique tranquila, Lara. Nem bula de remédio trouxe para ler.

Os dois riram e começaram a conversar sobre o rumo das próprias vidas após a mudança de Lara para a casa de Odete. Ele perguntou:

— E Teresa? Ela ainda existe?

A jovem franziu a testa por segundos antes de responder:

— Teresa é a única que permaneceu ao meu lado durante todo esse tempo. Todos que eu amei já se foram.

O rapaz tocou levemente a mão dela.

— Eu permaneci...

Lara limpou os lábios com o guardanapo de linho bordado.

— O sol está forte lá fora. Vou pedir à Magali que o acomode no quarto de hóspedes enquanto troco de roupa. Acho que conversaremos melhor na piscina. Comprei uma sunga para você. Espero que goste. Está precisando ganhar um pouco de cor, Murilo!

Ele passou os dedos pelos cabelos.

— Lara, eu disse à minha mãe que faria aulas extras de anatomia. Como explicarei isso a ela?

Ela gargalhou:

— Diga que a aula foi ao ar livre!

Os dois passaram o dia inteiro na piscina. Como crianças, brincaram na água e divertiram-se. Todas as vezes em que tocava no corpo de Lara, Murilo sentia o corpo estremecer de desejo. "Como eu a amo!", pensava.

Quando a noite começou a se apresentar, Lara apanhou um roupão.

— Vamos, Murilo. Estou com frio.

— E eu estou muito feliz, Lara. Muito feliz.

Os dois entraram na mansão, e cada um seguiu para o próprio quarto. Murilo deixou-se ficar sob a ducha fria do chuveiro por bastante tempo, numa tentativa de espantar o desejo que tomara conta de seu corpo. Desde a partida de Lara, seus sentimentos e desejos permaneciam e eram direcionados apenas a ela. Algumas vezes, tentou relacionar-se com outras jovens, mas nada durou muito tempo. Trocavam beijos, iam ao cinema e só. Era com Lara que ele sempre sonhava: dormindo ou acordado. Despertou do transe quando ouviu baterem à porta. Desligou a ducha, enrolou-se numa toalha e saiu do banheiro.

— Quem é? Já estou terminando de me vestir.

Lara girou a maçaneta da porta e se deu conta de que ela estava aberta. Respirou fundo e decidiu entrar. Murilo, com o corpo nu, tentava encontrar na mochila uma roupa adequada. Ao se deparar com o olhar de Lara, buscou a toalha num ato de desespero e vergonha. Ela sorriu, mordendo o lábio inferior. Aproximou-se dele sem nenhum pudor e, enlaçando-lhe delicadamente o pescoço, beijou-o com paixão e desejo. Murilo, a princípio, ficou estático, sem saber como agir, mas depois, instintivamente, suspendeu o vestido de seda que ela usava e puxou-a ao encontro de seu corpo. Era a primeira vez dos dois e, juntos, encontraram o prazer. Deixaram-se ficar na cama por horas em silêncio. Murilo, certo de que nunca mais se separaria da amada. Lara, ciente de que o início estava aliado ao fim.

Terminaram adormecendo entrelaçados e, apenas quando os primeiros raios de sol entraram pelas frestas da cortina, despertaram.

Murilo beijou-a com paixão.

— Esperei por este momento a vida toda, meu amor.

Lara passou o dedo indicador numa lágrima que rolava por seu rosto.

— Por que está chorando? — ele perguntou, abraçando-a.

— Por que decidi viver a partir da razão.

— Não estou entendendo...

— Viver baseada na razão, Murilo. Não deixarei me tomar e ser conduzida por paixão nenhuma.

— Isso não é paixão, Lara. É amor!

— O amor não existe! Nunca existiu!

— Claro que existe! Experimentamos o amor juntos durante a noite passada.

165

— Não! Experimentamos o prazer; apenas isso.

— Você está querendo me dizer que não sente nada por mim? É isso? — ele perguntou chorando.

— Eu não disse isso. Disse apenas que escolhi viver a partir da razão. Gosto sinceramente de você, mas não quero viver uma história de amor. Não quero isso para minha vida!

— Lara, não consigo entender absolutamente nada do que está dizendo.

Ela suspirou:

— Você se lembra de Rosa?

— Sim. E o que ela tem com isso? — ele perguntou confuso.

— Rosa era amante de meu pai, não é isso? Você esteve comigo na casa dela. Você ouviu tudo o que ela me disse.

— Esqueça isso! Rosa teve uma morte horrível!

— Morreu daquela forma porque mereceu. Mas não é disso que estou falando, Murilo. Ela foi bastante feliz enquanto viveu como amante de meu pai. Teve tudo. Era tratada como uma rainha, enquanto minha mãe vivia de migalhas de amor.

Ele levantou-se da cama e foi ao banheiro lavar o rosto. Retornou ao quarto vestindo um roupão atoalhado.

— Você acha que esperei por você durante todo esse tempo para lhe oferecer migalhas de amor? Não sou homem de migalhas, Lara. Amo você e, depois deste encontro, tenho certeza de que você também me ama.

— Não espere isso de mim, Murilo. Não tenho capacidade de amar ninguém.

— Claro que tem. Você está com medo de admitir isso, mas tem.

— Não, Murilo. Nasci para experimentar o melhor que existe na vida.

— Pois vou me formar e me estabilizar na vida. Depois, me casarei com você e a farei minha esposa, Lara. Será a rainha de minha vida!

— Isso tudo é muito bonito em novela, filme e livro. Na vida real, depois de um tempo, a rainha sempre perde o trono, e eu também perderei o meu quando você encontrar uma amante.

— Não, Lara! Nunca farei isso!

— Fará sim. Todos os homens fazem. Não nasci para ser a esposa das migalhas. Nasci para ter o melhor de um homem. Nasci para ser amante.

Murilo colocou a mochila nas costas e segurou as mãos da amada.

— Sempre que quiser, me chame e eu virei, Lara.

— Nossa história se encerra aqui, Murilo.

— Vou esperar por você, Lara. Pela vida toda, se for preciso. Vou esperar que aceite meu amor e minha promessa de eternidade desse sentimento — ele declarou, vendo o motorista da casa manobrar o carro.

Lara beijou-o na testa. Tentava conter a emoção a todo custo, porém, estava decidida.

— Adeus, Murilo. Adeus.

— Repito: vou esperar por você! — disse ele, entrando no carro e abaixando a cabeça para esconder o choro.

Lara se recompôs, entrou e foi ao encontro de Magali.

— Seu amigo já se foi? Achei que ele ficaria todo o domingo aqui.

— Sim. Murilo já foi embora. Para sempre.

— Por quê, dona Lara? Ontem, achei que vocês estavam tão felizes com o reencontro. Nasceram um para o outro.

— Engano seu. Não nasci para ninguém, Magali. Vou me arrumar e sair. Preciso comprar algumas roupas. Não pertenço ao mundo de Murilo, e ele não faz parte do meu.

Magali estranhou a afirmação.

— A senhora está se referindo às diferenças sociais? Pelo que soube, o rapaz tem um futuro promissor como médico.

— Não ligo a mínima para diferenças desse tipo.

— Foi o que entendi, dona Lara. Peço-lhe desculpas por minha intromissão.

— Não seja tão formal comigo, Magali. Temos uma amizade que vai além dessa relação de trabalho. Você apenas não entendeu o que eu quis dizer.

Magali franziu a testa num ar de interrogação, e Lara continuou:

— O mundo de Murilo é o dos sentimentos; o meu é o da razão, Magali. Somos incompatíveis nesse aspecto, entendeu?

— Mas... me parece que a senhora tem muito carinho por ele.

— Não quero isso para minha vida. Não nasci para as migalhas distribuídas num casamento. Quero mais. Muito mais — Lara afirmou, com o pensamento fixo nas palavras que ouvira de Rosa no passado.

CAPÍTULO 19

Uma fila de carros de luxo congestionava a rua de suntuosas mansões. Homens e mulheres trajados requintadamente de preto ocupavam o salão principal da casa. Os lustres de cristal refletiam de forma multiplicada a dor enfrentada pela família Andrade Coutinho. O silêncio imperava no ambiente. A morte súbita de Solange Andrade Coutinho pegara de surpresa a família e toda a alta sociedade que movimentava fortunas na indústria naval. Todos se enfileiravam diante do caixão talhado em madeira nobre. O barulho de passos no alto da escadaria de mármore fez todos se afastarem da urna fúnebre e dirigirem olhares de compaixão à família do falecido industrial Leôncio Andrade Coutinho, dilacerada, naquele momento, pela perda da matriarca.

À frente, Guilherme, filho único de Leôncio e Solange, estava de braços dados com Ana Luíza, sua elegante esposa. Laura, a sogra, conduzia os netos Yuri e Henrique. A família se pôs lado a lado para receber as condolências dos presentes. O semblante fechado de Guilherme não disfarçava a emoção do momento. Leôncio fora seu modelo em vida, e a mãe, seu sustento emocional. Amava-a profundamente e buscou ampará-la de todas as formas para que ela não sofresse a perda do marido. Durante toda a infância, preparou-se para se parecer com ele e sonhava com o dia em que poderia trabalhar ao lado do pai e ídolo e, como ele, constituir uma família unida. Nunca imaginara, entretanto, que a morte repentina interromperia seus planos e sonhos.

Laura segurava os netos com vigor. Os pequenos eram muito agarrados à avó paterna, mas olhavam para o corpo inerte de Solange com tristeza e medo. Laura mostrava-se comovida, secando as lágrimas com um singelo lenço de seda bordada, enquanto a filha Ana Luíza mantinha no rosto uma expressão inalterada.

Após o término da fila de pêsames e a chegada de Dom Antônio, Ana Luíza dirigiu o olhar ao marido e sussurrou:

— Seja forte. Dom Antônio já chegou. É preciso terminar com esse sofrimento. Nossos filhos não aguentam mais.

Guilherme não respondeu. Calmamente, foi ao encontro do religioso e beijou-lhe levemente o anel sacerdotal.

— Imagino seu sofrimento, Guilherme. Sei o quanto amava dona Solange. É lamentável lidar com duas perdas tão próximas, mas Deus sabe de todas as coisas. Posso iniciar a liturgia?

— Antes disso, quero ficar a sós com o corpo de minha mãe. Minha última despedida, Dom Antônio.

— É um direito seu, meu filho.

Guilherme fez um sinal para o mordomo, que se aproximou.

— Por favor, Diego, conduza Ana Luíza, dona Laura, meus filhos e os demais presentes para o salão de recepção. Mande servir algo aos amigos de minha família. Você sabe que preciso ficar a sós nesse instante.

Diego estava na mansão há mais de vinte anos. Havia acompanhado a infância e a juventude de Guilherme e era o homem de confiança de Leôncio. Com a morte do patriarca, passara a dedicar ao jovem industrial a mesma lisura e o mesmo compromisso. Em poucos minutos, auxiliado por outros empregados, conduziu e acomodou os presentes no salão, servindo-os respeitosamente.

Ao se ver sozinho diante do corpo da mãe, Guilherme começou a chorar baixinho. Beijando-a na testa fria e sem vida, prometeu:

— Minha amada mãe, não deixarei que morra minha última esperança! Há de se descobrir no futuro uma forma de fazê-la voltar à vida! O templo de sua vivência tão digna será mantido intacto. Voltaremos a nos ver em breve, mãe.

Guilherme abriu a porta do escritório e digitou uma senha num painel eletrônico. O que parecia ser uma estante repleta de livros sobre construção naval se moveu de repente. Quatro homens vestidos com jalecos brancos saudaram-no, e ele respondeu apenas com um aceno de cabeça.

— Estamos prontos, doutor. A câmara de criogenia já foi ligada. Preservaremos todos os órgãos do corpo dela. Trouxemos a técnica mais avançada do mundo para servir a seus propósitos.

— Espero que sim. Não admito falhas — respondeu, apontando para um caixão absolutamente igual ao que guardava o corpo da mãe.

— Levem esse caixão para a sala. Todos estão devidamente isolados do ambiente de funeral. Tragam logo o corpo de minha mãe para cá. Não há tempo a perder.

— Fique tranquilo, doutor Guilherme. Já preparamos o corpo de sua mãe com a aplicação de anticoagulantes e de glycerol, a substância que garantirá o processo de preservação das células e evitará qualquer tipo de dano.

— Façam logo o procedimento, por gentileza. Venho estudando a criogenia há bastante tempo. Infelizmente, não pude fazer o mesmo pelo meu pai.

Em poucos instantes, os caixões foram trocados. Dentro da câmara, os especialistas contratados iniciaram o processo de vitrificação, seguindo o protocolo estabelecido pelo Instituto de Detroit.

Na sala, Guilherme repousou a cabeça sobre a urna. Com o coração aos saltos, ansiava pelo término do funeral para saber o resultado do processo de criogenia do corpo da mãe. Intimamente, ele guardava a certeza de que, num futuro próximo, a traria de volta à vida, com o corpo intacto. Havia tomado essa decisão quando passou a observar as dores de cabeça intensas experimentadas por Solange. Acompanhando-a em consultas médicas, recebeu o diagnóstico como se uma faca rasgasse seu coração: os exames apontavam um aneurisma numa minúscula área frontal do cérebro. Ela, imediatamente, descartou a cirurgia: "Deixe-me seguir em paz, meu filho. Seu pai me espera para nosso reencontro".

Ao se dar conta de que a mãe tomara uma decisão que a levaria à morte, fez contato com um renomado instituto nos Estados Unidos e assinou o contrato. Ao receber a ligação da esposa com a notícia de que Solange sofrera um desmaio, correu para casa e levou-a ao melhor hospital de São Paulo, onde ela já chegou em coma. Sem hesitar, ligou para Detroit. Os especialistas entraram na mansão sem que ninguém percebesse por meio da intervenção de Diego. Na sala secreta, instalaram a aparelhagem necessária trazida no avião particular contratado por Guilherme. Quando Solange foi a óbito, foram esses especialistas que tomaram as primeiras providências ainda no hospital, preparando-lhe o corpo para a interferência criônica.

Diego examinou o celular discretamente e atendeu à ordem do patrão. De forma elegante, chamou Ana Luíza:

— Senhora, creio que não é bom doutor Guilherme ficar sozinho por tanto tempo. Os meninos já estão cansados. Conduzirei Dom Antônio e os demais para o encerramento do velório.

Ana Luíza abraçou o marido e fê-lo sentar-se em uma cadeira em frente à urna. Dom Antônio aproximou-se e perguntou num sussurro a Guilherme:

— Por que fechou o caixão? Você foi criado dentro da Igreja. Sabe muito bem como esse tipo de cerimônia é realizado. Eu precisava ungir e encomendar o corpo de dona Solange, assim como fiz com meu saudoso amigo Leôncio.

— Não queria mais olhar para o corpo de minha mãe, Dom Antônio. É sofrimento demais. Faça o que tem de ser feito com o caixão fechado, por gentileza.

❧

Quando a limusine da família estacionou, Diego já esperava por eles. O mordomo abriu a porta e, solenemente, estendeu a mão para Laura e Ana Luíza. O motorista abriu a porta do lado onde Guilherme estava sentado, e ele saiu olhando para o céu com evidente angústia. Viu a esposa e a sogra afastarem-se rapidamente, como se quisessem ficar livres daqueles momentos. Ana Luíza olhou para o marido.

— Ânimo, Guilherme. Agora é o soberano da casa. Precisamos seguir a vida.

Voltando-se para Diego, continuou a falar:

— Por favor, leve Yuri e Henrique para Dinda. Peça a ela para colocar os dois no banho e alimentá-los decentemente. Se quiserem, podem ir para a piscina brincar um pouco.

— Não queremos brincar, mãe. Minha avó acabou de ser enterrada! — Yuri exclamou, segurando a mão do irmão mais novo.

Ana Luíza abaixou-se e segurou o queixo do filho.

— A vida é assim mesmo, Henrique. As pessoas morrem, e foi isso o que aconteceu com dona Solange: morreu. Agora é seguir em frente.

Dinda chegou à porta e chamou pelos meninos:

171

— Vamos, crianças! Já para o banho. Depois, tomaremos um sorvete lá na cozinha comigo. O que acham?

Yuri pulou no colo da velha babá.

— Sorvete é bom!

Henrique completou sorrindo:

— E se for na cozinha, é melhor ainda!

Ana Luíza tentou em vão interferir:

— Por favor, Dinda. Já lhe disse que não gosto que meus filhos sejam servidos na cozinha. Lá não é o lugar adequado para as refeições dos meninos!

Dinda respondeu com a voz mansa e entrou com Yuri no colo e Henrique pela mão:

— Hoje, o que fizer bem a eles é o mais adequado, senhora. Não se preocupe. Isso não se tornará um hábito.

Ana Luíza olhou para a mãe e trincou o maxilar. Laura abraçou a filha pelo ombro.

— Vamos, Ana. Vamos também tomar banho e trocar de roupa. Estou exausta.

Guilherme acompanhou as duas afastarem-se. Precisava saber se tudo havia dado certo. Esperou o motorista sair com o carro e chamou Diego:

— E então? Sabe se tudo correu bem?

— Sim, doutor Guilherme. Estão esperando pelo senhor para conferir e explicar como será a continuidade do processo. Só uma pergunta, se é que posso fazê-la...

— Claro que pode, Diego. Você não é só um empregado da casa; é meu homem de confiança e amigo. Pergunte o que quiser.

— Eles ficarão na casa?

— Sim. Ficarão como meus contratados para me auxiliar nos projetos navais.

— Precisarei arrumar os quartos para acomodá-los.

— Faça isso, por favor, mas os acomode no primeiro andar da casa. Eles terão de ficar próximos da sala secreta. Amanhã, serão apresentados como meus assessores. Hoje, ficarão entre a vigilância da câmara e o escritório. Vou até lá saber como tudo se encaminhou. Apenas eu e você temos a senha de acesso ao escritório, portanto, mantenha-se, como eu, em constante alerta.

— Pode deixar, doutor. Tudo será feito conforme o senhor está determinando. Posso fazer apenas uma pergunta?

— Claro, Diego.

— O senhor conhece minha origem.

— Conheço.

— Conhece, então, minhas crenças. Temo pelo aprisionamento do espírito de dona Solange. Temo pelo sofrimento dela. O senhor já pensou nisso?

Guilherme suspirou.

— Diego, meu caro e sincero servidor e amigo, sei que você ainda guarda as crenças do povo cigano, mas, sinceramente, acredito na ciência, no progresso e na possibilidade de trazer minha mãe de volta. Se eu construir um navio sem o amparo da ciência, não será Deus quem o manterá flutuando sobre o mar.

— E por que mantém uma relação tão próxima da Igreja, doutor?

— Porque a sociedade assim o exige. Vou para o escritório. Se minha esposa perguntar por mim, diga que pretendo ficar sozinho, por favor.

Diego fez uma mesura e acatou a ordem do patrão, saindo em seguida para providenciar a arrumação dos aposentos em que os cientistas ficariam hospedados. Ana Luíza cruzou com ele na sala.

— Onde está Guilherme?

— No escritório, senhora. Pediu para não ser incomodado.

— Só me faltava essa. O mordomo da casa me dando ordens!

— Perdoe-me, senhora. Não foi essa a minha intenção. Apenas repeti o pedido do doutor Guilherme. Com licença, vou dar continuidade ao meu trabalho. A senhora deseja alguma coisa?

Ana Luíza respondeu de forma áspera:

— Claro que sim! Eu e minha mãe precisamos nos alimentar. Providencie isso!

Diego abaixou levemente a cabeça e sorriu.

— Vou solicitar à governanta que faça isso. Pode aguardar na sala de refeições, senhora. Com licença.

Laura descia as escadas e ouviu a conversa da filha com Diego. Aproximou-se dela e falou baixinho:

— Você ainda não aprendeu a disfarçar suas contrariedades, não é mesmo?

— Não, mamãe. Não consigo ser como a senhora, infelizmente. Esse mordomo me irrita. A simples presença dele me causa náuseas. Nunca obedece às minhas ordens!

— Querida, alegre-se por viver tão confortavelmente. Sua sorte foi grande por ter se casado com Guilherme!

— Sei disso, mas não quero passar a vida toda à sombra de mortos. Primeiro, meu sogro. E, agora, Solange. Guilherme viverá esse luto por muito tempo, e a minha juventude? Onde ficará? Guardada junto às lembranças de meu marido?

Laura ajeitou os cabelos loiros e levemente cacheados à altura do queixo.

— Vamos, minha querida. Sua juventude transitará nas compras hoje. Nada melhor que comprar joias para se sentir mais leve.

— Aos poucos, vou retirar todas essas fotografias de Solange e Leôncio de minha casa. Que eles fiquem apenas na memória de Guilherme. Não sou obrigada a conviver com isso.

Aparecida, a governanta da casa, pediu licença:

— Senhora Ana Luíza, conforme pediu, sua refeição e a de dona Laura estão prontas. Vou servi-las.

— Não quero mais refeição nenhuma. Vou sair com minha mãe. Pode recolher tudo.

Laura pôs uma pequena bolsa de couro a tiracolo.

— Vamos, minha filha. O sofrimento de hoje precisa ser esquecido.

Aparecida saiu resignada e se pôs a desarrumar a mesa. Retirou os pratos e talheres e, em seguida, as bandejas e sopeiras, dispondo-as na *queredon*. Saiu empurrando o carrinho de prata entalhada, quando esbarrou em Diego.

— O que houve, Aparecida? As senhoras não se agradaram da refeição servida?

— Não, Diego. Decidiram sair.

— Então, me dê o carrinho. Coloque os pratos e talhares no anteparo da base. Vou obrigar doutor Guilherme a se alimentar.

— Quer que eu o sirva?

— Não, obrigado. Farei isso pessoalmente.

Diego digitou a senha para entrar no escritório, dispôs o carrinho num canto e, pelo celular, enviou uma mensagem ao patrão. Guilherme saiu logo em seguida, e o mordomo sentiu um arrepio percorrer todo o seu corpo. Disfarçadamente, fez uma breve oração.

— O senhor precisa se alimentar, doutor, e creio que as pessoas que estão cuidando do corpo de dona Solange também.

— Pode nos servir, Diego. Vou chamá-los.

— Tudo correu bem, doutor? Obtiveram o êxito esperado?

— Sim, meu caro amigo. O corpo de minha mãe será preservado conforme minha vontade. Tenho certeza de que, no futuro, reverteremos o quadro de aneurisma e poderemos trazê-la de volta. A Ciência avança a passos largos, Diego.

Guilherme abriu a sala secreta e chamou a equipe chefiada pelo físico e médico Arnald.

— Venham, doutores! Vamos nos alimentar. Vocês estão nesse confinamento há muito tempo.

Diego serviu a cada um e viu Guilherme abrir uma taça de champanhe. Encarregou-se de apanhar cinco taças de cristal guardadas numa estante de madeira rústica e dispô-las sobre a mesa usada para reuniões no escritório. Arnald tomou a palavra:

— Um brinde ao sucesso da criogenia!

Guilherme completou:

— Um brinde à manutenção da vida de minha mãe!

Os cinco tocaram as taças, e Diego começou a servi-los. Ele olhou de soslaio para a estante que escondia a sala onde estava o corpo de dona Solange e emocionou-se. Em pensamento, rogou aos espíritos que dessem o necessário esclarecimento a ela, conduzindo-a para a liberdade. Colocou-se num canto do escritório e aguardou que terminassem a refeição.

CAPÍTULO 20

Solange olhava para o próprio corpo com horror. Pensava estar vivendo um terrível pesadelo e esforçava-se para acordar. Ao ver o filho entrando naquela sala, acompanhado de quatro homens, surpreendeu-se. Todos, inclusive seu amado Guilherme, passaram primeiro por uma espécie de higienização e vestiram roupas brancas, toucas e máscaras. Ouviu nitidamente quando o mais alto de todos falou:

— Essas medidas serão sempre necessárias. Não podemos arriscar todo esse trabalho por conta da mais insignificante das bactérias que, porventura, entre conosco aqui.

— Mas o fato de o corpo de mamãe estar submetido à criogenia não a protege devidamente?

Arnald tomou a palavra:

— Doutor Guilherme, a ponta de um *iceberg* afundou o Titanic. Por imprudência e falta de planejamento, um grande transatlântico foi engolido pelas profundezas do mar. A Ciência precisa considerar todas as possibilidades. Seja na Engenharia Naval ou na Física Biomédica. Não é necessário correr riscos.

Guilherme concordou:

— O senhor está corretíssimo, doutor Arnald. Depois de tudo o que foi feito, o corpo de minha mãe precisa manter-se protegido de qualquer falha.

Solange procurava falar com o filho sem conseguir. Sentia-se sonolenta e horrorizada. Seu espírito experimentava uma grande sensação de frio, como se ela estivesse mergulhada num dos lagos de gelo da Rússia.

Imóvel e sem saber o que se passava, adormeceu sobre o próprio corpo ligado a várias máquinas.

Guilherme continuou na sala por várias horas olhando a urna metálica submetida a uma temperatura de -150 ºC, vedada por uma camada de vidro específico para suportar baixíssimas temperaturas.

Diego chamou-o à realidade através de uma mensagem pelo celular: "Doutor, seus compromissos o esperam".

Ele sacudiu a cabeça e chamou por Arnald:

— Além de você, quem ficará aqui para conduzir o trabalho?

— Eu e o doutor Fábio. Os outros precisam retornar a Detroit e dar continuidade às pesquisas. Fábio é necessário. Ou melhor, é imprescindível neste processo. Ele domina a manutenção da temperatura do nitrogênio melhor que qualquer outro no mundo. Sabe como lidar com todo esse maquinário e toda essa tecnologia. Ficará sob minha supervisão e é o mais discreto de todos, mesmo sendo o único brasileiro da equipe.

Guilherme interrogou-o com o olhar, e Arnald tentou desculpar-se:

— Não quis ofender seu povo, doutor, mas é o que sempre constato no Brasil: fala-se demais por aqui. Além do necessário.

— Vamos ao que interessa, doutor. Vou providenciar as passagens para o retorno do restante de sua equipe. Só espero que essa decisão esteja baseada em certezas e não em suposições.

— Não trabalho com suposições. Sou um cientista. Descarto hipóteses quando não posso comprová-las — Arnald respondeu.

❧

Guilherme digitou o código para fechar a sala secreta e saiu acompanhado pelos quatro cientistas. Pediu a Diego para chamar o motorista e acompanhá-los, pessoalmente, até o aeroporto.

Na sala, viu quando os filhos entraram correndo para abraçá-lo. Yuri era o mais calado dos dois. Henrique, mais extrovertido, beijou o pai e perguntou:

— O senhor agora vive trancado no escritório, papai. Sinto saudades.

Guilherme emocionou-se. Nos dias que se seguiram após a morte da mãe, abandonara por completo a família. Colocou o caçula no colo e segurou a mão de Yuri.

— E você, meu filho? Também estava sentindo minha falta?

— Sim, mas sei que é importante o que anda fazendo — respondeu com um olhar misterioso.

— É importante, sim. Muito importante para todos nós.

— Eu sei, pai. Eu sei...

— Mas vocês também são muito importantes para mim. Prometo passar mais tempo ao seu lado e ao lado de seu irmão.

Yuri olhou profundamente para o pai.

— E a vovó?

Guilherme desconcertou-se:

— Sua avó ficará guardada em nossos corações eternamente.

— Apenas no coração, pai? — Yuri tornou a interrogá-lo.

Henrique riu do irmão.

— Você não sabe nada, Yuri. Vovó agora é uma linda estrelinha e brilha muito no céu. Deus a recebeu, ela está dormindo agora e só faz brilhar.

Guilherme esboçou um sorriso para Henrique.

— Quem lhe disse isso, meu filho?

— O padre Antônio. Ele falou que isso acontece quando as pessoas morrem.

— Papai vai deixá-los com Dinda. Prometo fazer um belo passeio à tarde — disse, beijando a testa dos dois.

Guilherme encaminhou-se para o quarto e encontrou a esposa experimentando sapatos.

— Nossa, Ana Luíza! Você não se cansa nunca de comprar?

Ela respondeu enfadada:

— Não, meu amor. É o que me dá mais prazer, tenha certeza. Por falar nisso, você ficará por aqui ou voltará ao escritório?

— Apenas passando. Vou me trocar e seguir para a empresa. Novos esqueletos de aço já estão no estaleiro, prontos para serem transformados em navios belíssimos e seguros. Ganhei outra licitação em Brasília.

— Você tem muita sorte, Guilherme.

— Não tenho sorte; tenho competência e disposição para trabalhar. A mesma disposição que transformou meu pai num industrial de visão e sucesso.

— Você nunca se cansa de falar de seus pais? Eles estão mortos! Isso me deixa bastante irritada!

Guilherme ignorou Ana Luíza. Abriu o *closet* e separou um terno de corte tradicional preto. Tomou um banho demorado, barbeou-se e vestiu-se.

Era um homem de extrema elegância e de beleza incomum: os cabelos bem cortados pareciam matizados por tons de loiro, e os olhos, profundamente azuis, contrastavam com a pele bem cuidada e morena. Alto, tinha a musculatura definida nas muitas horas às quais se dedicava na academia equipada dentro da própria casa. Nela, exercitava-se e, ao mesmo tempo, livrava-se do estresse diário. Abotoou a camisa branca e procurou um perfume para usar.

Ana Luíza fingiu ciúmes.

— Vai aonde tão bonito e perfumado?

Ele respondeu ironizando:

— Sempre ando bem-vestido e perfumado, Ana. Você não percebe, porque vive envolvida em compras. Apanhou a pasta de couro e beijou-a na testa.

— Vou trabalhar, já lhe disse isso. Até a noite. Pretendo jantar em família hoje e, depois, ficar um pouco com as crianças.

❦

Solange despertou num sobressalto. Sentia-se sufocada e apavorou-se quando, novamente, se viu deitada sobre o próprio corpo.

— Acho que enlouqueci de vez. Aquelas dores de cabeça não eram normais mesmo.

Reuniu todas as forças e gritou por Guilherme e Diego. O mordomo, que estava às voltas com a organização das agendas a serem cumpridas pelos empregados, ouviu nitidamente a voz de Solange chamando por ele. Um intenso tremor sacudiu seu corpo, e Aparecida preocupou-se.

— O que houve, Diego? Parece que se assustou! Está pálido como cera!

— Não houve nada, Aparecida. Termine a agenda dos empregados por mim, por favor. Lembrei que preciso fazer uma ligação urgente.

Rapidamente, buscou abrigo sob a copa de um ipê-amarelo, que havia sido plantado por Leôncio à época da compra da mansão, abraçou o tronco da árvore com vigor e sentiu seu coração pulsar no mesmo compasso do ipê. Concentrou-se em seus antepassados e, em pensamento, fez uma oração sentida: "Que as forças de Deus sejam sempre maiores que o desejo humano. Que os quatro elementos que regem a natureza se façam presentes no amparo à dona Solange. Que os espíritos de Luz enviem a ela a consciência do momento presente com a paciência necessária para sua alma sair da prisão de amor imposta por Guilherme".

Solange, aos poucos, foi se acalmando e notou que um tênue fio de cor prata a mantinha ligada àquela câmara gelada. Em segundos, um pequeno afastamento do corpo fê-la experimentar uma breve sensação de liberdade. Decidiu não se mover e manteve-se encolhida ao lado da urna metálica, envergonhada pelo corpo desnudo. Seus pensamentos foram envolvidos por um turbilhão. Em posição fetal, recordava-se dos detalhes anteriores à sensação de aprisionamento que experimentava naquele momento. Balbuciava palavras desconexas:

— Minha cabeça ainda dói tanto... Onde está Guilherme, que não vê a forma como estão me tratando neste hospital? E Dom Antônio? Por que não vem rezar por mim?

Neste exato instante, Laura e Ana Luíza pararam em frente à porta do escritório.

— Juro para você, mamãe, que ainda vou descobrir o que há aí dentro. Antes da morte de Solange, ele ainda mantinha a porta aberta enquanto trabalhava. Depois que ela morreu, essa porcaria vive vedada como se fosse um túmulo!

Laura olhou para a filha com seriedade.

— Deixe seu marido com o jeito esquisito dele. O que importa é que você está muito bem casada e que eu aproveito bastante essa situação.

— Não tenho sangue de barata! Guilherme não me dá a mínima. Parece que vive cercado das lembranças dos pais.

— Seja mais política, Ana Luíza, ou perderá seu marido!

— Não consigo atingir seu nível de dissimulação, mãe. A senhora consegue bancar a boa sogra. Eu não consigo fingir o que não sinto!

— Olhe meus sapatos, minha filha. Sinta meu perfume. Examine a textura desse tecido. Se eu não me adaptar, isso tudo vai para o ralo, e nossa reputação também.

— Se Guilherme me deixar, terei direito à metade do patrimônio dele e a uma boa pensão. Não ficarei calada diante daquilo de que discordo. Tenho nojo desse apego dele à mãe e ao pai. Aliás, os dois foram embora na hora certa. Dona Solange bancava a boazinha, acostumou mal os empregados, fazia vontades descabidas às crianças e tratava o filho como um bebê. Na verdade, ela nunca permitiu que eu ocupasse o lugar de dona desta casa.

180

Solange encolhia-se a cada palavra ouvida. Sentia como se setas envenenadas atingissem seus sentimentos.

"Como assim estou morta? Não veem que estou viva e presa neste lugar gelado? Os mortos dormem eternamente. Eu estou viva! Viva! E por qual motivo minha nora fala desse jeito? Sempre achei que ela me respeitasse tanto... E, agora, age como se eu tivesse morrido...", pensou.

Neste instante, Solange viu o fio de prata diminuir de tamanho e, a seguir, pôs-se novamente sobre o próprio corpo. Sentia como se o gelo a penetrasse por todos os poros. Com as órbitas arregaladas, gemia e clamava por socorro.

CAPÍTULO 21

Guilherme estava entediado. Detestava extremos. A relação com Ana Luíza cansava-o.

Experimentara com os pais uma união familiar baseada nas leis do amor e da reciprocidade. Leôncio e Solange conviviam de maneira respeitosa e afetiva. Embora guardassem personalidades distintas e igualmente marcantes, eram companheiros e leais. Quando criança, Guilherme encantava-se com a troca de olhares entre os dois. Sem saber o porquê, nesses momentos, corria para a sala de jogos e ficava brincando até que um dos dois reaparecesse.

Ao conhecer Ana Luíza, ficara encantado pela beleza e sensualidade da jovem. Inebriado pelo desejo, em poucos meses entre namoro e noivado, pediu-a em casamento. Nessa época, tinha a sogra como modelo de mulher elegante. Laura logo estreitou laços com Solange e passou a frequentar a mansão semanalmente. Entusiasmado pelo modelo de relacionamento dos pais, optou por construir uma família com as mesmas bases sólidas.

O calor do verão paulistano deixava-o bastante irritado. Da sacada do quarto, observava os filhos brincarem ao redor da piscina vigiados por Dinda. Contrariado, notou mais uma vez a displicência com que Ana Luíza tratava os pequenos.

— Ela olha mais para o telefone do que para os meninos — disse para si.

O toque do celular fê-lo despertar daquele transe. No visor o nome de Célio. Guilherme atendeu exclamando:

— Rapaz! Parece que você pressente minhas agonias!

Célio respondeu com alegria:

— Então, vamos acabar com essa coisa agora! Pensei em passar no jóquei. Tenho alguns favoritos para hoje, além do melhor uísque de São Paulo.

Guilherme não hesitou.

— Vamos em meu carro. Em poucos minutos, estarei passando para apanhá-lo.

Trocou de roupa rapidamente e pediu que Diego avisasse à esposa que havia saído para espairecer. Pouco depois, buzinou eufórico à porta da casa do amigo. Célio abriu o portão sorrindo.

— Rapaz, você estava mesmo agoniado! Parece que te chamei para ir a um daqueles bailes de nossa adolescência!

— Você está certo, meu amigo. Agonia é uma palavra pequena demais para definir o que sinto.

Célio e Guilherme eram amigos de infância. Haviam sido criados juntos e, durante a adolescência, disputavam as mesmas meninas, num jogo de poder e de afirmação da masculinidade. Leôncio procurava orientar os dois, dizendo sempre que nenhuma mulher deveria ser encarada como prêmio, mas de nada adiantava. Seguiram juntos nas salas de aula da universidade e, apenas quando Guilherme conheceu Ana Luíza, se separaram.

Célio pediu ao amigo que diminuísse a velocidade do carro:

— Vá devagar! Parece que está querendo arrumar problemas, meu amigo! Vamos com mais calma, por favor. Sabe bem que detesto o perigo.

Guilherme soltou uma gargalhada.

— Você continua medroso!

Célio respondeu abrindo o vidro do carro:

— Continuo sim. Detesto a ideia de passar por qualquer situação arriscada, e você sabe disso.

— Para quê abriu o vidro? — perguntou Guilherme.

— Para fumar.

— No meu carro?

— Estou nele, não é mesmo? A ideia foi sua, e você me deixou nervoso — Célio retrucou, acendendo um cigarro.

Eles seguiram em silêncio até o Jockey Club de São Paulo. Entre eles havia verdadeira amizade.

Lara apressou Magali:

— Vamos logo! Os melhores partidos de São Paulo estão nesse horário no jóquei. Você nunca se anima para nada!

— Você sabe muito bem que não gosto de alguns passeios. Prefiro a leitura.

— Você precisa se modernizar, Magali! Aonde pensa que irá chegar apenas lendo?

Magali esboçou um leve sorriso de compreensão.

— Não quero chegar a lugar algum, Lara. A paz já me dá a satisfação de que preciso.

Lara apanhou a bolsa e puxou Magali pela mão.

— Então, vamos na paz para o jóquei! Lá, você mudará de ideia.

Logo que estacionou o carro, Lara apontou para o movimento de homens e mulheres muito bem-vestidos.

— Veja! O nome disso é paz! Vamos nos divertir um pouco. Quero fazer novos amigos, conhecer gente nova, Magali. Eu preciso disso!

Magali sentiu certo desconforto com a postura de Lara. Sabia que a jovem buscava um caminho difícil, muito distante de sua verdadeira essência e do que dona Esmeralda havia planejado para ela. Resolveu, contudo, não interferir mais com palavras. Tinha certeza de que a espiritualidade conduziria a situação da maneira mais proveitosa para todos. Aprumou-se e seguiu os passos ágeis da jovem patroa e amiga. Era extremamente grata pela generosidade e por todo o conforto ofertado por Lara. Não permitiria que nenhum mal a atingisse.

Lara decidiu conhecer o hipódromo. Só tivera contato com as corridas de cavalos por meio das narrativas do pai. À época, julgava ser uma atividade cercada por homens bêbados e sem instrução. A cada passo que dava, fotografava com o olhar tudo à sua volta. Escolheu a área mais movimentada para se acomodar com Magali.

— Vamos ficar por aqui um pouco. Veja quanta gente bonita e bem-sucedida frequenta este lugar, minha querida.

Magali sentiu-se tonta. Pálida, buscou apoio no braço de um homem que acabara de sentar-se ao lado delas. Era Guilherme.

— A senhorita está bem?

— Sim, sim. Foi só uma vertigem. Desculpe.

Lara ficou estática quando cruzou o olhar com Guilherme. Com muito custo, demorou a perceber o mal-estar da amiga. Ele procurou alertá-la:

— Parece que sua irmã precisa de ajuda.

Lara sacudiu a cabeça tentando desvencilhar-se dos olhos do homem belo e maduro.

— O que está sentindo, Magali?

— Nada de mais, Lara. Tive apenas uma tontura. Deve ser efeito do calor...

Guilherme adiantou-se e estendeu a mão para cumprimentar Lara.

— Meu nome é Guilherme, e este é Célio. E vocês?

Lara sentiu um arrepio percorrer todo o seu corpo.

— Bem... peço-lhes desculpas por ter tirado a atenção de vocês dos cavalos. Magali não gosta de calor.

Guilherme abriu um sorriso e brincou. Havia notado o desconforto causado.

— Já sei que o nome de sua irmã é Magali. E o seu?

— Meu nome é Lara.

— Lara, muito prazer. Acho que sua irmã precisa de um lugar mais fresco. Sou obrigado a concordar com ela. Também não gosto desse tempo. Antes que seja eu a desmaiar, melhor irmos para um ambiente condicionado. Vamos? Eu e meu amigo Célio não fizemos nenhuma aposta ainda. Não tenho favoritos nas próximas rodadas. Não é, Célio?

Célio apenas balançou a cabeça afirmativamente. Conhecia bem Guilherme e notou o interesse imediato dele pela jovem de cabelos negros.

Magali ainda tentou evitar.

— Não se preocupe, senhor. Já estou bem.

Lara interrompeu-a:

— Conheço-a muito bem, Magali. Melhor irmos para o restaurante.

Guilherme entusiasmou-se.

— Senhorita, se sua irmã diz que é melhor irmos, só nos cabe obedecer. Vamos. Há um bufê maravilhoso à nossa espera.

Lara levantou-se de imediato e correu os olhos pelo corpo torneado de Guilherme. Sentiu o coração disparar ao notar a aliança reluzente que ele ostentava. Constatar que aquele homem era casado fez seu interesse aumentar de imediato.

Os quatro caminharam vagarosamente até a área das piscinas. Um restaurante de arquitetura moderna destacava-se, e Guilherme dirigiu-se às jovens perguntando:

— Aqui está bom? Gosto muito deste espaço. O que acham?

— Sinceramente, não é preciso. Já estou melhor — interferiu Magali.

Célio lembrou-se dos conselhos do senhor Leôncio.

— Guilherme, deixe-as decidir se querem ficar aqui.

Lara fechou o semblante e ajeitou o requintado chapéu de *design* moderno.

— Sintam-se à vontade para voltar para as corridas. Ficaremos aqui. Gostei do lugar.

Célio aproximou-se de uma mesa e puxou simultaneamente duas cadeiras.

— Também ficaremos. Como Guilherme disse, não fizemos nenhuma aposta e não temos nenhum favorito.

Lara e Magali sentaram-se lado a lado. Guilherme e Célio fizeram o mesmo, posicionando-se de frente para as duas.

O maître apresentou o cardápio a Guilherme, saudou-o amistosamente e aguardou o pedido. Lara, desembaraçada, solicitou duas garrafas de água mineral importada. Guilherme perguntou:

— O motorista do restaurante está de serviço hoje? Se estiver, quero o uísque de sempre.

— Vou trazer o uísque, senhor. Fique tranquilo.

A tarde passou num piscar de olhos. A conversa entre eles transcorreu de forma espontânea. Magali ficou encantada com o ambiente e com a gentileza dos dois e desarmou-se ao notar Lara mais tranquila e feliz.

O telefone de Guilherme tocou e ele pediu licença para atender. Lara notou certa contrariedade quando ele anunciou que precisaria ir embora.

— Perdoem-me. Preciso ir. Foi um prazer ter o acaso a meu favor. Vamos, Célio — disse, sinalizando para o maître.

Magali mais uma vez se desculpou:

— Peço-lhes desculpas pelo transtorno que causei. Desviei vocês do divertimento que tinham programado.

Célio estendeu a mão, recíproco em gentileza.

— Foi uma honra conhecê-las. Passamos uma tarde muito agradável.

Os quatro encaminharam-se até o estacionamento. Lara estava totalmente certa do que desejava para a própria vida. Remexeu a bolsa e, junto com a chave do carro, puxou, discretamente, um cartão de visitas com seu telefone e endereço nas redes sociais. Trocou cumprimentos com Célio e, ao se despedir de Guilherme, deixou de maneira imperceptível o cartão nas mãos dele.

186

CAPÍTULO 22

A viagem de retorno foi silenciosa. Célio observava o amigo com preocupação. Sabia que ele estava infeliz. Magali também olhava para a patroa e amiga perguntando-se intimamente o que a levava a um comportamento dissonante da própria alma. Lara, entretanto, antevia o prazer do desconhecido, numa agitação incomum.

Tamborilava os dedos no volante do carro de forma contínua. Estava atraída por Guilherme. Ele era um homem de beleza rara e agressiva. Seu corpo denunciava grande virilidade, mas nada a excitava mais do que relembrar com fixação a aliança de casado que ele ostentava na mão. Num repente, relembrou todas as cenas da infância: a mãe sendo humilhada pelo pai, o descaso com que era tratada, as palavras duras que ouvira quando, intempestiva, fora com Murilo conhecer Rosa, a amante de Sérgio. A lembrança de Murilo tornou seu semblante enternecido. Ele havia sido seu primeiro homem e seu primeiro amor. Encostou a cabeça no volante por alguns segundos para afastar a lembrança daquele sentimento e não percebeu quando um caminhão parou repentinamente. Ao grito de alerta de Magali, desviou a tempo de escapar do terrível acidente, mudou a marcha do carro de modo brusco e socou o volante.

— Calma, Magali — disse friamente. — É dessa forma que as pessoas encontram a morte: quando deixam os sentimentos dominarem suas ações. Isso nunca acontecerá comigo. Não repetirei a história suicida de minha mãe.

Ao direcionar o carro à porta da garagem, os dois seguranças logo se posicionaram atentos. Lara saltou e entregou a chave a um deles.

— Vamos andando, Magali. Quero dar uma olhada nos jardins.

— Certo, Lara. Olhe bem para as flores e procure sentir todo amor que dona Esmeralda lhe devotou. Esse amor é o remédio para todas as suas feridas.

Magali afastou-se. Rezava para que Lara reencontrasse sua verdadeira essência, muito diferente do que a jovem vivia buscando. Ao entrar pela porta dos fundos, hábito que mantinha independente da amizade com Lara, avistou Luiz à porta do quartinho ocupado por Odete. Preocupada, foi ao encontro do mordomo.

— Que cara é essa, Luiz? O que dona Odete aprontou dessa vez?

— Ela não aprontou nada. Está se sentindo mal. Há uns dias, noto a ausência de apetite em dona Odete.

Magali olhou para Luiz com ar de reprovação.

— Você sabe quais são as ordens de Lara. Ela trata a todos nós com muito respeito e amizade. Precisamos respeitar as ordens dela.

Luiz abriu a porta do cômodo ocupado por Odete e disse:

— Veja com seus olhos e depois me reprove.

Magali entrou e levou a mão à boca, repelindo a ânsia de vômito causada pelo odor fétido. Odete estava pálida, com a fisionomia esquelética, enrolada em um lençol sujo.

— O que a senhora tem, dona Odete? Por que razão não nos avisou que não estava bem?

A mulher, mesmo com o semblante carregado de dor, respondeu com ódio:

— E o que vocês fariam por mim? São todos lacaios daquela pirralha monstruosa!

O esforço empreendido para falar mais alto fez Odete contrair o corpo e vomitar uma substância esverdeada com veios de cor de sangue. Magali apressou-se em socorrê-la, amparando-a pela fronte.

— Luiz, vá chamar dona Lara! Ela está nos jardins. Depois, providencie alguém para limpar este quarto e trocar as roupas de cama.

O mordomo saiu apressado. Passou pela área de serviço e solicitou que duas das colaboradoras da casa fossem ao quarto de Odete e higienizassem rapidamente o ambiente. Em seguida, cortou caminho pelos cômodos largos da mansão e saiu pela varanda principal. Avistou Lara de

188

imediato. A jovem estava sentada em um das cadeiras acolchoadas protegidas por um guarda-sol. Aprumou-se antes de se aproximar da patroa.

— Dona Lara, com licença.

Ela usava o galhinho de manjericão que Esmeralda lhe ensinara a pôr atrás da orelha.

— Fale, Luiz. Você não está com uma cara muito boa. Algum problema? Posso ajudar?

— Estamos com problemas, sim. Sua tia não está bem.

— O que ela tem? Outra bebedeira?

— Não. Ela me parece realmente doente. Não creio que tenha bebido. A senhora pode me acompanhar? Magali está lá com ela. Pedi que limpassem o cômodo.

Lara sacudiu a cabeça negativamente.

— A ordem é clara: minha tia deve limpar os próprios aposentos.

Luiz fez um gesto com a mão direita solicitando que a patroa o acompanhasse. Lara sentia o peito arder de raiva, mas acatou o pedido do leal mordomo.

Ao chegarem à porta do quarto, Lara apertou os olhos incredulamente. Magali dirigiu-se a ela dizendo:

— Me perdoe se ultrapassei suas ordens. Dona Odete precisa de um médico com urgência. O quarto está limpo agora, mas sua tia estava envolta em roupa suja de vômito e urina.

Antes de entrar, Lara sussurrou:

— Foi exatamente dessa forma que encontrei dona Esmeralda pela primeira vez.

Ao se deparar com Odete, o olhar das duas se cruzou, gerando faíscas invisíveis de ódio e rancor. A tia de Lara tornou a vomitar.

— Luiz, peça a outra pessoa que venha para cá fazer companhia a ela. Quero que Magali vá tomar um banho e me encontre na sala.

Deitada no sofá da sala, Lara aguardava Magali. Por mais que estivesse impactada com o estado da tia, não conseguia deixar de experimentar uma sensação de vitória. Até aquele momento, havia constatado que o sofrimento vivido por todas as pessoas com as quais convivera no passado era fruto das próprias escolhas e maneiras de agir. O pai e Rosa eram exemplos pontuais para ela. A mãe, embora tivesse provado da amargura e da traição, também escolhera o próprio fim. Olhou para o teto adornado por sancas com iluminação embutida, para a luxuosa sala e recordou-se da doce Esmeralda. Ela havia sido diferente. Morreu cercada de amor e carinho, com dignidade.

Magali interrompeu-lhe os pensamentos.

— Lara, o que faremos com dona Odete?

— Por minha vontade, a deixaria morrer ali mesmo, sem socorro. Mas sei que dona Esmeralda, apesar de ter sofrido tanto nas mãos daquela bêbada louca, não aprovaria uma atitude dessas.

— O que faremos, então? Ela precisa de um médico.

— Pensei em ligar para Murilo. Hoje é domingo, e ele deve estar nas rodas da saia da mãe.

— Faça isso. Ele certamente saberá orientá-la.

Lara apanhou o celular e buscou o número da casa de Murilo. Olga atendeu com ares de mau humor.

— Boa tarde. Gostaria de falar com Murilo, por favor.

Olga reconheceu a voz de Lara e trincou os dentes.

— Murilo está ocupado estudando. Quem quer falar com ele?

— Dona Olga, é urgente! Preciso falar com Murilo!

— Me responda o que perguntei! É educação o nome disso, menina!

— A senhora sabe muito bem quem está falando!

A mulher perdeu o controle totalmente e gritou. Sempre detestou Lara e nunca suportou a ideia do filho se envolver com a filha de Sérgio e Marisa. Para ela, a menina representava todo o escândalo vivido na cidade.

— Não vai falar com meu filho! Ele é um homem de bem e de família! Coisa que você está bem longe de saber o que é!

Lara também se descontrolou:

— Sua víbora! Se não passar o telefone para Murilo, vou dar meu jeito de falar com ele!

Murilo ouviu os gritos da mãe e aproximou-se.

— O que está acontecendo? Por que a senhora está gritando desse jeito?

Olga, surda pela raiva, cometeu o deslize de pronunciar o nome da jovem.

— Lara, a história de seus pais sujou e manchou nossa cidade de sangue! Não quero meu filho envolvido com gente de sua espécie. — Metralhou.

Murilo, ao ouvir o nome de sua amada, tirou o telefone das mãos da mãe.

— Lara, Lara! O que está havendo? Precisa de algo?

Ela suspirou aliviada.

— Murilo, desculpe, mas dona Olga consegue me tirar do sério.

— Falaremos disso outra hora. Agora, me conte o que está acontecendo.

Lara passou o telefone para Magali e pediu a ela que narrasse tudo o que acontecera com Odete. A governanta apanhou uma agenda de couro entalhado, que ficava sobre uma mesa alta com pés de palito.

— Pode falar, doutor. Estou pronta para anotar.

Magali escreveu todas as orientações passadas por Murilo e devolveu o telefone a Lara.

— Já anotei tudo. Ele quer falar com você.

Lara pegou o aparelho trêmula.

— Obrigada, Murilo. Vou seguir as orientações que passou para Magali.

O rapaz desculpou-se, tentando abafar o barulho da gritaria da mãe.

— Lara, não leve em consideração o que minha mãe falou. Ela já tem idade...

— Ela sempre foi assim, Murilo. Dona Olga sempre me tratou com desprezo e raiva.

— Não é hora de falarmos sobre isso. Sua tia precisa de socorro urgente.

— Quero que venha examiná-la. Não vou me desgastar em hospital. Ela não merece.

Murilo ficou aturdido. Sabia que seu grande amor guardava muitas amarguras e tristezas, mas não acreditava que aquele comportamento fosse maldade. No fundo, julgava Lara bastante imatura e muito sofrida.

— Farei isso, mas é preciso socorrer sua tia de imediato. Os remédios que passei são apenas para abrandar os sintomas. Qualquer diagnóstico dependerá de exames clínicos.

— Obrigada, Murilo. Meu motorista chegará à sua casa em poucas horas. Amanse sua mãe e venha.

Murilo desligou o telefone e, pela primeira vez, olhou para a mãe com seriedade.

— Nunca mais faça isso. Lara precisa de minha ajuda como médico. Irei a São Paulo ainda hoje.

— E a residência? E os estudos, meu filho? Por acaso, essa menina praticou algum aborto, e você precisa salvá-la? É isso?

Murilo reagiu dizendo:

— A senhora realmente precisa moderar seus pensamentos e seu palavreado. Pare de imputar crimes a Lara! Ela não tem culpa dos desatinos do pai!

Olga encolheu-se chorosa na poltrona da sala. Murilo nunca contrariara suas ordens. Sempre fora dócil e obediente. Estava decidida a não permitir mais a interferência de Lara.

❧

Murilo chegou à mansão e foi conduzido por um dos seguranças até o escritório onde Lara o esperava. O rapaz deu duas pancadinhas com as costas da mão direita na porta. O segurança pediu que ele entrasse.

— Entre, doutor. Dona Lara pode ter pegado no sono. Ela deixou ordens para que o senhor entrasse.

Murilo abriu a porta vagarosamente e encantou-se ao se deparar com Lara deitada. Ele recordou-se da noite que passaram juntos e sorriu com doçura.

— Lara... estou aqui. Tudo vai se resolver.

Ela despertou num sobressalto.

— Que bom, Murilo... Que bom que você chegou.

Os dois abraçaram-se demoradamente, até que ele, sentindo a paixão começar a arder seu corpo, se afastou.

— Vamos. Preciso examinar sua tia. Depois conversaremos com calma.

O exame feito por Murilo foi minucioso. Os medicamentos prescritos haviam controlado o refluxo intermitente e amenizado as dores.

Magali e Lara acompanhavam atentas os procedimentos do jovem médico. Ao terminar, ele lavou as mãos no pequeno banheiro do quarto e, intimamente, estranhou a extrema precariedade de conforto em relação ao restante da mansão. Preferiu calar-se sobre o que notara e ateve-se ao pré-diagnóstico.

— Dona Odete está hipotensa e desidratada. Preciso investigar as causas dessa aparente icterícia também. É necessário levá-la a um hospital.

Lara soltou os braços num gesto de cansaço.

— Você pode providenciar isso, Murilo? Odeio hospitais! Deixo meu carro e o cartão de crédito para pagar as despesas necessárias, mas não quero ir. Magali poderá acompanhá-lo.

— Lara, ainda não terminei minha residência, mas sou bom no que faço. Não posso correr o risco de prejudicar ainda mais a saúde debilitada de sua tia. É melhor pedirmos uma ambulância.

— Faça o que for melhor, Murilo. Merecer, ela não merece, porém, não vou me igualar às atitudes nefastas dela. Vamos até a sala. Você tomará as providências necessárias.

Os dois saíram, e Murilo foi direto:

— Creio que dona Odete esteja com um grave problema no fígado, por isso a necessidade da ambulância.

— Pegue o telefone e faça o que tiver de fazer.

Murilo tomou as providências necessárias e seguiu com Magali atrás da ambulância. Os dois mantiveram silêncio, embora Murilo guardasse muitas interrogações. Por extremo respeito a Lara, ficou calado.

No hospital, Odete foi encaminhada para o pavilhão de exames, e uma junta médica confirmou o diagnóstico de Murilo: grave comprometimento do fígado e uma úlcera estomacal aberta eram os responsáveis pelo estado de saúde delicado dela.

Murilo foi ao encontro de Magali e pediu que ela ligasse para Lara. Precisariam da autorização dela para os gastos referentes à internação de Odete.

— Lara me autorizou a fazer o que o senhor determinar, doutor.

Murilo sentiu-se mais aliviado. Lara não agia com maldade nem tinha sentimentos ruins. Ele a amava e tinha certeza de que ela era uma pessoa endurecida pela dor pretérita. Apenas isso.

❧

Guilherme e Célio retornaram silenciosos no banco traseiro do carro. O motorista do restaurante dirigia com cautela, o que os deixava tranquilos. Célio saltou do automóvel prometendo repetir com mais frequência aquela tarde.

— Amigo, precisamos viver um pouco mais. Não devemos pensar apenas no trabalho e em nossas obrigações,

Guilherme estendeu a mão para cumprimentá-lo.

— É, Célio! Você tem razão! Há anos vivo apenas voltado para a rigidez de uma vida sem grandes emoções. Desde que minha mãe faleceu, só penso no futuro, deixando o presente esquecido em algum canto escuro. Preciso mesmo retomar minha vida com mais vivacidade!

Célio soltou uma gargalhada e sussurrou:

193

— Então, vá e aproveite o dia de hoje. Ana Luíza deve estar indócil aguardando seu retorno!

O motorista parou o carro em frente à mansão.

— Quer que eu entre, doutor?

Guilherme agradeceu e abriu a carteira, puxando algumas notas.

— Muito obrigada! Tome: isto é pelo excelente serviço prestado por você.

— Não é preciso. Recebo para esse trabalho.

— Volte de táxi. Já está tarde — Guilherme falou, sinalizando para um dos seguranças para que abrissem o portão.

Caminhou lentamente pela alameda cercada por palmeiras até a grande varanda que dava acesso à sala principal da mansão. Diego aguardava-o atento.

— O senhor precisa de algo?

Guilherme subiu distraído a escadaria de mármore. Preferiu não responder à pergunta de Diego. Pensava fixamente em Lara. Ela era diferente e especial: candura e sensualidade; rosto de menina e determinação de uma mulher plena. Ana Luíza estava deitada diante da TV ligada. O som ensurdecedor deixou Guilherme atordoado.

— Por favor, Ana Luíza, abaixe esse som! Não percebe o quanto isso me incomoda?

Ana Luíza apanhou o controle com desdém.

— Parece que tudo o que faço o incomoda, Guilherme. Passo todos os dias sozinha. O som alto espanta minha solidão.

— Solidão? Solidão de que tipo? Sou um marido presente para você e como pai. Por falar nisso, você não acha que nossos filhos também se sentem sozinhos? Nunca percebo em você algum interesse pela vida deles! Se não fosse a presença e o carinho de Dinda, não sei o que seria dos meninos! — esbravejou dirigindo-se ao banheiro.

Ana Luíza apertou o lençol com raiva. Não tinha a menor intenção de perder tempo com a criação dos filhos. Fazia questão apenas que eles sempre estivessem limpos e bem-arrumados. Teve o ímpeto de retrucar, mas recordou-se da conversa que tivera com a mãe. Não perderia seu casamento por bobagens. Levaria a relação com Guilherme da forma mais pacífica possível até sentir segurança sobre seus reais direitos no caso de uma separação futura.

CAPÍTULO 23

Guilherme tomou um banho demorado e frio, tentando desvencilhar-se da sensação diferente que experimentara ao conhecer Lara.

Fora rude demais com a esposa. Sabia o quanto ela era mimada e culpava-se por isso. Sempre oferecera a Ana Luíza tudo o que o dinheiro podia comprar: joias, viagens ao exterior sem a presença dos filhos, fins de semana em que desfrutavam de todo o luxo possível, os melhores perfumes e as melhores roupas. No início do casamento, não se deu conta do quanto Ana Luíza poderia se prejudicar com o comportamento dele. Fora alertado pelos pais diversas vezes sobre a vida fútil que levava, mas achava que sua ausência pelo excesso de trabalho deveria ser suprida de alguma forma.

Fechou o chuveiro lentamente e pensou em Lara novamente. Saiu do banheiro com uma toalha branca enrolada na cintura e olhou para a esposa envolta em um lençol de seda vermelha estirada sobre a cama. Um arrepio de desejo estremeceu seu corpo. Ele aproximou-se da mulher e mordiscou a ponta da orelha dela, lindamente adornada por um brinco de ouro cravejado com rubi intensamente carmim. Ana Luíza voltou seu corpo em direção ao marido.

— Você consegue me magoar, Guilherme. Me sinto monstruosa, quando você não nota todo meu empenho como mãe e dona de casa.

Guilherme não ouviu nenhuma das palavras ditas. Puxou o lençol com a boca e explorou o corpo feminino e sensual da esposa com beijos e lambidas ardentes. Ana Luíza entregou-se sem melindres à provocação do marido. Era jovem e cheia de vigor. Achava Guilherme insuportavelmente rígido em relação ao seu padrão de vida, mas ele sempre deixava cair por terra essa imagem de industrial bem-sucedido e chefe de família irrepreensível quando faziam sexo. As necessidades físicas dos dois eram plenamente saciadas.

Após o êxtase experimentado, Guilherme adormeceu de forma pesada e sonhou com a mãe. Solange estava amarrada por cordas das quais tentava escapar. Gritava para que a libertassem e acusava o filho de tê-la condenado à prisão perpétua.

Ana Luíza notou a agitação do marido e levantou vagarosamente a cabeça para não despertá-lo. Preferia que ele dormisse direto para evitar confrontos.

Com os olhos vidrados de prazer, admirou cada músculo daquele corpo másculo e viril. Considerava-se uma mulher de sorte, pois tinha a seus pés um homem de beleza extrema, um industrial bem-sucedido, cartões de crédito com limites altos, conta bancária robusta e um nome respeitado na sociedade paulistana. Não fossem as rabugices dele e as obrigações como mãe a cutucarem seus dias de forma constante, viveria em paz, entre compras e viagens.

Saiu da cama para tomar um banho. Embora gostasse do contato físico com Guilherme, sentia repulsa do cheiro do sexo em seu corpo. Atração e repulsão sempre foram sentimentos vividos por Ana Luíza, entretanto, o que mais a incomodava verdadeiramente era a maneira como o marido a julgava.

Apanhou a tolha branca que ele havia deixado no chão e a retorceu com uma mistura de nojo e raiva, atirando-a no cesto de roupas do banheiro. Debruçou-se sobre a pedra fria de mármore e olhou-se no espelho emoldurado e projetado por um famoso artista plástico. Acendeu num só toque todas as lâmpadas embutidas que existiam no espaçoso e confortável cômodo. Ajeitou demoradamente os cabelos e sorriu com o canto do lábio esquerdo, evidenciando tênue linha de ironia no próprio rosto.

— Se você pensa em subjugar alguém, Guilherme, esse alguém não serei eu. Você vai adorar descobrir o tanto de incompetência e esclerose existe no comportamento dessa babá chamada Dinda. Aqui, quem sempre dá a última palavra sou eu! — sussurrou.

Uma das lâmpadas começou a piscar, e uma sombra densa envolveu o corpo de Ana Luíza, enquanto ela se punha debaixo do chuveiro. A água parecia desviar da massa densa, sem conseguir, contudo, retirar o fluido acinzentado que a cercava.

O pesadelo de Guilherme continuava a atordoá-lo. Em vão, ele tentava desvencilhar-se conscientemente daquele momento. A sensação vivida era de completa paralisia do corpo físico, com os sentidos da visão e audição aguçados. Apenas as órbitas oculares se movimentavam nervosamente.

Na copa, Diego sentiu um calafrio e uma onda de vertigem colocou-o em alerta. Sabia que, energeticamente, algo de errado estava ocorrendo na mansão. Pensou em Solange e na situação que lhe fora imposta pelo apego e amor egoísta do filho. Deu algumas ordens na cozinha e se pôs estrategicamente de frente para a biblioteca para tentar reequilibrar as energias que dali saíam. Orou sentidamente por longos minutos. Todo o corpo de Diego expandia uma luz prateada forte e cintilante.

Aos poucos, Solange começou a acalmar os próprios pensamentos, sentindo-se anestesiada. Sem conseguir reagir às ondas energéticas emanadas por Diego, adormeceu.

No quarto, Guilherme abriu abruptamente os olhos. Arregalou-os por completo e, por alguns instantes, tentou relembrar o pesadelo. Suspirou aliviado ao se dar conta de que o corpo retomava os movimentos normais.

— Deve ter sido o efeito do uísque. Há muito tempo não bebia com descontração.

O rosto de Lara surgiu em sua cabeça, e, naquele momento, Guilherme teve total consciência de que os momentos de prazer com Ana Luíza tinham sido reflexo do que aquela jovem havia despertado nele.

Levantou-se e se deu conta de que a esposa não estava mais no quarto. Viu a carteira deixada sobre o criado-mudo. Abriu-a e apanhou o cartão de visitas que Lara havia deixado em sua mão esquerda de maneira ousada. Segurando-o entre o polegar e o dedo indicador, disse:

— Pode deixar, Lara! Em breve, iremos nos encontrar! Não a perderei de vista!

Sorriu empolgado. Parecia que um sopro de vida aparecera no momento certo, contudo, mal sabia o quanto estava comprometido espiritualmente pelo apego e o quanto talvez precisaria sofrer para aprender.

Diego sentiu as energias se reequilibrarem e agradeceu aos mentores pela oportunidade de auxiliar. Tinha consciência de que sua tarefa na mansão não seria apenas de mordomo leal e eficiente e retornou à cozinha para acompanhar o preparo do lanche que seria servido mais tarde. Os meninos estavam de férias, e Dinda gostava de agradá-los com sanduíches e sucos especiais. Ana Luíza, Guilherme e Laura sempre optavam por um cardápio leve à noite.

Guilherme desceu as escadas e chamou por Diego, dando dois toques em uma campainha. O mordomo, de imediato, apresentou-se na sala.

— Pois não, doutor? Como posso ajudá-lo?

— Como o dia transcorreu aqui, Diego? Onde estão os meninos? E Ana Luíza? Acordei, e ela não estava mais no quarto. Sabe me dizer se saiu com a mãe?

— O dia transcorreu tranquilo, doutor. Os meninos ficaram na piscina até um pouco mais tarde por conta do calor. Neste momento, estão com Dinda na sala de cinema. O senhor sabe como ela preza pela cultura dos garotos. Dona Ana Luíza deve estar nos aposentos de dona Laura.

— E a biblioteca? Como estão as coisas lá?

Diego hesitou antes de responder. Gostaria de narrar com detalhes o que sentira, mas sabia que ainda era impossível para o patrão acreditar em experiências daquele tipo.

— Tudo transcorreu na mais perfeita harmonia, exatamente como deve ser. Pode ficar tranquilo. O senhor irá até lá? Já providenciei tudo o que me foi solicitado para o dia de hoje.

Guilherme olhou para o chão e, por alguns segundos, ficou perdido em seus pensamentos antes de responder.

— Não, Diego. Verifique apenas se as fechaduras remotas de segurança estão devidamente trancadas e guarde o controle com você. Amanhã cedo, antes de ir para a empresa, farei pessoalmente tudo o que for necessário. Agora, quero apenas ficar um pouco com Yuri e Henrique. Tenho dado pouca atenção a meus filhos, e Dinda também precisa descansar um pouco.

Diego riu.

— O descanso de Dinda são aquelas crianças, doutor. Ela não consegue ficar longe deles um só instante.

— E minha digníssima esposa se aproveita do amor de Dinda pelos meninos para viver descansando junto à minha sogra — Guilherme respondeu amargo.

Diego fingiu não ter ouvido o desabafo do patrão.

— O senhor quer que eu mande chamar seus filhos?

— Não precisa. Irei até eles. Mande servirem o lanche lá na cinemateca. Aproveitarei para distrair minha cabeça com a infância deles. Estou necessitando.

Diego foi cumprir a ordem do patrão, e Guilherme saiu para procurar os filhos.

❧

Ana Luíza observava a mãe se arrumar e ria.

— Mamãe, não acredito que a senhora vai jogar pôquer num domingo à noite.

Laura respondeu com deboche:

— E que mal há nisso? Sou uma dama da sociedade paulistana, e damas como eu também apreciam o jogo. Só assim me distraio como gosto, minha filha.

— Mas a senhora não acha que está vestida de forma exagerada? Para quê tanto brilho, tanto perfume e tantas joias para jogar pôquer com senhorinhas?

— Você está me chamando de velha, Ana Luíza? Velho é quem não sabe aproveitar a vida, e eu sei! Estou bem-vestida e não há exagero em meu estilo! Gosto de brilho, de joias caras e de bons perfumes, que, aliás, são comprados com o limite sofrível de meu cartão de crédito.

— Ora, não me faça rir, mamãe! Desde quando os zeros à direita do primeiro número de seu cartão indicam um limite sofrível? — Ana Luíza brincou.

— Pois bem — retrucou Laura apanhando a bolsa de grife. — Pelos menos, esses zeros me servem para comprar diversão. Pense se essa não seria também uma boa saída para sua vida carregada de tédio.

Laura não esperou a filha responder. Foi para o *hall*, dispensou a companhia do motorista da mansão, ligou para um taxista e esperou-o impaciente. Assim que ele chegou, saiu pelo suntuoso portão de ferro trabalhado da mansão e entrou no táxi. Optava por andar sempre com o mesmo taxista para garantir sua segurança. Apanhou o celular e enviou uma mensagem rápida. Num prédio de aparência duvidosa, solicitou meia parada do carro. Um rapaz jovem entrou e apertou discretamente sua coxa por cima do vestido.

— Como está, minha rainha?

— Ansiosa, Túlio! Pensei que não fosse aparecer.

— E por qual motivo pensou isso?

Laura respondeu com uma pergunta:

— Por que nunca responde às minhas mensagens? Desde cedo, estou lhe enviando recados para confirmar nosso encontro, mas você não deu sinal de vida. O que está acontecendo?

— Minha rainha, gosto de te deixar apreensiva. É sempre melhor o resultado.

Sorrindo alegre, ela não perguntou mais nada, e o táxi seguiu para o estacionamento do prédio.

ॐ

Túlio era garoto de programa. De origem humilde, descobrira na atividade uma maneira de viver de forma materialmente mais digna. Fazia parte de um seleto grupo de rapazes agenciados por uma empresária do setor. Inicialmente, quando leu a oportunidade de vaga no jornal, julgou que estivessem selecionando modelos publicitários. Ao passar pelos testes de fotografia e filmagem, recebeu uma ficha para preencher com dados minuciosos e esperou por algumas horas a entrevista final de seleção. Tinha certeza de que conseguiria a vaga e plena confiança de que era bonito, bem-cuidado, educado e inteligente. Ao ser chamado pela recepcionista, entrou na sala da direção com o coração acelerado. Uma mulher de meia-idade e beleza sedutora pediu que ele se acomodasse numa poltrona vermelha, que contrastava com o restante do ambiente. Túlio ajeitou-se e resolveu falar sobre seus planos de forma ingênua.

— Sou bastante ambicioso, dedicado e meticuloso em tudo o que faço. Tenho certeza de que, com o treinamento adequado, serei um modelo excepcional. Aliás, esse será apenas meu primeiro passo. Na verdade, quero ser ator e pretendo fazer alguns cursos para ganhar conhecimento.

A mulher riu.

— É. Vejo que você tem muito talento mesmo, Túlio. Realmente, seu futuro é bastante promissor. Com o treinamento certo, um banho de loja e alguns outros pequenos detalhes, você será um verdadeiro destaque para nossa seleta carteira de clientes vips.

Túlio entusiasmou-se.

— São clientes importantes? Conhecidos no mercado?

— Posso afirmar que qualquer cliente é importante e merece toda a atenção do mundo, mas vejo que você esqueceu uma conduta indispensável.

Túlio ficou sem graça.

— Desculpe. Fiz algo de errado?

— Sim. Aliás, um erro imperdoável! Você se esqueceu de perguntar meu nome e do principal, meu jovem... de me elogiar. Um homem deve sempre elogiar uma mulher.

— Perdoe-me. Estava tão entusiasmado que me esqueci de ser cordial. Como a senhora se chama?

— Terceiro erro, meu caro. Nunca chame uma mulher que você não conhece de velha.

Ele reagiu constrangido:

— Não chamei a senhora de velha!

— Me chamou de senhora, que é quase a mesma coisa. Meu nome é Suzan. Espero que possamos trabalhar juntos e ganhar rios de dinheiro.

A partir daquele momento, Suzan apresentou ao rapaz sua proposta de trabalho. Solicitou que ele fizesse exames médicos de todos os tipos, assinasse termos de responsabilidade e documentos para divulgação de sua imagem em diversos sites de relacionamento. Túlio ficou temeroso, mas optou por mergulhar de cabeça naquela empreitada. E, daquele dia em diante, ganhou como companhia vários espíritos sedentos por sexo.

❦

O taxista estacionou o carro e virou o pescoço para trás.

— Desejam que eu entre?

Túlio puxou a carteira do bolso da calça e pagou a corrida, respondendo debochadamente ao motorista:

— Não precisa entrar! Dou conta sozinho!

Laura sentiu o rosto arder num misto de desejo e constrangimento.

À porta do motel de luxo, Túlio preencheu rapidamente uma ficha e colocou o braço direito na cintura de Laura.

— Vamos, minha rainha! Não gosto de perder tempo.

A mulher reagiu ao toque do rapaz.

— Comprarei um carro para você, Túlio. Não quero mais passar por esse tipo de constrangimento. É arriscado para minha reputação. Se algum desses taxistas tirarem uma foto minha, será chantagem certa.

Túlio passou o cartão magnético na fechadura do quarto, e a porta se abriu. A decoração do ambiente era de gosto duvidoso, e tudo beirava o luxo exagerado: cabeceira da cama entremeada por detalhes dourados, luminárias de cristal sustentadas por tripés cor de cobre, robes felpudos, bandejas com balde de gelo, garrafas de champanhe e uísque, frigobar estilizado como um grande cofre, música ambiente de melodia sedutora, pétalas de rosas vermelhas espalhadas pelo chão. Havia também um espelho no teto, estrategicamente posicionado sobre a cama, e as portas espelhadas da varanda duplicavam todas as imagens refletidas, o que causava a sensação de que, na suíte, havia um número muito grande de pessoas.

Túlio puxou Laura pela mão e deitou-a sobre a cama. De joelhos, de frente para ela, tirou a camiseta branca, deixando à mostra a musculatura delineada da barriga. Puxou o cordão de ouro com uma medalha com a inicial de seu nome e o dispôs sensualmente entre os dentes. Laura puxou-o pelo cinto para junto de seu corpo. Tinha urgência no prazer e nenhum pudor ou restrições em relação ao sexo. Os dois se entrelaçaram numa relação de agonia e urgência: Túlio, pelo dinheiro e pela profissão; ela, pela fixação constante em atingir o clímax intenso.

Nos espelhos, a ressonância de imagens multiplicadas ganhava vida e forma a cada movimento frenético dos dois. Acima da cama, o espectro de uma mulher de beleza sedutora conseguia o quantum suficiente de energia a cada gemido. O espírito sombrio, preso ao ambiente, começava a experimentar liberdade ao se aproximar de Laura. Sentia cada toque como se ainda estivesse encarnada. Ria e soltava grunhidos de prazer junto com ela.

Passava de meia-noite quando o celular de Laura disparou um alarme estridente. Ela espalmou as mãos no tórax do rapaz de imediato.

— Chega por hoje! — exclamou, levantando-se.

Vestiu-se rapidamente e foi até o banheiro retocar a maquiagem e arrumar os cabelos. Contrariada, viu Túlio abrir o chuveiro.

— Você sabe que essa mania de tomar banho após cumprir suas tarefas me irrita!

— Faz parte de minha ritualística, minha rainha. Detesto andar suado.

— Esse tipo de suor que sai de nossos poros é sinônimo de vida! Agora, vamos! Não quero correr o risco de perder meu sapato de cristal por aí! Chame um carro para mim e me dê logo sua maquininha de cartão.

Ele respondeu com ironia:

— Não trouxe a máquina, minha rainha.

— Não gosto de dívidas nem ando com dinheiro vivo. Você sabe disso.

— O carro pagará muito bem a noite de hoje.

Laura soltou uma gargalhada.

— Você terá seu carro, mas, depois de ganhá-lo, terá de se esforçar muito mais. Amanhã, aviso onde poderá me encontrar. Responda, por favor, à mensagem que vou lhe enviar.

Ao sair, o espectro feminino conseguiu se libertar do quarto e acompanhou Laura. Afinizara-se a ela e não a deixaria esquecer os momentos de prazer vividos.

A partir daquela noite, Laura não mais viveria sozinha. O processo obsessivo estava instalado.

CAPÍTULO 24

Ana Luíza acordou e não encontrou o marido a seu lado. Examinou a hora e surpreendeu-se. Preocupada, chamou por ele.

— Guilherme?! Onde você está?

Ela sentiu o cheiro de cigarro que vinha da varanda do quarto e resmungou:

— Que horror! Você sabe que detesto cigarro!

Ele olhou para os jardins da mansão e suspirou. Apagou o cigarro, amassou-o no cinzeiro e entrou.

— Sempre fumei. Estou em minha casa e em meu quarto.

Ana Luíza cobriu a cabeça com o lençol.

— E eu sempre reclamei disso. Sempre! Sou sua mulher e mãe de seus filhos. Esta casa também me pertence.

Guilherme olhou entediado para ela e voltou à varanda para apanhar o maço de cigarros e o isqueiro.

— Volte a dormir. Vou para o jardim, pois, assim, não incomodo seu sono. Quanto à casa, não se esqueça de que nos casamos com separação de bens. Esta casa é uma parte importante da herança de meus pais, mas isto não é hora para discussões.

— Você está bem? Nunca acorda de madrugada. Nunca perdeu seu sono por nada.

— Estou bem, Ana Luíza. Só quero ficar em paz, por favor.

Ele abriu a porta do quarto e desceu. Na sala, serviu-se de uma dose de uísque. Pensou em ir até a biblioteca, mas desistiu. Lara não saía de seus pensamentos. Desde que a conheceu, lembrava-se dela constante-mente. Olhou para o copo, levou-o até as narinas e aspirou o aroma quente e marcante da bebida. Sorveu o líquido num único gole e sentiu a garganta queimar. Examinou a hora no relógio de pulso dado a ele pelo pai na primeira vez em que se atrasou para chegar à empresa.

"Isto é para você nunca mais se atrasar para seus compromissos, meu filho. Quando envelhecer, dê esse relógio a seu filho mais velho. O tempo é artigo de luxo para todos nós. Perdê-lo por qualquer razão é uma violência contra a vida ofertada por Deus."

Ele parecia ouvir a voz do pai alertando-o sobre o valor precioso do tempo. Não era mais criança. Subiria e tentaria dormir ao lado da esposa, como era o correto a se fazer. No dia seguinte, tinha vários contratos para revisar e assinar. Alguns empregados de um de seus estaleiros estavam reivindicando melhorias salariais e maior segurança para trabalhar. Precisaria estar com a cabeça devidamente centrada para resolver todas as questões pendentes. Subiu as escadas e retornou ao quarto, ajeitando-se ao lado da esposa, que fingia dormir para evitar novo confronto.

∽

A luz do sol entrou pelas frestas da cortina e incidiu direto no rosto de Ana Luíza, despertando-a.

— Meu Deus! Além de ter acordado no meio da noite, ainda sou obrigada a encarar essa claridade — sussurrou mal-humorada.

O marido ainda dormia um sono pesado. Ela levantou-se e, silenciosamente, afastou as cortinas por completo, esboçando um sorriso de vingança. Seguiu para o *closet* para se arrumar. Estava cansada e irritada. Escolheu um macacão branco, de alças feitas de correntes douradas. Lavou o rosto e aplicou uma base leve e um hidratante labial. Queria descer antes de o marido acordar.

O antebraço de Guilherme cobria-lhe os olhos, quando Ana Luíza saiu arrumada para descer.

— Bom dia. O sol já está bem forte. Acordei com a claridade.

— Eu também, Guilherme. Você deixou as cortinas abertas ontem. Posso esperá-lo para o café? — ela perguntou com rispidez.

— Pode, sim. Vou me arrumar e já me encontro com você. Peça que me prepararem algo bem leve e um suco desintoxicante. Preciso estar bem tranquilo hoje. Tenho coisas demais para resolver.

— Essas coisas foram o motivo de sua insônia e grosseria?

Ele levantou-se e beijou a esposa rapidamente na testa. Não queria mais discutir.

— Sim. Estou bastante preocupado com alguns compromissos na empresa. Me desculpe se descarreguei essas preocupações em você.

Ana Luíza passou a mão no rosto do marido e abriu a porta.

— Espero por você.

❧

Laura estava em êxtase durante o sono. O espírito da mulher estava colado em seu corpo, fazendo-a experimentar em sonho orgias de todos os tipos. Ela revirava-se na cama e emitia ruídos. Ana Luíza passava pela porta do quarto da mãe e ouviu.

— Mas o que é isso?

Bateu na porta mais de uma vez até que Laura despertou, erguendo o tronco abruptamente. Estava ensopada de suor e muito cansada. Respirou fundo e respondeu:

— Quem é?

— Sou eu, mamãe. A senhora está bem?

— Sim. Estava até o momento em que você me acordou.

— Pois bem. Trate de se arrumar e descer. Quero que faça a primeira refeição comigo e com Guilherme.

— Mas é muito cedo ainda, e estou sem fome.

— Faça o que lhe pedi, por favor.

Laura ainda sentia o torpor do sonho. As cenas de sexo implantadas em seu inconsciente pelo espírito que a acompanhava eram impactantes. Olhou-se no espelho e viu que havia dormido sem tirar a maquiagem.

— Que horror! Estou parecendo uma velha gagá com a cara toda borrada. Preciso de um banho!

No chuveiro, sentiu o perfume de Túlio escorrer pelo seu corpo junto com a água. A mulher que a acompanhava ria sem parar.

— Encontrei a companhia perfeita! Eu e ela nunca mais nos desligaremos. O que eu gosto de sentir ela também gosta.

Laura sentiu um hálito quente em seu ouvido esquerdo e teve uma vertigem. Apoiou-se na bancada da pia por uns instantes até se recuperar.

— Só me faltava ter ataques hipertensivos de velhice. Vou fazer um *check-up* com urgência.

Vestiu-se com capricho e foi ao encontro da filha. O perfume de Túlio, entretanto, não saía de seu corpo.

Ana Luíza já estava na companhia de Guilherme, que saudou a sogra amistosamente:

— Bom dia, dona Laura. Acho que todos acordamos cedo hoje.

Quando Laura ia dizer que havia acordado cedo por causa da filha, Ana Luíza interrompeu-a:

— Que bom estarmos todos juntos no café da manhã. Gosto muito desses momentos. E a senhora, mamãe? Também gosta? Lembro que fazia sempre questão de preparar tudo para papai.

Laura colocou a mão na boca para esconder o riso antes de responder com cinismo:

— Que saudades daquela época, minha filha. Éramos tão felizes...

Guilherme passou o guardanapo de linho pelos lábios e colocou-o sobre a mesa.

— Vocês me deem licença, mas preciso separar alguns documentos na biblioteca antes de ir para a empresa.

Ele passou pela sala de desinfecção antes de entrar no compartimento da câmara de criogenia. Ao se aproximar da urna, teve uma crise de choro. Aos poucos, procurando se acalmar, secou as lágrimas e começou a conversar com a mãe.

— Ah, mãe... Quanta falta eu sinto da senhora... Tenho certeza de que, em breve, poderemos estar juntos novamente. Falta pouco, muito pouco. Sabe, conheci uma jovem linda e amável. Tão diferente de Ana Luíza... Independente, determinada, cheia de vida. Ando tão cansado do jeito mimado de minha esposa. O nome dela é Lara. A senhora iria gostar de conhecê-la. Parece gostar de crianças. Lara é linda, mãe. Muito linda e sensível.

Afastado do corpo, o espírito de Solange tentava comunicar-se com o filho para pedir-lhe que a libertasse. Ainda não havia tido a consciência da morte e pouco compreendia o que ele falava. Sentia que sua voz não o alcançava. Começou a experimentar uma grande agitação energética. A energia liberada por Solange, em seu esforço de se fazer ouvir, rondou o ambiente como um vento e fez romper uma das válvulas de temperatura da câmara de criogenia. O som inaudível de um alarme aos demais cômodos da mansão disparou, e, imediatamente, dois integrantes da equipe surgiram.

— O senhor mexeu em algum equipamento?

— Claro que não! — Guilherme reagiu. Adoto sempre os protocolos de segurança que os senhores me passaram!

Rapidamente, o problema foi identificado e reparado, enquanto uma válvula de emergência funcionava, mantendo a temperatura da câmara equilibrada.

Guilherme estava enraivecido.

— Podem me explicar o que aconteceu? Não admito falhas! É a vida de minha mãe que está em jogo!

Um dos responsáveis se pôs à frente.

— Doutor, apenas uma força fora dos padrões humanos seria capaz de afrouxar essa válvula.

— Então, trabalhem direito para que essa tal força não aja mais! Repito que não admito falhas! Os senhores são cientistas! Nem quero pensar na possibilidade de ter gasto meu dinheiro à toa! É a vida de minha mãe que está em jogo, repito!

— Doutor, está bem claro no contrato assinado com o Instituto que sua mãe passa pelo processo de criogenia por sua vontade. Em nenhuma das cláusulas há a afirmação de que ela esteja viva organicamente. Muito pelo contrário. A possibilidade de recuperar a máquina orgânica em sua totalidade é mínima. Ela, no momento, tem seu corpo preservado e livre da putrefação. Apenas isso, doutor.

Guilherme trincou as mandíbulas, deixando transparecer a raiva.

— Façam o que tem de ser feito. Limitem-se a isso e guardem suas opiniões! Eu penso exatamente o que eu quiser!

A câmara de criogenia foi trancada, e Guilherme acomodou-se na poltrona confortável da biblioteca.

‿◠

Laura ajeitou os cabelos louros. Uma franja alongada até a altura do maxilar conferia-lhe um movimento jovial em contraste com o rosto claramente marcado por inúmeras plásticas. Ana Luíza olhou para a mãe com desdém.

— A senhora teima em usar esse corte de cabelo.

— Querida, ando do jeito que quiser. E, se duvidar, estou mais jovem que você! Sua cara amarrada espanta qualquer um!

Ana Luíza soltou uma gargalhada. Era evidente que a mãe não aceitava a ideia de que havia envelhecido. Comportava-se sempre de modo sedutor, usava roupas muito pouco discretas e vivia buscando soluções mágicas para a pele. Decidiu desconversar. Laura era sua única aliada.

— A senhora notou como Guilherme está diferente?

— Seu marido sempre foi estranho. Só gostaria de saber o que ele tanto faz na biblioteca. Se eu fosse você, ficaria mais atenta. Pense sempre em seu conforto.

— Às vezes, tenho a impressão de que ele busca outras mulheres na rua...

Laura riu debochadamente.

— Impressão? Apenas isso? Ora, minha querida! Qual homem não dá escapadas na rotina de um casamento entediante?

— O que a senhora quer dizer com isso?

— Exatamente o que você entendeu, Ana Luíza. Todo homem é um traidor. Faz parte da essência masculina. Ainda mais se tratando de um homem como Guilherme. Ele é sedutor, bonito, bem-sucedido. Só uma tonta como você seria capaz de subestimar todo o potencial de sedução de seu marido.

Ana Luíza sentiu o rosto arder de raiva.

— Quem está me subestimando agora é a senhora! Não nasci para ser traída!

Laura tornou a ironizá-la.

— Então, aja! Seja mais ardente, mais agressiva e vigilante! Desperte como mulher!

— A senhora acha que Guilherme possa estar me traindo?

— Se eu acho? Não acho, minha querida! Tenho certeza!

Ana Luíza estalou os dedos com raiva e sussurrou:

— Pois eu mato qualquer mulher que se aproximar de Guilherme! Juro que mato!

Laura interferiu:

— Não sabia que você amava tanto seu marido assim...

— Não é amor. Está muito longe de ser amor, mamãe. É mais que amor...

209

Laura não gostou do tom usado pela filha nas últimas palavras. Às vezes, sentia medo de que Ana Luíza cometesse um desatino e colocasse tudo a perder, principalmente o conforto que ambas tinham naquela casa. Resolveu não dizer mais nada, ajeitou melhor os óculos escuros e saiu calada, deixando Ana Luíza ruminando pensamentos de raiva.

⚬◆⚬

Laura olhou para o relógio, apanhou o celular e enviou uma mensagem para Túlio. Estava decidida a comprar um carro para o rapaz. Só de pensar em encontrá-lo, sentiu uma onda de desejo percorrer-lhe o corpo. Viu Guilherme sair da biblioteca com o semblante preocupado e cutucou a filha.

— Olhe só como ele está! Saiu sem falar com você!

— Vamos segui-lo, mamãe...

— Deixe de ser tonta! Está na cara que ele vai para a empresa. Nenhum encontro acontece neste horário. É muito cedo, Ana Luíza. Só pessoas muito ousadas se aventuram em encontros às segundas pela manhã. Por falar nisso, preciso sair.

— Aonde a senhora vai?

— Usar meus cartões de crédito, minha querida filha.

Ana Luíza perguntou entediada:

— Mais roupas, mamãe?

Laura riu.

— Vou me vestir com outra coisa bem mais interessante e prazerosa do que roupas. Até mais tarde.

Túlio aguardava Laura à porta de uma concessionária, eufórico com a mais nova conquista. Aprendera a trocar seus serviços de forma a conquistar uma vida mais confortável. Ao avistar o táxi estacionando, apressou-se em abrir a porta e segurar delicadamente a mão esquerda de Laura.

— Como está, minha rainha?

— Com você sempre fico bem. Vamos entrar e escolher seu presente. Não quero mais me arriscar, e poderemos viver aventuras mais intensas.

Túlio apontou para um carro moderno com pintura azul metálica.

— Gostei muito desse — disse, voltando os olhos para Laura.

Ela examinou o carro, entrou e sentou-se no lugar do carona, reclinando o banco. Em seguida, esticou o corpo para sair. Sentiu os músculos da perna estirarem e gemeu com a dor da câimbra. Túlio ajudou-a, e o vendedor apanhou uma cadeira para que ela se sentasse.

— Não quero esse, Túlio! Não quero! Escolha outro mais confortável.

O vendedor assentiu com a cabeça, entregando um copo d'água a Laura.

— A senhora tem razão. Seu filho deve escolher outro modelo para lhe oferecer mais conforto.

Imediatamente, Laura jogou o copo longe.

— Inferno! Quem lhe disse que sou mãe dele? Quem lhe disse que preciso de algo adequado a velhinhas? Vamos, Túlio. Meu dinheiro não ficará neste lugar de quinta categoria!

Túlio acompanhou-a, sinalizando um pedido de desculpas para o vendedor. Na calçada, colocou o braço no pescoço de Laura.

— Fique mais calma, por favor. Ele não fez por mal.

— Claro que fez! Foi de propósito! Foi falta de educação! Vamos procurar outra concessionária. E trate de escolher um carro melhor! Não quero passar por outro vexame!

Túlio apontou para um bar.

— Que tal um *drink*? Assim, você descansa um pouco.

— Não quero beber a essa hora, rapaz! Vamos logo providenciar a compra desse carro. Tenho outros planos!

— Tenho compromisso no início da tarde, minha rainha. Não posso falhar com Suzan. Ela é severa demais nesse aspecto.

— Pois você não mais trabalhará para a agência. Me diga quanto precisa para se desligar dessa tal cafetina.

— Você está falando sério? Não posso fazer isso! É meu emprego! Se eu falhar com ela, se cometer qualquer deslize, saio do mercado para sempre.

— Estou falando sério. Muito sério, por sinal.

— Já lhe disse que não posso fazer isso, Laura.

— Ou faz o que quero ou o sonho do carro termina aqui! Nos sites há muitos como você, Túlio!

O rapaz ficou em silêncio. Daria um jeito de driblar Laura.

Após escolherem um carro mais tradicional, Laura sentiu o corpo estremecer. O espírito que a acompanhava se aproximou e grudou em seu corpo, manipulando-lhe os chacras básicos.

— Vamos, Túlio! Agora é hora do pagamento de sua dívida comigo!

Ele olhou desolado para o relógio. Pediu licença e perguntou ao vendedor se podia usar o *toilette*. Depois, disse a Laura:

— Vá experimentando o conforto do carro, minha rainha. Já volto.

No banheiro, ele lavou o rosto e olhou-se no espelho. Achou-se abatido. Apanhou o celular e ligou para a agência.

— Suzan, bom dia. Acordei um pouco febril e com muitas dores no corpo. Tenho um compromisso agendado às quatorze horas. Preciso que você me substitua.

— Já lhe disse que precisa cuidar da saúde! Não posso perder minhas clientes! Trate de ir ao médico!

Túlio desligou o celular. Ajeitou a blusa de malha, colocando-a para dentro da calça, e voltou a se admirar no espelho.

— Vamos lá, Túlio! Vamos logo pagar esse carro com decência e profissionalismo! — cochichou para si mesmo, saindo para encontrar Laura.

CAPÍTULO 25

Guilherme passou o dia pensando na mãe e pediu à secretária que atualizasse seus arquivos com estudos sobre a doença de Solange. Sentia o coração triste e oprimido. Olhou para a carteira sobre a mesa e lembrou-se de Lara. Apanhou o cartão que a jovem havia deixado com ele.

— Essa moça é tão linda... O perfume dela ainda está no cartão.

Hesitou um pouco antes de digitar o número do telefone. O celular de Lara tocou mais de uma vez.

— Que número desconhecido é esse?

Magali interferiu:

— Vou atender, Lara. Talvez sejam notícias de dona Odete.

— Alô? Quem deseja falar com dona Lara?

Guilherme procurou ser firme:

— Guilherme. Gostaria de falar com Lara. Pode ser?

Magali olhou surpresa para Lara e colocou a mão em concha no aparelho.

— É Guilherme, o bonitão do jóquei.

Lara sorriu.

— Diga a ele que já retornarei.

Magali transmitiu o recado a Guilherme e encerrou a ligação. Lara estava radiante.

— Que maravilha! Ele se interessou por mim!

— Você se lembra da aliança que ele estava usando na mão esquerda?

213

— Claro que sim! Como iria me esquecer desse detalhe, minha amiga? Aliás, o detalhe mais importante. O que realmente me interessou nele foi o fato de ser casado.

Magali passou a mão pelo cabelo, num gesto de impaciência.

— Lara, pense bem. Não é justo transgredir as leis do amor. Isso pode trazer problemas para sua vida, e nem sempre nos livramos dos problemas que tecemos.

— Deixe de ser preconceituosa! O que há de errado nisso? O casamento sempre foi uma coisa falida. Quanta hipocrisia pensar de forma contrária! Se ele me ligou, é porque enxergou em mim algo que não encontra na tal esposa.

— Quer dizer que você ligará de volta?

— Sim! Mais tarde farei isso. Prefiro que ele fique ansioso. O resultado é melhor.

— E Murilo?

— Não quero nada com Murilo, além da amizade sincera e leal que ele me oferece. Apenas isso. Sem envolvimentos maiores.

Lara encaminhou-se para a beira da piscina. O sol estava quente, e ela precisava pensar. Relembrou todos o sofrimento da mãe, o descaso com que era tratada, o dia em que descobriu a existência de Rosa, a relação com o pai, o momento em que perdeu qualquer oportunidade de viver uma adolescência saudável diante do corpo inerte de Marisa. Uma lágrima escorreu de seus olhos, e ela passou com violência as costas da mão pelo rosto, secando a lágrima.

— Não admito mais que essas lembranças me persigam! — exclamou, dando lugar ao ódio.

Lara esticou-se numa espreguiçadeira e adormeceu. Teve sonhos confusos em que Rosa aparecia ensanguentada, com os olhos esbugalhados, pedindo socorro. Magali sentiu falta de Lara e foi ao encontro dela. A jovem contorcia-se e suava muito.

— Lara, acorde! Lara...

Lara despertou num sobressalto. Ofegante, olhou para a governanta e amiga, que estava assustada.

— Preciso tomar um banho, Magali. Por favor, me ajude a sair daqui. Estou zonza.

Magali ajudou Lara a levantar-se, e juntas entraram na casa.

Guilherme retornou para a mansão no início da tarde. Experimentava uma dor de cabeça intensa. Diego recebeu-o solícito como de costume.

— Posso ajudá-lo, doutor?

— Por favor, preciso de um comprimido para dor de cabeça. Estou com uma enxaqueca terrível — respondeu, jogando a pasta sobre uma das poltronas da sala principal e acomodando-se em outra.

O mordomo retornou com uma bandeja de prata com o comprimido e um copo com água.

— Tome esse comprimido e vá descansar, doutor. Há momentos em que não devemos forçar nosso corpo.

Guilherme apoiou os cotovelos sobre os joelhos e segurou a cabeça com ambas as mãos.

— Você tem razão. Preciso descansar. Onde está Ana Luíza?

— A senhora Ana Luíza almoçou na piscina e continuou por lá.

— E meus filhos?

— Dinda levou-os para o cinema. Não se preocupe. Ela foi acompanhada por dois seguranças.

Guilherme levantou e olhou para a escada.

— Leve minha pasta para a biblioteca. Descansarei lá até essa dor de cabeça passar. Não quero que minha esposa saiba que já estou em casa. O motorista levou meu carro para fazer alguns ajustes, e ela não me viu entrar. Entendeu?

— Entendi claramente, doutor. Vamos. Deixarei tudo arrumado para que o senhor consiga descansar de fato.

Guilherme tirou os sapatos, a gravata e o paletó do terno. O ar-condicionado estava na temperatura ideal, e ele acomodou-se em sua cadeira de trabalho. Abaixou a cabeça sobre a escrivaninha e começou a chorar.

— Mãe, como me sinto só. Como sinto sua falta. Farei o possível para logo estarmos juntos. Esta casa é fria sem sua presença. Falta humanidade, sentimento e vida nesta mansão. Às vezes, penso em desaparecer e viver de forma mais simples... Mas são tantos compromissos, tantas obrigações. Tenho os meninos, no entanto, eles viveriam muito bem sem minha presença...

Solange sentiu a tristeza do filho e, com muito esforço, conseguiu chegar em espírito até ele, afagando-o amorosamente os cabelos.

— Ah, meu filho... Não sei o que está acontecendo. Não sei por que me prenderam desta forma. Noutro dia, ouvi Diego sussurrar para que eu seguisse meu caminho. Mas que caminho será esse? Parece que meu corpo morreu, mas me sinto viva e experimentando a dor deste aprisionamento a que fui submetida por sua vontade.

Guilherme continuou a chorar e lembrou-se de Lara.

— Mãe, se você conhecesse essa moça, iria se encantar. Não suporto mais viver de aparências. Ana Luíza tem um comportamento que não me agrada. Se interessa apenas por coisas fúteis. Nunca percebeu meu sofrimento e minha dor. Nunca se interessou pelos filhos. Será que estou errado por pensar dessa forma?

Solange se deu conta de que suas forças estavam se esvaindo, mas o sentimento materno a manteve firme por mais alguns minutos. Em pensamento, tentou continuar se comunicando com o filho.

— Meu filho, você é um bom homem e sempre foi um bom filho. Tenho andado muito confusa. Ouço as orações de nosso amável e leal Diego...

Guilherme conseguiu adormecer, e um facho de luz invadiu a biblioteca. Dois espíritos se fizeram presentes e ampararam Solange.

— Minha irmã, estamos aqui por interferência de um grande amigo de sua família.

Solange assustou-se. Finalmente, alguém havia conseguido enxergá-la.

— Vocês conseguem me ver! Finalmente, alguém conseguiu me ver! Quem são vocês? Amigos de meu filho? Ele anda tão angustiado...

— Meu nome é Cíntia.

— Mas você parece uma indiana... Esses trajes não são adequados ao nosso clima. Que estranho...

Cíntia apresentava-se com uma túnica verde-água. Tinha rosto anguloso, nariz afilado, pele amorenada, e trazia entre as sobrancelhas, no chacra frontal, uma pequena pedra cintilante de cor violeta. Com suas mãos, espargia centelhas translúcidas, que, aos poucos, foram penetrando no corpo espiritual de Solange. A seu lado, havia um jovem de pele bem clara, com um uniforme semelhante ao dos soldados da antiga Roma. Cíntia dirigiu-se com doçura a Solange.

— Veja, minha irmã, este é Caio.

Solange arregalou os olhos.

— Mas ele está com essa roupa... de soldado romano... Parece um delírio... um delírio. Primeiro, aquele túmulo gelado, aquela câmara fria, onde ninguém me vê ou ouve. Agora, vocês vestidos dessa forma estranha... Estou louca... Só posso estar louca...

Caio aproximou-se de Solange e envolveu-a energeticamente, revigorando-lhe as forças.

216

— Vamos conosco. Há muitas moradas na casa de nosso Pai. A experiência terrena é apenas um lapso no tempo da eternidade.

Cíntia completou:

— Vamos, minha irmã. A vida continua após a morte do corpo físico. Você permanecerá com a mesma essência bondosa e ética que marcou sua existência entre sua família.

Solange começou a chorar. Sua mente e seus pensamentos haviam finalmente conquistado a lucidez desde seu desencarne.

— Então é verdade o que Diego diz quando ora? Estou morta?

Caio adiantou-se para responder com firmeza:

— Sim. É verdade! Diego tem sido nosso intermediário dentro desta casa. Ele tem uma grande sintonia mediúnica com as esferas mais altas e solicitou nossa presença quando a senhora deixou as vestes materiais. Hoje, através do amor dedicado a seu filho, conseguimos finalmente nos fazer presentes para conduzi-la ao seu lar espiritual.

Solange olhou para o filho consternada.

— Não posso deixá-lo neste momento.

Cíntia buscou argumentar com serenidade.

— Nada é eterno, minha irmã. Seu filho amado terá de trilhar os próprios caminhos para aprender as lições necessárias. Sua presença aqui não será proveitosa para ninguém. É hora de continuar a caminhar em sua própria estrada.

— Não irei a lugar algum! Só sairei daqui quando Guilherme estiver bem e equilibrado.

— Só oferece equilíbrio quem está equilibrado e curado — ponderou Caio.

— Saiam daqui! Não me convencerão do contrário!

Imediatamente, Solange foi ao encontro do próprio corpo na câmara de criogenia, enquanto Caio e Cíntia se entreolhavam pesarosos. A jovem indiana abaixou os olhos.

— Amigo de lutas, não se pode obrigar ninguém a nada. Solange é uma alma bondosa demais. Viveu corretamente baseada nos princípios do amor pela família, contudo, esqueceu que o amor por si mesmo pode ajudar muito mais. Foi zelosa com todos, mas muito apegada ao filho. Diante das verdades a que teve acesso a partir do momento em que desencarnou, teme pelo futuro de Guilherme. Ela é livre para escolher ficar. Precisamos respeitar isso.

— Ainda não compreendo o apego, minha cara. Por mais que me afirmem ser uma característica dos seres encarnados, não consigo aceitá-lo como parte integrante de um espírito — disse Caio.

Cíntia sorriu docemente.

— Não esqueça quanto tempo demoramos para conquistar o desapego. Fiquei às margens do Rio Ganges por décadas. Todas as vezes em que meus familiares surgiam, eu tentava me agarrar a eles. Era imensa a dor que eu sentia. Não deixa de ser apego o tipo de roupa que plasmamos para a vida espiritual. Eu com meus trajes indianos, e você com seus trajes romanos. Um dia, também alcançaremos esse progresso. Por enquanto, escolhemos viver com essa aparência. Não acha natural, então, que Solange prefira permanecer como está?

❧

Diego estava acompanhando o trabalho do jardineiro. Parte da grama estava visivelmente amarelada pela ação do sol, e ele gostava das plantas verdes e saudáveis. Carlos trabalhava na mansão havia pouco mais de três meses, e o mordomo costumava supervisionar de perto o novo colaborador.

— Veja, seu Diego. Nenhuma planta consegue sobreviver muito tempo com esse sol.

— Nenhuma planta que seja obrigada a conviver com o asfalto e cimento das grandes cidades consegue sobreviver. As que permanecem em seu ambiente natural resistem a todas as condições impostas pela natureza. Por essa razão, precisamos cuidar de cada uma com muito zelo e carinho.

Cíntia e Caio apareceram diante do mordomo, que se emocionou. Sabia das inúmeras tentativas dos amigos espirituais de reequilibrar Solange. Caio dirigiu-se a ele em pensamento: "Fique tranquilo, amigo. Solange está, no momento, ofuscada e abalada, exatamente como algumas plantas deste jardim. Continue oferecendo a ela suas orações".

Carlos notou a emoção nos olhos de Diego.

— Nossa! O senhor gosta mesmo das plantinhas. Está com os olhos cheios d'água.

Diego esboçou um leve sorriso no rosto.

— É verdade... Fico mesmo emocionado.

Fechou os olhos rapidamente, e, quando os abriu de novo, os espíritos não estavam mais ali. Deu de ombros e continuou a cuidar das plantas com o pensamento em oração.

CAPÍTULO 26

Lara tomou um banho demorado, enquanto Magali a esperava vigilante. Tinha certeza de que qualquer ajuda seria necessária naquele momento. Sabia que Lara era presa demais ao passado e tentava repetir um padrão não adequado aos caminhos a serem trilhados por ela. Percebendo que o chuveiro permanecia aberto, Magali chamou pela patroa:

— Lara! Está tudo bem? Precisa de ajuda?

— Estou bem, Magali! Separe um jeans e uma blusa leve.

— Não acha melhor um vestido? Está muito calor...

— Vou de jeans. Quero parecer mais jovem e simples. Entendeu?

Magali ficou em silêncio. Separou as peças no *closet* e entregou-as à patroa.

Lara saiu vestida e levemente maquiada. Apenas um batom claro, que realçava os olhos emoldurados por cílios longos.

— Por favor, pegue meu celular. Ligarei para Guilherme. Minha vida começa verdadeiramente hoje!

Lara tocou com destreza o ícone em que estava salvo o número de Guilherme e suspirou profundamente.

— Vamos, atenda logo! — sussurrou ansiosa.

Guilherme despertou com o toque do celular. Sentia-se cansado e abatido. Lentamente, levantou a cabeça pousada sobre os braços e atendeu à ligação sem verificar a identificação no visor.

— Alô?

— Olá, Guilherme. É Lara. Estou incomodando você? Se quiser, posso ligar outro dia...

Ele aprumou-se animado.

— Nada disso. É um prazer ouvir sua voz. Liguei mais cedo, mas você não pôde atender.

— Perdoe-me. Eu estava ocupada.

Guilherme respirou fundo e foi direto:

— Você continua ocupada ou podemos tomar um *drink* mais tarde? Há alguns lugares excepcionais para visitarmos no calor. O que acha?

Lara ficou propositadamente muda por alguns segundos, e ele sentiu o coração acelerar pela expectativa.

— Deixe-me pensar por um instante, por favor. Preciso verificar com Magali a minha agenda para hoje. Já te ligo.

Ela desligou o telefone rindo.

— Um ar de mistério é sempre admirado — disse, olhando-se no espelho para pentear os longos cabelos.

Lara se pôs a admirar a própria imagem. Sentia-se encantadora.

— Estou bem, Magali?

— Você é linda, Lara. Só não creio que sua alma realmente esteja buscando esse caminho que pode não ter volta. Há muitas coisas para serem resolvidas em sua cabeça. Procure um terapeuta ou alguém que cure essas feridas do passado. Dona Esmeralda lhe deu condições para isso.

— Não preciso de terapeutas! Preciso viver!

— Vivemos todos os dias, minha querida! Não vivemos apenas durante a diversão. Receio que você possa se machucar...

Ela gargalhou.

— Eu?! Já me machuquei no passado, Magali. Eles me feriram quando eu era frágil. Agora, não permito mais que ninguém faça isso.

Apanhou o celular e ligou para Guilherme.

— Estou à sua disposição. Gostaria que me apanhasse em casa. Detesto dirigir sozinha.

— Passe seu endereço — Guilherme pediu, levantando abruptamente e indo em direção à porta da biblioteca.

Em poucos minutos, estava pronto. Optou por uma roupa simples e esportiva. Diria à esposa que iria sair com Célio.

Ana Luíza subia as escadas de mármore, enquanto ele descia apressado. O corpo dourado pelo sol sobressaía-se sob a roupa branca com entremeios azuis. Guilherme admirou o belo corpo da esposa, mas dirigiu seu desejo a Lara.

— Não me diga que você tornará a sair! Nem vi quando chegou! Que falta de consideração, Guilherme!

— Marquei este jogo de golfe com Célio há quase um mês. Não posso faltar. E desculpe — explicou, beijando rapidamente o rosto da esposa.

— Mas... golfe hoje? Em plena segunda-feira?

— O que há com as segundas-feiras? Você, por exemplo, passou uma segunda-feira na piscina. Até mais tarde!

Ele desceu os degraus com pressa. Ansiava pelo encontro.

No carro, colocou o celular no viva-voz e ligou para o amigo.

— Célio, para todos os efeitos, estou, neste momento, indo ao seu encontro para jogarmos golfe!

— Que efeitos e que golfe, Guilherme? Estou trabalhando!

— Serei claro: tenho um encontro com a jovem que conhecemos no jóquei. Se minha esposa ligar para você, não atenda.

— E se for algo urgente? Você tem filhos!

— Meus filhos estão com Dinda. Diego foi orientado a me ligar, caso algo de extraordinário aconteça. Apenas a ligação dele deve ser atendida, OK?

Célio preocupou-se.

— Veja lá se você não está procurando chifre em cabeça de cavalo.

— Tenha certeza de que não é o caso. Muito pelo contrário, meu amigo.

❧

Guilherme estacionou o carro e conferiu o endereço. Imediatamente, o receio de Lara tê-lo procurado por interesse desapareceu. A construção à sua frente era imponente e luxuosa. Saltou do veículo, e um segurança posicionou-se em alerta ao pé do portão. Mais dois homens vestindo ternos escuros logo se aproximaram. Ele resolveu ligar para Lara.

— Oi! Estou em frente à sua casa e temo que seus seguranças me confundam com algum bandido. Melhor vir logo me encontrar.

Ela apanhou uma bolsa de couro com a alça comprida e atravessou-a no corpo. Despediu-se de Magali com um sorriso.

— Até mais tarde. Procure descansar um pouco.

A governanta a interpelou.

221

— Murilo ligou. Os médicos de sua tia fizeram contato com ele. Parece que dona Odete não está bem.

— Ela nunca esteve bem, Magali. Os médicos que resolvam isso! Estou pagando uma fortuna nesse tratamento, e ela nem merece todo esse cuidado!

Guilherme avistou Lara vindo em sua direção e tirou os óculos de sol para admirá-la melhor. Era linda, jovial e olhava para ele com um sorriso encantador. Ela atravessou o portão e foi ao encontro dele igualmente extasiada. Guilherme estava encantador. Usava uma bermuda clara, que deixava à mostra os músculos bem torneados, uma camisa polo verde-clara, arrumada cuidadosamente por dentro da bermuda, e um relógio de pulso. O rosto másculo e marcado pelo sorriso largo deixou-a encantada. Na mão esquerda, a aliança de ouro. O silêncio provocado pelo impacto causado pela admiração mútua durou alguns instantes. Os dois falaram ao mesmo tempo:

— Como você está?

A resposta de ambos gerou um sorriso de surpresa. Guilherme abriu a porta do carro e fez um gesto com a mão.

— Entre. Aqui fora está muito quente. Já escolhi o lugar para passarmos este resto de tarde.

Ela o provocou:

— Estaremos juntos por muito pouco tempo, então...

— Se você não tiver nenhum compromisso importante, a tarde poderá se prolongar um pouco. O tempo sempre é um aliado de nossas vontades.

— Muito bom saber disso, Guilherme. Também penso dessa forma.

Guilherme ligou o dispositivo de som do carro.

— Você tem alguma preferência?

— Prefiro saber qual é seu gosto musical. Isso fala muito sobre a pessoa.

Ele selecionou suas músicas prediletas: jazz instrumental, rock romântico e MPB.

— Então? O que você acha de mim a partir dessa primeira música? O jazz instrumental é um dos estilos musicais de minha preferência.

— Mantenho a primeira opinião que tive a seu respeito: você é uma pessoa especial.

Guilherme estacionou o carro próximo ao mirante mais badalado e requintado de São Paulo. O hotel construído em forma de barco ficava localizado em uma das mais importantes avenidas da cidade. Os traços arquitetônicos modernos possibilitavam uma das melhores vistas do Ibirapuera e dos prédios da Paulista.

Lara e Guilherme acomodaram-se próximo à piscina e permaneceram em silêncio observando a paisagem. O entardecer ofertava um céu de tons alaranjados e rosa para anunciar a noite.

— Precisamos brindar a esse pôr do sol. Há muito tempo não aprecio uma paisagem como essa! — disse Guilherme.

Lara encostou o dedo indicador levemente no antebraço dele.

— Não gosto muito de bebidas, mas este momento pede um champanhe. O que acha?

— Você não poderia ter feito melhor escolha. Realmente, é a única bebida que combina com este momento. Aqui, eles têm as melhores marcas. Você tem alguma preferência?

— Deixo a escolha por sua conta. Já vi que temos gostos muito parecidos.

Guilherme chamou o maître e apontou para a marca da bebida no cardápio de formas arrojadas. O garçom chegou no momento exato em que o sol terminava de cumprir seu papel no dia, sumindo aos poucos no horizonte. Segurando as taças de cristal, os dois brindaram, tocando-as levemente.

— Um brinde a você, Guilherme! — Lara disse, sorrindo sedutoramente.

Ele apertou os olhos brincando.

— Mas é a natureza que está nos ofertando este espetáculo! — exclamou.

— Você faz parte desse cenário lindo! É o protagonista neste momento.

Guilherme aproximou lentamente seu rosto do rosto de Lara e esperou que ela reagisse. A moça acariciou discretamente os lábios dele, e, imediatamente, um choque de prazer invadiu o corpo dos dois, culminando em um beijo tímido, mas muito ardente.

A noite já se apresentava no mirante, e a paixão tomava conta de Guilherme e Lara.

Ele tomou coragem.

— Lara... Se lhe fizer um convite, você aceitará?

— Qualquer convite que parta de você será muito bom.

— Eu gostaria de ficar a sós com você... Desculpe se estou sendo precipitado, mas...

Ela interrompeu-o com um beijo carinhoso e sedutor.

— O que achou dessa resposta, Guilherme?

— A melhor resposta que eu poderia receber de uma mulher encantadora como você.

Em poucos minutos, Guilherme solicitou uma suíte na recepção do hotel. O gerente perguntou quantos dias eles ficariam hospedados.

— Por tempo indeterminado. Estamos em São Paulo a trabalho, e o hotel que escolhi inicialmente não me agradou. Amanhã, traremos nossos pertences. Hoje, só precisamos descansar.

Já na suíte ampla e com decoração moderna, Lara perguntou:

— Por quê o tempo indeterminado? Este é nosso primeiro encontro...

Guilherme enlaçou-a pela cintura.

— Porque parece que já a conheço há muito tempo e que estarei sempre ao seu lado...

Delicadamente, ele começou a beijá-la. O coração dos dois batia em ritmo acelerado. Lara, ainda inexperiente nas questões do amor, se deixou conduzir pela virilidade do amante. Ele explorou milimetricamente todo o corpo da jovem, levando-a ao clímax mais de uma vez. Apenas quando percebeu que ela estava correspondendo às suas carícias, encaixou-se finalmente. Em movimentos cadenciados, o casal experimentou um longo e duradouro prazer. Sobre a cama desarrumada, abraçados, não perceberam as horas passarem e pegaram no sono entorpecidos pelos momentos vividos.

❧

O celular de Guilherme tocava ininterruptamente. O nome e a foto de Ana Luíza apareciam na tela, mas nenhum dos dois conseguiu acordar. Diego já estava ficando nervoso com a ausência do patrão, pois nunca havia presenciado tamanho atraso.

— Vamos, Diego! Abra a boca e fale onde está meu marido!

— Senhora, conforme lhe disse, doutor Guilherme saiu com o doutor Célio para jogar golfe.

— Já passa da meia-noite! Desde quando as pistas de golfe ficam abertas até essa hora? Não sou idiota! Fale logo!

— Senhora! Não me trate com esse desrespeito, por favor. Doutor Guilherme está com o amigo que a senhora conhece há anos.

Laura chamou a filha:

— Ana Luíza, por favor, vamos até a varanda. Um pouco de ar fresco lhe fará bem.

Na varanda, Laura ordenou:

— Feche a porta e deixe o mordomo em paz! Que triste figura é essa que você está representando? Parece uma peça teatral horrenda de atrizes decadentes e sofridas! Só faltam o fundo musical, o copo de uísque sem gelo na mão e um cigarro fedorento na outra! Pare agora!

Ana Luíza começou a chorar.

— Guilherme está me traindo, mamãe. Tenho certeza disso! Deve estar na cama com outra mulher! Logo comigo! Sou uma esposa dedicada e carinhosa! Cuido de meu lar e de minha família com zelo e amor...

Laura colocou a mão na frente da boca para rir.

— Você é patética, minha filha! Desde quando você é essa pessoa? Desde quando trata seu marido da forma como os homens gostam de ser tratados? Zelosa? Só se for com a piscina, suas roupas e suas joias. E quanto ao fato de ele estar na cama com outra, é natural diante de sua atuação nesse setor, não acha?

Ana Luíza parou de chorar repentinamente. Laura tinha razão. Ela amava o marido, mas não se interessava por ele verdadeiramente. Mantinham um relacionamento frio e distante da paixão dos primeiros encontros. Talvez fosse esse o grande motivo de seu ciúme exagerado.

— A senhora é cruel! Cruel demais! Vou subir para meu quarto. Quando Guilherme chegar, não quero que ele me encontre nesse estado.

— Então, faça exatamente isso: retome seu controle com um calmante e vá dormir. Homens como Guilherme sempre voltam para casa. Sei do que estou falando.

Enquanto Ana Luíza subia as escadas feito um furacão, Laura deu de ombros, pegou uma revista de moda, acomodou-se confortavelmente numa poltrona e, distraída, mergulhou na leitura.

❧

Guilherme despediu-se de Lara com um beijo demorado.

— Acho que estou apaixonado por você, Lara. Nunca senti isso em minha vida...

— É a primeira vez que trai sua esposa ou esse discurso é pré-fabricado? — ela o arguiu.

Ele rodou a aliança no dedo e baixou a cabeça.

— Você pode não acreditar, mas é realmente a primeira vez que vivo este encantamento. É exatamente isso: você me encanta!

Lara destravou o carro sorrindo. Sabia que as amantes jamais reclamavam da existência das esposas.

— Cuide-se! Você também é encantador. Despertou meu corpo, meus sentidos. Você me despertou como mulher.

— Então, não está aborrecida por saber que sou casado?

— Não. Só ficarei aborrecida se você não me procurar mais e me tratar como uma aventura. Não irei perdoá-lo por isso.

Guilherme chegou à mansão por volta das três horas da madrugada, receando encontrar a esposa acordada. Não queria travar nenhum embate com ela. Silenciosamente, entrou no quarto. O perfume de Lara estava gravado em suas narinas e nas roupas. Ele trocou-se e deitou-se ao lado de Ana Luíza, que parecia dormir profundamente. Virada para o lado de fora da cama, a esposa trincou os dentes com ódio.

CAPÍTULO 27

Odete arrancou o acesso da veia, e, num esguicho, o sangue escorreu pela parede. Uma enfermeira tentava, em vão, conter a agressividade da paciente, enquanto tocava a campainha da cabeceira da cama. Mais dois integrantes da equipe entraram no quarto, e um jovem enfermeiro apontou para o monitor.

— Ela está parando! — disse, debruçando-se sobre o corpo de Odete e iniciando a massagem cardíaca.

No monitor, um traço reto indicava o término da vida, que o último sopro se fora. Ainda tentaram reanimá-la com o desfibrilador, mas sem êxito. O corpo frio, desenhado pela morte, foi coberto com um lençol. Os olhos arregalados expressavam a dor final experimentada por Odete. O jovem enfermeiro que havia tentado mantê-la viva fez o sinal da cruz, uma breve oração e sussurrou para a companheira de trabalho:

— Minha avó dizia que os olhos arregalados indicam o sofrimento do espírito.

— Isso são crendices! Ela sentiu uma dor profunda durante a parada cardíaca. Apenas isso.

O espírito de Odete estava afastado apenas alguns centímetros do corpo. No delírio do desencarne, ela debatia-se para recuperar o fôlego e voltar a respirar. Sentia o lençol sobre o rosto e buscava movimentar-se para sair da posição desconfortável. Vultos transitavam pelo quarto, aspirando os últimos fluidos vitais liberados pelo corpo inerte.

Magali atendeu o telefone com o peito oprimido. Estava chorosa desde que acordou.

— Alô?

— Magali, sou eu, Murilo. Recebi uma ligação do hospital. Dona Odete acabou de falecer. Tentaram fazer contato com Lara. Preciso falar com ela.

— Vou chamá-la, Murilo. Aguarde só um instante.

Lara estava deitada. Pensava no encontro com Guilherme e revivia as sensações de encantamento, quando Magali bateu levemente na porta, pedindo licença para entrar.

— Pode entrar, Magali.

— Lara, Murilo está ao telefone e precisa falar com você.

— Não quero falar com ninguém agora. Diga a ele que ligo mais tarde.

— É urgente, Lara. São notícias de sua tia.

— Agora é que não vou atender mesmo. Não quero falar sobre minha tia. Não me faz bem falar sobre ela.

— É melhor conversar com Murilo, minha querida. Dona Odete faleceu.

Numa fração de segundos, Lara relembrou todas as experiências dolorosas que passou a viver com a tia após a morte da mãe. Encolheu-se na cama e abraçou um travesseiro.

— A morte é uma coisa estranha... Dói quando perdemos pessoas que amamos e também nos machuca quando alguém que não fará a menor falta vai embora. É muito estranho esse tipo de sentimento.

Magali sentou na beirada da cama e segurou a mão da jovem.

— Lara, será mesmo que você só nutria ódio por dona Odete? De um jeito torto, ela lhe ofereceu abrigo e alimento. Foi através da convivência com sua tia que dona Esmeralda entrou em sua vida e possibilitou toda essa transformação. Se analisar tudo isso com muito carinho, perceberá que Dona Odete foi o instrumento usado pela espiritualidade para seu conforto.

— Tenho medo da morte, Magali. Na verdade, tenho medo do mundo. Achei que iria me sentir aliviada com essa notícia. Odete era uma pessoa ruim, que me fez sofrer e cometeu atrocidades contra dona Esmeralda. Teve uma existência vergonhosa: era alcoólatra, viciada em jogos de toda espécie, perdeu o CRM por displicência e descaso profissional. Tinha todos os defeitos reunidos, mas...

— Fale, Lara. Que sentimento existe nessa interrupção de fala?

Lara suspirou.

228

— Sinto pena.

— Apenas isso?

— E o coração apertado, Magali. Parece que uma dessas maldições bíblicas recaiu sobre minha família. Se pensarmos bem, só tenho histórias trágicas para contar. Desde que me entendo por gente, só sofrimento, gente ruim e mortes trágicas e repentinas me cercam. Neste momento, não tenho mais nenhuma referência familiar. Ninguém com meu sangue maldito!

Lara colocou o travesseiro sobre o rosto e começou a chorar baixinho. Magali decidiu deixá-la viver aquele momento sozinha. A jovem trazia na alma memórias muito dolorosas e, ainda assim, mostrava-se dócil com todos que a cercavam. Não havia na mansão nenhum empregado que apresentasse queixas contra a jovem.

Murilo ainda esperava na linha, quando ouviu a voz de Magali.

— Como ela está? Por que não quer falar comigo?

— Dona Lara está confusa. Precisa ficar sozinha, Murilo. Apesar de ter sofrido bastante nas mãos da tia, gostava dela. Vou tentar resolver as questões do sepultamento enquanto ela descansa.

— Magali, não tenho como viajar agora. Minha mãe não aceitaria isso com muita facilidade, e não desejo contrariá-la. Ela anda com a saúde um pouco frágil. Além disso, também tenho a questão da residência médica e...

— Não precisa se desculpar, Murilo. Mais tarde, dona Lara fará contato. Você é um grande amigo. Acho que, de verdade, é o único que ela tem.

Magali despediu-se de Murilo e ligou em seguida para o hospital. Seria necessário fazer o reconhecimento do corpo. Magali arrumou-se rapidamente, apanhou a bolsa e chamou o mordomo.

— Luiz, dona Odete faleceu. Terei de ir até o hospital para tomar as providências necessárias. Vá até o quarto que ela ocupou, separe uma roupa para vesti-la e os documentos. Este é um momento crucial para o espírito, e precisamos tratar o corpo que serviu com muito respeito.

Luiz entregou uma pequena maleta a Magali, que seguiu para o hospital. Após se apresentar na portaria, foi conduzida até o quarto onde estava o corpo de Odete. Ao entrar no local, um arrepio percorreu-lhe todo o corpo. Diante da cama, Magali fez uma sentida oração, clamando aos espíritos socorristas que auxiliassem a recém-desencarnada naquela transição entre o mundo material e o espiritual. Um facho de luz esverdeada se fez presente, e Esmeralda se materializou. Magali fez uma discreta mesura com a cabeça, saudando-a.

— Estou aqui para auxiliar Odete, entretanto, ela deverá tomar consciência da condição atual e se libertar sozinha dos despojos carnais.

Magali olhou para Esmeralda com emoção. Conhecia com riqueza de detalhes tudo o que ela passara pelos desatinos da nora e emocionou-se com o altruísmo demonstrado por ela.

— Minha amada, a raiva e todos os demais sentimentos conflitantes que eu nutria por Odete se esvaíram com as instruções amorosas que venho recebendo. Quando desencarnamos, ou nos livramos de quaisquer sentimentos de mágoa e raiva ou nos deixamos conduzir por eles. No início, foi bem difícil para mim. É assim para quase todos nós. Chegamos ao outro lado com as mesmas impressões marcadas em nossos espíritos. Chegamos à Pátria Espiritual como deixamos o mundo material: com nossas manias, habilidades, incapacidades e com nossos hábitos e pensamentos. À medida que os benfeitores nos trazem para a Luz do esclarecimento e da verdade, esses desvarios da experiência terrena se dissolvem aos poucos. Há, entretanto, os que não se permitem viver essa experiência com tanta facilidade e, presos aos instintos mais inferiores, permanecem escravizados pelo sofrimento. A partir de agora, Odete percorrerá a estrada que ela escolher. Neste momento, meu papel junto a outros espíritos que você não consegue enxergar é desfazer os últimos laços energéticos que a mantêm presa à carne. Mantenha-se em oração. Precisamos de sua força.

Magali acatou o pedido de Esmeralda com emoção e viu quando Odete se libertou do próprio corpo, dirigindo um olhar de estranhamento a Esmeralda.

— O que está fazendo aqui, sua velha desdentada? Já não basta o golpe que tramou contra mim? Agora quer tripudiar de minha doença?

— Não é essa a minha intenção, Odete. Você não está mais doente. Ou melhor, você conquistou a liberdade através da doença. Procure se acalmar, por favor.

— Me acalmar? Saia daqui, fantasma das trevas!

— Odete, aceite sua nova condição. Poderei ajudá-la...

— Que condição? Isto é um pesadelo! Deve ser efeito desses remédios horríveis que me aplicam na veia diariamente.

— Não é um pesadelo, minha querida. Você está livre agora!

— Livre de quê?

— Da doença e do corpo adoecido e cansado.

— Volte para o inferno, sua velha horrenda!

Magali viu Esmeralda espalmar as mãos em direção ao espírito de Odete. Partículas minúsculas chegavam até ela e eram repelidas por uma teia escura, que cercava seu corpo espiritual. Sem ter mais o que fazer, despediu-se de Magali com um sorriso e pediu amorosamente:

— Cuide de minha menina. Ela ainda se prende a árvores espinhosas.

Magali sentiu o ambiente pesado. Sabia que Odete havia feito uma escolha dolorosa. Cumpriu todos os trâmites exigidos pelo hospital, fez contato com uma agência funerária e retornou para casa.

No dia seguinte, pontualmente às quinze horas, ela e Lara acompanharam o cortejo que devolveria o corpo de Odete à terra.

❧

Odete despertou em um lugar escuro e com chão de terra vermelha e lamacenta. O cheiro fétido de suas roupas a incomodava.

— Que diabos estou fazendo num lugar desses? Isso só pode ser mais uma vingança da minha sobrinha desnaturada!

Gemidos de dor e gritos alucinantes deixaram-na perturbada. Colocando as mãos nos ouvidos, sentiu uma forte dor no pé esquerdo. Sentou-se no chão lamacento e puxou a perna para examinar o motivo da dor. Horrorizada, notou que uma grande ferida expelia vermes de forma contínua. Começou a chorar, lamentando-se da situação em que estava.

— A sonsa da Lara me pagará muito caro por me deixar numa situação dessas! — esbravejou.

Temerosa, Odete viu uma mulher relativamente jovem se aproximar. Ela era alta, morena e tinha algumas cicatrizes pelo corpo.

— Quem é você?

A mulher parou em frente a Odete e, olhando-a fixamente, disse:

— Temos uma inimiga em comum, minha cara senhora.

— De que inimiga você está falando? Não me recordo de conhecê-la. O que você quer?

— Você só tem uma coisa a me oferecer neste lugar imundo.

— Diga logo o que quer! Estou cansada e com dor. Não sei o que estou fazendo aqui!

— Os hospitais que há por perto não aceitam gente como você e eu. Melhor se acostumar com o lugar e aceitar minha ajuda. Há seres demoníacos por aí.

Odete encolheu-se, colocou a cabeça entre os joelhos e começou a chorar.

— Não lembro como vim parar aqui.

— É assim mesmo. A maioria não se lembra. Você é tia de Lara, não é?

— Sim. Ela me mandou pra cá... Aquela nojenta!

— Então: eis o que nos une!

— Lara também a mandou para cá?

— Não diretamente, mas é ela quem me mantém aqui de alguma forma! Temos um vínculo de ódio mútuo. Por anos a fio, tenho recebido as descargas desse ódio. Podemos nos unir contra ela. O que acha?

Odete tentou ajeitar-se, escondendo o pé no lamaçal fétido para não ver as larvas transitarem em seu corpo.

— Acho que formaremos uma grande dupla. Quero me vingar dela e daquela velha que foi minha sogra e arruinou minha vida, tomando todo o meu patrimônio.

As duas ouviram o latido de cães e, amedrontadas, correram em busca de abrigo atrás de uma rocha coberta de limo. Ofegante, Odete dirigiu-se à mulher.

— Qual é seu nome?

— Rosa. Meu nome é Rosa. A partir de agora, ficaremos juntas. É mais fácil ter companhia por essas bandas.

— Mas que lugar é este? Por que estou aqui?

Rosa gargalhou.

— Simples: porque você está morta como eu e não tem direito a um lugar melhor por conta de sua sobrinha.

Odete voltou a se encolher. Relembrou a dor provocada pela ruptura de seu fígado, a falta de ar, o descompasso do coração, o barulho do monitor e a presença de Esmeralda. Chorou copiosamente. Era verdade o que Rosa falava. Ela havia morrido! Gritou:

— Eu não mereço ficar no inferno! Não mereço!

Nova gargalhada de Rosa, entrecortada por ironia.

— Não ficaremos sós por muito tempo. Traremos sua sobrinha para cá!

Ao ouvir aquelas palavras, Odete parou de gritar. Rosa aproximou-se e, como se estivesse com medo de que alguém escutasse o que ela diria, encostou seus lábios no ouvido esquerdo de Odete e começou a lhe contar seus planos. À medida que ouvia, o rosto de Odete dava contrações de riso. Dali em diante, ela saberia o que fazer para destruir Lara.

⁓

Lara deitou-se no sofá da sala, e Magali a aconselhou a tomar um banho.

— Vá, Lara. As energias de um sepultamento ficam presas em nossas roupas e em nosso corpo. Vá tomar um banho e descansar. Você precisa repor as energias que perdeu.

— Você é muito supersticiosa, Magali.

— Isso não é superstição, caríssima. Há comprovação do que estou lhe dizendo. Vou preparar a banheira da sua suíte. Acho que alguns sais misturados a ervas irão repor as energias positivas de que você precisa. Depois disso, coloque uma roupa confortável e venha comer algo leve. Tenho certeza de que se sentirá melhor.

Lara atendeu ao pedido da amiga e governanta. Estava realmente se sentindo enfraquecida. Antes de subir, mandou chamar o mordomo.

— Luiz, vá pessoalmente ao quarto antes ocupado por minha tia e empacote todos os pertences dela. Providencie isso o mais rápido possível e feche aquele cômodo. Vou mandar demolir aquele lugar. Não quero nenhum tipo de lembrança de Odete nesta casa. Entendeu?

— Perfeitamente, senhorita. Farei agora mesmo o que está me pedindo.

O mordomo entrou no quartinho antes ocupado pela tia de Lara. Tudo estava organizado, e ele começou a separar as roupas e pertences de Odete. Depois, desceu e chamou Magali.

— Fiz o que dona Lara mandou. As coisas da senhora Odete estão todas aqui.

Magali abaixou os olhos com tristeza.

— É um momento muito difícil, Luiz. Nunca sabemos em que condições chegaremos ao outro lado. Acumulamos objetos, bens materiais e confundimos isso com progresso. Na hora de retornarmos ao nosso verdadeiro lar, deixamos tudo para trás.

— Encontrei muitos recibos de apostas antigas. Preferi rasgar e jogar fora. Dona Lara não ficaria bem relembrando esse lado obscuro da tia.

Magali reagiu.

— Não julgue, Luiz! Todos nós temos fraquezas. Estamos aqui para aprender. O ponto frágil de dona Odete era o jogo.

— E a bebida também, Magali.

— A bebida foi consequência da amargura provocada pelo jogo. Quem vê na sorte a única saída da vida, acaba se amargurando demais. Perder se torna doloroso. É melhor não julgarmos os atos de ninguém, pois nenhum de nós tem esse direito. Aprender está sempre relacionado ao erro, assim como levantar está relacionado à queda.

— E quando dona Odete aprenderá? Ela já morreu...

— Não existe morte, Luiz. Isso é uma ilusão. Deus seria injusto se a morte acabasse com as possibilidades de Sua própria criação. Estaríamos vivendo como marionetes, entregues a uma roleta-russa. Deus é pai amoroso e misericordioso. Ele não nos abandona e nos oferece todas as chances de evolução. Com Odete não será diferente. Deixei um número de telefone na copa. Ligue em meu nome e peça para que venham buscar essas roupas e os móveis.

Luiz executou as orientações de Magali. Em poucas horas, três rapazes colocavam os móveis e as sacolas em uma caminhonete.

❧

Lara havia adormecido e experimentava um sono agitado. As imagens da infância eram entrecortadas pelas experiências mais recentes. Sérgio, Marisa e Rosa apareciam entre cortinas pesadas e apontavam para ela com ares de acusação. Murilo era o único que tentava defendê-la. Olga, a mãe do rapaz, surgia sorrateiramente segurando uma bandeja e uma xícara de chá, e Murilo atirava a bandeja para longe. O barulho da louça quebrada em sonho fez Lara despertar ofegante. De imediato, ela ligou pelo interfone.

— Magali, Magali... Suba, por favor. Tive um pesadelo horrível.

Magali abriu a porta do quarto e desligou o ar-condicionado.

— O quarto está congelado, Lara! Vou abrir as janelas. Um pouco de claridade vai acalmá-la.

— Que pesadelo horrível! O passado nunca me abandona! Sonhei com Rosa, com meus pais, com Olga... Apenas Murilo tentava me defender. Todos me acusavam e perseguiam.

— Acalme-se, Lara. Foi apenas um sonho. Você ficou abalada com a morte de sua tia.

— Não gostaria de admitir isso, mas fiquei. No fundo, me senti culpada pelo que aconteceu com ela.

— Você não é culpada, minha querida. Nem Odete é culpada. A culpa é um sentimento pesado demais para alguém carregar.

— É uma cruz insuportável, Magali.

— Lembra-se de uma vez que conversamos sobre Simão, o Cirineu?

— O que auxiliou Jesus a carregar a cruz?

— Exatamente. Todos nós precisamos da ajuda de outras pessoas. No momento, estou aqui para ajudá-la.

Lara ajeitou-se, sentou-se na cama e sorriu.

— Você e suas histórias, Magali. Na verdade, sinto culpa e raiva ao mesmo tempo. Minha tia teve o conforto antes de morrer. Não merecia, mas teve. E proporcionado pelo dinheiro que dona Esmeralda me deixou. Vamos deixar isso pra lá. Vou aproveitar o resto de sol na piscina. Luiz fez o que pedi?

— Sim. O quarto está vazio e já encaminhei tudo para o asilo.

— Ele achou algum documento?

— Não. Apenas papéis de apostas, que ele mesmo se encarregou de rasgar. A documentação de dona Odete está comigo. Levei para o hospital para os procedimentos necessários.

— Menos mal. Eu detestaria ter de examinar documentos de qualquer tipo. Odete foi embora e deixou como herança apenas a própria certidão de óbito. Melhor assim. Vou trocar de roupa e descer. Muito obrigada, minha amiga. Não há Simão melhor na vida de alguém.

Dizendo isso, calou-se e agradeceu intimamente a Deus pela presença de Magali em sua vida.

CAPÍTULO 28

Guilherme andava de um lado para outro na sala, e Ana Luíza notou a inquietação do marido.

— O que está havendo, Guilherme? Que desassossego é esse? Você está enfrentando algum problema na empresa?

Ele suspirou com força e jogou-se no sofá com desânimo.

— Sinto falta de momentos que não consigo mais viver. É somente isso.

— Não entendo você, Guilherme. Temos tudo! Uma família estruturada, uma bela casa, condições invejáveis. O que lhe falta?

— De que família está falando? Não é da nossa, certamente! Os meninos têm mais contato com Dinda do que com você ou comigo. Mal conversamos, Ana Luíza.

— E a culpa é apenas minha? Será que você também não tem responsabilidade nisso?

Guilherme ergueu-se. A esposa tinha razão. Ele não se esforçava para reequilibrar a família. Andava afastado dos filhos, da casa e das responsabilidades como chefe daquela família. Pensou na harmonia em que os pais viveram. De cabeça baixa, respondeu:

— Você tem razão. Será que poderíamos mudar isso?

Ana Luíza estava com um vestido azul-marinho que exaltava sua pele clara muito bem cuidada. Os cabelos negros, repicados na altura do queixo, emolduravam seu rosto belo e jovem. Ela olhou para o marido com imenso carinho.

— Tenho certeza de que, juntos, poderemos mudar tudo. Amo você.

Guilherme acariciou o rosto da mulher.

— Vou pedir a Dinda que arrume os meninos. Faremos um programa em família. O que acha?

— Uma viagem. Eu, você e nossos filhos.

Ana Luíza se surpreendeu.

— E a empresa? Você nunca se afasta de seus compromissos...

— A tecnologia me permite trabalhar de modo remoto. Nosso jatinho pode nos levar com conforto e segurança para qualquer lugar do Brasil. O que acha?

— Dinda irá conosco?

— Gostaria de viajar apenas com você e os meninos. Dinda precisa descansar um pouco.

Laura chegou sorrateira, em tempo de ouvir a conversa.

— Minha filha, você estava falando sobre a necessidade de passar mais tempo com seu marido e com as crianças. Que bela oportunidade! — exclamou, piscando para Ana Luíza.

— Verdade, mamãe. Conversamos sobre isso.

Guilherme entusiasmou-se. Chamou Diego e Dinda e pediu que arrumassem as malas.

— Pretendo ficar fora por pelo menos uma semana. Arrumem o que for necessário para mim, Ana Luíza e para os garotos. Vou ligar para o piloto.

Ana Luíza estava surpresa.

— E para onde iremos?

— Pensei nas serras gaúchas. O que acha?

Diante da aparente contrariedade da filha, Laura interferiu novamente.

— Que maravilha! Ana Luíza sempre foi fascinada pelo sul do Brasil. Uma imitação da Europa. Quando criança, viajávamos muito para lá! Não é, minha querida?

— Certamente, mamãe. Gosto bastante do Sul. Guilherme fez a escolha certa.

❧

O jatinho pousou no aeroporto de Porto Alegre. Guilherme desceu seguido por Yuri e Henrique. Os meninos estavam silenciosos desde que se despediram de Dinda. Ana Luíza desceu por último. A ideia de enfrentar a estrada de madrugada não a agradava.

— Guilherme, você não acha melhor passarmos a noite aqui? Tenho medo de enfrentarmos a estrada a essa hora.

— Precisamos de um pouco de aventura! O que acham, meninos?

Henrique torceu as mãos nervosamente.

— Estou com medo, pai. E o Yuri também está. Ele já me disse isso.

— Medo de quê?

Yuri olhou para o pai com seriedade.

— Não é medo.

— O que é, então? Vocês não estão felizes?

— Mais ou menos. É a primeira vez que ficaremos longe de Dinda. Não estamos acostumados, pai.

Guilherme pigarreou e abraçou a esposa.

— Posso garantir que eu e sua mãe cuidaremos direitinho de vocês. Não é?

Ana Luíza respondeu com um sorriso, e os quatro seguiram para o estacionamento do aeroporto, onde um motorista previamente contratado já os esperava. A viagem seguiu com tranquilidade. Guilherme colocou o celular no bolso e teve o cuidado de ativar o modo silencioso.

Ao chegarem ao hotel, Ana Luíza acordou os filhos. A noite estava estrelada, e a temperatura estava muito abaixo da do verão de São Paulo.

— Vamos, meninos! Chegamos.

Yuri saltou do carro de mãos dadas com o irmão.

— Ficaremos aqui? — perguntou ao pai.

— Sim! Vocês gostaram?

Henrique olhou para a mãe.

— Vamos ficar no quarto com vocês, mamãe?

Ana Luíza olhou para o filho com ar de reprovação.

— Claro que não! Já estão bem grandinhos para isso! Seu pai reservou duas suítes. Não é isso, meu amor?

Guilherme respondeu contrariado:

— Na verdade, reservei um apartamento. Há duas suítes separadas, mas todos nós ficaremos juntos. Vocês já são dois rapazes, mas prefiro que fiquemos juntos.

Após acomodarem as crianças, Guilherme apanhou duas taças e uma garrafa de vinho.

— Venha, Ana Luíza. A noite é nossa. Escolhi o melhor vinho, e os meninos já estão dormindo. Vamos aproveitar.

Ana Luíza olhou para o celular que ele havia deixado sobre a cabeceira da cama. O aparelho registrava várias ligações perdidas de um número não identificado. Ela preferiu não alertar o marido. Embora aquela não fosse a viagem de seus sonhos, recordava-se muito bem do dia em que o marido chegara de madrugada. Faria de tudo para preservar seu casamento e percebia em Guilherme uma tentativa de reconciliação. Seria dócil como a mãe lhe sugerira.

❧

Insone, Lara estava recostada em uma poltrona na varanda de seu quarto, relembrando os momentos vividos no mirante. Apanhou o telefone e ligou várias vezes para Guilherme, sem obter retorno. Com o coração acelerado, disse em voz alta:

— Deve estar brincando de família feliz. Não desistirei de você, meu querido. Amantes nunca desistem!

Lara enviou uma mensagem a Guilherme e resolveu se deitar. Tinha certeza de que ele ligaria assim que fosse possível. Qualquer homem responde à ligação de uma amante.

Com o controle remoto, Lara passou quase toda a madrugada buscando séries na TV. Não conseguia se desvencilhar da imagem de Guilherme e tremia de raiva por imaginá-lo nos braços da esposa. Resolveu abrir a grande porta de correr de acesso à varanda. Sentou-se e olhou para o céu estrelado.

— Lara, sem crises de ciúme desnecessárias. Você sabe muito bem que ele tem uma família. Não se apaixone, Lara... Não se apaixone — dizia para si mesma em voz alta.

Tudo o que a cercava estava devidamente organizado. Era jovem, bela e desfrutava de uma situação econômica invejável. Relembrou a infância escassa de recursos e sorriu com satisfação. A sorte cruzara seu caminho, quando sentiu a dor extrema pela morte da mãe. Contraditoriamente, seu destino foi traçado naquele dia. Sofreu nas mãos da tia, porém, em contrapartida, encontrou sua maior benfeitora: Esmeralda. Sempre que se lembrava disso, emocionava-se. Com os olhos marejados, agradeceu.

— Não sei quem é esse Deus que tantas pessoas exaltam. Sei apenas que Ele levou minha mãe embora e me trouxe dona Esmeralda. Será que o mal e o bem podem existir ao mesmo tempo?

Ela sentiu no rosto o toque suave da brisa da madrugada. Um facho de luz esverdeado rodeou, em espiral, o chacra cardíaco de Lara. De longe, entre as flores do jardim, Esmeralda e Marisa olhavam para a varanda. Lara sentiu uma leve sonolência e resolveu se deitar.

❧

Guilherme e Ana Luíza passaram a noite envolvidos pelo amor. Assim que o marido adormeceu extasiado, ela levantou-se para tomar banho. Não gostava do aroma forte do sexo fixado em seu corpo. Trocou a camisola e abriu a porta do quarto dos filhos com cuidado. Os dois dormiam juntos em uma única cama.

— Esses garotos estão mimados demais. Isso é coisa de Dinda. Quero que eles cresçam independentes — sussurrou.

Fechou a porta e retornou à própria suíte. Olhou o marido deitado de bruços, nu, e ficou de pé admirando-o. Guilherme era másculo, de formas perfeitas e torneadas. Tinha um desempenho viril na cama e era um bom pai. Não permitiria que nada nem ninguém atrapalhasse seu casamento. Antes de voltar à cama, olhou o celular do marido. Viu a notificação das chamadas perdidas com número não identificado. Tentou desbloquear o aparelho para descobrir se havia alguma mensagem, mas não conseguiu.

— Ele alterou a senha! Guilherme está me escondendo alguma coisa! Nunca fez isso antes! — disse, trincando os maxilares com raiva.

Assim que o dia clareou, Yuri e Henrique bateram à porta do quarto dos pais. Guilherme acordou sobressaltado e vestiu-se rapidamente.

— Só um momento, meninos! Já vou abrir a porta!

Guilherme beijou Ana Luíza na testa para acordá-la.

— Vamos, meu amor! Hora de acordar! Os meninos já estão nos chamando.

Ela espreguiçou-se e olhou para o marido tentando controlar a raiva provocada pelos ciúmes.

— Peça a eles que voltem para o quarto! É muito cedo!

Guilherme puxou o edredom com o qual ela estava coberta.

— Vamos! Estamos aqui para nos divertir! Não faz sentido dormir tanto!

Ela sentou-se na cama contrariada. Guilherme abriu a porta para os filhos, que pularam em seu pescoço.

— Dormiram bem?

Yuri respondeu de imediato:

— Senti medo, e o Henrique me deixou dormir na cama dele, papai.

Ana Luíza foi trocar de roupa e, do banheiro, chamou a atenção do filho menor:

— Você sabe que isso não está certo, Yuri! Que bobagem é essa de medo?

O menino choramingou, e Henrique reagiu.

— Mãe, sentir medo é normal! Todo mundo sente! Será que a senhora nunca sentiu medo na vida?

Ela ajeitava a calça esportiva e pensou em retrucar, mas desistiu quando se lembrou do celular do marido. Ela também sentia medo.

Os quatro desceram para tomar o café da manhã no salão espelhado do hotel. Os meninos estavam entusiasmados com os planos do pai. Guilherme sentiu o celular vibrar no bolso da calça. Apanhou o aparelho e viu as ligações perdidas. Ele sabia que eram de Lara e sentiu o próprio semblante se modificar.

— O que aconteceu, Guilherme?

— Nada, meu amor. Para variar, problemas na empresa. Vou até o jardim de inverno fazer algumas ligações. Não posso correr riscos...

Ele digitou rapidamente o número de Lara. Sentia-se culpado por não tê-la avisado sobre a viagem. Queria preservar a família, mas não conseguiria se afastar daquela jovem encantadora e sedutora. O celular de Lara tocou insistentemente, fazendo-a despertar. Ela apanhou o aparelho na cabeceira da cama e sorriu. Atendeu entusiasmada.

— Pensei que nunca mais iria conseguir falar com você.

— Impossível, Lara! Impossível! — Guilherme respondeu.

— O que é impossível? Você é casado, tem uma família estruturada, filhos. Não seria impossível eu me tornar uma aventura de uma única noite!

— Você afirmou que isso não seria um problema...

— Não é problema você ser casado. O problema é você esquecer que pode despertar o amor em outra mulher...

241

Ele ficou em silêncio por alguns instantes, e um turbilhão de sentimentos tomou conta de sua alma. De um lado, a família que tanto prezava. De outro, o amor voraz, novo, intenso e carregado de surpresas.

— Estou viajando a trabalho. Nem sequer tive tempo de pegar no celular — mentiu.

Lara suspirou.

— Fique tranquilo. Não irei atrapalhar seus momentos dedicados ao trabalho ou à família. Sei esperar minha hora e vez. Cuide-se e, quando puder, me ligue!

Guilherme desligou o celular e retornou ao salão para terminar o café da manhã com a família. Estava seguro de suas ações. Pela primeira vez desde a morte da mãe, sentia-se livre. Sentou-se à mesa com um sorriso estampado no rosto.

— E então? Estão gostando?

Henrique olhou pra o pai com seriedade.

— Pensei que o senhor fosse demorar mais.

— E por que você pensou isso, meu filho? Problemas de trabalho têm de ser resolvidos com rapidez. Aprendi isso com seu avô.

O menino estava com o olhar mais penetrante que o habitual.

— Será que realmente aprendeu isso com o vô?

— Claro, meu filho! Seu avô era um homem reto, digno! Tudo o que faço é espelhado nele.

Ana Luíza estava com um pequeno espelho nas mãos para ajeitar de forma discreta os cabelos, quando, involuntariamente, sentiu a mão se abrir. O espelho caiu no chão e veios trincados se formaram. Henrique levantou-se e apanhou o espelho, colocando-o sobre a mesa.

— Veja, pai! O espelho da mamãe se quebrou.

CAPÍTULO 29

Laura estava inquieta em casa. Já havia enviado algumas mensagens para Túlio sem obter resposta. Decidiu ligar para a agência.

— Boa tarde, gostaria de falar com a senhora Suzan.

A recepcionista tentou auxiliá-la. A moça sabia que, de modo geral, esse tipo de contato era referente a reclamações.

— Posso ajudá-la?

Laura foi grosseira e direta.

— Se pudesse me ajudar, eu falaria diretamente com você. Passe logo esta ligação, menina!

Suzan atendeu com a polidez de sempre. Sabia que as clientes eram exigentes.

— Pois não? Poderia me passar seu código de cadastro, por favor?

Laura passou para Suzan o código que a identificava no site, em que constavam um pseudônimo e os valores pagos à agência. Ela identificou que a cliente constantemente usava os serviços prestados pela agência e tinha preferência por um dos rapazes. Diabo Loiro era o codinome adotado por Laura.

— Vejo que a senhora tem optado por um de nossos modelos. Está satisfeita com os serviços prestados?

Laura gargalhou.

— Ele é realmente ótimo! Serviço perfeito, não fosse por uns cansaços repentinos.

Suzan preocupou-se. Constantemente, exigia exames dos membros de sua equipe.

— Como assim cansaço? Ele aparenta estar doente?

— Claro que não! É porque ele não consegue seguir meu ritmo muito mais intenso, eu diria. Mas o problema não é esse! Há horas, estou tentando falar com Túlio, e ele não me retorna.

— Nossa equipe não tem autorização para manter contato pessoal com nossos clientes. Se Túlio fez isso, será punido.

— Punido de que forma?

— Será advertido ou até mesmo desligado do quadro.

— Então, faça isso. Ele veio com floreios, tentando me conquistar. Sei o quanto sou atraente, mas não quero prejudicá-lo nesta profissão tão linda. E é certo fazer o que a empresa e o empregador determinam.

— Tenha certeza disso. Túlio será punido. Posso marcar com outro rapaz?

Laura não hesitou. Estava sedenta por sexo.

— Nos moldes de Túlio, por gentileza. Detesto os extremos no que se refere à cor, altura e a peso.

— Abra seu aplicativo. Acabei de marcar três rapazes. Escolha um.

— Não preciso escolher. Quero os três!

— A senhora tem certeza?

— Absoluta!

— A senhora conhece nossas condições de atendimento, não conhece? Sabe que nenhuma prática, que possa lesar qualquer uma das partes envolvidas, é permitida.

— Não se preocupe, minha querida! Não tenho hábitos animalescos.

Laura passou o endereço do motel de luxo que estava acostumada a frequentar. Chamou um táxi e seguiu para lá, antevendo os prazeres que se anunciavam para o dia. Sabia que Túlio seria advertido e faria tudo para ele se tornar exclusivamente dela.

Seguindo as orientações recebidas por Suzan, os rapazes aguardavam-na no quarto. Vestiam apenas uma sunga e se pareciam muito com Túlio. Laura entrou, examinou os três dos pés à cabeça e mordeu os lábios. O vulto da mulher que a acompanhava acoplou-se à base da coluna de Laura, que sentiu leve tontura. Um dos rapazes a amparou. Era mais moreno e usava uma sunga branca.

— A senhora está bem?

Ela reagiu, empurrando-o.

— Senhora? Você está insinuando que sou o quê? Uma velhinha doente?

Ele ficou pálido. Era a primeira vez que fazia um programa acompanhado por dois homens. Estava nervoso. O outro, mais experiente, sugeriu que pedissem bebidas leves.

— Podemos brindar este encontro? O que acha, Laura?

Laura sorriu ironicamente.

— Se vocês precisam se preparar, acho ótimo. Champanhe e água mineral com gás, por favor.

O rapaz acomodou a bandeja sobre um aparador cobre e acendeu as velas aromáticas espalhadas pelo quarto.

— Então, vamos ao brinde?

Laura gargalhou de forma descontrolada.

— Abram logo o champanhe! Meu tempo é precioso e gosto de gastá-lo com prazer!

Laura arrancou a própria roupa e jogou-se na cama.

— Venham, meninos! Façam valer o dinheiro que estou gastando!

Os quatro se embolaram na cama. Além do espectro da mulher que acompanhava Laura, outras sombras se uniram ao grupo. Ectoplasma de cor escura escorria pela beirada da cama, unindo-se a outras concentrações de energia negativa. O rapaz mais inexperiente começou a sentir náuseas e afastou-se da cama. Laura gritou:

— Volte agora! É uma ordem!

O jovem começou a sentir náuseas e correu para o banheiro para vomitar. A aura escura que o envolvia se desprendeu de imediato. Suando frio, ele pôs-se debaixo do chuveiro, enquanto os demais tentavam saciar Laura. Ele vestiu-se, olhou para a cena refletida nos espelhos e saiu. Um dos colegas tentou, em vão, impedi-lo.

— Ô, rapaz! Volte pra cá! A chefe ficará possessa!

Abrindo a porta do quarto, ele respondeu:

— Não nasci pra isso, não, camarada! Vou buscar outra coisa pra fazer na vida! Essa velha é uma vampira!

Sem olhar para trás, bateu a porta, enquanto Laura, ofegante e cansada, exigia um maior desempenho dos outros dois que ficaram.

Guilherme caminhava de mãos dadas com a esposa pelo gramado que cercava o hotel. Embora estivessem no verão, a temperatura havia caído consideravelmente.

— Guilherme, estou com frio. Não trouxe roupas adequadas para essa temperatura. Parece que Dinda também não pensou nessa possibilidade. Os meninos estão de camiseta!

— Não há problema nisso. Vou apanhar minha carteira para comprarmos roupas adequadas. No próprio hotel há lojas para isso. Você olha os meninos por um instante?

Henrique parou de correr e gritou para o pai.

— Dinda arrumou roupas de frio pra gente, pai!

Eles estavam muitos metros à frente dos pais, e Guilherme estranhou.

— Como você conseguiu ouvir nossa conversa, Henrique?

Yuri deu uma risadinha.

— Ele ouve tudo! Às vezes, vê também!

Henrique cutucou o irmão e sussurrou:

— Isso é um segredo nosso! Lembra?

Yuri voltou a correr. Era esperto e estava encantado com o espaço livre e sem muros, muito diferente da mansão. Sentou-se sob uma árvore.

— Venha, maninho. Sente aqui um pouco. Você ficou com raiva de mim?

— Não. Não sinto raiva de nada. Nunca vou sentir raiva de você, mas não quero que ninguém saiba das minhas coisas. Só contei a você. Entendeu?

Yuri balançou a cabeça afirmativamente, enquanto mexia num formigueiro com um galho seco. Henrique olhou para o céu cinzento e para as formigas enfileiradas.

— Veja como elas se entendem bem.

— Como assim? — perguntou o mais novo.

— As formigas sabem que é hora de guardar comida. Elas sabem disso, então, saem do formigueiro, apanham o que precisam e voltam.

— Elas andam em fila. É engraçado. Parece que estão na escola — observou Yuri.

Henrique voltou a olhar para o céu e suspirou profundamente.

— Elas já aprenderam muito mais coisas que a gente, entende?

— Não. Como formiguinhas podem aprender mais que pessoas. A tia sempre fala que os seres humanos são os únicos que podem aprender coisas, pois têm inteligência.

246

O mais velho viu a mãe se aproximar e encerrou a conversa.

— Veja, mamãe está chegando! Mais tarde, quando estivermos sozinhos, te explico melhor.

Ana Luíza esfregava os braços. Por ser muito clara, estava com a pele arroxeada.

— Meu Deus, levantem desse chão! Vão ficar imundos! Não sei que graça vocês acham em ficar se esfregando na terra. Largue esse graveto, Yuri! Se colocar a mão na boca, poderá ficar doente! Além de estar enfurnada neste fim de mundo, ainda tenho de ensinar a vocês o que é certo e errado!

Henrique olhou para a mãe, abaixou os olhos com tristeza e levantou o irmão.

— Vamos, Yuri. Obedeça à mamãe.

Ana Luíza arrependeu-se momentaneamente da maneira como falara com os filhos. Estava atordoada e, em seu íntimo, desconfiava do marido.

— Henrique, você disse que Dinda colocou roupas de frio na mala. Que tal irmos até o apartamento para que se troquem?

Com o celular em uma das mãos, Guilherme lia as muitas mensagens enviadas por Lara. Dividido entre a família e a paixão experimentada, decidiu ligar para a jovem. Apenas dois toques foram suficientes para Lara atender à ligação.

— Que saudades, Guilherme! Essa noite foi interminável!

— Também estou sentindo sua falta, Lara! A sensação que tenho é de que nos conhecemos há muito tempo... Assim que voltar, gostaria de encontrá-la no mesmo lugar e apreciar o pôr do sol.

— E quando você voltará?

— Logo. Mais uns três dias, e estarei de volta, meu amor.

Ana Luíza abriu a porta do quarto abruptamente.

— Pensei que você viesse só apanhar a carteira! Que demora!

Lara ouviu a voz de Ana Luíza e encerrou a ligação.

— Não se preocupe! Por favor, não gosto de mentiras! Não são necessárias entre nós!

Com o telefone mudo, Guilherme fingiu se despedir de um dos advogados da empresa.

— Certo, doutor Avelino! Resolva isso da melhor forma possível. Tirei uns dias para descansar com minha família e não gostaria de ter este momento interrompido por problemas que podem ser resolvidos por meus colaboradores.

— Guilherme, será que a empresa não funciona sem sua presença? Me recordo de que seu pai sempre se dedicava à família e delegava funções a pessoas de confiança. Se você realmente se espelha nele como disse, aja da mesma forma!

Henrique olhou para a mãe.

— A senhora jogou o espelhinho quebrado fora?

— Que história insistente é essa de espelho, Henrique? Por que isso seria importante?

— Dizem que não é bom guardar espelhos quebrados...

Ana Luíza reagiu.

— Que tipo de crendice é essa? Dinda anda ensinando essas coisas a vocês? Só me faltava essa agora! Lidar com superstições.

Rapidamente, Henrique respondeu:

— Dinda não me ensinou nada... Tenho medo de a senhora se machucar. É só isso, mãe... As pessoas sempre se machucam com espelhos quebrados. Só isso.

Guilherme levantou-se da cama e chamou os meninos:

— Vamos comprar as roupas e continuar nosso passeio?

Yuri saiu correndo para o quarto.

— Não precisa, pai! Dinda colocou roupas pra gente na mala! Vamos, Henrique!

Os meninos voltaram agasalhados, e Ana Luíza chamou Guilherme:

— Vamos? Não aguento mais sentir frio, e comprar roupas vai me fazer muito bem.

Guilherme desligou o celular e guardou-o na própria mala.

— Pronto! Agora, ninguém mais vai nos atrapalhar! Só voltarei a ligar este aparelho quando retornarmos a São Paulo.

Desceram e seguiram para a ala comercial do hotel. Lojas requintadas enfeitavam o corredor de piso laminado, contrastando com a decoração mais rústica.

Guilherme parou em frente à vitrine de uma joalheria.

— Quero presentear vocês. Ana Luíza, vá escolher suas roupas. Leve os meninos, por favor.

— Impossível comprar roupas e tomar conta de duas crianças.

— Não se preocupe, mamãe. Ficarei ali com o Yuri.

— Ali onde? Vocês não podem ficar sozinhos! — ela exclamou.

248

— Há um lugar só para crianças no final do corredor. Há gente para tomar conta, e o papai pode nos levar até lá.

Guilherme afagou a cabeça do filho mais velho.

— Você sempre encontra um jeito para tudo, meu filho. Tenho muito orgulho de você. Parece muito com seu avô.

Guilherme levou os meninos até o pequeno parque e avisou aos seguranças do local que estaria na joalheria. Com passos apressados, retornou à joalheria e escolheu cuidadosamente um colar de pérolas para a esposa e outro, de pérolas negras e raras, para Lara. Para os meninos, escolheu dois escapulários com a imagem de São Bento. Guardou cuidadosamente o embrulho de Lara no bolso da calça e saiu ao encontro da esposa.

Ana Luíza estava completamente transformada. Uma calça jeans escura exaltava suas formas perfeitas, e uma jaqueta de couro preta sobre uma blusa azul-clara com decote canoa complementavam seu visual, destacando ainda mais seu rosto. Guilherme entrou na loja e sentiu os olhos brilharem.

— Você está linda, Ana Luíza! Comprou roupas suficientes?

A vendedora apontou para as diversas sacolas espalhadas pelo balcão, e Guilherme sorriu.

— Vá encontrar os meninos. Eu levo as sacolas.

A jovem que tomava conta do caixa sussurrou para outra funcionária:

— Um marido desse é melhor que um prêmio da Mega-Sena. Não tenho uma sorte dessas.

Guilherme pagou a conta e saiu. Estava feliz e pleno. Tinha uma bela mulher, filhos inteligentes e saudáveis, a possibilidade de trazer a mãe de volta à vida e também tinha Lara. Nada poderia estragar sua felicidade. Apanhou os meninos, pôs um dos braços sobre o ombro da esposa e beijou-a na testa.

— Vamos almoçar? O que acham de visitarmos a cidade e escolhermos um lugar aconchegante? Comprei presentes para vocês.

Os meninos entusiasmaram-se e responderam ao mesmo tempo:

— Vamos! Qual é o presente?

Ele soltou uma gargalhada, e Ana Luíza se espantou. Há muito tempo não via o marido tão descontraído, então, resolveu também se animar.

— Quero logo meu presente! Acho romântico receber presentes no meio de um parque arborizado. Coisa de filmes londrinos.

Ele apanhou a caixa aveludada com os dois escapulários e colocou-os no pescoço dos meninos.

249

— Quero que andem com esse cordão, OK?

— Que santinho é esse, papai? — Yuri perguntou.

— São Bento. Ele os protegerá de qualquer mal.

Os meninos ficaram examinando a medalha, enquanto Guilherme tirava de outra caixa o cordão de pérolas, entregando-o à esposa.

— Essas pérolas também irão protegê-la de qualquer mal. Serão seu amuleto da sorte, meu amor. Combinam com sua pele e sua delicadeza.

Ana Luíza beijou-o apaixonadamente. Estava segura. Guilherme realmente a amava.

∾

Túlio estacionou o carro em frente à mansão para aguardar a chegada de Laura. Havia sido desligado da agência. Esperou por mais de meia hora até um táxi parar. Ele caminhou até o veículo e abriu a porta com cortesia. Ela assustou-se.

— O que está fazendo aqui? Está louco?

— Temos contas a acertar, Laura. Por sua causa, Suzan me demitiu.

— Não tenho culpa se você não é um funcionário exemplar! Vá embora!

Ele percebeu marcas no pescoço de Laura.

— E quem deixou essas marcas em você sabe fazer um bom serviço?

— Está com ciúmes?

— Não me faça rir! Estou com raiva! Como irei me sustentar agora?

— Pensasse nisso antes, Túlio! Preciso entrar. Estou exausta!

Túlio puxou-a pelo braço, buscando disfarçar a fúria.

— Venha comigo. Vamos conversar longe daqui.

Um dos seguranças da mansão aproximou-se.

— Precisa de ajuda, madame?

— Não. Este rapaz terá aulas de francês comigo. Venha, querido. Temos muito que estudar. Você é ainda muito cru em alguns assuntos.

Seguida por Túlio, Laura entrou pela porta da sala. Ele ficou boquiaberto com o luxo da mansão. Diego logo se apresentou para recebê-la.

— Boa tarde, senhora Laura. Vejo que trouxe um convidado. Quer que eu lhes sirva alguma coisa?

— Sim, Diego! Por favor, nos traga um lanche. Este é Túlio... Ele é...

Túlio se adiantou com receio da resposta que Laura daria.

— Sou filho de uma amiga de dona Laura. Preciso de um reforço em francês, e ela me ajudará.

— Seja bem-vindo, meu jovem. A senhora Laura é fluente no idioma. Certamente, o ajudará — respondeu o mordomo, sentindo a contrariedade no rosto da sogra de Guilherme.

Ela fulminou Túlio com os olhos e, trincando os dentes, disse:

— Desde quando tenho jeito e idade para ser sua mãe? Que coisa horrível você fez! Já não me bastam as mentiras! Liguei para você, lhe enviei mensagens, e nada!

— Você foi cruel comigo, Laura! Não sou sua exclusividade! Não havíamos combinado isso! Suzan me desligou do site. Sabe quando terei como continuar a trabalhar no ramo? Nunca! Estou fora, entendeu? Não tenho como sobreviver com um salário-mínimo, que é o que as empresas pagam para gente que não tem experiência e formação.

Laura jogou-se no sofá.

— Deixe de ser dramático. Está exagerando demais nessas tintas...

— Não estou exagerando, Laura. Você me arruinou!

— Eu o salvei, rapaz! Ou acha que ficaria nesse mercado por muito tempo? Em breve, estaria ultrapassado...

Diego chegou com o lanche e colocou a bandeja sobre o aparador.

— Precisa de mais alguma coisa?

— Não, Diego! Pode ir. Aliás, peço que não me interrompa em hipótese alguma. Pode me dar a chave da biblioteca?

— A chave da biblioteca fica com o doutor Guilherme. Ele se esqueceu de deixá-la.

— Parece que meu genro guarda o Santo Graal lá. Que apego!

— Foi apenas um esquecimento, dona Laura. Doutor Guilherme guarda projetos náuticos muito importantes. É natural que tenha todo esse cuidado. O pai dele também era assim. Com licença. Vou para meus afazeres. Caso precise de mim, basta me chamar.

Laura deitou-se no sofá e chamou Túlio.

— Venha! Mostre-me se é capaz de ser admitido por mim e manter um emprego sólido e duradouro. Venha!

Túlio deitou-se sobre ela e afastou-lhe as pernas delicadamente pelos joelhos. Sentiu um odor forte e perguntou:

— Com quem esteve hoje?

Ela soltou uma gargalhada histérica.

— Com três de seus ex-companheiros de trabalho... Fizeram um belo serviço. Agora, venha fazer sua parte! E faça muito bem-feita!

Túlio fez Laura delirar de prazer, e ele se viu obrigado a colocar a mão sobre a boca da mulher para abafar o som dos gemidos e gritos. Laura era particularmente escandalosa. Sobre os dois, em movimentos febris, a mulher que já se tornara companhia de Laura desfrutava do momento.

CAPÍTULO 30

O motorista de Guilherme abriu a porta do carro, e Ana Luíza entrou sozinha sem esperar pelo marido. Após acompanhar o motorista guardar a bagagem no porta-malas, Guilherme olhou para o relógio de pulso. Após alguns dias longe de seus afazeres habituais, reassumia, naquele instante, a consciência de suas obrigações. Entrou, fechou a porta e pediu:

— Vamos! Tenho muitas coisas para resolver ainda hoje.

Ana Luíza expressou certa contrariedade com a pressa do marido.

— Mal chegamos, e você já pensa em seus compromissos! O sonho acabou? É isso?

Ele virou para trás e segurou as mãos da esposa.

— Nada disso. Preciso apenas tomar ciência de tudo o que ocorreu em minha ausência. Fiquei com o celular desligado durante todos esses dias. Tenha certeza de que nada do que vivemos ficará esquecido.

Chegaram à mansão após enfrentar grande engarrafamento, e os meninos acabaram pegando no sono. Diego e Dinda estavam esperando ansiosos pela chegada dos patrões e das crianças.

Henrique e Yuri despertaram imediatamente ao ouvirem a voz de Dinda e saltaram do carro, correndo em direção a ela. Dinda os envolveu num abraço carinhoso.

— Que saudades, meus meninos! Que saudades! E vocês?

Yuri respondeu com os olhos lacrimejando.

— Também estava com muitas saudades, minha Dinda. Dormimos sozinhos, e eu senti muito medo.

Ana Luíza repreendeu o filho mais novo. Na verdade, ela queria repreender a babá.

— Você e seu irmão já estão bem crescidos para sentirem medo. Medo de quê? De fantasmas?

Henrique olhou para a mãe com muita seriedade.

— Fantasmas são pessoas que precisam de ajuda. Às vezes, são bons como a vovó. Outras, são maus.

— Deixe de bobagem, menino! Onde tem aprendido essas coisas? Em filmes? Na catequese não é!

Guilherme resolveu acabar com o mal-estar gerado pela esposa.

— Eles estão eufóricos com a viagem e por voltarem para casa. Dinda, leve os meninos para descansar por favor.

Ana Luíza sacudiu os ombros com desdém. Deu as costas para o marido e entrou. Laura estava sentada confortavelmente em uma poltrona, teclando no celular. No pescoço, uma echarpe dourada, dissonante do calor que fazia, para esconder as marcas arroxeadas.

— O que é isso, mamãe? A senhora está com dor de garganta? Está bem?

— Estou ótima, minha filha! Nunca estive tão bem!

— E por que está usando essa echarpe?

Laura riu, lembrando-se dos momentos vividos.

— Estilo, minha querida. Estilo...

Ana Luíza deu de ombros e subiu para o quarto. A mãe estava cada vez mais esquisita, e ela não estava com paciência para aturar aquilo.

Guilherme seguiu Diego até a biblioteca.

Laura acompanhou-o com o olhar interrogativo. Assim que ele entrou no corredor de acesso ao cômodo, ela subiu para o quarto da filha.

— Você acredita que seu marido levou a chave dessa biblioteca misteriosa com ele?

— E o que a senhora queria na biblioteca?

— Nada de mais. Estou ajudando um jovem amigo com aulas de francês.

Ana Luíza estranhou.

— Desde quando nasceu essa vocação para a caridade, mamãe?

— Esqueça esse assunto da aula e se atente para a biblioteca!

— Guilherme tem muitos assuntos para resolver. Passamos muitos dias fora de casa. Todos os arquivos e projetos da empresa estão lá. Ele é apenas precavido. Só isso.

Laura levantou-se da poltrona, que ficava ao lado da cama luxuosa, e ajeitou a echarpe.

— O amor a está deixando completamente cega. O que Guilherme fez foi anestesiar suas desconfianças. Abra seu olho! Abra seu olho antes que seja tarde demais, Ana Luíza!

Ana Luíza olhou para a mãe com raiva.

— A senhora não foi feliz em seu casamento porque sempre foi leviana. Não tente colocar coisas na minha cabeça! Agora desça. Preciso descansar. Estou exausta!

Com os olhos brilhantes de malícia, Laura disse antes de fechar a porta atrás de si:

— Depois não diga que não a avisei...

❧

Guilherme passou pela sala de desinfecção e vestiu as roupas adequadas para entrar na sala de criogenia. Ao lado da urna onde estava o corpo de Solange, ele fez uma breve oração: "Deus, não O conheço, mas Lhe peço: envie um dos Seus anjos para encontrar uma maneira de trazer de volta minha amada mãe!".

Ao ouvir aquelas palavras, o espírito de Solange despertou do sono profundo que experimentava desde a viagem do filho e arregalou os olhos.

Os espíritos luminosos de Cíntia e Caio, já sabendo o que ia acontecer, se fizeram presentes mais uma vez para reorganizar Guilherme e a mãe. Caio aproximou-se do corpo espiritual de Solange, que pairava alguns centímetros acima do corpo morto conservado na urna, e voltou seu olhar sereno e determinado para o espírito confuso.

— Vamos, minha irmã?

Solange novamente reagiu ante a tristeza do filho.

— Não posso. Se ele não está perto, adormeço profundamente. Não desejo ficar assim, mas estou presa à esperança de Guilherme. Ele era tudo o que eu mais amava na vida. Nosso apego era profundo.

Cíntia interveio:

— Amiga querida, seu filho está preso a uma ilusão, e essa ilusão a aprisiona também. É a ilusão do apego, que faz sofrer, enfraquece e cria dependência. Só quando entender isso, você poderá ver o tamanho da ilusão em que entrou.

Solange meneou a cabeça negativamente e, parecendo não ter escutado o que Cíntia disse, prosseguiu:

— Ele precisa de mim... Quem sabe não consigo voltar à vida normal? Sair da morte? Isto, sim, é uma prisão.

— Você não conseguirá voltar. Sua vida agora cintila em outra dimensão, Solange. Você já sabe que a morte não existe, pois o que morre é o corpo físico. E, quando isso acontece, nada poderá fazê-lo voltar à vida.

— A ciência avançará...

— Solange, a Ciência, por mais que avance, jamais poderá se sobrepor às leis da vida. Por essa razão, jamais conseguirá fazer um corpo físico morto voltar à vida. Os cientistas acreditam que um dia poderão tudo, mas não sabem que só conseguirão o que estiver dentro das leis de Deus. Fora isso, irão lutar, gastar os melhores dias de suas vidas e nada irão conseguir. Nem o homem nem a Ciência, por mais avançada que seja, conseguirão superar a Lei Divina. Além disso, querer barrar a morte é querer impedir a lei de progresso. Morrer é tão natural quanto nascer. Morrer não é uma coisa ruim. Ao contrário! É ser chamado a uma nova vida, muito mais rica, bela e feliz do que a vida terrena, que, na verdade, é uma prisão, onde o espírito precisa viver para aprender e desenvolver virtudes. Nascer, viver e morrer são leis imutáveis neste e em todos os planetas que compõem o universo infinito. A morte é uma transformação natural, que traz mudanças, progresso e evolução. A Ciência não conseguirá vencê-la.

— Meu corpo está vivo! Vivo! Assim como eu! Está intacto! Vocês estão vendo? Porque não posso entrar nele outra vez e fazê-lo agir como antes? Como eu gostaria de poder abraçar meu filho de novo, beijá-lo e tirá-lo da terrível solidão em que ele está...

Solange entrou num pranto convulsivo de dar compaixão a qualquer um.

Cíntia e Caio fecharam os olhos e buscaram energizar o ambiente para fortalecer aquela mulher tão sofrida devido ao extremo materialismo em que estava imersa. Sabiam que Guilherme desenvolvera e estimulara aquele vínculo de extrema dependência com a mãe. Era cético em relação às teorias de que a vida continuava após a morte do corpo, o que dificultava

256

a compreensão do que estava fazendo com a própria mãe. Embora não agisse por mal, mas pelo que julgava ser amor, ele sofria e fazia Solange, a pessoa que ele mais amava na vida, sofrer. Se Guilherme soubesse o que estava acontecendo com ela, com certeza a libertaria imediatamente.

Guilherme continuava parado, observando a urna. Entristecido, voltou a sentir o vazio da vida desde a morte da mãe.

— Preciso da senhora! Preciso de seu apoio, de sua lucidez, de seu amor.

Ele ajoelhou-se diante da urna e chorou muito.

Quando a emoção serenou, enxugou as lágrimas que escorriam por seu rosto e saiu em direção à sala anexa. Os dois cientistas estavam diante de seus computadores e não perceberam a entrada de Guilherme.

— Vocês não acham que deveriam ficar mais atentos? Entrei, e nenhum dos dois se deu conta!

Mikael girou a cadeira e levantou-se.

— Como vai, doutor Guilherme? Foi bom ter vindo até aqui. Precisamos conversar.

— Podem falar! — ele respondeu irritado.

— Pois bem, doutor, vamos ao que interessa. Eu e o doutor Anderson somos cientistas, com título de pós-doutorado. Desde o início do processo de criogenia do corpo de sua mãe, o senhor tem nos tratado com desrespeito. Não somos zeladores de túmulos! Somos cientistas! Peço-lhe que nos respeite!

— Se autodenominem da forma como quiserem. O que importa é a quantia que pago à instituição da qual fazem parte! O trabalho de vocês faz parte desse contrato. Com ou sem título, devem zelar para que o processo tenha êxito!

Mikael olhou para Guilherme com firmeza.

— O senhor está rompendo parte desse contrato. O procedimento é longo e pode durar anos, conforme sua meta. Por conta disso, é urgente que o senhor obedeça à cláusula de revezamento estabelecida. Precisamos ter a possibilidade de sair da mansão e ser substituídos por outros dois cientistas em períodos semanais. Estávamos justamente resolvendo essa questão com a sede. Estamos trancados aqui por mais tempo que o combinado. Precisamos rever nossa família. Embora aqui não nos falte nada, isso nos sufoca. Se adoecermos psicologicamente, aí sim, não teremos mais condições de cuidar do corpo de sua mãe como é de seu desejo.

— Não se preocupem. As providências já estão sendo tomadas. Uma equipe de engenheiros de minha empresa já concluiu o projeto. Em breve, o túnel de escape estará pronto.

— E quando começará esta obra? Nossas vidas não podem permanecer congeladas como o corpo de sua mãe!

Guilherme desferiu um soco na parede.

— Vou pedir sua substituição ao instituto! Não quero gente com esse comportamento trabalhando para mim!

Mikael interferiu.

— Isso será impossível, doutor! O trabalho desenvolvido aqui é sigiloso. Juridicamente, não podemos desenvolver e manter a criogenia fora de espaços científicos. A não ser em caso de morte de um dos integrantes da equipe, essa substituição é inviável. O melhor a fazer é executar a obra, garantindo nossa sanidade mental e sua integridade jurídica.

Guilherme saiu da sala indignado. Solange sentiu o choque provocado pela raiva do filho.

— Meu Deus! Por que razão meu filho não me liberta desse fardo? Será mesmo que poderei voltar a viver em meu corpo? Isso é um pesadelo que nunca terá fim!

Cíntia, amorosamente, posicionou-se diante dela.

— Solange, seu filho é uma pessoa iludida pelo materialismo e nunca a libertará. É você quem precisa se libertar. Já a convidamos para que venha conosco, mas você, mesmo nessa situação, prefere ficar aqui para permanecer ao lado de seu filho, contrariando as leis da vida, que, pela morte física, a chamou a uma nova experiência. Eu e Caio temos um compromisso com seu bem-estar. Você viveu de forma digna e generosa e percorreu todos os caminhos que foram necessários. É chegada a hora de continuar a caminhar em outra estrada, na dimensão espiritual. Venha conosco. O mundo espiritual é muito melhor do que aqui. Por melhor que a Terra seja, o mundo dos espíritos ainda é melhor em todos os sentidos. Acredite! Venha conosco!

Solange reagiu:

— Fui uma mulher rica e nunca soube de verdade o que era um problema. Não passei fome, não experimentei nenhuma necessidade. Sofri com as perdas naturais da vida e da idade: meus pais, alguns familiares e meu marido. A dor de perder meu marido foi muito grande. Pensei que não iria aguentar. Além disso, não fiz nada de mais. Não sei se fui tão digna assim.

— Não é tão digna? Por que razão está dizendo isso?

— Simples... Aprendi que apenas os pobres herdariam o reino dos céus, e isso me preocupava. Aliás, sempre achei que a riqueza fosse um fardo muito pesado de carregar. As pessoas sonham em ser ricas, pensam que a riqueza por si só traz a felicidade, mas, para mim, foi um fardo, pois me fez viver escrava dos ditames sociais, do medo de perdê-la, o que me reprimiu. A riqueza não me permitiu viver muitas coisas que desejei, pois, socialmente, uma pessoa com minha fortuna não podia fazer muitas dessas coisas. Ser rica para mim foi motivo de infelicidade.

Cíntia olhou para Solange com ternura, esboçando um leve sorriso de compreensão.

— Você tem razão no que se refere à prova da riqueza, Solange. Muitas pessoas pensam erroneamente que ter condições materiais favoráveis gera sempre um bem-estar à alma, mas nós sabemos que isso não é verdade. Procure, contudo, se recordar de todos os momentos em que você, generosamente, estendeu a mão aos menos favorecidos que cruzaram seu caminho. Quantas famílias você alimentou e auxiliou para que tivessem uma vida mais digna? E quantas vezes fez tudo isso em silêncio e anonimamente? Quando você, mesmo vivendo de forma abastada, compreendeu a dor da pobreza, experimentou também essa pobreza. Essas pessoas, minha querida, a abençoaram e a abençoam diariamente. Tenha certeza de que sua existência foi digna.

Solange manteve-se em silêncio. Todas as ações que praticara em vida foram para manter sua própria vida com sentido.

— Não sei se isso é importante. Sinceramente, não sei. Meu marido também agia da mesma forma. Por que ele não consegue chegar até aqui? Talvez fosse mais fácil compreender.

— Nosso irmão Leôncio entendeu com facilidade o desligamento do corpo material e não poderá interferir no momento, pois está em um posto de trabalho. É dedicado, e muito nos honra tê-lo conhecido. Mas tenha certeza de que todas as notícias relativas à senhora e a Guilherme chegam até ele.

— E o que ele diz?

— Leôncio apenas lamenta, mas sabe que tudo isso será resolvido com o tempo.

— Eu poderei encontrá-lo algum dia?

— Dependerá apenas de sua vontade de progredir e se libertar.

Solange choramingou.

— Enquanto meu filho não estiver bem, nada farei para ficar longe dele.

Caio concluiu:

— A escolha é sua. Nada mais poderemos fazer por enquanto. Vamos, Cíntia. Temos muitas tarefas a cumprir. Já conversei com Diego. Ele conduzirá a situação espiritualmente. Até mais, Solange. Precisamos ir, mas, sempre que for possível, estaremos por perto. Apesar de parecer, ninguém está sozinho. Nunca se esqueça disso.

Os dois desapareceram dos olhos de Solange, que se pôs a chorar. Apesar do que Caio dissera, ela sentia-se sozinha e com muito, muito medo.

❦

Guilherme já havia feito algumas ligações para os diretores da empresa e determinado algumas ações. Fez contato com o engenheiro responsável pelo projeto do túnel de escape e determinou que as obras começassem imediatamente. Para que ninguém da casa desconfiasse, orientou Diego a dizer que estava fazendo uma reforma em toda a parte hidráulica da mansão, o que ia justificar o entra e sai dos trabalhadores.

Guilherme recostou-se na confortável cadeira de couro e começou a ler as mensagens enviadas por Lara durante os dias em que esteve viajando. A expressão rígida de seu rosto foi desaparecendo aos poucos, dando lugar a um sorriso largo.

— Lara... você é minha tábua de salvação. Como eu a amo! — exclamou em voz alta.

Uma saudade intensa invadiu seu ser, fazendo seu coração bater mais forte. Resolveu ligar para ela, que atendeu ao primeiro toque. Ela disse:

— Pensei que havia me esquecido de vez!

— E eu pensei em você todos esses dias. Preciso vê-la ainda hoje.

— Basta marcar. Sempre estarei esperando por você! — ela respondeu de maneira enfática.

— Vou esperá-la em nosso lugar sagrado no fim da tarde. O pôr do sol me fascina tanto quanto o seu sorriso.

Lara encerrou a ligação sem se despedir. Sentindo o coração descompassar e tomada de forte emoção, foi ao *closet* e separou uma roupa mais esportiva. Sabia que a esposa de Guilherme tinha um estilo requintado e ela, como amante, precisaria se mostrar exatamente o oposto. Escolheu um jeans preto, com o comprimento acima da canela, justo ao corpo. Apanhou uma camiseta branca de malha canelada e um tênis branco e leve. O relógio, o cordão e os brincos seriam os mesmos do primeiro encontro. Colocou as peças escolhidas sobre a cama e, sorridente, pensou: "Uma mulher inteligente sabe do que um homem precisa. No caso de Guilherme, a simplicidade é muito mais sedutora".

Lara desceu as escadas e foi até a cozinha. Magali conversava com Luiz e mais duas colaboradoras da casa. A jovem olhou para o grupo com felicidade.

— Vocês são felizes trabalhando aqui?

Os quatro entreolharam-se espantados. Luiz adiantou-se e respondeu:

— Há algo de errado conosco, dona Lara?

Ela riu com doçura.

— Claro que não! Vocês são os melhores e mais eficientes empregados do mundo! Sou muito feliz por ser cercada por gente de verdade. Por isso, queria saber se são felizes aqui.

Magali olhou para a patroa com gratidão.

— Tenha certeza de que todos os que trabalham aqui são felizes. Temos uma patroa generosa e justa. É difícil reunir essas qualidades em alguém.

— Ser justa é minha obrigação, Magali. Todos deveriam ser justos com os que trabalham. Mas o que quero mesmo hoje é almoçar.

— A mesa já está posta na sala de jantar, dona Lara. Já irei servi-la — Luiz disse.

— Nada disso, Luiz. Vamos todos almoçar juntos hoje. Podem colocar mais pratos à mesa. Detesto a solidão.

O almoço transcorreu com leveza e alegria. Lara interagia com os empregados com naturalidade e demonstrava o carinho que nutria por cada um. Magali olhava para ela com extremo orgulho e muita gratidão.

Após o almoço, Lara pediu que Magali a acompanhasse até os jardins. Sentou-se no banco de ferro ao lado do pé de manjericão, retirou uma folha e esfregou-a nas mãos.

— Sabe, Magali, posso lhe afirmar que sou encantada por tudo o que existe nesta casa. Cada parede, cada móvel, cada centímetro desta propriedade me traz muito encantamento, mas este cantinho aqui, ao lado do pé de manjericão, é o meu preferido.

— Uma casa é sempre o reflexo dos sentimentos de quem mora nela. Quando entramos em uma casa e sentimos o ambiente pesado e triste é porque quem mora ali é alguém que cultiva pensamentos e sentimentos negativos. Sua casa é confortável e luxuosa, mas é tão simples como o manjericão. Por essa razão, todos aqui se sentem muito bem. Sua energia, sua alegria, sua motivação de viver exalam fluidos maravilhosos, que fazem com que nos sintamos bem não só aqui na casa, mas principalmente a seu lado.

— Tia Odete não se sentia bem aqui. Acho que a castiguei demais, deixando-a naquele quarto minúsculo.

— O quarto não é tão pequeno assim. Além disso, era arejado e tinha conforto. Dona Odete poderia ter transformado aquele espaço num paraíso, mas preferiu transformá-lo no próprio inferno. As energias dela impregnaram o ambiente de formas-pensamento negativas. Quem entrava lá se sentia mal.

— Não sei se devo acreditar nisso. Minha casa era pequena, as paredes mostravam duas camadas de tinta, as lâmpadas eram penduradas por fios embolados. Tudo era muito feio e triste.

— Será que, naquela época, você não colaborou para aquele cenário?

— Eu era uma criança, Magali! Minha mãe era uma pessoa limpa, mas parecia que a casa se sujava sozinha. Meu pai não ligava para nada nem ninguém. Só vivia envolvido com as amantes que arrumava — Lara mudou as feições e percebia que aquelas recordações, ainda que rápidas, machucavam muito sua raiva.

Magali apontou para a folhagem do manjericão.

— Olhe! As folhas estão murchando!

Lara espantou-se.

— Mas estavam tão bonitas minutos atrás!

— As plantas são bastante sensíveis. Elas captam as ondas de baixo padrão vibratório e, generosamente, absorvem esses sentimentos para nos aliviar um pouco. O manjericão absorveu as energias ruins que você emanou, quando se recordou de sua casa, do sofrimento de sua mãe e do próprio sofrimento. Mesmo rápido, foi tão forte que fez as folhas da planta murcharem.

— Você acredita em muita coisa estranha, Magali. A plantinha foi afetada pelo calor. Apenas isso.

Ela riu.

— Cada um acredita naquilo que experimenta e vivencia.

Lara riu também.

262

— Eu não sou burra! Apenas não consigo acompanhar suas teorias. Mas não quero falar sobre isso agora. Prefiro falar de outro assunto que me interessa muito mais.

— E que assunto é esse?

— Guilherme. Guilherme é o assunto. Sairei com ele mais tarde. Estou entusiasmada.

— Cuidado com esse entusiasmo, Lara. Ele é e permanecerá casado, e você sabe disso — Magali disse com seriedade.

— É exatamente por isso que estou entusiasmada. O fato de Guilherme continuar casado é excitante demais para mim.

— Não é certo, Lara. Você é jovem, linda e tem uma situação financeira muito privilegiada. Pode conhecer alguém que desperte sua felicidade, sem causar dano emocional a si mesma e a outros.

— Não causarei mal a ninguém, Magali. Só guardo comigo a certeza de que só as amantes são felizes. Quero experimentar essa felicidade. Conhecer alguém, me casar, ter filhos, família, essas coisas estão fora de cogitação na minha vida. Sei bem o que minha mãe viveu e o que eu vivi. Já conversamos sobre isso.

— Não gostaria que você sofresse, Lara... É minha obrigação alertá-la.

— Fique feliz com minha felicidade. Apenas isso. Não queira idealizar uma vida perfeita pra mim, porque ela nunca é ou será perfeita. Já passei por muita coisa, e você sabe disso. Por que uma pessoa só pode ser feliz se optar por uma vida convencional? Se o convencional fosse bom, todas as pessoas casadas seriam felizes, minha mãe teria sido feliz com meu pai, mas o que vemos por aí são uniões de fachada. A maioria dos casamentos são verdadeiras farsas! As amantes é que se dão bem, pois não precisam fingir para a sociedade. São livres, alegres, e ficam com a melhor parte do relacionamento. Vi como era a vida de Rosa sendo amante de meu pai: cercada do bom e do melhor, alegre e despreocupada. Minha mãe, a senhora casada, honesta, que vivia lavando, passando e cozinhando, no entanto, ficava só, era traída, deixada de lado e até apanhava. Não quero essa vida pra mim, Magali. Quero viver fora do convencional. Ou você acha que só quem obedece às regras da sociedade é feliz? — Lara expressava naquelas palavras tudo o que sua alma realmente sentia naquele momento.

Magali respondeu tranquila:

— Só é verdadeiramente feliz aquele que faz o que a alma pede. As pessoas criaram modelos sociais de felicidade e lutam para se enquadrar neles. Quando não conseguem, se sentem profundamente infelizes e invejam aqueles que, na sua ilusão, estão vivendo a vida e sendo completamente felizes. Invejam as pessoas casadas, como se o casamento fosse a única forma de ser feliz e se completar; invejam as pessoas ricas, como se a riqueza fosse o único caminho para o bem-estar interior; e invejam todas as pessoas que estão no topo da sociedade, sem saber que a maioria delas carrega sorrisos no rosto e uma grande tristeza no coração. Ignoram que essas pessoas precisam fingir para agradar, ocultar sentimentos, sepultar desejos e são escravas de si mesmas e da sociedade que as aplaude. O convencional nunca foi nem será garantia de felicidade para ninguém, ao contrário. Só aqueles que quebram as regras e fazem o que o coração manda é que conseguem ser felizes.

Lara ouvia com atenção, e Magali continuou:

— Um casamento só pode dar certo e produzir felicidade se houver amor nele. Sem isso, é só ilusão, sofrimento, amargura e solidão. A única justificativa para que duas pessoas fiquem juntas é o amor que sentem uma pela outra. Quando isso não existe ou acaba, é hora de cada um seguir seu rumo, buscando a felicidade de outra maneira ou com outra pessoa. Casar é muito bom. Ter alguém com quem dividir a vida, os problemas, os bons e maus momentos, em quem nos apoiar, com quem caminhar junto, que nos incentive, nos estimule a sermos melhores e a progredirmos é uma dádiva, é uma experiência maravilhosa e gratificante. Os filhos de uma união assim vêm para aumentar a felicidade do casal e evoluir junto com os pais, porém, isso só funcionará se houver amor. Se for pra casar apenas para não ficar só, para ter alguém em quem se pendurar, só para dar satisfação à família e à sociedade é melhor mesmo ficar sozinha. Muitas mulheres caem nessa ilusão por terem medo de serem vistas como solitárias, que não deram certo no amor, que não encontraram nenhum homem que as valorizasse. Muitas se casam apenas pelo medo de ficarem sozinhas no futuro, como se casamento fosse garantia de companhia eterna. Nesse caso, é preferível ficar só e até ser amante. Conheço muitas amantes que são mais felizes que mulheres casadas.

Lara alegrou-se:

— Então, por que fica me alertando como se eu estivesse fazendo uma coisa errada? Como se eu tivesse de me preocupar em ferir a mim mesma e aos outros?

— Porque você está escolhendo ser amante não por ser uma mulher de alma livre, que gosta de ser diferente. Você está escolhendo esse caminho baseada em uma vivência de sua infância que lhe trouxe dor e que ainda não conseguiu superar. Não é uma escolha da alma, mas da cabeça, do lado racional, da lógica humana, que nunca fez nem fará ninguém feliz. Você se envolverá com uma família, levará dor e sofrimento à esposa do homem com quem estiver se relacionando, apenas para afirmar para si mesma que sempre esteve certa. É uma escolha baseada numa falsa interpretação de si mesma e do que viveu, Lara.

As palavras de Magali calaram fundo no coração de Lara naquele momento.

— Você pode estar certa, mas... e se eu realmente estivesse apaixonada por ele? E se eu quiser ser a amante de Guilherme por amor? Estaria errada? O sofrimento que eu causasse à esposa do meu amante seria culpa apenas minha? Deveria renunciar a esse amor para que a esposa fosse feliz? E onde ficaria minha felicidade?

Só naquele momento Magali percebeu que Lara estava se apaixonando de fato por Guilherme. Nesse caso, a situação mudava.

— Quando uma mulher se apaixona ou se descobre amando um homem casado, precisa fazer de tudo para não se envolver com ele. Não por uma questão de fazer o certo e ou o errado ou por uma falsa moral, que diz que adultério é pecado, falta de respeito e coisas do tipo, mas, sim, porque uma relação com um homem casado quase sempre dá errado. Por mais que o homem goste da amante, se a esposa descobrir o caso, haverá muita pressão da família, da sociedade e dos filhos. Haverá ainda a divisão dos bens, e, diante de tanto problema, o homem quase sempre acaba escolhendo a esposa. Mesmo vivendo dentro de um casamento falido, no qual não há mais amor, o homem, ao se deparar com tanta pressão, geralmente não tem coragem de romper o vínculo. Nesse caso, quem de fato acaba sofrendo é aquela que se iludiu com as promessas e cultivou um amor que era só dela. E mesmo que o outro também nutra esse sentimento, não é forte o suficiente para fazê-lo romper com as barreiras sociais, materiais e se separar.

— Não é o meu caso. Não pretendo ferir ninguém e serei tão discreta que será impossível a mulher dele saber de minha existência. Por mim, ela viverá feliz a vida inteira com Guilherme. Mas, de qualquer forma, não estou me apaixonando por ele, se é isso que está pensando — respondeu

Lara, lendo nos olhos de Magali o que ela pensava. E continuou: — Você é estranha... Se diz espiritualista, acredita em leis universais, em Deus, no entanto, me parece que não acha errado um homem casado ter outra mulher e vice-versa. Sempre ouvi dizer que o adultério é um pecado grave diante das leis de Deus. Pelo menos é o que os padres, os pastores e quase todos os líderes religiosos dizem. Você parece pensar diferente. Por quê?

Magali refletiu um pouco se deveria responder àquela pergunta, afinal, nem todos estavam prontos para ouvir o que ela tinha a falar. Por fim, disse:

— Os padres, os pastores e outros religiosos falam da sua interpretação dos livros sagrados. Eles acreditam que Jesus condenou o adultério, mas não levam em conta o porquê Cristo fez isso, em que momento e em que circunstância. Jesus jamais condenaria o amor, seja ele como for e de que espécie for. O adultério que ele condenou foi aquele baseado apenas na sensualidade, na satisfação pura e simples dos desejos sexuais. Jesus, contudo, jamais condenou aqueles que amavam ou se relacionavam com alguém comprometido pelo sentimento do amor. Onde há amor verdadeiro não existe pecado, erro, desrespeito, mesmo que uma relação como essa venha magoar ou ferir alguém por consequência.

Lara surpreendeu-se. Ninguém nunca lhe dissera aquilo.

— E onde fica o respeito ao sofrimento alheio, tão apregoado pelos religiosos e espiritualistas? Porque, mesmo por amor, a mulher traída sofrerá, o homem traído sofrerá.

— Não existe traição onde existe amor. As pessoas sentem-se traídas, é diferente. Na realidade, a traição está na intenção que se tem de trair, ferir, magoar e não no ato em si. Quando duas pessoas se entregam ao amor, mesmo que uma delas seja comprometida, não há vontade, intenção, sentimento de magoar alguém.

— Mas as pessoas sentem-se traídas, é fato, e sofrem muito com isso. Lembro-me muito bem de cada lágrima derramada por minha mãe.

— As pessoas se sentem traídas por acharem que, por amarem alguém, por serem casadas com uma pessoa, são suas donas. Sentem-se traídas, pois acreditam que têm a posse do outro, sem saberem que, neste mundo, ninguém pertence a ninguém. A sensação de posse, a crença de que o outro é seu, gera ciúme, mágoa, ódio e, muitas vezes, até o desejo de matar, crimes passionais para lavar a honra e mostrar que a pessoa lhe pertencia. Já imaginou como isso é uma ilusão? Cada um é livre e apenas dono de si. As pessoas sentem-se traídas porque são egoístas e acham que o que é seu não pode ser dividido, como se os outros fossem meros objetos. Os seres humanos, no entanto, são espíritos livres e donos de si mesmos, dos próprios destinos, e nada neste mundo amarrará uma pessoa à outra para sempre. Enquanto existirem indivíduos assim, egoístas, achando que os parceiros lhes pertencem, a Terra continuará sendo um cenário feio de orgulho e vaidade, em que a disputa, a luta, a competição ditarão as regras. Ninguém conseguirá ser feliz assim. Seria muito bom que toda pessoa casada nunca sentisse nada por outra pessoa. Mas bom para quem e para quê? Para servir de alimento à vaidade, à posse, ao orgulho e ao ciúme?

— Mas e você? Gostaria de ser traída, Magali? De descobrir que o homem que você ama, a quem dedica sua vida, está amando e tendo um relacionamento com outra?

— Não, não gostaria, mas eu mesma sou um péssimo exemplo. Não gostaria, porque ainda sou muito apegada ao materialismo, muito possessiva. Ainda acredito no que a maioria das pessoas acredita: que são donas umas das outras, contudo, não gosto de ser assim. Se um dia eu me casar, e meu marido amar outra mulher, isso acontecerá para que eu aprenda que ele não pertence a mim, mas a ele mesmo, ao mundo e ao universo. E eu também me darei o mesmo direito. Se amar alguém, vou me relacionar. Não vou terminar meu casamento só porque passei a amar outro. Não será uma experiência fácil, mas servirá para treinar meu desapego.

Lara estava cada vez mais impressionada com Magali. Jamais pensaria que ela fosse daquele jeito.

— Você está me dizendo que é favor do amor livre, do relacionamento aberto? Seria o relacionamento aberto a melhor forma de relação afetiva?

— Não existe uma melhor forma de se relacionar, Lara. A melhor forma é aquela em que as pessoas são felizes. No amor, não é preciso existir regras. Aliás, o amor não tem regras. Já observou que ninguém manda no coração? Que aquele juramento que você fez um dia de amar eternamente pode ruir de repente? Que você pode se dar conta de que está amando outra pessoa? O que importa é ser feliz, e só se é feliz quando se faz o que a alma pede.

— Se todas as pessoas fossem viver assim, o mundo se tornaria um mar caótico e muito pior do que já é.

— Ao contrário, as pessoas seriam mais felizes, verdadeiras, espontâneas, não precisariam mentir, sustentar relações fracassadas só para agradar a família, os filhos e a sociedade. As pessoas só ficariam juntas por amor, por gostar, por ser e fazer o outro feliz, e não como agora, em que um fica com o outro a contragosto, arrastando os dias cheios de infelicidade e solidão a dois. Foi por causa da dureza do coração das pessoas, ou seja, por causa da falta de amor, que o profeta Moisés lhes deu a carta de divórcio.

— Quando ia à missa com minha mãe, ouvi várias vezes que Jesus havia condenado o adultério e proibido novas uniões. Lembro-me bem do padre Beraldo dizendo que quem se casasse com uma mulher ou com um homem separados cometia adultério — argumentou Lara.

— Jesus precisou instituir essa lei para resguardar a humanidade, que, naquele momento, não podia viver de outra forma que não fosse em uma prisão instituída pelo medo. Pode não parecer, mas o mundo daquela época era muito pior que o de hoje. O desrespeito de um ser humano a outro chegava ao absurdo dos duelos, crimes e assassinatos por motivos os mais torpes possíveis. O desrespeito às mulheres era mil vezes maior que agora, pois elas eram apenas consideradas um objeto de procriação e de satisfação dos instintos dos homens. Você imagina a quantos adultérios forçados as mulheres não eram submetidas? Quantas pessoas não eram desrespeitadas e violentadas apenas por um simples desejo sexual? Quantas uniões não foram feitas e desfeitas a bel-prazer de cada um, apenas para justificar a satisfação das ambições materiais e dos desejos sexuais desenfreados? Foi por isso que Jesus instituiu essa lei. Para que os mais fracos fossem protegidos e sofressem menos e evitar ainda mais abusos e crimes. Era, no entanto, uma lei civil; não uma lei eterna e imutável. E, como toda lei civil, teria de passar pela prova do tempo. Hoje em dia, não podemos mais aceitar como verdade absoluta essa passagem do Evangelho, assim como muitas outras, que o Cristo precisou deixar por causa de um tempo, de um povo, de uma época. Não foi por outra razão que Ele prometeu um Consolador, o Espírito de Verdade, que viria a seu tempo e à sua época relembrar o que Ele havia dito ou retificar o que precisava ser retificado. E esse Consolador Prometido nada mais é que as verdades espirituais reveladas pelo Espiritismo e por outras doutrinas que vieram depois dela. A revelação da verdade prosseguirá, porque ninguém poderá deter o progresso. Muito longe estamos da verdade absoluta que é Deus, e, até chegarmos a Ele, temos a eternidade pela frente.

Lara suspirou. Magali estava certa, mas aquela conversa dera voltas em sua cabeça, e ela sabia que, depois, deveria refletir sobre tudo aquilo.

No momento, Lara apenas queria viver o que achava certo. Suspirou novamente e, vendo que a amiga não ia dizer mais nada, chamou:

— Venha! Vamos ao meu quarto. Preciso me arrumar, porque, se eu der corda às suas teorias, passaremos o dia aqui. Daqui a pouco, sairei para me encontrar com Guilherme. Preciso me apresentar bem!

Lara saiu correndo como uma criança, e Magali teve dúvidas se a amiga e patroa assimilara alguma coisa do que ela dissera, se, em algum momento, mudaria ou se nada do que lhe dissera surtira efeito. Magali temia que Lara repetisse o sofrimento experimentado na infância, mas algo em seu íntimo dizia que a amiga estava apaixonada. E aquilo mudava tudo ou quase tudo.

As duas chegaram ao quarto amplo esbaforidas. Lara jogou-se na cama e se pôs de bruços com os pés entrelaçados para o alto, apoiando o rosto com ambas as mãos.

— Ah, Magali! Tudo se tornou tão fácil para mim. Parece que estou vivendo um sonho... Tenho muito medo de despertar.

Magali abriu as cortinas como de costume.

— Você precisa deixar entrar ar puro neste quarto! Precisa liberar as energias que ficam presas e deixar que outras entrem. Que mania você tem de deixar as janelas e cortinas sempre cerradas.

— Já vem você de novo com suas teorias. Sabia que poluição também entra junto com essas energias?

Magali sorriu e concordou.

— Dessa vez, fui convencida por sua mente ágil. Mostre-me a roupa que irá vestir. Aposto que escolheu o modelo mais sofisticado.

Lara apontou para a cabeceira da cama.

— Aquelas peças ali. O que acha?

Magali examinou a calça e a camiseta.

— Está falando sério? Vocês farão algum passeio na natureza à noite? É perigoso!

— Nada disso! Você sabe que não gosto desse tipo de programa. Já tenho natureza demais por aqui: árvores, plantas, flores, grama. Não preciso de mais natureza — Lara brincou.

— E por que razão escolheria um modelo tão simples para se encontrar com Guilherme? Ele é um homem muito sofisticado, Lara. Notei naquele encontro no jóquei.

— Justamente por ele ser muito sofisticado.

— Não entendi! Deveria ser o contrário, não? — perguntou Magali.

Lara suspirou e sentou-se na cama com as pernas entrelaçadas.

— Os homens buscam nas amantes justamente o oposto do que têm em casa. Se Guilherme é sofisticado e milionário, a esposa dele também deve ser muito sofisticada. Ou melhor, exageradamente sofisticada. Quero mostrar que sou diferente. Mais simples. Guilherme precisa de simplicidade, Magali. Simplicidade!

Magali meneou a cabeça negativamente e, sorrindo, foi pegar as peças para que a patroa se vestisse. No fundo de seu coração, o aperto no peito, quando pensava naquela relação, não deixava de impressioná-la. Em silêncio, orou.

CAPÍTULO 31

Guilherme foi ao encontro da esposa no quarto. Precisava trocar a roupa e seguir para a empresa.

— Está se sentindo bem, Ana Luíza? Gostou de nossa viagem?

Ana Luíza abriu os olhos com preguiça. Estava cansada demais.

— Claro que gostei, meu amor. Precisamos repetir mais programas como esse. Da próxima vez, quero ir sozinha com você. Assim, não teremos que dividir nosso tempo com os meninos.

Ele franziu a testa.

— Os meninos precisam de nossa companhia. Quase não ficamos com eles. Estão crescendo, e a infância passa rápido demais. Precisam de nossa convivência e orientação. Gostei bastante de estar com eles e consegui conhecê-los melhor. Yuri é mais medroso, frágil e tem grande admiração pelo irmão. Henrique me intriga um pouco. Tem umas falas estranhas, como se usasse metáforas para se comunicar.

Com tédio, Ana Luíza interrompeu Guilherme:

— Todas as crianças são iguais. Yuri é mais novo, e é natural que tenha medo. Henrique gosta de aparecer falando de forma diferente. Apenas isso.

Guilherme escolheu um terno claro, contrastando com a camisa social azul-marinho. Buscou o perfume que usara na primeira vez em que estivera com Lara e borrifou-o na nuca, nos pulsos e na barra semicerrada. Apanhou a pasta e guardou nela o frasco. Aproximou-se da esposa e beijou-a na testa.

— Provavelmente, chegarei mais tarde hoje. Não me espere para jantar.

Ela reagiu, fechando o semblante.

— Novamente isso, Guilherme? Mais uma vez, chegará de madrugada?

— Não a estou entendendo, meu amor. Do que está falando?

Ana Luíza desconversou, lembrando-se dos conselhos da mãe.

— Nada. Apenas não gosto de jantar sozinha e quando você trabalha demais. É muito desgastante para você e para nossa família.

— Prometo não me desgastar muito no trabalho. Apenas não chegarei a tempo para o jantar — Guilherme disse, abrindo a porta para sair.

Ana Luíza socou o travesseiro. Observou que ele colocara o frasco de perfume na pasta. Levantou-se e olhou-se no espelho emoldurado na parede lateral à cama.

— Você terá de pensar muito no que fazer... Muito... Não deixe passar nada, Ana Luíza, ou fará papel de idiota! — disse para si mesma com raiva.

❧

Guilherme passou pela empresa e mandou chamar a equipe de engenharia. Procurou ser o mais breve e claro possível para relatar o que desejava.

— Entendam: o trabalho é sigiloso. Preciso do túnel de escape pronto o mais rápido possível. A mão de obra será contratada pelos senhores, e todos serão muito bem remunerados pelo trabalho realizado fora da empresa.

Guilherme abriu a planta baixa da mansão sobre a mesa.

— Vejam onde deve ser construído o túnel. Exatamente aqui neste ponto, com porta de aço.

Um dos engenheiros perguntou a razão das curvas sinuosas do túnel direcionadas acima do piso da casa.

— Não me façam perguntas, por favor. O trabalho deve ser feito, e ninguém, absolutamente ninguém, nem minha esposa, deverá saber o que está sendo feito. É para a segurança de minha família. A violência está muito grande nesta cidade. Sou um empresário muito conhecido. Enfim, é isso — disse, fechando a planta e entregando-a ao chefe da equipe.

Os engenheiros saíram, e Guilherme olhou para o relógio. Pensou em tirar a aliança, mas não teve coragem. Apanhou o celular e enviou uma mensagem a Lara: "Já estou a caminho de nosso pôr do sol!".

Lara estava no banho, quando ouviu o celular apitar. Enrolou-se na toalha, abriu a mensagem e sorriu. "Ele está ansioso, e isso é muito bom!", pensou. Arrumou-se e gostou do visual despojado e simples. Cuidadosamente, colocou as joias usadas no último encontro e, assim como Guilherme, usou o mesmo perfume.

❦

Guilherme estacionou o carro na garagem do hotel e caminhou até a recepção. Apanhou a chave do quarto e acomodou-se numa banqueta alta no bar do salão principal. A vista para a rua era privilegiada pelos vidros espelhados, e ele conseguiria ver Lara chegar. Ansiava para que ela não se atrasasse para não perder o pôr do sol no terraço do hotel e não demorar mais do que deveria. Não queria chegar tarde em casa e decepcionar a esposa.

Lara saltou de um táxi de luxo. Escolhera não usar o próprio carro para obrigar emocionalmente Guilherme a levá-la de volta para casa. Ele avistou-a de imediato e sentiu o rosto queimar. Saiu do bar e, extasiado, foi recebê-la à porta.

— Se existe mulher mais linda, ainda não conheci! Que saudade! — exclamou, beijando-a carinhosamente.

Lara correspondeu com um sorriso.

— Desculpe. Parece que não me vesti adequadamente...

— Como assim? Você está linda!

— O ambiente... Você... Tudo é tão sofisticado! E eu vestida como se fosse a um jogo de vôlei.

— Repito que você é linda de qualquer jeito! Gosto muito dessa simplicidade! Só estou de terno, porque passei na empresa antes de vir para cá. Vamos subir? Já, já o pôr do sol fará um espetáculo só para nós dois.

Guilherme pegou-a pela mão como se fosse um adolescente.

— Vamos! O elevador chegou!

Os dois sentaram-se à mesma mesa e aguardaram abraçados o sol sumir no horizonte. A brisa fresca do início da noite acariciou o rosto de Lara, deixando-a pensativa. Enquanto o sol, em seu espetáculo de despedida, sumia no horizonte, flashes do passado tomaram-lhe de assalto. Ela pensou em Murilo e sacudiu a cabeça para se livrar daqueles pensamentos. Guilherme percebeu de imediato e tocou-lhe o queixo levemente.

— O que está havendo? Você parece distante...

— Nada de mais. Apenas tenho lembranças doídas de vez em quando. Vamos pedir um *drink*? Queria um coquetel de frutas.

Guilherme acenou para o garçom e fez o pedido.

— Trouxe um presente para você. Espero que goste.

Lara colocou as mãos nos olhos e exclamou:

— Você teve coragem?!

— Coragem de quê?

— De comprar um presente para mim durante a viagem com sua esposa?

— E por que razão não teria coragem? Você é muito importante para mim. Acredite.

Ela começou a torcer as mãos simulando nervosismo.

— Vamos logo! Sou muito curiosa! Meu coração está na boca! Nunca recebo presentes.

Guilherme abriu a pasta lentamente e apanhou a caixa de veludo preto com fecho dourado e entregou a ela. Lara abriu a caixa e ficou encantada com o cordão de ouro com um pingente de pérola negra.

— Que coisa mais linda! Por favor, coloque em meu pescoço. Nunca havia visto uma pérola negra... — disse com emoção verdadeira.

Guilherme afastou os cabelos lisos de Lara e colocou o cordão, fechando-o delicadamente. Depois, beijou-a amorosamente.

— Vamos esperar nosso *drink*? Quero brindar este momento.

Lara envolveu-o pelo pescoço.

— Melhor irmos logo. Você não poderá sair daqui tão tarde como da primeira vez! Não quero que tenha aborrecimentos em família.

Ele surpreendeu-se com a preocupação de Lara.

— Você é surpreendente. Linda, jovem, de uma simplicidade atraente e, o mais importante, tem real preocupação com meu bem-estar.

— Sou assim mesmo. Não gosto de causar aborrecimentos a ninguém.

Os dois entreolharam-se com paixão e desejo. Abraçados, entraram no elevador que os conduziria até a suíte. O garçom tocou inutilmente a campainha, enquanto Guilherme e Lara se amavam com intensidade sobre os lençóis de seda. Exauridos e saciados, deixaram-se ficar abraçados por um longo tempo. Guilherme beijou Lara carinhosamente.

— Você é extraordinária, Lara! Estou apaixonado e nunca mais quero ficar longe de você!

Ela puxou o lençol e colocou-o sobre o busto.

— Você é casado, Guilherme! Tem filhos! Eu nunca destruiria uma família. Ainda mais envolvendo crianças!

— Vou me separar de Ana Luíza. Não posso viver sem você!

Imediatamente, Lara pensou no martírio da mãe e na traição do pai. O rosto de Rosa fez-se nítido em sua mente.

— Nada disso! Nada de separação! Vamos continuar dessa forma — ela exclamou enfaticamente.

— Já lhe disse que estou apaixonado, Lara! Esta situação não é justa! Você é muito jovem para viver este tipo de experiência.

Lara olhou para Guilherme com ternura.

— Também estou encantada por você. Não poderia ser diferente, sendo você o homem que é. Mas não posso permitir que estrague sua família. Vamos continuar assim por enquanto. Seja um bom marido, um bom pai e, para mim, um bom companheiro e amante. Será melhor assim.

— Você ficará mais tranquila dessa forma? Não se tornará amarga?

Lara olhou a paisagem pela fresta da cortina. O tempo estava nublado, e relâmpagos clareavam o céu. Olhou para Guilherme com firmeza e disse:

— Ficarei feliz dessa forma. Mais do que possa imaginar!

O vulto de Rosa fez-se presente no quarto. Um raio mais próximo anunciou um estrondo. Lara sentiu o coração acelerar e abraçou Guilherme. Ele perguntou se a moça se importaria se ele acendesse um cigarro, e Lara respondeu negativamente.

— Estarei sempre ao seu lado durante o tempo que você quiser, meu amor... Acredite em mim e desista da ideia de abandonar sua família.

Guilherme tragou o cigarro com vigor. Olhando os círculos acinzentados produzidos pela fumaça, pensou: "Conheci a mulher mais fantástica do mundo!".

ॐ

A tempestade fez Ana Luíza se preocupar. Colocou o talher sobre o prato e saiu em direção à sala, chamando Diego. O mordomo atendeu-a de imediato.

— Pois não, senhora? Posso ajudá-la em algo?

— Por favor, ligue para Guilherme. Estou preocupada com ele. Parece que o mundo vai desabar.

— Só um instante, senhora.

Diego ligou do próprio celular. Sabia que o patrão atenderia se visualizasse seu número. Guilherme ouviu o toque diferenciado que colocara para o número do mordomo e pediu licença a Lara.

— Desculpe. É ligação de meu mordomo. Diego está orientado a me ligar em casos de urgência. Preciso atender.

Rosa aproximou-se de Lara e riu de forma sinistra.

— Você vai me pagar, pirralha!

A jovem percebeu que Guilherme falava com a esposa e imediatamente foi tomada por extrema raiva. Apanhou o controle do ar-condicionado e atirou com força no chão. Guilherme assustou-se.

— Fique tranquila, Ana Luíza. Ficarei no escritório até o temporal passar.

Ele encerrou a ligação com a esposa e voltou-se confuso para Lara.

— O que houve?

Lara trincou os dentes antes de responder.

— Uma coisa é você manter seu casamento; outra é conversar com sua mulher na minha frente. Não quero nem preciso passar por isso!

— Calma, meu amor. Achei que fosse o Diego. Ana Luíza pediu que ele ligasse e apanhou o celular para falar comigo. Prometo que isso nunca mais acontecerá. Vamos aproveitar a noite. Parece que o temporal não cessará tão cedo.

— Quero ir embora imediatamente.

Ele impostou a voz.

— Sem condições, Lara! Não sairei daqui com um temporal desses! Detesto correr riscos desnecessários!

— Então, peça algo para comermos. Estou com fome. Sempre fico com fome quando sinto raiva. Da próxima vez, gritarei para que sua amada esposa ouça bem minha voz!

Guilherme acariciou os cabelos de Lara para acalmá-la.

— Meu amor, isso não acontecerá mais. Pode acreditar.

— Guilherme, nunca prometa nada que não poderá cumprir. Estamos juntos e assim poderemos ficar por muito tempo. Mas, por favor, não me desrespeite. Não mereço isso.

— Eu peço a separação e...

Lara interrompeu-o de maneira mais carinhosa.

— Não quero sua destruição nem a de sua família. Apenas não desejo ser tratada como uma mulher qualquer. É apenas isso!

Rosa gargalhava perto da cama. A partir daquele momento, seria bem mais fácil controlar Lara. Ela era ciumenta e estava longe de ser desapegada como imaginava. Conseguiria manipulá-la por meio desses dois defeitos. Descobrira dois pontos fracos da jovem e estava rindo muito de felicidade.

Guilherme e Lara jantaram sendo observados fixamente pelo espírito de Rosa. O apartamento tinha uma sala de refeições bem decorada e aconchegante. O reflexo dos raios entravam no quarto e parecia que iriam estilhaçar o conjunto de espelhos e os objetos de cristal. Na varanda, um pé de bambu ornamental envergava com o vento. Lara se pôs a admirar a planta.

— Sou como aquele bambu. Posso envergar, Guilherme, mas nunca irei me quebrar.

— Você é um cristal, meu amor... Um cristal...

Lara riu. Sabia muito bem a visão que Guilherme tinha dela e preferiu manter essa característica.

— É... você tem toda razão. Qualquer coisa pode me estilhaçar e me deixar em pedaços. Não gosto de ser assim. Tento ser forte, mas não consigo. Essa força não faz parte de minha personalidade.

— Eu sei, meu amor. Qualquer um que a conheça perceberá isso no primeiro olhar.

— Fui criada recebendo muito amor de meus pais. Acabaram me colocando em uma redoma. Não aprendi a me defender como as outras pessoas — ela mentiu.

Guilherme segurou as mãos dela com firmeza.

— Farei o impossível para ninguém machucá-la. Sua fragilidade, sua juventude, sua sinceridade me encantam porque são verdadeiras. Eu sinto isso.

Lara beijou as mãos de Guilherme. Seria uma amante perfeita. Completamente excitada mais uma vez, levantou-se e fez Guilherme levantar-se também. Com muito desejo, puxou o roupão que ele estava vestido e, vendo seu corpo nu, perfeito, escultural, cheio de pelinhos castanho-claros espalhados pelo peito, pelas pernas, coxas e pelos braços, beijou-o com sofreguidão. Depois, tirou também a própria roupa e levou-o para a cama, onde se amaram por mais e mais horas ao som dos trovões e iluminados pelas luzes intensas dos raios.

A chuva e o vento foram diminuindo aos poucos até cessarem por completo. Guilherme voltou-se para Lara adormecida e tocou-a levemente no rosto.

— Lara, o temporal passou. Preciso ir.

Ela abriu os olhos e espreguiçou-se.

— Se eu pudesse... Ah, se eu pudesse, passaria o resto de minha vida com você.

Guilherme cerrou os olhos pesadamente, e ela abraçou-o.

— Não se sinta culpado por nada. Vou me trocar. É melhor você tomar uma chuveirada. Meu perfume é marcante, e sua esposa poderá estranhar.

— Venha tomar banho comigo! — ele convidou.

Lara abraçou o próprio corpo sensualmente.

— Não. Eu irei com seu cheiro para casa. Preciso continuar com sua presença em mim...

Ouvindo aquelas palavras, Guilherme sorriu e sentiu-se o homem mais feliz do mundo. Sem dizer mais nada, entrou no box, enquanto Lara permanecia na cama, revivendo mentalmente toda a magia daquele encontro.

❧

Guilherme deixou Lara em casa e seguiu carregado de felicidade. Ligou o som do carro e começou a acompanhar as músicas cantarolando. Quando chegou à mansão, estacionou o automóvel, examinou o relógio e sorriu ao perceber que não estava tão tarde. Caminhou até a varanda, parou, olhou ao redor e viu a destruição causada pelo temporal: galhos de árvores espalhados por todos os cantos e folhas formando um tapete sobre a área externa. Entrou e encontrou a esposa recostada em uma poltrona na sala de visitas.

Saudou-a alegremente:

— Boa noite, minha querida. Que temporal foi esse?

Ana Luíza correu para abraçá-lo.

— Estava muito nervosa, por isso pedi a Diego para ligar. Como estavam as coisas pelo caminho?

— Péssimas. Há muitas árvores pelo caminho. Só durante os temporais, percebemos o quanto ainda há natureza resistindo nesta cidade de cimento e asfalto.

Enquanto abraçava o marido, Ana Luíza tentava descobrir qualquer cheiro diferente. Feliz, não encontrou nada além do perfume usado pelo marido antes de sair.

— Estou aliviada por você ter conseguido chegar sem maiores problemas.

— Enfrentei alguns perigos, mas consegui vencê-los. Afinal sou um Super-Homem! — Ele brincou.

— Diego deixou a mesa posta. Quer jantar?

— Não, meu amor. Acabei fazendo um lanche no restaurante da empresa. Vamos subir para descansar? Estou exausto.

Guilherme teve o cuidado de tomar outro banho rápido antes de se deitar. Queria examinar o próprio corpo para verificar se Lara deixara alguma marca da noite de amor. Ela fora extraordinária. Para seu alívio, ao sair do banho, encontrou Ana Luíza dormindo. Deitou-se com cuidado para não acordá-la. Rapidamente, pegou no sono e sonhou com Lara. Um fio energético de cor acinzentada ligava-o à moça. Satisfeita por conseguir seu objetivo de se tornar uma amante, ela também adormeceu com facilidade.

CAPÍTULO 32

Rosa retornou para as regiões umbralinas e entrou na caverna coberta por um limo grosso, onde deixara Odete. Ela estava encolhida num canto, tentando espantar escorpiões com as mãos. Nas pernas, as larvas passeavam pelas feridas abertas.

— Odete, tenho novidades.

— Não quero saber de novidades! Veja! Tire esses escorpiões daqui! Tire!

Rosa estava ansiosa pelo encontro com Lara. Havia conseguido subjugá-la com facilidade.

— Odete, olhe para mim! Até alguns dias atrás, eu estava com as marcas do ataque dos cães. Olhe para mim! Estou livre delas!

Odete olhou assustada para Rosa.

— Como você conseguiu isso? Que médico a curou? Me leve até ele, por favor!

— Meu ódio me curou. A determinação em executar minha vingança foi meu remédio.

— Explique-se! Não estou entendendo nada.

— É simples. Mais simples do que eu pensava. Passei muito tempo fugindo dos cães assassinos, apavorada, sentindo dor, imaginando que eles ainda me perseguiam. Não os via, mas escutava seus latidos e o som de suas patas como se estivessem bem próximos. O pânico tomava conta de mim, e eu me escondia nas cavernas que havia pelo caminho. Um dia, encontrei um homem muito inteligente quando estava no pântano bebendo aquela água fétida. Ele me perguntou por que eu insistia em manter a mesma constituição do momento de meu desencarne, e eu respondi que não havia encontrado nenhum tipo de ajuda. Nada ou ninguém além de você e dos cachorros. Ele riu e me perguntou quem eu odiava mais. Respondi que era Lara, a filha de meu amante fraco e covarde. Ele, então, disse: "Treine seu ódio e se concentre nela. Isso a ajudará a encontrá-la com facilidade. Num segundo ou terceiro encontro, sugue dela o hálito e qualquer fluido que saia dela: lágrimas, suor, urina, fezes. Isso fará essas feridas fecharem, e você ganhará força para fazer o que desejar".

Rosa fez uma breve pausa e continuou:

— Assim eu fiz. Foi uma coisa horrível no início, mas, à medida que eu fazia, minhas feridas foram fechando. Agora, estou totalmente recuperada. Faça isso também! Juntas, destruiremos aquela garota nojenta! Tenho planos.

Aproximando-se de Odete, Rosa começou a falar baixo ao seu ouvido, como se estivesse com medo de alguém escutá-la. À medida que ouvia as palavras de Rosa, Odete enchia-se de alegria, e seus olhos cintilavam antegozando o prazer da vingança.

❧

Guilherme acordou com uma ligação do chefe da equipe de engenheiros.

— Bom dia, doutor. Desculpe a hora, mas o trabalho que faremos depende e muito da claridade do dia. Aguardo sua ordem para chegar com minha equipe. Os equipamentos ocuparão um espaço considerável. Atuaremos como se estivéssemos fortalecendo as sapatas da casa.

Ele trocou-se e desceu para conversar com Diego na biblioteca.

— Veja bem, Diego, nada poderá escapar de seu crivo. Tudo precisa ser acompanhado de perto.

— Quanto tempo isso irá durar, doutor?

— Espero que tudo esteja pronto em menos de dez dias. Contratei uma equipe da empresa para fazer o trabalho de forma independente. Fico mais seguro dessa forma. Se eles cometerem qualquer erro, perderão o emprego.

— Pode deixar, doutor. Tudo correrá conforme o senhor deseja.

Guilherme passou o dia com os engenheiros. Conferiu o projeto, conversou com o mestre de obras e determinou o prazo para o término da construção.

— Quero tudo pronto em, no máximo, dez dias. Vocês estão sendo muito bem remunerados para executar o trabalho.

O mestre de obras, um homem de meia-idade, ponderou:

— Desculpe-me, doutor, mas estamos falando de um túnel, não de um cômodo. O terreno está encharcado pelo temporal de ontem e podem ocorrer outras chuvas. Isso atrasará um pouco mais a obra.

— E não existe uma máquina capaz de drenar essa água e deixar o solo seco? Não podemos colocar proteção sobre o terreno para que não ocorram mais encharcamentos?

O engenheiro chefe respondeu:

— Sim. Há maquinário disponível para isso. Farei, imediatamente, contato com o fornecedor no Brasil.

— Faça isso, mas mande emitir as notas fiscais em nome da empresa. É mais prudente.

Guilherme deixou-os estudando o terreno e manejando as máquinas e foi ao encontro da esposa.

— Bom dia, meu amor. Como passou a noite?

— Bem. Dormi muito bem, meu querido — ela respondeu esboçando um sorriso.

Henrique e Yuri estavam sentados à mesa tomando café.

— E vocês? Como estão?

Henrique olhou para o pai profundamente.

— Sonhei com dois homens e com a vovó. Eles pareciam médicos.

— E como sua avó estava no sonho? Feliz?

— Não, papai. Ela me disse que sentia muito frio.

Laura estava chegando e ouviu a declaração do neto mais velho.

— Cruzes, menino! Por que você não sonha coisas melhores?

Henrique olhou para ela profundamente.

— Sonhar é o de menos, vovó. Pior mesmo é andar com gente que morreu e não sabe.

— Pare com isso, Henrique! — interferiu Ana Luíza encolerizada.

O menino continuou a falar:

— Não estou mentindo. O que falo é realidade. É mais verdade que esta que estamos vivendo.

Dinda resolveu chamar Henrique para brincar, pois sabia que, a qualquer momento, uma discussão mais séria poderia se desencadear.

— Vamos brincar? O sol está bem fraquinho hoje. Poderíamos dar uma volta no jardim. O que acham?

Yuri soltou uma exclamação de alegria.

— Oba! Vamos!

Guilherme viu-se obrigado a impedir.

— Dinda, mantenha os meninos na sala de jogos por esses dias. Iniciei uma obra na mansão, e tanto os jardins quanto a área da piscina ficarão interditados.

Ana Luíza esperou que eles saíssem e dirigiu-se ao marido.

— Que história é essa de obra na mansão? Em pleno verão, Guilherme? Não poderia esperar o término da estação?

— Meu amor, existem coisas que não podem ser adiadas. A obra da mansão é uma delas. Estamos reforçando as sapatas da casa para nossa segurança. Não demorará mais que duas semanas. Por que você não vai ao clube encontrar suas amigas? Há quanto tempo não faz isso?

Laura estimulou:

— Vamos, Ana Luíza! Também gostaria de encontrar minhas amigas do pôquer. Faz tempo que não jogo uma boa mesa.

Guilherme beijou a esposa e apressou-se em sair. Não queria ser interrogado sobre a obra. Diego esperava-o na garagem.

— Preciso falar com o senhor. Há tempo?

— É importante?

— Sim, doutor. Não tomaria seu tempo se não fosse importante.

— Fale, Diego.

— É sobre o menino Henrique, doutor. Ele precisa de uma atenção especial.

— Por que diz isso? Henrique é um menino ótimo e atencioso. Você tem alguma observação mais atenta a fazer?

— Henrique não é apenas um menino atencioso. Ele é muito mais que isso. Seu filho vem tendo contato constante com dona Solange.

Guilherme abriu a porta do carro e colocou a pasta sobre o assento do carona.

— Não tenho tempo para esse tipo de assunto, Diego. Tenho muito respeito por você e por suas crenças, mas elas são apenas suas. Não compartilho de nenhuma delas e não gostaria que meu filho recebesse nenhum tipo de rótulo. Por favor, não alimente isso nele.

— Doutor, sei disso, mas seria bom o senhor me ouvir antes que seja tarde demais para reparar o que está por vir.

Guilherme entrou no carro, bateu a porta e abaixou o vidro.

— Outra hora conversaremos. Hoje, eu não posso. Cuide do lhe que pedi a respeito da obra. Fique de olho apenas nisso e deixe que Dinda cuide de Henrique.

Diego observou o carro se afastar e sacudiu a cabeça reprovando a atitude do patrão.

∽⌾∾

O túnel ficou pronto antes do prazo determinado, e Guilherme sentiu-se mais confortável em saber que as equipes poderiam se revezar sem risco e que ele mesmo poderia entrar e sair da câmara sem passar pela biblioteca. Seus encontros com Lara tornaram-se quase diários, e Guilherme se viu dependente dos sentimentos que experimentava. Para escapar do controle ferrenho da esposa, passou a inventar viagens de negócios todas as semanas.

Lara vibrava a cada vez que encontrava o amante. Viciara-se naqueles encontros e no prazer que experimentava. Rosa e Odete perseguiam-na sempre que a jovem se via perdida nos pensamentos da própria infância e nos acontecimentos desencadeados a partir da morte da mãe. As duas, sob a forma de espectros sombrios, gargalhavam todas as vezes que imprimiam em Lara a mistura de ódio e prazer em relação a Guilherme.

Em uma das muitas ausências de Guilherme, Ana Luíza queixou-se com a mãe.

— De verdade! Não aguento mais, mamãe! Guilherme está cada vez mais distante. Passa horas sem atender o celular, e, quando ligo para a empresa, ele está sempre em reunião. A secretária chega a gaguejar quando ouve minha voz.

Laura ajeitou os cabelos loiros, jogando-os para trás dos ombros.

— Há quanto tempo falo com você para ser mais atenta aos fatos? Homem nenhum presta, e seu doce príncipe Guilherme não seria diferente.

— A senhora acha...

Laura interrompeu a filha.

— Você sempre me faz a mesma pergunta, Ana Luíza! Não é possível que ainda não saiba a resposta!

— Vou acabar com essa agonia em breve! A senhora verá!

— Vai acabar como? Seguindo seu marido como as mulheres traídas fazem nas novelas?

— E qual seria a outra forma de confrontar a verdade?

— Aja como ele. Apenas isso!

— Como assim?

— Arrume um amante também. Os homens costumam sentir o cheiro de concorrentes.

— Não acredito que estou ouvindo isso da senhora!

— Deveria acreditar, minha filha querida. Sou feliz porque sei exatamente o que fazer.

— Não me parece, mamãe! Já se olhou no espelho? Já percebeu suas olheiras e o quanto tem emagrecido? Sua aparência está bem distante de uma mulher feliz e saudável!

Laura tornou a ajeitar os cabelos e olhou-se no visor do celular. Sabia que a filha tinha um pouco de razão. Fazia tempo que sentia um cansaço inexplicável, mas sempre atribuía isso às noitadas com Túlio e aos pesadelos recorrentes com orgias intermináveis.

Dinda descia com os meninos para levá-los ao cinema, quando Henrique travou no último degrau da escada.

Yuri saiu correndo para abraçar a mãe, e Henrique gritou:

— Pare, Yuri! Não chegue perto! Não chegue!

Os olhos do menino estavam fixos em direção a Laura, e Dinda puxou-o pelo braço.

— O que está havendo, meu filho? Fale para mim. Que pavor é esse?

Uma lágrima escorreu do olho direito do menino, que continuou estático.

— Ninguém vê, mas o que vejo é muito ruim, Dinda. Muito ruim...

Dinda abraçou-o com vigor.

— Venha comigo. Quero que converse com Diego.

Henrique concordou.

— Está certo. Com Diego eu conversarei. Ele vai me entender.

Dinda disfarçou e chamou Yuri.

— Vamos lanchar antes de sair. Não gosto da comida desses shoppings.

Os três dirigiram-se à cozinha, e Dinda chamou Diego.

— Por favor, Diego, converse com Henrique. Não tenho mais como controlar esse menino. Ele diz que vê o que ninguém enxerga. Além dos sonhos com dona Solange, que ele jura serem reais, agora cismou com dona Laura.

Diego sentou-se ao lado de Henrique e começou a aplicar passes discretos nele.

— E então? Está mais calmo?

— Sim... me acalmei... Você também vê pessoas que morreram?

— Vejo, e isso tem um nome muito especial.

— Qual é o nome? Loucura? Minha avó diz que sou louco, e acho que minha mãe concorda com ela.

— Nada disso, meu amiguinho. O nome desse fenômeno é mediunidade. Você é médium e deverá se educar para não sofrer. Entendeu?

— Mais ou menos... Às vezes, também me sinto louco.

— Mas não é. Posso lhe garantir. Se seguir minhas orientações e estudar direitinho, poderá ajudar algumas pessoas durante a vida.

— Quero ser médico, Diego. Só isso. Não quero ver, ouvir ou sonhar com nada que não seja real.

— Tudo o que você vê e ouve é real. A morte não existe, meu menino. Continuamos a viver fora do corpo físico e nos tornamos espíritos. São eles que você vê.

— Eu sinto que isso é verdade. Já saí de meu corpo várias vezes, Diego. Quando eu era menor, andava pela casa e ficava muito nervoso. Depois, um moço muito bom começou a me ensinar algumas coisas. Ele se veste como um soldado romano. Mas, se eu contar isso para meus pais, eles não acreditarão. Você acredita em mim?

— Por acaso, esse soldado romano se chama Caio?

— Sim! É esse o nome dele! Como você sabe?

— Porque, assim como você, também sou médium. Já o vi e conversei com ele. Posso tentar ajudar agora? Você confiará em mim?

Henrique abriu um sorriso e pediu a Dinda um sanduíche com suco. Diego também sorriu: já recebera a resposta do menino e conquistara sua confiança. Daquele dia em diante, Diego, discretamente, o ensinaria a educar o emocional, condição principal para a educação mediúnica. Ele tinha certeza de que o menino iria conseguir aprender e usaria sua mediunidade para o bem, trazendo conhecimento, paz e conforto para todos que estivessem ao seu redor.

Guilherme pediu a Diego que mandasse entrar o candidato à motorista escolhido.

— Peça a Paulo para entrar. Esse rapaz concluiu todas as provas com êxito. Preciso apenas conhecê-lo pessoalmente e encaminhá-lo para o exame admissional. Será contratado pela empresa, mas trabalhará direto com minha esposa. Ana Luíza precisa se distrair um pouco. Um motorista apenas para ela será muito bom.

O rapaz entrou e apresentou-se ao novo patrão. Guilherme foi claro.

— Cuide para que minha família esteja sempre em segurança no trânsito. Apenas isso. Sua documentação foi aprovada, senhor Paulo. Seja bem-vindo ao grupo de colaboradores desta casa. Minha família é meu bem mais precioso.

O rapaz fez uma leve reverência com a cabeça.

— Fique tranquilo, doutor. Cuidarei de sua família como se fosse a minha.

Guilherme foi ríspido.

— Faça apenas seu trabalho. Isso será suficiente.

Paulo engoliu em seco e sentiu a garganta arder. Estava muito distante de ter um perfil submisso, entretanto, precisava do emprego para garantir o sustento da tia que o criara e estava muito doente.

— Pode deixar, doutor. Farei meu trabalho de forma excelente.

Guilherme pediu que Diego o acomodasse na ala dos empregados e acertasse detalhes de horário de forma que ele ficasse à disposição de Ana Luíza. Em seguida, ligou para Lara.

— Hoje à noite ou hoje à noite e amanhã de manhã? Você escolhe!

Do outro lado da linha, Lara sorriu.

— Você sabe a resposta.

Guilherme recostou-se na poltrona com satisfação.

— No mesmo lugar de sempre?

Lara ficou em silêncio por alguns instantes. Estava enjoada de frequentar o mesmo lugar. Fingindo querer protegê-lo, respondeu:

— Vamos mudar um pouco? O que acha?

Ele hesitou.

— É mais seguro no mesmo lugar. Você sabe qual é meu receio.

— Sim. Justamente por saber é que quero sugerir outro local para nossos encontros.

— Lara... é que...

287

— Em minha casa, Guilherme. Meu quarto é tão ou mais confortável do que o do hotel. Assim você não correrá o risco de ser visto por alguém. Em minha casa, não há fotógrafos nem colunistas sociais dispostos a acabar com o casamento mais invejado de São Paulo.

— Você é demais, Lara! Uma ser humano único! Generosa, bondosa e me ama de verdade.

— Não tenha dúvidas do meu amor. Nunca duvide disso! Enfrento qualquer coisa para ficar e me manter ao seu lado. Quando chegar, me avise para que os seguranças abram o portão e o encaminhem até a porta de entrada. Mandarei preparar um jantar especial para nossa primeira noite longe do hotel. Garanto que o pôr do sol aqui também é lindo de se apreciar.

Desligou o celular e correu para a copa com o peito cheio de felicidade.

CAPÍTULO 33

Lara chamou Magali para lhe dar orientações sobre o jantar.

— Meu convidado é muito especial. Preciso de todo o requinte possível na sala de jantar.

— Estou surpresa, Lara. E muito feliz por você se reaproximar de Murilo. Ele liga diariamente para ter notícias suas. É o amor mais puro que já vi. Parece até coisa de romance... — Magali falou suspirando.

Lara riu.

— Ah, Magali! Como você é ingênua. Murilo é um rapaz simples. Não precisaria de tanto requinte para recebê-lo. Ele me aceita como sou. Sempre foi assim.

Magali pôs a mão na boca surpresa.

— Se não é Murilo...?

— É Guilherme, minha amiga. Ele passará a noite aqui em casa. Estou muito feliz com mais essa conquista.

— Você está apaixonada, não é?

— Eu diria que estou encantada. Não sei o que é amor e acho que nunca irei saber. Guilherme é um bom homem. Encantador, bonito, gentil. Reúne muitas qualidades e realmente me encanta.

— Lara, você já parou para pensar que pode estar atraindo muito sofrimento para sua vida? Destruindo um casamento por causa de um capricho?

— Ele tem um casamento falido como era o dos meus pais. Já é uma coisa destruída por si mesma. Não quero que ele acabe com a própria família. Podemos viver assim pelo resto da vida!

289

— O resto da vida é muito tempo. As armadilhas tecidas pelo destino, que é criado por nós mesmos, muitas vezes são cruéis. Se ele a ama verdadeiramente, saberá conduzir a situação, amparando emocionalmente a família para poder ficar ao seu lado.

— Já repeti mil vezes que não quero isso pra mim! Será que é difícil entender? Se um dia Guilherme deixar a mulher para se casar comigo, neste dia, nossa relação terá fim. Não quero um marido. Tomei essa decisão muito nova, em meio a tudo que vivi. Jamais sofrerei como minha mãe! Agora, por favor, providencie tudo o que lhe pedi. Quero uma noite memorável, para que ele queira voltar mais vezes.

Magali retirou-se pesarosa. Sentia o coração apertado sempre que Lara falava de Guilherme. Pôs-se num canto da cozinha e fez uma breve oração, pedindo o concurso dos amigos espirituais. Sabia que o caminho escolhido pela patroa e amiga seria tortuoso e carregado de sofrimento. Sentiu um leve arrepio percorrer toda a região da coluna, eriçando os pelos de seus braços, e orou com mais força. De repente, sentiu a presença de uma linda moça ao seu lado e tinha certeza de que se tratava de um espírito de luz. Entrou em comunicação com ela mentalmente:

"Lara vai sofrer? Estou muito preocupada com ela."

O ser de luz respondeu:

"Sim, ela está atraindo o sofrimento desde quando escolheu se envolver com um homem casado apenas por capricho, como você mesma lhe disse há pouco. A vida protege aqueles que se relacionam por amor, por sentimentos nobres e espontâneos, que surgem na alma sem que ninguém possa detê-los, contudo, não protege aqueles que se envolvem por caprichos de egoísmo e sensualidade. O sofrimento vem para ensinar o poder das intenções. Se a intenção for boa, não importa o tamanho do erro, as Leis Universais protegem, porque na vida e para a vida só contam as intenções. Os atos em si pouco ou nada valem.

"Mas ela não deseja fazer mal a ninguém", argumentou Magali.

"Isso é o que salvará sua vida, mas, embora não deseje o mal a Guilherme ou à sua família, ela está agindo baseada num trauma do passado. Lara age usando uma desculpa que, na verdade, encobre o medo de amar, ser feliz e se entregar. Está no mal. Aquele que tem medo de amar e da vida, que se esconde e se reprime, está com más intenções para consigo mesmo. Nesse caso, a Vida responderá com a dor para que a pessoa aprenda que o caminho do coração, o fato de ser verdadeiro, doa a quem doer, é o que traz a verdadeira felicidade, a felicidade legítima, única possível aqui na Terra.

Elevada com aquelas lições, Magali perguntou:

"Mas, se ela está agindo devido a um trauma, a vida não deveria atenuar as consequências, não a deixando sofrer?"

A mulher cheia de luz sorriu.

"Como não quer ver Lara sofrer, você está sendo paternalista. Você encara o sofrimento como uma coisa ruim, mas ainda não refletiu sobre a beleza que ele traz. Quando todos os recursos se esgotam, o sofrimento é capaz de fazer as pessoas aprenderem. Você fala em trauma, e isso é verdade. Lara passou por uma experiência traumática na infância, mas isso não é desculpa para ela agir de forma negativa. Para traumas e experiências negativas existe algo sublime: a superação. Onde está a superação? A pessoa viverá toda a existência se escondendo numa experiência que a fez sofrer? É uma escolha que deve sempre ser pensada. Além disso, é preciso lembrar que ninguém passa pelo que não precisa. Lara não foi inocente quando viveu o que viveu na infância, ao contrário. O orgulho e a vaidade dela a levaram a nascer como filha de Marisa e Sérgio, justamente para que aprendesse a ser melhor. Ela, como faz a maioria das pessoas, inverteu o processo. Em vez de aproveitar a experiência para crescer e evoluir, Lara se colocou numa posição na qual ninguém está: a de vítima. Ninguém neste mundo é vítima, pois, se existisse uma vítima no mundo, Deus seria injusto. Pense nisso, Magali. Não deixe que seu amor por Lara a torne passional, pois isso não a ajudará em nada. Grandes provações estão por vir. Fortaleça-se na fé, afinal, ela será a única forma de vencer. Fique com Deus."

O ser translúcido desapareceu no mesmo clarão que o fez surgir, deixando um delicado perfume no ar.

Completamente serena e aliviada, Magali compreendeu todas as lições e orou mais uma vez em agradecimento. Depois, voltou para suas atividades.

Horas depois, no fim da tarde, bateu à porta do quarto da patroa e entrou. Lara estava dormindo profundamente. Ela olhou para o relógio e resolveu acordá-la.

— Lara, já está tudo pronto. Gostaria que conferisse a organização da mesa, os arranjos de flores e as luzes do jardim e da piscina.

A jovem espreguiçou-se e abriu os olhos com lentidão.

— Nossa! Parece que tenho chumbo nos ombros. Ando muito sonolenta ultimamente.

— Você precisa regrar um pouco mais sua vida. Quase não dorme, nunca sai de casa, não tem amigos nem um objetivo claro para o futuro. Uma vida sem propósito é uma vida vazia.

— Talvez esteja certa, Magali, mas agora preciso me animar. Amanhã, pensarei em algo para tornar meus dias mais interessantes. Hoje, quero apenas oferecer a Guilherme a melhor noite de sua vida!

Lara desceu e checou o cardápio e os *drinks* que seriam servidos. Pediu que todos os empregados da casa estivessem rigorosamente uniformizados. Quando terminou, puxou Magali pelo braço e correu para a piscina.

— Olhe isso tudo, Magali! Tudo meu! A menina feia e sofrida venceu na vida! Tenho o mundo a meus pés! Ou melhor, tenho Guilherme e o mundo a meus pés! Ele me ama como nunca amou ninguém na vida! Nem a rabugenta da esposa!

Lara mergulhou na piscina com a roupa que estava usando. Mais uma vez, Magali sentiu a pele ficar arrepiada e sussurrou:

— Que os bons espíritos a inspirem a fazer o melhor...

Na janela do quarto de Lara, os espíritos de Rosa e Odete comemoravam:

— Nossa vingança será consumada em breve, Odete! Ninguém passa tanto tempo sem o castigo merecido!

Odete, recuperada das chagas e carregada de ódio, completou:

— Faz muito tempo que espero por isso! Faz muito tempo...

❧

Guilherme apanhou a pequena maleta e despediu-se de Ana Luíza.

— Amanhã, estarei de volta, meu amor. Essa viagem me pegou de surpresa! Tinha outros planos!

Ana Luíza jogou o livro que estava lendo contra Guilherme.

— Você pensa que sou tonta? Toda semana, você tem viagens urgentes para fazer! Não sou idiota, Guilherme!

— Não vou discutir! Não quero discutir! E, por favor, nunca duvide de minha palavra! Tenho hora! Vá passear e se distrair um pouco no lugar de perder seu tempo pensando bobagens! — disse, virando as costas e saindo.

Ana Luíza ouviu o barulho do motor do carro e começou a tirar as roupas do marido do armário com fúria.

— Ele não vai me fazer de idiota! Detesto traição! Não mereço uma traição!

Diego ouviu o barulho vindo do quarto da patroa e chamou Laura, que estava na sala entretida com o celular.

— Senhora Laura, perdoe-me, mas creio que dona Ana Luíza esteja precisando de algo.

Laura olhou para o mordomo com desdém.

— Você é um tipo esquisito, Diego! Presume coisas com muita facilidade. Tenho um encontro importante e não posso me atrasar. Ana Luíza se resolverá sozinha.

Diego insistiu.

— Creio que isso não acontecerá, senhora. Ela precisa de alguém neste momento!

Laura resmungou, mas resolveu subir. Abriu a porta do quarto e gritou com a filha:

— Pare imediatamente com essa histeria! O que está fazendo com as roupas de Guilherme? Quer destruir de vez seu casamento?

Ana Luíza estava com o rosto vermelho e encharcado de lágrimas. Quando ouviu a voz da mãe, deixou-se cair pesadamente na cama.

— Estou arruinada, mamãe! Guilherme tem outra mulher!

— E qual homem não tem?

— A senhora fala isso com uma naturalidade assustadora! Não quero ser traída! Não quero!

— Então, faça por onde! Já lhe dei a receita! Encontre alguém que a realize como mulher, e tudo ficará bem! Olhe para mim: estou viçosa, com brilho nos olhos e sede de viver! O homem certo faz milagres, minha querida!

Ana Luíza soltou uma gargalhada e apontou para a mãe.

— A senhora está o quê? Viçosa? Com brilho? Já se olhou no espelho? Está cada vez mais magra, mais pálida e com o rosto esquelético! Olhe-se no espelho! — gritou.

Laura reagiu com deboche.

— Você tem inveja da minha vida e da minha liberdade! Tenho um compromisso e não posso perder um só instante de minha vida com suas loucuras. Até mais tarde!

Ana Luíza se viu sozinha no quarto desarrumado e olhou para as roupas de Guilherme espalhadas por todos os cantos. Apanhou o celular e digitou o número do marido. A mensagem de caixa postal foi imediata. Tomada pela ira, resolveu se vingar.

293

— Acho que mamãe tem razão! Guilherme precisa aprender a ser homem de verdade!

Tomou um banho demorado, vestiu-se sensualmente e deu ordens a Diego que chamasse o motorista.

— A senhora tem algum destino específico?

— Não, Diego! Não tenho nenhum destino. No caminho, resolvo.

Paulo viu a patroa se aproximar do carro e encantou-se de imediato. "Que mulher linda!", pensou.

Rapidamente, abriu a porta e gesticulou educadamente para que ela entrasse. Ajeitou o terno e acomodou-se de frente para o volante.

— Para onde devo levá-la, madame?

Ana Luíza estava distante, com os olhos apagados pela tristeza e raiva. Sem obter resposta, o motorista tornou a perguntar:

— Madame, para onde devo levá-la?

— Para qualquer lugar. Apenas me tire daqui!

Paulo não hesitou. Manobrou o carro com destreza e pegou a alameda que circundava a mansão. Percebeu que Ana Luíza chorava e decidiu ficar em silêncio. Escolheu um caminho cercado por paineiras seculares. Sabia que o local era bem policiado e, portanto, não correria riscos e conseguiria ficar distante do trânsito de São Paulo.

Ana Luíza percebeu que o veículo estava em baixa velocidade.

— Você está andando em círculos? É isso? — perguntou irritada.

— Perdoe-me. Neste horário, qualquer outro lugar nos engolirá num engarrafamento sem fim. Pelo menos a paisagem é bonita e há segurança aqui. Mas, caso a madame decida para onde quer ir, mudarei a rota imediatamente.

Ana Luíza olhou para o retrovisor do carro e deparou-se com os olhos verdes de Paulo em contraste com sua pele morena.

— Você é novo na mansão. Não o conhecia.

— Estou trabalhando lá há uns dois dias, madame. Por ordens de doutor Guilherme, devo prestar meus serviços diretamente à senhora.

— Guilherme não me avisou sobre sua contratação com essa finalidade específica.

Ele reagiu.

— Se a senhora não estiver gostando da maneira como conduzo o carro, posso retornar agora para que outro motorista assuma meu lugar.

— Nada disso, rapaz! Continue! Apenas uma curiosidade... Se incomoda?

— Absolutamente, senhora. Pergunte o que desejar.

— Todos os motoristas da casa são também seguranças treinados. Correto?

— Sim, senhora. Meu currículo é vasto neste sentido. É isso que devo fazer: assegurar sua integridade física em qualquer trajeto e de qualquer maneira.

— Você anda armado como os demais?

— Sim, senhora! É um requisito para defendê-la. Mas não se preocupe. Fui treinado para atirar só em situações de extrema urgência. Para outras ações, tenho as habilidades físicas necessárias.

— Você me parece bem jovem. Qual é mesmo seu nome?

— Paulo, senhora.

— Paulo, você se importaria de me fazer companhia em um restaurante?

— Fique tranquila. Diga aonde deseja ir e aguardarei no estacionamento o tempo que for preciso.

— Então, siga. Vou indicar o caminho.

Paulo seguiu dirigindo, e Ana Luíza apontou para um local com um jardim iluminado.

— Ali. Pare exatamente neste lugar.

Ele parou o carro em frente a um prédio requintado.

— Pronto, madame. Caso precise de mim, estarei atento ao celular. Aliás, creio que a senhora não deva ter meu número. Guarde esse cartão.

— Se eu lhe pedisse um favor, você faria?

— Prontamente. Tenha certeza.

— Entre comigo.

— Claro. Deixarei a senhora lá dentro em segurança e aguardarei no estacionamento.

Ana Luíza riu.

— Você entendeu errado, Paulo. Na verdade, quero mesmo é sua companhia.

— A senhora...

— Preciso conversar, desabafar com alguém que não me conheça. Fui clara agora?

Paulo estacionou o carro e entrou com Ana Luíza no restaurante. O jazz instrumental tomava conta do ambiente requintado. O maître aproximou-se dos dois.

— Tem alguma preferência por mesa, senhor?

Paulo não hesitou.

— A mais discreta possível. De preferência, com vista para o belo jardim externo.

Acomodados, Ana Luíza o elogiou.

— Você é bem sagaz.

— Apenas escolhi o local mais adequado ao seu desabafo. Perdoe-me se não gostou. Posso pedir outra mesa — ele respondeu, afastando a cadeira para se levantar.

Ana Luíza tocou levemente na mão esquerda do motorista.

— Nada disso. Este lugar está ótimo. É perfeito para o momento que vivo.

— Que bom, senhora. Fico mais tranquilo assim. Posso pedir algo para a senhora? O que deseja?

— Um vinho branco. Saberá escolher?

— Sim. Conheço como ninguém os segredos guardados nos vinhos. Nasci e fui criado no sul do Brasil.

O garçom chegou com a garrafa, e Paulo a examinou.

— Pode servir.

Ana Luíza tragou a bebida de uma só vez, e o garçom tornou a encher a taça que ela segurava. Ela repetiu o gesto mais duas vezes.

— Você não beberá nada, Paulo?

— Não se preocupe, senhora. Não preciso de nada. Estou bem e pronto para ouvi-la, caso queira falar.

— Beba comigo!

— Infelizmente, não posso. Estou trabalhando.

— Um coquetel pelo menos. Detesto a solidão e todas as manifestações desse sentimento horrível.

Paulo olhou profundamente para ela.

— Se depender de mim, a senhora nunca mais será atingida por esse monstro chamado solidão.

As palavras de Paulo soaram tão carinhosas e acolhedoras que Ana Luíza se sentiu amada como há muito tempo não se sentia, mesmo que por poucos minutos. Seus olhos se cruzaram rapidamente, e, naquele momento, mesmo sem querer, Ana Luíza sentiu que algo despertara dentro dela. Só restava descobrir exatamente o quê.

CAPÍTULO 34

Guilherme ligou para Lara e avisou que já estava à porta. Imediatamente, um dos seguranças se aproximou.

— Vamos, doutor. Vou acompanhá-lo até a entrada. Lá, o mordomo o receberá.

Guilherme se viu extasiado com a dimensão e a beleza dos jardins da casa, que, até então, conhecia apenas externamente. Sem perceber, sorriu largamente. Luiz o recebeu e conduziu até a sala.

— Um instante, doutor. Vou anunciar sua presença.

Do alto da escadaria circular de mármore, Lara avisou:

— Obrigada, Luiz. Já estou descendo.

Guilherme se pôs de pé e ficou emocionado com a visão deslumbrante da jovem. Teve ímpetos de correr, segurá-la pela cintura e beijá-la ardentemente. Controlou-se, mas não pôde evitar que ela notasse a lágrima que escorria no rosto dele.

— O que essa lágrima está fazendo em seu rosto, meu amor? Aconteceu algo?

Ele passou o dedo indicador na testa de Lara, escorregando-o até os lábios com delicadeza.

— Estou emocionado. Muito emocionado, Lara. Parece que fui envolvido por uma paz muito grande quando entrei aqui. Só tive esse sentimento quando criança, com meus pais ainda vivos.

Lara suspirou e, segurando-o pela mão, levou-o até o sofá.

— Pois só sinto essa paz quando estou com você. Tirando isso, meus dias são sempre muito iguais e sem nenhuma emoção. Sem você, Guilherme, sou uma pessoa vazia.

Ele beijou-a ardentemente, e ela afastou-o sorrindo.

— Calma! Temos a noite toda para nos amarmos. Quero que aprecie o pôr do sol comigo. Isso tem nos dado muita sorte! Não podemos quebrar essa corrente!

Lara e Guilherme seguiram para a piscina pelo caminho de pedras cercado por árvores frutíferas anãs.

— Lara, que coisa mais linda são esses pequenos arbustos! Nunca tinha visto algo tão belo!

— Você gosta da natureza, não é?

— Eu não sabia disso!

— Do quê?

— Não sabia que gostava tanto de plantas, flores, frutos... Acho que isso também estava adormecido em minha vida. Você é meu despertador, Lara! Um despertador que tocou e me acordou a tempo para a vida!

Os dois ficaram abraçados até o céu ficar avermelhado. Nesse exato instante, Lara apontou para o balde de gelo sobre a mesa.

— Vamos brindar?

Guilherme abriu a garrafa de champanhe com facilidade e encheu as taças, deixando-as transbordar.

— Um brinde ao nosso amor! — Lara disse.

— Que seja eterno! — exclamou Guilherme.

Lara puxou-o para a borda da piscina.

— Já experimentou dar um mergulho de roupa? Aposto que não!

— Isso é loucura! Estou de terno!

— Não é não! — ela respondeu, empurrando-o e mergulhando em seguida.

— Você é demais! Uma surpresa atrás da outra! Nunca me imaginei numa situação dessas!

— Então, é melhor tirar logo os sapatos! Ou terá de voltar para casa de meias! — ela exclamou gargalhando.

Com a água na altura do peito, Guilherme começou a tirar a roupa e notou que havia dois roupões sobre uma espreguiçadeira. Lara também se despiu e ali, sob a noite que caía, começaram a se amar.

Os espíritos de Rosa e Odete tentavam emanar aos dois fluidos de desejo insaciável para levá-los ao descontrole sexual, porém, não conseguiam. Iradas, desapareceram do ambiente sem saber por que não haviam conseguido o intento. Elas ignoravam que um sentimento verdadeiro já despontara e estava vivo nos corações de Lara e Guilherme. Devido ao sentimento de afeto que surgira, nem elas nem qualquer outro espírito poderiam interferir em suas relações íntimas.

～☙

Paulo ouvia Ana Luíza com atenção. Ela já havia bebido sozinha uma garrafa de vinho praticamente inteira.

— Peça mais vinho para mim, por favor.

— Melhor não, madame. É conveniente que a senhora se alimente.

— Não sinto fome.

— Mas precisa se alimentar. Ninguém pode nos tirar a saúde e a vitalidade dessa forma. Vou pedir o jantar e água mineral com gás. Também estou com fome.

Ana Luíza ficou em silêncio. Há muito tempo não se sentia tão bem ao lado de uma pessoa.

— Obrigada, Paulo. Acho que encontrei um amigo de verdade.

— Serei o que a senhora desejar. Não me conformo em presenciar tanto sofrimento nos olhos de uma mulher linda... — ele foi ousado, sentindo-se seguro. Tinha certeza de que, minutos antes, ela correspondera aos seus olhares.

Paulo estava certo. Aquelas palavras eram tudo o que Ana Luíza precisava ouvir para se decidir naquele momento. De imediato, lembrou-se dos conselhos da mãe e, com grande sentimento de vingança, segurou as mãos joviais e másculas do motorista.

— Você tem namorada?

Ele reagiu apertando as mãos de Ana Luíza com firmeza.

— Não, senhora. Também passei por um desencanto grande, mas já estou recuperado.

Ana Luíza sorriu num misto de melancolia e revolta.

— Por que fazem isso com pessoas como nós?

— Porque não sabem aproveitar o que há de melhor e mais pleno, senhora.

— Posso lhe fazer um pedido?

— Claro que sim! Sempre atenderei qualquer pedido seu!

— Por favor, não me chame mais de senhora nem de madame. Me chame pelo meu nome.

— Pedido atendido, Ana Luíza! — Paulo respondeu com alegria.

Ela abaixou os olhos e, tomando coragem, sussurrou:

— Posso lhe fazer outro pedido?

Ele apoiou os braços sobre a mesa e aproximou o rosto do dela.

— Quantos quiser...

— Me leve para outro lugar. Um lugar discreto, onde possamos ficar juntos.

Paulo levantou a mão esquerda, e o garçom aproximou-se de imediato.

— A conta, por gentileza.

Ana Luíza abriu a bolsa e apanhou o cartão do banco para entregar a ele.

— Nada disso. Sou um homem das antigas. Fui criado assim e estou aqui por minha vontade. Será por minha vontade também que sairei daqui com você. Eu pago a conta.

Paulo entregou seu cartão para pagar a conta e encaminhou-se com Ana Luíza para a saída. Estava com o coração acelerado. Havia se apaixonado em poucas horas e faria o impossível para que ela deixasse de sofrer. Abriu gentilmente a porta traseira do carro, e Ana Luíza apontou para a porta do carona.

— Sem formalidades, Paulo. Neste e em outros momentos, você não estará comigo como motorista. A não ser que não queira e também me rejeite.

Os dois acomodaram-se no carro, e Paulo fechou os vidros para ligar o ar-condicionado. Ternamente, olhou para Ana Luíza.

— Você é uma mulher linda! Linda, sensível e refinada. Não quero que pense que seu dinheiro será a mola mestra dessa aproximação. Sou uma pessoa que trabalha. Por falta de oportunidade no mercado, deixei meu diploma esquecido num canto e aceitei o primeiro emprego como motorista e segurança. Ganhei experiência até chegar à sua família. Foi minha melhor decisão.

Ana Luíza olhou para ele intrigada.

— Você é formado em quê?

— Sou professor de sociologia. Sempre fui muito idealista, mas esse idealismo não iria me sustentar dignamente nem custear o tratamento de saúde da pessoa que me criou e educou: minha tia. O que ganho como motorista me torna possível experimentar coisas boas e cuidar de quem cuidou de mim.

Ela acariciou o rosto do rapaz.

— Você é tão lindo... Vamos? Deixarei você escolher o lugar.

Paulo pisou no acelerador e pegou a estrada em direção ao litoral. Ana Luíza ficou surpresa.

— Para onde vamos?

— Ana, posso chamá-la apenas de Ana? Se importa?

— Acho lindo quando simplificam meu nome — ela respondeu sorridente.

— Ana, um lugar discreto, na minha concepção, é aquele onde possamos ficar à vontade, sem receio de sermos vistos. Como não paro em beira de estrada e não tenho condições para bancar o luxo de São Paulo, pensei em uma aventura. Creio que sua vida precise de mais emoções e de coisas que fujam à normalidade, ao padrão. Prometo que não irei decepcioná-la.

Em pouco tempo de viagem, Paulo parou diante de uma pousada simples, mas repleta de charme.

— Chegamos. O que acha?

Ana Luíza baixou o vidro do carro.

— Nossa! Parece um ótimo lugar! Estamos perto da praia? Sinto o ar da maresia.

— Sim, Ana. Estamos no litoral. Como é dia de semana, espero conseguir uma suíte para avistarmos o mar. Acho que lhe fará muito bem.

Decidida, ela abriu a porta.

— Já gostei! Vamos entrar!

— Não é nada muito luxuoso, mas é bastante confortável.

— Estou cansada do luxo excessivo. Nada me trouxe ou me traz de bom.

Ana Luíza ficou sentada em uma poltrona rústica, perdida em seus pensamentos. Pensava em Guilherme, nos filhos, na vida ociosa e sem graça que levava desde sempre. Paulo assinou o *check-in* e a chamou.

— Vamos subir? A vista de Bertioga é incrível.

O quarto era amplo e confortável. Paulo tirou o paletó do terno, afrouxou a gravata e abriu a porta de madeira que dava acesso à varanda.

— Veja, Ana! Que coisa linda é esse mar!

Ela olhou para a paisagem com o olhar perdido, e ele notou.

— O que foi? Não está à sua altura, não é isso? Podemos ir embora imediatamente. Não sei onde estava com a cabeça quando a trouxe para cá!

— Não é nada disso! Só estava pensando em quantos hotéis luxuosos conheci mundo afora. Todos vazios de significado como eu.

— Você não é vazia, Ana. Só foi maltratada pela vida e pela ilusão de um amor possessivo. Vamos aproveitar este momento... — disse, aproximando-se dela e beijando-a, primeiro, delicadamente; depois, ardorosamente.

Ana deixou-se conduzir pelas mãos de Paulo, que explorou minuciosamente todo o seu corpo. Pela primeira vez na vida, a frieza que a acompanhava na cama ao lado de Guilherme fora substituída pela paixão genuína. Paixão pelo próprio corpo e pelo corpo viril de Paulo. Naquela noite, Ana Luíza descobriu o verdadeiro prazer. Após o êxtase alcançado pelos dois simultaneamente, ficaram abraçados por longos minutos até que o celular dela tocou.

— Deve ser alguém procurando por você. Por favor, atenda antes que pensem que a sequestrei — Paulo falou preocupado.

Ela levantou-se completamente nua e despreocupada com qualquer julgamento dele. Estava se sentindo completa. Abriu a bolsa e identificou o número de Diego.

— Pronto, Diego. Tentei ligar para casa diversas vezes, mas ninguém atendeu. Onde estavam?

— Senhora, perdoe-me. Não ouvimos o telefone tocar em nenhum momento. Estamos preocupados com sua demora. O motorista é novo na casa e...

— Fique tranquilo. O motorista é silencioso e cortês. Resolvi passear no litoral com uma amiga de infância. Ficarei na casa dela e só retornarei amanhã. Ele está hospedado na ala dos empregados.

Diego desconfiou da história narrada pela patroa, mas logo se tranquilizou ao se recordar do casamento dos patrões. Uma das madrinhas realmente vivia no litoral. Ana Luíza despediu-se e desligou o telefone.

Paulo olhou surpreso para ela.

— Não vai mesmo se incomodar de passar a noite aqui?

— Paulo, nós mal nos conhecemos, mas posso lhe afirmar que este foi o melhor encontro de minha vida. Nunca havia experimentado o prazer antes. Não com essa intensidade, com essa força.

Ele tornou a puxá-la para a cama, acariciando a cintura fina de Ana Luíza.

— Você é uma mulher e tanto. Não quero que este encontro seja o único, Ana.

— Depois do que senti hoje em seus braços, não será o único mesmo.

Ele a beijou.

— Quer conhecer a praia amanhã? Se eu tiver sorte, a ensinarei a usar uma prancha.

— Como assim a usar uma prancha?

— Sou surfista. É um dos meus esportes favoritos. Você já experimentou flutuar no mar?

Ela riu.

— Não dessa forma. Apenas nos navios e iates de Guilherme. Mas, se a prancha estiver sob seu comando como ficou meu corpo, tenho certeza de que irei adorar.

Amanheceu, e o sol invadiu o quarto. Paulo ficou admirando a beleza de Ana Luíza por alguns minutos e depois decidiu acordá-la.

— Ana, bom dia. Dormiu bem?

— Nunca dormi tão bem em minha vida. Faz tempo que uso remédios para dormir, mas essa noite não foi preciso.

— Se depender de mim, você não precisará de remédios em nenhuma outra noite de sua vida. Agora, olhe pela porta. Desci e trouxe o café para tomarmos juntos na varanda. Fiz questão de arrumar a mesa pessoalmente. O que acha?

— Se importaria de me fazer um favor após o café?

— Claro que não me importo. O que é?

— Você reparou na roupa que eu estava vestida? Então... Como irei à praia com aquela roupa?

Ele gargalhou, deixando à mostra os dentes perfeitos e brancos.

— Seria uma experiência incrível! Mas vou resolver esse pequeno problema após o café. Aqui na pousada há uma loja fantástica com roupas confortáveis e adequadas à praia.

Paulo desceu após o café e, rapidamente, retornou com duas sacolas de roupas e um par de chinelos.

— Desculpe-me, mas foi o que pude comprar. Não há muitas opções à sua altura.

Ana Luíza sentou-se na cama e abriu as sacolas com jeito de criança.

— Adorei toda essa simplicidade! Adorei! Vou tomar um banho para irmos logo à praia.

Paulo abraçou-a.

— Você não tomará banho sozinha. Vamos os dois.

Mais uma vez, fizeram amor. Mais uma vez, Ana Luíza experimentou o prazer de forma intensa como nunca sentira na vida. Vestiram-se e desceram de mãos dadas a caminho da praia. Paulo alugou uma prancha e, assim que pisaram na areia, ele se pôs no mar, descendo três ondas consecutivas e buscando demonstrar a melhor performance possível. Na areia, sacudiu os cabelos lisos e caminhou em direção a Ana.

— Vamos tentar deslizar sobre o mar?

Ana Luíza tentou se esquivar.

— Acho que não consigo. Tenho medo. Muito medo.

— Pois este é o momento de perder todos os seus medos. Venha comigo! Venha viver!

Sem pensar mais em nada, ela o seguiu. Finalmente e pela primeira vez na vida, estava sendo imensamente feliz.

∽◦∾

Lara espreguiçou-se e acordou Guilherme com um beijo.

— Bom dia. Vamos descer? Estou com fome. E você?

Guilherme abraçou-a.

— Farei o que você quiser. Aliás, acho que não sairei mais daqui.

Ela afastou-se abruptamente.

— Nada disso! Continuaremos a manter nossa relação dessa maneira! Assim deve ser e assim continuará!

— O que é isso, Lara? Estou disposto a me separar de Ana Luíza para ficar ao seu lado. Para formarmos nossa família!

O espírito de Rosa, que já havia retornado à casa com Odete, aproximou-se do ouvido de Lara e soprou-lhe palavras de incentivo: "Finja que aceita... finja que aceita...".

Dando abertura às palavras da obsessora devido à sua conduta caprichosa, Lara captou aquele pensamento como se fosse seu e riu.

— Estava brincando! Fique tranquilo... Vamos aproveitar o dia. Depois, conversaremos sobre esse assunto.

Rosa gargalhou, e Odete colocou-se às costas de Guilherme, fazendo-o envergar de dor. Lara sobressaltou-se.

— O que você tem? O que está sentindo?

— Uma dor forte na altura dos rins. Muito forte. Nunca senti algo parecido.

— Vamos ao médico. É melhor saber o que está acontecendo.

— Calma, meu amor. Já estou melhorando... já estou melhorando...

Rosa olhou para Odete com raiva.

— Pare agora com isso! Esse tipo de ação pode enfraquecê-la! Os dois devem ser consumidos em vida! Devem pagar por todo mal que praticaram! E nosso alvo é Lara! Ele é apenas um mero instrumento desta vingança! Se você fizer mais uma coisa errada, vai se ver comigo!

Odete ficou com medo de Rosa. Encolheu-se um pouco e resolveu não desafiá-la, contudo, perguntou:

— Por que você odeia tanto Lara a ponto de querer vingar-se dela desse jeito? Até onde sei, você era a amante do meu cunhado, pai dela. Pela lógica, era ela quem deveria odiá-la, não você.

Pelos olhos de Rosa passou um brilho de ódio quando ela respondeu:

— Odeio Lara porque odeio Sérgio. Investi parte de minha juventude e vida nele, esperando sair vitoriosa, rica, para depois chutá-lo e ter o homem que eu quisesse. Nunca amei Sérgio; só o usei para ter uma vida boa, já que sempre odiei trabalhar. Fui criada por minha avó, que tentou de todas as maneiras me tirar do mau caminho. — Ao se lembrar da avó, os olhos de Rosa mudaram de expressão, e, pela primeira vez, Odete notou sofrimento nela. Naquele momento, percebeu que a única pessoa que Rosa amara na vida fora a avó. Aquele brilho no olhar era de saudade.

Percebendo que Odete a escutava com atenção, Rosa prosseguiu:

— Minha avó era uma santa e sempre me ensinou coisas boas. Eu, contudo, já nasci com alma ruim, desviada, e nunca quis seguir o que ela me ensinou. Nunca acreditei no valor do trabalho, na fidelidade e na honra. Minha avó foi honesta e virtuosa a vida inteira. Vivia rezando, mas sofria muito. Se não fosse eu com meus amantes para sustentá-la, ela teria passado fome. Quer dizer, nós teríamos, porque o dinheiro da aposentadoria dela jamais daria para nossa sobrevivência. Vendo minha avó tão virtuosa e boa sofrer tanto, passei a não crer no bem e percebi que quem tinha sorte era gente ruim, pois para eles tudo sempre dava certo. E eu estava certa. Desde que iniciei meu caso com Sérgio e o estimulei a progredir, eu e minha avó passamos a ter vida de rainha.

Odete não resistiu:

— Me desculpe, Rosa, mas parece que ser ruim também não lhe adiantou muito. Pelo que me contou, sua ruindade e sua ambição a trouxeram para cá ainda muito jovem após ser devorada por cães assassinos. Se ser ruim trouxesse benefício, no seu caso, infelizmente, não aconteceu.

Rosa enraivou-se:

— Quem é você para me dizer isso? Sei que de boa não tem nada, por isso está aqui, no umbral, com ódio e querendo se vingar. Era uma alcoólatra, viciada em jogo e perversa com todos. Quem é você para me dar lição de moral?

— É que... bem... eu tenho pensado que talvez o caminho que segui não tenha sido bom. Eu não era assim. Sempre tive temperamento forte, fui altiva, mas não era má. Depois que meu marido morreu e fiquei na miséria, me tornei essa pessoa ruim e cruel. Mas olhe para mim... aonde isso me levou? Acabei ficando doente, sendo rejeitada por todos e, mesmo depois de morta, não tive socorro dos espíritos do bem. Só aquele velho horroroso e mau me ajudou. Tenho refletido que, ter me tornado ruim, talvez tenha sido a pior coisa que fiz na vida. Nem meu marido, que tanto amo, pude ver desde que cheguei aqui.

Pela primeira vez depois de muito tempo, Odete chorava sentidamente.

Rosa, com ódio, gritou:

— Pare de chorar! Vai fraquejar? Esqueceu o quanto foi maltratada por essa idiota da Lara? Esqueceu que foi roubada por ela? Lara iludiu aquela velha aleijada para que ela lhe desse toda a fortuna e você ficasse relegada a um quarto minúsculo e sujo nos fundos da casa! Esqueceu que me contou toda a sua história? Agora está querendo fraquejar?

As palavras de Rosa, ditas com tão grande magnetismo de ódio, teve força para reacender em Odete a chama da vingança e da maldade, tanto tempo agasalhadas em seu coração, e, sua consciência, que começava a brotar, voltou a escurecer mais uma vez e por sua escolha. Em poucos instantes, Odete estava novamente com muita raiva e disposta a dar continuidade à sua vingança. Afinal, Rosa estava certa. Se ela estava naquela situação era porque Lara era a culpada.

Rindo vitoriosa ao notar que conseguira trazer Odete mais uma vez para seu lado, Rosa continuou:

— Vou destruir Lara para que Sérgio, onde quer que esteja, saiba que ela está sofrendo. Ele a amava. Eu sentia isso. Notava que não era totalmente feliz comigo devido à ausência de Lara. Mesmo distante e sem tocar no nome da filha, eu notava seus olhos saudosos e tristes. Tenho certeza de que era por causa dela. Por causa de Sérgio, morri daquela forma tão trágica. Se ele não tivesse falhado em nosso plano, se tivesse morrido sem me envolver na situação, eu estaria ainda viva no mundo, jovem, curtindo a vida e vários garotões lindos e sensuais com o dinheiro que roubei. Mas veja só o que me aconteceu! Morri devorada por cães malignos e vim parar no umbral. Por isso meu ódio voltou-se contra Lara. Ela terá de ser levada à ruína para que Sérgio sofra com seu sofrimento. Nem que leve mil anos, farei isso acontecer!

As palavras de Rosa tinham muita força, pois eram ditas do mais profundo de seu ser. Odete, mais uma vez iludida pelo mal e embriagada pelo sentimento de vingança, a aplaudiu e finalizou:

— Conte comigo!

CAPÍTULO 35

Ana Luíza saltou do carro após Paulo abrir a porta traseira. Ela agradeceu formalmente ao motorista, que aquiesceu com a cabeça. Diego estava pálido na sala.

— Boa tarde, senhora. Estava ansioso por sua chegada.

— Guilherme já chegou?

— Sim. Está na biblioteca.

— E o que está havendo para tanta ansiedade de sua parte?

— Sua mãe... Dona Laura não está bem. Está doente...

— Como assim doente? Saí daqui ontem, e ela estava bem.

— Chegou hoje carregada por um rapaz chamado Túlio. Ele já esteve na mansão antes. Parece que é aluno dela.

— Onde ela está?

— No quarto, senhora. O rapaz saiu daqui há pouco. Estava bastante preocupado. Confesso que também estou.

Henrique saiu do quarto correndo para encontrar a mãe.

— Mãe! Vovó precisa de ajuda, e Diego sabe disso! Ou você a ajuda ou ela morrerá!

— Vamos levá-la ao hospital! Por que você e Guilherme não tomaram essa providência, Diego?! — Ana Luíza vociferou.

Henrique foi enfático, assumindo repentinamente uma fisionomia altiva.

— Não é caso de médico. Se ela for levada ao hospital, irão interná-la como louca. O problema é outro.

Diego olhou para o menino com extremo respeito. Ao lado de Henrique, a figura de Caio fazia-se presente, praticamente incorporado no menino.

Ana Luíza estancou trêmula de raiva.

— Minha mãe irá agora para o médico! Chame o novo motorista, por favor!

Diego tentou interferir.

— Senhora, ouça seu filho. Ele está certo.

— Você anda incutindo essas ideias malucas em Henrique, Diego! Pensa que não sei? Pedirei a Guilherme para tomar as medidas necessárias quando ele conseguir largar aquela biblioteca!

Ana Luíza ouviu os gritos da mãe e correu para o quarto para acudi-la. A cena com a qual se deparou era extremamente grosseira e trágica. Completamente nua, Laura revirava os olhos, gemendo e se masturbando ininterruptamente. Ana Luíza gritou horrorizada:

— Meu Deus! O que fizeram com a senhora?

Laura parecia não ouvir nada do que era dito. Apenas gemia e se revirava na cama em movimentos obscenos.

— Diego, leve Henrique para o quarto! Meu filho não pode presenciar uma cena como essa! Depois, trate de achar o rapaz que a trouxe para casa. Deve ter dado alguma droga a ela!

Diego deixou Henrique no quarto e pediu:

— Mantenha-se em oração, Henrique. Precisamos de você.

Henrique reagiu e começou a repetir as palavras proferidas pelo espírito Caio, que falava por meio do menino:

— O espírito que está com ela é de uma categoria muito inferior. Não tem mais a forma humana e involuiu para o estado ovoide. Apenas uma intervenção cirúrgica magnética poderá livrá-la. Se a levarem ao médico, ela será sedada, e a energia também o será. Ambas serão anestesiadas, mas, findada a sedação, o estado de agonia retornará. Ficarei ao lado de meu companheiro de trabalho até que você consiga resolver essa questão.

— A quem devo recorrer, nobre amigo? Não sei por onde começar.

— Recorra a Jesus. Apenas Ele e seus mensageiros poderão interferir na subjugação de espíritos tão inferiores e viciados. Cada um atrai exatamente aquilo que emana. De tanto pensar em sexo e exagerar no uso da própria sexualidade, dona Laura atraiu essa obsessão tão dura. Mas não a julguemos. Vamos auxiliá-la na oração.

Paulo já aguardava no salão principal, quando Guilherme saiu da biblioteca.

— O que está fazendo aqui? Já não é mais seu horário de trabalho.

— A senhora Ana Luíza mandou me chamar. Parece que a senhora Laura não está bem.

— Vou subir para ver o que está acontecendo.

Guilherme chegou à porta do quarto e também se horrorizou com a cena. Ana Luíza não parava de chorar.

— O que há com sua mãe? Ela enlouqueceu?

— Ah, Guilherme! Acho que sim! Vou levá-la para o hospital. Já mandei chamar o motorista.

— Melhor não. Vou ligar para uma ambulância. Ninguém vai conseguir descer com ela nesse estado.

Diego abordou o patrão.

— Senhor, consegui fazer contato com alguns amigos do centro espírita. Eles estão dispostos a ajudar.

— Não seja tonto, Diego! Não quero feitiço em minha casa! Ligue imediatamente para uma ambulância. Minha sogra precisa é de um hospício!

Em meio à balbúrdia provocada pelo ocorrido, um dos seguranças chegou com Túlio e chamou Diego.

— Senhor, este rapaz retornou. Disse que está preocupado com a saúde de dona Laura.

Diego pediu que ele aguardasse do lado externo da casa até que o problema fosse resolvido.

Túlio insistiu.

— Por favor, deixem-me ajudar. Dona Laura estava em minha companhia. Sei que ela não está bem.

Ana Luíza desceu a tempo de ouvir a voz do rapaz.

Ele driblou Diego e entrou na casa.

— Senhora, sou eu mesmo. Meu nome é Túlio. Eu estava com sua mãe e, de repente, ela começou a se descontrolar no carro. Desmaiou duas vezes seguidas e, depois, começou a apresentar um comportamento esquisito e brutal. Por isso eu a trouxe para cá.

— Vocês ingeriram alguma droga, é isso?

— Não sou usuário de drogas nem permitiria que sua mãe se aproximasse dessas coisas. Pode não parecer, mas respeito as pessoas.

A ambulância chegou, e três enfermeiros e uma médica foram conduzidos por Diego até o quarto de Laura. Dois dos enfermeiros tentaram contê-la sem êxito. A médica determinou:

— Subam com a maca e tragam as cordas de contenção.

Ana Luíza chegou aos prantos na hora exata em que começaram a conter os braços e as pernas da mãe. Ela urrava, proferindo palavras e fazendo gestos obscenos.

— Por favor, não a amarrem! Por favor...

Guilherme abraçou a esposa e levou-a para o quarto. Na gaveta do criado-mudo, apanhou a cartela de ansiolíticos, puxou um comprimido e entregou a ela.

— Tome. Você precisa se acalmar.

— Não quero dormir, Guilherme! Preciso saber o que está acontecendo com ela! Apenas isso me deixará calma! — ela gritou.

— Mantenha-se equilibrada, então. Seu choro não resolverá nada. Vamos. Quero conversar com a médica.

Uma injeção foi aplicada em Laura, que, aos poucos, começou a perder a força para falar. Os olhos, que antes reviravam em movimentos febris, apagaram-se em poucos minutos. Em oração silenciosa, Diego observava a tudo. Pôde ver, ainda que por uma fração de segundos, dois seres do mundo espiritual superior emanando muita luz e envolvendo Laura em abraços carinhosos.

Todos saíram do quarto, e, ainda no corredor que levava à escadaria principal, a médica dirigiu-se a Guilherme e Ana Luíza.

— Qual é a idade dela?

Ana Luíza deu um passo à frente para responder.

— Minha mãe tem 63 anos e sempre foi muito saudável.

— Vocês notaram algum comportamento diferente nos últimos anos? Algo que ela fazia e deixou repentinamente de fazer ou o inverso?

— Não. A rotina dela não foi alterada. Ela tem perdido peso e anda bem abatida, mas nada além disso.

A médica entregou um papel a Ana Luíza.

— Precisaremos internar dona Laura. Alguns exames são necessários, e, aqui, ela oferece risco à própria vida e à vida dos demais.

Henrique escapou da vigilância de Dinda e chegou à porta do quarto.

— Antes de levarem a vovó para o hospital, posso falar com ela?

Um enfermeiro acariciou os cabelos negros do menino.

— Ela não o ouvirá... Está dormindo.

— Sim, eu sei. Mas quero falar com ela mesmo assim. Diego, você vem comigo?

Diego pediu licença aos patrões e segurou a mão de Henrique.

— Vamos!

Os dois olharam para a cabeceira da cama de Laura e presenciaram uma cena de guerra. Acompanhado de dois espíritos guardiões trajados com manto e capuz, Caio envolvia o corpo físico de Laura com raios de cor violeta. Os guardiões, a partir da região abdominal, puxavam e desintegravam uma massa acinzentada com nervuras vermelhas. Um odor fétido inundou o ambiente, e todos se entreolharam. Autorizado por Caio, Henrique, que via tudo por meio da mediunidade de vidência, aproximou-se da avó e sussurrou-lhe no ouvido: "Aguente firme, vó. Já estamos terminando".

Laura arregalou os olhos, suspirou profundamente, balbuciou "obrigada" para o neto e voltou a desfalecer. Caio iniciou um processo de passes circulares, distribuindo no quarto uma grande quantidade de fluido de cor esverdeada. Henrique olhou para Diego e sorriu.

— Está feito. Vamos, Diego. Quero ficar com Yuri. Ele está assustado.

Ao entrar novamente no quarto, a médica observou a mudança imediata na fisionomia de Laura e atribuiu à presença do menino.

— Eles devem ser muito ligados, não é?

Ana Luíza balançou a cabeça afirmativamente, envergonhada pelo fato de a mãe não nutrir nenhum tipo de afeto pelos netos.

A médica completou:

— O afeto é muito importante para reduzir os surtos psicóticos. Agora, precisamos levá-la para uma investigação mais minuciosa. Tenho certeza de que, com o tratamento certo, ela logo poderá retornar ao convívio social.

Na sala, Henrique pediu a Diego que, junto a Yuri e Dinda, fizessem uma oração de agradecimento. Ao término da oração, ele pediu ao mordomo e amigo:

— Você poderia cuidar do rapaz que é amigo da vovó? Preciso descansar um pouquinho...

Túlio acompanhou estarrecido Laura ser levada desacordada sobre a maca para a ambulância. Diego foi ao encontro do rapaz, que estava chorando.

— Túlio é seu nome, certo?

— Sim. O que acontecerá com ela? Estou preocupado com Laura. Ela é uma excelente pessoa.

— Calma, meu rapaz! Vá para sua casa. Você tem alguma crença?

— Sim — Túlio respondeu, levando aos lábios a medalha de Nossa Senhora Aparecida que pendia em seu cordão.

— Então, ore à Nossa Senhora pela plena recuperação de dona Laura. É o que ela mais vai precisar de agora em diante: oração.

— Farei isso. Peço ao senhor que me ligue assim que tiver notícias dela.

Túlio calou-se, e Diego, num gesto muito espontâneo, puxou-o pelo braço, transmitindo-lhe energias de força.

Quando o rapaz se foi, Diego fez mais uma oração. Dessa vez, pediu que Deus o guiasse na escolha do melhor caminho. Em seguida, revigorado pela prece, foi para a copa.

❦

No hospital, Laura permanecia sedada. De forma providencial, o espírito Caio se pôs a seu lado para instruí-la.

O corpo de Laura estava em sono induzido pela forte medicação aplicada, mas seu espírito havia acordado. A apenas alguns centímetros acima do corpo físico, ela olhava para tudo assustada e dizia:

— Não entendo o que está acontecendo. Quero voltar para minha casa.

— Venha comigo, amiga. Você precisa compreender algumas coisas antes de retornar ao seu lar.

Ainda confusa, ela disse nervosa:

— Estou com medo. Quem é você?

— Nada há a temer. Sou Caio e estou aqui a pedido de seu neto Henrique. Venha.

O sorriso amistoso de Caio e sua energia amorosa e reconfortante fizeram Laura ganhar confiança, e um enorme bem-estar tomou conta de sua alma. Caio estendeu-lhe a mão, e ela, mesmo sem saber o que estava acontecendo, mas já completamente lúcida, deixou-se levar. Saíram pelo teto da clínica, e Laura, enlaçada pela cintura, volitava pelo céu da cidade, experimentando uma sensação de liberdade nunca antes experimentada. De repente, pensou que havia morrido e sentiu medo, mas, ao mesmo tempo, imaginou que, se morrer fosse aquilo, era muito bom.

Entraram em um espaço que se assemelhava a um teatro, e ela indagou:

— Onde estamos? O que está acontecendo comigo?

— Seu corpo está sedado numa clínica psiquiátrica na Terra, e você está aqui em espírito ao meu lado para assistir a um filme.

Laura iria retrucar, mas, com um gesto, ele a fez calar-se e convidou-a a sentar-se em uma das cadeiras da frente. O palco iluminou-se, e ela começou a ver imagens formando-se numa tela gigante de estilo futurista e serem exibidas em terceira dimensão. Ela apurou melhor a visão e começou a assistir.

Laura viu a si mesma transformada. Tinha a aparência jovem e estava dando ordens a um grupo de meninas. A lareira acesa, sem escape, deixava o casebre em meio à fumaça.

Ela repetia autoritária:

— Precisamos arrumar tudo com muita pressa! Não nos será mais permitido continuar aqui!

As meninas colocavam os poucos pertences em caixotes de madeira e os ajeitavam na carroça. Uma delas entrou esfregando os braços.

— Madame Agda, está nevando! Não suportaremos o frio da noite!

— Escolha entre morrer de frio ou morrer pela espada dos soldados do Czar! Estamos muito perto da Catedral de São Petersburgo. É proibido! Entendeu? — ela gritou, dando um forte tapa na cara da jovem.

O soldado que tentava ajudá-la ponderou:

— Madame, acalme-se. A prostituta tem razão. Vocês não conseguirão sobreviver à neve. Posso atrasar os soldados, levando-os para longe daqui, e conseguir uma carroça coberta e roupas de frio. Ninguém as perseguirá apenas pelo bordel. O problema não é esse. A senhora sabe exatamente que o que fez foi errado. Há meninas aqui que são crianças, o que é proibido. É por isso que estão sendo perseguidas.

A madura e bela cafetina Agda olhou com gratidão para Nicolai.

— Você é um grande amigo. Sempre foi. E também um excelente amante. Nunca maltratou nenhuma das mulheres da casa. Confio em você.

Nicolai saiu, e Agda voltou seu olhar para as meninas.

— Apaguem as lamparinas e a lareira! Façam essa criança parar de chorar, por favor! Isso me deixa nervosa. Não sei por que concordei em deixar esse bebê aqui. Deveria tê-lo vendido assim que nasceu.

Todas se calaram, e uma das prostitutas, mãe da criança, conseguiu fazê-la parar de chorar. Assim a noite foi passando.

Nicolai retornou na madrugada e bateu na porta.

— Abra! É Nicolai, Agda!

Agda abriu a porta e abraçou Nicolai.

— Vamos ficar distantes por um bom tempo...

— Há tempo ainda até o amanhecer. Há lugar para mim em sua cama?

— Sempre haverá um lugar para você!

— Você é uma mulher de muitos homens! Sinto ciúmes!

— Muitos homens... todos iguais, grosseiros, animalescos.

— Isso é um elogio? — ele perguntou.

— Uma constatação, uma verdade.

Os dois foram para o quarto e mantiveram rapidamente o contato sexual. Agda não tirava toda a roupa. Acostumara-se com a vida de prostituta e a apenas servir aos homens. Não se importava em sentir prazer ou ser tocada. Com Nicolai, contudo, era diferente. Ele sempre fora delicado e, desde o primeiro instante, escolhera a ela, enquanto os outros frequentadores sempre preferiam as moças mais novas, quase crianças.

Quando amanheceu completamente, Nicolai ajudou a carregar a carroça com os poucos pertences de Agda e das outras prostitutas. Um pequeno piano foi retirado cuidadosamente por ele.

— É melhor levarem o instrumento. Além de caber na carroça, sempre atrai mais clientes — ele disse.

Com todas acomodadas na carroça, Nicolai deu as instruções a Agda.

— Siga em frente e não se desvie do caminho. Há um pequeno povoado com poucos habitantes na estrada. Lá há um amigo que irá acomodá-las em um novo local.

— Quanto terei de pagar por isso?

— Nada! Você é minha amiga. Só tome cuidado com as meninas muito novas e não estabeleça nenhum tipo de jogatina em seu negócio. É proibido, e isso gera perseguição, prisão e tortura. Melhor não arriscar.

Agda tomou as rédeas dos cavalos e seguiu sem olhar para trás. Explorava o comércio do sexo há bastante tempo. Muito nova, fora violada pelo padrasto e, expulsa do seio da família sob a acusação de tê-lo seduzido, viu-se sozinha. Buscou na prostituição uma forma de se manter viva e ganhou fama entre os soldados do Czar, conseguindo, assim, abrir seu próprio negócio. Abrigava mulheres sem chances de manter a própria vida e, como moeda de troca, as escravizava como prostitutas em troca de casa e comida.

A tela apagou-se de repente, e Laura estava chorando. Havia esquecido completamente aquela parte de sua vida. Em uma fração de segundos, rememorou tudo o que vivera depois da morte. Fora conduzida ao umbral, onde se tornou escrava sexual de diversos espíritos. Sofreu muito e por um tempo que lhe pareceu eterno. Quando seu espírito não aguentou mais tanto sofrimento, lembrou-se de orar. Pediu a Deus com muita força que a retirasse daquele local, mas parecia que Ele não a ouvia. Desesperada, orou novamente até sentir vontade de fazer uma promessa. Usando toda a força que ainda lhe restava, conversou com Deus e pediu que, se Ele lhe tivesse compaixão e amor, a tirasse daquele ambiente e a libertasse do sofrimento. Laura prometeu que nunca mais venderia seu corpo nem o de outras pessoas. Ainda assim, nada aconteceu, e ela continuou a se ver rodeada de espíritos de homens e mulheres, que, sedentos por prazeres sexuais, a usavam sem nenhum pudor.

Quando conseguiu ficar sozinha novamente, reuniu todas as forças que possuía, orou outra vez e fez a mesma promessa, porém, sentiu que faltava algo para que Deus a escutasse. Naquele instante, sua consciência despertou, e Laura descobriu: não bastava parar de se prostituir ou de fazer outros se prostituírem para que ela pudesse se libertar de tanto sofrimento. Teria de aprender a conter os instintos sexuais desenfreados de sua alma e nunca mais usar o sexo de forma desregrada. Era isso! Orou a Deus e, além de todas as promessas que fez, assegurou que, se tivesse outra chance para recomeçar, nunca mais faria sexo desregrado enquanto vivesse. Naquele momento, seres de muita luz surgiram e a retiraram daquele ambiente.

Lembrando-se de tudo, Laura chorava comovida. Fizera a promessa a Deus e a si mesma, mas, envolvida pelo forte magnetismo e pelo imenso materialismo que a Terra atravessava, entregou-se mais uma vez à prática do sexo imoral e irresponsável, atraindo, assim, aquela obsessão. Laura sabia que, se voltasse ao corpo e não mudasse sua conduta, continuaria a ser obsediada, teria outros surtos e terminaria completamente louca, trancada num hospício e tomando remédios fortes. E, em pouco tempo, sua loucura se tornaria crônica, e ela perderia a razão para sempre.

Aquilo a fez tremer de medo, porém, ao mesmo tempo, sua consciência havia sido despertada. Não só por medo iria mudar, mas por entender que o sexo só valia a pena quando realizado com respeito e amor e jamais envolvendo dinheiro, prostituição e promiscuidade. Ela havia sofrido intensamente para aprender aquela lição e agora não perderia mais uma chance.

Laura olhou para Caio, que a observava com serenidade. Diante de tão sereno e amoroso olhar, ela apenas disse:

— Muito obrigada!

— Agradeça a Deus por tê-la despertado mais uma vez para as verdades da vida. Agora que já sabe o que fazer, vamos voltar?

— É tudo o que mais quero. Estava completamente iludida pelo materialismo do mundo. Agora sei onde, de fato, está a felicidade.

De braços dados com Laura e cheio de alegria, Caio os fez volitar de volta à clínica. Nada era mais prazeroso para ele do que ver uma consciência despertar para a verdadeira vida e para o verdadeiro bem.

❧

Chegando ao quarto, Caio reconduziu Laura de volta ao corpo físico, reorganizando-lhe as emoções. Em breve, ela despertaria e, de forma modificada, conduziria a própria vida.

Vários dias se passaram, e, numa tarde, ela abriu os olhos lentamente e balbuciou para a enfermeira que organizava alguns medicamentos:

— O que aconteceu comigo? Parece que vivi um pesadelo horrível!

A enfermeira olhou para ela com ternura.

— Dona Laura, a senhora está numa clínica... Foi acometida de grande estafa emocional, mas me parece que já está se recuperando. Vou chamar o médico e ligar para sua filha. Ela e o marido têm vindo aqui diariamente. Um rapaz de nome Túlio também tem sido incansável nas visitas.

Laura alegrou-se ao saber que Túlio a estava visitando, mas, como não lembrava exatamente o que lhe acontecera, disfarçou e não comentou nada. Estranhou, contudo, que Guilherme a estivesse visitando junto com Ana Luíza.

— Nunca imaginei que Guilherme se preocuparia comigo...

A enfermeira ia comentar algo, mas o psiquiatra entrou no quarto e logo constatou a melhora considerável da paciente.

— Então, dona Laura? Parece que a senhora se recuperou muito bem. Está pronta para retornar ao seu lar?

— Sim, doutor. Estou com muitas saudades de casa.

317

— Só terá de esperar mais um pouco, pois a senhora acabou de acordar. Vamos ver como vai se comportar de agora em diante. Se tudo correr bem nas próximas 48 horas, assinarei sua alta. Preciso conversar primeiro com sua filha.

— Preciso ver alguém da minha família logo.

— Acalme-se. A senhora ainda está sob o efeito de medicamentos e é provável que volte a dormir em breve. Se sua melhora continuar, reduziremos ao máximo a dosagem dos medicamentos e, assim, a senhora poderá ter alta.

Embora estivesse se sentindo muito bem mentalmente, Laura de fato ainda estava sonolenta. O médico tinha razão. Ela teria de esperar mais tempo. Quando se viu sozinha com a enfermeira, conversou mais um pouco sobre o que tinha lhe acontecido, porém, não obteve muitos detalhes. Depois de algumas horas acordada, um torpor foi invadindo-a gradualmente e fazendo-a dormir, mas desta vez um sono leve e reconfortante.

Horas mais tarde, Ana Luíza chegou ao quarto e encontrou a mãe assistindo à TV.

— Mamãe! Que bom encontrar a senhora acordada e bem! Como está se sentindo?

— Muito bem, Ana. Acho que nunca me senti tão bem em toda a minha vida. Fiquei muito feliz em saber que você e Guilherme vieram me visitar todos os dias. Nunca imaginei que ele tivesse algum sentimento por mim.

— Mamãe, me perdoe, mas não vim com Guilherme. Quem me acompanhou todos esses dias foi Paulo, o motorista.

Laura decepcionou-se um pouco, porém, decidiu não dar importância ao fato:

— Não me ressinto por isso. Sempre fui extremamente leviana. Guilherme tem os motivos dele. Esses dias aqui foram muito importantes para que eu refletisse sobre isso.

Ana Luíza surpreendeu-se com a fala de Laura, mas estava convicta de que era o efeito dos ansiolíticos e remédios para esquizofrenia. A mãe falando em comportamento moral? Riu por dentro. Com certeza, era o efeito dos psicotrópicos.

O psiquiatra entrou no quarto e chamou-a:

— Senhora Ana Luíza, sua mãe está de alta. É preciso manter os medicamentos prescritos por mais quinze dias e retornar com ela para uma nova consulta. Caso note qualquer alteração comportamental, por favor, faça contato imediato.

— É possível que ocorram outros surtos, doutor?

— A esquizofrenia clínica ainda não foi comprovada. Precisamos fazer alguns exames específicos para termos um diagnóstico mais preciso. Os cuidados, entretanto, são primordiais para a manutenção da saúde mental de sua mãe. Ela deve se cercar de um ambiente tranquilo, tomar os medicamentos nas horas determinadas e assumir hábitos mais saudáveis.

Ana Luíza separou a roupa da mãe e algumas joias.

— Vamos mudar de roupa? Hora de voltar para casa!

Laura apanhou a mala e a examinou. Separou um vestido azul-marinho, um cordão fino de ouro e um relógio de pulso. De frente para o espelho, prendeu o cabelo em um rabo de cavalo.

— Vamos! Estou pronta! Vida nova a partir de agora!

Despediram-se do médico e saíram de braços dados. À porta do hospital, Túlio e Paulo aguardavam as duas mulheres. Laura olhou para o companheiro de devaneios pretéritos com doçura.

— Obrigada por sua amizade, Túlio. Serei grata eternamente a você. Perdoe-me e, se quiser aceitar um conselho, siga sua vida com dignidade. Vá trabalhar, estudar e progredir. Você merece o melhor.

Emocionado, ele ficou em silêncio.

— Cuide-se, Laura! Sempre que precisar, encontrará em mim uma amizade sincera e desinteressada. Amanhã, deixarei o carro em sua casa.

— Não se preocupe em me devolver o carro. Ele é seu. Venda-o, caso precise iniciar um negócio ou fazer uma faculdade, mas, por favor, caminhe em direção ao progresso com dignidade e ética. A vida cobra muito caro nossos desvios da verdade. Me sinto responsável por você.

Ana Luíza desculpou-se com Túlio:

— Ela ainda não está bem. Não leve em consideração o que ela está dizendo.

Ele reagiu.

— Senhora, Laura está muito bem. Posso afirmar isso. Desde aquele dia, tenho frequentado diariamente um grupo de estudos e orações. Sua mãe está curada, e eu também. Até breve. Irei visitá-la, caso me permitam.

Laura acenou e balançou afirmativamente a cabeça.

— Até breve, meu amigo! Seja muito feliz!

319

Ana Luíza olhou para a mãe e achou-a completamente estranha. Averiguaria melhor aquilo. Em sua opinião, ninguém mudava de comportamento de forma tão radical em tão pouco tempo. Só podia ser mesmo o efeito dos medicamentos que a mãe estava tomando.

Quando alguém passa por uma mudança profunda e repentina, isso sempre causa estranhamento e dúvidas naqueles que o cercam. Assim como Ana Luíza, as pessoas acreditam que toda mudança radical só ocorre com muito tempo, empenho, disciplina, foco e até com intenso sofrimento. Muitos até acreditam que essas mudanças profundas não acontecem de fato e que, no íntimo, a pessoa ainda oculta sentimentos antigos, camuflando-os. De fato, uma mudança como a de Laura é muito rara e difícil de acontecer. Toda mudança desse porte realmente exige muita força daquele que se propõe a ela. Quem passa por isso lida com recaídas severas e às vezes tem que fazer um grande esforço para se recuperar e recomeçar.

Em alguns casos, contudo, a pessoa já estava pronta para essa mudança, e, quando isso acontece, a vida manda acontecimentos fortes, grandes sustos, tragédias. No caso de Laura, como em muitos outros, a vida enviou um ataque obsessivo, que muitos, equivocadamente, chamam de surtos psicóticos. Esses surtos psicóticos, que acontecem de vez em quando, são, em sua maioria, ataques de espíritos inferiores e maus com desejo de vingança contra aqueles que julgam tê-los prejudicado. Em outros casos, como aconteceu com Laura, foi um ataque por afinidade devido ao seu comportamento viciado, leviano e excessivo. A experiência lhe foi tão forte e dura que, quando Caio a levou em espírito para relembrar o passado, sua consciência despertou de vez. Ver o quanto sofrera e fizera sofrer devido ao vício no sexo acordou em sua alma uma consciência que já fora preparada no astral com grande esforço antes de ela encarnar, para que, no momento certo e à custa de sofrimento, viesse à tona e a transformasse inteiramente. Embora raros, esses casos de mudança rápida e radical costumam chamar atenção, e poucas são as pessoas que não citem um ou outro de seu conhecimento.

CAPÍTULO 36

Ana Luíza acompanhou Guilherme até a sala. Ela estava particularmente irritada com a permanência dele na mansão por mais de uma semana.

— O que está havendo com você? — perguntou ao marido à queima-roupa. — Anda calado, cabisbaixo. Algum problema nos negócios da empresa? Vi que a crise na indústria náutica brasileira anda muito grande. É isso? — Mentiu. Nunca havia lido nada sobre o assunto.

Ele permaneceu com o olhar perdido. Lara estava evitando-o havia alguns dias. Depois de viverem intensamente por meses, ela passou a se esquivar dos encontros. Sempre que ligava, ela era breve ou então pedia a Magali para atender. Ana Luíza insistiu na pergunta.

— Guilherme, o que está acontecendo? É algo grave? Nem suas viagens semanais a negócios você tem feito...

Ele sacudiu a cabeça de forma a sair do transe de saudade.

— Não se preocupe! Os negócios estão caminhando muito bem. Não sei onde você leu essa notícia. A crise só atinge os desavisados, e o setor náutico nunca o é.

— E por qual motivo está assim? Com você desse jeito, não tenho ânimo nem liberdade para sair com minhas amigas. Já me basta o comportamento estranho de minha mãe. Tenho que vigiá-la o tempo todo! Desde que saiu do hospital, vive mais às voltas com os meninos, Dinda e Diego. Agora, resolveu fazer a leitura do evangelho uma vez por semana. Embora o psiquiatra tenha lhe dado alta, penso que esse médico errou. Mamãe está cada vez mais maluca.

— Sua mãe parece, finalmente, estar em excelente juízo, isso sim. Não há motivo para suas reclamações em relação a ela. Quanto a mim, não se preocupe ou se prive de nada por minha causa. Estou apenas cansado — disse e foi para a biblioteca, deixando a mulher sozinha.

Ana Luíza colocou a mão na cabeça.

— Ele não me convence. Pode ter levado um fora da outra e está com essa cara de peixe fora do aquário. Ainda quero saber o que ele esconde nessa biblioteca — sussurrou, indo sorrateiramente atrás dele.

Ela chegou, girou a maçaneta em silêncio e espiou pela porta entreaberta no exato momento em que ele, distraído, abriu um painel embutido na parede e digitou a senha que ele passara a usar: a data da morte da mãe. Guilherme estava de costas para Ana Luíza, que, esticando bem a cabeça, conseguiu ver os números que ele digitara e os memorizou. Ela, contudo, não pôde ver mais nada além de uma grande entrada se abrir e teve medo de que o marido a surpreendesse. Apanhou o celular e ligou para Paulo.

— Arrume o carro. Preciso sair deste inferno de mansão!

Em poucos minutos, Ana Luíza surgiu, e Paulo abriu a porta traseira do carro conforme o protocolo e saiu em silêncio até que se distanciassem da mansão. Ele parou no acostamento, e ela passou para o banco do carona.

Paulo beijou-a.

— O que houve, meu amor? Já estava ficando desesperado com seu aprisionamento. Mais um pouco, e eu arrombaria a porta do palácio e a libertaria da torre!

Ana Luíza riu.

— Você é realmente encantador. Eu também não aguentava mais de saudade. Guilherme anda taciturno, mal-humorado e insuportável.

Paulo tornou a beijá-la.

— Vamos aproveitar a noite. Que tal o mesmo restaurante?

— É uma ótima ideia, mas... vamos ficar apenas no restaurante?

Ele sorriu com malícia e pisou no acelerador. Ana Luíza passou o braço no pescoço dele e aconchegou a cabeça em seu peito.

— Confio em você, meu amor.

No restaurante, o garçom já os levou à mesa de sempre e trouxe o vinho branco predileto de Ana Luíza. Para Paulo, um *drink* de frutas cítricas, sem álcool.

Paulo olhou ternamente para Ana.

— Por favor, não se deixe abater por nada. Estamos juntos para enfrentar qualquer problema.

— Jura?

— Juro, prometo, faço qualquer coisa por você.

Ana Luíza pensou na entrada secreta ou no cofre que Guilherme guardava a sete chaves na biblioteca.

— Tenha certeza de que essas palavras chegaram na hora certa. Não somos apenas um casal; somos parceiros eternos.

Os dois brindaram e trocaram um beijo apaixonado. Paulo sinalizou para o garçom e mais uma vez pagou a conta com o cartão de crédito. Ana Luíza já tinha a conta dele, na qual fazia depósitos semanais. Foi a maneira mais prática de não o ver constrangido na hora de pagar determinadas contas. Em seguida, pegaram o caminho do motel que frequentavam desde que começaram a se relacionar.

No quarto, logo se despiram e, de forma quase selvagem, se deixaram consumir pelo prazer.

Olhando para a hora no visor do celular, Paulo avisou:

— É melhor irmos. Daqui a pouco, podem sentir sua falta.

— Sim. Vamos embora. Sem desconfianças e problemas. Melhor assim, Paulo.

Durante o trajeto de volta, Ana Luíza quase mencionou o que vira na biblioteca e sua curiosidade em saber o que havia lá dentro, mas resolveu se conter. Em outro momento, revelaria sua descoberta a Paulo e pediria ajuda para saber o que Guilherme escondia ali.

❧

Guilherme passou algumas horas trancado na câmara de criogenia e não se deu conta de que a esposa se ausentara. Conversara com os técnicos e ajustou a contratação de mais uma equipe para revezamento. Depois, permaneceu ao lado da urna onde estava o corpo inerte de Solange e chorou por horas, lamentando-se pelo repentino distanciamento de Lara.

— Não sei, mãe... não sei o que está acontecendo com ela. Parece que se abriu um imenso abismo entre nós dois.

Como sempre acontecia naqueles momentos, Solange se pôs ao lado do filho e acariciou os cabelos dele.

— Como você está abatido, Guilherme... Você sempre foi tão forte. Olhe por sua família, por seus filhos. Laura se modificou e tem sido uma grande amiga, orando sinceramente por mim e por todos da casa. Henrique vem sempre me visitar quando dorme e me instrui junto com Caio e Cíntia, mas ainda não consigo me desligar de você e de seus anseios, meu filho. Acorde, antes que uma tragédia ceife completamente nossa família!

Quanto mais energias de preocupação Solange emanava, mais Guilherme se abatia.

— Reaja, meu filho! Reaja! — As palavras dela não o animavam, porque chegavam cheias de energia de angústia, medo e aflição.

Guilherme respirou fundo e beijou a urna metálica. Na biblioteca, lavou o rosto e saiu, deixando a porta sem passar a chave. Pela primeira vez, falhara na segurança.

Encontrou Ana Luíza sentada na sala, folheando um livro.

— Você ainda está aqui? Pensei que já estivesse dormindo.

— Não, Guilherme. Dei uma rápida saída para visitar uma amiga. Quando voltei, me dei conta de que você ainda estava na biblioteca e resolvi esperá-lo. O tempo que você passa enfurnado lá realmente me preocupa.

— Não se preocupe em vão. Já lhe disse que está tudo bem. Só passo mais tempo lá quando tenho negócios a resolver fora da empresa.

Ana Luíza fingiu aceitar as desculpas do marido.

— Vamos subir? Já está tarde.

— Sim, minha querida. Preciso realmente descansar. Estou com dor de cabeça.

Internamente, ela riu da desculpa e a replicou.

— Nem me fale de dor de cabeça, Guilherme. Também estou assim desde cedo. Minha amiga é bastante negativa. Deve ser isso. Sabe que, de tanto minha mãe falar em energias, eu estou começando a acreditar?

Guilherme nada disse, e ela, calando-se também, subiu junto com o marido.

❦

Laura passara a acordar mais cedo para acompanhar os netos até a escola junto com Dinda. Ana Luíza sempre fazia a mesma pergunta, quando a via sair de mãos dadas com Henrique.

324

— A senhora tem certeza de que está bem? Não toma mais nenhum remédio...

Laura sorria para a filha com complacência.

— Será que não consegue perceber ainda a mudança que aconteceu em minha alma? Será que é tão difícil perceber isso? Mas não se preocupe. Ando com um médico ao meu lado o tempo todo e permaneço na terapia.

— Que médico, mamãe? — Ana Luíza perguntou espantada, julgando que a mãe estivesse delirando.

Laura riu e apertou a mão do neto.

— O doutor Henrique! Ele é demais! Se fosse você, experimentaria uma única consulta.

Ana Luíza sacudiu os ombros. Não tinha dúvidas de que a mãe perdera a razão, mas, como não estava dando trabalho e todos a viam com normalidade, não seria ela a perder tempo com isso. Tinha planos específicos para aquele dia e precisaria ter todo o cuidado possível. Encarregou Diego de comprar novas mudas de plantas para os jardins da mansão para mantê-lo longe por um tempo. Escolheu, propositadamente, mudas de plantas exóticas e difíceis de encontrar. Ele replicou:

— Madame, temos fornecedor próprio. É confiável comprar diretamente com ele, e não precisarei me ausentar da casa, deixando de lado meus afazeres. Além disso, as plantas que a senhora deseja são espécies raras, difíceis de encontrar.

Ana Luíza sentiu uma profunda irritação ao ouvir as palavras de Diego e sentiu vontade de dar-lhe um tapa na cara, mas conteve-se a custo. Não podia fazer nada que pusesse a perder seus planos. Contendo toda a raiva, ela, fingindo calma, tornou:

— Prefiro que escolha pessoalmente as flores, Diego. Sempre quis muito ter copos de leite na cor laranja. Não esqueça, por favor. É a principal.

Notando que ela não iria ceder, Diego assentiu afirmativamente e retirou-se.

Ana Luíza ligou para Paulo.

— Venha. Preciso de você para me ajudar no assunto que conversamos.

Paulo esperou Diego sair e entrou. Ana Luíza esperava por ele na sala de estar.

— Trouxe as ferramentas? — ela perguntou.

Ele apontou para a maleta.

— Estão aqui.

— Então, vamos. Não tenho muito tempo. Não quero que ninguém o encontre aqui.

Em frente à biblioteca, ele testou a maçaneta, e a porta se abriu.

Os dois se entreolharam assustados.

— Guilherme deve ter esquecido a porta aberta. Venha, me ajude com a senha. Quero saber o que ele está escondendo.

Paulo ficou tomando conta da porta, e Ana Luíza digitou a senha. O compartimento da antessala de criogenia abriu-se, e ela chamou Paulo.

— Venha até aqui!

Ele aproximou-se, e os dois ficaram boquiabertos com a sala de desinfecção: as roupas, o material de higienização, casacos e botas. À frente, havia uma porta de aço com um dispositivo eletrônico.

— Vou digitar a mesma senha.

Paulo segurou-a pelo braço.

— Calma! Veja todas as recomendações escritas na placa. Será que é prudente entrarmos sem cumprir todo esse protocolo?

— Você está certo! Tire o modelo da fechadura da forma mais precisa possível.

Ele apanhou o celular do bolso.

— Só um instante, meu amor. O celular que você me deu captura manchas de qualquer espécie. Vou fotografar o dispositivo eletrônico. As impressões digitais de Guilherme certamente estão marcadas aqui.

Paulo tirou várias fotos, guardou o celular e tirou o molde da fechadura da porta.

— Agora vamos sair daqui. Vou procurar um chaveiro imediatamente. Depois, nos falamos.

Ana Luíza sobressaltou-se:

—Não é tão fácil encontrar um chaveiro tão rápido, e nós não podemos perder tempo.

— Não se preocupe. Tenho um conhecido que pode me indicar um chaveiro próximo daqui.

— Então, adiante-se. Não podemos correr o risco de Diego chegar aqui antes de você.

Fechando tudo com cuidado, os dois saíram. Depois que Paulo foi embora, Ana Luíza foi para o sofá tentar ler uma revista de moda para passar o tempo, mas sua ansiedade era tão grande que ela não conseguiu concentrar-se em nenhuma frase que lia. Começou a andar de um lado

326

para outro, consultando a todo instante o relógio de pulso. Em seu pensamento, uma única frase: "Nada pode dar errado! Nada!".

∽✑

Lara desceu as escadas para tomar o café da manhã, e Magali preocupada olhou para ela.

— Você está pálida. Precisamos procurar um médico com urgência!

— Nada de médicos. Preciso conversar com você. Sente-se, por favor.

— Por favor digo eu, Lara. Você não está bem.

Lara tomou um pouco de café e fez uma careta.

— Me passe a água. Isso está insuportável!

— É a mesma marca de café e foi feito do jeito que você gosta. Sou eu que preparo seu desjejum há bastante tempo, por isso lhe disse que você precisa de um médico!

Lara respirou fundo e bebeu a água em fartos goles. Não aguentando mais a pressão interior, soltou num grito:

— Estou grávida, Magali, e preciso de sua ajuda!

A governanta prendeu a respiração com o susto causado pela notícia. Depois, procurando ser otimista diante do olhar aterrorizado da amiga, comentou sorrindo:

— Uma criança alegrará muito a sua vida! E também trará alegria para esta casa!

Lara baixou a cabeça:

— Esse é o problema... não terei nenhuma criança. Nunca esteve em meus planos ser mãe. Amantes não têm filhos! Quero que você vá comigo a um lugar... Me livrarei desse problema o mais rápido possível.

Magali levantou-se abruptamente.

— Não serei sua cúmplice nisso e farei o possível para que desista dessa ideia! Guilherme já sabe disso?

— Não sabe nem saberá! A vida me pertence! Isso é um problema apenas meu e a decisão final também será minha!

— Sua vida lhe pertence, Lara, mas apenas a sua! A vida do ser que você carrega no ventre pertence a ele e lhe foi confiada! O aborto é um crime hediondo! Não me venha com discursos feministas nesse sentido!

— Pare de bobagens, Magali! Não estou nem na quarta semana de gestação! Não há vida nenhuma!

327

— Há sim! Desde o momento da concepção, da união das células feminina e masculina, um espírito se liga a elas e passa a carregar a esperança de uma nova encarnação. Além disso, você e esse espírito certamente se reuniram antes e fizeram, de comum acordo, planos para crescimento e progresso de ambos. Nenhuma gravidez acontece à toa, sem um planejamento prévio e muito sério no plano espiritual. Nem mesmo as gestações que são fruto de estupro.

Lara irritou-se com aquele discurso. Gostava quando Magali falava sobre o Espiritismo e suas crenças, estava aprendendo muito com ela, mas, naquele momento, o que menos queria ouvir eram aquelas teorias. Se não a respeitasse tanto, assim como era respeitada pela amiga, teria dito poucas e boas para Magali, porém, sabia que ela lhe falava com boa intenção. Fingiu não ter escutado nada do que amiga dissera:

— Magali, minha decisão foi tomada! Para que eu mude de ideia, teria de mudar de rumo, de objetivo. Confesso que isso é quase impossível de acontecer!

— Tenho certeza de que algo acontecerá para que este ser ganhe e traga luz para seu mundo. Agora, se alimente e vá descansar. Nem pense em sair de casa. Estarei de olho o tempo todo.

Naquele momento, Lara teve certeza de que Magali não a compreendia. Resolveu não dizer mais nada e saiu calada. Arrependera-se profundamente de ter contado à amiga que estava grávida. Ela era rica. Poderia procurar sozinha um bom lugar para fazer o aborto, sem que ninguém soubesse de nada. Por que fora contar à governanta?

Ruminando aqueles pensamentos angustiados, Lara foi para a beira da piscina. Precisava pegar um pouco de sol e pensar. Naquele momento, sentiu-se muito só, e a dor daquela solidão fê-la chorar um pouco. Particularmente, tinha aversão ao aborto, mas não queria se transformar numa mulher amarga e pôr todos os planos da adolescência a perder. Tinha certeza de que, se Guilherme soubesse da gravidez, iria tomar atitudes drásticas para assumir uma relação convencional, e ela não queria isso. Outro homem casado talvez a apoiasse na ideia do aborto, mas ela sabia e sentia no fundo do coração que ele estava apaixonado e que, se soubesse que Lara esperava um filho dele, não titubearia em se separar de Ana Luíza e forçá-la ao casamento. Ao mesmo tempo, sonhava em reescrever a própria vida com um filho ou uma filha. Estava em dúvida e, pela primeira vez desde que começou a relação na posição de amante, passou a se questionar

328

se aquilo era realmente bom. Recordou-se da infância difícil e de todo o sacrifício que a mãe fizera para lhe ofertar o mínimo necessário para uma vida digna. Ao mesmo tempo, lembrou-se de quanto sofrimento tivera de enfrentar presenciando as brigas entre os pais, o choro abafado de Marisa, a descoberta de Rosa e do quanto ela parecia ser diferente e feliz. Mas, há alguns meses, começou a se sentir vazia e solitária. Mesmo com a amizade e o companheirismo de Magali, da casa linda, rica e aconchegante, cheia de empregados, de todo o amor que Guilherme lhe ofertava e dos momentos de prazer e encantamento que ela vivia ao lado dele, parecia que algo lhe faltava. Um profundo vazio interior e sem fim começou a assaltá-la de repente e, sem que pudesse prever, entregou-se a uma tristeza intensa. Achava a vida muito amarga e sem sentido, tentava disfarçar ao máximo, porém, sabia que Magali, sensível e observadora como era, estava notando sua infelicidade.

Lara experimentava a amargura daqueles que vivem distantes do que a alma realmente deseja. Vivia a infelicidade que levava à depressão profunda aqueles que lutavam contra os verdadeiros desejos e experimentava a solidão que atingia todas as pessoas que estão distantes de si mesmas, levando uma vida diferente daquela pelas quais suas almas realmente anseiam.

Por fim, vivia na própria pele o resultado de suas escolhas ilusórias, baseadas em valores falsos, alicerçadas numa experiência vivida que deveria ser superada, porque fora escolhida pelo próprio espírito. Sua consciência despertava, e, como esse é um caminho sem volta, Lara jamais voltaria a experimentar a felicidade até se reconduzir ao lugar que sua alma precisava estar para alcançar a verdadeira alegria de viver. O vazio interior é sempre fruto da distância que o homem está de si mesmo. E era isso que Lara passara a experimentar assim que a luz de sua consciência começou a acender.

Com aqueles pensamentos cada vez mais angustiados e depressivos, recostou-se na espreguiçadeira e acabou adormecendo.

As baixas vibrações emanadas dos pensamentos negativos de Lara abriram seu campo vibratório e permitiram que os espíritos de Rosa e Odete se aproximassem dela.

— Essa criança não pode nascer! — esbravejou Rosa, que, desde que soubera da gravidez de Lara, fora tomada de um ódio mortal pela criança.

Odete, com o mesmo ódio de Rosa, soltou uma gargalhada sinistra.

— Essa criança não nascerá de jeito nenhum! Seria a redenção dessa peste de garota. Não podemos permitir isso! Viu como ela já está se arrependendo da vida de amante que leva? Se não agirmos rápido, é bem provável que a imbecil da Magali acabe ajudando-a e Lara escape de nós.

— Calma, querida, nossos planos estão dando certo. Não fosse o desvario daquela velha, da mãe da esposa traída, tudo seria mais fácil. Ela se juntou com um desses espíritos que se dizem muito iluminados para conseguir se libertar das teias daquele espírito idiota que se acoplou a ela. Agora, acabou se tornando uma espécie de escudo na casa do amante de Lara — Rosa disse essas últimas palavras pensativa.

— Podemos fazer um trabalho mais interessante, além de sugestionar a pirralha a tirar o bebê! — Odete disse.

Rosa intrigou-se.

— Me surpreende sua astúcia, Odete. Qual é seu plano?

Os olhos de Odete cintilaram de prazer ao dizer:

— Uma mulher traída é capaz de cometer loucuras. Você fica tomando conta de Lara, e eu passo uns diazinhos na casa do amante dela. A esposa dele deve ser uma presa bem mais fácil que Lara. O pensamento certo na mente certa é tragédia certa, minha cara Rosa. Não queremos para Lara a mesma morte terrível a que ela nos submeteu?

Desta vez, foram os olhos de Rosa que emitiram um brilho intenso:

— Como não havia pensado nisso antes? — gritou e riu de felicidade. — Você é genial. Cada vez mais, me convenço de que nossa união foi a melhor coisa que me aconteceu. É óbvio que desejo para ela uma morte tão cruel como a nossa. Sinto vontade de explodir de prazer ao pensar como Sérgio sofrerá, quando souber como sua queridinha morreu. Se a mulher de Guilherme for presa mais fácil, a tragédia logo acontecerá.

Mudou o olhar repentinamente e, autoritária disse:

— Ande logo, Odete! Mentalize Guilherme e tente se ligar à casa onde ele mora, assim, chegaremos mais rápido aonde queremos. Não perca tempo.

Odete obedeceu e começou a se concentrar. Levou quase meia hora naquele exercício até que, encontrando o endereço, desapareceu das vistas de Rosa.

As duas espalharam tantas faíscas de ódio e vingança sobre Lara, que, sob energias pesadas, a moça experimentava um terrível pesadelo.

CAPÍTULO 37

Ana Luíza estava cada vez mais irritada com a presença constante de Guilherme em casa. Ele estava ainda mais apático, e mil coisas passavam pela cabeça dela sobre o estado do marido, sem, contudo, chegar a nenhuma conclusão.

Aproximou-se dele, que estava sentado no sofá com os olhos perdidos em um ponto indefinido, e perguntou em tom arrogante:

— Guilherme, vou perguntar novamente a você: o que está acontecendo?

Ele irritou-se e, levantando-se abruptamente, respondeu gritando:

— Já lhe disse que não está acontecendo absolutamente nada! Estou indo para a empresa e, provavelmente, chegarei mais tarde hoje. Tenho muitas coisas para resolver!

Sem dizer mais nada nem olhar para a esposa, Guilherme saiu em direção à garagem. Ana Luíza acenou para ele, sorrindo de maneira debochada para provocá-lo.

— Vá com Deus e não se esqueça de que o esperarei para o jantar. Seus filhos precisam de sua companhia...

Guilherme saiu enfurecido. No carro, tentou ligar para Lara várias vezes, mas ela não atendeu. Decidiu falar diretamente com Magali. Após três toques, ouviu a voz do mordomo.

— Por favor, preciso falar com Magali.

— Só um momento, senhor.

Magali atendeu à ligação e identificou de imediato a voz de Guilherme.

— Bom dia, doutor Guilherme. Dona Lara não está. Deseja deixar algum recado?

— Não quero deixar nenhum recado, Magali! Quero apenas saber o que está acontecendo de verdade. Você me parece ser uma pessoa de extremo bom-senso. Por essa razão, resolvi falar diretamente com você. Lara não atende mais às minhas ligações nem responde a nenhuma das inúmeras mensagens que envio para ela diariamente. Estou nervoso e preocupado. Ela nunca me pareceu uma pessoa leviana. Não aguento mais o que ela está fazendo comigo.

— Lara não é leviana, doutor, e não deixarei que insinue isso a respeito dela.

— Por favor, Magali! O que está havendo? Por que diabos ela tem me evitado?

Magali decidiu encerrar a ligação.

— Perdoe-me, doutor. Transmitirei seu recado assim que minha patroa estiver de volta.

Guilherme sentiu-se ainda mais frustrado e triste. Precisava desabafar, conversar com alguém. Não aguentaria trabalhar naquele dia. De repente, lembrou-se de seu amigo Célio. Como pudera esquecer-se dele? Envolvera-se tão profundamente com Lara que se tornara egoísta. Fazia tempo que não respondia às ligações e mensagens do amigo, contudo, não fazia isso por mal. Sempre pensava que depois falaria com ele, mas o amor e o envolvimento com Lara faziam-no esquecer-se de tudo. Naquele momento, precisava urgentemente de um amigo e, mesmo sentindo vergonha por tê-lo abandonado, mudou o rumo e foi para a casa de Célio. Após estacionar, desceu do veículo, aproximou-se do portão e tocou insistentemente a campainha. Um segurança da casa ao lado chegou ao portão e avisou:

— Não mora mais ninguém aqui, senhor!

Guilherme sobressaltou-se. Naquele momento, lembrou-se de que não foram poucas as ligações que recebera de Célio e que ignorara todas. O que havia acontecido? Um sentimento de medo o invadiu, e ele aproximou-se do segurança a passos rápidos.

— Você sabe se aconteceu algo à família? Sou amigo de Célio desde a infância e faz tempo que não o encontro.

— Qual é seu nome? — o homem perguntou.

— Guilherme. Meu nome é Guilherme.

O homem fitou-o com atenção e reconheceu Guilherme pelas muitas vezes que o vira em algum tipo de mídia. Demorou um pouco para responder, mas, por fim, disse:

— Doutor, sinto muito pela notícia que vou lhe dar. O senhor Célio falava muito em seu nome nos últimos tempos. Chegou a dizer que havia sido abandonado pelo melhor amigo no momento mais difícil da vida dele. O senhor nunca me viu aqui, porque passei a trabalhar para a família dele há pouco tempo, mas tempo suficiente para me tornar um bom confidente do Célio. É triste o que tenho para lhe dizer, mas...

Diante da pausa do segurança, Guilherme sentiu o corpo tremer com receio da notícia que estava prestes a receber. Gritou:

— Por favor, diga logo o que aconteceu! O pai de Célio era bem idoso, mas tinha uma saúde de ferro. Não pode ser que...

— Não aconteceu nada com o pai de seu amigo, senhor. Ele está morando com parentes em outro estado, depois da tragédia que se abateu sobre a família.

— Meu Deus! Que tragédia?! Fale logo! Sem mais rodeios, por favor!

— Seu amigo enfrentou uma forte depressão. Foi internado uma vez para tratamento, mas não suportou essa doença maldita. Seu Célio acabou com a própria vida. Assim que teve alta e retornou para casa, ele se matou, doutor. Lembro-me bem desse dia. Ele chegou abatido e muito magro. Passou por mim e me cumprimentou com um sorriso no rosto, dizendo que a agonia dele estava no fim. Ainda sorrindo, entrou em casa com o pai. De madrugada, ouvi um único estampido. Corri, julgando que a família tivesse sido vítima de um assalto, mas, infelizmente, cheguei tarde. Ele estava sem vida, com o corpo projetado para frente do parapeito da janela do quarto. Os empregados da casa nada puderam fazer.

Guilherme ficou em silêncio por alguns segundos. Há muito não lia nos jornais as notícias mais trágicas. Estava tão envolvido com seus próprios problemas e com o caso amoroso com Lara que achava perda de tempo ler tanta tragédia.

— Mas prenderam o assassino? Quero saber se a justiça agiu como deve agir. Por que não me avisaram?

O segurança chegou bem perto dele para falar. Notou que Guilherme estava tão nervoso que não entendera que Célio provocara a própria morte.

Sentia que ele estava sofrendo de arrependimento por ter deixado o amigo para trás, por isso teve cautela com as palavras:

— Ele gostava muito do senhor. Era um amigo leal e uma pessoa de bem, mas, como lhe disse, essa doença chamada depressão não acompanha a pressa do mundo. Ela faz as pessoas se sentirem sozinhas e abandonadas. Seu amigo, doutor, tirou a própria vida. Ele não suportou a pressa e a correria do mundo moderno. Suicidou-se!

Guilherme sentiu uma tontura e teria caído, se o segurança não o tivesse amparado.

— Preciso ir para meu carro, me ajude.

— O senhor não pode dirigir nesse estado.

— Me ajude a chegar até o carro, por favor — pediu Guilherme quase clamando.

Júlio, o segurança, conduziu-o até o veículo. Guilherme abriu a porta, sentou-se e, pondo a cabeça no volante, chorou copiosamente por muitos minutos. Carregaria o peso da culpa pelo resto da vida. Abandonara a amizade de Célio, mas não o carinho que sentia por ele.

Depois de mais de meia hora, já quase refeito, sentiu que estava em condições de dirigir.

Júlio, que, preocupado, o observava à certa distância, se aproximou novamente e disse:

— Não se culpe, doutor. Cada um é responsável apenas por si, mas não deixe de aprender a lição de que, por melhor que esteja nossa vida, jamais devemos nos esquecer daqueles que amamos e que nos amam. Isso se chama gratidão. Vá com Deus...

Guilherme não tinha mais o que dizer. Aquelas palavras vieram como um conforto, mas a lição que teria de aprender era dura. Admirou-se em ver tanta sabedoria num simples segurança.

Enxugou mais uma vez as lágrimas e, com vergonha de si mesmo, balbuciou um "muito obrigado". Olhou a casa de Célio pela última vez, ligou o carro e dirigiu mecanicamente até se sentir exausto. Abandonara o mais leal de seus amigos no momento mais crucial de sua vida. Não acreditava que Célio houvesse se matado apenas por causa do corre-corre do mundo e das pessoas. Devia ter tido, além da depressão, outro motivo muito sério para cometer um ato extremado como o suicídio. Ele sabia que a doença levava muitas pessoas a tirarem a própria vida, mas conhecia Célio e sentia que ele tivera um motivo grave para fazer o que fez, embora nada justificasse o que aconteceu. Mas agora o que adiantaria saber? Perdera o amigo para sempre, assim como perdera o pai e a mãe.

Demorou muito para Guilherme encontrar novamente o equilíbrio.

∽

Assim que se certificou da saída de Guilherme, Ana Luíza foi para o quarto e de lá ligou para o celular de Paulo, que estava de prontidão em um dos pátios externos da casa. Ele atendeu ao chamado no primeiro toque.

— Trouxe a chave? — perguntou ansiosa e com o coração descompassado.

— Trouxe. Também estou com a senha do painel. Vamos. Ele acabou de sair e me disse rapidamente que chegaria tarde, mas você conhece bem seu marido. Sabe que, muitas vezes, ele é imprevisível. Não podemos nos arriscar nem perder mais tempo. Vamos saber o que de fato o doutor Guilherme esconde atrás daquela porta.

Ana Luíza desligou e desceu as escadas com rapidez. Após se certificar de que Diego estava muito ocupado dando ordens aos empregados na copa e que Dinda, Laura e seus filhos estavam no jardim, voltou a ligar rapidamente para avisar que Paulo podia entrar. Tinham que ser rápidos. Apesar da grande curiosidade que tinha em saber o que Guilherme escondia naquele lugar, Ana Luíza sentia-se muito ansiosa e angustiada e quase desistira daquela aventura.

Porém, já era tarde para desistir. Paulo chegara à sala e rapidamente a puxou pelo braço. Os dois entraram na biblioteca com a cópia da chave e seguiram com destreza todas as instruções do protocolo. Paulo apanhou o celular e ampliou a imagem onde apareciam as impressões digitais no painel eletrônico e ditou para Ana. Ela digitou a senha e comentou:

— Meu marido tem manias estranhas. Parece que as datas importantes para ele são apenas as da morte do pai e da mãe. Pronto. A porta se abriu. Vamos!

Ao entrarem, Ana Luíza soltou um grito de horror. Paulo pediu que ela se acalmasse e, tão assustado quanto ela, perguntou:

— Que maluquice é essa?

Ana Luíza aproximou-se da câmara criogênica e viu o que lhe pareceu ser um caixão de vidro. Aproximando-se mais, reconheceu o corpo sem vida da sogra. Balbuciou:

335

— É a dona Solange! Ele congelou dona Solange aqui.

Paulo assustou-se ainda mais. Sabia que Solange era a mãe de Guilherme e que ela havia morrido. Atento, apontou para outra porta.

— Veja, parece que há mais surpresas ali, mas é melhor tomarmos conhecimento apenas desta. Não há mais tempo para ficarmos aqui. Vamos logo tirar essas roupas e deixar tudo exatamente como estava. Uma pessoa que congela a própria mãe é capaz de fazer qualquer coisa para manter este segredo. Definitivamente, o doutor Guilherme não é bom da cabeça.

Ana Luíza tremia e não conseguia parar de fixar os olhos no corpo e no rosto congelado e sem vida de Solange. Estava espantada com o que via. Paulo foi obrigado a puxá-la com força para que saísse de perto.

Os dois chegaram à sala e, logo depois, viram Diego entrar.

— A senhora vai sair? Paulo veio apanhar alguma coisa?

Ana Luíza recuperou o sangue frio e irritou-se.

— Você faz perguntas demais, Diego. O senhor Paulo veio me trazer uma encomenda.

Ela virou-se para Paulo com muita tranquilidade:

— Obrigada, senhor. Se precisar, mandarei chamá-lo. Agora, por favor, me entregue o saquinho com as cópias que pedi das chaves do quarto de minha mãe.

Diego a interrompeu.

— Há cópias reservas, senhora. Deveria ter me pedido.

Ela, novamente, foi grosseira.

— Eu não "deveria" absolutamente nada, Diego. Pode ir cuidar de seus afazeres. Pedi as cópias ao motorista, porque você está sempre ocupado em cumprir as ordens de meu esposo e preciso cuidar da segurança e da saúde de minha mãe. Você sabe muito bem tudo o que passamos.

Ana Luíza dispensou Paulo e subiu para o quarto. Tinha em mãos não apenas as chaves da biblioteca, mas o acesso a um segredo que poderia destruir a reputação do marido. Decidiu ficar em silêncio e sabia que seu amante faria o mesmo. Porém, mesmo tendo recuperado boa parte do equilíbrio emocional, continuava a tremer por dentro ao imaginar a loucura a que Guilherme chegara: congelar o corpo morto da própria mãe, simular um enterro tradicional, enquanto mantinha o corpo de Solange dentro de casa. Aquilo era sinistro demais para ela.

Sentindo a ansiedade aumentar, Ana Luíza foi até o criado-mudo, pegou uma cartela de calmantes, tirou dois e os ingeriu rapidamente.

Precisava dormir e apagar por um bom tempo para ver se esquecia aquela loucura, mesmo que temporariamente.

∾

Guilherme estacionou o carro em frente à casa de Lara. Estava exaurido pela notícia que recebera. Sabia que Lara poderia consolá-lo. Em vão, tentou convencer os seguranças a permitir que ele entrasse na casa.

— Vejam o que estão fazendo! Já estive aqui inúmeras vezes! Vocês sabem muito bem de minha estreita relação com a patroa de vocês!

— Não adianta, doutor! Temos ordens expressas para ninguém entrar na casa.

Nervoso, Guilherme ligou para Lara, que estava encolhida na cama, tentando imaginar como seria levar a ideia do aborto adiante.

Não parava de pensar: "Não vou colocar nenhum dos meus planos de vida a perder por conta disso! Se eu seguir os conselhos de Magali, em breve, serei eu a esposa traída! Logo passarei da condição de liberta à escrava eterna!".

As batidas na porta do quarto anunciaram a presença de Magali, e Lara mandou-a entrar.

— Entre, mas, por favor, fique em silêncio! Não desejo ouvir suas preleções!

Magali entrou e sentou-se na beira da cama.

— Lara, Guilherme está à porta da casa insistindo em falar com você!

Ela sobressaltou-se, e o coração bateu acelerado:

— Não irei atendê-lo! Não adianta, Magali! Primeiro, preciso resolver este problema! Como fui imprudente! Não o deixe entrar.

— Lara, mais uma vez, afirmarei: farei o que for necessário para que essa criança tenha o direito de nascer! Se você quiser, posso criá-la. Nada atrapalhará sua vida!

Parecendo não escutar nenhuma palavra que Magali dissera, Lara praticamente gritou:

— Por favor, Magali. Vá até lá e diga a Guilherme que fui visitar minha cidade e não tenho prazo para voltar.

— Por que insiste na mentira? Isso poderá causar sérios prejuízos à sua vida. Enfrente a situação, Lara!

— Por favor, faça o que pedi! É uma ordem e quero que a cumpra sem questionar!

Magali saiu cabisbaixa do quarto. Percorreu a alameda, pedindo aos amigos espirituais que se fizessem presentes para auxiliá-la naquele momento tão delicado. Sentiu o coração se encher de amor pela criança que Lara carregava no ventre e sorriu com gratidão.

— Doutor Guilherme, Lara fez uma viagem para visitar sua cidade natal. Ela realmente não nos autoriza a receber ninguém quando está fora de casa, e a instrução dada aos seguranças é a de dizer que não está.

Guilherme desferiu um soco no portão, e o segurança se pôs em alerta.

— Droga! É claro que você está mentindo a mando dela! Detesto ser feito de idiota e já aviso que isso não ficará assim! Ninguém me fará de bobo, como se eu fosse um jovenzinho do interior! Diga isso a ela, Magali!

Magali balançou a cabeça:

— Procure ficar mais calmo, doutor. Tudo se resolverá em breve! Não podemos controlar o fluxo da vida, mas devemos buscar o controle de nossos desatinos. Com licença.

Guilherme entrou no carro enraivecido e arrancou fazendo os pneus cantarem.

Assim que se certificou que Guilherme realmente fora embora e não voltaria, Magali foi enfática com os seguranças:

— A ordem agora é minha e deve ser obedecida. Não permitam que ele se aproxime da casa. Avisem à cabine de segurança da rua para que o carro dele seja impedido de entrar.

De volta à casa, Magali buscou um recanto para fazer uma oração. Não achava correto o que Lara estava fazendo, sentia o peito oprimido, e, só em pensar que a amiga poderia abortar aquela criança, seu coração descompassava angustiado. Começou a orar sem muita concentração até que, usando exercícios de respiração, conseguiu acalmar-se. Aos poucos, entregou-se a uma prece profunda e sincera, que a conectou ao mundo espiritual superior.

Magali sentiu uma alegria e uma calma inexplicáveis e, logo em seguida, viu o espírito de Esmeralda dentro de uma bolha de luz azulada e brilhante. Com ela estavam Marisa e Emília.

Suspirou e agradeceu a Deus a presença daqueles seres iluminados a seu redor.

— Obrigada, Deus, pela Sua bondade em me socorrer neste momento.

O espírito de Esmeralda tomou a palavra.

— Minha querida Magali, trouxe comigo essas duas valiosas companheiras, verdadeiras amigas que fiz no astral: Marisa, mãe de nossa amada Lara, e Emília, avó de Rosa, que, como você sabe, era amante de Sérgio. Estamos, junto com outros irmãos, tentando reverter um quadro grave que poderá conduzir aos abismos da estagnação um grupo de encarnados muito amado. Nossa interferência para ajudá-los tem sido constante, mas as dores da alma, não superadas, atraem algozes, que em outras vidas foram vitimados pelos que ora experimentam a dor.

Marisa olhou emocionada para Emília, que passou a transmitir seus pensamentos a ela:

— Magali, há bastante tempo tenho acompanhado o trabalho que você faz com todos que a rodeiam. Acolhi Rosa como filha amada desde que seu padrasto tentou estuprá-la e sua mãe nada fez para defendê-la daquele homem. Desde lá, venho tentando em vão direcioná-la pelos caminhos do bem. Infelizmente, ela não conseguiu se desvincular do sentimento de vingança, e isso fez minha neta atrasar seu planejamento de progresso e evolução. Hoje, junto com Marisa e Esmeralda, busco minimizar os efeitos desse ódio mútuo entre minha Rosa já desencarnada e Lara, que conheci criança. Mantenha-se firme e vigilante. Tudo transcorrerá conforme as escolhas feitas. Estamos tentando minimizar os efeitos da obsessão de Rosa e Odete por Lara, mas ela, com seus pensamentos e suas crenças, não permite que nossa ajuda seja efetiva.

Marisa fez uma breve pausa e continuou:

— Como você sabe, somos nós que atraímos nossas companhias, sejam encarnadas ou desencarnadas de acordo com o teor de nossos pensamentos. Assim é o processo obsessivo. Ele é sempre mútuo entre encarnados e desencarnados. Lara abriu as portas da sua alma para esse processo quando escolheu não superar as dores emocionais vividas na infância e permanecer na rebeldia e no mimo. Permaneça orando. Tudo passará, como tudo passa neste mundo. Todo sofrimento, contudo, só termina quando aprendemos o que ele quer nos ensinar. Do lado de cá, amparamos suas orações e intenções bondosas. Da mesma forma, junto com outros amigos, tentamos diminuir esse impacto na família de Guilherme. Mantenha-se vigilante e com a certeza de que nada se conclui sem que as lições necessárias sejam aprendidas através do perdão. Não se entregue ao medo e ao desânimo. Se quiser continuar sendo auxiliada por nós e vencer em tudo o que fizer, precisará renovar as esperanças, os pensamentos, continuar sendo otimista e sempre lembrar que tudo acontece como tem que acontecer para a evolução de todos os envolvidos. Fique com Deus e a Ele se entregue sempre que a tristeza, a angústia e o medo invadirem sua alma. Deus nos conforta, dá paz, alegria e força. Jamais esqueça isso.

Emocionada e elevada com aquelas presenças e palavras, Magali deixou-se envolver e, captando as energias superiores, sentiu um conforto interior e uma paz tão grande que ela não sabia há quanto tempo não sentia. Ficou assim por muito tempo, até que, renovada, foi procurar Lara.

❧

Guilherme dirigiu embriagado.

À porta da mansão, deixou as chaves na ignição e caminhou trôpego até a sala. Jogou-se na primeira poltrona e gritou pelo mordomo.

Diego chegou assustado.

— O que está havendo, doutor Guilherme?

Ele respondeu chorando:

— O que está havendo? Fui abandonado pela mulher que amo e perdi meu melhor e único amigo para o suicídio. Célio se matou, Diego! Por minha culpa! Por meu egoísmo, nem sequer dei a ele uma migalha de atenção e amizade. Me acho tão importante, tão dono de mim... mas na verdade sou um fracasso! Acho que a única coisa na qual não falhei ainda foi como filho! Ainda... Minha mãe está naquela câmara com o corpo congelado e...

Rapidamente, Diego colocou as mãos sobre a boca de Guilherme e tapou-a para evitar que ele continuasse a falar sobre o assunto. Se alguém descobrisse, seria trágico. Ficou tranquilo, achando que havia conseguido, mas, do alto da escada, Ana Luíza ouviu tudo trincando os dentes de ódio. Estava comprovado: Guilherme tinha uma amante. Jurou se vingar e, a partir dali, só descansaria quando destruísse aquela mulher, fosse ela quem fosse.

340

CAPÍTULO 38

Magali passou a vigiar todos os passos de Lara desde o momento que soube de sua gravidez. Após longas conversas, sempre amparada pela espiritualidade, ela finalmente conseguiu fazer a amiga desistir do aborto. Lara, contudo, lhe fizera uma proposta séria, baseada em uma ideia que tivera num momento de impulso, mas que depois a inquietou. Após receber as orientações dos espíritos de Emília, Marisa e Esmeralda, Magali decidiu aceitar a proposta de Lara e deu sua resposta enquanto insistia para que a amiga se alimentasse melhor.

— Lara, pensei em sua proposta...

— Que proposta? — ela perguntou intrigada, estremecendo por dentro.

— Você sabe... A de aceitar a criança que você está gerando como meu filho ou minha filha. Você já está quase chegando aos três meses de gestação, e um aborto pode colocar sua vida em risco. — Fez uma breve pausa e, vendo que Lara a escutava com atenção, continuou: — Tive uma ideia após pensar muito. Caso você a aceite, creio que será o melhor para nós. Viajaremos para uma cidade mais tranquila e que disponha de recursos médicos, e, após o nascimento do bebê, você retorna à sua vida, e eu vou morar em outro lugar.

Lara olhou para Magali surpresa.

— Você seria capaz de fazer esse sacrifício por mim?

— Por você e pela vida que você, generosamente, resolveu aceitar.

— Não me venha com suas teorias e crenças de novo. Foi por causa delas que não abortei esse fardo que carrego comigo. — Fez uma pausa enquanto pensava e continuou: — Creio que eu não tenha saída mesmo. Confesso que sinto muito medo do aborto. Medo de complicações, e tenho uma vida inteira pela frente para aproveitar. Veja qual seria a melhor cidade para nos estabelecermos até o final da gravidez. Quando a criança nascer, darei a você condições de mantê-la de forma digna.

Magali consentiu.

— Essa é a maneira mais segura de o doutor Guilherme não descobrir sua gravidez. Temos empregados leais, mas nunca poderemos, de fato, garantir que nenhum deles, ao perceber sua barriga crescendo, mantenha o silêncio necessário. Farei hoje mesmo uma pesquisa para saber qual será nosso destino. Alugarei uma casa confortável e já mobiliada num lugar que tenha assistência médica decente. Tudo será melhor dessa forma! Agora, se alimente, por favor. Precisamos que se mantenha saudável.

Embora Lara não visse nem registrasse sua presença, Rosa, enraivecida, ouvia a conversa entre as duas. Sem saber o motivo, sentia-se enfraquecida. Reuniu todas as forças do ódio que carregava e as lançou na nuca de Lara, apertando-a pelo pescoço. Magali olhou com horror para aquele espírito já deformado e cheio de energias escuras, que envolvia a patroa e amiga. Imediatamente, sem deixar Lara perceber, começou a orar.

De repente, Lara começou a respirar com dificuldade.

— Magali, não estou bem... Muita falta de ar... muita...

Lara não conseguia falar, estava pálida, e um filete de suor começou a surgir em suas têmporas

Ouvindo a oração de Magali, o espírito de Emília se fez presente imediatamente e envolveu Lara com um abraço amoroso, que, dado com tanto sentimento de amor, fez Rosa tomar uma espécie de choque elétrico e largar o pescoço da jovem já fraca. Afastou-se cambaleante, tropeçando nos próprios pés, e colocou-se num canto da casa, sem forças e energia.

Aos poucos, Lara começou a respirar melhor, enquanto Magali segurava suas mãos com os olhos fechados e em prece. Depois de alguns minutos, ela voltou a respirar normalmente, e Magali conversou em pensamento com Emília.

"Por quanto tempo Rosa ficará sem forças?", Magali perguntou.

"Só os sentimentos de Lara poderão diminuir as forças de Rosa, mas o melhor é que se afastem daqui o mais rápido possível. Não podemos interferir nos sentimentos de ninguém; podemos apenas diminuir esses sentimentos para abrandar o ódio de Rosa. Se Odete retornar, tudo será mais difícil."

Magali inquiriu Emília:

"O mal tem tanta força assim?"

"O mal tem a força que damos a ele. Tudo é temporário, entretanto, o mal, que é uma grande ilusão, fere as leis universais. Ele, contudo, sempre será temporário, como todas as ilusões. O melhor seria que todos tentassem evitar fardos pesados durante a experiência terrena, para não levarem esse peso para a vida espiritual. Muitos processos de dor seriam evitados se todos tivessem esse entendimento."

Emília deixou Lara revigorada e despediu-se de Magali.

— Estarei por perto. Preciso cuidar de vocês e tentar resgatar minha amada neta das sombras e do sofrimento. É minha missão, e vou cumpri-la.

Magali, emocionada, viu os espíritos amigos desaparecerem envoltos no mesmo clarão que os fizera surgir.

Só, então, ela voltou o olhar para Lara.

— Está melhor?

— Sim... Que sensação horrível. Parecia que estavam me enforcando.

— Sei que você não acredita em orações, mas posso lhe pedir um favor? Gostaria que você atendesse a esse pedido.

— Pode, Magali. Só não me peça para acreditar nas coisas em que você acredita. Não conseguirei atendê-la...

— Você sabe rezar?

— O básico. Fiz catecismo porque fui obrigada.

— Reze, então, o que aprendeu. A oração do pai-nosso e a ave-maria. Promete?

— Prometo, Magali!

Magali abraçou Lara com muito carinho, e ela recebeu aquele abraço com a gostosa sensação de saber que não estava só.

❧

Enquanto Guilherme passara a beber diariamente, inconformado em não poder manter contato com Lara, Ana Luíza começara a tramar sua vingança contra o marido e a amante. Não sabia quem era ela, mas com certeza iria descobrir. Enquanto isso, sempre que tinha oportunidade, saía com Paulo para se divertir e fazer amor. Havia encontrado o parceiro perfeito, alguém que a fazia se sentir mulher e plena em todos os sentidos. Não fosse a paixão doentia por Guilherme, seguiria uma vida mais amena e feliz ao lado do amante.

Diego tentava em vão reanimar o patrão. Chamava-o ao compromisso assumido diante da família, dos filhos, da esposa e da empresa.

— Nada disso tem muito valor para mim, Diego. Tudo parece estar muito nublado. O suicídio de Célio, o sumiço da mulher que estava me fazendo feliz, minha mãe naquela câmara congelada, sem perspectiva de solução imediata. Como posso me manter equilibrado diante dessa avalanche?

Diego calava-se, pois sabia que suas palavras seriam inúteis. Guilherme estava fechado em sua dor, tornara-se egoísta e não permitia ser ajudado. Queria que as coisas ocorressem da maneira que desejava, sem ter de esperar ou tentar outros caminhos. Diego sabia que isso era o resultado do orgulho e do mimo em que o patrão mergulhara desde a infância e que nunca se interessara em modificar. Pessoas como ele não ouviam conselhos, orientações, nada. Só queriam e pensavam no que tinha valor, E então, restava-lhe apenas uma solução: orar. Diego sabia que só Deus poderia tocar o coração de Guilherme e fazê-lo enxergar a realidade, e era isso que sempre fazia quando via o amigo naquelas condições.

❧

O espírito de Odete passou a atormentar Ana Luíza, Paulo e Guilherme. Rosa, enfraquecida, não conseguia reagir e tornara-se apenas um campo de energias negativas. Animada pelo sentimento de vingança, o espírito da tia de Lara ganhava a cada dia mais força para atingir seu intento. Ela apenas evitava qualquer tipo de interferência na presença de Laura, Henrique e Diego. Sabia que o mordomo e o menino poderiam enxergá-la e expulsá-la da mansão com facilidade. Caio, mentor de Henrique, buscava fortalecer o pequeno grupo, que, composto de apenas três pessoas que oravam, estudava a espiritualidade, vibrava positividade e era o único ponto de apoio que eles tinham para ajudar a expandir luz ao redor da mansão.

Naquele fim de tarde, sem conseguir se conter mais, Guilherme pegou o celular mais uma vez para tentar falar com Lara. Ana Luíza estava entrando no quarto no exato momento em que ele mexia no telefone e iniciava a ligação. Ela ficou em silêncio para tentar ouvir a conversa.

— Por favor, Magali. Preciso falar com Lara. Não aguento mais tanto sofrimento e desprezo!

A voz de Magali era suave, mas inflexível.

— Lara não está!

— Você está mentindo! — ele gritou descontrolado. — Ontem, recebi informações de um amigo de que ela continua exatamente no mesmo endereço. Estou indo até vocês, e Lara terá de me receber!

Antes que ele encerrasse a ligação e a visse no quarto, Ana Luíza saiu rápido, ganhou o corredor e logo desceu a escada. Uma vez na grande sala de estar, ligou para Paulo.

— Prepare o carro. Preciso sair agora.

Sem questionar, Paulo estacionou o carro e abriu a porta para Ana Luíza, que, nervosa e ofegante, ordenou:

— Você irá até o fim da rua. Há uma praça. Quero que a contorne e aguarde o carro de Guilherme passar. Vamos segui-lo de longe.

— Quer descobrir alguma coisa em especial? — embora já soubesse a resposta, Paulo perguntou.

— Sim — disse com os dentes trincando de ódio. — Quero saber um endereço. Já sei o nome da amante de Guilherme. Agora preciso do endereço. É uma questão de honra! Minha honra!

— Fique calma! Eu lhe prometi que faria qualquer coisa para vê-la bem e cumprirei minha promessa todos os dias de sua vida. Basta estar ao meu lado que eu a protegerei!

Paulo estacionou o carro, e os poucos minutos que tiveram de esperar pareceram uma eternidade. Pouco depois, o carro de Guilherme passou a uma grande velocidade, e Paulo se pôs a segui-lo a distância.

— Você o perderá de vista! Acelere! — gritou Ana Luíza.

— Isso não acontecerá! Fique calma! O nervosismo nessas horas só atrapalha!

Paulo permaneceu calmo no volante, tomando o máximo de cuidado para não ser visto. Ao chegar a uma rua específica, viu o carro de Guilherme diminuir a velocidade.

— Acho que é aqui — disse para Ana Luíza.

— Como saberemos qual é a casa?

— Vou estacionar atrás daquelas palmeiras. Há um recanto ali bem interessante e me parece fora do alcance das câmeras. Sempre passa alguém disposto a ajudar pessoas com boa aparência.

Ana Luíza franziu a testa. Estava bastante nervosa e sentia o ódio explodir seu peito.

— Não é hora de brincadeiras, Paulo. Preciso saber onde a vadia mora. Vou acabar com ela pessoalmente.

— Acabar de que forma? Acabando com sua vida também? Sendo capa de jornais sensacionalistas? Isso é burrice; não é vingança! Seu marido a odiaria!

— Dane-se ele! Danem-se todos!

— Ana, mantenha a calma. Já disse que a ajudarei. Veja: ele está conversando com um homem à porta daquele palacete. Ela deve morar ali.

Ana Luíza fez um gesto brusco para sair do carro, mas Paulo a conteve, segurando-a com firmeza pelo braço.

— Pare! Que papel sofrível pretende fazer? Da mulher traída que faz um escândalo com as mãos na cintura na porta da casa da outra? Não permitirei que se exponha dessa forma! Há maneiras bem mais eficazes de resolver isso! Confie em mim.

A custo, Ana Luíza conteve-se. Ficou observando de longe e notou que o marido insistia, mas não conseguia entrar na casa, que parecia ser muito bela, por sinal. Imaginar que a amante do marido vivia numa casa como aquela, certamente muito luxuosa e bancada pelo dinheiro que era dela e dos filhos, fez seu ódio aumentar e sua visão ficar turva por alguns segundos.

Ana Luíza recuperou o equilíbrio quando viu Guilherme entrar no carro e acelerar em marcha ré. Parecia totalmente descontrolado.

— Olhe, Ana. Parece que a amante de seu marido não quis recebê-lo.

Ela virou o pescoço para trás e chorou. Paulo afagou carinhosamente seus cabelos.

— Pensei que estivesse feliz comigo... Pelo visto, não sou suficientemente bom para você.

Ela secou as lágrimas e cessou o choro.

— Você tem sido um grande companheiro, Paulo. Meu choro é de raiva, decepção, ódio, muito ódio. Guilherme está com essa mulher há bastante tempo. Não é justo. Não mereço ser traída dessa maneira...

— Você ainda o ama, Ana?

Aquela pergunta a pegou de surpresa, e ela respondeu sem saber de fato o que sentia:

— No momento, só consigo sentir raiva.

346

— Vamos para casa! Amanhã, volto para saber se essa tal de Lara mora realmente ali.

Paulo começou a manobrar o carro, quando avistou uma jovem uniformizada sair pelos portões que fechavam a rua. Ela carregava pela coleira dois cachorrinhos para passear.

Paulo desligou o carro e teve uma ideia imediata.

— A sorte nos ajudou. É este o momento. Desça do carro e pergunte àquela moça sobre Lara de forma discreta e amistosa. Diga que é uma amiga de infância e que gostaria de fazer uma surpresa.

Sem questionar, concordando com a ideia e sendo rápida, Ana Luíza saltou e ajeitou os óculos escuros. Estava com a maquiagem borrada, os olhos inchados e não queria que a moça percebesse.

Caminhando devagar, aproximou-se:

— Que bichinhos lindos! Adoro cachorros! — disse, tentando esquivar-se dos animais que a farejavam e faziam menção de lambê-la.

— Eles são realmente lindos, senhora — a moça respondeu com simpatia, não sem antes observar atentamente Ana Luíza e notar que ela estava muito bem-vestida e arrumada. Continuou:

— Cuido deles como se fossem filhos. São puros demais!

— Dizem que os animais se parecem com os donos...

— Não são meus; são de minha patroa. Mas sou eu que cuido, dou banho, trago para passear. Esta é a hora mais feliz do dia para eles: o momento em que saem para o passeio.

— Estou procurando uma pessoa e encontrei um anjo como você. Quem gosta de animais está sempre disposto a estender a mão a outras pessoas.

— Em que posso ajudá-la? Quem a senhora está procurando? — respondeu a moça, reagindo ao falso elogio que lhe pareceu ser real e alisou sua vaidade.

— Uma amiga de infância. Quero fazer uma surpresa a ela. Voltei há pouco tempo do exterior e trouxe uma coisa que ela sempre quis ter quando menina.

— Qual é o nome de sua amiga? Conheço todos os moradores da rua.

— O nome dela é Lara.

— Sim! Dona Lara... a herdeira de dona Esmeralda. Não há quem não a conheça. É uma excelente pessoa. Ajudou muito dona Esmeralda e acabou herdando tudo dela. Chegou aqui muito menina. Ainda é muito jovem, e acho estranho chamá-la de dona, mas é uma questão de respeito.

Estava sendo muito difícil para Ana Luíza continuar aquela conversa sem se descontrolar e pôr tudo a perder. Respirou fundo, acalmou-se e continuou:

— E qual é o número da casa dela? Quero enviar algo pelo correio antes de vir visitá-la. Causar um suspense, entende?

A moça pensou se deveria dizer ou não, mas, pela aparência, aquela mulher era rica e fina, e pessoas como ela, a seu ver, não faziam mal a ninguém. Com esse pensamento, forneceu o número.

Ana Luíza apanhou uma pequena agenda na bolsa e o anotou. Agradeceu e entrou no carro sorrindo.

— Consegui. Você é um gênio, Paulo!

— E o que pretende fazer agora? — ele perguntou.

— Vamos pensar juntos sobre isso. Você é meu parceiro, meu companheiro. Tudo o que você faz sempre dá muito certo.

Selaram aquela pequena comemoração com um beijo, e dali Paulo dirigiu de volta para casa.

❦

Naquele início de tarde, Magali foi ao encontro de Lara para uma conversa definitiva. Estava começando, de fato, a se preocupar.

Encontrou-a sentada na poltrona que ficava ao lado de sua cama e foi direta:

— Não podemos mais perder tempo. Guilherme vem quase diariamente à mansão procurá-la. É hora de decidir o que fazer.

Lara olhou pela janela do quarto e suspirou.

— Vai me doer ficar longe desta casa. Aqui, encontrei a paz.

— Você poderá viver em paz com seu bebê aqui. O que acha? Tentar é sempre muito bom para a vida.

— Minha decisão está tomada. Vamos arrumar tudo. Estou enclausurada em minha própria casa por conta da obsessão de Guilherme. Você está certa. Preciso resolver isso logo. Nunca pensei que ele pudesse ficar desse jeito. Estou assustada.

348

— É o risco que corremos quando mexemos com o sentimento das pessoas — Magali disse com doçura, mas era preciso que Lara amadurecesse diante de tudo o que fizera.

— Ele se envolveu porque quis, porque é um tolo como todos os homens. Por favor, Magali, deixe de filosofar, de querer me doutrinar e arrume minhas malas e todas as suas coisas. Na verdade, o que mais me fará sofrer é ficar distante de sua amizade.

Magali tentou mais uma vez.

— Nossa amizade poderá continuar e poderemos ficar todos juntos! Basta você aceitar essa criança e criá-la com todo amor.

Lara irritou-se:

— Não quero! Não foi isso o que combinamos. Você cumprirá sua parte conforme prometeu!

— Vou cumprir. Por mais que discorde de suas postura, essa decisão é a melhor saída para o bebê. O tempo se encarregará do restante. — Magali fez uma pequena pausa e finalizou: — Vamos começar a arrumar as coisas.

Magali saiu do quarto com lágrimas nos olhos, entrou no seu e se pôs a arrumar suas malas. Apanhou sobre a cabeceira o *Evangelho Segundo o Espiritismo* e abriu aleatoriamente na mensagem "Os últimos serão os primeiros". Recebida a instrução dos espíritos, ganhou força, respirou fundo e agendou a saída do carro com o motorista que contratara exclusivamente para aquela viagem. Em seguida, avisou Lara do horário da viagem. A jovem se pôs na sacada da varanda e lembrou-se do dia em que, assustada e com medo do futuro, entrou naquela casa na companhia de Odete, do encontro com Esmeralda e do sofrimento imposto pela ganância e irresponsabilidade da tia a ambas. Recordou-se também dos tempos de menina, sempre cercada pelos cuidados de Murilo, e sentiu o coração apertar de saudades do amigo. Por ele, nutria verdadeiro carinho e respeito. Agora, contudo, não podia fraquejar ou se deixar levar por sentimentalismos. Tudo estava feito. Precisava seguir adiante e ir até o fim. Não havia mais o que fazer.

❧

Ana Luíza abriu a porta do quarto de Laura e encontrou-a sentada em uma escrivaninha recém-comprada. Ela lia e anotava algumas frases num caderno.

349

— Parece que seus remédios a santificaram, mãe! Não consigo mais reconhecê-la!

Laura sorriu com doçura e girou a cadeira para cumprimentar a filha.

— Como vai, Ana Luíza? Não estou mais tomando nenhum tipo de remédio. Recebi alta do psiquiatra faz tempo. E não me santifiquei; apenas me equilibrei. Isso é a cura: o equilíbrio.

— Pare de história, mamãe! Preciso conversar, por favor!

Laura colocou a caneta no meio do caderno e fechou-o.

— Pode falar. Estou pronta para ouvi-la. Aliás, mesmo em meio a todo delírio que experimentei durante minha vida, sempre estive pronta para ouvi-la. Me arrependo de todos os conselhos equivocados que lhe dei, mas era o que tinha a lhe oferecer. Peço que me perdoe por isso.

— Do que está falando? Não quero saber dessa remissão tardia de seus erros! Uma mudança assim, de repente, só pode ser loucura.

— Um dia, você compreenderá o que estou falando. Por enquanto, estou aqui para ouvi-la!

— Mamãe, Guilherme... ele tem outra mulher.

— Você está desconfiada ou já é uma constatação?

— Apenas confirmei minhas desconfianças! E tem mais: ele guarda um segredo terrível!

Laura sentiu um aperto no peito.

— Ana Luíza, o que pretende fazer? O melhor seria ter uma conversa bem franca com seu marido. Quanto ao segredo dele, prefiro não saber. É algo que possa prejudicar meus netos? Ou pôr a vida e a saúde emocional deles em risco? Caso não, fique em silêncio. Quem guarda segredos vive atormentado. Deve ser o caso de seu marido! E, quando alguém descobre um segredo de outra pessoa, deve mantê-lo para si, assim como gostaríamos que acontecesse conosco, caso alguém descobrisse algo que escondemos.

— Preciso de sua ajuda, não de suas considerações e lições de moral — disse Ana Luíza irritada, praticamente gritando.

Laura procurou manter a calma, pois a filha estava exaltada. Não brigaria com ela, mas também não alimentaria suas loucuras. Por isso, disse com firmeza:

— Infelizmente, não posso ajudá-la em nada! A verdade sempre vem à tona. Essa regra funciona para todos!

Ana Luíza, colérica, com o rosto vermelho e as faces trêmulas, gritou:

— Você quer que eu espere a verdade vir à tona? Que ele chegue para mim e confesse que me trai, que vai querer se separar de mim para viver com outra? Eu vou me vingar! Vingança é tudo o que quero! Jamais perdoarei o que Guilherme está fazendo nem vou deixar que um aventureira qualquer destrua minha família e roube o que é meu e de meus filhos. Vou me vingar dessa vagabunda da pior maneira possível.

Laura assustou-se. A filha estava descontrolada, com muito ódio e desequilibrada. Percebeu, pela primeira vez, que Ana Luíza era capaz de tudo.

Com medo pediu:

— Sem vinganças, pelo amor de Deus! Vocês têm dois filhos! Pense neles! Separem-se de forma digna, sem brigas, confusão e vingança! Pelo que estou vendo, está pensando em fazer besteira. Você não leva em conta o que seus filhos pensarão de você depois do que fizer? Separe-se de forma amigável, civilizada, e esqueça essa vingança!

— Nada de separação! Nunca vou me separar de Guilherme e deixá-lo viver livre e feliz ao lado de outra! Sou especial! Sou uma mulher nobre, sou tudo o que um homem sonha em ter e nunca aceitarei uma desonra absurda dessa! Você sempre me aconselhou a fazer o contrário e agora vem falar de divórcio? Nunca!

Laura ficou em silêncio, orando mentalmente e pedindo a ajuda dos amigos espirituais. Nunca, até então, se arrependera de toda a educação errada que dera à filha, fruto de sua própria educação, mas que não justificava o fato de ela ter transmitido para Ana Luíza. Iludira-se com as regras da sociedade, com o materialismo, ensinara tudo errado e agora estava vendo as consequências. Naquele estado, Ana Luíza era capaz até de matar. Não tinha dúvidas disso. A esse pensamento, Laura sentiu um arrepio de horror.

Percebendo que a mãe ficara calada e que não ia continuar aquela conversa, reagiu:

— A senhora não vai mesmo me ajudar, não é?

— Na vingança? Claro que não! Ficarei ao seu lado, orientando e ajudando a criar os meninos, caso você e Guilherme consigam se acertar. Apenas isso! Acorde, Ana Luíza. Se você fizer qualquer bobagem, a primeira que sofrerá será você mesma.

Nem bem a mãe terminou de falar, Ana Luíza saiu, batendo a porta do quarto com estrondo. Guilherme ainda não havia chegado, e ela ligou para Paulo.

351

— Paulo! Mantenha-se em casa e em alerta. Tenho planos e precisarei de você.

— Que tipo de plano assim, de repente? Pense bem no que deseja realmente fazer. Algumas coisas precisam ser muito bem-feitas para evitar problemas!

Ela alterou a voz:

— Você também me deixará sozinha? E a promessa de que faria qualquer coisa para me ver feliz? Era tudo mentira?

— Não. Nada do que lhe disse até agora era mentira. Não sou homem de mentir. Tenho outros defeitos, mas esse não!

— Então, faça o que pedi. Sei que precisa de dinheiro para cuidar de quem o criou. Adianto o valor que você precisar!

Paulo apertou os olhos e pensou nos benefícios daquela proposta.

— Amanhã conversaremos. Hoje, você está nervosa demais. Elabore seu plano e me apresente para que eu possa avaliar qualquer risco.

Ana Luíza desligou o celular. Estava disposta a fazer qualquer coisa para abrandar os sentimentos que pareciam explodir em seu peito. Tinha certeza de que só uma vingança das mais cruéis curaria seu orgulho ferido. Sem que pudesse perceber, sombras de espíritos inferiores e maus abraçaram-se a ela prazerosamente, fazendo todos os sentimentos ruins de Ana Luíza aumentarem de intensidade.

CAPÍTULO 39

Da varanda, Lara via as malas sendo colocadas no porta-malas do carro. Notou os olhos de Magali, marejados de lágrimas, e tentou também não se emocionar.

— Vamos, Magali! — disse levantando-se. — Juro que não queria que nada disso estivesse acontecendo! Nunca quis prejudicá-la...

— Você não está me prejudicando em nada. Conheço sua índole. Além disso, fui eu quem a fez desistir do aborto e me dar a criança para criar quando nascesse. Você foi imatura, e maturidade se conquista com o tempo. Tenho certeza de que algo pode mudar essa história a qualquer momento.

— Nada poderá mudar essa história. Quando o bebê nascer, ele será seu, e eu voltarei à minha vida normal.

— Você vai procurar Guilherme?

— Não sei ainda. Não quero uma relação fixa e tradicional. Parece frase feita, e você já deve estar enjoada de tanto eu repetir, mas digo novamente: as amantes são sempre mais felizes. É isso que penso, e é assim que agirei sempre!

Magali abriu a porta do carro luxuoso.

— Vamos. A viagem será longa!

Magali sabia dirigir muito bem. Ficara órfã muito cedo e tivera de se virar de todas as formas possíveis para viver. Aos poucos, foi aprendendo que, quanto mais estudasse e soubesse das coisas, mais fácil seria sua vida. Por isso, dentre outras coisas, tirou a carteira de motorista assim que pôde, contudo, como nunca mais havia dirigido e a viagem seria longa, preferiu contratar um motorista exclusivo.

As duas seguiram em silêncio por horas, cada uma imersa nos próprios pensamentos. Em algumas paradas, trocaram palavras alegres como se estivessem viajando de férias.

De repente, Lara quebrou o silêncio:

— Será que precisaremos de roupas novas, Magali? Dizem que São Lourenço é uma cidade fria.

— Eu não precisarei. As roupas que tinha estão na mala e me servirão durante o inverno. O frio de São Paulo também é intenso.

Lara olhou para ela, tentando animá-la.

— E a casa? É uma boa casa? Espaçosa?

— Posso lhe garantir que foi a melhor e mais confortável que encontrei. Ficaremos bem confortáveis lá, tenha certeza.

Lara observou Magali e ficou em dúvida se deveria perguntar ou não. Várias vezes, já tivera vontade, mas nunca levara adiante, porque achava que estava invadindo demais a intimidade daquela que era uma espécie de governanta em sua casa, mas, acima de tudo, uma amiga. Tomou coragem e começou:

— Você não tem medo de criar uma criança sozinha?

— Não — respondeu Magali tranquila. — Não tenho medo, porque sei que na vida ninguém está sozinho, por mais que pareça estar. Sei que contarei com a ajuda de pessoas que Deus colocará em meu caminho, e tudo correrá bem. É claro que saber que terei todo dinheiro de que precisar, porque você faz questão disso, me dá mais tranquilidade, porém, mesmo que eu tivesse de trabalhar duro, procurar emprego, fazer o que fosse possível, eu criaria essa criança da melhor maneira possível.

— Admiro sua fé e gostaria de ser uma pessoa de fé. Noto que, para você, tudo parece mais fácil, mas sei que sua vida não foi tão fácil assim. Ficou órfã cedo, foi obrigada a trabalhar muito para se manter e ajudava parentes em dificuldade. Ainda assim, você não me parece ressentida, revoltada. Às vezes, penso que vocês, espíritas, são conformistas demais. Isso dá tranquilidade, mas, por outro lado, aceitar tudo passivamente me parece um erro.

Magali tornou:

— A fé se conquista pela vivência, pela busca, pelo estudo da espiritualidade, seja qual for a religião da pessoa. E isso se aplica até para

354

aqueles que não professam uma religião específica, mas têm muita fé em Deus. A fé facilita a vida e move montanhas, e eu sou a prova disso. Em vez de ficar na revolta, me queixando das dificuldades que enfrentei, busquei força na fé, arregacei as mangas e corri atrás da minha felicidade. Nunca parei para me queixar, porque desde cedo aprendi que me queixar dos problemas só fazia que eles aumentassem. E, acredite: nós, espíritas, não somos conformistas. Resignação e aceitação são muito diferentes de conformismo. O conformista aceita tudo sem se dispor a mudar a situação. Já a resignação e aceitação trazem paz e produzem forças para que possamos mudar nossas atitudes e nossos pensamentos, transformando, assim, nossa realidade. Nunca fui conformista diante da pobreza em que vivi. Nunca me conformei em ser menos, ter menos, viver na dificuldade, ao contrário. Entendi que nasci assim, num meio pobre e cheio de dificuldades, me tornei órfã cedo, para desenvolver minha fé em dias melhores, despertar meus potenciais, usar minha inteligência e minhas crenças positivas para mudar de vida, progredir e prosperar. Nunca me faltaram trabalho, comida, teto, nada. Progredi tanto que fui indicada pela agência onde estava inscrita para trabalhar em sua casa. Agora, serei mãe, poderei criar alguém, educar, mostrar as belezas do mundo. Pode haver felicidade maior?

Lara ficava intrigada sempre que conversava com Magali. Tudo o que ela dizia fazia sentido, mas não conseguia viver aquilo em si mesma. Várias vezes, sofrera pela falta de fé e concluía que era muito triste não ter fé. Magali era alegre, otimista, de bem com a vida. Nunca a vira triste. Aquilo provava que pessoas de fé viviam melhor.

Sua curiosidade, contudo, continuava:

— Você é uma pessoa feliz, Magali?

— Sim, sou. Felicíssima! — disse rindo com meiguice.

— Mas você é muito sozinha. Nunca a vi com um namorado nem nunca me contou se teve alguém. Como pode ser feliz sem amar, sem ter alguém? A solidão é muito ruim, e você ainda é jovem. Como pode ser feliz sozinha? Não pensa em ter alguém?

Magali sorriu intimamente. Sabia que Lara fizera todo aquele rodeio para chegar a um único ponto: o fato de ela ser só, não ter vida amorosa, não ter alguém, não ter um homem, um marido. Era comum isso acontecer com ela.

— Eu sabia que ia me perguntar isso! — Riu.

Lara enrubesceu:

— Desculpe-me. Não quero invadir sua intimidade.

— Não seja boba. Somos amigas, e não deve existir esse tipo de coisa convencional como vergonha, por exemplo. Mas vou lhe responder. A maioria das pessoas acredita que, para ser feliz, é preciso ter alguém. Ter um homem, uma mulher, um marido, uma esposa, alguém com quem possa viver junto. Embora relações amorosas sejam ótimas, naturais e desejáveis, elas não são essenciais para a felicidade de uma pessoa. O amor, sim, é essencial. Só pode ser feliz aquele que ama. Mas isso não significa que para a felicidade, para a alegria de viver, seja preciso ter um amor no sentido de ter alguém.

— Mas o ser humano não nasceu para viver só. Pelo menos é o que as pessoas dizem — rebateu Lara.

— Dizem porque, socialmente, se criou a ideia de que só as pessoas acompanhadas, casadas, que têm alguém, são felizes. É um mito que marginaliza muita gente, que, por escolha ou por outros motivos, nunca quis ou pôde se casar ou ter uma relação séria. É um mito que discrimina muita gente, principalmente a nós, mulheres. É pelo medo da condenação social que muitas mulheres e até homens escolhem viver com qualquer um, com a primeira pessoa que lhes aparece, só para dizerem que têm alguém, que têm um namorado, que são casadas, mas, no fundo, são muito infelizes, mais do que pessoas solteiras.

— Então, você é contra o casamento?

— É claro que não! O casamento é uma instituição muito importante, é um progresso que a sociedade alcançou, porém, só é válido se for por amor. A união de duas pessoas só se justifica e só traz felicidade se tiver o amor como base. Se não for assim, só provoca infelicidade, dor, sofrimento e solidão, porque a pessoa que não ama aquela com quem está casada sente uma solidão horrorosa, muito pior do que a que muitas pessoas solteiras sentem. Todos nós queremos ter uma relação amorosa feliz, que nos realize, mas, quando isso não acontece, seja pelo motivo que for, não é razão para nos tornarmos pessoas infelizes. Embora o casamento seja importante, não é necessário para a felicidade, pois a felicidade é um estado de espírito que independe das coisas de fora. Eu tenho 48 anos, nunca me casei, nunca tive um relacionamento sério, porque nunca encontrei um homem que me despertasse essa vontade. Como nunca liguei para as regras sociais nem para o que as pessoas dizem, jamais iria me sujeitar a uma relação só para dizer que sou casada, tenho um namorado ou alguém.

356

Magali fez uma pequena pausa e continuou:

— Solidão é um estado de espírito provocado pela distância que a pessoa está de si mesma, da própria alma e de Deus. Assim como o corpo precisa de alimento para funcionar bem e produzir bem-estar, nosso espírito também precisa de alimento, que é fazer o que a alma pede e ligar-se com as forças superiores da vida por meio do contato com Deus, com a natureza, com o trabalho e com as boas relações de amizade. É ser útil e ter um propósito na vida. Quem não alimenta o próprio espírito pode estar casado com a pessoa que mais ama no mundo, com o melhor homem possível, com a mulher mais encantadora que existe, com o grande amor de sua vida, mas, ainda assim, sentirá solidão, vazio interior, tristeza, como se algo muito importante estivesse faltando. Conheço muitas mulheres e muitos homens que têm bons companheiros e boas companheiras, pessoas que amam e que também os amam, mas que desenvolvem depressão, ansiedade, vazio, tristeza, angústia. Isso acontece porque depositaram tudo na relação amorosa, sem saberem que, para serem felizes, é preciso muito mais que isso.

— Então, você não sente solidão, falta de alguém?

— Não, jamais! Preencho minhas necessidades de afeto com outras coisas que igualmente me trazem felicidade. Amo meu trabalho, minhas amizades, cultivo a espiritualidade, tenho um propósito na vida que me preenche completamente, que é trabalhar e ver quem eu amo feliz. Sinto a alegria de viver dentro de minha alma e todas as horas sou grata a Deus por estar viva, ser útil, fazer parte deste mundo e poder colaborar para que ele se torne melhor. Nenhum homem faria isso por mim, pode acreditar.

— Mas muitas pessoas têm como propósito de vida justamente o casamento, a formação de uma família e, quando isso não acontece, sentem-se muito infelizes — argumentou Lara lembrando-se de umas primas solteiras de sua mãe, que vivia se queixando por não ter conseguido se casar.

— O casamento e a formação de uma família são objetivos maravilhosos, mas não podem ser o propósito exclusivo de vida de uma pessoa. Quem tem esse desejo acha que será imensamente feliz quando isso acontecer, mas, passados os primeiros anos de empolgação, descobrirá que ter se casado, mesmo com a pessoa amada, não resolveu sua vida nem tapou o buraco que o vazio existencial deixou em sua alma. Por mais que você ame alguém e que essa pessoa seja maravilhosa, ela não poderá fazer a parte que lhe cabe na evolução de seu espírito e no desenvolvimento de sua consciência. O que nos faz feliz e cura nossa solidão é nossa união conosco, é nosso propósito real de vida, que nos faz nos sentirmos úteis, preenche nossa alma, realiza nosso espírito e nos enche de prazer. Se você procurar saber, se pesquisar, verá que existem pessoas que são sozinhas no sentido de terem um companheiro ou uma companheira, mas que são muito felizes, só fazem o que lhes dá prazer, dizem sim quando sentem vontade e não quando não desejam fazer o que lhes pedem. São pessoas que ficam sempre do seu lado e nunca registram tristeza ou solidão. Em compensação, outras, que são casadas com quem amam, desenvolvem, apesar disso, tristeza, sentimentos de ansiedade, angústia e um vazio no peito que nada consegue preencher. Com o tempo, desenvolvem depressão ou outra doença.

— Interessante, Magali. Nunca havia pensado dessa maneira.

— É porque as pessoas não questionam, não vão além, ficam apenas no senso comum, no que a maioria diz. Não estudam a vida, não sabem como ela funciona, por isso atraem a infelicidade.

— Mas você pensa em ficar sozinha para sempre?

Magali sorriu:

— Não me preocupo com isso. Se alguém aparecer, eu sentir prazer em estar ao lado dessa pessoa e chegar a amá-la, com certeza ficarei com ela, mas, se não aparecer, não ficarei com qualquer um só para mostrar que tenho alguém, para dar satisfação aos outros. Não viverei infeliz ou triste por isso. As mulheres que agem assim atraem homens complicados, dependentes, que criam problemas, e, para se libertarem deles, será um calvário para elas.

Lara ficou calada pensando. Magali tinha razão. Lembrou-se novamente da mãe, que era casada, tinha um marido, mas era profundamente infeliz. Se Marisa tivesse se separado de Sérgio e ficado só, teria sido muito mais feliz.

Percebendo que Lara se calara em reflexões, Magali não disse mais nada e concentrou-se em observar a paisagem que passava pelas janelas do carro.

Guilherme continuava entregue à bebida e à depressão. Após tentar se aproximar do patrão diversas vezes e não ter êxito, Diego decidiu conversar com Laura, aproveitando que ela estava na copa conversando com alguns empregados.

— Dona Laura, preciso conversar com a senhora. Pode me ceder alguns minutos? É importante.

Laura apontou para um livro de receitas.

— Vejam. Este livro tem muitas receitas saudáveis. Precisamos diminuir o consumo de carne vermelha nesta casa. Daqui a pouco, volto. Quero muito desenvolver algumas habilidades na cozinha. Vamos, Diego. O *deck* da piscina tem sombra a esta hora. Vamos conversar lá.

Os dois caminharam em silêncio, e Laura notou o semblante de preocupação do mordomo. Acomodada em uma cadeira, apontou a outra para ele.

— Pelo seu jeito, a conversa será bem longa. É melhor se sentar.

— Dona Laura, só estou procurando sua ajuda, porque sei o quanto anseia pelo bem-estar de seus netos e, creio, pelo bem-estar de todos nós também.

— Custei a despertar, e isso só foi possível por conta da intervenção de Henrique. Você também tem sido um grande orientador nos passos iniciais na compreensão da espiritualidade, Diego. Seja o que for que tenha a me dizer, quero ajudar.

Ele foi direto.

— Doutor Guilherme não está bem. Ele está completamente desequilibrado. Não sei mais o que fazer. Peço que se junte a mim em orações.

— Você sabe que tanto ele quanto Ana Luíza estão sendo influenciados negativamente por desencarnados. Henrique teve a visão de uma mulher atuando diretamente sobre os dois.

— Sei disso, senhora, mas não sei o que fazer.

— Aprendi com você que só atraímos as companhias que necessitam do mesmo reajuste que nós. Não é isso?

— É sim, dona Laura. As companhias são sempre compatíveis com nossas reais necessidades. Emanamos energia todo o tempo. Para mudarmos nossas companhias, isso só acontecerá se modificarmos nossa frequência energética.

— Somos ímãs. Não é isso?

Diego suspirou.

— Não apenas os que estão encarnados. Os desencarnados também! Atração mútua. Minha preocupação é que doutor Guilherme cometa um desatino. Recentemente, ele passou pela perda do amigo por suicídio e agora...

Laura foi enfática.

— Guilherme está envolvido até a raiz dos cabelos com problemas, meu amigo. Ana Luíza também não está imune a essa desorganização emocional. Sinceramente, não sei o que fazer também. Apenas orar.

Dinda avistou os dois conversando e acenou com Henrique e Yuri para os dois. Laura sorriu de imediato.

— Venham até aqui!

Dinda aproximou-se com os meninos, que abraçaram a avó com carinho. Henrique olhou para Laura e para Diego com olhos sérios ao dizer:

— Não fiquem assim tão preocupados. Tudo acontece como tem de acontecer. Se vocês se sentirem assim também, sabem bem o que pode acontecer.

Diego e Laura entreolharam-se. Sabiam que era um espírito de luz que falava através do menino. Mesmo sem dizerem nada um para o outro, entenderam a mensagem do amigo espiritual: a preocupação excessiva não ajudaria em nada e ainda poderia causar um prejuízo maior.

Decidida a não entrar naquela sintonia, levantou-se de repente e, com ar engraçado, pediu:

— Que tal irmos para a cozinha para me ensinarem a cozinhar?

Yuri gargalhou, e Laura reagiu.

— O que foi, menino? Você acha engraçado sua avó querer aprender a cozinhar?

Ele colocou a mão na boca e respondeu que sim.

Alegres, foram em direção à casa e entraram.

❧

Ana Luíza viu Guilherme entrar na biblioteca completamente bêbado e foi atrás dele com a intenção de provocá-lo.

— Parece que o uísque é sua melhor e única companhia ultimamente!

— O que está fazendo aqui? Sabe muito bem que não gosto de ser incomodado por ninguém quando estou trabalhando!

— Que trabalho? Você está completamente bêbado!

— Me deixe em paz, Ana Luíza! Já não bastam as coisas pelas quais estou passando, e você ainda vem azucrinar minha vida? Saia!

— O que há de tão misterioso nessa biblioteca, Guilherme? Você esconde algo aqui?

— O que está insinuando? O que eu esconderia aqui? Dinheiro? Tenho contas no exterior para isso! Aqui é o único lugar em que me sinto em paz nesta casa! Saia! — ele repetiu.

— Você se transformou num bêbado! Seus pais teriam vergonha de vê-lo assim se estivessem vivos! Onde está a sublime educação que você sempre fez questão de afirmar que havia recebido? Deixou na cama de sua amante?

Ele levantou-se enfurecido e desferiu um tapa no rosto da esposa. Ana Luíza retribuiu a bofetada e saiu, deixando-o desatinado.

— Meu Deus! O que eu fiz? O que estou fazendo com minha vida? — ele perguntava-se chorando, de joelhos dobrados no chão e segurando o copo de uísque.

O espírito de Solange sentiu a agonia do filho e ganhou forças para chegar até ele. Chorando também, pediu socorro.

— Como mãe, eu imploro a misericórdia divina na vida de meu filho. Não suporto mais vê-lo sofrer desse jeito, se deixando abater e acabando aos poucos com a própria dignidade!

Atendendo à oração sincera de Solange, os espíritos Cíntia e Caio, imediatamente, apareceram para ampará-la.

Cíntia dirigiu-se a Solange amorosamente.

— Não há mais nada a fazer aqui. Venha conosco e terá condições maiores de prestar o auxílio necessário a seu filho.

— Vocês me garantem isso?

Caio olhou para ela de forma enérgica.

— Já lhe dissemos isso outras vezes, mas você não acreditou. Solange, você está vendo que não conseguirá ajudar seu filho ficando aqui ao lado dele. Seu contato o desequilibra ainda mais. Confie e venha. Só dependemos de sua vontade para levá-la.

Solange olhou para Guilherme. Era muito difícil para ela deixá-lo, ainda mais naquela situação, porém, não tinha outra saída. Ele sofria, e ela, sem poder fazer nada, sofria muito mais vendo-o chorar, se destruir, acabar com a juventude.

Com os olhos cheio de lágrimas, balbuciou:

— Tudo isso passará, meu filho! Confie em Deus!

Não conteve as lágrimas que caíam em profusão por seu rosto ainda bonito, apesar de todo o sofrimento. Beijou o rosto do filho e fez um carinho em seus cabelos. Em seguida, olhando fixamente para Caio e Cíntia, disse emocionada:

— Estou pronta.

Caio e Cíntia envolveram-na num abraço, e, em seguida, Caio colocou as duas mãos sobre a testa de Solange, fazendo-a adormecer lentamente. Viam os fios, que ainda ligavam o corpo astral ao corpo físico, congelado pela criogenia, desaparecem como que por encanto. Eram fios energéticos criados pela ilusão de que Solange tinha de estar presa ao corpo que jazia inerte naquela cripta de vidro.

Em seguida, dois espíritos de enfermeiros vestidos de branco, cheios de luz, entraram no ambiente com uma maca e, com muito carinho e cuidado, pegaram o corpo astral adormecido de Solange, colocaram-no sobre a maca e saíram. Lá fora, um aeróbus os esperava. Os espíritos entraram com a maca no veículo, que foi se elevando do chão e partiu rumo ao céu, transportando Solange à Colônia Campo da Paz. Lá. foram recepcionados por Marisa, Esmeralda e Emília, que, juntas, em emoção e prece, aguardavam a chegada do grupo e esperavam ouvir as instruções do mentor Flávio.

Ainda no jardim que circundava o enorme hospital da colônia, o mentor explicou:

— Solange ficará com vocês e precisará da ajuda de todos nós para ter uma rápida recuperação. Seu perispírito foi bastante danificado pela experiência sofrida com a criogenia e terá de ficar algumas semanas aqui no hospital, onde os médicos designados para o caso dela cuidarão para que seu corpo recupere a saúde e o equilíbrio.

Marisa voltou seu olhar para Caio e Cíntia.

— Nós agradecemos toda a dedicação de vocês.

Caio respondeu de forma direta como era seu costume:

— Não há necessidade de agradecer. Fomos entrelaçados pela vida no pretérito e, agora, devemos nos amparar na fraternidade.

Marisa sentou-se em frente ao jardim repleto de girassóis, e Flávio e Robson colocaram-se ao lado dela.

— Gostaria tanto de acessar algumas memórias. Sinto que isso poderia me auxiliar bastante na expansão de minha consciência e compreensão de tudo o que me aconteceu.

Flávio, que já sabia desse desejo de Marisa, aproximou-se dela e examinou cuidadosamente sua constituição espiritual, fixando o olhar em seu cérebro. Depois de alguns minutos, disse para Robson:

— Chegou a hora. Ela está pronta!

Marisa estremeceu. A vontade de conhecer o passado era grande, mas, agora que isso iria acontecer, sentiu o medo despontar em seu peito.

Percebendo o que ela sentia e que era muito comum em quase todos os espíritos quando iam conhecer seu passado espiritual, Robson disse:

— Vamos, Marisa, coragem! Você queria tanto isso e se equilibrou a ponto de ser liberada para essa experiência. Como você mesma disse, conhecer o passado é a única forma de entender melhor o presente, e, quando o espírito já está preparado para isso, o fenômeno ocorre. Você precisará apenas de algumas horas. Há uma ala específica para isso aqui na colônia. Sou o responsável por este processo.

Esmeralda e Emília aproximaram-se.

— Vá sem nenhum receio! Já passamos por isso, e posso afirmar que é uma espécie de libertação — disse Esmeralda.

Emília tomou a fala.

— Minha querida, o autoperdão é necessário. Somente temos condições de perdoar alguém quando tomamos consciência de nossos erros e perdoamos a nós mesmos em primeiro lugar. Vá! Estaremos ansiosas por seu retorno.

Diante de tanta força e de tanto carinho dispensados pelas amigas, por Robson e por Flávio, que a encorajavam com o olhar, Marisa levantou-se e, já sem nenhum medo, passou a mão pelo braço de Robson. Juntos, seguiram para o departamento onde, finalmente, conheceria a origem de todos os problemas, sofrimentos e de todas as dores que passara na Terra.

Os que ficaram deram as mãos e fizeram uma prece.

CAPÍTULO 40

Marisa entrou num prédio e, em seguida, numa sala que parecia ser de cinema ou teatro. Muito emocionada, sentou-se ao lado de Robson nas poltronas da frente e, em silêncio, viu a tela iluminar-se.

Ela viu-se em meio à neve e ao frio, viajando em uma carroça com outras mulheres. Era madrugada, e a mulher que conduzia os cavalos parou e avisou:

— Desçam! Chegamos!

Marisa mantinha-se encolhida por causa do frio. Estava revoltada por ser obrigada a se afastar de Sérgio, o homem que amava mais que tudo na vida. Fora ele o responsável por ela ter ido parar nas mãos inescrupulosas de Agda, uma cafetina velha e autoritária. Carregava nos braços o fruto desse amor, a pequena Lara. No início da gravidez, tentou em vão conversar com o amante e fazê-lo acreditar que ele era o pai do bebê que guardava no ventre.

Lara choramingava de frio e fome. Agda ordenou que Marisa entrasse com a menina.

— Entre logo! Não podemos chamar atenção antes de nos estabelecermos no povoado! Faça essa criança calar a boca! Cada vez mais, me arrependo de não tê-la obrigado a abortar essa menina.

Marisa tentou responder.

— Ela sente fome, madame! Ou a senhora não se recorda de ter procurado aquela bruxa que vive na floresta de gelo para secar meu leite?

— Cale a boca! Como você pagaria por sua comida, sua ingrata? Fazendo bordados? Você é uma prostituta! Seu trabalho não é distribuir leite pelas tetas! Só não a obriguei a abortar, porque tinha a esperança de que Sérgio assumisse essa criança quando ela nascesse, a levasse embora e, em troca disso, me pagasse muito bem, mas veja só o que aconteceu. Além de duvidar que é o pai da criança, apesar de saber que você era exclusiva dele há mais de dois anos, desapareceu e a abandonou. Já que fiz essa burrada, tenho de aguentá-la. Mas dê um jeito nela! Faça-a parar de chorar ou não respondo por mim.

Marisa entrou com a menina numa casa grande, bem adornada e colocou-a sobre um tapete de pele empoeirado. Enquanto as outras mulheres descarregavam a carroça, ela tentava acender a lareira para amenizar o frio intenso. Com o fogo vívido, conseguiu esquentar um pouco de água numa caneca de ferro e pingou algumas gotas do restante de leite de ovelha que conseguira antes da viagem. Pegou a filha no colo e ofereceu-lhe a bebida quente.

— Juro, Lara, que seu pai pagará caro por esse abandono! Sei que ele vive muito bem com a família, mas, mesmo afirmando que nunca poderia abandonar a mulher e os filhos, que estão lá tendo do bom e do melhor, numa felicidade sem tamanho, Sérgio sempre me prometeu que me tiraria desta vida e me daria um lar decente. Essa felicidade, no entanto, vai durar pouco! Assim que você estiver maior, sairei daqui à procura dele!

O tempo foi passando, e Agda estabeleceu-se no povoado. Evitava usar o piano para não ser denunciada, mas, contrariando as orientações de Nicolai, manteve a jogatina livre para atrair os homens da região. Em pouco tempo, o pequeno bordel passou a ser conhecido por todos.

Novas meninas chegaram ao local procurando pelo apoio e abrigo ofertados pela cafetina. As histórias sempre eram muito parecidas: abandonadas pelos pais ou outros familiares após serem abusadas sexualmente, procuravam o local carregando o fardo pesado da culpa. Agda aproveitava-se desse sentimento e as convencia de que a única forma de sobreviverem de forma segura era por meio da prostituição. De modo geral, logo nas primeiras relações sexuais, as moças engravidavam, e o recurso que Agda usava era sempre o mesmo: buscar a bruxa Esmeralda para provocar os abortos através de beberagens de ervas ou da introdução de cascas e talos venenosos no útero das moças. Quando Agda tinha certeza do efeito positivo das intervenções da velha feiticeira, entregava-lhe uma sacola com moedas, e a mulher seguia de volta ao seu lugar de origem, resguardada por arbustos e pedras vitrificados pelo gelo. Não fossem as promessas constantes de Sérgio de tirar Marisa do bordel e estabelecê-la como amante fixa em outra cidade, teria feito o mesmo quando ela engravidou.

Sérgio ficara com muito ódio da amante e duvidara da paternidade da criança, mas, mesmo assim, Agda alimentava a esperança de que ele voltasse e levasse Marisa em troca de um bom dinheiro, pois sabia que ele gostava muito dela. Decepcionada, a cafetina viu, contudo, Sérgio desaparecer e nunca mais voltar, mesmo depois de saber do nascimento da filha. Agda mandara avisá-lo por meio de um mensageiro secreto. Agora, com raiva de si mesma e não tendo outra solução, tinha de carregar em suas costas o fardo que Marisa e Lara haviam se tornado.

Marisa viu a filha crescer rapidamente. Onze anos já haviam se passado, mas ela nunca abandonou o sentimento de vingança. Assim que o corpo recuperou o viço, voltou a atender os homens como fazia antes.

Numa das constantes visitas de Esmeralda ao bordel, chamou-a num canto.

— Preciso de um favor seu.

A velha, de cabelos brancos, longos e lisos, pele enrugada e olhos negros, respondeu:

— Não faço favores para ninguém.

— Eu posso pagar. Tenho algumas economias.

— Então, podemos conversar. O que quer? — perguntou rindo, com olhos brilhantes de cobiça.

— Pode ficar com minha filha?

— Está louca? Não gosto de crianças! Jamais faria isso. Nem sei por que me pede um absurdo desse.

— Posso pagar! — Marisa insistiu, sacudindo uma bolsa de couro com moedas.

— Por quanto tempo? — Esmeralda perguntou.

— Por apenas alguns dias.

— O que pensa em fazer? Se você se envolver com coisas ruins, terei de criar essa menina e já lhe disse que não gosto de crianças!

— Por favor... — Marisa pediu, colocando Lara ao lado da feiticeira.

Esmeralda olhou para o rosto rosado da menina e sorriu, deixando à mostra a boca desdentada.

— Ela é linda! Por que não cuida dela e esquece esse plano diabólico que tem na cabeça?

— Não terei sossego, enquanto não der fim a uma linda história de amor.

Esmeralda abraçou Lara.

— Me dê as moedas! Ficarei com a menina. Espero que você saiba o que está fazendo. A vida cobra muito caro de quem a desafia.

Marisa entregou a Esmeralda alguns pertences da filha e o saco de moedas.

— E da senhora? A vida não cobrará caro?

Esmeralda novamente riu.

— Sei bem o preço que irei pagar. Assim como vocês, também fui obrigada a escolher um caminho cheio de espinhos. Me entenderei com quem for de direito depois de minha morte — disse, saindo em meio à neblina e forte geada.

Atenta a tudo que vira, Agda não interrompeu. Se Marisa estava querendo livrar-se da criança deixando-a com Esmeralda, seria melhor. Com certeza, Esmeralda a venderia a um casal da nobreza a peso de ouro, como já fizera com outras crianças que lhes foram entregues para esse fim.

Mais tarde, quando conversou com Agda, Marisa resolveu não lhe revelar seus reais planos. Disse apenas que iria procurar alguns parentes na capital para saber da saúde de sua mãe. Como Marisa sempre foi preocupada com a mãe e chorava com saudades dela desde que fora expulsa de casa pelo próprio pai após ser estuprada por um tio, Agda acreditou na história e permitiu que ela viajasse.

Marisa esperou amanhecer e saiu em direção a São Petersburgo. Sabia que na cidade banhada pelo Mar Báltico acabaria encontrando Sérgio. Ele trabalhava na área portuária da cidade, nos barracões onde era armazenado trigo durante a severidade do inverno.

No caminho, trocava sexo por assentos nas carroças. Como levara apenas duas mudas de roupa, chegou imunda à cidade. Disfarçada de pedinte, conseguiu entrar em uma estalagem e esconder-se na sala de banho. Limpou-se o mais que pôde, trocou de roupa e penteou os cabelos.

— Estou pronta! — sussurrou.

Nos arredores do porto, avistou Sérgio com um braço enlaçado ao da esposa. Sem que ele notasse, seguiu-o até uma casa aparentemente confortável, um sobrado ladeado por árvores grandes, cheias de flores e muitas janelas. Não havia muro, e Marisa aproveitou uma janela aberta e, pelo lado de fora, escutou as risadas e a conversa carinhosa entre a família. Num repente, foi descoberta por um jovem e belo rapaz.

— O que há, moça? O que está fazendo aqui espreitando minha casa?

367

Ela empalideceu, e seu coração disparou. Se Sérgio a visse ali antes da hora, todos os seus planos estariam perdidos. Procurou equilibrar-se e rapidamente recobrou o sangue frio, lembrando-se da história que criara durante a viagem para justificar sua presença quando aparecesse.

— Sou viajante. Estou procurando meu pai que desapareceu. Ele trabalhava no porto, mas ninguém o tem visto nos últimos meses. Não sei o que fazer. Vi um homem dando ordens no porto e percebi que era o responsável pela maioria dos serviços ali. Resolvi segui-lo até aqui, mas não tive coragem de chamá-lo.

— Venha! Acho que meu pai poderá ajudá-la. Ele realmente chefia os armazéns.

— Sua mãe não ficará aborrecida?

— Não! Minha mãe é uma boa pessoa. Muito bondosa. Pode vir sem medo. O frio será prejudicial à sua saúde.

Com o coração aos saltos, Marisa acompanhou o jovem. Chegara a hora do embate. Temia Sérgio, mas sabia que, com a história que criara e entrando em sua casa como uma moça desamparada à procura do pai perdido, ele não poderia desmenti-la. Fingiria estar só no mundo, e, se conquistasse a simpatia da família, Sérgio teria que engolir sua presença ali. Com a aparência e a história de moça desamparada, seu plano era conquistar a confiança da família do amante para então executar sua vingança pelo abandono sofrido. Corria o risco de Sérgio afastá-la de lá e de tudo dar errado, mas tinha que arriscar e se vingar. Sentiu medo, mas, ao se lembrar do rostinho de sua pequena Lara chorando de fome, uma forte raiva surgiu-lhe no peito, e ela recuperou a coragem.

O rapaz abriu a porta, entrou na sala, e o ódio de Marisa só aumentou ao ver, pelo lado de fora, o luxo do ambiente. O rapaz seguiu para a cozinha, onde todos estavam reunidos, e chamou a mãe.

— Mamãe! Há uma moça lá fora precisando de ajuda! Ela está procurando o pai há dias. Quis falar com papai, mas não teve coragem.

Rosa sorriu generosa. Era uma mulher madura, mas muito bonita e bem-cuidada.

— Mande a moça entrar, Murilo! Está muito frio lá fora.

Murilo apontou para Marisa após subir os dois degraus que separavam a casa do pequeno terreno.

Rosa olhou para a moça e sentiu vontade de ajudá-la. Tão jovem e já sozinha na vida. Ela também perdera os pais cedo, e fora sua avó quem

368

terminara de criá-la com muita dificuldade até que ficou moça, conheceu Sérgio, apaixonou-se e se casaram. Infelizmente, sua avó Emília, já muito idosa, morrera dois anos depois do casamento.

— Entre! Vamos ajudá-la! Meu marido trabalha no porto há muitos anos. Certamente, conseguirá notícias de seu pai! Qual é seu nome?

— Meu nome é Agda, senhora. Petrov é o nome do meu pai. Não tenho a intenção de atrapalhar — Marisa mentiu sobre seu nome e, propositadamente, usou o da cafetina para a qual trabalhava. Além disso, inventou um nome para o suposto pai.

— Aqui ninguém atrapalha ninguém. Meu esposo Sérgio já se recolheu para dormir, e não gosto de acordá-lo. Ele se levanta cedo, tem o sono pesado e fica aborrecido quando o acordamos antes do horário. Não fosse isso, você já poderia conversar com ele hoje e, quem sabe, obter notícias de seu pai. Se quiser falar com Sérgio, ele acordará cedo amanhã, antes das cinco horas.

Marisa fingiu tristeza ao dizer:

— Eu não tenho onde ficar. O dinheiro que trouxe comigo foi apenas para ficar algumas horas na estalagem a fim de me banhar, trocar de roupa e descansar um pouco da viagem. Vim de longe. De Kolpino, conhece?

Rosa assustou-se:

— Sim, é um povoado muito longe daqui. Como teve coragem de vir sozinha?

Marisa continuou fingindo:

— Minha mãe ficou muito doente depois que meu pai veio trabalhar na capital e agora está praticamente morrendo. Só tenho uma irmã menor que ficou cuidando dela. Eu tinha que ter coragem para vir a São Petersburgo tentar encontrá-lo. Eu e minha mãe tirávamos nosso sustento lavando roupas de alguns nobres que moram no povoado, mas, com a doença dela, não estou conseguindo dar conta do serviço sozinha, e nossos mantimentos estão acabando. O temor da fome e de viver de esmola me fez enfrentar tão longa viagem.

Marisa não sabia bem de onde vinham tantas mentiras nem que tinha tamanha facilidade de mentir de maneira convincente. Sorriu por dentro. Seja lá de onde surgiam aquelas ideias, elas estavam ajudando-a muito. Dava para ver a pena estampada na face branca e muito bonita de Rosa. Marisa não sabia, mas estava sendo inspirada a mentir por um espírito inferior, fato que acontece com todas as pessoas que têm esse hábito ruim, que, se não for contido, se transforma em mitomania, um transtorno psicológico de difícil tratamento.

As mentiras de Marisa fizeram efeito, e logo Rosa foi tomada por uma profunda piedade por ela. Ia começar a falar, mas foi interrompida por Marisa, que mais uma vez falava com voz meiga:

— Não se preocupe, senhora. Sei que está muito frio, quase nevando, mas, se me permitir, posso esperar seu marido acordar passando a noite na frente da sua casa. Poderia me sentar naquela pedra embaixo da tamareira e aguardar o dia nascer.

Rosa que já havia tomado uma decisão e sentiu que esta ficara mais forte ao dizer:

— Jamais deixarei uma moça jovem como você passar uma noite tão fria ao relento. Você passará a noite conosco. Entre. Ficará no quarto de minha filha Olga. Como lhe disse, Sérgio, meu esposo, já está dormindo, mas amanhã cedo falaremos com ele. Venha comigo. Olga é uma moça tão linda quanto você! Tem um gênio difícil e é muito ciumenta com o irmão, mas é uma ótima menina. Não se importará que você durma e descanse um pouco. Logo tudo se resolverá!

Internamente, Marisa tremia de ódio e antevia o prazer em acabar com a felicidade de Sérgio. Fora mais fácil do que ela supôs que seria. Pensara em chegar lá pedindo abrigo e dormir a contragosto na casa de Sérgio, utilizando-se de uma história penosa para ser acolhida por uma noite na casa dele. Pensou que encontraria Sérgio e ele resistiria, mas, diante da encenação que faria, esperava conquistar a simpatia da família dele e ser acolhida. Era um plano que tinha quase tudo para dar errado, mas ela precisava tentar. Diante da facilidade que tudo estava acontecendo, Marisa concluiu que o destino a estava ajudando.

Foi andando com Rosa até a cozinha, mas, quando pararam diante do quarto da filha, Murilo disse com preocupação:

— Mãe, sei que não devemos deixar a Agda passar a noite do lado de fora, mas colocar alguém para dormir dentro de casa, sem o consentimento do papai, pode nos causar sérios problemas. Ele nunca deixou uma pessoa estranha dormir aqui com medo de ser alguém perigoso.

Rosa sorriu com calma:

— E o que uma moça como Agda tem de perigosa? Basta olharmos para seu semblante para vermos que ela necessita de nosso auxílio. Deixe que me entendo com seu pai.

De repente, lembrou:

— Espere! Você deve estar faminta! Tenho uma sopa bem quente e pães. O que acha de se alimentar um pouco antes de deitar?

— Não quero dar trabalho, senhora! Seu filho já teme que seu esposo não goste da minha presença aqui.

— É bobagem de Murilo. Não será trabalho algum. E, quando eu conversar com Sérgio, tenho certeza de que ele entenderá o que fiz! Murilo sai para fazer a guarda na praça durante a noite. Ele é soldado do czar e isso muito nos honra. Um menino jovem e tão responsável. Sempre come alguma coisa antes do trabalho.

Na cozinha, Murilo avisou à mãe:

— Recebi uma ordem de serviço bem diferente para os próximos dias. Ficarei fora e espero que todos aqui se cuidem.

Rosa beijou o filho com carinho.

— Já avisou à sua irmã?

— Sim, mãe. Olga já está até mal-humorada por isso. Melhor deixar a senhorita Marisa em meu quarto. A senhora sabe muito bem como minha irmã é difícil quando fico muito tempo fora.

— Você está certo, Murilo. Nossa hóspede ficará em seu quarto. Olga é geniosa e também já se recolheu para dormir. Não quero que procure confusão com Agda. Tenho certeza de que Sérgio encontrará o pai dela em breve.

Murilo despediu-se da mãe e de Marisa e saiu dizendo:

— Assim que terminar meu trabalho, estarei de volta, mãe. Deixe um abraço para meu pai.

— Achei que voltaria para casa pela manhã, antes de viajar.

— Não, partirei cedo. Já deixei minhas mudas de roupas e outros pertences no alojamento.

— Vá com Deus, meu filho.

Rosa beijou o rosto de Murilo mais uma vez e o abraçou. De repente, sentiu um aperto no peito e uma sensação desagradável de medo. Resolveu esquecer, pois era sempre assim quando Murilo tinha de passar dias fora. Coisas de mãe. Pensando assim, voltou-se para dar atenção a Marisa.

Marisa entrou no quarto oferecido por Rosa e apanhou entre os seios o pequeno frasco que roubara de Esmeralda. Sabia que aquela poção, em pequena quantidade, seria suficiente para executar sua vingança.

Com olhos cintilantes de ódio, disse baixinho para si mesma:

— Se Deus existe, ele está a meu favor. Depois que acabar com essa família imunda e dar a Sérgio todo o sofrimento que ele merece, trarei minha filha para cá. Deixarei o rapaz vivo. Ele precisará de alguém nesta casa e ainda me agradecerá por isso.

Durante a madrugada, retornou sorrateiramente à cozinha e despejou grande parte da poção nos garrafões de barro que armazenavam água e leite. Segundo ouvira a feiticeira explicar, o veneno demorava alguns dias para fazer efeito. Dessa forma, ganharia tempo para escapar e de Murilo retornar, encontrando a família viva ainda. Voltou para o quarto e encolheu-se debaixo das cobertas até adormecer.

O dia clareou, e Marisa ouviu Rosa conversar com Sérgio.

— Mas ela disse o nome do pai?

— Petrov, se não me engano — Rosa respondeu.

— Vou procurar por esse homem. É uma questão de caridade. Imagine uma moça sozinha na vida, sem ter alguém para protegê-la! Agora, me sirva o leite, o pão e a água. Preciso estar bem alimentado. O trabalho no porto é muito pesado. — Fez uma pequena pausa e olhou para Rosa com seriedade: — Temo que sua mania de confiar em todos e querer ajudar a Deus e ao mundo venha a prejudicá-la um dia. A sorte é que, dessa vez, foi apenas uma moça desamparada. Não me admira que você queira colocar um maltrapilho aqui para ajudar.

Rosa sorriu e não disse nada. Ela serviu a Sérgio e foi chamar a filha.

— Venha, Olga. Seu pai já está indo para o trabalho.

Descendo a escada, a jovem respondeu entredentes:

— E Murilo?

— Murilo passará uns dias fora. Você bem sabe como é difícil o trabalho de um guarda do czar. Venha se alimentar.

Olga lavou rapidamente o rosto na bacia de ágata, que ficava sobre um banco feito de tronco de árvore, arrumou os cabelos anelados e foi sentar-se com Sérgio à mesa.

Rosa subiu e bateu na porta de madeira grossa do quarto de Murilo e entrou. Marisa fingiu estar dormindo pesadamente. Não queria que Sérgio a visse e sorriu com o canto da boca quando Rosa disse baixinho:

— Coitada. Deve estar exausta. Vou deixá-la descansar mais um pouco.

Rosa retornou à cozinha e também se serviu de água, pão e leite.

— Onde está a moça? — Sérgio perguntou.

— Ainda está dormindo. Caminhou muitas léguas, viajou de carroça e chegou aqui num estado de dar dó. Mais tarde, irei chamá-la.

Assim que Sérgio saiu, Marisa arrumou o vestido amarrotado e foi encontrar Rosa e Olga na cozinha.

— Perdoem-me. Acho que perdi a hora. Bom dia.

Rosa já preparava um assado no forno à lenha.

— Sente-se, minha querida. Esta é Olga, minha filha mais nova. Olga, esta é Agda.

Marisa desculpou-se.

— Obrigada. A senhora é uma pessoa muito bondosa, mas sonhei com meu pai e tenho certeza de que ele foi para outro lugar. Lembro-me bem de que, quando eu era criança, ele sempre se refugiava longe do mar para se curar de dores musculares. Creio que já sei onde poderei encontrá-lo. Deixe meus agradecimentos a seu esposo e a seu filho. Prometo-lhe que retornarei quando encontrá-lo. Tenho certeza de que meu velho pai fará questão de agradecer pessoalmente tamanha gentileza.

Rosa estranhou:

— Mas você vai acreditar num sonho? Você está em uma situação difícil, sua mãe está doente! Não pode sair por aí por causa de um sonho. Não vou permitir que faça isso. Vamos esperar Sérgio chegar. Ele certamente a ajudará a encontrar seu pai.

Marisa sentiu um frio na barriga. Se Rosa insistisse naquilo, seria difícil para ela sair dali. Intimamente, desejou que alguma mentira convincente lhe surgisse à mente para conseguir sair rapidamente daquela situação. Pouco depois, os espíritos que a ajudavam a mentir aproximaram-se dela e, abraçando-a com prazer, a inspiraram.

Marisa assumiu um semblante enigmático ao dizer:

— Sabe... desde pequena, tenho esses sonhos estranhos. Eles sempre acontecem. Desde que meu pai desapareceu, tenho rezado, pedindo que, em um desses sonhos, algo me dissesse onde ele está, mas não aconteceu. Essa noite que dormi aqui, talvez por estar mais tranquila e ter sido tão bem recebida pela senhora, isso aconteceu.

Rosa sentiu um temor supersticioso. Sabia que várias pessoas eram assim: sonhavam, adivinhavam coisas, prediziam. Ela tinha medo daquilo. Pensando bem, aquela moça era estranha. Talvez tivesse errado em hospedá-la.

Percebendo que Rosa ficara com medo, Marisa, rindo por dentro, continuou:

— Uma vez, sonhei que uma casa próxima desabaria e que todos que moravam nela morreriam. Fui avisar ao dono, mas ele, além de não acreditar em mim, foi grosseiro e me expulsou. Três dias depois, a casa, que parecia muito segura, desabou matando todo mundo. Foi uma tragédia. O sonho que tive com meu pai me indicou a possível localização de onde ele está. Por isso, agradeço sua bondade, dona Rosa, mas, se me permitir, irei embora após o café. Preciso achar meu pai. Serei guiada pelo espírito que sempre me segue, mas que havia sumido. Ele, contudo, apareceu de novo essa noite, aqui em sua casa. Tenho certeza de que foi ele quem me mostrou no sonho o local onde meu pai está.

Tanto Rosa quanto Olga estavam tremendo por dentro. Ambas temiam aquelas coisas e, naquela hora, Rosa percebeu o quanto aquela moça era estranha. Imediatamente, ela concordou com Marisa e sentiu-se aliviada quando a viu partir. Em seguida, chamou Olga para orar. Estavam com o coração apertado e precisaram recorrer a Deus.

❧

Marisa retornou ao povoado da mesma forma que chegou em São Petersburgo. Antes de procurar por Agda, foi ao encontro de Esmeralda. Para garantir a segurança da filha, seguira a feiticeira algumas vezes e descobrira a cabana fétida em que ela se escondia. Ao chegar, foi recebida com espanto pela bruxa.

— Já fez seu serviço? Conseguiu seu intento?

— Fiz e muito bem-feito. Preciso apenas passar alguns dias aqui até poder retornar com minha filha.

Lara era uma bela menina já entrando na puberdade.

— Mamãe, dona Esmeralda foi tão boa comigo! Gostei tanto dela! Podemos ficar um pouco mais aqui?

Marisa abraçou a jovem filha com carinho. Notando bem, a cabana onde Esmeralda vivia não era tão fétida. Por dentro, era um tanto aconchegante e agora parecia mais arrumada. Notou também que Lara estava feliz ali, diferente de como se sentia no bordel de Agda, onde era maltratada pela cafetina, que já começara a querer leiloar a virgindade da jovem. A ideia era repugnante para Marisa, por isso, diante do pedido da filha, disse:

— Se dona Esmeralda permitir, é tudo o que desejo!

A feiticeira resmungou e depois sorriu.

— Sua filha me trouxe um pouco de alegria. Cuidado, porque ela sangrou. Virou mulher.

— Tomarei cuidado. Ela terá uma vida de princesa. Posso lhe garantir.

Abraçando a filha novamente, foram dar um passeio em torno da floresta que circundava a cabana.

Três dias depois, Sérgio, que já vinha se sentindo mal, assim como sua mulher e sua filha, sentiu uma forte tontura no armazém de trigo e solicitou sua ida para casa. Ao chegar bambeando e com os reflexos motores alterados, encontrou Rosa agonizando sobre o fogão à lenha. Reuniu forças para tirá-la daquela posição e, desesperado, viu um filete de sangue escorrer pelo canto da boca da mulher que ele amava verdadeiramente. Escorregou e esfolou as costas na parede da fornalha, que estava com a temperatura elevada, e gritou pela filha num fio de voz.

— Olga... Olga... Socorro... Chame alguém... Rosa, meu amor... Qual é o nome da moça que esteve aqui?

— Agda... Agda...

Num último lampejo, Sérgio recordou-se das ameaças da amante, que ele havia engravidado no bordel da cafetina Agda.

— Foi ela... foi Marisa... — ele disse, colocando as mãos na cabeça e entregando-se à frieza da morte.

O corpo inerte de Olga estava sobre a cama. Da boca e dos olhos esbugalhados saía uma espuma espessa com nervuras sanguíneas. A vingança de Marisa estava concluída.

CAPÍTULO 41

Quando Murilo chegou à porta de casa, encontrou dois guardas do porto.

— O que houve? — perguntou assustado.

— Uma tragédia. Sua família...

O rapaz não deixou que terminassem. Entrou na casa e deparou-se com o corpo sem vida da irmã sendo envolvido por uma manta de couro. Os corpos de Rosa e Sérgio, já envolvidos pelo mesmo tipo de manta fúnebre, estavam estirados na cozinha.

Murilo chamou os guardas:

— Pelo amor de Deus! O que aconteceu com eles? Foram assassinados?

— Não! De acordo com o médico do porto, eles ingeriram água e leite contaminados por dejetos de animais. A casa foi toda vasculhada. Há ratos por vários lados neste lugar. Devem ter entrado por uma janela aberta e acabaram contaminando os galões de água e leite que estavam abertos.

Murilo prendeu o choro e foi preparar o sepultamento dos pais e da querida irmã Olga. Em seu íntimo, a dor era tanta que ele sabia, tinha plena certeza, de que nunca mais encontraria alegria de viver. Jamais passou por seu pensamento de alma bondosa que a moça que dormira em sua casa tivera algo a ver com isso.

Lara contava cerca de quatorze anos e aprendera muitas coisas com Esmeralda. Nunca mais voltou ao bordel e aprendera a viver em meio à natureza e amar Esmeralda com todas as forças de seu coração. Mesmo sendo para todos uma bruxa repugnante, a idosa era para Lara um anjo bom, que lhe dera amor, a instruíra muito, fora carinhosa com ela e acolhera sua mãe, Marisa, não permitindo que voltasse a viver no bordel e fosse explorada por Agda.

Com tristeza, chorou ao ver a velha amiga se despedir numa noite em que o frio intenso aumentava seu frio interior, provocado pela angústia da iminente perda da amiga.

— Preciso ir, querida Lara. Chegou minha hora.

— A senhora é forte! Resistirá a essa doença maldita e ainda terá muita saúde.

— Oh, meu anjo, sei que quer me consolar, mas a morte me chama. Minha obrigação é ir ao encontro dela no seio da floresta. Não posso me demorar mais por aqui.

— Não entendo... Juro que não entendo — disse Lara chorando. — Queria que a senhora vivesse pra sempre. Não entendo!

— É simples. Tudo tem um tempo determinado. Há um ser muito superior a tudo que conhecemos. Fiz o que queria de minha vida para sobreviver. Muito cedo, fui iniciada nas artimanhas da feitiçaria. Via além do que os olhos humanos conseguem enxergar. Na igreja, entre os santos, fui chamada de endemoniada e precisei fugir para não ser queimada na fogueira. Na família, a rejeição me encontrou. Foi na floresta, entre as ervas, a terra, o fogo, a água e os espíritos elementais, que consegui ter sossego. Eu me arrependo de quase tudo o que fiz, menos de ter cuidado e zelado por você. Com você, aprendi que o amor pode modificar muitas coisas. Cuide bem desse sentimento tão sublime que carrega em si, minha pequena. Não se iluda com o poder do dinheiro nem com o que é passageiro.

Lara abraçou-a fortemente.

— Um dia, nós voltaremos a nos encontrar, dona Esmeralda?

— Se assim quiser o Pai de todos os seres, sim! Quero retribuir tudo de bom que você me fez, todos os sentimentos bons que despertou em mim. Muito obrigada, Lara. Através de você, pude conhecer o mais sublime dos sentimentos: o amor. Descobri que nada neste mundo é mais forte que ele. Se tivesse conhecido o amor antes, talvez não tivesse feito tudo de ruim que fiz.

Marisa e a filha levantaram Esmeralda da cama e, com dificuldade, levaram-na para uma clareira no meio da floresta.

— É aqui! — disse Esmeralda. — De agora em diante, preciso seguir sozinha. Adeus!

Sob o choro abafado de Lara e o pranto contido de Marisa, Esmeralda foi andando até que uma misteriosa neblina a envolveu, fazendo-a desaparecer no meio da mata fechada.

As duas, sentindo a partida da amiga, voltaram para a cabana e sentaram-se em frente à pequena lareira.

— O que faremos, mamãe? Não sabemos como sobreviver aqui sozinhas. Era ela quem caçava os pequenos animais e colocava alimento na mesa. Era ela, com o dinheiro dos trabalhos que fazia, que alimentava as aves e as ovelhas que usávamos para nosso sustento..

Marisa acariciou os cabelos da jovem e olhou para o estrado de madeira onde Esmeralda descansava todos os dias. Sob o estrado, havia um baú de chumbo.

— Veja aquilo ali. Se eu estiver certa, dona Esmeralda fez muito mais em nossas vidas do que simplesmente nos trazer a caça como alimento e criar animais.

Marisa puxou o baú com dificuldade e sentou-se no chão com Lara.

— Vamos abrir? — perguntou.

Lara balançou a cabeça.

Marisa girou a chave com cuidado e levantou a tampa do baú. Surpresa, colocou a mão na boca:

— Veja! Dona Esmeralda nos deixou uma boa fortuna, minha filha! — exclamou apontando para muitas sacolinhas que guardavam moedas de ouro e prata, joias e pedras preciosas.

— Como ela conseguia esse dinheiro, mãe?

— Com os serviços que prestava, ela não recebia apenas poucas moedas. Sei e vi muitas coisas que você são sabe nem viu. Dona Esmeralda fazia questão de que você não soubesse, pois não queria lhe passar mais maus exemplos do que já passava e pelos quais se culpava. Mas não se importe com isso agora. Providenciarei uma moradia decente e uma vida melhor para você. Antes de morrer, dona Esmeralda, talvez já pressentindo isso ou tendo sido avisada pelos espíritos que a serviam, me disse que juntou todo esse dinheiro para você e me pediu que lhe entregasse no dia em que ela morresse. Precisarei me ausentar por uns dias para conseguir

378

roupas novas e uma carroça com bons cavalos. Nossa vida mudará, filha! Prepare-se para isso.

Assim que amanheceu, Marisa colocou duas mantas numa trouxa, apanhou pão e água e despediu-se da filha.

— Não se afaste da cabana. Deixe a porta exatamente como dona Esmeralda lhe ensinou. Feche todas as trancas e não atenda ninguém. Juro que não irei demorar.

Marisa afastou-se e procurou caminhar à margem do povoado. Não queria correr o risco de encontrar ninguém do bordel. Estava afastada fazia alguns anos e não tinha a intenção de ser pega por Agda. Vislumbrava um futuro diferente para a filha.

Andou até a exaustão e, num povoado limítrofe de São Petersburgo, pensou em Sérgio.

— Todos estão mortos. Não preciso temer absolutamente nada.

Entrou no pequeno povoado e dirigiu-se a uma tenda de comerciantes. Sob o olhar desconfiado do dono, escolheu vestidos para ela e para Lara. Apanhou uma sacola que guardava entre os seios e separou as moedas para o pagamento. O homem, baixinho e robusto, desconfiou.

— Onde a senhora conseguiu esse dinheiro?

— Esse dinheiro é meu, senhor. Salteadores me atacaram na estrada. Tomaram-me as roupas e a carroça. Deixei minha filha pequena escondida numa estalagem, mas não posso demorar. Tenho que buscá-la e retomar meu caminho a São Petersburgo. Minha mãe me espera e deve estar bastante preocupada.

O homem apanhou as moedas e sorriu interessado na sacola com o restante do dinheiro.

— A senhora ficou sem sua carroça? Posso conseguir uma bem confortável e com cavalos saudáveis.

Marisa entregou-lhe o saco de couro.

— Isso paga a carroça e os cavalos. Quero o mínimo de conforto. Viajarei algumas léguas ainda.

Feito isso, o homem entregou-lhe a carroça e os cavalos, e Marisa voltou para a cabana.

Marisa e Lara entraram em São Petersburgo no cair da noite. Ansiosa pelo descanso, saudou um guarda do czar em frente à catedral.

— Boa noite, senhor. Preciso encontrar uns amigos. Venho de longe.

O guarda dirigiu-se a ela solícito.

— Qual é o nome do chefe dessa família, senhora?

— Sérgio. Senhor Sérgio é o nome dele. É o marido da senhora Rosa, trabalhador dos armazéns de trigo.

— Sinto muito. Eles morreram faz tempo, vítimas de uma doença misteriosa. Apenas o filho sobreviveu.

— Murilo está vivo? — ela perguntou surpresa.

— Sim. Ele agora é oficial médico da guarda.

— Mora no mesmo lugar?

— Não! A casa foi queimada por conta da doença dos pais e da irmã. Vou lhe indicar a casa do doutor Murilo. Não é longe daqui.

Marisa atiçou os cavalos e seguiu na direção apontada. Durante todos aqueles anos, temeu que alguém tivesse desconfiado de que a família morrera envenenada. Como só o rapaz sobrevivera, sobressaltou-se ao pensar na possibilidade de ele estar à sua procura como única suspeita do crime, mas não seria possível deduzir envenenamento. Na época, Esmeralda lhe garantira que a poção usada não deixava nenhum vestígio de veneno no corpo das vítimas. Agora, tinha certeza. Todos pensaram que a família morrera vítima de uma doença misteriosa. Não havia perigo em procurar Murilo.

No caminho, conversou com a filha.

— Estou me esforçando muito para lhe ofertar uma vida com mais conforto e dignidade. Só lhe deixarei uma ordem: repita a história que contarei para qualquer pessoa. Mantenha esse segredo muito bem guardado até o dia de sua morte. Você entendeu?

Lara balançou a cabeça afirmativamente.

— Nem sobre dona Esmeralda devo falar?

— Esqueça todo o seu passado! Isso é para nosso bem e é uma ordem! Simplesmente me obedeça!

Marisa saltou da carruagem e sinalizou para que a filha aguardasse.

— Fique aí e espere.

Dirigiu-se à porta da casa indicada pelo guarda e chamou Murilo.

— Senhor Murilo! Senhor Murilo!

Ele abriu a janela e surpreendeu-se. Demorou um pouco para responder até se certificar.

— Agda? É você mesmo?

Ela fez o sinal da cruz e juntou as mãos simulando alívio e agradecimento.

— Que bom que o senhor se recorda de mim! Achei que, com o tempo, tivesse me esquecido, afinal, só nos vimos uma vez. Soube da tragédia que se abateu sobre sua família. Que tristeza! Que tristeza!

Ele saiu da janela e abriu a porta.

— Tenho procurado a senhora desde que perdi minha família. Uma antiga vizinha me contou que a senhora foi embora no dia seguinte, porque havia descoberto o paradeiro de seu pai. Confesso-lhe que fiquei bastante preocupado. Muito tempo se passou desde aquela noite.

— Sim. Eu o encontrei às margens do Báltico com apenas um fio de vida. Hoje, tenho apenas a companhia de minha sobrinha órfã. Quis retornar a São Petersburgo para manter viva a memória de meu pai, que muito me honrou com uma pequena herança. Preciso encontrar uma casa decente para morar. Pretendo viver aqui.

Murilo olhou para a carroça e encontrou os olhos profundos e assustados de Lara. Encantou-se de imediato.

— Entrem. Se não se importar, poderão ficar em minha casa até encontrarem uma moradia digna e segura.

— Não sei. Minha sobrinha é muito jovem. Não quero que fique falada na cidade.

Murilo reagiu.

— Fique tranquila. Sou um homem honrado e médico bastante conhecido. Todos aqui me conhecem muito bem e sabem de minha reputação. Vou ajudá-la a descarregar a carroça, dona Agda. — Murilo resolveu chamar Agda de dona, devido ao fato de ela ter envelhecido. Pensava ser essa a melhor forma de tratamento.

Marisa entrou com Lara na casa. A jovem olhava para tudo com deslumbramento, e a mãe chamou a atenção dela num sussurro.

— Acabe com essa cara de surpresa! Ele não pode desconfiar de nada. E, a partir de agora, esqueça que sou sua mãe e me chame de tia. Entendeu? Se a interrogarem sobre o passado, finja chorar. Assim, não correrá o risco de errar a história.

Lara respondeu baixinho:

— Já entendi, mas estou espantada com essa casa. Vivi num bordel e numa casa no meio da floresta até uns dias atrás... nunca havia entrado em um ambiente tão bonito.

— Pois mude essa expressão de espanto e fique calada!

Lara mordeu os lábios e recostou-se tímida num canto da sala. Murilo entrou com a última bagagem.

— Pronto! Agora levarei tudo isso para o quarto que vocês ocuparão. Amanhã mesmo, providenciarei uma casa à altura das duas. Vou pedir a Magali, antiga amiga de minha mãe, que prepare uma refeição para vocês. Se quiserem, o quarto de banho tem água quente no tonel.

Novamente, Murilo buscou os olhos negros de Lara com encantamento.

— Qual é a idade dessa linda jovem?

Marisa notou o interesse de Murilo pela filha. Conhecia muito bem o olhar dos homens e não permitiria que ele se aproximasse da irmã, afinal, Lara era filha de Sérgio, assim como Murilo. Fora prostituta, tivera uma vida desregrada, mas achava o incesto um pecado grave que jamais deixaria a filha cometer. Por isso, respondeu rápido, apelando para suas tão criativas mentiras:

— Ela tem pouca idade, doutor. Muita pureza e uma séria e incurável doença. Tem convulsões horríveis. Por isso, não posso nem devo deixá-la sozinha um só minuto.

— A senhora já procurou médicos?

— Sim. Muitos. Não há cura! Alguns falam em algo muito sério na cabeça, porque às vezes ela vomita sangue. Por essa razão, quero encontrar logo uma boa casa para que ela viva sem sustos e preservada dos olhares de outras pessoas. Entendeu?

Murilo insistiu.

— Ela não parece doente... Muito pelo contrário.

— Doença silenciosa, doutor. Só nas crises ela se apresenta.

— Entendo — ele respondeu com compaixão. — Como se chama essa doença? Sou médico e posso tentar tratá-la de outra maneira. Quem sabe eu consiga uma melhora maior.

Pega de surpresa, Marisa não soube inventar um nome de doença que fosse convincente. Rapidamente, assumiu um semblante triste e disse:

— A doença de minha sobrinha não tem cura, e não quero dar mais falsas esperanças a ela. Lara terá que conviver com essa sina até o fim de seus dias. Para mim, é muito desagradável falar sobre o assunto, doutor. Peço que não volte mais a ele.

Murilo entendeu e avaliou o sofrimento daquela tia tendo uma sobrinha tão linda e jovem e já sofrendo tanto por uma doença incurável. Resolveu respeitá-las e não perguntar mais nada.

Enquanto Marisa ficava mais aliviada por Murilo ter entendido sua justificativa, Lara, a um canto, começava a ver um lado da mãe que ela desconhecia: uma exímia mentirosa e especialista em representar. Aquilo não a agradou nem um pouco, porém, resolver não dizer nada. Estavam sozinhas no mundo, e sua mãe devia saber o que estava fazendo. Marisa dizia-lhe sempre que seu pai fora um homem que ela amou muito no bordel, que era exclusiva dele, mas que, quando soube que ela estava grávida, a abandonou e saiu do país com a família temendo um escândalo. Agora não tinha mais certeza se a história que a mãe sempre lhe contava era verdade. Por outro lado, quando tocavam no assunto, dona Esmeralda dizia que era verdade, e nela Lara podia confiar.

⁓⃝

Marisa e Lara já estavam acomodadas em uma boa casa. Felizes, buscavam viver em harmonia. Murilo, sempre que podia, ia visitar as duas. Via no rosto de Lara algo bastante familiar e nutria por ela grande carinho. Marisa tentava em vão afastá-lo da filha. Se ele continuasse a demonstrar interesse pela jovem, seria obrigada a sair da cidade. Diferente do pai, Murilo aparentava ser um rapaz de sentimentos nobres, mas era irmão de Lara, e Marisa não conseguia nem imaginar uma aproximação amorosa entre os dois.

Marisa tinha razão. Além de estar se apaixonando por Lara, Murilo sentia um desejo forte de tomá-la nos braços e levá-la para a cama, onde a amaria com intensidade. Esse desejo o corroía dia e noite, e estava difícil de se conter.

⁓⃝

Numa manhã em que um rasgo de sol iluminou a cidade, Murilo chegou sorridente.

— Vejam! Tenho uma bela surpresa para vocês!

Marisa, que estava arrumando a casa com Lara, animou-se.

— Qual surpresa, doutor? Não posso imaginar o que seja.

— O conde Guilherme Kaviskov dará uma festa e abrirá as portas de seu palacete após um longo período de luto pela morte da esposa. A filha, Anna, será apresentada como sua única herdeira. Querem conhecer a nobreza de São Petersburgo? Dizem que o czar estará presente. Fui convidado e posso levar até três pessoas comigo.

Lara interessou-se de imediato. Já fazia três anos que estavam na cidade, e ela pouco saía. As idas ao mercado popular na companhia da mãe eram sua única diversão. Viu no convite uma maneira de escapar um pouco do controle exagerado e doentio exercido por Marisa. Aprendera a amar a liberdade com a bruxa Esmeralda e não considerava justo ser mantida trancada em casa. Além disso, sentia muito tédio. Era a chance de fazer algo diferente.

— Podemos ir, titia?

— E suas crises? Será que a aglomeração de pessoas e a música alta não podem desencadear uma convulsão? Não é conveniente que as pessoas assistam a uma cena desse tipo!

— Titia, os ares de São Petersburgo me fizeram muito bem. Foram poucas as crises nesses três anos. Vamos, por favor!

Murilo reforçou o pedido de Lara.

— Vamos, senhora Agda. Ficarei atento a qualquer sinal de descompensação de sua sobrinha. Sou médico, esqueceu?

Ela cedeu.

— Precisamos, então, comprar roupas novas! Não temos nada adequado para uma festa de nobres.

Lara enlaçou-a pelo pescoço com alegria.

— Obrigada, ma... Titia!

Marisa desconcertou-se com a falha da filha.

— Já lhe disse que não gosto que me chame de mãe. Criei e a crio como filha, mas não quero que apague a memória de minha querida e saudosa irmã.

Lara abaixou os olhos.

— Perdoe-me. A senhora está certa. Vamos às compras? Preciso também de novos sapatos e polainas.

Depois que Murilo saiu e terminaram os afazeres domésticos, as duas, animadas, foram às compras.

CAPÍTULO 42

Murilo chegou pontualmente à casa de Marisa, que conhecia como Agda. Não imaginava quem ela era na realidade, muito menos que fora a assassina de sua família.

Estava elegantemente vestido e esperou que as duas saíssem para conduzi-las à carruagem. Lara estava divinamente linda, e ele ficou boquiaberto. Disfarçando seu encantamento, perguntou:

— Estão prontas? O conde preza demais a pontualidade. Não devemos nos atrasar — disse, tocando no ombro do cocheiro para indicar o momento da partida.

No caminho, Marisa tramava o afastamento definitivo de Murilo de sua filha. Estaria atenta aos frequentadores da festa, e o primeiro que se aproximasse de Lara seria o escolhido. Sabia como ninguém manipular os homens.

Murilo conduziu as duas pela entrada do palacete e foi saudado com formalidade pelos guardas a postos. Logo à entrada do salão principal, o conde veio recebê-lo.

— Doutor Murilo! Muito me honra sua presença! Vejo que está muito bem acompanhado! — exclamou, olhando para Lara extasiado.

Murilo tratou de apresentá-las.

— Estas são a senhora Agda e sua sobrinha Lara. Estão em São Petersburgo há alguns poucos anos.

— É um prazer imenso recebê-las. Hoje, após grande período de luto devido à morte de minha esposa Solange, presenteio minha filha Anna com esta festa. Não reparem se eu não parecer tão alegre como o momento exige.

Marisa estendeu delicadamente a mão direita para que o conde a beijasse, e assim ele procedeu. Naturalmente, o conde puxou a mão de Lara, encostando levemente os lábios na luva cor de pêssego.

— Estou encantado com a presença de vocês. Fiquem à vontade. Assim que terminar de receber meus convidados, conversaremos um pouco mais. Com licença.

Murilo levou as duas até um sofá de fina estamparia e madeira entalhada. Acomodou-as e saiu para cumprimentar alguns amigos presentes. Lara olhou para Marisa.

— Que lindo é este lugar! Estou muito feliz, titia!

— Tudo é realmente lindo! Viu como o conde é um belo homem? Jovem demais para ser viúvo. Como deve ser difícil criar uma filha assim, sem a presença da mãe.

Lara riu de forma sarcástica.

— Com essa riqueza toda, deve ser bastante fácil. Difícil seria se a menina tivesse de passar um tempo em bordéis e, depois, se refugiar numa cabana no meio da floresta.

Marisa olhou para Lara com reprovação.

— Essa história nunca existiu! Esqueça-a! Veja! O conde está vindo em nossa direção com uma jovem. Deve ser a filha dele. Isso é um bom sinal.

Marisa e Lara ficaram de pé diante de Guilherme, que apresentou a filha.

— Esta é minha maior preciosidade: minha filha Anna.

Anna saudou-as com a cabeça e olhou para o pai.

— Onde está Odete?

— Lá dentro com os outros serviçais.

— Pois ela é minha convidada especial. É a pessoa que substituiu minha mãe. Sem ela, não ficarei no salão.

O conde olhou para a filha pesaroso.

— Vá, Anna! Chame sua ama. Ela tem minha permissão para ficar no salão.

O conde sentou-se em frente a Lara e passou a admirá-la. Do lado extremo do salão, uma suave melodia executada no piano fê-lo sorrir.

— Esta era a música preferida de minha falecida esposa Solange. Dançávamos muito nos dias festivos. A vida foi cruel em tirá-la de mim tão precocemente. Se eu tivesse poder, a deixaria mumificada pela eternidade. Sugeriram-me isso, mas sou temente a Deus. Não quis alterar os desígnios dEle. Sonho com o dia em que vencerei esse temor e em que as pessoas possam mumificar aqueles a quem tanto amam e morreram, para que não precisem nunca mais enterrá-los.

Lara tomou a palavra. Naquele momento, sua verdadeira personalidade manifestou-se com mais intensidade diante do luxo e da beleza daquele homem. Sentiu uma forte atração pelo conde e sabia que, se conseguisse seduzi-lo, seria uma libertação para sua vida. Murilo olhava-a de longe desolado.

— Senhor conde, qual era a idade de sua esposa amada?

— Solange nos deixou muito cedo, com pouco menos de trinta anos. Anna ainda era uma menina e ficou muito abatida. Éramos muito ligados. Minha esposa era uma mulher incrível, sociável, linda e excelente mãe.

— Imagino sua dor e o sofrimento de sua filha Anna. Deve ser muito difícil passar por tudo isso.

Anna chegou na companhia de Odete.

— Pronto, papai. Agora estou satisfeita! Vejo que o senhor continua sendo um ótimo anfitrião. — Ela ironizou com ciúmes. Sem saber explicar o porquê e recriminando-se muito, sentia um intenso desejo sexual pelo próprio pai. Chegava a se imaginar com ele na intimidade da cama, amando-o com loucura. Odete, horrorizada, dizia que a jovem estava tomada por Belzebu, o príncipe dos demônios, e que ela deveria orar muito e se confessar toda semana. Até o padre Lourenço se assustava com as confissões da menina e se benzia muito com medo. Mas, apesar de tanta oração, o desejo prosseguia intenso.

Sem notar o tom irônico das palavras da filha, ele respondeu:

— Sim, minha filha. Não posso esquecer as preciosas lições de boa convivência que sua mãe nos deixou.

Odete olhou para Lara e Marisa e sentiu uma repulsa imediata. Um arrepio percorreu-lhe a coluna, e ela sentiu os pelos do braço eriçados. Imediatamente, a ama resolveu afastar-se com Anna.

— Anna, vamos falar com os demais convidados? A festa hoje é em sua homenagem. Todos estão ansiosos para ver como você cresceu e está linda.

Guilherme fez um gesto com a mão, concedendo às duas o direito de se afastarem. Sem querer, esbarrou no braço de Lara e sentiu-se fortemente impactado. A chama do desejo surgiu intensa no mesmo instante.

— Perdoe-me, senhorita. Foi sem querer.

Igualmente excitada, Lara reagiu de imediato com um olhar sedutor.

— Não há razão para se desculpar, conde! Nada me importuna.

Murilo chegou perto e convidou Lara para dançar.

— Você já dançou alguma vez na vida, Lara?

Ela baixou os olhos envergonhada.

— Não. Essa é a primeira festa que frequento desde... Enfim, não quero falar de coisas tristes. O senhor conde não merece ouvir meus lamentos.

Guilherme interessou-se pela maneira cuidadosa com que a jovem o tratou.

— Se me permite, doutor Murilo, gostaria de ter a honra de ser o primeiro a conduzir a senhorita pelos mistérios da dança.

O médico afastou-se contrariado. Pelos rumores que rondavam a cidade, Guilherme não se deixava vencer em nada. Sabia que ele andava à procura de uma nova esposa e teve certeza de que Lara fora escolhida para ocupar esse lugar. O conde, apesar de muito rico e de possuir elevada posição na sociedade russa, era um homem simples e sem preconceitos. Não havia dúvidas, pelo olhar que ele lançara a Lara, que ele a tomaria por esposa. Uma enorme tristeza invadiu o coração de Murilo, que se afastou do grande salão, indo buscar o ar fresco dos jardins.

Guilherme conduziu Lara pelo salão com leveza. Sentia o próprio corpo vívido e o coração aos saltos. Ela também experimentava um grande êxtase, sentindo o calor do corpo másculo do conde. Marisa observava-os de longe. Não deixaria a filha passar pelo que passara sendo amante de Sérgio. O conde também era a melhor saída para afastar Lara das investidas do irmão. A coisa que mais temia era um envolvimento incestuoso entre Murilo e Lara. Se isso acontecesse, seria obrigada a contar toda a verdade, inclusive revelar que era a assassina do pai e de toda a família do médico. Aquilo jamais poderia acontecer.

Todos os convidados acompanhavam os passos do conde e de Lara. Entre cochichos, perguntavam-se quem era a bela jovem. Anna torceu as mãos com raiva, e Odete a conteve.

— Calma, Anna! Seu pai está apenas se distraindo!

— Ela tem quase minha idade! Isso é horrível! — a menina exclamou.

— Ela é bem mais velha que você! Os homens são assim mesmo. Não se controlam diante da beleza feminina. E, quanto à idade, é comum que eles escolham mulheres mais jovens. Você mesma está prometida para um nobre bem mais velho que seu pai.

— Já lhe disse que, se isso acontecer, eu fugirei! Não quero me casar com um velho! Além do mais, você sabe o que sinto pelo meu pai. Jamais aceitarei que se case com outra. Eu o desejo!

Odete corou:

— Fale baixo! Nunca mais repita essas coisas em meio a outras pessoas. Você está enleada pelo satanás e precisa esquecer isso. Além do mais, as mulheres não têm escolha! Nunca terão escolha, Anna! Agora, comporte-se como a situação exige.

Enquanto dançava, Guilherme recordava-se do amor que ainda sentia pela esposa. Sabia, entretanto, que não poderia se manter viúvo por muito tempo. Aproximou um pouco o rosto e sussurrou:

— Você é encantadora, Lara. Que delicioso frescor você me faz sentir.

Ela simulou certo desconforto.

— Senhor conde, por favor, fico envergonhada com essas palavras. Não sou uma qualquer apenas por ser órfã. Muito pelo contrário. Minha tia me criou com extremo rigor.

Ele sorriu.

— Isso me encanta ainda mais.

Num ímpeto, mas muito seguro do que queria, pediu:

— Posso visitá-la em sua casa?

— Como assim? Com que intenção? — O coração de Lara estava aos saltos, e ela mal acreditava no que estava acontecendo. O conde de fato estava interessado nela, e aquilo era tudo no mundo.

Fingindo excessivo moralismo, tornou:

— Não sei se é certo nem se me tia permitiria a visita de um homem em nossa casa.

— Pode deixar comigo. Convencerei sua tia. Basta que para isso você me diga apenas uma coisa: você quer?

Ela demorou a responder e, por fim, disse:

— Quero, quero muito. Só lhe peço, senhor conde, que não brinque comigo nem com meus sentimentos. Já sofri muito na vida e não desejo continuar a sofrer mais.

— Jamais faria isso com ninguém, muito menos com uma joia como você.

Um pouco antes de a festa terminar, o conde chamou Marisa e, junto com Lara, a conduziu a seu gabinete particular. Foi sincero. Disse que havia se encantado por Lara e que se sentia solitário, em busca de uma nova esposa. Não era homem de aventuras e vira na jovem a chance de refazer a vida. Ponderado, disse também que gostaria de ir às noites à casa de Marisa para fazer a corte a Lara e que, se tudo desse certo, a moça se tornaria uma condessa.

Para Marisa não poderia ter acontecido algo melhor. Parecia que estavam vivendo um sonho. Aceitou prontamente, não sem antes tecer comentários hipócritas e fingidos a respeito da decência e da moral. Em seguida, acertaram tudo para que as visitas de Guilherme a Lara já começassem na noite seguinte.

Não notaram, contudo, que alguém, muito bem escondido no gabinete, ouvia toda a conversa e chorava sentidamente.

Quando o último convidado foi embora e todos se recolheram, Guilherme entrou no quarto e surpreendeu-se com a presença de seu fiel mordomo Diego sentado em sua cama e olhando-o fixamente.

— Diego? Aconteceu alguma coisa? O que deseja aqui?

Diego começou a chorar de mansinho.

— Você ainda pergunta? Eu estava lá e vi tudo o que conversou com aquela mulher, Agda, sobre o interesse em desposar a sobrinha dela.

Guilherme aborreceu-se, mas sabia que teria de ficar frente a frente com aquele problema em algum momento. Era inevitável.

Carinhoso, sentou-se ao lado de Diego na cama e o abraçou:

— Diego... Diego... Você sempre soube que isso aconteceria. Pensei que fosse entender e aceitar.

— Como vou entender e aceitar, se eu o amo? — O moço explodiu, sem conseguir conter-se. — Já foi difícil ter de dividi-lo com Solange durante todo esse tempo. Pensei que você ficaria viúvo para sempre para que pudéssemos viver nosso amor nesta casa, sem que ninguém desconfiasse de nada.

Guilherme soltou-se dos braços de Diego.

— Eu não o amo Diego! Nunca o amei e sempre fui sincero com você. Sempre gostei muito de você como amigo, companheiro e amante, mas não o amo como deseja. O que nos une é o desejo, a carne, o sexo. Nunca neguei que tenho natureza dupla. Quando você chegou aqui para trabalhar e me seduziu, eu aceitei porque quis, mas quero parar com isso e dar um novo rumo à minha vida. Você é testemunha do quanto eu sofria por trair Solange, o grande amor de minha vida, dentro desta casa.

— Você não pode me descartar dessa forma! Eu o amo e vivo para você! Não suportarei viver sem seu corpo, seu cheiro e sem ser amado por você.

Diego avançou e beijou Guilherme na boca com desejo, no que foi correspondido imediatamente. Guilherme tentava, mas não conseguia rejeitar aquilo. Tomado por um desejo alucinado, despiu-se e, com violência, rasgou as roupas do mordomo. Depois, conduziu-o à cama, onde se amaram com intensidade até o dia clarear.

Diego, contudo, sabia que perdera o amado naquela noite. Respeitaria aquela decisão e não insistiria mais. Renunciaria àquele sentimento e continuaria servindo-o como um cão fiel até o fim de seus dias. Guilherme era a razão de sua vida, mas, no fundo, a esperança de ter pelo menos alguns instantes de amor com ele permanecia em seu coração.

❦

Durante dois meses, o conde passou a visitar Lara periodicamente. Estava decidido a desposá-la. Numa noite do verão russo, em que a temperatura estava mais quente que o normal, formalizou o pedido:

— Senhora Agda, serei o mais direto possível. Tenho intenções sérias com sua sobrinha.

Marisa reagiu fingindo estar espantada. É claro que sabia que as visitas do conde a Lara tinham essa intenção, mas precisava mostrar que era uma mulher de muito rigor, pois, assim, ele ficaria ainda mais impressionado.

— Lara é ainda muito jovem, senhor! Nos sentimos honradas com suas intenções, mas lhe peço que não brinque com um assunto tão sério.

— Jamais brincaria com uma coisa tão séria, senhora Agda. Esteja certa disso. Tenho sérias intenções com Lara e farei tudo para que seja feliz.

Lara sentiu o corpo arder. Sabia exatamente o que queria. Guilherme tirou do bolso uma pequena caixa forrada por veludo preto e a abriu.

— Lara, você aceita se casar comigo? Em breve, terei de sair da cidade para resolver algumas questões pertinentes à herança deixada por Solange para Anna. Quero que nosso matrimônio seja marcado antes dessa viagem. Faremos uma festa discreta, mas você terá tudo o que merece! Aceita?

Marisa colocou-se diante da filha.

— Por favor, faça o pedido para mim, senhor conde! É assim que deve ser!

— Perdão, senhora Agda! Não tive a intenção de ofendê-la! A senhora me concede a mão de sua sobrinha em casamento?

— Sim! Se isso fizer minha sobrinha feliz, eu aceito e honro seu pedido.

Lara não precisava verbalizar seu "sim". Sua expressão facial e seus olhos brilhantes de emoção falavam por si.

Guilherme colocou o anel de ouro branco e brilhantes no dedo de Lara e beijou-a delicadamente. Lara, certa do que queria para a própria vida, sentiu-se estimulada a fazê-lo esquecer a primeira esposa. Não seria uma tarefa fácil, mas ela não desejava ser reconhecida como apenas uma mulher que fora escolhida para tapar o buraco da solidão de Guilherme.

❧

O tão esperado dia do casamento chegou, e Marisa sorria diante do enorme espelho com moldura de ouro que havia em seu quarto. Ela dizia para si mesma:

— Consegui tudo o que queria. Agora, só me resta orientar Lara para que ela herde toda a fortuna do conde. Aquela menina nojenta e sua ama velha não aproveitarão uma única moeda nem infernizarão a vida de minha filha como têm feito! — afirmava em voz alta. — Tenho também de tomar cuidado com Diego, o mordomo. É muito íntimo de Guilherme, age como se fosse dono dele e não como um simples serviçal. Já notei seus olhares de reprovação para Lara. Com certeza, queria uma grande dama da nobreza para nova mulher do patrão. Estarei atenta.

Murilo, entristecido, aguardava na sala junto com Magali para conduzir Lara ao altar e entregá-la aos braços do conde. Desolado, voltou seu olhar para a grande amiga.

— Magali, tenho sofrido bastante desde que perdi minha família. Se não fosse sua amizade sincera, não conseguiria reagir. Agora, estou perdendo de vez meu grande amor. Se não fosse sua força, não sei como suportaria tudo. Muito obrigado!

— A vida muda a todo instante, Murilo. O que você julga ser um prejuízo é, na verdade, um grande benefício para seu crescimento e progresso — Magali falou com doçura.

Ele reagiu sorridente ao ouvir as palavras da amiga e ajudante.

— E você já decidiu se vai atender ao meu pedido? Ficarei muito mais tranquilo se estiver ao lado de Lara durante a ausência do conde. Não consigo confiar em Anna e na senhora Odete. Diego também não simpatizou com ela e noto que apenas a suporta. Claramente, eles são contrários a esse casamento.

Murilo fez uma pequena pausa, sem saber se diria ou não a Magali o que descobrira. Por fim, decidiu:

— Preciso lhe contar algo que me deixou muito preocupado. Um dos empregados da casa é meu paciente e deixou escapar que Odete e Anna, com a ajuda de Diego, tramam isolar Lara no palacete para que ela desista de manter o casamento. Nós sabemos o quanto isso é fácil de se fazer por aqui.

Magali sentiu medo e um frio percorreu seu corpo.

— Fez bem em me contar. Ainda não havia decidido ficar aqui com Lara enquanto o conde viajasse, mas, diante disso, ficarei. Estou temerosa, mas não cultivarei o medo. Terei fé em Deus. Nada de mau acontecerá. Você tem um coração de ouro, Murilo. Ficarei com Lara e tentarei protegê-la, inclusive, de si mesma.

Lara chegou à sala junto com a mãe. Estava belíssima, e Murilo olhou para ela com profunda tristeza.

— Prometo protegê-la pela eternidade, Lara.

Marisa se pôs à frente da filha.

— Agradecemos seu cuidado, doutor, mas minha sobrinha está se casando com o conde Guilherme. Não precisará se preocupar.

Ele baixou a cabeça num gesto de reverência.

— Perdoe-me, senhora Agda. Talvez, eu não tenha conseguido me expressar corretamente. Apenas me sinto responsável por Lara.

Marisa disse com altivez:

— A partir de hoje, sinta-se livre de qualquer responsabilidade. Lara será uma mulher casada e não ficará bem um homem viver rondando a casa atrás dela.

— Saberei respeitar.

As palavras de Marisa doeram fundo no coração de Murilo. Sem ter mais o que dizer e sentindo Magali apertar forte sua mão, passando-lhe força e apoio, foram em direção ao salão onde se realizaria a cerimônia.

⟡

Vários dias se passaram de muita felicidade, amor e alegria entre o casal. Naquela manhã, contudo, Guilherme despediu-se da esposa com carinho. O dia da viagem chegara, e ele, mesmo com tamanha felicidade e grande encantamento com a nova esposa, não podia mais adiar.

— Voltarei o mais rápido possível. Preciso resolver as questões das terras herdadas por minha filha. Fiz um juramento a Solange no leito de sua morte de que iria transferir todos os nossos bens para Anna.

Lara torceu as mãos com raiva, mas procurou disfarçar a contrariedade. Sentia amor por Guilherme, mas reconhecia que era muito mais paixão, desejo e cobiça por seus bens materiais que a guiavam no casamento.

— Vá em paz, Guilherme, e resolva rapidamente esses problemas para cumprir seu juramento. Nada me interessa além de seu amor.

Ele sorriu e a abraçou.

— Eu sempre soube disso!

Assim que Guilherme se acomodou na carruagem, Lara chamou a mãe. Marisa chegou sobressaltada.

— Por que a urgência?

— Venha até meu quarto. Preciso conversar com a senhora.

Marisa seguiu a filha e ficou de pé enquanto ela passava a chave na porta.

— Fale logo, Lara! O que está havendo? Daqui a pouco, teremos de fazer companhia para a filha de seu marido.

— Não farei companhia a ninguém! Descobri que Guilherme vai transferir tudo para ela. Sabe o que isso significa? Que nada terei! Nada! Serei apenas uma prostituta sem salário para servi-lo na cama!

Marisa surpreendeu-se. Sabia que o temperamento de Lara se desenvolvera assim que ela conheceu o luxo e a beleza, mas não sabia que era tão forte. Aquilo era muito bom. Não se esforçara tanto para chegar ao fim sem nada.

Lara relatou tudo o que ouvira do marido. Marisa começou a andar de um lado para o outro, tentando raciocinar.

— Lara, você precisará parecer gentil, muito gentil com a filha do conde e com aquela velha, a Odete. Ninguém poderá encontrar em seu rosto qualquer sinal de desagrado. Nem Magali! Entendeu? Sei que fizeram amizade e são muito unidas, mas nem a ela mostre o mínimo desagrado — Marisa fez uma pequena pausa e inquiriu: — Afinal de contas, o que Magali veio fazer aqui? Guilherme disse que ela ficaria com você enquanto ele estivesse fora e que isso foi ideia da própria Magali, que o procurou para ser sua dama de companhia. Veja se pode! Ela é muito abusada!

394

— Pare de implicar com Magali, mamãe. Não vê que, além da senhora, a única pessoa amiga que tenho é ela?

— Sei, mas, ainda assim, eu a acho abusada ao extremo. Não confie nela. Confie em mim, sempre! Você não ficará sem nada. Diante de tamanha riqueza e luxo, você tem que herdar tudo quando Guilherme morrer e não aquela moça insuportável que é a filha dele. Espere uns dias, e resolverei o que for preciso.

Intrigada, Lara olhou para a mãe.

— O que a senhora pretende fazer?

— A única coisa que dará resultado, mas precisarei de sua ajuda a partir de hoje!

— Que tipo de ajuda?

— Simule uma crise! Lembra-se da doença que inventei? Murilo, sem saber, será providente!

— Mamãe, nós não podemos errar. Não podemos correr riscos.

Marisa irritou-se:

— E desde quando sou mulher de correr riscos? Tudo o que fizemos até agora foi ideia minha e deu certo. Confie.

— Antes, preciso saber exatamente o que a senhora vai fazer.

— Foi uma ideia que tive na semana seguinte ao seu casamento quando ouvi, por trás da porta do gabinete, Guilherme contando a Diego que deixaria tudo em testamento para a filha. Ele deixará não só a herança da mãe dela, mas tudo que possui. Até Diego receberá uma parte da herança pela fidelidade que lhe tem. Acha que permitirei isso?

Ao saber que Diego também herdaria parte do que Guilherme possuía, um verdadeiro ódio brotou no corpo de Lara. Ela teve de fazer todo o esforço para se conter e não revelar que descobrira, na segunda semana de casada, que Guilherme e Diego eram amantes e que, três noites na semana, o marido a deixava sozinha na cama, alegando várias coisas para ir dormir com Diego, regressando ao quarto com o dia claro, cheirando a sexo. Aquilo a fez tremer de horror e ódio, porém, não podia falar com a mãe sobre isso. Temia Diego. Ele era um jovem loiro, bonito, um pouco mais velho que ela, mas que exercia sobre Guilherme uma espécie de comando que ele aceitava com passividade. Várias vezes, Diego a olhou com tamanho ódio que ela sentiu que seu pior inimigo era ele e não Anna ou Odete.

Marisa notou que a filha ficara diferente, mas logo Lara se refez, fazendo-a esquecer o ocorrido. Ela, então, passou a narrar seu plano à filha.

CAPÍTULO 43

Após combinar tudo com a mãe, Lara fingiu estar passando muito mal, e Diego logo foi chamar o médico.

Murilo chegou nervoso ao palacete e foi recebido por Magali.

— Como ela está?

— Nada bem. Dona Agda relatou três crises seguidas durante a madrugada.

— Venha comigo, Magali. Preciso examiná-la.

Diego os seguiu com o olhar, torcendo para que Lara tivesse uma doença grave e morresse rapidamente.

Lara estava deitada inerte, com os olhos fixos e bastante abatida. Marisa havia lhe dado uma antiga poção alucinógena, que roubara de Esmeralda e mantinha guardada no velho baú de chumbo.

Ele examinou Lara e olhou preocupado para Marisa e Magali.

— Precisarei interná-la na casa de saúde local. Lá tenho mais recursos.

Marisa reagiu de forma teatral.

— Salve minha sobrinha, doutor! Não posso decepcionar a alma de minha irmã! Não quero que ela morra! Pelo amor de Deus, nos ajude.

— Fique tranquila, senhora Agda! Temos mais recursos na casa de saúde do que aqui.

— Não posso deixá-la sozinha!

— A senhora poderá ficar com ela. Será desconfortável, mas abrirei essa exceção.

— Muito obrigada! Comunicarei isso à jovem Anna. Não quero que ela se sinta só.

Magali adiantou-se ao pedido que seria feito.

— Ficarei por aqui, senhora. Ajudarei a senhora Odete nos cuidados com a filha do conde Guilherme. Qualquer coisa que precisar, pode contar comigo.

— Obrigada, querida. Como você é boa — disse Marisa deixando que lágrimas escorressem dos seus olhos, vindas Deus sabe de onde, mas que a ajudaram muito naquele momento. Qualquer um que olhasse o estado de Marisa não diria que se tratava de uma encenação.

Lara, a mãe e Murilo seguiram numa carruagem para o centro de São Petersburgo, e Magali ficou no palacete. No trajeto, o sorriso sinistro de Marisa foi percebido por Lara. Mais lúcida, teve certeza de que tudo havia sido feito para um futuro próspero. Não podia deixar-se levar por arrependimentos.

❧

Magali orava em seu quarto quando foi surpreendida por três homens armados. Ela tentou gritar, mas foi atacada por um deles de imediato. Tonta, ouviu a voz de um deles.

— Vamos completar o serviço com a filha do conde e com o mordomo. Primeiro, nos divertiremos um pouco com ela. Depois, faremos exatamente o que nos foi ordenado e, em seguida, mataremos também o Diego.

Ela manteve-se quieta, fingindo estar desmaiada.

— E essa daí? Não seria melhor eliminá-la logo? — outro perguntou.

— Não! Os guardas podem acordar. Não sei qual é a potência do veneno que a mulher nos deu. Melhor não arriscar.

Anna e Odete foram pegas de surpresa. Estavam indo para a sala de música quando os homens as dominaram. Odete teve a boca vedada por um pano sujo e foi amarrada a uma cadeira. Desesperada, viu sua protegida ser violentamente estuprada. Quando se saciaram, esfaquearam Anna diversas vezes no coração, e o líder dos três se voltou para Odete.

— Não se preocupe, sua velha! Com você será mais rápido!

Com um único golpe na garganta, a vida de Odete também foi ceifada. Nem precisaram procurar Diego, que, ao ouvir barulhos estranhos, saiu de seu quarto a fim de ver o que estava acontecendo. O homem mais forte agarrou-o e, enquanto tentava asfixiá-lo, desferiu um só golpe de punhal em seu coração. Diego tombou no chão sem vida. Os três, conforme haviam sido orientados, saquearam o palacete e retornaram ao quarto de Magali, encontrando a porta trancada.

— Não quero ninguém vivo! Arrombem a porta! Agda e Lara nos pagaram para fazer o serviço completo.

Magali ouviu a ordem horrorizada. Sabia que o fim da sua vida física na Terra chegara e que não havia como escapar. Pediu a Deus que a recebesse no retorno ao lar verdadeiro e perdoou Lara e Marisa. Calmamente, abriu a porta do quarto.

— Façam o que lhes foi ordenado. Será melhor para elas. Eu as perdoo, lhes perdoo e prometo retornar para cuidar de Lara como prometi a Murilo. Estou pronta.

Enfurecido, o líder desferiu um golpe de espada cortando a garganta de Magali.

— Vá me perdoar no inferno, sua louca!

Na saída, acharam melhor despertar um dos guardas.

— Acorde, infeliz! Quero que veja seus amiguinhos morrerem por minha lâmina!

O guarda, ainda tonto, tentou reagir, mas presenciou a morte de cada um de seus companheiros.

❧

A tela apagou-se, e um silêncio profundo e acolhedor invadiu o ambiente.

Marisa, constatando tudo o que fizera em imagens tão nítidas e experimentando todos os sentimentos e todas as sensações e emoções daquela época como se fossem agora, deixou que lágrimas abundantes saltassem de seus olhos.

Robson e Flávio energizaram-na com passes.

Depois de alguns minutos, ela, mais calma, disse:

— Quantas vezes me julguei vítima das pessoas e, no entanto, só estava colhendo o resultado de minha vil semeadura? Como fui cruel e má! Só agora entendi tudo pelo que passei e acho que ainda foi pouco.

Flávio disse com bondade:

— Não se condene tanto. Pense que você fez o que achou melhor naquele momento; não tinha condições de ser diferente. Quanto ao seu sofrimento na vida atual, foi para que começasse a resgatar os males que causou no passado e aprendesse os verdadeiros valores da vida. Você diz que, diante de tudo o que fez, ainda foi pouco o que sofreu, mas lembre-se de que Deus é bondade e amor. Depois de tudo isso, você se arrependeu e mudou, tanto que não precisou sofrer dores maiores. Quanto mais aprendemos o valor do bem e desenvolvemos nossa consciência, menos sofrimento temos na vida, venha ele como resultado de atos maus de vidas passadas, venha da necessidade de reparação de fatos cometidos na vida presente. Aprendizagem, consciência e amor são as três coisas que mais precisamos ter em nossa vida para deixarmos de sofrer.

— Suas palavras me consolam, mas preciso saber: e quanto ao resto de minha vida e da vida de Lara? E Guilherme?

Robson tomou a voz.

— O que você não se recordou não tem importância. Não se martirize por tudo o que viveu. Apenas agradeça a oportunidade de se perdoar e perdoar genuinamente todas as pessoas envolvidas nesse processo de resgate. O amor sempre vence e, desta vez, não será diferente. Vamos levá-la à sua casa para que durma um pouco e se recupere por completo. Estamos todos envolvidos pelo amor divino. Jamais esqueça isso.

Mais calma, Marisa seguiu com eles.

No fundo do coração, tinha certeza de que a vida não errava e tudo estava certo exatamente como deveria estar. A perfeição da vida, agora constatada por ela, era espantosa, porém, reconfortante e benéfica.

❧

Ana Luíza chegou à rua de Lara com o plano cuidadosamente traçado por Paulo e por ela.

— Vou até a casa dela. Se conseguir entrar, ligarei para você.

Paulo viu a parceira conversar demoradamente com um dos seguranças da guarita.

— Mas como assim ela está fora de casa? Não me avisou que faria essa viagem agora! Isto estava programado para o fim do ano! Lara sempre gostou de testar minha amizade e meu carinho!

O homem se confundiu.

— Como a senhora sabe que ela viajou? A ordem é manter segredo sobre isso.

— Somos quase irmãs! Passei muito tempo na Europa e retornei há um tempo já. Apenas porque não pude acompanhá-la de imediato, ela resolveu me pregar essa peça! Estou com meu carro estacionado ali. Meu marido me trouxe já com as bagagens certo de que eu viajaria hoje com ela! O senhor sabe o nome do hotel para que eu não perca tempo procurando?

— Senhora, perdoe-me, mas não posso lhe passar essa informação. Ela está fora da casa há quatro meses.

Ana Luíza abriu a bolsa e puxou um maço de dinheiro. Pelo valor das notas e pelo volume considerável dos vários pacotes amarrados em um só, o segurança sentiu a cobiça correr por suas veias.

— Por favor, sei que isso deixará minha amiga feliz e o senhor também. — Os olhos de Ana Luíza brilhavam de malícia. Sabia que, diante do dinheiro, ele iria se corromper como acontece com algumas pessoas.

Ana Luíza estava certa. Rapidamente, o segurança puxou um pequeno bloco do bolso e anotou o endereço da casa entregando-o a ela, dizendo:

— Dona Lara não está hospedada em um hotel, madame. A senhora achará a casa nesse endereço. É em outra cidade. Por favor, não diga nada sobre...

— Não direi nada. E peço que fique em silêncio também. O dinheiro que lhe entreguei é suficiente para ficar de boca fechada pela eternidade.

O homem sentiu o coração disparar. Acompanhou Ana Luíza afastar-se e anotou a placa do carro por segurança. Só passara a informação por conta do dinheiro oferecido. Embora a quantia fosse alta, uma ponta de arrependimento apareceu em seu peito. Não conhecia aquela mulher e notara um brilho de maldade em seu olhar. De qualquer forma, a placa do carro estava anotada para qualquer eventualidade.

Ana Luíza entrou no carro e mostrou o endereço a Paulo.

— Consegui! A ordinária se escondeu em uma cidade do interior de Minas Gerais.

Paulo examinou o papel com o endereço em letras de forma.

— É de algum hotel? Não conheço muito bem essa cidade.

— Não. Segundo o segurança ganancioso, ela não está hospedada em nenhum hotel. Vamos até essa cidade, Paulo! Faz quatro meses que espero por isso! Guilherme parece mais conformado, mas eu não deixarei barata essa afronta! Quero me vingar!

Ao lado de Ana Luíza, o espírito de Odete a estimulava com ódio.

— Isso mesmo! Vá até lá para matá-la! Não se acovarde!

Ana Luíza, sem saber porquê, sentiu sua fome de vingança aumentar. Voltaram para casa, e, depois que preparou a mala, ela chamou a mãe.

— Preciso viajar para socorrer uma amiga de infância. Cuide dos meninos e de Guilherme. Estarei de volta em breve.

Laura assustou-se.

— Você nunca manteve relações com amigas de infância, Ana Luíza. Aliás, nem amigas você tem. O que está aprontando?

— Acredite ou finja acreditar no que estou dizendo e faça o que lhe pedi! Apenas isso! Já comuniquei a viagem a meu marido, e ele concordou.

— Seu marido acreditou nessa história?

Suspirando e contendo-se para não gritar, ela respondeu:

— Acreditou! Aliás, ele nem reparou no que eu disse. Agora, trate de acreditar ou não responderei por mim.

— Não serei sua cúmplice desta vez! — disse Laura com firmeza.

— Foi com a senhora que aprendi a ser assim, mas tudo bem! Não preciso de cúmplices para fazer uma viagem curta.

Laura ia retrucar, mas Ana Luíza aproveitou que Paulo subira para pegar a mala e desceu as escadas. Laura a acompanhou.

Henrique chegou bem na hora em que Paulo descia com a mala da mãe. O espírito de Odete afastou-se de imediato diante da presença do menino. A luminosidade dele a perturbou. O afastamento rápido de Odete, que estava grudada no perispírito de Ana Luíza, fê-la sentir a cabeça girar. Ela apoiou-se no filho.

— A senhora está bem?

Ana Luíza recuperou-se imediatamente e olhou para o filho.

— Sim. Estou bem, Henrique. Foi uma vertigem apenas. Já passou.

— Não viaje, mamãe. Por favor.

— Preciso ir, meu filho. Prometo não demorar.

— Não vá! Não será bom para a senhora. Não será bom para ninguém. Há outras formas de resolver as coisas. Papai já está melhorando. Desista dessa viagem.

Ana Luíza sentiu um arrepio estranho ao ouvir as palavras do filho. De repente, começou a acreditar que aquelas histórias de mediunidade talvez fossem verdade. Henrique falava como se soubesse de todos os seus planos. Disfarçou:

401

— Não sei do que está falando! Você está piorando a cada dia. Vou visitar uma amiga de infância que está em apuros. Só isso. Quando eu voltar, o levarei ao médico. Aliás, sua avó bem que poderia fazer isso para me adiantar a vida. Mas, como sei que ela não fará, o levarei ao psiquiatra assim que eu voltar.

Laura puxou o neto pela mão e abraçou-o.

— Henrique não precisa do auxílio da medicina, e, no fundo, você sabe disso. O menino é médium e só a aconselhou. Aliás, o melhor conselho que alguém poderia dar.

— Vocês estão me fazendo perder tempo. Preciso ir, voltarei em breve.

Laura insistiu:

— Será que você poderia ao menos dizer para onde vai?

Ana Luíza segurou a maçaneta da porta, riu e respondeu.

— Para o litoral. Ela está morando na praia de Bertioga. Agora me deixem ir. Pegarei trânsito na estrada mais tarde.

Entrou no carro com o coração aos saltos e não disse uma única palavra por muito tempo. Precisava pensar e repensar em tudo que iria fazer.

Paulo pegou a estrada com tranquilidade. Depois de um tempo, incomodado com o silêncio de Ana Luíza, disse:

— Reservei o melhor hotel da cidade. Precisarei de uns três dias para encontrar o cativeiro perfeito. Deve haver muitas casinhas humildes e distantes, mas precisamos de algo mais distante ainda, de preferência na zona rural, na subida da serra. Pelo que pude ver na internet, esta cidade tem um clima ótimo, mas com certeza há muitas vizinhas fofoqueiras. Melhor ficarmos longe delas.

Ana Luíza riu.

— Você é perfeito, Paulo! Chegou à minha vida para ficar.

— Eu sei disso, meu amor. Estaremos sempre juntos. Somos a dupla perfeita. Agora, descanse um pouco. Mais à frente, há ótimos restaurantes de comida típica mineira.

— Você acha mesmo que vou me sair bem com um prato de torresmo?

Os dois gargalharam. Ana Luíza abaixou o banco, acomodou-se e adormeceu. Paulo desistiu de parar na estrada, porque queria encontrar uma casa simples no alto da serra antes de anoitecer.

Quase duas horas depois, Ana Luíza despertou e reclamou de dores musculares.

— Já é quase noite, Paulo. Por que não parou o carro? Deveria ter me acordado! Estou com o corpo todo moído.

— Você estava num sono muito pesado. Esses tranquilizantes não lhe fazem bem.

— Não consigo mais viver sem eles. Quando tudo isso terminar, será mais fácil. Fique tranquilo.

Em um dos pontos da subida da serra, Paulo olhou para o lado direito e avistou um homem humilde vendendo frutas. Imediatamente, manobrou o carro no acostamento.

— Vamos! Estique seu corpo! Vou conversar com aquele senhor. Deve morar pelas redondezas.

Ana Luíza saiu, e ele dirigiu-se à barraca.

— Boa tarde, senhor. A laranja está doce?

O velho vendedor sorriu, mostrando a boca desdentada.

— Doce como mel. Quer provar?

— Quero sim. Adoro as coisas da natureza.

Ele apanhou a metade de uma laranja e chupou.

— Hum... Está doce mesmo! Deve ser muito bom viver perto da natureza, não é?

O vendedor tirou o chapéu de palha. Tinha o rosto queimado de sol e a pele bastante enrugada.

— Com todo respeito, doutor, é bom pra quem tem dinheiro. Tenho uma casa cheia de buraco no telhado, meia dúzia de galinhas soltas no terreiro de barro, uns pés de frutas e um monte de folha verde que serve para comer e vender. A cama, doutor, é um estrado de madeira de caixote e uma esteira de palha. A água que pego no riacho é boa, vem do alto da montanha, e eu guardo num filtro de barro e na moringa. É bom, muito bom, mas deixa a gente com vergonha de olhar pra frente.

— O senhor mora sozinho? Tem família?

— Tinha dois filhos que não aguentaram tanta pobreza e foram embora tentar a vida longe daqui. A mãe deles morreu faz tempo. Eles nunca mais voltaram e acho que não voltarão mais.

— E amigos? O senhor tem amigos?

O homem riu novamente, dessa vez colocando a mão na frente da boca para esconder a falta de dentes.

— Amigo? Só uns cachaceiros como eu.

— Eles vão à sua casa? Visitam o senhor?

— Não! Vivem caídos por aí na porta das tendinhas da estrada. Bebem, acordam, lavam um carro ou outro e gastam tudo em cachaça novamente. Não sabem nem onde moro. Se soubessem, iriam me aporrinhar o juízo.

— Qual é o seu nome?

— Zé. Meu nome é Zé.

— O senhor quer melhorar de vida?

— Só se Nossa Senhora quiser me ajudar. Porque, pra melhorar de vida, só com milagre mesmo. Não tem outro jeito, não.

— Quero comprar sua casa. O que acha?

O homem, que até aquele momento estava achando a conversa natural, estranhou.

— E pra quê? Aquilo foi de meu pai e ficou pra mim. Nem documento tenho, doutor. Por que quer comprar minha casa?

Percebendo que o homem havia ficado assustado, Paulo mudou o tom de voz. Ana Luíza observava tudo à certa distância.

— Quero trazer minha avó para morar no campo. Vim para cá justamente para encontrar uma casa para ela. Quero fazer uma boa reforma e trazê-la para cá, onde possa viver tranquilamente com uma tia minha que não se casou. O senhor poderia morar na cidade, comprar um armazém e levar uma vida mais digna. O que acha?

O homem animou-se e resolveu não levar a desconfiança e o medo adiante.

— E eu vou conseguir fazer tudo isso com o que o senhor vai me pagar? Minha casa e meu pequeno pedacinho de roça não valem muito, não.

— Vai dar e sobrar. Garanto ao senhor! Eu pago. Só não conte nada a ninguém. Fiz uma promessa à minha mãe na hora de sua morte, sabe? Disse a ela que traria minha avó para morar no meio do mato junto com minha tia o mais rápido que pudesse. Minha avó sempre morou na roça, é neta de índio, mas minha mãe se casou e a levou junto com essa tia solteirona para morar com ela na cidade. Minha avó vivia triste, pelos cantos, dizendo que os espíritos que a guiavam desde menina, herança da avó índia, viviam a perturbando para que voltasse a morar no mato. Assim que adoeceu, minha mãe, cheia de remorsos, me fez prometer que a traria de volta à vida no campo, pois só assim finalmente encontraria a paz no outro mundo. — Paulo pensara naquela história de improviso. Nem sabia de onde a havia tirado, sem imaginar que espíritos mentirosos o ajudavam a criar tudo aquilo.

O velho homem começou a chorar. Dobrou os joelhos e, com as mãos juntas, começou a agradecer.

— Nossa Senhora Aparecida, é o milagre que foi prometido! Um milagre! Sempre lhe pedi que me tirasse desta miséria, e finalmente aconteceu!

Paulo levantou o homem do chão.

— Levante-se! Fique alegre! Amanhã, neste mesmo horário, estarei aqui com o dinheiro. Providenciarei também a compra de seu comércio. Assim, terei a certeza de que viverá bem e longe desta pobreza. Meu carro chega até onde o senhor mora?

— Chega sim, seu doutor. Tem uma picada no meio da mata. Dá para seu carro passar, sim.

Paulo olhou para ele.

— Pelo menos farei algum bem nesta vida, senhor.

Ele dirigiu-se ao carro e pensou no pai, um homem simples que havia morrido desgostoso da vida.

Impaciente, Ana Luíza, que já voltara ao carro, o esperava contrariada.

— Que demora! Os mosquitos já estão me devorando!

— Arrumei a casa. Vamos precisar de algum dinheiro para acomodar e dar conforto àquele homem. Só assim teremos êxito e não correremos nenhum tipo de risco.

— Por que não acaba com a vida dele? Neste fim de mundo, ninguém descobrirá.

Paulo ficou rubro.

— Você está enganada! Não vou matar aquele pobre homem por conta de sua vingança. Vou dar a ele condições de uma vida digna. Agora, vamos para o hotel. Estou cansado e com fome. Amanhã cedo, irei até a cidade vizinha para comprar um pequeno armazém, que tenha pelo menos um quarto com banheiro nos fundos. Dignidade é tudo e é também o que nos resguardará.

Ana Luíza resolveu não dizer nada. Arrependera-se de ter falado em assassinato, pois Paulo poderia ter medo e desistir de ajudá-la. Mesmo sentindo que ele estava muito apaixonado por ela, não podia dar um passo errado e pôr sua vingança a perder. Naquele momento, o ódio de Ana Luíza por Lara voltou com toda força. Ruminando a ira, ela colocou os óculos escuros e não disse mais nada até o fim do trajeto.

405

CAPÍTULO 44

Lara estava sentada em uma cadeira de balanço na varanda da casa, que, embora simples, tinha conforto, beleza e um jardim bonito e bem cuidado circundando toda a propriedade. Naquele momento, ela estava olhando a beleza das flores que desabrochavam em profusão, mas seu coração estava vazio, triste e amargurado. Inúmeras dúvidas castigavam sua mente, e pensamentos contraditórios e depressivos surgiam em grande volume, não a deixando bem frequentemente. Além disso, com a barriga enorme, sentia muita falta de ar constantemente. Sentada ao seu lado, numa grande banca de madeira trabalhada, Magali a cercava de cuidados e carinho. Sempre que a criança se mexia, ela olhava para a amiga sorrindo.

— Veja, Lara! Como essa criança está grande! Quase não tem mais espaço para ela aí em sua barriga!

— Não aguento mais, Magali! Já são oito meses de sofrimento, de penúria! Não deveria ter ouvido seus conselhos!

— Não diga isso! O bebê vai ouvir!

— Magali, você tem razão nesse aspecto. Sim, a criança ouve! Só há uma diferença: ela nada entende!

— Já pensou no nome que dará a ela?

— Você escolherá o nome! Ela sairá da maternidade registrada como sua filha. Depois disso, faremos conforme foi combinado.

Magali baixou os olhos com profunda tristeza.

— Minha esperança é que você mude de ideia quando essa menina nascer.

— Você sabe que eu não desejava ter filhos, Magali, e saber que colocarei no mundo uma menina não me agrada em nada. As mulheres nascem fadadas ao sofrimento e à submissão. Peço-lhe que a oriente para que ela nunca permita ser usada por nenhum homem. Promete?

— Você sabe que farei o que for possível para criá-la bem.

— Prometa, Magali!

— Sim! Eu prometo! Agora, vamos entrar. Está entardecendo e ficando frio para você ficar aqui fora. Há uma boa sopa de legumes prontinha para o jantar. O que acha?

— Não consigo mais me alimentar direito. Fico bastante desconfortável à noite. Prefiro uma vitamina ou algo parecido.

— Pode deixar, então. Vá para seu quarto. Levarei até você.

Lara ajeitou-se numa poltrona e olhou para o antigo celular. Ela desligara o aparelho desde a viagem. Apenas Magali mantinha contato com o mordomo Luiz para efetuar o pagamento de contas da mansão e acertar o salário dos empregados. Num lampejo, recordou-se de Murilo e do carinho que nutria pelo rapaz desde criança.

— Tudo teria sido tão diferente em minha vida se eu tivesse aceitado o amor e a dedicação de Murilo. — Suspirou.

Num lampejo, apanhou o celular e ligou. Na tela do aparelho, havia mensagens e ligações de Murilo e Guilherme. Decidiu ligar para o amigo, que a atendeu de imediato.

— Lara? Meu Deus! É você? Tenho a procurado esse tempo todo. Ninguém soube me explicar o porquê de seu sumiço nem me dizer seu paradeiro! Que saudades, Lara! Que saudades!

— Murilo, em breve retornarei para casa — ela disse com a voz embargada, querendo chorar.

— Que ótima notícia, Lara! E onde você está?

— Não quero nem posso lhe dizer.

— Magali está com você, não é?

— Sim. Magali está comigo. Até breve, Murilo! Assim que retornar, ligo! — disse encerrando a ligação.

Magali entrou no quarto com uma bandeja com torradas e um copo de vitamina.

— Alimente-se, Lara. Quero que Marina nasça com bastante saúde.

Lara surpreendeu-se.

— Marina? Já escolheu o nome?

— Você me pediu isso, lembra? O que achou? Gostou?

— Sim. É um nome bem forte.

Lara alimentou-se e pediu ajuda para se acomodar de forma confortável na cama. Magali ajeitou os travesseiros e acariciou a barriga da amiga.

— Falta bem pouco para você chegar, Marina. Eu a estarei esperando com muita felicidade no coração. Seremos grandes amigas como eu e sua mãe somos.

Lara resmungou:

— Ela será sua filha...

— Pode deixar! Nunca esquecerei este presente para minha alma. Tente relaxar e dormir. Você deve estar cansada — disse, desligando a luz e acendendo o pequeno abajur.

Lara pegou no sono imediatamente, e Magali viu o celular ligado na cabeceira. Apanhou o aparelho e examinou a última ligação. Com alegria, notou que Lara ligara para Murilo. Resolveu apanhar o aparelho e carregá-lo por precaução, pois não tinha o número do médico anotado. Tinha certeza de que Lara mudaria de ideia no momento do parto.

Magali saiu do quarto e foi para a sala. Apanhou *O Evangelho Segundo o Espiritismo* que estava sobre a mesa e abriu-o em uma página aleatória. A mensagem falava sobre as causas anteriores dos sofrimentos, aquelas que não estavam na vida presente, mas, sim, nas últimas encarnações, ocultas pelo véu do esquecimento temporário do passado. Após ler toda a mensagem, fechou o livro e orou por Lara e por Marina, pedindo a intervenção dos amigos espirituais de luz. Um misto de apreensão e de certeza de que tudo concorreria para o desfecho necessário a todos tomou conta de seu coração.

— Aconteça o que for necessário a todos nós. Deus ampara cada ser deste planeta.

Magali não conseguiu ver, mas, a seu redor, três espíritos de luz a abraçavam emanando-lhe energias de paz, força e coragem e fazendo-a ficar ainda melhor do que estava.

O espírito de Caio disse a Cíntia:

— É melhor que ela não pressinta o que acontecerá. Do jeito que ama Lara, se pressentir, Magali vai querer evitar os acontecimentos a todo custo. Isso será pior, pois acelerará todo o processo.

Cíntia, com os olhos brilhantes de compaixão, tornou:

— Infelizmente, Lara, com suas crenças, atitudes e com seus pensamentos, atraiu tudo o que acontecerá. Neste caso, nada podemos fazer para evitar o sofrimento. Podemos apenas amenizá-lo. Quando a pessoa não aprende pela inteligência e pelo amor, só a dor a faz assimilar a lição, que será aprendida para sempre.

— Verdade, Cíntia. Deus só permite a dor e o sofrimento em nossas vidas quando todas as possibilidades de progresso e aprendizagem por meio do amor, da inteligência e da prática do bem se esgotam. Quanto nada disso é suficiente para a pessoa mudar, só a dor faz efeito.

Cíntia abraçou Caio, e, em seguida, unidos a outro amigo espiritual que estava com ele, desapareceram no mesmo clarão que os fez surgir.

◦৩⬮৩◦

No fim do dia seguinte, Paulo, junto com seu Zé, estacionou o carro em frente a um pequeno armazém.

— Veja, seu Zé! Esta casa e este pequeno armazém agora são seus. Poderá viver com dignidade a partir de hoje.

Paulo apanhou na carteira uma quantia relativamente alta e entregou-lhe.

— Esse dinheiro é para o senhor comprar roupas novas, mas quero que, por Nossa Senhora, não gaste com aguardente.

— Prometo, senhor, prometo... — ele disse com o chapéu encostado no peito e chorando.

Paulo entregou-lhe as chaves da pequena loja e advertiu.

— Tudo o que estou lhe oferecendo o ajudará a ter uma vida bem melhor, mas preciso de seu silêncio. Não conte nada a ninguém sobre como comprou o armazém. Não pronuncie meu nome nem a forma como nos conhecemos. Não quero que fiquem sabendo que há moradoras novas em sua casa antes que ela esteja reformada.

— Conte com meu silêncio, doutor. Em nome de Nossa Senhora Aparecida!

Paulo despediu-se dele e retornou ao hotel para sair à procura da casa de Lara. Chegando lá, Ana Luíza já o esperava no saguão.

— Que demora, Paulo! Achei que havia me abandonado!

— Isso nunca acontecerá, meu amor. Ficaremos juntos até o final. Só preciso fazer tudo certinho. Não podemos errar devido à sua ansiedade — respondeu, beijando-a.

Ela perguntou ansiosa:

— Vamos pegar Lara agora?

— Não! Vamos almoçar! Estou faminto! Além do mais, não sabemos ainda onde ela está e precisamos também fazer algumas compras para o local. Não poderemos sair toda hora. Você pensa em pedir resgate a Guilherme?

— Claro que sim! E esse dinheiro será todo seu!

Paulo alegrou-se e, com olhos brilhando de cobiça, perguntou:

— Mas ficaremos juntos depois que essa aventura acabar?

Ana Luíza olhou para Paulo com carinho e acariciou seu rosto moreno.

— Você foi a única pessoa que me trouxe um pouco de alegria nos últimos tempos, Paulo. Não posso mais viver sem você.

A emoção tomou conta de Paulo, que abraçou Ana Luíza com força procurando seus lábios. Um beijo cheio de paixão selou o compromisso daquelas duas almas equivocadas com as ilusões do mundo.

❧

Assim que encontraram o endereço, Paulo e Ana Luíza estacionaram o carro em frente à casa de Lara. A noite já ia alta, mas a luz da sala acesa indicava que havia alguém acordado. Os dois verificaram as armas: duas pistolas automáticas com silenciador.

— Farei uma festa com essa pistola!

— Ana Luíza, controle sua raiva. Não quero sangue desnecessário. Faremos exatamente como combinamos.

— Pode deixar, Paulo! Não irei exagerar no castigo que ela merece!

— Você está certa do que faremos? Guilherme é mais culpado que ela!

— Ele sofrerá exatamente por isso! Por ter me abandonado desde sempre!

Pararam imediatamente de conversar quando ouviram o barulho da porta da frente se abrindo. Era Magali saindo. Ela passou pela varanda, foi até o portão, abriu e assobiou. Pouco depois, apareceram dois vira-latas abanando a cauda. Ela acariciou os cachorros e colocou uma vasilha de água e outra de comida encostadas no muro. Era hábito seu fazer isso todas as noites antes de dormir para que os cães abandonados da rua tivessem alimento.

Paulo colocou o pé no acelerador de leve e foi se aproximando.

— Lara? — ele perguntou com a janela do carro aberta.

O coração de Magali acelerou, e um forte medo sem explicação a invadiu, contudo, ela procurou não demonstrar. Disse com firmeza:

— Não, senhor. Meu nome é Magali. O senhor é do hospital? Estamos aguardando a visita do médico desde ontem.

Paulo saltou do carro sorridente. Seria mais fácil do que imaginara. Pensara muito em como entraria na casa, no que diria, mas a própria Magali lhe dera a desculpa de que ele precisava.

— Boa noite! Sim, acabei me atrasando para esse atendimento. Meu nome é Fernando. Trouxe a enfermeira Aline comigo. Posso entrar?

— Claro, doutor. Dona Lara está descansando. Sabe como são esses momentos finais de gravidez. Além disso, pelo adiantado da hora, achei que não viesse mais.

Ele gelou, mas procurou disfarçar.

— Estava terminando o plantão. Sou médico novo na cidade, contratado agora. Não quis sair antes do horário. Vou examiná-la e deixar todas as orientações necessárias. Onde ela está?

— No quarto, doutor. Hoje, não passou muito bem.

Paulo entrou e cumprimentou Lara.

— Boa noite, Lara! Como está passando? Posso verificar seus últimos exames?

Magali entregou a ele uma pasta. O medo e a apreensão continuavam, e ela não sabia o porquê.

— Estão todos aqui, doutor.

Paulo abriu a pasta e fingiu olhar os exames atentamente. Tocou na barriga de Lara e disse:

— Preciso levá-la ao hospital. A menina está encaixada para nascer.

Magali olhou para ele preocupada.

— A mala dela e do bebê já está arrumada. Vou arrumar minhas coisas para acompanhá-la.

Paulo pensou rapidamente. Não poderia permitir que Magali acompanhasse Lara.

— Perdoe-me. Não será possível acompanhá-la hoje. Amanhã, a senhorita poderá ir para o hospital para ficar com ela. Hoje, ela apenas passará por uma hidratação e descansará.

Magali estranhou.

— Não posso deixá-la só.

— Desculpe-me. São as regras novas do hospital. De qualquer forma, a senhora sabe onde é. Qualquer coisa, pode ir até lá e chamar uma atendente.

O coração de Magali estava cada vez mais apertado. Pressentindo que ela não estava bem e preocupada, Lara tranquilizou-a:

— Pode deixar, Magali! Nada de mais me acontecerá. O parto não será agora. De qualquer forma, se acontecer alguma coisa, estarei em boas mãos, e você será imediatamente avisada. Fique aqui em casa orando por mim. Melhor do que ficar lá contrariando as regras do hospital.

Seu coração clamava para insistir e ir com Lara, mas não podia passar por cima das regras do hospital. O jeito era ficar.

— Certo, doutor. Ela será levada de ambulância?

— Não. A ambulância do hospital está quebrada. Meu carro é seguro. Não se preocupe.

Magali despediu-se de Lara emocionada, sentindo uma angústia intensa.

— Amanhã, estarei com você logo cedo.

— Eu a espero lá. — Naquele momento, Lara sentiu algo estranho dentro de si. Uma mistura de sentimentos que ela não conseguiu identificar. Levantou-se com dificuldade e colocou as mãos na altura dos rins.

Paulo olhou para ela.

— Isso é assim mesmo. O bebê está a ponto de nascer. Vamos tentar retardar o parto até o início do nono mês por conta do amadurecimento dos pulmões.

Lara não disse nada e tentou ajeitar-se o melhor possível no banco do passageiro.

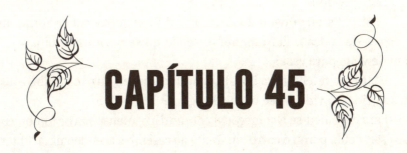

CAPÍTULO 45

Quando ficou confortável, Lara olhou para o banco traseiro e, ao ver Ana Luíza, espantou-se:

— Parece que a conheço de algum lugar.

Ana Luíza ficou inerte por alguns instantes e depois disse:

— Deve ser impressão de sua parte. Estou na cidade há pouco tempo. Era do Rio de Janeiro.

Lara acenou para Magali, e Paulo acelerou o carro.

— Fique à vontade, Lara. Quando chegarmos, eu a acordarei.

Eles pegaram a estrada e subiram a serra em meio à neblina. No caminho, Paulo pegou um atalho que dava para o casebre. O movimento brusco do carro na estrada de barro esburacada fez Lara acordar.

Assustada, ela cutucou o ombro de Paulo.

— Doutor, onde estamos? Não estou reconhecendo este caminho. Que escuridão é essa? Parece que estamos fora da estrada!

Ana Luíza acendeu a luz do teto do carro, apanhou a arma e apontou para Lara.

— Vamos começar a brincadeira?

Lara encolheu-se no banco. Na claridade, reconheceu o rosto da mulher de Guilherme e empalideceu.

— O que está acontecendo? O que estão fazendo comigo? O que querem?

Ana Luíza gritou.

— Cale a boca, sua imunda! Para completar, você está grávida! Essa criança é de meu marido?

Lara revidou.

— Sim! Estou grávida de seu marido! E, se quiser saber, foram muitos meses de traição. Fui amante e, se ele quiser, continuarei a ser. Me levem de volta para casa!

— Já a mandei calar a boca! Ou prefere que eu puxe o gatilho e acabe com sua vida e a vida desse bastardo agora?

Lara encolheu-se e começou a chorar. Um intenso pavor tomou conta de seu ser. Paulo parou o carro em frente ao casebre e acendeu uma lanterna.

— Saia, Lara. Vamos acomodá-la muito bem. Trate de ficar quieta para não antecipar o parto, porque, além de não ser médico, não a levarei a lugar algum!

Lara saiu do carro com a pistola de Ana Luíza encostada em sua nuca. Tremendo, foi colocada sobre o estrado de madeira e teve os pés amarrados.

— O que vocês querem? Dinheiro? Tenho de sobra. Basta me dizer quanto.

Ana Luíza riu de forma estridente.

— Dinheiro? Desde quando preciso de dinheiro, sua vagabunda?

Paulo pediu que ela se acalmasse:

— Ana Luíza, chega! Vamos ter de passar a noite aqui. Não quero correr riscos. Há um cômodo que preparei para você. É mais confortável. Deixe Lara por minha conta. Ela não terá como fugir. Fique tranquila!

Ana Luíza baixou a pistola e lançou um olhar sinistro para Lara. Em seguida, foi se deitar. Precisava estar com o sangue frio para fazer tudo o que planejara. Ao se deitar na cama tosca, um ódio, ainda maior do que ela já sentia, tomou conta de todo o seu ser. Lara, além de ser uma mulher linda e jovem, era rica. Como aquilo fora acontecer? Como Guilherme se atrevera a trocar o amor que os unia havia tantos anos por outra mulher? Agora, estava parcialmente explicado. Lara não era uma simples mulher. Tinha beleza rara, era meiga, inteligente e tinha dinheiro. Não precisava do dinheiro do marido dela para nada. Naquele momento, mais do que nunca, decidiu que Lara não poderia continuar viva, pois ela seria para sempre o símbolo do seu fracasso, da sua ruína, da sua diminuição como mulher. Era certo que não amava mais Guilherme como antes, mas sua vaidade era tão grande que não poderia permitir ser trocada por outra mulher, muito menos por alguém como Lara.

414

Aqueles pensamentos não deixavam Ana Luíza relaxar e, pela porta aberta do quarto roto onde estava, ela vislumbrava Lara deitada, com a barriga enorme. Ao notar melhor esse detalhe, sentiu seu ódio aumentar a tal ponto que parecia que a qualquer hora aquele sentimento incontrolável faria seu coração explodir ou romper alguma artéria em seu cérebro. O fato de ela estar grávida só aumentava sua vontade de matá-la e, agora, de matar aquela criança que trazia no ventre.

Paulo, que se lavara do lado de fora da casa, entrou no quarto e deitou-se ao lado de Ana Luíza sem dizer nenhuma palavra. Todos estavam tensos demais para conversar. Com muito esforço e por ter ingerido vários ansiolíticos, Ana Luíza acabou dormindo. Paulo tirava apenas alguns cochilos, pois temia que algo desse errado. Por vezes, uma ponta de arrependimento surgiu em sua mente, mas ele não podia mais voltar atrás. A paixão por Ana Luíza consumia todo o seu corpo e sua alma. O jeito era continuar. Por ela, faria tudo.

Lara passou a noite chorando. Quando os primeiros raios de sol apontaram no horizonte, ela lembrou-se da promessa de Magali de lhe fazer companhia no hospital. Tranquilizou-se, pois tinha certeza de que a amiga faria de tudo para encontrá-la. Respirou profundamente e conseguiu adormecer.

✑

Guilherme chegou a casa procurando a sogra. Laura estava com o olhar sombrio sentada numa das poltronas da casa.

— Dona Laura, a senhora teve notícias de Ana Luíza? Desde ontem, não consigo falar com ela, e a última mensagem que me enviou foi por volta das três da tarde.

— Também estou preocupada, Guilherme. Os meninos não dormiram a noite toda, e Henrique voltou a ter aqueles pesadelos. Tentei ligar várias vezes e nada...

Guilherme chamou Diego, que se apresentou de imediato.

— Minha esposa viajou com o motorista Paulo, não é isso?

— Sim, doutor. Ele ligou hoje pela manhã dizendo que está de volta a São Paulo e que deixou dona Ana Luíza na casa de uma família em Bertioga.

— E por que ele não retornou à mansão?

— Está com a tia internada. Pediu folga por uns dias para acompanhá-la.

— E você sabe me dizer quando ele retornou?

— Sim, doutor. Ele retornou no mesmo dia.

— Ligue para ele agora. Quero saber onde está minha esposa.

Diego ligou para Paulo, que respondeu ofegante.

— Não posso falar agora. Os médicos estão tentando reanimar minha tia.

Sentindo algo estranho no ar, Diego insistiu.

— Diga apenas qual é o endereço em que deixou a senhora Ana Luíza, por favor. Daqui, rezarei por sua tia.

— Rua 45, quadra B. Fica no final da praia — respondeu e desligou.

Diego passou a informação para Guilherme.

— Acalme-se. Paulo está com a tia na hora derradeira, mas passou o endereço.

— Ah, que alívio, Diego. Pensei muito mal desse rapaz.

Diego continuou com o coração apertado. Deixou o patrão na sala, foi para o quarto e abriu o computador de mesa para acessar as informações dos empregados. Encontrou o telefone da casa de Paulo, apanhou o celular e ligou. Uma mulher com a voz rouca atendeu.

— Alô? Quem fala?

— É da casa de Paulo? Ele está?

— Sim. Ele é meu sobrinho, mas não está no momento. Parece que viajou a trabalho.

— A senhora é a tia que o criou como filho, não é?

— Sim. Ele fala sobre mim?

— Bastante. Como a senhora está de saúde?

— Depois que ele começou nesse emprego, melhorei muito. Tomo os remédios todos que ele compra. Ele vale ouro! Qual é mesmo seu nome?

— Meu nome é Diego, senhora. Estou de férias e queria saber como ele está. Não consigo falar com Paulo pelo telefone.

— Ele me liga todos os dias. Vou dizer que o senhor ligou.

Diego gaguejou.

— Não, não, senhora! Quero fazer uma surpresa a ele. Somos muito amigos. Se a senhora disser que liguei, estragará a surpresa.

— Pode deixar. Não falarei nada, então.

Diego desligou o telefone e respirou fundo. Rapidamente, pesquisou o endereço dado por Paulo pela internet e constatou que o local era, na verdade, um terreno baldio. Preocupado, dirigiu-se ao quarto de Laura e bateu na porta. Ela abriu assustada.

416

— O que está havendo, Diego? Sinto algo muito errado no ar.

O mordomo narrou-lhe o que descobrira, e Laura colocou a mão na cabeça.

— Receio que minha filha esteja tramando alguma coisa muito ruim. Desde o início dessa viagem, estou preocupada. Ela nunca teve nenhuma amiga de infância no litoral. Mentira atrás de mentira.

— A senhora acha que devemos contar tudo ao doutor Guilherme?

— Não. Ainda não. Temo que ele troque os pés pelas mãos. Vamos aguardar até amanhã.

Diego e Laura trocaram um terno abraço, como se um estivesse dando força ao outro por meio daquele gesto.

⁂

Guilherme acordou cedo após uma noite de extrema agitação. Tomou um banho rápido e desceu para comer algo. O celular tocou, e ele identificou o número de Ana Luíza.

— Até que enfim você nos dá notícias! Já estávamos todos preocupados.

— Não é comigo que você tem que se preocupar, Guilherme! É com Lara, sua amante!

— Do que está falando? Que brincadeira é essa? — Guilherme sentiu um arrepio no corpo e uma sensação de medo o acometeu.

— Estou com sua amante no meio do nada. Sabe o que é um lugar no meio do nada? É onde estou. Ela está com a barriga bem grande, e pretendo fazê-la sofrer o tanto que sofri.

— Como? — Guilherme emocionou-se em meio ao medo. Se a barriga de Lara estava grande era porque ela estava grávida. Grávida dele! Ana Luíza, contudo, podia estar blefando para assustá-lo. Ela não conhecia Lara, não sabia onde morava, não tinha nenhuma informação a seu respeito.

Um silêncio se fez até Ana Luíza dizer sarcástica:

— É isso mesmo que você ouviu. Pensou que conseguiria esconder essa vadia até quando? Tão esperto, tão inteligente, mas não imaginou que eu, Ana Luíza, fosse chegar tão longe, não é? Acha que só você é sagaz, inteligente, o dono do mundo e pode tudo, não? Mas eu fui mais esperta! Descobri tudo sobre sua amante, a sequestrei e a trouxe para o meio do nada. Do nada! — A voz descontrolada e alta de Ana Luíza mostrava claramente que ela não mentia e estava disposta a tudo. Continuou colérica: — E qual foi minha maior surpresa? Ela está grávida! Esperando um filho seu! Que não sairá vivo daqui, assim como ela. Gostou?

— Deixe Lara em paz! O erro foi meu! Apenas meu! — disse Guilherme com força, saindo da copa e indo para a sala, onde se sentou na primeira poltrona que encontrou. Seu corpo todo tremia. Não tinha dúvidas de que, pelo descontrole de sua mulher, ela poderia causar uma tragédia.

Novamente, o silêncio entrecortado apenas pela respiração ofegante e nervosa de Ana Luíza.

— Ana Luíza! Me escute! Deixe Lara em paz! O erro foi meu! Ela não tem culpa de nada!

Ao ouvir aquilo novamente, o ódio de Ana Luíza só aumentou.

— É por essa razão que a farei sofrer! Para que você sofra também. Peça a um dos seguranças para apanhar uma caixa de presente colocada no muro da terceira casa antes da nossa. Quando você abrir essa linda caixa, 'saberá que não estou brincando. Em meia hora, tornarei a ligar. Nem tente ligar para a polícia, senão, acabarei com a vida de sua amante e desse bastardo com um único tiro.

Guilherme gritou por Diego, que apareceu imediatamente.

— Mande um dos seguranças trazerem uma caixa de presente que está encostada no muro da terceira casa antes da nossa. Agora!

Com o coração aos saltos e sentindo uma forte opressão no peito, Diego abriu o portão e seguiu para lá. Chegando ao muro, apanhou a caixa e entregou-a pessoalmente ao patrão. Guilherme rasgou a embalagem e, horrorizado, viu a orelha decepada de Lara com o brinco com que ele a presenteara.

Aquela cena, presenciada por Laura, que já estava a par de toda a situação e esperava Diego voltar, era assustadora. Todos empalideceram.

Mecanicamente e sem querer acreditar, Guilherme, pela força do horror, elevou a orelha de Lara ainda ensanguentada acima dos olhos, como se quisesse ter certeza de que aquilo não era uma ilusão. Sua mão tremia, e ele parecia estar em transe, até que reagiu e, urrando de ódio, jogou a caixa com a orelha ao longe. Ele gritou:

— Ana Luíza é um monstro! Um monstro! Localize Paulo agora! Quero falar com ele. E cuidem para que os meninos não saibam o que está acontecendo.

Laura adiantou-se:

— Eles estão na escola. Pedirei para Dinda que tome todo cuidado com eles assim que chegarem. — Laura deixou-se cair na poltrona e disse: — Minha filha enlouqueceu... Meu Deus, criei um monstro!

Guilherme, vendo que Diego fora recolher a orelha de Lara no canto da sala, repetiu:

— Localize Paulo agora e guarde isso bem guardado. É uma das provas que usarei para ver Ana Luíza apodrecer na cadeia.

— Não adianta, doutor. Chequei o endereço mais cedo e liguei para a casa dele. A tia, que ele disse estar morrendo, atendeu. O rapaz mentiu e deve estar envolvido nessa história de horror.

Guilherme pôs as mãos na cabeça:

— Como não pensei nisso antes? Ela não faria tudo isso sozinha ou com ajuda de estranhos. Ana Luíza usou o motorista.

Diego amava muito Guilherme e a custo escondia aquele sentimento. Desde a adolescência, quando foi trabalhar naquela casa, apaixonou-se perdidamente por ele. Diego era homossexual e aceitava sua sexualidade com naturalidade, porém, ninguém sabia de sua condição por ser um homem completamente másculo, sem nenhum trejeito ou nada que lembrasse feminilidade. Era completamente homem, apenas sua orientação sexual era voltada para o mesmo sexo. Porém, não sentia apenas atração por Guilherme. Sentia paixão, amor, que foi aumentando à medida que os anos passava. Como nunca teve coragem de declarar esse amor, jurou para si mesmo que viveria por Guilherme, amando-o ocultamente, sabendo respeitá-lo, ainda mais depois que ele se casou com Ana Luíza. Sofria muito, mas estava aprendendo a sublimar aquele sentimento na renúncia construtiva da solidão afetiva. Sua felicidade maior era ver Guilherme feliz, e aquela situação, tão terrível naquele momento, o fazia sofrer intensamente.

Diego aproximou-se e, sentando-se ao lado de Guilherme, apertou seu braço com força:

— Acalme-se, doutor Guilherme! Sabemos que a situação não é fácil, mas tudo se resolverá com o poder de Deus. Vamos orar!

Guilherme levantou-se:

— Desculpe, Diego, você sabe o quanto admiro sua religiosidade, mas não creio em nada disso. Vou para o escritório pensar melhor no que fazer. O correto a fazer é comunicar imediatamente o ocorrido à polícia, mas o nível de descontrole de Ana Luíza me faz achar que isso, por ora, não é o certo. Tenho certeza de que, se a polícia a encontrar, ela matará Lara no mesmo instante. E ela está grávida, esperando um filho meu. Não entendo por que ela não me contou. Isso tudo é um pesadelo. Vou para o escritório. Não me incomode e não permita que me incomodem até eu sair de lá.

Laura e Diego permaneceram em silêncio até vê-lo entrar e fechar a porta do escritório.

Diego propôs:

— Vamos orar, dona Laura. Nós sabemos o quanto a oração tem poder. Temos a fé, a confiança em Deus, mas Guilherme não tem nada disso. Por isso, ele sofre muito mais que nós. Quem não tem fé sofre intensamente diante dos graves e sérios problemas da vida, mas nós sabemos que a fé move montanhas. Vamos nos render ao poder de Deus, e tudo terminará bem.

— Onde eu errei, Diego? Sei que nunca fui um exemplo de mãe, mas nunca, em momento algum de minha vida, ensinei à minha filha o caminho da violência, do mal, da chantagem, do crime. Estou desolada.

Diego olhou-a firme e segurou suas mãos:

— Em nenhum momento da vida, a culpa resolveu ou resolve problemas. Chico Xavier nos ensinou que ninguém pode voltar atrás e fazer diferente, mas podemos fazer agora, agir agora e criar um novo destino, um novo fim. A culpa só atrai sofrimento. O que resolve é a mudança, a transformação interior e a reparação de nossos erros pela prática do amor e do bem incondicionais no momento presente. A senhora tem a chance de fazer diferente agora orando com muita fé por sua filha, que é uma criatura iludida pelos sentimentos de posse, vaidade, orgulho ferido e amor-próprio exagerados, que sempre criam outras ilusões como a ideia de que o crime e a violência compensam, quando só pioram as coisas. Vamos orar, incluindo todos que estão nesse processo, até mesmo Paulo, que se deixou levar por ela. Uma oração se torna muito mais forte e poderosa quando a fazemos para todos os envolvidos numa situação e não só para aqueles que amamos. Vamos lá.

De mãos dadas, Diego e Laura fizeram uma sentida prece, pedindo a ajuda de Deus, de Jesus e dos espíritos superiores, que, imediatamente, os envolveram em muita luz, reduzindo as sensações de medo e ansiedade, inspirando-lhes pensamentos de confiança e aumentando-lhes a fé.

Magali chamou um táxi e seguiu para o hospital. Na recepção, deu o nome de Lara para encontrar o quarto. A recepcionista percorreu com o dedo a tela do computador.

— Perdão, senhora. Não há nenhuma gestante chamada Lara internada aqui.

Magali sentiu uma tontura.

— Por favor, olhe novamente. Foi o doutor Fernando quem a trouxe para cá no próprio carro ontem à noite.

— Senhora, não há nenhum médico aqui com esse nome. Aguarde um instante. Vou chamar o diretor. Talvez ele possa ajudá-la.

O médico diretor aproximou-se de Magali.

— Bom dia. Parece que já nos conhecemos.

— Sim. Sou amiga de Lara. Ela foi atendida pelo senhor.

Ele colocou as mãos nos bolsos do jaleco.

— A funcionária me explicou o que está acontecendo. Não há ninguém no quadro médico deste hospital com as características que a senhora descreveu. Vocês procuraram outros profissionais?

— Não. Todo o pré-natal de Lara foi realizado aqui, e o senhor sabe o motivo.

— Ela tem algum desafeto? O pai do bebê ficou sabendo da gravidez?

— Não que eu saiba. Aliás, acho muito pouco provável, doutor.

— Então, o melhor a fazer é procurar a polícia.

Magali saiu em desespero. No caminho, ligou para Luiz.

— Luiz, existe alguma possibilidade de a localização de Lara ter vazado?

— Senhora, creio que não. Mas o motorista que levou vocês esteve aqui procurando emprego. Sei disso, porque o reconheci conversando com um dos seguranças da guarita.

— Está bem. Voltarei a ligar.

Magali ligou imediatamente para Murilo e explicou tudo o que havia acontecido.

— Calma, Magali. Estou saindo agora. Irei até São Paulo. Peça para Luiz me receber. Depois de investigar algumas coisas, irei ao seu encontro. Mas vá imediatamente à delegacia e narre tudo o que me contou.

Olga viu o filho arrumar a mochila às pressas.

— Aonde vai?

421

— Uma urgência fora da cidade. Fique tranquila. Ligarei para a senhora.

Murilo, aflito, foi para seu carro e deu a partida. Enquanto dirigia, pedia a Deus para que nada de mau tivesse acontecido à sua Lara.

CAPÍTULO 46

Paulo deixou Ana Luíza trancada no quarto e soltou as pernas de Lara. Ela estava muito inchada, e ele preocupou-se.

— Ande um pouco! Você está nessa posição há muito tempo.

— Estou sentindo dor. Minha orelha ainda sangra — ela sussurrou num fio de voz, que evidenciava sua fraqueza.

— Eu não quis fazer aquilo. Não queria permitir tanta violência.

Ela olhou-o com raiva.

— Mas permitiu... Por favor, me deixe ir embora. Ela irá me matar.

— Calma... Não acontecerá isso. Prometo.

Ela caminhou um pouco e tornou a sentar-se.

— Amarre minhas pernas novamente. Não quero me submeter à fúria dessa louca.

Paulo amarrou-a, deixando, entretanto, a corda frouxa. Ana Luíza começou a gritar do quarto.

— Abra a porta! Que desatino é esse? Como ousou me trancar? Sou eu que mando aqui!

Paulo abriu a porta e desculpou-se.

— Tranquei por engano. Estou assustado com o que você fez. Já imaginou que alguém pode ter seguido o entregador? Uns tapas são suficientes para qualquer um abrir a boca e entregar nossa localização.

— Não entreguei a localização. Dei a tarefa num bar da estrada.

— E que diferença isso faz? Estamos no meio do caminho entre o bar e a estrada. Qualquer investigador inexperiente chegará até nós. Vamos soltar a moça. Já assustou Guilherme, e todos estão sofrendo. Você já foi longe demais.

— Não farei isso, Paulo! Ela ficará aqui até eu decidir o que será feito. Não tente me convencer do contrário!

Paulo ficou em silêncio. Sabia que não conseguiria convencê-la do contrário. À medida que o tempo passava, ele notava um abatimento crescente em Lara. Preocupado com um desfecho trágico, começou a se arrepender de ter apoiado e ajudado a planejar aquele sequestro. Decidiu fazer contato com a tia. Sorrateiramente, saiu da choupana com o celular e ligou para ela.

— Como a senhora está?

— Com saudades, meu filho. E você? Deve estar cansado de tanto trabalhar. Seu amigo ligou dizendo que queria fazer uma surpresa. Ele fez? Me pareceu tão boa pessoa.

Paulo sentiu o corpo gelar.

— Qual é o nome dele?

— Diego. Esse é o nome dele.

Paulo tomou uma decisão imediata.

— Tia, arrume suas roupas. Precisarei viajar a trabalho e quero levar a senhora. É uma viagem secreta de meu chefe. Nem os outros empregados da casa sabem. Posso confiar que a senhora não contará nada a ninguém? Posso perder meu emprego se isso acontecer.

— Viagem assim, de imediato?

— É. A senhora sabe como gente rica é cheia de coisas pra fazer e resolve muita coisa de última hora, por isso liguei. Arrume tudo, pois irei buscá-la o mais rápido possível.

— Mas, Paulo, eu não sei se devo e...

Nervoso, Paulo precisou ser firme:

— Não questione, tia. Posso perder meu emprego se não fizer tudo como o patrão quiser.

Regina conhecia o sobrinho. Aquele tom era sério, então, resolveu não questionar:

— Fique tranquilo, meu filho. Vou arrumar minha mala e esperá-lo.

— Sabe aquela casa em que morávamos antes do meu novo emprego?

— Claro! Como posso me esquecer?

— Então, por favor, chame um táxi e vá para lá. Fique na casa da Dirce, nossa antiga vizinha e sua amiga. Fará isso? Não sei o dia certo em que passarei para buscá-la. Me espere, OK?

— Paulo, estou ficando assustada. Há algo estranho nisso. Por que não posso ficar esperando-o aqui? Você fez alguma coisa errada, meu filho?

A voz tão carinhosa e preocupada da tia fez Paulo arrepender-se completamente de tudo aquilo. A cena em que ele cortou a orelha de Lara não lhe saía do pensamento. Como fora capaz de fazer aquilo? A resposta veio imediata: a paixão. Ele deixara-se levar por aquele sentimento perigoso justamente por uma pessoa como Ana Luíza. Esse fora seu erro.

— Paulo? Está me ouvindo?

Tirado de seus pensamentos íntimos pela voz da tia, ele tornou:

— Sim, estou. Acho que o sinal ficou fraco por alguns instantes. Tia, escute, eu não fiz nada errado, mas, pelo amor de Deus, não questione nada agora. Saia imediatamente daí. Tome um táxi no ponto da esquina, vá para a casa da Dirce e me espere lá. Não se esqueça de levar seus medicamentos e me espere. Quando eu chegar, lhe contarei tudo, e a senhora entenderá.

— Pode deixar. Farei tudo certinho agora mesmo.

Paulo desligou o celular e entrou. Estava decidido a abandonar o cativeiro. Tinha bastante dinheiro de Ana Luíza sob sua responsabilidade e daria um jeito de pegar um ônibus na estrada. Depois, alugaria um carro, buscaria a tia e fugiria de São Paulo. De uma coisa tinha certeza: apesar de apaixonado, nunca mais queria ver Ana Luíza enquanto vivesse. Jamais esqueceria o que fizera com Lara, principalmente o momento em que decepara a orelha da moça. Aquela paixão fora longe demais, e ele queria recuperar sua dignidade. Estava decidido.

❧

Murilo chegou à casa de Lara e dirigiu-se à guarita. O segurança do turno era seu amigo e o ajudara com Odete.

— Doutor Murilo! Há quanto tempo! Como está?

Murilo nem respondeu aos cumprimentos:

— Meu amigo, preciso de um favor urgente. Você tem todas as imagens das câmeras de segurança?

— Sim, doutor. Deixamos armazenadas por um bom tempo.

— Preciso dessas imagens. Mais ou menos de oito meses para cá. Pode me ajudar?

— Posso fazer melhor, doutor. Sou o responsável pelo armazenamento das imagens de pessoas ou veículos estranhos que rondam a rua.

Isso pode demorar um pouco... Mas, se o doutor está me pedindo, é porque é urgente, não?

— Sim! É urgente!

— Tínhamos um segurança aqui que pediu demissão e deixou uma placa anotada na agenda. Deve ter julgado o carro estranho. Se eliminarmos esse carro...

— Me dê a placa, por favor. Seja rápido!

Vinte minutos depois, o segurança voltou com o número da placa, e Murilo ligou para um amigo do departamento de trânsito de São Paulo.

Após meia hora, o rapaz ligou de volta.

— Murilo, o carro pertence à família do doutor Guilherme, industrial e dono de vários estaleiros e navios. É da esposa dele.

— Você consegue o telefone dessa família?

— Claro!

Murilo anotou o telefone e ligou para Magali.

— Magali, encontrei uma pista. Sabe se Lara teve ou tem amizade com o maior dono de estaleiros deste país? Um tal de Guilherme?

— Sim, Murilo. — Sua voz estava calma. Sabia que a ajuda do alto chegaria em breve.

— Me aguarde. Irei até a casa dele.

Murilo chegou à porta da mansão e pediu para falar com Guilherme.

— Diga a ele que sou amigo de Lara.

A ordem para que ele entrasse veio rápida. Diante de Guilherme, Murilo relatou o ocorrido. Guilherme, por sua vez, relatou tudo o que estava acontecendo e finalizou:

— Murilo, o que mais quero é ver Lara em segurança. Foi minha esposa quem fez isso. Ela sequestrou Lara para se vingar de mim. Não sei o que fazer... Estou desesperado e me sentindo culpado. Ana Luíza chegou a cortar a orelha de Lara e mandar pra mim como prova de que realmente está com ela.

Murilo empalideceu ao ouvir aquilo. Fechou os olhos e não conseguiu conter uma lágrima. Recuperado da forte emoção, foi direto:

— Sim. O senhor tem culpa, mas sejamos racionais. Seu nome pode movimentar a polícia rodoviária federal. As saídas de São Paulo e de Minas Gerais são monitoradas por câmeras. Com uma ligação sua, saberemos se sua esposa retornou a São Paulo ou se permanece em Minas.

— Como você sabe que Ana Luíza foi para Minas?

— Porque foi em uma cidade mineira que ela sequestrou Lara com a ajuda de um homem. Sei disso, porque tenho o telefone de Magali, governanta de Lara, que a acompanhou até essa cidade. O senhor fez bem em não chamar a polícia. Agora, temos muitas informações, e será possível resgatar Lara com segurança. Sua mulher é louca e precisa ser internada num hospício. Agora vamos.

Guilherme não respondeu. Murilo tinha razão. Fez algumas ligações e aguardou mais de uma hora até que retornassem.

— O carro de sua esposa foi visto na cidade de São Lourenço. A última imagem que temos é da serra. Depois desse trecho, não há mais nada.

Murilo anotou tudo em sua agenda.

— Doutor, preciso de um carro com um bom motorista. Ligue para a polícia e passe essas informações.

— Você irá de jatinho. Será mais rápido. Deixarei um carro alugado no aeroporto com motorista aguardando sua chegada. Em menos de uma hora, estará lá.

— O senhor quer ir comigo?

— Não tenho coragem...

— Percebe-se isso com facilidade, doutor...

Dizendo isso, Murilo virou as costas e, novamente em seu carro, dirigiu-se para o aeroporto. Sentia muita raiva de Guilherme, afinal, ele era o culpado de tudo. Naquele momento, contudo, isso não tinha mais sentido. O que importava era salvar Lara com vida.

⁓

Ana Luíza tornava-se cada vez mais agressiva com Lara, e a jovem já não tinha forças para reagir. Paulo tentava de todas as maneiras amenizar o sofrimento de Lara, mas passou a temer pela própria liberdade. Depois que falou com a tia, teve a certeza de que o cativeiro seria descoberto a qualquer momento.

A noite ia chegando, quando ele foi até o terreiro de barro apanhar água no riacho para tomar banho. Estava cheirando mal e com a pele enrugada pela poeira e a combinação de sol e frio. Tentaria, pela última vez, convencer Ana Luíza a libertar Lara e fugir com ele.

Quando terminou o banho, vestiu-se e foi ter com ela, que estava deitada na velha cama, com os olhos fixos no teto.

— Vamos, Ana! Não há mais o que fazer aqui! A moça está em vias de dar à luz esta criança. Vamos libertá-la perto de um pronto-socorro e fugir. Ainda temos tempo para isso.

— Não! Vamos ficar! Só libertarei essa vagabunda quando Guilherme me pedir perdão de joelhos!

— Você enlouqueceu de verdade! Quando Guilherme chegar até nós, seremos presos! E isso não está longe de acontecer!

— Antes disso, mato a amante que ele arranjou! Um tiro só. Apenas um tiro de misericórdia será suficiente!

— Pare com isso! O que você ganhará é cadeia eterna.

— Tenho dinheiro e bons advogados! Logo ficarei livre!

— Nenhum dinheiro do mundo a livrará da prisão, Ana Luíza. E seus filhos? O que dirão? Como se sentirão?

— Não me importo com nenhum dos dois!

Paulo desistiu de argumentar. Vendo que Ana Luíza voltara a fixar o teto, apanhou na bolsa um frasco de ansiolítico em gotas que ela tomava diariamente e despejou uma grande dose na garrafa de água que ela usava individualmente. Vigiou-a até o momento em que ela consumiu em quantidade a água pelo gargalo e aguardou o medicamento fazer efeito. Quando Ana Luíza caiu no sono, Paulo desamarrou os pés de Lara e deu-lhe água e pão.

— Vá embora daqui! Ana não vai demorar a acordar. Não espere nem mais um minuto. Ela não tem a intenção de poupar sua vida, Lara.

— Por que está fazendo isso?

— Meu verdadeiro amor por Ana me conduziu a embarcar nesta loucura. Não pretendia chegar até esse ponto. Seria apenas um susto, mas depois a libertaríamos. Ana, no entanto, enlouqueceu, perdeu a noção do que está fazendo. Por isso, a estou libertando! Vá embora!

— Mal consigo andar. Estou sentindo muitas dores. Por favor, me ajude. Me tire daqui! Por favor...

Paulo hesitou, mas resolveu ajudá-la.

— Vou apanhar algumas coisas. Espere aqui. Eu a deixarei num pronto-socorro que há na estrada e depois seguirei minha vida.

Ele apanhou a pasta com o dinheiro.

— Vamos! Não faça barulho. Ana está acostumada com esse remédio. Não fará efeito por muito tempo.

Paulo andava com cuidado, enquanto Lara se apoiava em seus ombros na estreita estrada de barro.

428

— Por que não vamos de carro?

— Prefiro deixar o carro para ela fugir... Eu a amo. Sou um cafajeste, mas me apaixonei de verdade.

Lara colocou a mão na barriga ao sentir uma forte contração. As pernas molhadas indicavam que a bolsa gestacional havia se rompido.

— Não vou aguentar! Por favor, apanhe o carro!

Paulo colocou-a sentada numa pedra e retornou. O carro estava estacionado na lateral do casebre, e ele se deu conta de que estava sem a chave. Abriu a porta com cuidado e, quando pôs a mão na chave, ouviu a voz de Ana Luíza.

— Paulo, o que pensa que está fazendo?

— Nada de mais! Vá descansar! — Ele tentou disfarçar.

Com um riso sinistro no rosto e a pistola em uma das mãos, ela respondeu.

— Sim. Estou com sono mesmo.

Ana Luíza virou-se de lado na cama tosca e fingiu que pegara no sono. Paulo, então, abriu a porta e conferiu se ela voltara a dormir. Colocou a chave no bolso da calça e saiu. Ana levantou-se imediatamente.

— Traidor! Nenhum homem presta! Ainda quer dar fuga à vagabunda!

Sorrateiramente, Ana Luíza saiu pela porta dos fundos e esperou Paulo ligar o carro. Deu a volta e embrenhou-se no matagal que ladeava a estrada. Paulo mantinha a velocidade do carro reduzida para evitar um ruído maior. Quando ele parou e saltou para ajudar Lara a entrar, ouviu, aterrorizado, Ana Luíza chamá-lo.

— Paulo, aonde pensa que vai? Acha mesmo que me deixaria enganar duas vezes? — Gritou apontando a pistola para o amante.

A noite chegara completamente, e Paulo, atordoado por não conseguir enxergar Ana Luíza na escuridão, apanhou a lanterna no carro para procurá-la.

— Ana, onde você está? Vamos embora deste lugar! Vamos ser felizes longe de tudo isso!

O facho de luz da lanterna iluminou o rosto de Ana Luíza, que segurava a pistola com as duas mãos na direção dele.

— Quem vai embora é você, seu traidor! Vá para o inferno! — Gritou acertando-lhe a testa.

Paulo caiu de imediato. Lara encolheu-se e começou a chorar.

— Por favor, acabe logo comigo também! Atire de uma vez! Não aguento mais!

Ana Luíza agarrou-a pelo braço e saiu arrastando Lara pela estrada de barro. À porta do casebre, sentenciou:

— Vamos passar mais umas horas juntas. Preciso mandar umas fotografias para Guilherme, mas você está muito abatida. Acho que tenho batom na bolsa. Não quero que ele pense que estou maltratando-a.

Ana Luíza passou o batom nos lábios pálidos de Lara, enquanto ela se contorcia de dor. Depois, desenhou duas bolas vermelhas ladeadas nas bochechas da moça.

— Pronto! Agora vamos às fotos! Toda grávida faz um ensaio fotográfico, e você não será privada disso. Seria uma maldade.

Ana Luíza tirou várias fotografias de Lara com o celular e começou a enviá-las a Guilherme. Ao receber as fotos, ele desesperou-se e fez uma ligação por vídeo. Ana Luíza sentou-se ao lado de Lara e focalizou a câmera de forma que as duas aparecessem para Guilherme.

— Ana Luíza, por favor, liberte Lara! Volte para casa, e esqueceremos tudo isso! Seus filhos e eu estamos esperando por você!

Ela gargalhou.

— Acha mesmo que cairei nessa conversa mole? Não se preocupe! Sua amante está sendo muito bem tratada! Já viu como ela está linda maquiada? Pena que não poderá mais usar brinco nas duas orelhas, já que agora só tem uma. É até uma forma de economizar. Será que as joalherias vendem apenas um brinco ou só vendem o par?

Dizendo isso, Ana Luíza começou a rir descontroladamente. Seus olhos mostravam toda a loucura que lhe tomara o ser e invadira a alma.

Guilherme, em desespero, pedia:

— Por favor, eu lhe imploro! Liberte Lara!

— Não implore mais nada! Vou passar mais algumas horas com ela. No momento da misericórdia, ligarei para que você assista ao vivo! Será um espetáculo!

Dizendo isso, encerrou a ligação abruptamente, deixando Guilherme em casa, chorando, enquanto Diego e Laura oravam sem cessar ao seu lado.

CAPÍTULO 47

Murilo chegou à serra, no ponto exato onde o carro fora identificado, e saltou. Olhou ao redor para encontrar algum tipo de atalho e, do alto de uma pedra, notou uma luz acesa. Chamou o motorista.

— Será que conseguimos achar a entrada que nos leve até aquela luz? Deve ter um casebre ali.

— Claro, doutor. Bem ali à nossa frente.

— Me espere aqui. Estou levando uma pequena lanterna. Se algo acontecer, vou direcionar a luz para você.

— Não é melhor esperar a polícia, doutor?

— Não há tempo para isso! Preciso ser rápido!

— Nesse caso, é melhor eu ir com o senhor.

— Me espere aqui — insistiu Murilo. — Duas pessoas agora podem atrapalhar. Se acontecer qualquer coisa, eu farei um sinal com a lanterna.

Murilo desceu pela ribanceira de barro e caminhou pela estrada com dificuldade. Não quis ligar a lanterna para não chamar atenção. Caminhou alguns minutos e viu o carro parado com as portas abertas. No chão, o corpo de Paulo jazia sobre uma poça de sangue. Murilo apressou os passos. Temia que o pior já tivesse acontecido.

Lara soltou um grito de dor após uma forte contração, e Ana Luíza aproximou-se dela.

— Deite-se aí no chão! Deixarei essa criança nascer primeiro. Faço questão de que ela cresça órfã. A deixarei na estrada para alguém pegar.

Com a arma na barriga de Lara, ela começou a orientar o parto.

— Respire fundo e faça força! Não seja mole!

Instintivamente, Lara começou a seguir as orientações que Ana Luíza lhe dava e sentiu quando o bebê começou a sair.

Ana Luíza jogou a pistola no chão e afastou as pernas de Lara com força.

— Está coroando. Falta pouco! Respire e faça força! Finja que deseja me matar!

Lara reuniu toda a força que lhe restava e gritou de dor. O choro da menina causou grande movimento na mata. Alguns pequenos animais reagiram à presença de uma nova vida.

Ana Luíza tirou o próprio casaco e envolveu a criança. Sentiu uma emoção estranha ao olhar o rostinho da menina ainda sujo de sangue. Controlou-se, contudo. Não podia fraquejar.

— É uma menina, Lara! Mais uma mulher para sofrer nas mãos dos calhordas do mundo! Eu, você, todas nós nascemos para isso. Sua filha também! — ela disse num tom de tristeza.

Lara olhou para Ana Luíza com compaixão.

— Ana Luíza, antes de morrer, eu queria lhe fazer um pedido.

— Faça! Qualquer condenado à morte tem direito a um último pedido.

— Posso pegar minha filha nos braços? Olhar para ela?

Com a menina nos braços, Ana Luíza buscou a lanterna. A luz do lampião que iluminava o pequeno cômodo se apagou no momento em que a filha de Lara nasceu.

— Deixe-me olhar para ela primeiro — disse, direcionando o facho de luz para o rosto da criança.

A filha de Lara tinha os olhos profundamente azuis. Ela fixou o olhar em Ana Luíza e, imediatamente, parou de chorar. Ana Luíza teve a sensação de que ela sorria e emocionou-se profundamente. Lágrimas incessantes fizeram-na soluçar.

— Qual é o nome dela, Lara? Sua menina é linda demais.

— Marina. O nome dela é Marina. — A emoção tomou conta de Lara, que chorava e não sentia mais medo.

Um forte vento escancarou a janela e a porta, e o coração de Ana Luíza ficou descompassado.

Os espíritos luminosos de Esmeralda, Marisa, Emília e Solange se fizeram presentes. O espírito de Odete, que acompanhava silenciosamente tudo o que estava acontecendo desde o sequestro de Lara, foi envolvida pela energia que tomou conta de Ana Luíza e também se emocionou, sendo amparado de imediato por Marisa.

— Vamos, Odete. Chega de tanto ódio. Nós nos reunimos nesta vida para a reconciliação e todos nós erramos muito. Deixemos que a vida flua mais facilmente sem as correntes desse ódio secular.

Odete já não aguentava mais. Estava cansada, sofrendo privações, passando fome e sede, contudo, o ódio que sentia por Lara a alimentava. Mas ali, vendo-a sofrer tanto e dar à luz uma criança naquelas condições, seu coração se enterneceu, e ela ficou mexida. Sua consciência começou a despontar, e Odete começou a questionar se odiar e se vingar valiam tanto a pena assim. Ao ver aquela criança tão linda, seu coração cedeu. Não queria mais se vingar. Estava cansada, deprimida, e não sabia mais o que era a alegria de viver. Contudo, havia Rosa. Olhou para Marisa, que continuava amparando-a, e perguntou:

— E Rosa? Como ficará? Onde ela está? Estava aqui até pouco tempo, mas sumiu.

— Rosa ficará bem. Assim como você, ela também foi tocada pelo arrependimento ao ver a criança de Lara nascer e chorar. Com receio de você achá-la fraca, foi chorar fora do casebre. Nesse momento, o socorro chegou para ela também.

Ninguém poderia imaginar que, no meio do mato, a bondade divina estivesse espalhando tanta luz.

O espírito de Solange envolveu Ana Luíza num abraço e soprou em seu ouvido:

— Vá embora, minha filha. Deixe Lara e Marina viverem em paz...

Esmeralda e Emília estavam cercando Marina e Lara, energizando-as até que Murilo chegasse.

Ana Luíza captou os pensamentos de Solange e sentiu como se fossem seus. Secou as lágrimas e entregou a menina para Lara.

— Sejam felizes! Não posso acabar com sua vida! Sua filha me trouxe muita luz. Uma luz que eu não conhecia. Tomara que você tenha a sorte de ser encontrada. Marina merece uma vida digna!

Dizendo isso, pegou a pistola que estava no chão e saiu correndo pela porta dos fundos.

Murilo chegou no exato instante em que Ana Luíza se esgueirava pela mata para alcançar o carro e fugir.

— Lara! Lara! Estou aqui! Se acalme! Vou cuidar de vocês!

Vendo Murilo, Lara chorou sentidamente. Durante todos os dias em que ficara ali, pediu a Deus que a perdoasse e a ajudasse a se libertar. Em conversa com Deus, ela admitiu que se enganara em sua escolha e que, se pudesse voltar atrás, jamais teria se envolvido com Guilherme. A chegada de Murilo à cabana fora a resposta às suas orações.

Esmeralda amparou Murilo energeticamente, enquanto ele examinava a menina e Lara.

Murilo saiu e apontou a lanterna para a estrada, ouvindo o ruído do motor do carro que Ana Luíza usava para a fuga. O motorista identificou o sinal e pegou o atalho, chegando rapidamente ao casebre.

Murilo pediu ao motorista que segurasse a menina e o ajudasse a colocar Lara, já desmaiada, no banco traseiro do carro.

— Vamos, meu amigo! Não posso perder tempo! Lara está sangrando muito.

Marisa olhou para a pequena menina com extremo amor, e Emília ficou comovida com a percepção imediata dela.

— Ele vai conseguir?

— Sim. A reencarnação num corpo feminino fará Sérgio compreender quão delicada é a vida. Ele foi muito bem preparado para isso no planejamento reencarnatório. Eu acompanhei todo o processo doloroso. Após ser resgatado das zonas umbralinas, onde se tornou escravo de Orestes, Sérgio foi acometido de grande arrependimento. Ele entendeu que, devido ao seu machismo exagerado, tinha desrespeitado todas as mulheres que passaram por sua vida, o ser feminino, a alma da mulher que precisa ser amada, respeitada e querida como a dos homens, o que o deixou em um profundo estado de sofrimento. Sérgio, então, aceitou a sugestão dos mentores dos planos maiores de renascer num corpo feminino, como filha de Lara, para, como mulher, aprender a valorizar o ser feminino que existe dentro de si e nunca mais abusar da condição de homem que a sociedade, erroneamente, favorece. Ele entendeu que, se pudesse voltar atrás, faria tudo diferente e não sofreria tudo o que sofreu nem teria feito tantas pessoas sofrerem. Porém, compreendendo que a vida sempre caminha para frente, escolheu voltar como mulher. Como sua sexualidade ainda é muito voltada para o feminino, experimentará a condição de lésbica, o que lhe dará, por meio do envolvimento emocional e sexual com outras mulheres, a oportunidade de aprender o valor de uma companhia feminina, da mulher, em ser, ter e sentir.

Ela fez uma pequena pausa e prosseguiu:

— Precisamos ir, amiga. Ainda há muito a ser feito.

Emília concordou:

— Vamos! E que Deus continue a nos dar força, amparo e proteção, pois vamos precisar.

As amigas abraçaram-se e deixaram o ambiente entregue aos outros espíritos amigos e de muita luz que cuidavam de Lara, da pequena Marina e de Murilo.

❧

Magali chegou ao hospital rapidamente após a ligação de Murilo, que a recebeu no saguão.

— Como ela está? Como está minha amiga? E a menina? Por favor, Murilo, me dê uma boa notícia! Tenho vivido um pesadelo!

Murilo abraçou-a com carinho.

— Muito obrigada por sua ajuda, Magali! As duas estão bem e passando por alguns exames.

— Quando poderei vê-las?

— Assim que forem liberadas. Agora me acompanhe. Preciso mudar de roupa. Estou muito sujo para permanecer no hospital.

❧

Ana Luíza pegou uma estrada paralela para evitar a polícia.

Com o carro em alta velocidade, estava decidida sobre o que fazer. Após dirigir por horas, parando uma vez apenas para abastecer, chegou à rua de sua casa e acenou para os seguranças, que abriram o portão.

Ana Luíza entrou em casa e foi direto à biblioteca. Guilherme estava sentado à escrivaninha e olhou-a com pavor. Com os cabelos desgrenhados, os olhos esbugalhados, as roupas rasgadas e sujas de lama, os lábios tremendo e de onde escorria uma baba espessa, Ana Luíza, segurando uma pistola na mão, era a legítima figura do descontrole mental e emocional.

435

Mesmo assustado com a presença da esposa, Guilherme, recobrando a coragem, berrou:

— Você é um monstro, Ana Luíza!

Ela revidou, apontando a pistola para ele.

— Você me transformou neste monstro! — Calou-se por alguns segundos e, com os olhos injetados de fúria, continuou: — Vê a mulher que está na sua frente, pronta para matá-lo? Esta é a mulher que você transformou num monstro!

— Calma, Ana Luíza! Você está descontrolada! Me dê a arma.

Ela gritou e apontou o revólver na direção dele:

— Cale a boca, miserável! Onde estão meus filhos e minha mãe?

— Não estão na casa. Viajaram para não serem obrigados a passar por tudo isso.

— Melhor assim. Mesmo que você mereça tudo isso, não quero que meus filhos vejam o que acontecerá agora — disse enquanto caminhava em direção à porta da câmara criogênica.

— O que você vai fazer?

— Acabar com seu sonho de manter o corpo de sua mãe intacto!

Guilherme gelou. Ela descobrira seu maior segredo. Como aquilo acontecera? Não havia tempo para perguntas. Ana Luíza já se dirigia à porta secreta e, com facilidade e ainda apontando a pistola para ele com a outra mão, abriu o compartimento embutido na parede.

O desespero tomou conta de Guilherme, que gritou:

— Não faça isso, Ana!

— Não ouse tentar me impedir, Guilherme! Se fizer isso, acabarei com sua vida!

Ana Luíza digitou a senha no painel digital, e a porta se abriu. Ambos ouviram o barulho de sirenes.

— Pare, Ana Luíza! A polícia já chegou.

— E quem lhe disse que pretendo fugir da polícia?

— Por favor, não entre aí! — Guilherme pediu enquanto se aproximava dela.

Ana Luíza gargalhou e atirou para o chão.

— Não se aproxime! Estou lhe avisando!

Na câmara de criogenia, Ana Luíza olhou pelo visor o rosto de Solange. Pelo seu semblante desvairado, passou um vislumbre de piedade.

436

— Congelada... Como teve coragem, Guilherme? Quanta covardia com os que ficaram vivos ao seu lado...

— Minha mãe voltará à vida, Ana Luíza! Voltará! Não mexa em nada aí, ou não responderei por mim.

— Você é louco... Tão louco quanto estou agora. Sua mãe nunca voltará à vida! E se a Ciência lhe deu alguma esperança com essa experiência horrorosa, essa chance acabará agora!

Ana Luíza apontou a pistola para o visor, e Guilherme a advertiu:

— O vidro é blindado. A bala não atravessará.

Ela sorriu:

— Eu sei. Entrei aqui várias vezes, enquanto você ficava com sua amante. Meu alvo não é o vidro — ela disse, voltando a mira da arma para a válvula principal que alimentava a urna.

Guilherme apertou o controle e acionou o alarme para que os técnicos pudessem escapar pelo túnel. Uma tragédia estava prestes a acontecer.

Ela gargalhou.

— Você é um derrotado e merece a solidão. Em nenhum momento, se preocupou em perguntar por Lara. — Virando a pistola para a direção do marido, completou: — Farei isso por mim e por ela.

Guilherme tentou partir para cima da esposa, mas Ana Luíza foi mais rápida e apertou o gatilho. A bala de grosso calibre atingiu a válvula principal, e, com o deslocamento de ar, uma grande explosão fez a urna abrir-se, quebrando todos os vidros e lançando o corpo vitrificado de Solange no chão. Ana Luíza e Guilherme também foram lançados para longe.

Assim que recuperou as forças, Ana Luíza levantou-se, sacudiu a roupa, ajeitou o cabelo e saiu da biblioteca. Vários policiais já estavam a postos. Diego mantinha-se inerte, preocupado com o patrão. Ela jogou a pistola no chão e levantou os braços.

— Podem me levar. Contarei tudo o que fiz. — Com as mãos estendidas para ser algemada, Ana Luíza virou rapidamente o pescoço para trás e disse com desdém: — O covarde que congelou a mãe morta está desmaiado aí dentro. Tomara que, assim como ela, tenha morrido.

Os policiais algemaram Ana Luíza, que, com a estranha serenidade que a loucura por vezes faz surgir, seguiu com eles, enquanto Diego, com o coração aos saltos, entrou na sala secreta da biblioteca. Em sua mente, só um pensamento: "Guilherme não pode ter morrido. Deus, não deixe isso acontecer".

CAPÍTULO 48

Um ano depois...

Laura e Dinda entraram na sala com os meninos. Diego modificara toda a arrumação da casa para aliviar os acontecimentos que marcaram o último ano e auxiliar na adaptação de Henrique e Yuri. As crianças haviam passado o ano quase todo fora e tinham acabado de chegar à mansão naquele dia.

— Sejam bem-vindos de volta!

Henrique correu para abraçá-lo.

— Estávamos com saudades, Diego!

Yuri também abraçou o mordomo.

— Gostei dessa arrumação. Parece que tudo está mais alegre!

— Que bom, Yuri! Fiz isso para trazer alegria para vocês!

Henrique foi o primeiro a perguntar:

— Notícias de papai?

O rosto de Diego transformou-se, e ele disse triste:

— Ainda não, mas vamos esperar. O pai de vocês é um herói e nos dará notícias.

— Por que ele nos abandonou? — perguntou Yuri querendo chorar.

— Ele não nos abandonou, meu querido. Seu pai resolveu se afastar um pouco daqui depois de tudo o que aconteceu. Ele foi descansar, mas, com certeza, voltará um dia.

— Eu queria que ele voltasse logo. — Choramingou Yuri. — Minha mãe está presa e meu pai sumiu...

— Vocês têm a nós! Eu, Dinda e Diego estamos aqui. Você não vai chorar logo hoje que voltou para casa, não é? — perguntou Laura. — Olhe como tudo ficou bonito! E Diego me disse que tem bolo confeitado com glacê na copa, como você gosta.

O menino riu, e Henrique tornou:

— Ele quer ver a mamãe. Ontem à noite, antes de dormir, Yuri me disse que vai fugir para ver a mamãe na prisão.

Diego assustou-se:

— Nem pense nisso, Yuri. Você sempre foi um rapazinho obediente. Se quer que seu pai volte mais rápido, tem que nos obedecer. Vocês ainda não podem ver a mamãe.

— Além de tudo, a mamãe não nos reconhecerá — disse Henrique sério.

Laura estranhou.

— Como assim, meu querido? É claro que a mamãe vai nos conhecer.

— Não vai porque o motorista está com ela, bem grudado. Mamãe nunca mais vai voltar ao normal, porque Paulo quer levá-la para onde ele vive.

Diego arrepiou-se, e Laura, apreensiva, tornou:

— Henrique, meu bem, nós entendemos o que você quis dizer, mas não fique repetindo isso por aí nem comente com seus colegas.

— Eu sei, vó. Diego já me ensinou isso.

— Agora, vão para a copa com Dinda, pois o bolo os espera.

Os meninos saíram alegres com Dinda, e Diego, aproveitando a ausência deles, conversou com Laura:

— Tive agora a confirmação do que pensei. Mesmo tendo sido assassinado por Ana Luíza, o espírito de Paulo está colado ao corpo dela numa simbiose difícil de solucionar, e isso se deve à paixão que ele sente por ela. Por isso, quando fui visitá-la, Ana Luíza não me reconheceu.

Laura balançou a cabeça triste.

— Comigo aconteceu o mesmo. Até achei que ela estivesse fingindo pela vergonha de estar presa, mas agora sei que Paulo está exercendo sobre ela uma obsessão severa, subjugando-a e dominando-lhe todos os pensamentos.

— O que nos resta é orar. Vamos colocar os nomes de Ana Luíza e Paulo no caderno de desobsessão do centro que comecei a frequentar. Talvez assim tenham algum alívio.

— Faça isso, Diego. Gostaria também de frequentar esse centro com você.

Diego meneou a cabeça positivamente e mudou de assunto:

— Dona Laura, há um convite para a senhora. Quase ia esquecendo. Creio que irá gostar.

Laura apanhou o envelope e abriu.

— Que notícia maravilhosa! Túlio vai se casar e me convidou para ser madrinha! Me deem licença! Preciso ligar para meu amigo e saber o que ele quer de presente. Será que poderemos fazer a festa de casamento dele aqui?

Diego sorriu:

— Tem que ver se ele quer.

— Se Túlio aceitar, você me ajuda?

— Será uma honra ajudá-la, dona Laura — respondeu Diego.

Dizendo isso, silenciaram e foram para a copa lanchar com os meninos, que, esquecidos de tudo o mais, conversavam entre si relembrando os meses que passaram na casa de Guilherme em Campos do Jordão.

⁓◦⁓

Os salões do Clube Náutico estavam abertos para a linda festa de casamento que se realizaria logo em seguida.

Murilo e Lara, lindamente vestidos de noivos, aguardavam com Magali a chegada do juiz de paz que oficializaria a união.

Olga, contrariada com o casamento do filho, mantinha-se calada num canto. Não acreditava no que estava presenciando. A menina sem graça do passado, pobre e desvalida, conseguira o que queria: casar-se com seu único filho. Murilo notou o mau humor da mãe e aproximou-se dela.

— Por favor, mamãe! Melhore essa cara!

— Não me conformo, Murilo. Você poderia ter conseguido uma mulher melhor. Ela ainda tem uma filha! Tudo bem que a menina é bonitinha e muito simpática, e até gosto bastante dela... mas Marina não é sua filha!

— Será criada como se fosse, mãe!

O juiz chegou, e a conversa foi interrompida. A cerimônia, simples e bonita, foi realizada, e Murilo e Lara formalizaram a relação matrimonial.

Magali, com a pequena Marina no colo, pediu a Murilo que abrisse a garrafa de champanhe.

— Vamos comemorar este momento tão especial! Passamos por muita coisa nos últimos tempos. Brindemos à vida, ao amor de vocês e à menina mais linda do mundo, a doce Marina! Venha, dona Olga! Apanhe uma taça!

— Desculpe, mas não bebo!

Lara olhou para a sogra e respondeu com tranquilidade:

— Brinde com água, dona Olga! Melhor nos esquecermos das amarguras do passado a partir de hoje. Será bom para Murilo, principalmente. O veneno para a tristeza é a alegria. É esse veneno e apenas esse que devemos usar...

Olga ficou pálida e lembrou-se do que fizera no passado. As palavras de Lara, ditas num tom de censura, acordaram novamente as culpas que carregava na alma e que, com qualquer gatilho, por mais simples que fosse, vinham à tona. De repente, em questão de segundos, recordou-se do passado.

Olga envolvera-se com Sérgio, marido de Marisa, sua vizinha e mãe de Lara. Nessa época, seu marido ainda era vivo, mas tudo era tão bem feito que ele nunca desconfiou de que era traído. Olga foi abandonada por Sérgio quando Lara nasceu. Entrou em depressão profunda, insistiu, lutou para que eles retomassem a relação, mas desistiu do amante quando ele atirou em seu rosto palavras duras, que salientavam sua idade um pouco mais avançada e o nojo que passara a sentir dela. Aquilo feriu Olga profundamente, fez sua depressão aumentar, e ela passou a se manter equilibrada apenas na presença do filho. Quando, por um infarto fulminante, Orlando morreu, ela pensou que Sérgio voltaria atrás. Alimentou a ilusão de que haviam rompido pelo fato de ela ser casada, de ele ser muito amigo de seu marido e de serem vizinhos e não por aquilo que ele lhe dissera sobre velhice, afinal, Olga só tinha dez anos a mais que Sérgio.

Um dia, quando viu que Marisa saíra com Lara e que Sérgio ficara só em casa, aproveitou a chance para tentar reatar o relacionamento. Recordou-se das palavras que ele lhe disse naquele dia:

— Saia de minha vida, Olga! Eu exijo que me esqueça! Vá cuidar de sua casa e de seu filho! Não gosto de mulheres velhas e mal-humoradas. Você me estraga o fígado! Aproveitei quando você era mais viçosa, mas agora acabou. Eu amo minha esposa!

Olga guardou aquelas palavras. Sonhava em se vingar dele e alimentava aquele pensamento diariamente. O tempo passou, e ela viu, contrariada,

441

a amizade entre Lara e Murilo crescer. Com muito ódio, tomou a decisão de mudar os rumos da vida de Marisa, Lara e Sérgio.

Naquela noite, assim que viu que Lara e Murilo haviam saído da pracinha e ido para outro lugar, preparou cuidadosamente o veneno e despejou-o numa jarra de chá. Solícita, bateu palmas à porta da vizinha. Marisa, que estava deitada na cama, levantou-se e abriu:

— Marisa! Nossos filhos nos deixaram sozinhas e foram passear a uma hora dessas! Me senti só, fiz um chá e o trouxe aqui para você.

Marisa recebeu-a com alegria, pois estava precisando conversar com alguém. Lara não estava em casa, e Sérgio nunca lhe fazia companhia.

Fazia muito tempo que Olga não entrava naquela casa e, ao se sentar no sofá da sala, reparou no quanto o local estava desorganizado. Definitivamente, Marisa não era mais a dona de casa esmerada de antes. Certamente, os desgostos com as constantes traições do marido e com as surras levaram-na ao desleixo. Mesmo desleixada, Sérgio, contudo, nunca a deixara. Fora por causa de Marisa que ele não a quisera mais e lhe dissera tantas palavras duras. Mas agora ela lavaria a alma.

Procurando disfarçar, Olga ofereceu o chá a Marisa.

— Beba. É de hortelã. Bastante refrescante.

— E a senhora, dona Olga? Não vai beber?

— Não! Esse foi feito especialmente para você, minha querida. Tomei o meu antes de sair de casa.

Marisa bebeu os primeiros goles e, achando o chá delicioso, tomou toda a primeira xícara rapidamente. Depois de poucos minutos, começou a ficar tonta. A tontura foi aumentando, e ela, pálida, sentiu que o fôlego lhe faltava.

— Me socorra, Olga! Estou passando mal. Acho que estou tendo uma queda de pressão — falava com esforço.

Pelos olhos de Olga passou um brilho sinistro de satisfação quando ela disse:

— Não é queda de pressão, minha querida. Você está morrendo. Morrendo... Deixe-me ajudá-la a ir para a cama. Morrer na cama é muito mais confortável do que no sofá, não acha?

A princípio, Marisa pensou que Olga estivesse brincando, mas, à medida que o ar lhe faltava mais e uma dor violenta surgia em seu peito, ela percebeu que estava sendo assassinada pela vizinha. Em desespero, tentou recobrar o comando do corpo, mas sem sucesso. Olga pegou o braço esquerdo de Marisa, jogou-o sobre seu ombro e, com dificuldade, colocou-a na cama. Disse:

— Morra em paz, querida. Sérgio jamais será meu, mas sua vida com ele também acaba agora!

Olga foi para a sala, recolheu tudo e voltou para casa. Certa de que ninguém a vira entrar e sair da residência da vizinha, deitou-se e pôs-se a esperar.

Murilo chamou a mãe duas vezes.

— O que há, mãe? A senhora parece perdida. No que está pensando?

Lara intercedeu.

— Dona Olga manifestou o desejo de viajar pela Europa. Disse a ela que, se você concordasse, hoje mesmo providenciaríamos passagem e hospedagem. O que acha, meu amor?

— É essa sua preocupação, mãe?

Olga compreendeu o recado de Lara e preferiu concordar. Não sabia como a nora descobrira que ela assassinara Marisa, mas aquela frase deixou claro que ela sabia de tudo ou que pelo menos tinha uma forte suspeita. Era melhor ficar longe de Lara o máximo possível.

— Sim, meu filho! Gostaria de conhecer Portugal.

Lara interrompeu-a.

— Portugal apenas?! Nada disso. A senhora me disse, inclusive, que gostaria de morar na Espanha com dona Leonarda, sua irmã mais velha que acabou de ficar viúva.

Murilo surpreendeu-se. Sua mãe, que sempre fora muito apegada a ele, iria morar em outro país? Pensou, no entanto, que o ciúme que Olga tinha de Lara a fizera tomar aquela decisão, o que para todos seria um alívio. Resolveu não questionar e apenas comemorou:

— Que maravilha! Vamos brindar a isso também!

Lara olhou no fundo dos olhos da sogra e aproximou-se para abraçá-la. Em seu ouvido, cochichou:

— Até que, diante de tudo o que a senhora fez, este é um castigo bem agradável. Amanhã mesmo a senhora viajará. Providenciei roupas novas, passagens e hospedagem. Não ouse retornar ao Brasil. Murilo não merece saber que a mãe é uma assassina, e seu crime está longe de prescrever, Olga. Se voltar, não terei dúvidas em denunciá-la, pois tenho provas do que fez — dizendo isso, beijou-a no rosto e saiu sorridente, deixando Olga pálida como cera.

443

Luiz procurou Lara entre os convidados e, ao encontrá-la, disse:

— Dona Lara, ligação para a senhora.

Ela atendeu e sorriu.

— Olá, Lara, aqui é a Laura! Estou ligando para parabenizá-la pelo casamento e desejar-lhe muitas felicidades.

— Que prazer em falar com a senhora! Agradeço por suas palavras. Sei que são verdadeiras. Todos estão bem aí?

— Sim! Quero aproveitar para lhe fazer um convite. Você sabe o quanto é importante a aproximação dos meninos com Marina.

— Sei disso, dona Laura.

— Então, aceite meu convite e venha ao casamento de Túlio. Será uma linda festa! Por favor, diga a Magali que ela também está convidada.

— Nós iremos, dona Laura! Será uma grande alegria unir essas crianças para sempre. Os laços de sangue são fortes! Os meninos conhecerão a irmã! — Lara fez uma pequena pausa e sentiu o coração descompassar ao perguntar: — Nenhuma notícia dele ainda?

Laura notou a emoção de Lara ao perguntar sobre Guilherme.

— Nenhuma. E estou com receio de que não volte mais. O que será dos meninos sem a mãe e sem o pai agora?

Lara estremeceu.

— Não diga isso, dona Laura. Ele vai voltar. Conheço Guilherme. Assim que tiver se refeito de tudo, ele voltará para nós.

Laura não sabia se deveria perguntar ou não, mas, por fim, decidiu.

— Você ainda o ama, não é?

Lara sentiu o coração descompassar ainda mais e seu rosto ruborizar. Ficou em silêncio.

Laura notou que Lara ficara constrangida.

— Desculpe por ter feito essa pergunta logo hoje, no dia de seu casamento. Vou desligar. Sei que fui inconveniente.

— Não, dona Laura. Parece até que a senhora adivinhou meus sentimentos... Precisava dizer isso a alguém. Casei-me hoje com o homem que realmente amo, mas... mas também amo Guilherme. Durante toda a cerimônia, embora estivesse feliz por me casar com Murilo, meu pensamento foi até a imagem de Guilherme. Eu o amo também. A senhora pode entender isso sem me julgar? — Lágrimas escorriam pelo rosto de Lara, sem que ela pudesse contê-las.

Laura respondeu:

444

— Entendo. Tenho aprendido que o coração do ser humano é grande e que o amor não é exclusivista. Ninguém manda no coração, mas mandamos em nossas atitudes para que elas jamais desrespeitem ou firam alguém. Não se condene por amar Guilherme. O amor é o maior de todos os sentimentos e nunca leva ao mal, ao sofrimento. Se você souber sublimar esse amor e dedicar todo o afeto de seu coração a Murilo, certamente contribuirá para a felicidade dos dois homens que ama e, principalmente, para sua felicidade. Nunca se esqueça disso, minha menina. Posso chamá-la assim, não é? Afinal, poderia ser minha filha.

— Obrigada por suas palavras, dona Laura. Elas foram um alívio para minha alma neste momento. Serei digna do amor de Murilo respeitando-o e entregando meu coração e meu destino nas mãos de Deus, que sempre sabe o que faz. Um dia, sei que tudo irá para onde deve ir, e prometo a mim mesma que serei feliz vivendo o presente. Guilherme precisa de tempo, que lhe trará todas as respostas que ele sempre buscou e nunca encontrou. Quanto a me chamar de filha, é claro que pode! Falando assim, a senhora me lembrou dona Esmeralda. Até o carinho e a compreensão que senti em suas palavras me fizeram lembrar da forma como ela falava comigo. Deus a abençoe!

Lara despediu-se e desligou o telefone.

Ela não podia ver, mas era o espírito luminoso de Esmeralda, unido a Laura do outro lado da linha, que lhe inspirava aquelas palavras.

Depois daquele telefonema, Lara ficou de alma leve e, com muita alegria, voltou para recepcionar os convidados.

Estava muito feliz!

Um mês depois...

Túlio estava nervoso. De braços dados com Laura, o rapaz caminhou com lentidão pela alameda enfeitada.

No altar, viu com emoção sua noiva aproximar-se. Laura olhou para o rapaz e disse:

— Seja muito feliz, meu amigo querido! Que deus os abençoe para sempre!

Túlio e Laila, sua noiva, trocaram alianças e, sob as palavras emocionadas do juiz de paz, selaram a união que, graças a Laura, marcava para ele o verdadeiro recomeço, o início de uma nova vida. Numa fração de segundos, Túlio, ao olhá-la, percebeu quão perfeita era a vida, que sabia transformar acontecimentos negativos, fruto de nossos erros, em acertos e vitórias, quando nos dispomos a seguir o caminho do verdadeiro bem.

No jardim, ao lado da piscina, Lara, Murilo, Dinda e as crianças divertiam-se com a felicidade de Henrique e Yuri ao descobrirem que Marina era irmã deles.

Os espíritos de Solange, Marisa, Emília, Esmeralda, Rosa e Odete congratulavam-se pela vitória do amor genuíno entre todos. Henrique olhou para o lado e saudou-as agradecido.

Na sala da mansão, Diego ouviu o telefone tocar. Atendeu:

— Alô?

Silêncio.

— Alô? Quem está falando?

O silêncio prosseguiu.

De repente, uma forte emoção tomou conta de Diego. Seria ele? Seria Guilherme? O identificador de chamadas apontava um número restrito. Emocionado, ele não se conteve:

— Guilherme! É você?

O silêncio continuou.

— Guilherme, meu amigo, como sentimos sua falta! Onde você está? — perguntou Diego, com a certeza de que era o patrão quem estava do outro lado da linha. Ele, contudo, nada dizia. Diego pôs-se a ouvir para tentar identificar alguma voz, alguma pista do lugar onde Guilherme estava. Começou fraquinho, mas foi aumentando aos poucos até ele ouvir com nitidez o barulho do mar.

Guilherme desligou o telefone emocionado, deixando que lágrimas de saudade há muito contidas rolassem por seu rosto ainda cansado e sofrido. Lágrimas que iam além da saudade, que eram o grito de sua alma ainda sufocada pelo sofrimento e pela solidão.

"Quanta saudade de todos!", pensou. Quanta saudade do sorriso franco de Henrique, da alegria contagiante do Yuri, da companhia do seu querido amigo e mordomo Diego e, principalmente, quanta saudade de Lara! Como a amava! Lembrava-se de cada detalhe de seu rosto, de seu sorriso, de cada minuto em sua companhia. Emocionava-se ao lembrar que tinha uma filha com ela, mas que nunca vira seu rostinho. Fugira de tudo, mesmo antes de vê-la. Um dia voltaria e, quem sabe, poderia recomeçar a viver.

Num ímpeto, desligou o telefone. Ainda não era a hora. Teria de continuar longe, sozinho, desaparecido, controlando as empresas a distância, sem, contudo, dizer onde estava.

Subiu no veleiro e puxou as cordas das velas.

Diante do pôr do sol no mar Egeu, ele velejava em silêncio, tentando encontrar a si mesmo. Aquele mesmo mar que banhara a grande e bela civilização grega agora refletia o brilho de suas ondas nos olhos de Guilherme. Olhos profundos, reflexivos. Olhos de quem procura e sabe que ainda encontrará a felicidade.

Naquele instante, sem saber por que, um sentimento novo brotou em seu peito. Era o sentimento de que ele precisava para recomeçar. O único sentimento que torna todo ser humano verdadeiramente imortal: a esperança!

FIM

Rua das Oiticicas, 75 – SP
55 11 2613-4777

contato@vidaeconsciencia.com.br
www.vidaeconsciencia.com.br